Mehrliebe

Sam Wiggla

Roman

Impressum

Lektorat / Korrektorat: Federrauschen, Saarbrücken

Gestaltung: Ellen Sturm, Köln

Druckerei: Amazon Europe, Luxemburg

Herausgeber: Andrea Renusch, Kiefernhöh 1, 21220 Seevetal

ISBN Paperback: 978-3-948163-01-3

ISBN e-book: 978-3-948163-00-6

Kontakt: Über die Facebook Seite von Sam Wiggla.

Die Herausgeberin über den Autor

Sam Wiggla ist ein norddeutscher Autor – und das kann seine Leserschaft spüren: In typischer Manier formuliert er klar und einfach, mag trockenen Humor und schätzt den Blick fürs Wesentliche. Er ist ein kritischer Beobachter und scharfer Analytiker, der aber immer liebevoll auf seine Mitmenschen schaut. Ein Genre ist ihm nicht genug. Sam Wiggla liebt es, die Themen Liebe, Erotik, Gesellschaftskritik, Spiritualität und sogar Thriller und Sci-Fi miteinander zu kombinieren: Crossover ist ein wesentliches Merkmal seiner Erzählungen. Sam genießt sowohl ausgiebige Waldspaziergänge als auch die Inspiration der Großstädte. So ist „Mehrliebe" im ländlichen Mölln in Schleswig-Holstein sowie in Hamburg und Berlin entstanden. Auch das bunte Ruhrgebiet hat bei der Entstehung des Romans seinen Einfluss gehabt.

Sam Wiggla möchte seine wahre Identität nicht öffentlich machen und schreibt deswegen unter Pseudonym. Er freut sich über Feedback und Austausch in den sozialen Medien und auch über Rezensionen bei Amazon.

Für die Liebe,

die Ersehnte, die Geschundene.

Prolog

„Menschen und Liebe – wie geht das zusammen? Der Mensch kann nicht lieben. Für ihn ist Liebe nur ein Mittel zum Zweck. Das kraftvolle Wesen der Liebe wurde erlegt und vergraben. Auf dass es den Rhythmus des Menschen nicht mehr störe. Der Mensch und die Liebe? Es gibt keine Hoffnung mehr."

-

„Haltet ein und sehet hin. Das wahre Wesen ist nicht tot. Der Mensch hat nur Schwierigkeiten, es zu finden. Weite Wege sind zu gehen. Ich bin der ewige Kämpfer für die Liebe und gebe die Hoffnung niemals auf. Als Kundschafter bin ich unter den Menschen. Lasset mich berichten, bevor ihr euer Urteil fällt."

Im Rhythmus

Acht Uhr.

Das Schlafzimmer von Jon ist schon erhellt. Die Sonne bahnt sich ihren Weg vom Fußende des Bettes bis in sein Gesicht. Jon wendet geschickt seinen Kopf, um den schlafbrechenden Strahlen zu entkommen.

Jede Sekunde zählt. Noch ein wenig aufwärmen in der Trance, im Halbschlaf des Lebens. Ganz Mensch. Ganz allein nur Jon. Mild auf sich selbst schauend. Nachsichtig und liebevoll. Ungenaue Analysen des Seins gehören in diese Momente. Zwischenwelt. Da sein, weg sein. Was zählt, ist das Nichts. Und weiterhin jede Sekunde. Schwebezustände enden. Das ist ihr Schicksal. Jon spürt den Sog der Unendlichkeit. Sehnsucht nach dem freien Fall. Das Leben so nah und gleichzeitig so weit weg.

Die Bettdecke schmiegt sich eng an seinen Körper. Der Rhythmus, er wird kommen und ihn wegreißen, den Mantel der Geborgenheit. Aber jetzt noch nicht. Jede Sekunde zählt. Immer noch Zeit zum Zurückkehren in die wunderbare Leere, das Vakuum zwischen Leben und Leben, zwischen dem, was sein könnte, und dem, was sein muss. Hierbleiben, einfach nur hierbleiben. Für immer.

Der Rhythmus kommt. Er ist nicht aufzuhalten, immer da – stark, lieblos, und über alles herrschend. Die Menschen sind sein Sklave. Jon ist sein Sklave. Er atmet tief ein, stöhnt leicht dabei, ohne es zu merken. Jons Seele schmiegt sich an die Unendlichkeit. Sein Verstand umklammert das Nichts, hält sich fest an der wunderbaren Leere. Er rutscht, er fliegt, er verliert den Boden unter den Füßen. Der Rhythmus kommt. Das Paradies geht.

Leise, ganz leise hört Jon, wie Ludwig van Beethoven die Bühne seiner Aufmerksamkeit betritt. Er bringt den Rhythmus mit. Eine „Ode an die Freude“ schallt durch das Schlafzimmer. Jon hat Humor. Beethoven reißt ihn raus aus der Trance. Smartphones sind die Musikhäuser dieser Zeit. Und sie haben eine Snooze-Funktion.

Jede Sekunde zählt. Nochmal eintauchen in die leere Weite. Der Körper ist immer noch warm, aber die Seele entfernt sich immer mehr von der wärmenden Unendlichkeit. Der Rhythmus greift ein in die Gedanken. Die Gedanken sind es, die uns steuern – sie entscheiden über Wärme und Kälte. Über Leben oder Leben. Jon verliert das Gleichgewicht, er stolpert erst langsam und dann immer schneller zurück in den Rhythmus. Erneut beginnt Beethoven, die Ode anzustimmen. Snooze.

Jede Sekunde zählt. Nochmal springen. Nochmal fallen. Es wird kälter. Der Rhythmus stärker. Der Körper war bisher reine Wärme gewesen. Nun bleibt er zwar warm, aber wird schwerer. Das Schweben ist vorbei. Ein leichtes Hüpfen ist vielleicht noch spürbar. Wie der kurze Moment auf einer Treppe zwischen

Stufe und Stufe, wenn es nach unten geht, es leicht ist. So leicht. Aber es ist kein Schweben. Nein, das ist vorbei.

Der Rhythmus kommt, er ist fast ganz da. Warten auf Beethoven.

„Ludwig! Beende diesen Kampf!“, flackert es Jon durch den Kopf.

Ludwig zeigt Gnade und lässt nicht mehr länger auf sich warten. Zehn Minuten hat Jon dem Rhythmus abringen können. Doch nicht Jon ist der Sieger. Der Rhythmus siegt immer. Er ist stark und lieblos und er herrscht über uns alle.

„Oh, Du schöner Götterfunken“, summt Jon und spürt seinen Rücken. Zusammengestaucht. „Wozu braucht der Mensch einen Rücken, wenn er doch eine Seele hat?“

Der Rhythmus braucht den Rücken. Er muss belastbar und formbar sein. Jon streckt sich mit ganzer Kraft dem Rhythmus entgegen.

„Guten Morgen, ja, ich bin ja da, keine Sorge, es geht los! Nie würde ich Dir widersprechen oder Deine Befehle missachten.“

Sein Körper hat die volle Schwere zurück. Der Druck der Nacht muss raus. Das ist weder fein noch appetitlich, aber tut so unendlich gut. Gestreckt. Gefurzt. Es kann losgehen.

Der Rhythmus reicht Jon seine Hand. Er packt entschlossen zu und schon geht es hoch mit der ganzen Schwere seines Körpers. Jon stöhnt. Vielleicht doch zurück in die Leere? Nein, das würde der Rhythmus ihm niemals verzeihen. Nur ein paar Sekunden sitzen auf dem Bett. Jede Sekunde zählt. Die Gedanken strömen in alle Richtungen.

„Nicht alle auf einmal, jeder kommt dran“, raunzt er in seinen Kopf hinein.

Er schlüpft in die bequemen Sachen, eine schwarze Jogginghose mit drei Streifen, die seit langem mal wieder gewaschen werden müsste, und in einen alten Rollkragenpullover aus seiner Jugend. Der Pullover hat viel gesehen und viel erlebt. Wie Jon. Um die Hose ganz hochziehen zu können, muss er aufstehen. Letzter Akt im Verlassen der Zwischenwelt. Volle Kraft voraus.

Der Rhythmus ist ein geschickter Herrscher. Genuss schenkt er seinen Sklaven. Der Kaffeevollautomat in der Küche zieht Jon magisch an, wie an einer unsichtbaren Hundeleine wird er direkt dorthin geführt. Etwas schlurfend seine Füße, gebeugt sein Gang, aber doch fest entschlossen, die erste Ekstase des Tages zu erleben.

Endlich da. Der Automat muss sich aufwärmen. Genau wie Jon muss er vom Zustand des leeren Seins in den Zustand einer Funktion wechseln. Noch etwas Zeit für Jon, sich auf die Ekstase zu freuen.

Der Rhythmus fragt, was heute zu erledigen ist. Jon greift nach dem Handy seines Arbeitgebers, welches immer neben dem Kaffeeautomaten auf seinen Einsatz wartet.

„Puh, einiges! Viele Termine - und nicht alle sind spannend", antwortet er dem Rhythmus und runzelt die Stirn.

Der Rhythmus kennt keinen Spaß. Der Rhythmus liebt seine Pflichten, die die Menschen zu erledigen haben. Jon auch. Er ist ein Gebundener. Hat sich dem Rhythmus angeschlossen und einen Vertrag mit ihm gemacht. Dieser Vertrag regelt umfassend das Leben von Jon. Unterschrieben hat Jon mit der Gewissheit, das Richtige zu tun. Das Richtige für die Gesellschaft. Das Richtige für sich. Das bedingt sich gegenseitig. „Das, was die Gesellschaft für richtig hält, ist das Richtige für Dich!" Das haben ihm schon seine Eltern erklärt. Und seine Freunde. Und seine Frauen. Und seine Kollegen. Und sein Boss. Und seine Lehrer. Und seine Nachbarn. Und seine Lieblingsschauspieler. Und sein Pfarrer. Und all die anderen Sklaven, die im Fernsehen dem Rhythmus huldigen.

Richtig ist richtig. So einfach ist das nun mal. Den Rhythmus zu hinterfragen, ist riskant. Er hat viele Klauseln im Vertrag durchgesetzt, die Jon in arge Schwierigkeiten bringen könnten. Es droht der Verlust von Geld, Sicherheit und Anerkennung. Es droht die totale Bedeutungslosigkeit. Ein unnützes Leben. Eine Verschwendung von Ressourcen. Ressourcen, die der Rhythmus zur Verfügung stellt, damit die Menschen etwas Produktives damit anfangen. Sie achtlos wegzuwerfen, wäre ein Frevel. Ein Sklave gehorcht oder er ist nutzlos.

Der Automat ist bereit. Glücksmoment. Fünfundsiebzig Milliliter pures Glück wollen zu Jon. Doch nicht nur das Konsumieren ist schön. Er drückt den Knopf der Freude. Der Automat antwortet kurz mit einem Klicken und signalisiert damit seine Zustimmung. Das Mahlwerk setzt sich mit lautem Gebrüll in Gang. Die Kaffeebohnen versuchen, zur Seite zu springen, doch nur wenigen gelingt es, dem Schlund zu entkommen. Das Mahlwerk zieht die wohlbedachte Menge an Bohnen in sich hinein. Die Bohnen kreischen unter der enormen Kraft des Mahlens. Nur ein feines Pulver erinnert noch an sie. Der frisch gemahlene Todesduft verteilt sich in der Küche und streift verführerisch die Nase von Jon. Glücksmoment Teil zwei.

„Von diesem Film würde ich mir jeden Teil immer wieder und wieder reinziehen", plappert Jon vor sich hin. Als wenn der Automat sich dafür interessieren würde. Oder der Kühlschrank. Oder das Handy des Arbeitgebers, welches bereits erste Nachrichten aus dem Büro sendet. Jon hat Kollegen, die die Zwischenwelt schon früher verlassen haben.

Nach dem Tod der Kaffeebohnen mit seinem wunderbaren Duft folgt der nächste Teil. Der Automat schießt mit hohem Druck heißes Wasser in das Pulver und drückt das Gemisch hinaus in die Welt.

Hier wartet Jon voller Vorfreude. So viel Freude ist in ihm, dass er den Rhythmus für ein paar Sekunden vergisst. Und genau darum geht es. Der Rhythmus ist ein geschickter Herrscher. Das flüssige Glück schießt aus dem Automaten, der Duft erreicht nun die volle Kraft und beraubt Jon fast seines Verstandes. Zumindest hat der Duft seine volle Aufmerksamkeit gewonnen. Nur noch wenige Augenblicke.

Er greift zur Tasse. Eine Tasse, die er bei seinem letzten New-York-Besuch gekauft hat. In einem dieser Souvenirläden am Times Square. Sie ist schwarz und zeigt mit silbernen Aufdrucken die Sehenswürdigkeiten der einzig wahren Stadt. Doch Jon interessiert sich jetzt nicht für das Empire State Building oder die Brooklyn Bridge. Er will nur eines: saufen. Das Glück saufen. Aufsaugen. Genießen. Verdrängen.

Jon ergreift die Tasse und führt sie zu sich. Hinein in den Schlund. Ein kurzes Leben für das flüssige Glück. Ein kurzes Glück für den gebundenen Jon. Glücksmoment Teil drei. Bitteres kann so schön sein. Ein kurzes Lächeln durchstreift Jons Gesicht. Atempause. Ein Stück der Unendlichkeit kommt zurück. Zumindest bildet er sich das ein. Und das reicht Jon in diesem Moment.

Der Rhythmus meldet sich. Er regt Jon dazu an, dass er sich beeilen könnte. Eine wohltuende Pflicht steht als Nächstes auf dem Ablaufplan. Heißes Wasser, das aus der Wand kommt. Zivilisation hat gute Seiten. Der Rhythmus schätzt die Zivilisation sehr. Umso zivilisierter eine Gesellschaft ist, umso mehr Sicherheit braucht sie. Denn eine Gesellschaft will ihre Errungenschaften nicht verlieren, sondern – ganz im Gegenteil – diese immer weiter ausbauen. Ein gutes Geschäft für den Rhythmus.

Jon hält kurz inne, bevor es im Ablauf weitergeht. „Nicht immer so viel denken, einfach machen und das Schöne genießen – *you have to take the bitter with the sweet*", ermuntert er sich und streift seine Wohlfühlkleidung ab.

Vor dem großen Spiegel lässt er seine Augen kritisch über seinen nackten Körper wandern. Der Bauch war schon mal kleiner. Aber im Großen und Ganzen ist Jon mit sich zufrieden. „Könnte schlimmer sein. Solange es noch Frauen gibt, die sowas attraktiv finden, ist alles gut", grinst er und geht zum Badezimmer.

Duschen gehört zu den schönsten Beschäftigungen auf der Welt. Nicht besser, als tote Bohnen zu trinken, aber deutlich besser, als mit einem Nachbarn über das Wetter zu reden oder sich von seiner geschiedenen Mutter in Beziehungsfragen aufklären zu lassen.

Sex ist auch besser als Duschen. Zumindest meistens. Natürlich ist das relativ. Kalt duschen ist schlechter als jeglicher Sex. Heiß duschen hingegen hat echte Chancen gegenüber so manchem Sex.

Jon schließt die Glastüren der Duschecke hinter sich. Die Ecke ist groß genug, um Abstand vom kalten Wasser zu halten, das immer zuerst kommen muss. So ist es im Leben, immer muss etwas Schlechtes zuerst kommen, damit man etwas Gutes erleben darf.

„Ohne Fleiß kein Preis", hämmert der Rhythmus in Jons Ohr.

Die Pflicht ist nur dazu da, um danach die Freude noch mehr genießen zu können. Der Rhythmus gibt vor, nur das Beste für seine Sklaven zu wollen. „Ihr arbeitet, um zu leben", so heißt es immer wieder. Diesen Glaubenssatz zu hinterfragen, kommt einem Vertragsbruch nah. Also immer brav weiterarbeiten, um zu leben.

Das heiße Wasser lässt nicht mehr auf sich warten. Es strömt und bildet einen betörenden Dampf des Wohlgefallens. Es schmeichelt jedem Körper. Egal ob dick oder dünn, glatt oder schrumpelig, fast tot oder fast lebendig – die heiße Dusche liebt sie alle und unterscheidet nicht. Sie liebkost und streichelt jeden Menschen, der biologisch mit heißem Wasser umgehen kann. So hat sie nur wenige Feinde, aber unzählige Liebhaber. Angeregt durchs Plätschern auf seiner Haut bemerkt Jon, dass er vergessen hat, vorher auf die Toilette zu gehen.

„Ein bisschen Rebellion muss sein", lacht er und lässt laufen. „Das tut gut!"

Es sind doch immer wieder die einfachen Dinge, die den Menschen erfreuen. Jon greift zum Duschgel mit der Aufschrift *Dark Temptation* – der Hersteller will den Mann mit dunkler Verführung locken.

„Ob diese Marketing-Profis sich wirklich mit dunkler Verführung auskennen?", huscht es Jon durch den Kopf. Er wird milder, als ihm der angenehme Geruch aus der Flasche entgegenkommt. „Na ja, irgendwas können die schon."

Das Gel vermehrt sich schäumend auf seinem Körper und bleibt hier und da an seinen Haaren auf dem Bauch hängen. Es folgt der Griff zum Koffein-Shampoo. Aufschrift: Mehr Haarwachstum durch häufige Anwendung. Jon hat zwar noch viele Haare auf dem Kopf, stellt aber seit ein paar Monaten besorgt fest, dass es vorne immer weniger werden. Auch seine Frisörin hat es schon angemerkt. Seiner Freundin Louna ist es ebenfalls aufgefallen.

„Wenn Du älter wirst, musst Du immer mehr mit Deinem Charakter um die Frauen werben, der Körper ist es nicht mehr, der sie reizt", stellt Jon erneut fest. Ein Mantra, das jene beruhigt, die über einen attraktiven Charakter verfügen, und jene komplett verunsichert, die nicht wissen, was gemeint ist oder wie man zu so einem Charakter kommt.

Jon glaubt nicht an die Wirkung des Shampoos, aber er hasst es, nichts zu tun. Also kauft und benutzt er es weiter. Dass die Verwendung des Shampoos auf das gleiche Ergebnis wie das Nichtstun hinausläuft, ignoriert er gekonnt.

Der Rhythmus unterbricht laut kreischend die genussvolle Auszeit unter heißem Wasser. „Oh, es wird Zeit, stehe ich hier schon viel zu lange!", beeilt sich Jon zu denken.

Wasser aus. Ein schlimmer Moment. Es ist kalt. So kalt.

„Warum tue ich mir das jeden Morgen an? Ich nehme diese Kälte in Kauf, nur, um vorher die Wärme zu spüren? Aber keine Zeit für Lebensfragen: Ich muss ins Büro!"

Jon trocknet sich ab, etwas lieblos und schnell, aber es sorgt dafür, dass die Kälte verschwindet. Er geht ins Ankleidezimmer. Schwarze Socken und eine schwarze Unterhose ohne jeden Pfiff. Das sind die Basics für den Mann im Büro. Blau oder grau? Welches Hemd soll es heute sein? Jon entscheidet sich für das blau-schwarz karierte Hemd. „Damit machste nichts falsch", stimmt er sich zu.

Die schwarze Stoffhose ist schnell angezogen, es ist jeden Tag die gleiche, von der er mehrere hat. Unter seinen verschiedenen schwarzen Schuhen wählt er heute die schwarzen Schuhe aus, die grobe Nähte an den Seiten haben. Ein blaues Jackett passend zum Hemd komplettiert seine Uniform. Krawatte trägt Jon schon lange nicht mehr. Das ist eine andere Generation, die mit diesem baumelnden Stoff Kompetenz und Seriosität andeuten will. So gesehen ist Jon jung. Es ist auch hier alles relativ.

Jon betrachtet sich zum finalen Check im Spiegel. Sein dunkelbraunes, mittellanges Haar fällt lässig auf die Stirn über seine braunen Augen. Der Dreitagebart ist gut in Form und muss heute nicht gestutzt werden. „Ich bin schon ein cooler Typ", denkt Jon, beim letzten Blick in den Spiegel. „Ein leckeres Stück Mann."

In diesem Sinne hoch motiviert greift Jon zu seiner Arbeitstasche und rüstet sich mit den Waffen des modernen Mannes. Smartphone privat. Handy beruflich. Schwarzes Lederportemonnaie und einem funkgesteuerten Autoschlüssel.

Der Rhythmus hat es wieder geschafft. Sein Sklave hat sich aufgerichtet, rausgeputzt und motiviert für den Tag. Ein Tag der Aufrechterhaltung des Lebens, wie es sein muss. Und bleiben soll. Jon verlässt die Wohnung, schreitet beschwingt durchs Treppenhaus, es sind die Stufen nach unten. Leichtigkeit breitet sich aus. Als er aus der Haustür kommt, begrüßt ihn die Hamburger Sonne. Jon lächelt und summt die „Ode an die Freude", während er seinen bayrischen Dienstwagen öffnet und sich hineinschwingt.

„Der Rhythmus ist schon ein feiner Freund", lobt er. „Ich muss nur verstehen, dass er immer nur das Beste für mich will."

In großer Tiefe

Es war November 1995.

Das Jahr meiner Wiedergeburt neigte sich langsam seinem Ende zu. Eine drei viertel Erdumdrehung früher – genauer: am Ostersonntag – war es passiert. Mein Körper war in Wasser getaucht und mein Geist und meine Seele waren gereinigt worden. Aus dem Wasser war ein neuer Mensch gestiegen. Na ja, zunächst ein nasser Mensch. Meine weiße Taufkleidung war schwer wie ein Panzer gewesen und ich hatte gefroren ob der durchtränkten Baumwolle auf meiner Haut.

„Ich habe das Richtige getan", hatte ich dennoch in mir selbst ausgerufen. Symbolische Akte haben ihren Wert, wenn wir nicht vergessen, ebendiese Symbolik mit Taten zu füllen. So gesehen war dieser Akt, im Whirlpool des Heiligen Geistes, die Auferstehung einer neuen Blickrichtung gewesen.

Die Richtung unserer Blicke bestimmt unsere Handlungen. Unsere Handlungen bestimmen unser Glück oder Unglück. So bleibt die Richtung entscheidend, aber die Handlung unersetzbar.

Jener Morgen war ein Neustart gewesen, ein Wendepunkt, der mir ein neues Leben geschenkt hatte. Ein neues Leben, das sich nach neuen Handlungen geradezu sehnsüchtig verzehrte – ein leeres Gefäß, das gefüllt werden wollte.

Mein Leben veränderte sich in jenem Jahr besonders stark. Jedoch nicht äußerlich. Es war das innere Leben, das so viele neue Erkenntnisse, eben Blickrichtungen, erkannte, dass es meine Handlungen kraftvoll mit sich riss. Auf diese Weise konnte meine Wiedergeburt nicht durch einen Akt vollbracht werden, vielmehr war meine Wiedergeburt wie eine Treppe – Stufe für Stufe, Schritt für Schritt, eine langsame, aber radikale Veränderung im tiefsten Inneren meines Seins.

Kurz vor Ostern dieses besonderen Jahres hatte ich als Kriegsdienstverweigerer meinen alternativen Dienst an der Gesellschaft angefangen. Ich hatte einem Menschen gedient. Genauer gesagt einem Mann, der seinen Körper nicht mehr bewegen konnte. Ein schlagartiger Unfall hatte ihm in jungen Jahren ein neues Leben gegeben. Ein Leben, das ohne Hilfe Anderer nicht mehr möglich war. Tag und Nacht hatte ich ihm zur Verfügung gestanden. Eine schwere Zeit für einen Egoisten wie mich. Ich hatte mich selbst überwunden und mit der Kraft gedient, die mir möglich gewesen war.

Das leere Gefäß hatte angefangen, sich zu füllen. In jenem Jahr änderte sich meine Blickrichtung in Richtung Liebe. Das Gefäß wurde im Laufe des Jahres vorbereitet, eingestimmt auf das Ende des Jahres.

∞

Zurück zum November 1995. Samstagabend. Discozeit.

Ich erinnere mich nicht mehr, ob ich eine weiße Hose mit einem weißen Rollkragenpullover trug. Wahrscheinlich ist es aber. Wir schrieben damals die Zeit des Technos. Weiß war in. Es wirkte unschuldig, friedlich, rein und passte einfach gut zum Discolicht. Klar, die Farbe Weiß hatte nicht nur Vorteile. Wenn man zum Beispiel, die Disco zwischenzeitlich verlassen hatte, um sich mit einem brünetten Mädchen auf einer grünen Wiese zu vergnügen – dann war eine weiße Hose wirklich von Nachteil gewesen. Obwohl – nicht nur von Nachteil. Als ich eines Nachts nach einem solchen Erlebnis wieder in die Disco zurückgekommen war, hatte mich mein Kumpel Nick kurz angeschaut, sein Blick war schnurstracks runter zu meinen grasgrünen Knien inmitten der weißen Unschuld gewandert. Er hatte respektvoll gegrinst und beide Daumen gehoben. Ich war sein persönlicher Held des Abends gewesen.

Genug geprahlt. Es war ein anderer Samstagabend, von dem ich nun berichten möchte. Ob ich an diesem Abend Weiß trug, ist nicht wichtig. Nick war allerdings auch wieder dabei. Ich saß, wie so oft, bequem auf einer dieser halbkaputten Ledercouches und schlürfte an einer Cola, als Nick mit einem jungen Mädchen an der Hand fröhlich grinsend auf mich zukam. Das Mädchen war auffällig unauffällig, der dichte Pony verdeckte fast ihr halbes Gesicht, sie wirkte still, schüchtern, beobachtend und absolut lieb. „Was will Nick denn mit der?“, fragte ich mich.

Nick war eher der Typ Draufgänger: Meistens fröhlich, offensiv, direkt und körperlich präsent, obwohl er deutlich kleiner war als ich. Er war auch kleiner als dieses Mädchen, das er selbstbewusst an seiner Hand führte. Nick umarmte mich kumpelhaft, das war bei uns so üblich, weil die Frauen darauf standen, wenn sie uns so herzlich sahen.

Nicht ohne Stolz präsentierte er mir das Mädchen an seiner Seite. „Das ist Emma, meine neue Freundin.“

Fast wie ein junges Reh reichte mir Emma ängstlich ihre rechte Hand. „Hallo“, sagte sie vielleicht, ich weiß es nicht, ihre hauchende Stimme kam nicht gegen die laute Technomusik an.

Ein kurzer erster Moment. Das ungleiche Paar zog weiter und ich verbrachte den Abend weiterhin damit, an der einen oder anderen Cola zu schlürfen, Menschen zu beobachten – vorrangig Frauen –, die Musik zwar gut zu finden, aber dennoch nicht zu tanzen. Gut, hier und da wippte mein Kopf ein wenig auf und ab oder meine Füße tippten im Takt des Technobeats auf den mit Bier überströmten Boden. Ich konnte nicht ahnen, dass schon bald etwas passieren würde, das mein Leben für immer verändern sollte.

Plötzlich, ohne bewusste Absicht, saß ich alleine neben Emma – auf eben einer dieser wenig ansehnlichen Ledercouches. Aber es war ja dunkel. So konnten wir uns auf die einnehmende Bequemlichkeit der Couch konzentrieren und auf das Gespräch, das nur langsam begann, aber dafür immer intensiver wurde.

Gespräch war vielleicht nicht ganz der passende Begriff für unsere Art der Kommunikation. Es war eher ein Monolog, aber einer, bei dem der Andere aufmerksam zustimmte. Emma benutzte nur wenige Worte, aber ihre ganze Körperhaltung, Gestik und Mimik signalisierten mir vollkommene Aufgeschlossenheit und Zuneigung. Worüber wir an jenem Abend sprachen, weiß ich nicht mehr. Was ich aber nie vergessen werde, ist die Hingabe, mit der mir Emma an jenem Abend begegnete. Irgendwann kam Nick zurück, nahm Emma an die Hand und verschwand mit ihr im unübersichtlichen Discotrubel. Die Nacht endete mit einem Big Mac im Morgengrauen. Allein. Nur ich und mein Opel Kadett.

∞

Es waren ein paar Wochen im Rhythmus vergangen, als mich eine Postkarte erreichte. Irgendwas mit einer Diddl-Maus und dem Vermerk „Melde dich doch mal! Liebe Grüße, Emma."

„Stimmt ja, wir haben Adressen und Telefonnummern ausgetauscht", fiel es mir ein – auf einem Zettel, wie es damals technisch *state of the art* war.

Irgendwie gefiel mir ihre Initiative, sodass ich zum Telefonhörer griff. Am anderen Ende der Schnur meldete sich ein Mann. Genauer gesagt ein Vater. Es vergingen ein paar Sekunden der Stille, des Abwartens, des Übergangs zwischen Vergangenheit und Zukunft. Eine Zukunft, die kurz davor war, zu beginnen.

„Hallo, Emma hier!"

Die Zukunft kam auf sehr leisen Sohlen daher. Dennoch verstand ich sie. Unsere ersten Worte ohne Discomusik im Hintergrund. Nur wir allein und ab und zu ein Knacken in der Leitung. Emma machte durch ihre stille Art sofort klar: Hier ist volle Konzentration und Zuwendung nötig, um miteinander ins Gespräch zu kommen. Kein Geplauder, kein Fast Food. Sondern ein Sich-Einlassen auf das Gegenüber.

Mit Nick war sie erwartungsgemäß nicht mehr zusammen, sie war zwar traurig darüber, aber erkannte, dass es besser so war. Auch unser zweites Gespräch verlief als Monolog. Da Emma ihre Mimik und Gestik nicht über die elektrische Leitung transportieren konnte, unterstützte sie mich diesmal mit Wortfetzen wie „ja" oder „finde ich auch." Mit meinen Sichtweisen und Einstellungen war Emma einverstanden.

Die Zukunft konnte beginnen. Eine Zukunft, die von Anfang an mehr auf meine Bedürfnisse als auf ihre Bedürfnisse ausgerichtet war. Oder anders gesagt: Eine Zukunft, in der sich Emma gut anpasste, um so ihr Glück zu finden.

Wir verabredeten uns für den kommenden Sonntag. Sie wollte mich besuchen kommen. Dorf ist Dorf. Unsere Elternhäuser standen beide mitten auf dem Land, wenn auch eine Stunde voneinander entfernt.

∞

Ein grauer Sonntagnachmittag im November.

Es war nicht zu kalt, sodass Emma und ich im Wald spazieren gingen, nachdem ich sie vom Bahnhof abgeholt hatte. Na ja, Bahnhof erscheint wie das falsche Wort. Eher war es ein Bahngleis, welches eh an unserem Dorf vorbeimusste. Man hatte ein kleines Wartehäuschen errichtet, um Menschen in den Zug ein- und auch wieder aussteigen zu lassen. Zumindest dann, wenn ein Zug bei uns hielt. So erfüllte dieses Wartehäuschen inmitten vom Nichts den Zweck eines Bahnhofs, obwohl es nicht so aussah.

Bei unserem Waldspaziergang sprachen Emma und ich über niemand Geringeres als Gott. Und über das Gefäß, das mit Liebe befüllt werden sollte. In der Rückschau wird mir klar, dass wir an diesem grauen Nachmittag ein Manifest unserer Zukunft beschlossen, von dem wir so schnell nicht mehr abweichen wollten und irgendwie auch nicht konnten. Wir proklamierten im Wald eine Beziehung, die auf dem Fundament des Glaubens und der Treue gegründet werden sollte. So war es nicht Leidenschaft, sondern jugendlicher Idealismus, der uns zusammenbrachte und uns für lange Zeit zusammenschweißte.

Erst nach dem Spaziergang, zu Hause in meinem Jugendzimmer, gab es den ersten Kuss – zaghaft und vorsichtig – ich gab den Takt und die Richtung vor. Emma folgte meinen Bewegungen. Zärtlich und mit zuvor verborgen gebliebener Gier kamen wir uns näher.

So rational und gleichzeitig vorsichtig der Anfang mit Emma gewesen sein mag, umso überraschender erwischte uns die Tiefe, die sich in den folgenden Wochen und Monaten entwickelte. Fest überzeugt davon, gemeinsam Hand in Hand auf Gottes Wegen zu wandern, seinen Willen in unserer Liebe zum Ausdruck zu bringen. Neben unseren Pflichten im Rhythmus gab es nur noch uns. Wir ließen uns voll und ganz aufeinander ein, verschmolzen zu einer Koalition der Entschlossenheit. In tiefer Zuneigung öffneten wir uns gegenseitig die allerheiligsten Orte unseres Seins. Ließen den anderen hineinblicken in jede Ecke der Seele, des Verstandes und des Fühlens.

Emma ging als Jungfrau in unsere Beziehung. Sie hatte vor mir kaum sexuelle Erfahrungen gemacht. Was für eine nicht Volljährige vom Lande zur damaligen Zeit ziemlich normal war. Wir ließen uns Zeit. Es mag sechs oder acht Wochen gedauert haben, so genau weiß ich es nicht mehr, als ich ihr half, vom Mädchen zur Frau zu werden.

Für mich war sie nicht die erste Frau. Sie war Nummer sieben. Die biblische Zahl. An Zufälle habe ich noch nie geglaubt. Unser sexueller Austausch wurde im Laufe der Monate immer besser und entspannter. Ohne jede Frage stand dabei meine Befriedigung im Mittelpunkt. Emma genoss die körperliche Nähe und interessierte sich nie für ihren Orgasmus. Besonders experimentell waren wir beim Hauptakt auch nicht, aber wir ließen uns Zeit beim Vorspiel, verwöhnten und streichelten uns gern und lang. Zärtlichkeit war unser Antrieb.

∞

Ein halbes Jahr ging ins Land, gefestigt und treu waren Emma und ich tief verbunden. Wir erfüllten uns einen Traum. Nun, vielmehr war es mein Traum gewesen, von dem ich Emma aber schnell hatte begeistern können: endlich die Schluchten von Manhattan ehrfürchtig betreten. Die Stadt der Städte wahrhaftig erleben. Nicht nur in Tagträumen und bunten Bildbänden – nein! New York musste endlich erobert werden.

Es war sicher nicht leicht für Emmas Vater, uns am Flughafen abzusetzen und sein kleines Mädchen in die weite Welt zu schicken. War es damals noch selbstverständlich für mich, so ist mir heute klar, dass er eine große Liebestat vollzog.

Es war heiß in Manhattan. Laut sowieso. Aus den U-Bahn-Schächten strömte feuchte und stinkende Luft, wenn wir über die Gitterroste der beige-gräulichen Bürgersteige gingen. Ein Geschwür aus Glasfassaden durchzog die kleine Insel zwischen den zwei Flüssen, Hitze wurde erbarmungslos aufgesogen und mit voller Wucht auf die Straße gespuckt – die Winzlinge auf den Bürgersteigen waren schon lange zu Spielfiguren ihrer eigenen Schaffenskraft geworden.

Rhythmus pur. Schnell. Brutal. Total. So schlimm es auch wirkte – es war wunderschön. Faszinierend. Verführerisch. Antörnend. Inmitten dieser verstörenden Welt ein junges Liebespaar vom norddeutschen Lande. Unschuldig. Rein. Neugierig. Ein Kontrast, wie er größer kaum sein konnte. Wir waren Vorreiter. Landeier auf dem Vormarsch. Progressive Wiesenbewohner. Bestaunt von den Daheimgebliebenen und belächelt von den hier Lebenden. Eine Woche voller Eindrücke. Voller Staunen und Faszination.

Der letzte Abend vor der Abreise wurde zum romantischen Höhepunkt. Wir hatten unsere beste Kleidung dabei, ich den schwarzen Anzug mit den grauen Nadelstreifen und mein Mädchen ein goldenes Kleid, das glücklicherweise nicht zu lang war und so gierige Blicke auf ihre weichen Schenkel ermöglichte.

Mit dem Taxi ließen wir uns vor ein Broadway-Theater fahren. Die Geschichte rund um Miss Saigon war sicher nicht nur erheiternd, aber das störte uns nicht. Es war unser Abend. Wir waren in New York. Wir gingen aus wie die Großstädter. Wir waren dabei. Gemeinsam.

Nach dem Theater ließen wir uns verwöhnen. Während wir aßen und tranken, drehte sich das Restaurant im dreißigsten Stock um die eigene Achse und gab so immer wieder verschiedene Blicke auf das nächtliche New York preis. Keine Frage, die Kosten für das Essen standen in keinem Verhältnis zu seinem Geschmack, aber auch das war an diesem Abend nicht wichtig.

Für den Rückweg ins Hotel verzichteten wir auf ein Taxi. Wir schritten Hand in Hand durch das warme nächtliche New York. Noch heute fasziniert mich die Ruhe, die Manhattan annimmt, nachdem die Sonne die Insel verlassen hat. Wir trafen kaum Menschen auf unserem Weg. Dies ermöglichte mir den einen oder anderen Griff unter das Kleid von Emma. Sie schmunzelte und wir wussten beide, was gleich im Hotelzimmer passieren würde.

∞

Anstrengend ist es, sich zu bilden. Besonders anstrengend ist es, sich zu bilden zum Wohl einer Gesellschaft. Sich zu bilden für den Rhythmus. Sich zu krümmen, sich unterzuordnen. Zu streben nach der vollkommenen Gleichheit. Ich will sein wie Du. Du sollst sein wie wir. Wir wollen gemeinsam gehen. Gehen Hand in Hand, ganz eng aneinander, ganz sicher und ohne Angst, anders werden zu müssen.

Ich war ein vorbildlicher Student. Pünktlich, verlässlich, duldsam und immer auf der Suche nach einer Gelegenheit, dem Lehrkörper zu gefallen. Sehr gut war gerade gut genug.

Keine Frage: Ich hatte aus meiner Kindheit viel nachzuholen. War ich doch der Rebell gewesen, der häufig den Unterricht gestört und so mehr Zeit vor als in dem Klassenzimmer verbracht hatte. Rhythmusstörungen im zarten Alter von acht. Es wurde besser mit den Jahren, doch nie leicht. Nicht leicht für mich und schon gar nicht für die Anderen. Aber jetzt hatte ich verstanden: Zu leben heißt, die Dinge ordentlich zu machen. Oder man lässt es ganz bleiben.

Mein Tun bestand zu jener Zeit aus Studieren. Und bleiben lassen wollte ich das nicht. Denn der Rhythmus versprach mir Belohnungen, einen dicken Vertrag mit Sicherheiten bis zum letzten Atemzug. Das gefiel mir. Emma auch. Und so strebten wir nach dem perfekten Sein. Ein Lebens-Design, das nicht darin bestand, Neues zu schaffen, sondern Etabliertes perfekt fortzusetzen.

Unsere Persönlichkeiten stabilisierten sich und so wurden wir immer mehr zu guten Bürgern unserer Gesellschaft. Emma war noch disziplinierter als ich, sie konnte ohne Unterlass im Rhythmus tanzen. Sie litt jedoch auch viel mehr als ich. Emma war verbissen, noch ehrgeiziger und damit deutlich näher am Epizentrum der Macht, wie eine Sonnenblume, die neben einem explodierten Kernreaktor versucht, zu wachsen.

Macht ist zerstörerisch und gibt doch wahnsinnig viel Energie. Besondere Energien. Mutationen sind möglich und auch erwünscht, wenn sie in die richtige Richtung gehen. Der Rhythmus sucht Menschen, die ihn ständig verbessern und damit stärken.

Emma wollte immer perfekt sein. Auch in der Liebe. Oder in dem, was sie für Liebe hielt. Und so waren wir wie ein Lebewesen, in dem zwei Menschen miteinander verschmolzen waren. In großer Liebe, aber auch in großer Disziplin aneinander gebunden. Gegenseitiger Kompass und Halt. Spiegelbild und Quelle aller Entscheidungen.

∞

„Mein Vater ist heute nicht von der Arbeit wiedergekommen. Er ist tot", stammelte Emma ins Telefon.

Keine letzten Worte und kein Abschied. Rausgerissen aus dem Leben durch einen Unfall. Manche überleben ihre Unfälle, wenn auch schwer gezeichnet, manche verlieren ihr ganzes irdisches Sein in einem Moment. Von jetzt auf gleich keine Worte mehr. Kein Lachen und kein Meckern mehr. Stille. Fragezeichen. Wehklage. Gott hat entschieden. Hat er? Gott hat ihn zu sich genommen. Hat er?

Schwarz-weiße Fotografien vom toten Vater-Gesicht. Ganz nah. Ganz mild. Die Fotos bleiben. Der Fotografierte ging hinfort. Immer mehr und mehr. Einfach nur da sein. Gemeinsam den Schmerz ertragen. In der Liebe begegnen wir uns nicht nur im goldenen Minikleid, im Genuss und in der Lust, sondern allzu oft auch im trüben Sein mit schalem Beigeschmack.

Emma und ich erfuhren eine neue Tiefe in unserer Liebe, neuen Schwung für unsere Entschlossenheit, gemeinsam zu marschieren. Nicht loslassen. Festhalten. Es kommen wieder bessere Zeiten.

Mein Studium neigte sich dem Ende zu. Die Regeln schrieben vor, dass ich im Ausland zu arbeiten hatte, um mein Studium abschließen zu können.

Eine gute Gelegenheit für eine mutige Entscheidung. Ich ging für ein paar Monate nach New York. Ganz allein. Ohne meine geliebte Emma. Ein kleines Zimmer in Hell's Kitchen, irgendwo zwischen der neunten und zehnten Avenue, einige Fuß tiefer als der Bürgersteig.

Nicht nur das Zimmer hatte etwas Erbärmliches, auch mein Zustand war ein wenig schöner Anblick. Denn schon nach wenigen Stunden in Manhattan wurde mir klar: Meine Seele war in Deutschland geblieben. Mein ganzes Sein verzehrte sich nach Emma. Danach, wieder vereint zu sein mit meinem Spiegelbild. Mein Körper war allein in New York und schrie jeden Tag nach seiner Seele. Ohne sie war ich nicht in der Lage wahrzunehmen, nicht in der Lage, zu genießen, nicht in der Lage, aus dem Reichtum der Stadt zu schöpfen. Alles lebte um mich herum, nur ich war tot.

„Ich komme dich für zwei Wochen in New York besuchen", sagte Emma am Telefon, nachdem ich sie vier Wochen lang darum gebeten hatte, herzufliegen.

Mein Körper jubilierte, denn seine Seele war auf dem Weg zurück zu ihm. Und Emma kam wirklich. Was für ein schöner Anblick, dieses kleine und zierliche Wesen auf dem grauen Asphalt, es hatte ein Lächeln dabei und meine Seele im Gepäck. Vorübergehende Wiedervereinigung. Meine Seele war wieder bei ihrem Körper. Jedoch wurde uns schon bald klar: Es war anders als vorher. Emma und ich stritten ungewohnt viel auf diesem engen Raum, dem Zimmer unter dem Bürgersteig, das für eine Zeitlang unser gemeinsamer Rückzugsort war. Der Einzige. Das Teilen fiel uns schwer.

So war auch Erleichterung zu spüren, als meine Seele wieder auf Reisen ging. Emma nahm sie wieder mit. Aber diesmal blieb ein Teil in New York zurück. Ganz allein bei mir. Ganz allein für mich. Trotz der Erleichterung, dass kleine Zimmer wieder für mich allein zu haben, machte sich schnell wieder Wehmut breit. Sehnsucht nach der Heimat, Sehnsucht nach dem alten Rhythmus. Auch Sehnsucht nach Emma. Sehnsucht nach unserer Liebe, wie sie vor New York gewesen war.

Jeder Tag wurde gezählt, auf einer Strichliste abgehakt, bis es soweit war: Mein Körper durfte nach Deutschland zurück. Alles war wieder gut. Auch mit Emma. Doch ich fürchte, dieses eine Stück Seele, welches mit mir in New York geblieben war, kehrte niemals zu ihr zurück.

Das Studium endete, der Rhythmus hatte schon den nächsten Spiellevel für uns vorbereitet. Der Ernst des Lebens begann. Jahrelang wurden wir geschult und nun waren wir bereit, zu huldigen und zu ernten. Der Rhythmus erfüllte verlässlich seinen Vertrag: Er gab uns das versprochene Geld und wir ihm unsere ganze Kraft.

Emma und ich verließen die Wiesen und zogen zusammen in die große Stadt. Hamburg. Die Perle an der Elbe. Schillerndes Panorama, vor dem sich viele gut gekleidete Menschen gekonnt bewegen. Hinter der Fassade viel Dreck und Unglück. Lebenskrisen und Armut. Hamburg, die vielleicht schönste Stadt der Welt, ist vor allem ein Ort der perfekten Täuschung. Weiße Farbe auf schwarzem Schimmelpilz, immer wieder und wieder aufgetragen. So strahlt Hamburg. Eine Perle für die Augen.

Emma und ich waren nun mittendrin. Unschuldig. Rein. Harmlose Steuer- und Parkuhrbezahler. Nach fünf Jahren Liebe hatten wir zum ersten Mal eine gemeinsame Wohnung. Zuvor waren unsere Mütter die Mitbewohnerinnen in unseren Dorfhäusern gewesen. Jetzt waren wir ohne ihre Fürsorge. Wir fühlten uns frei. Aber wir fühlten auch die Verantwortung und den Druck, ganz allein im Rhythmus zu schwingen. Tagein, tagaus.

Zwar hatten wir mehr Platz als damals in unserem Unterschlupf in New York, dennoch war unser Zusammenleben weit weniger leicht, als wir erhofft hatten. Was blieb, war der feste Glaube an Gott und an unsere Liebe. Wir ließen uns nicht beirren. Und obwohl ich eigentlich zu jung war für Musik von Depeche Mode, dachte ich immer wieder an diese Worte: Oh, mein kleines Mädchen, alles, was ich je brauchte, ist hier in meinen Armen, es sind keine Worte nötig, denn sie schaden nur, was zählt, sind nur Gefühle, Freude genau wie der Schmerz.

Willkommen im Club

„Was hat der junge Kollege nochmal gesagt, Red Club oder so? Mal schauen, was Google dazu sagt."

Jon sitzt in seinem grau-schwarzen Designer-Relax-Sessel, ein wenig erschöpft vom Frondienst im Rhythmus, aber zugleich glücklich, nun etwas Zeit für sich zu haben. Auf seinem Schoß ein Laptop, der seine besten Tage hinter sich hat, aber immer noch funktioniert. „Und solange das Internet seine Kooperation mit diesem Verbindungsstück nicht verweigert, bleibt der Laptop im Dienst", sagt er sich immer wieder.

Jon trägt seine Lieblingsklamotten. Die schwarze Jogginghose mit den drei Streifen und den alten Rollkragenpullover – beide duften immer noch etwas eigenwillig und könnten dringend eine Wäsche vertragen. Hinter ihm liegt ein guter Tag im Rhythmus. Jon konnte einigen Kollegen mal wieder beweisen, was er drauf hat, wofür er von seinem Chef gelobt wurde. „Gut gemacht, Jon! Den Kollegen vom Controlling haben wir ordentlich gezeigt, wer hier die Hosen anhat!"

Jon selbst war davon nicht so beeindruckt wie sein Chef, aber Lob ist immer nützlich, es streichelt das Ego und hilft im Zweifel bei jeder Gehaltsverhandlung. Natürlich hatte Jon bemerkt, dass die Zahlen vom Controlling fehlerhaft waren, aber dies zu bemerken, war keine Meisterleistung gewesen, wenn man, wie er, schon lange im Business ist. Der junge Kollege vom Controlling hat einfach nicht die Erfahrung, zu erkennen, was Jon erkennen kann.

Dass sein Chef dies für seinen eigenen Vorteil genutzt hatte, überraschte Jon ebenfalls nicht. Sein Chef verfügt über ein großes Ego, das sogar noch größer ist als das von Jon. Und das muss man erstmal hinkriegen. Sein Chef heißt Felix. Er ist in den Anfängen seiner Fünfzigerjahre, seit einundzwanzig Jahren verheiratet und hat zwei Mädchen im Teen-Alter. Mit seiner Familie wohnt er in einem großen Haus auf dem Land. Felix verbringt eine Menge Zeit im Auto, er ist ein sogenannter Pendler. Der Rhythmus liebt Pendler. Sie haben weniger Zeit für andere Dinge als Nichtpendler. So kommen sie nicht so schnell auf dumme Gedanken.

„Die Zeit im Auto stört mich gar nicht.", sagt Felix häufig. „Da kann man immer gut Telefon-Meetings über die Freisprechanlage machen, sowohl morgens als auch nach Feierabend."

Bis auf die beschriebenen Rahmenbedingungen weiß Jon wenig von Felix. Außer dass er augenscheinlich gern Anzüge von Hugo Boss trägt. Ob er sie wirklich gern trägt, weiß Jon genau genommen aber auch nicht. Wenn Felix sich im Smalltalk versucht, redet er immer gern über „Haus und Familie", wie er es nennt. Und da er weiß, dass Jon hier nicht viel zu erzählen hat, wird das Gespräch meist zügig auf das Business verlagert. So hört Jon ein paar Augenblicke angestrengt interessiert zu und ist froh, wenn er wieder von seiner Arbeit berichten kann.

Der junge Kollege vom Controlling war ziemlich niedergeschmettert nach dem Meeting. Jon hatte Mitgefühl und lud ihn zu einem gemeinsamen Mittagessen in die Kantine ein. Er konnte nicht ahnen, wie sehr dieses kleine Mittagessen sein Leben verändern sollte.

Zunächst redete Jon zehn Minuten lang auf den Nachwuchsmanager ein: „Fehler passieren, mach Dir keine Sorgen. Als ich noch ein Junior war, da…"

Jon bemerkte schnell, dass sich sein junger Kollege nicht wirklich besser fühlte durch den Monolog des „alten und weisen Mannes". Um für neue Leichtigkeit im Gespräch zu sorgen, schaltete Jon auf privat und fragte den jungen Mann nach seiner Familie. Die Unterhaltung nahm eine unerwartete Wendung. Plötzlich war in den Augen des Kollegen ein bisher nicht bekanntes Leuchten zu sehen. Das dröge Zahlengesicht wich einem wachen und lebensfrohen Antlitz, dem deutlich anzusehen war, dass der dazugehörige Mensch etwas zu erzählen – ja, gar eine frohe Botschaft zu verbreiten – hatte. Er schaute nach links und rechts, um zu prüfen, ob genug Abstand zu anderen Kollegen da war.

Dann fragte er Jon mit leiser Stimme: „Du bist doch auch nicht verheiratet, oder?"

„Hm", dachte Jon. „Weiß das eigentlich jeder hier? Ist das so wichtig?"

„Nein, ich bin nicht verheiratet, ich habe eine Freundin, sie heißt Louna", entgegnete er mit souveräner Tonlage.

Der junge Mann strahlte. „Ich bin auch nicht verheiratet, Jon, schön, dass ich hier nicht der Einzige bin mit diesem Lebenskonzept."

„Lebenskonzept? Ein interessanter Begriff für: Man kann auch ohne Trauschein glücklich sein", merkte Jon an.

„Es geht um viel mehr als das. Es geht um die Freiheit, zu tun und zu lassen, was man möchte und dennoch nicht auf die schönen Dinge zwischen Mann und Frau verzichten zu müssen", erklärte der Nachwuchsmanager, der offensichtlich Erfahrungen hatte, die Jon fehlten. Er tat trotzdem informiert. „Hm, Du meinst friends with benefits?"

„Ja, auch, aber es sind auch viele andere Dinge möglich. Muss jeder für sich selbst rausfinden", erläuterte der junge Kollege, der plötzlich gar nicht mehr so jung wirkte.

„Und wie findet man sowas raus?", fragte Jon nicht wirklich interessiert, aber höflich.

„Dafür gibt es heutzutage zum Glück das Internet, schau zum Beispiel mal in den Red Club", klärte der immer selbstbewusster wirkende Brillenträger Jon auf.

Um dem Kollegen kein schlechtes Gefühl zu geben, bedankte sich Jon für den Tipp und versprach, abends mal zu schauen. So endete dieser Kantinenplausch völlig anders, als Jon vorher gedacht hatte. Seine seniorige Motivationspredigt kam weniger gut an, dafür hatte nun *er* neuen Input bekommen, welcher den ganzen Nachmittag in ihm arbeitete. Sich immer weiter in ihn rein grub, seine Gedanken immer mehr lenkte. Wie ein Feuer, das erst lahmarschig und desinteressiert vor sich hin kokelt und sich dann immer mehr ausbreitet, bis lichterlohe Flammen entstehen. Am Ende des Arbeitstages war Jon klar, dass er am Abend tatsächlich nach diesem Club schauen würde. Seine Neugierde war entzündet und er wollte einfach wissen, was diesen langweiligen Controller so hatte strahlen lassen.

„Red Club, komischer Name – ah, Google kennt das: Willkommen im Red Club, der Plattform für Aufgeschlossene. Nun, das bin ich ja eigentlich schon", grummelt Jon vor sich hin.

Er klickt auf die Anzeige und landet auf einem ziemlich roten Bild mit viel nackter Haut im Hintergrund. Nur schemenhaft erkennt er transparente Körper, die in verschiedenen Posen miteinander agieren. Jons Augen werden größer. Sie erblicken ein auffälliges Banner.

`Hier Mitglied werden und noch heute viele nette Kontakte kennenlernen!`

Jon klickt. Eine Eingabemaske erscheint. Sie stellt ihm eine Frage.

`Bist Du ein Mann, eine Frau oder hast Du ein sonstiges Geschlecht?`

„Mann – was sonst", antwortet Jon laut und kreuzt seine Auswahl an. „Was ist wohl mit ‚sonstiges Geschlecht' gemeint?" Er grübelt kurz, bevor er zur nächsten Frage wechselt.

`Was suchst Du: Männer, Frauen, sonstige Geschlechter oder Paare?`

„Frauen, natürlich! Moment mal, Paare? Wer sucht denn sowas für sich? Verrückt."

`Wie alt bist Du?`

„38, stehe ich zu."

`Wo wohnst Du?`

„In Hamburg."

Möchtest Du nur im Umkreis oder auch weiter weg suchen?

„Nur im Umkreis, ist doch viel praktischer. Warum in die Ferne schweifen? Sieh, das Gute liegt so nah! Goethe war schon ein cooler Typ", feixt Jon.

Wie ist Dein Beziehungsstatus?

- ☐ geschieden
- ☐ in einer Affäre
- ☐ in einer festen Beziehung
- ☐ in Trennung lebend
- ☐ offene Beziehung
- ☐ Polyamorie
- ☐ Single
- ☐ verheiratet
- ☐ verwitwet

Mehrfachnennungen sind möglich.

„Puh, was es alles gibt, ich kreuze mal Single an, erhöht bestimmt die Chancen." Er schmunzelt und sinniert weiter vor sich hin. „Dass ich geschieden bin, geht keinen was an, außerdem: Wer findet schon einen geschiedenen Mann sexy?"

Hast Du Kinder?

„Keine, muss auch nicht unbedingt sein."

Rauchst Du?

„Nein! Zum Glück nicht."
Die Eingabemaske schließt sich und es öffnet sich ein neues Fenster.

Gib uns nähere Angaben zu den von Dir gesuchten Frauen.

Jon freut sich. „Ah, jetzt wird es interessant."

`Alter der Frau von ___ Jahre bis ___ Jahre`

„Von zwanzig bis fünfunddreißig. Jüngere Frauen sind einfach schärfer – sieht man ja an Louna!"

Louna ist neunundzwanzig Jahre alt und fällt Jon in diesem Moment wieder ein. Er hatte den ganzen Tag, seit dem Mittagessen in der Kantine, nicht mehr an sie gedacht.

„Was sie wohl dazu sagen würde, wenn sie wüsste, was ich hier mache? Sie wäre sicher nicht begeistert. Ich behalte das besser mal für mich." Das beschließt er überzeugt.

`Körpergröße der Frau von ___ m bis ___ m`

„Von ein Meter sechzig bis ein Meter achtzig – Hauptsache, nicht größer als ich"

`Haarfarbe der Frau:`

- ☐ Blau
- ☐ Braun-Rot
- ☐ bunt
- ☐ Dunkelrot
- ☐ Dunkel-Schokobraun
- ☐ Gelb
- ☐ Goldblond
- ☐ Grün
- ☐ Hellblond
- ☐ Hellbraun-Karamell
- ☐ Hellrot
- ☐ Honigblond
- ☐ Kastanien-Dunkelbraun
- ☐ Mahagoni-Braun
- ☐ Natur-Goldbraun

- ☐ Neonrot
- ☐ Orange
- ☐ Schwarz
- ☐ Schwarz-Braun

Frisur der Frau:

- ☐ Glatze
- ☐ kinnlang
- ☐ kurz
- ☐ lang
- ☐ lockig
- ☐ mittellang

Mehrfachnennungen sind möglich.

„Tja, gute Frage, Glatze muss nicht sein – und sonst? Ach, ich kreuze mal alles an, erhöht die Auswahl", versucht Jon, die Abfragetechniken logisch zu ergründen.

Statur der Frau:

- ☐ athletisch
- ☐ dünn
- ☐ ein wenig mehr
- ☐ etwas mollig
- ☐ muskulös
- ☐ normal
- ☐ schlank
- ☐ sehr mollig

Mehrfachnennungen sind möglich.

„Och, hat irgendwo alles seinen Reiz, ich kreuze wieder alles an."

Kleidungsstil der Frau:

- ☐ alternativ
- ☐ elegant
- ☐ extravagant
- ☐ klassisch
- ☐ lässig
- ☐ modisch
- ☐ sportlich

Mehrfachnennungen sind möglich.

„Puh, schwierig, Hauptsache nackt!" Jon lacht schallend. Er kreuzt „klassisch" an und denkt: „Damit machste nichts falsch!"

Beziehungsstatus der Frau:

- ☐ geschieden
- ☐ in einer Affäre
- ☐ in einer festen Beziehung
- ☐ in Trennung lebend
- ☐ offene Beziehung
- ☐ Polyamorie
- ☐ Single
- ☐ verheiratet
- ☐ verwitwet

Mehrfachnennungen sind möglich.

„Nun, es wäre schon netter, wenn sie Single wäre, so könnte ich sie für mich allein haben und Altschäden aus früheren Beziehungen müssen auch nicht unbedingt sein."

Jon kreuzt Single an und spürt, dass er gerade dabei ist, Dinge anzuschieben, die sicher nicht gut für seine Beziehung mit Louna sein werden. „Ich bin nur neugierig, ich will nur mal schauen – nur gucken, nicht anfassen", beeilt sich Jon zu denken.

Kinder bei der Frau?

„Nein, bitte nicht, macht nur alles komplizierter."

`Rauchgewohnheiten bei der Frau?`

„Ganz klar: Nichtraucherin, ich lecke doch auch keine Aschenbecher aus!" Jon schüttelt sich ein wenig.

Ein neues Fenster öffnet sich.

`Mache nähere Angaben zu den von Dir gesuchten Frauen. Diese können auch später ausgefüllt werden.`

„Ach, warum nicht, wenn ich schon mal dabei bin, mal sehen, was es hier so für Möglichkeiten gibt", plappert Jon leicht erregt vor sich hin.

`Sexuelle Präferenz der Frau:`

- ☐ asexuell
- ☐ bisexuell
- ☐ demisexuell
- ☐ heteroflexibel
- ☐ heterosexuell
- ☐ homoflexibel
- ☐ homosexuell
- ☐ pansexuell
- ☐ queer
- ☐ sapiosexuell

`Mehrfachnennungen sind möglich.`

„Ein bisschen bi schadet nie, hat meine Mutter immer gesagt, habe mir nie die Frage gestellt, wie gerade sie sich so einen Satz merken konnte. Aber warum fragen die mich, ob ich lesbische Frauen kennen lernen will, was wollen die mit mir? Und was sind das eigentlich für andere Formen? Kenne ich gar nicht, muss ich gleich mal googeln. Was es alles gibt! Hm, ich kreuze mal hetero und bi an – wer weiß, so ein Dreier mit zwei Frauen, könnte doch nett sein."

Jon lächelt vor sich hin und findet immer mehr, dass es eine gute Idee war, den Club aufzusuchen. Klar, nicht unproblematisch wegen Louna, aber er will ja nur mal schauen. Alles easy, er tut nichts Unmoralisches.

Sexuelle Neigungen der Frau:

- ☐ eher dominant
- ☐ dominant
- ☐ sehr dominant
- ☐ eher devot
- ☐ devot
- ☐ sehr devot
- ☐ eher masochistisch
- ☐ masochistisch
- ☐ sehr masochistisch
- ☐ eher sadistisch
- ☐ sadistisch
- ☐ sehr sadistisch
- ☐ Switcher
- ☐ nichts von alledem

Mehrfachnennungen sind möglich.

„Puh, keine Ahnung – maso? Mag ich Schmerzen beim Sex? Ich denke, eher nicht. Will ich selbst Schmerzen verursachen? Nein, muss echt nicht sein. Dominanz… Ich mag es schon, wenn sie mal den Ton angibt, Louna ist ja eher zurückhaltend. Wobei ich auch mal gern die Richtung vorgebe. Ich wähle den Switcher, lässt mir alle Türen offen.“

Intimbehaarung der Frau:

- ☐ blitzblank
- ☐ Dreieck
- ☐ großer Busch
- ☐ Herz
- ☐ Irokese

- ☐ kleiner Busch
- ☐ Landebahn
- ☐ Pfeil
- ☐ Querbalken
- ☐ Schmetterling
- ☐ Tattoos
- ☐ Wildwuchs

Mehrfachnennungen sind möglich.

„Oha, jetzt geht es aber ins Detail, irgendwie geil! Ein paar Haare untenrum sind schon nett, habe ja auch nicht immer Lust, mir jedes Haar am Sack zu entfernen. Gut, Louna beschwert sich manchmal, wenn ihr ein Haar im Halse stecken bleibt, aber zum Glück trägt sie mir zuliebe auch einen kleinen Busch." Jon reibt sich die Hände. „Was kommt als Nächstes?"

Größe und Aussehen der Brüste der Frau:

- ☐ Flachbrüste
- ☐ kleine Brüste A/B
- ☐ mittelgroße Brüste C
- ☐ größere Brüste D/E
- ☐ große Brüste F/G
- ☐ sehr große Brüste H/I
- ☐ Riesenbrüste J/K
- ☐ auseinanderstehende Brüste
- ☐ Hängebrüste
- ☐ Kegelbrüste
- ☐ Naturbrüste
- ☐ operierte Brüste

Mehrfachnennungen sind möglich.

„Wow, tja, irgendwie ist vieles davon antörnend, muss ich ja zugeben. Operierte Brüste habe ich erst einmal in der Hand gehabt, hatte was – ach, komm, ich kreuze einfach wieder alles an!"

Form des Hinterns der Frau:

- ☐ Apfel
- ☐ Birne
- ☐ Kartoffel
- ☐ Nektarine
- ☐ Tomate

Mehrfachnennungen sind möglich.

„Ähm, sind hier wirklich weibliche Ärsche gemeint oder soll ich mir was zu essen aussuchen? Keine Ahnung, ich kreuze einfach mal alles an, passt schon." Jon reibt sich verwundert die Augen. „Was ist das für eine coole Seite? Warum habe ich vorher nie von der gehört? Wo bin ich bloß die letzten Jahre gewesen?"

Größe und Form der Vagina der Frau:

- ☐ kleine Ausprägung
- ☐ große Ausprägung
- ☐ gering ausgeprägte innere Labia
- ☐ stark ausgeprägte innere Labia
- ☐ ausgeprägte Klitoris
- ☐ kleine Klitoris
- ☐ Piercings

Mehrfachnennungen sind möglich.

„Nee, das kann doch wohl nicht wahr sein, das fragen die jetzt nicht wirklich? Ich habe mir darüber noch keine Gedanken gemacht, was sind überhaupt Labia? Piercings müssen nicht sein, wer will schon an Metall rumlecken? Komm, Muschi ist Muschi, ich kreuze einfach den Rest an." Jon ist fasziniert und ist es umso mehr, als er die nächste Rubrik entdeckt.

Besondere sexuelle Vorlieben der Frau:

Eine sehr lange Liste erscheint vor ihm, mit vielen Begriffen, die er noch nie in seinem Leben gehört hat:

- [ ] Altersunterschiedsspiele
- [ ] Analdehnung
- [ ] Analkoitus
- [ ] Angstspiele
- [ ] Anilingus
- [ ] Anspucken
- [ ] Atemkontrolle
- [ ] Augenbinde
- [ ] Auspeitschen
- [ ] Beißen
- [ ] Besondere Orte
- [ ] Bestrafung
- [ ] Bildertausch
- [ ] Blutspiele
- [ ] Bondage
- [ ] Bukkake
- [ ] Branding
- [ ] Brennnesseln
- [ ] Brustfolter
- [ ] CFNM
- [ ] CMNF
- [ ] Cuckold
- [ ] Cunnilingus
- [ ] Cutting
- [ ] Deepthroat
- [ ] Demütigung
- [ ] Dessous
- [ ] Dildos
- [ ] Dirty Talk
- [ ] D/S
- [ ] Einlauf
- [ ] Elektrosex

- ☐ Englische Erziehung
- ☐ Entblößung
- ☐ Entführung
- ☐ Erotic Power Exchange
- ☐ Erniedrigung
- ☐ Erregen und Verweigern
- ☐ Exhibitionismus
- ☐ Facesitting
- ☐ Feeding
- ☐ Fellatio
- ☐ Fesseln
- ☐ FFM
- ☐ Fickmaschinen
- ☐ Filmen
- ☐ Fisten
- ☐ Fixieren
- ☐ FKK
- ☐ Flagellation
- ☐ FLR
- ☐ Folterspiele
- ☐ Fotografieren
- ☐ Fremdbestimmung
- ☐ Frischhaltefolie
- ☐ Frivole Partys
- ☐ Frottage
- ☐ Füße
- ☐ Gangbang
- ☐ Genitalfolter
- ☐ Getragene Unterwäsche
- ☐ Glory Hole
- ☐ Haare
- ☐ Halsband

- Handjob
- Harter Sex
- Handschellen
- Handschuhe
- High Heels
- Hände
- Kamasutra
- Kaviar
- Keine Unterwäsche
- Ketten
- Keuschhaltung
- Kitzeln
- Klammern
- Klinikspiele
- Knebeln
- Korsett
- Kratzen
- Kuschelsex
- Küssen
- Käfighaltung
- Lack
- Laktation
- Latex
- Leder
- Masken
- Massagen
- Melkspiele
- Minirock
- MFMF
- MMF
- Nackthaltung
- Nadeln

- ☐ Natursekt
- ☐ Nylons
- ☐ Nymphomanie
- ☐ Stiefel
- ☐ Objektifizierung
- ☐ Ohrfeigen
- ☐ Onanieren
- ☐ Orgasmuskontrolle
- ☐ Outdoor
- ☐ Partnerverleih
- ☐ Pet Play
- ☐ Plugs
- ☐ Pornos schauen
- ☐ Public Sex
- ☐ Rape-Play
- ☐ Rohrstock
- ☐ Rollenspiele
- ☐ Schlagen
- ☐ Sinnesentzug
- ☐ SM
- ☐ Spermaspiele
- ☐ Squirting
- ☐ Strapse
- ☐ Strip
- ☐ Swingerclub
- ☐ Tantra
- ☐ Tattoos
- ☐ Telefonsex
- ☐ Umschnalldildo
- ☐ Vampirspiele
- ☐ Vorführung
- ☐ Voyeur

- Wachs
- Webcam-Spiele
- Windelspiele
- Zuschauen lassen

Mehrfachnennungen sind möglich.

Jon schaut immer wieder und wieder verdutzt auf die Liste. Seine Augen versuchen, Halt zu finden an Worten, die er kennt. „Okay, das werde ich dann besser wohl später ausfüllen, wenn ich mich etwas umgeschaut habe", ermutigt er sich.

Er klickt weiter und landet auf einer Seite, auf der er nähere Angaben über sich machen soll. Auch Fotos von sich soll er hier hochladen.

Wir empfehlen Dir, mindestens ein aussagekräftiges Foto hochzuladen. Damit verbesserst Du Deine Chancen auf erfolgreiche Kontakte um bis zu 100 %!

Jon schaut auf den Bildschirm. „Mag sein, dass man mit Gesicht mehr Chancen hat, aber ich werde mich hier sicher nicht zeigen, was ist, wenn mich Felix oder meine Mitarbeiter hier sehen würden? Ganz zu schweigen von Louna!" Ein paar Sekunden vergehen und er muss lachen. „Um mich zu sehen, müssten die ja selbst im Club angemeldet sein. Wäre vielleicht auch witzig, hier jemandem zu begegnen. Hm, Nein. Muss nicht sein!"

Er füllt die näheren Angaben zu sich aus: „Größe: 1,87 m, Haarfarbe: Dunkelbraun, Statur: normal, „Kleidungsstil: klassisch, Sexuelle Präferenz: heterosexuell, Sexuelle Neigung: Switcher. Wenn sie switcht und ich auch, haben wir doch alle Möglichkeiten", malt sich Jon seine ersten Fantasien aus.

„Intimbehaarung: kleiner Busch. Wobei der manchmal auch größer wird, wenn ich mal wieder keine Lust hatte zum Rasieren", gibt Jon gegenüber sich selbst zu und denkt dabei an Louna, die ihm vorwirft, er würde sich in letzter Zeit nicht mehr so viel Mühe geben, nicht mal mehr beim Rasieren. Jon hält das für maßlos übertrieben und muss dennoch zugeben, dass Louna nicht völlig Unrecht hat.

Größe des Gliedes?

„Ähm, ist das wichtig? Muss das ins Internet? Na ja, fair ist fair, habe eben auch genau angegeben, welche Merkmale die Frau haben soll – aber Größe des Schwanzes ist doch wirklich übertrieben – es kommt doch auf die Technik an! Hmm, ich kreuze mal ‚20 cm' an, kommt schon ungefähr hin und ich habe gehört, dass die meisten Frauen darauf stehen. Beschwerden habe ich bisher auch keine bekommen."

```
Dicke des Gliedes?
```

„Puh, was weiß denn ich, passt gut in meine rechte Hand, zwischen Daumen und den vier Fingern", lacht Jon laut vor sich hin.

Er formt seine rechte Hand, wie er es bei der Selbstbefriedigung immer tut, und stellt fest: „Acht Zentimeter sind das bestimmt!"

```
Piercings?
```

„Nein! Und schon gar nicht am Schwanz, bin ja nicht irre." Jon beeilt sich, die unangenehmen Fragen schnell zu bearbeiten.

Er wird schließlich nach einer gültigen E-Mail-Adresse und einem Passwort gefragt. „Zum Glück habe ich noch eine Adresse von früher, die ich nicht mehr nutze: Nathan@yadoo.de – und als Passwort nehme ich einfach den Namen des jungen Controllers, das hat er sich verdient." Jon schmunzelt.

```
Du hast Deine Anmeldung erfolgreich abgeschlossen. Willkommen im Club!
```

„Na endlich geht es los!" Jon freut sich. „Bin gespannt, was nun kommt!"

Er sieht den Startbildschirm mit einer Aufreihung von kleinen Bildern, auf manchen erkennt er Gesichter, auf manchen kaum etwas und auf anderen sieht er Brüste oder andere Körperteile.

„Ah, hier sind sie also, die Frauen, die auf mich gewartet haben!" Jon klopft sich selbst auf die Schulter und freut sich fast wie ein kleines Kind, das an Weihnachten die Geschenke auspacken darf. „Das wird ein schöner Abend", feixt er.

Jon fängt an, auf die Bilder zu klicken und die ersten Frauen zu erkunden. Schnell fällt ihm die Vielfalt des Angebotes auf. „Hm, wie in einem Katalog. Wirklich sehr verschiedene Typen von Frauen hier, gefällt mir!"

Völlig vertieft in den Club, fällt Jon zunächst gar nicht auf, dass sein Smartphone vibriert. Erst nach zwanzig Sekunden bemerkt er, dass Louna versucht, ihn anzurufen. Mit errötetem Kopf schaut er auf das Display mit ihrem Konterfei. Er kann Louna direkt in die Augen sehen. „Oh, das passt jetzt aber gerade gar nicht. Ein sehr ungünstiger Zeitpunkt!", denkt Jon und überlegt fieberhaft, was er tun soll. Nach einigem Hin und Her mit wirren Gedanken entscheidet er sich, das Gespräch doch anzunehmen.

Mit dem Laptop auf dem Schoß greift er zum Handy und süßholzraspelt hinein. „Hallo, Louna, meine Süße, wie geht es Dir?"

„Hey, Jon, warst Du auf dem Klo? Oder warum hat es so lange gedauert, trägst Dein Handy doch immer bei Dir!"

„Nein, alles gut, Louna, ich war nur in Gedanken vertieft."

„In Gedanken vertieft? Was bewegt Dich gerade?"

„Och, war ein langer Tag im Büro, ich gehe das nochmal alles durch."

„Ah, störe ich?"

„Nein, alles gut, Louna. Warum hast Du denn angerufen?"

„Ich hatte keinen bestimmten Grund, wollte nur fragen, wie es Dir geht und Deine Stimme hören."

„Ah, danke! Mir geht es gut, etwas müde von der Arbeit, aber sonst alles gut – und Dir?"

„Mir geht es auch gut, ich habe gerade ein paar Kleider online bestellt."

„Oh, schön, brauchtest Du welche?"

„Nein, nicht wirklich, aber ich möchte bei unserem Wellness-Urlaub nicht nur Sachen tragen, die du schon kennst!"

„Ach, das ist ja lieb von Dir – aber Du weißt ja, ich liebe Dich so, wie Du bist!"

„Ach, Jon, ein bisschen Abwechslung tut immer gut, aber ich liebe Dich trotzdem auch!", lacht Louna charmant.

„Ja, Du hast Recht, keine Frage. Und sonst noch irgendwas Neues?"

„Nein, alles roger bei mir – und bei Dir, Jon?"

„Bei mir gibt es auch nichts Neues."

„Gut!"

Ein paar Sekunden Funkstille. Jon will weitermachen im Club.

„Louna, wir sehen uns doch morgen Abend, da können wir weitersprechen, oder?"

„Gern, Jon. Machen wir. Ich wünsche Dir noch einen schönen Abend!"

„Danke, Louna, den wünsche ich Dir auch, und danke, dass Du angerufen hast!"

„Gern, war schön, Deine Stimme gehört zu haben! Kussi!"

„Danke, Louna, fand ich auch. Bis sehr bald – Kussi zurück!"

Jon legt auf. Er fühlt sich nicht gut. Hätte er Louna von seiner Anmeldung im Club erzählen müssen? Sie hatte ihn nur angerufen, um vom Online-Shopping zu berichten, und er verschweigt, dass er sich auf einer Plattform für Erotik angemeldet hat? Er entschuldigt sich bei sich selbst. „Hm, kann ich ja immer noch machen, jetzt schaue ich erstmal – wenn ich mich eh schnell wieder abmelde, warum sollte ich Louna jetzt damit verrückt machen?“

Er lenkt seinen Blick zum Laptop und damit seine Gedanken zurück in den Club.

Der heilige Tag

„Wir müssen morgen endlich zum Juwelier fahren!", sagte Emma mit einem etwas vorwurfsvollen Unterton. „Das schieben wir schon viel zu lange vor uns her."

Wie so häufig war sie im Recht. In den letzten zwölf Monaten hatten wir alles Mögliche organisiert: das Kleid, den Anzug, ihre und meine Schuhe, das Hotel, das Buffet, die Getränkeauswahl, die Tischdekoration, die Band, den Tanzkurs, den Gottesdienst, die Fotografin, die Pferdekutsche, den Blumenschmuck, die Einladungskarten, den Termin im Standesamt, die Urlaubsreise und so weiter und so fort. Wir hatten an so vieles gedacht. Nur die Trauringe, die Trauringe hatten wir noch immer nicht.

„Ja, machen wir, meine Liebe!", antwortete ich verständnisvoll.

Am nächsten Tag war es dann endlich soweit, die lang ersehnte Suche nach dem Fingerschmuck war im vollen Gange. Der grau melierte Juwelier blieb geduldig, als Emma und ich Stück für Stück die Vitrinen absuchten. Immerhin suchten wir nicht irgendeinen Ring – wir suchten *den* Ring. Ein Schmuckstück, das unserer Liebe gerecht werden konnte: Wir suchten nichts Anderes als den Eckstein unseres gemeinsamen Strebens. Das Beweisstück für unser Gelingen.

Fast sieben Jahre hatten wir es jetzt schon miteinander ausgehalten. Und wir hatten nicht nur Höhen und liebevolle Momente erlebt. Besonders die letzten zwei Jahre vor unserer Hochzeit waren nicht einfach gewesen. Es war eng geworden, zwischen dem täglichen Rhythmus, der wenigen Freizeit und der Nacht, in der jeder Mensch nur auf sich allein gestellt ist.

Allzu oft herrschte nicht leichte Fröhlichkeit, sondern schwere Pflichterfüllung. Die Enge zerrte an unseren Nerven und machte uns streitbarer als je zuvor. Manchmal wurde es laut, manchmal aggressiv, Schreie hallten und Tränen flossen. Jedoch, allen Widrigkeiten zum Trotze, hielten wir aneinander fest. Wir hatten es geschafft und wollten mit der Hochzeit unsere Liebe krönen. Das hatten wir uns redlich verdient.

Der Trauring ist eines der höchsten Abzeichen, die unsere Gesellschaft zu vergeben hat. „Seht alle her, wir haben es geschafft, wir leben erfolgreich das Ideal!"

Unser Abzeichen bestand aus einer Mischung von Gold und Titan sowie einer geschwungenen Zeichnung, die den ganzen Ring umrahmte. Der Juwelier zeigte sich zufrieden, der Lohn für seine Geduld fiel nicht zu klein aus. „Wünschen Sie eine Gravur?", fragte er frohlockend ob des weiteren Ausbaus seines Einkommens.

Natürlich wollten Emma und ich eine Gravur, wir hatten das zu Hause längst besprochen und auch dieses Detail fest eingeplant.

„In Gottes Liebe‘ wünschen wir uns“, deklarierte ich mit voller Inbrunst und konnte mir Emmas liebevoller Blicke sicher sein.

Der Juwelier schaute etwas überrascht, er hatte vielleicht länger nicht mehr gehört, dass jemand in Gottes Namen heiraten wollte, aber er nahm den Auftrag natürlich gern an. Mit dem Trauring war auch das letzte Puzzlestück unseres Traumbildes gefunden. Einem wunderbaren Tag stand nichts mehr entgegen.

∞

Ich hatte die Nacht über nicht gut geschlafen. Wir hatten Juli.

Der Tag meiner Hochzeit war gekommen. Es war ein Samstag. Wie bei den meisten Deutschen, wenn geheiratet wird. Am Tag zuvor hatten Emma und ich uns ganz alleine im Standesamt trauen lassen. Dort waren wir nur gewesen, weil es das deutsche Gesetz vorschrieb. Der eigentliche Hochzeitstag war an diesem Samstag im Juli. An diesem Samstag gaben wir uns vor Gott das Ja-Wort und viele Menschen waren eingeladen. Familie, Freunde und sogar ein paar Arbeitskollegen.

Ich war angespannt. Nun wurde es ernst. Ein wichtiges Lebensziel stand kurz vor der Erreichung. Im Dorfhaus herrschte emsiges Treiben. Die Braut und der Bräutigam mussten angekleidet werden. Während die Braut im unteren Stockwerk zahlreiche helfende Hände hatte, musste der Bräutigam oben alleine mit dem eigenwilligen Smoking-Hemd und der Fliege klarkommen. Ich schlug mich tapfer und schaffte es schließlich nach einigen verwirrten Versuchen, mich anzuziehen. Schweiß stand auf meiner Stirn. Ich weiß noch, wie verkleidet ich mir vorkam, so ein bisschen wie ein trauriger Clown, der in die Manege ziehen musste, weil das Publikum ihn erwartete. Zum Glück konnte ich mir nicht jedes Detail meines Gefühls merken, denn dafür war ich viel zu aufgeregt, alles verlief wie im Film, an den ich mich heute nur noch bruchstückhaft erinnern kann.

Ich ging nach unten und traf auf Emma. Das viele Geld hatte sich gelohnt. Sie sah zauberhaft aus. Emma lächelte mich an – trotz, oder vielleicht gerade wegen, meines clownesken Auftritts gefiel ich ihr in meinem Feierkostüm. König und Königin waren bereit für die Zeremonie, waren bereit, die Trauringe als Zeichen ihrer Pracht anzunehmen.

Noch vor dem Gottesdienst am Nachmittag war unser Fotoshooting angesetzt. Ganz romantisch draußen in der Natur. Es wurde fotografiert, was das Zeug hielt. Ich weiß nicht mehr, wie viele verschiedene Posen wir im Park eingenommen haben – zwischen den Bäumen, am Wasser, vor der Mauer; mal im Stehen, mal im Hocken; mal voreinander, mal nebeneinander, mal hintereinander. Die Fotografin war ein echter Profi und wusste genau, dass sich Hochzeitspaare viele verschiedene Motive wünschen, um das Album des glücklichsten Lebenstages möglichst prall zu füllen. Wir waren viel zu angespannt, um natürlich und freudig auf den Fotos auszusehen. Als die Perfektionisten, die wir waren, hatten wir alles im Detail geplant, nur hatten wir vergessen, auch gelassene Freude auf den Ablaufplan zu schreiben. Anders als heute habe ich mir damals nicht die Frage gestellt, was eigentlich noch im restlichen Leben passieren soll, wenn man den schönsten Tag schon hinter sich hat.

Nach unserem Fotoshooting sollte es ernst werden. Die Fahrt zum Gemeindehaus begann. Als Anhänger einer Freikirche sprachen wir nicht von einer Kirche. Wir hatten die Gäste absichtlich zu früh eingeladen, damit niemand zu spät kam. Wir hatten an so vieles gedacht.

Als wir am Ort des Geschehens ankamen, wartete eine gespannte Menge an Menschen auf uns. Allgemeine Erleichterung und Lachen machten sich breit, als Emma und ich den Mittelgang entlangschritten, angespannt und mit wenig Freude im Gesicht. Für uns war dieser Augenblick viel zu heilig, um zu lachen. Heiliger Ernst war in uns.

Unsere Gäste sahen das lockerer, was Emma und ich wiederum unangemessen fanden. Viele der Gäste waren zum ersten Mal in einer Freikirche und hatten wohl etwas Anderes erwartet. Harte Sitzbänke, einen großen Altar und eine Orgel vielleicht – doch all dies gab es in unserer Gemeinde nicht. Wir hatten gepolsterte Stühle wie im Konferenzsaal eines Hotels und ein ganz normales Standardklavier, nicht mal einen Flügel – vor dem schlichten Holzkreuz stand ein Rednerpult, dieses war immerhin mit Blumen geschmückt, die zum Kleid von Emma passten. Wir hatten an so vieles gedacht.

So wie die Gäste berichteten, war es wohl ein schöner Gottesdienst. Ich erinnere mich kaum daran. Das viele Adrenalin in meinem Körper hatte die Synapsen überschwemmt und so starrte ich wie das Kaninchen auf die Schlange, in hoher Erwartung auf das große Finale.

Irgendwann, nach einigen Liedern, die von den meisten Gästen schüchtern mitgesummt worden, und nach einigen Gedanken unseres wortgewandten Predigers, irgendwann war es endlich soweit. Der Höhepunkt der Zeremonie. Gottes Segen für unsere Vereinigung. Unser gemeinsames Ja-Wort. Atemstarre.

Mein Herz verließ den Brustkorb und wanderte die Kehle hinauf, bis es laut an meinen Unterkiefer schlug – es war soweit. Der heilige Moment war gekommen. Mit Kraft, Entschlossenheit und zitternden Knien stand ich auf und ergriff die Hand von Emma.

Doch, so schön wir auch gemeinsam aussahen, in unseren heiligen Gewändern, uns sahen wir an diesem Tag viel zu wenig. Zu sehr war der Fokus auf unseren Ablaufplan gerichtet. Wir waren zwar nebeneinander, aber nicht ineinander. Und nun befanden wir uns nebeneinanderstehend vor unserem Prediger. Der uns ernst, aber auch gütig anschaute. Nach einigen einleitenden Worten fragte er uns – endlich.

Ich antwortete zuerst: „Ja."

Ich hatte gedacht, dass es kräftiger und überzeugter rüberkommt, aber es fehlte mir einfach an Stimme, denn in meiner Kehle klopfte das Herz. Emma hauchte ihr „ja“ noch leiser in den Raum, sodass man fast nicht sicher sein konnte, ob sie überhaupt zustimmte. Doch sie stimmte zu. Später auf VHS-Kassette konnte man den Beweis sehen – ja, wir hatten auch einen Kameramann. Wir hatten an so vieles gedacht.

Die Schmuckstücke für die Finger wurden von einem guten Freund überbracht. Meinem Freund Stepe. Einem Lebensbegleiter in jungen Jahren. Meinem Lehrer. Er war auch in diesem heiligen Moment an meiner Seite.

Das Anstecken der Ringe verlief erstaunlich reibungslos, nicht wie in schlechten Hollywood-Filmen, wo ein Finger zu dick ist oder ein Ring fehlt oder alles zu Boden fällt, weil der Trauzeuge betrunken ist. Nein, unsere Hochzeit war perfekt. Es war vollbracht. Sehet her, wir haben es geschafft! Facebook gab es damals noch nicht, sonst wäre dies der optimale Zeitpunkt für ein Selfie gewesen. Fotos wurden allerdings dennoch reichlich gemacht. Doch Emma und ich bemerkten das nicht. Wir waren im Tunnel. Tunnelblicke. Nebeneinander. Jeder in seinem eigenen Film.

Der Kuss der Besiegelung fühlte sich distanziert an, unsere Lippen nah aneinander, unsere Geister weit voneinander entfernt. Wir bemühten uns, aufrichtig und mit voller Kraft leidenschaftlich zu sein, hatten wir uns doch so sehr auf diesen Kuss gefreut. Dennoch fühlte es sich mehr wie ein Kuss an, den wir gerade auf der Kinoleinwand sahen, als einer, den wir wirklich erlebten.

Der Mittelgang erwartete unser Schreiten. Das Schreiten des frisch vereinigten Paares durch das Spalier der Ergriffenen. Wir schritten. Gesichter huschten an uns vorbei. Fröhliche. Fragende. Frustrierte. Wir waren ein Traumpaar und jeder durfte es sehen.

Als wir das Gemeindehaus verließen, kam uns der Geruch von Pferden entgegen, genauer gesagt, der Geruch von zwei weißen Schimmeln. Sie waren vor eine weiße Kutsche mit blauen Samtkissen gespannt. Der Kutscher trug einen dunklen Anzug mit goldenen Accessoires und auch der Zylinder durfte nicht fehlen. Wir hatten an so vieles gedacht.

Emma in die Kutsche zu bekommen, war nicht so einfach, ihr langes Kleid mit den vielen tülligen Verästelungen war nicht auf eine Kutschfahrt ausgelegt. Wir hatten nicht an alles gedacht.

Doch wir schafften es mit vereinten Kräften. Meine Verkleidung war zwar etwas steif, aber lässig genug, um den Einstieg in die Kutsche schwungvoll zu schaffen. Ich setzte mich gegenüber von Emma hin. Meine Mutter stöhnte laut auf und Emma schaute entsetzt zu mir herüber.

„Nebeneinander, nebeneinander!“, rief meine Mutter lauthals über den ganzen Vorhof.

Mit errötetem Kopf schwang ich mich möglichst unauffällig zu Emma herüber. Sie lächelte mild. Alles wieder im Lot. Nur ein kurzer Ausrutscher in der perfekten Inszenierung. Die Kutschfahrt begann. Ich erinnere mich noch gut an das Klackern der Pferdehufe auf dem Kleinstadt-Asphalt, aber ich erinnere mich nicht an ein Wort, das Emma und ich auf der Fahrt wechselten. Immer noch Tunnelblick. Jeder in seinem Film. Beide arbeiteten an der Erfüllung ihrer Erwartungen an diesen heiligen Tag. Die Fahrt war nicht allzu lang, ging aber über die Hauptstraße der Kleinstadt: Was für ein Auftritt – König und Königin auf dem Weg zum Festbankett. Erstaunte und neidische Blicke waren uns sicher. Wir hatten an so vieles gedacht.

Die Kutsche fuhr zu einem weißen Schloss. Vielleicht ist die Bezeichnung etwas übertrieben. Es war ein Fünf-Sterne-Hotel in weißem Beton, mit einem kleinen weißen Türmchen – so sah es aus wie ein Schloss, wenn man nur genug Fantasie hatte. Vor dem Eingang ein Rondell mit weißem Kies, die Kutsche drehte eine halbe Runde und kam zum Stehen.

Die meisten Gäste waren schon da. Ihre Autos waren zwar nicht so schön wie unsere Kutsche, dafür aber schneller. Die Schlossdamen erwarteten unsere Ankunft. Denn diese war der Startschuss für das Ausschenken des Champagners. Ja, Champagner. Zum ersten Mal in unserem Leben gab es Champagner statt Sekt von Edeka. Unsere Gäste nahmen es möglichst gelassen zur Kenntnis, um nicht zu viel Lob aufkommen zu lassen.

Etwas unbeholfen stiegen wir aus der Kutsche, man sah uns an, dass wir Adlige nur für einen Tag waren. Newbies. Royale Eintagsfliegen. Traumerfüller. Die Gläser wurden in geübter Manier von den fein gekleideten Damen verteilt. Für sie waren wir ein Hochzeitspaar von vielen. Und es war Sommer, da kam fast jedes Wochenende ein Paar aufs Schloss geflattert. Doch ich bin mir sicher, keines trug dabei so einen heiligen Ernst in sich wie wir – und kaum ein Paar hatte diesen Tag so perfekt geplant wie wir.

Als jeder ein Glas in der Hand hatte, folgte ein Chor aus Prosit- Wünschen, Emma und ich schauten uns kurz an, ein Lächeln huschte über unsere Gesichter, schnell runter damit, wir freuten uns doch so auf die Geschenke.

Auch diesen Augenblick konnten wir nicht richtig würdigen, zu sehr waren wir in unseren Ablaufplan verstrickt. Die Geschenke kamen – eine Menge Geldscheine, geklebt an vielerlei Kitsch und Bastelversuche. Dennoch freuten wir uns sehr, denn die Hochzeit hatte für unsere Verhältnisse ein Vermögen gekostet, sodass wir jeden Schein gut gebrauchen konnten.

Das Bankett kam näher. Vorher noch ein Fotoshooting. Jeder Gast durfte sich mit dem Hochzeitspaar unter einem Blumenbogen aus Rosen ablichten lassen. Der Gast musste nur einmal lächeln, wir über fünfzigmal. Aber auch dieses Prozedere arbeiteten Emma und ich diszipliniert ab.

Der Festsaal öffnete sich. Zehn runde Tische, verspielt dekoriert mit weißen und hellblauen Utensilien, die man für eine Hochzeitsfeier so braucht. Kerzen mit

Verzierungen, kleine Schwäne aus Porzellan, kleiner und großer Blumenschmuck, ein paar einzelne Blüten geschmackvoll über die Tischdecke verteilt, als wenn es Blüten geregnet hätte – und besonders wichtig, die Tischkarten: Hier wurde jedem Gast gesagt, wo er oder sie zu sitzen hatte. Emma und ich hatten lange an der Sitzordnung getüftelt und genau ausgeklügelt, wer am besten mit wem wo zusammen sitzt und wie die optimale Nähe beziehungsweise der optimale Abstand zu unserem Tisch zu bemessen war. Hinzu kamen die Pflichten, dass die Eltern an unserem Tisch zu sitzen haben. Auch der Prediger aus Gemeinde saß dort, genau wie unsere Trauzeugen. Emmas beste Freundin und mein bester Freund.

Einer saß nicht am Tisch, weil er nicht konnte, selbst wenn er gewollt hätte. Und er hätte bestimmt gewollt. Emmas Vater. Das tote Vater-Gesicht wurde uns vor Augen geführt, als unser Prediger in seiner kurzen Tischrede an ihn erinnerte und sagte, dass auch er große Freude an diesem Tag gehabt hätte. Emmas Mutter weinte leise. Wir hatten an so vieles gedacht.

Meine Tischrede stand als Nächstes auf dem Programm. Ich war die letzte Barriere vor dem Sturm auf das Buffet. Mein Herz verließ zum zweiten Mal an diesem Tag meinen Brustkorb und wanderte die Kehle hinauf. Es war so weit. Der große Moment. Ich wollte all die Heiligkeit der letzten sieben Jahre in eine Rede packen, ein paar Worte nur, aber mit Kraft, Überzeugung und Liebe vorgetragen. Das hatten Emma und ich verdient. Ich stand auf. Ich wollte männlich, weise und liebevoll zugleich wirken. Doch was man im Inneren nicht trägt, kann auch nicht nach außen wirken. Meine Stimme war leise und zaghaft, die Kehle zugeschnürt, die Körperhaltung leicht gebeugt. Doch ich hielt sie. Die heilige Rede. Und das war an diesem Tag schon viel wert. Meine Rede kam von Herzen. Ja, da kam sie her. Und das allein zählte.

Ich nahm die Hochzeitsgesellschaft mit auf eine Reise. Die Reise von Emma und mir. Was in einer Disco begonnen und in einem Wald seinen Fortgang erfahren hatte. Ich erzählte von New York und anderen schönen Urlaubsreisen. Von heiligen Momenten. Von Geduld, Verständnis und Hingabe. Von Gott, der uns immer begleitet und beschützt hatte. Am Ende der Rede schaute ich Emma tief in die Augen und bedankte mich bei ihr. Emma schaute sowohl verschüchtert als auch liebevoll, fast so wie an diesem ersten Abend in der Disko.

Das Publikum klatschte freundlich, hatte vielleicht ein Gespür dafür, dass ich mehr ausdrücken wollte, als ich es an diesem Tag konnte. Ich nahm Emma an die Hand, die Band spielte etwas Schmissiges, wir standen auf und gingen zum Buffet, das damit hochoffiziell eröffnet war. Wir hatten an so vieles gedacht.

Das Essen soll sehr schmackhaft gewesen sein. Hatten mir einige Gäste im Nachhinein erzählt. Ich konnte mich daran nicht mehr erinnern und Emma ging es genauso. An diesem Tag waren wir nicht da. Nicht wirklich. Unsere Körper waren es. Aber unser Geist war auf Autopilot gestellt. Selbstfahrende Menschen könnte man es nennen. Wenn Dein Geist nicht offen ist, kann Deine Seele nichts erfahren. Nicht mal den Geschmack von Schweinebraten. Das große Schlemmen hat vielleicht zwei Stunden gedauert, ich erinnere mich nicht mehr, ich weiß nur noch, dass mir ziemlich warm wurde, zwischen norddeutscher Hochzeitssuppe und vielerlei anderen warmen Speisen, im Smoking an diesem sonnigen Juli-Tag.

Doch noch war das Jackett zu tragen, denn der nächste Höhepunkt kam unaufhaltsam auf uns zu. Wieder ein Moment der Anspannung. Der Eröffnungstanz. Natürlich kann selbst ein Pinguin tanzen – nur mal ehrlich, wie sieht das aus? Nun, ich bin und war kein Pinguin, allerdings befinden sich meine tänzerischen Begabungen auf einem ähnlichen Niveau. Deswegen hatten wir ja einen Tanzkurs besucht. Emma konnte sehr unnachgiebig sein, wenn sie etwas unbedingt wollte. Letztlich hatte sie aber realistisch meine Fähigkeiten eingeschätzt und wusste, ohne Tanzkurs wird das nicht zu machen sein. So bin ich ihr dankbar. Noch heute gebe ich manchmal vor einer Frau damit an, dass ich die Grundschritte vom Wiener Walzer kann. Doch selbst wenn ein Pinguin weiß, wie man tanzt, sieht es immer noch nicht schön aus.

Und so stand ich nun dort. Nicht allein. Vor mir Emma in freudiger Erwartung. Und um uns herum rund fünfzig Leute, die gespannt waren, wie ich das wohl meistern würde. Leise geht sie los. Die schöne blaue Donau von Johann Strauss. Aber sie fordert mit der Zeit immer mehr Bewegung. Vor allem Schwung und Ästhetik. Das Publikum klatschte etwas schräg zum Takt, was die Aufgabe nicht erleichterte.

Emma ließ sich geduldig von ihrem Pinguin führen, nur dreimal trat ich ihr auf die Füße, was durchaus ein guter Schnitt war, wenn man die Übungen vorher betrachtete. Zu meinem – und auch Emmas – Glück tanzten wir nicht das gesamte Werk hindurch, sondern hatten nur einen paarminütigen Teil herausgeschnitten. So waren ich – und auch Emma – bald erlöst. Etwas errötet nahm ich den Applaus entgegen. Emma war mittelmäßig zufrieden.

„Das hat in den Proben schon mal besser geklappt“, grummelte sie.

Nun, da waren wir auch alleine gewesen und die Aufregung hatte sich in Grenzen gehalten. Tanzen an heiligen Tagen ist eine ganz besondere Herausforderung. Vor allem für Pinguine wie mich.

Auf den meisten deutschen Hochzeiten beginnt nach dem Tanz der spaßige Teil des Abends. Ein Kanon aus Alkohol und deutschen Schlagern, zu denen teilweise gekonnt mitgegrölt wird, sowie einer üppigen Anzahl an Spielen, die möglichst peinlich für die Bespielten sein sollen.

Bei uns war es etwas anders. Wir hatten eine Jazz-Band organisiert, mit einer ausgebildeten schwarzen Sängerin. Das war Emma besonders wichtig gewesen. Sie liebte schwarze und weibliche Gesangsstimmen. Alicia Keys hatte an diesem Abend keine Zeit gehabt und so hatten wir andere Profis geladen. Die Band machte ihren Job sicher gut, nur die meisten unserer Gäste hatten einen etwas anderen Musikgeschmack. Wir hatten an so vieles gedacht, nur nicht an die Freude unserer Gäste.

Sie mussten mitspielen in der perfekten Inszenierung unseres heiligen Tages. Ob sie nun wollten oder nicht. Der Krönungstag sollte sich nach dem König und der Königin richten, nicht nach dem Volk, das gekommen war, um zu huldigen. Menschen sind anpassungsfähig und sie wollen gefallen. So bemühten sich fast alle geduldig, zu der Musik trotzdem zu tanzen und Spaß zu haben. Die Bar half dabei etwas nach. Besonders die Mischung aus Cola und Whisky fand reißenden Anklang. So verging der Abend wie im Fluge.

Emma und ich tranken keinen Alkohol. Wollten keinen Kontrollverlust, sondern den Ablaufplan weiter fest im Blick haben. Einige Spiele gab es auch. Wir hatten aber vorher mit heiligem Ernst darum gebeten, diese in Grenzen zu halten. Die Gäste folgten brav unserer Bitte und so waren die Spiele zwar etwas langweilig, dafür aber kurz.

Um Mitternacht kam die Hochzeitstorte. Fünf Stockwerke aus Sahne mit verschiedenen fruchtigen Füllungen. Emma und ich hielten gemeinsam das Messer. Als die Kamera in der richtigen Position war, schnitten wir an. Die meisten Gäste schafften es tatsächlich, noch ein oder zwei Stücke Torte in sich hineinzupressen. Das jeweilige Stück von Emma und mir fiel bescheiden aus. Großen Hunger hatten wir immer noch nicht.

Die Band teilte uns mit, dass ihre Zeit nun abgelaufen sei. Wir waren überrascht über die frühe Uhrzeit. Wir hatten nicht an alles gedacht.

Wir überredeten die Band, noch ein wenig zu bleiben, um wenigstens unseren Lichtertanz zu begleiten, der auch noch auf dem Ablaufplan stand. So hatten wir es plötzlich etwas eilig. Behände wurden unzählige Teelichter zu einem Kreis auf dem Boden aufgestellt und angezündet. Ganz romantisch.

Emma und ich stellten uns in die Mitte des flackernden Kreises. Die Band spielte ein langsames Lied mit einem auffälligen und eingängigen Gitarrenriff, den ich noch heute manchmal höre, im Echo meines Verstandes. Diesmal war der Tanz weniger anspruchsvoll als bei der Eröffnung, es ging mehr um das Gefühl, um den Kitsch, um die Befriedigung der romantischen Gefühle von Müttern und Emmas jungen Freundinnen.

Doch zwischen all dem Kitsch war sie urplötzlich wieder da. Die Tiefe zwischen Emma und mir. Kurz vor Ende dieses langen heiligen Tages, in langsamen und engen Bewegungen, war sie für kurze Zeit spürbar: Unsere Liebe, die uns schon so lange getragen hatte.

Nach dem Lichtertanz mit seiner intimen Erweckung setzte große Müdigkeit beim Königspaar ein. Meine Füße brannten wie die Hölle und auch Emma war platt. Die meisten Gäste waren glücklicherweise auch satt vom Huldigungstag und wollten die Heimreise antreten. Einige wenige Gäste wollten mithilfe der Musikanlage, Schlagern und Alkohol die Nacht zum Tag machen, doch wir konnten ihnen das mit freundlicher Vehemenz ausreden. Wir hatten keine Pauschale für die Getränke vereinbart, es wären also sinnlose Kosten bis zum Morgengrauen entstanden.

Nein, das stand nicht auf dem Ablaufplan. Dort stand etwas Anderes. Der Einzug des Ehrenpaares in die Turmsuite. Ja, wir hatten die teuerste Suite in dieser Nacht für uns gebucht. Wir hatten an so vieles gedacht.

In der Turmsuite gab es einen Whirlpool. Und obwohl wir hundemüde waren, musste auch dieser Programmpunkt noch abgearbeitet werden. Allzu lange hielten wir es in der brodelnden Wärme nicht aus, unsere Körper verzehrten sich nach Schlaf.

Der Ablaufplan sah vor, dass ich mit Emma in der Hochzeitsnacht zu schlafen habe. Emma, als passiver Teil dieses Aktes, erwartete, dass ich auch das noch hinbekäme. Doch diesmal siegte nicht ihr Perfektionismus, sondern meine Müdigkeit. Im Dämmern hörte ich ein leises, weibliches Gegrummel in der Dunkelheit der Suite, aber nicht lange – denn ich schlief sofort ein und verließ erschöpft den heiligen Tag.

Im Tempel der Sprachlosigkeit

Es ist Freitagmorgen.

Lounas Wohnung. Jon sitzt entspannt auf dem Sofa und schlürft langsam einen heißen Espresso. Neben ihm sein gepackter Koffer. Klein, schwarz und etwas angeranzt. Jon kauft ungern neue Dinge, solange Altes funktioniert, wird es nicht ausgetauscht.

Louna läuft eilig von einem Raum in den anderen, sie will nichts vergessen. Jon beobachtet mit Schmunzeln und Erstaunen, wie sich Lounas Koffer mehr und mehr füllt. Ihr Koffer ist türkis und doppelt so groß wie der von Jon. Während Louna ein Teil nach dem anderen in den Koffer wirft, zählt Jon heimlich mit und lächelt in sich hinein. „Nicht schlecht, Louna könnte jeden Tag mindestens drei verschiedene Kleider tragen."

Das Online-Shopping hatte sich offensichtlich gelohnt. Louna hatte mehr Auswahl für den Wellness-Urlaub versprochen und Wort gehalten.

„Ich freue mich sehr auf die Zeit mit Dir, Jon!", ruft sie mit ihrer weiblichen, aber nicht zu hellen Stimme beschwingt aus dem Schlafzimmer, wo sie gerade die Unterwäsche für das Wochenende zusammensucht.

Auch hier hat sich Louna einiges vorgenommen. Von Weitem erkennt Jon, dass verschiedene Farben und Formen in den Untiefen des Koffers verschwinden. Etwas Schwarzes, etwas Rotes, etwas mit Lila, etwas Blaues und etwas mit Dunkelgrün. Mal mit und mal ohne String.

„Ich mich auch sehr!", ruft Jon zurück.

Als er gestern Abend zu Hause vor dem Laptop saß, dachte er noch, wie schade es doch sei, jetzt in den Urlaub zu fahren und längere Zeit den Red Club nicht besuchen zu können. Gerade jetzt, wo er die ersten interessanten Kontakte geknüpft hat, gerade jetzt, verschwindet er von der virtuellen Bildfläche. Er erzählte den Damen im Club, er sei beruflich am Wochenende unterwegs und könne sich erst wieder am Montagabend melden.

Trotz dieser Gedanken am Vorabend ist die Freude von Jon aufrichtig gemeint. Jon liebt Louna. Und er liebt es, mit ihr in den Urlaub zu fahren. Dreieinhalb Jahre sind sie nun zusammen und haben schon einige Urlaube hinter sich. Sie genießen ihre Zweisamkeit und teilen ihre Lebensfreude. Urlaub, gutes Essen, gute Weine, gute Gespräche und auch ihr Sexleben ist für beide zufriedenstellend. Klar, nach dreieinhalb Jahren ist die erste Magie etwas verschwunden, aber sie verstehen sich gut im Bett und wissen den Anderen zu verwöhnen.

Sie können nebeneinander schweigen, ohne dass es unangenehm wird. Doch das eigentlich Schöne ist, dass sie trotzdem selten schweigen. Denn irgendwas gibt es immer zu erzählen. Sie reden gern miteinander. Hören dem Anderen gern zu.

Teilen den Ärger im Alltags-Rhythmus und freuen sich zusammen über die Belohnungen für ihre Dienste.

Und heute ist wieder so ein Belohnungsmoment. Drei Tage auf Sylt in einem Fünf-Sterne-Wellness-Hotel.

„Ihr arbeitet, um zu leben." Da war es wieder, das Credo des Rhythmus.

„So, ich bin fertig, wir können los!", verkündet Louna strahlend.

Sie steht mitten im Raum und Jon erfreut sich an ihren lebensfrohen blauen Augen. Wie immer, wenn er in diese hineinblickt. Und ihm fällt wiedermal auf, was für eine interessante Mischung sie ist. Für ihre 29 Jahre wirkt sie ziemlich reif und erwachsen, aber dennoch huscht regelmäßig dieses kindliche Lächeln durch ihr Gesicht.

„Das ist höchst erfreulich!", feixt Jon und muss an eine Studie denken, von der er im Radio gehört hat. Danach verbringt jeder Mann durchschnittlich circa zehn Prozent seiner Lebenszeit damit, auf eine Frau zu warten. Jon überschlägt kurz und kommt zu dem Schluss, dass die Ergebnisse dieser Studie auch auf ihn zutreffen.

Er greift nach Lounas Koffer mit der einen und nach seinem Koffer mit der anderen Hand. Jon ist Rechtshänder, entsprechend geht Lounas Koffer an seinen rechten, stärkeren Arm. Das ist auch nötig. Besonders die Auswahl an Schuhen sowie diverse Kosmetika haben ihr Gewicht.

Louna wohnt im fünften Stock. Einen Aufzug gibt es nicht. Sie überlegen schon länger, ob sie zusammenziehen sollten. Besonders in dieser teuren Stadt ein vernünftiger Gedanke. Doch irgendwie schätzt jeder seine Freiheit. Die Möglichkeit, einen Platz nur für sich allein zu haben.

„Und im Red Club zu chatten, während Louna in der Küche das Abendessen vorbereitet, ist irgendwie auch ein schräger Gedanke", sinniert Jon, während er die ersten Stufen hinter sich bringt.

Es sind zum Glück die Stufen nach unten, wenn es eigentlich leicht ist, zumindest leichter als der Rückweg sein wird. Doch diesmal ist selbst abwärtsgehen eine Herausforderung für Jon. Die Koffer schlenkern bei jedem Schritt und er muss aufpassen, dass er nicht die Wände berührt, welche letzte Woche frisch gestrichen worden sind.

„Pass auf, Jon, mein Verwalter schreibt mir sonst wieder böse Briefe!", wirft Louna ein, während sie direkt hinter ihm geht und aufpasst, wie er sich bewegt.

„Ja, mache ich schon, allerdings ist Dein Koffer auch nicht gerade leicht!", raunzt er zurück.

„Das nehme ich alles nur zu Deiner Freude mit, Jon!", belehrt sie ihn und hat dabei nicht ganz Unrecht.

Jeder Mann will doch eine Frau, die sich nicht gehen lässt, sondern sich Mühe gibt, immer wieder neu und schön auszusehen. So gesehen muss Jon jetzt ausbaden, was seine eigenen Wünsche emporgerufen haben.

Endlich unten. Raus in den Hamburger Straßenlärm. Jons Auto steht ein paar hundert Meter entfernt. Ganz normal in dieser Stadt. Ein paar hundert Meter können lang werden, wenn der rechte Arm den halben Kleiderschrank einer Frau trägt. Doch Jon will nicht negativ sein, viel zu sehr freut er sich auf die Zeit mit Louna. Seit ein paar Minuten denkt er auch nicht mehr an den Red Club. Das Wochenende kann kommen. Belohnungsmomente sind was Feines.

∞

Louna und Jon sitzen im Auto, während der Zug über den Hindenburgdamm rattert. Im Auto Zug zu fahren, ist für Louna eine neue Erfahrung. Sie lächelt selig vor sich hin, wippt mit dem rechten Fuß im Takt des Zuggeräusches und beobachtet das Meer neben den Gleisen.

Irgendwie müssen die schönen Autos der Sylter Touristen auf die Insel kommen. Und das möglichst schnell. Wer schnell ankommt, kann schnell wieder fahren. Speed-Urlaub. Raus aus dem Rhythmus und möglichst schnell wieder rein. Einmal Sansibar und zurück. Und das ganz ohne tropische Temperaturen. Dafür mit viel Champagner und hochpreisigen Fischbrötchen, als wenn der Fisch aus Gold wäre.

Doch Belohnungsmomenten muss sowas egal sein, sonst wären sie keine Belohnungen. Kopf aus. Lebensfreude an. Noch zehn Minuten bis zum Bahnhof Westerland. Jon freut sich auf den Luxus, die guten Weine, die reichhaltigen Buffets, die verschiedenen Saunen und auch auf fremde nackte Haut.

Ja. Nackte Haut von weiblichen Hotelgästen. Wo sonst kann er nackte Haut von anderen Frauen live sehen? Pornos im Internet sind nicht das Gleiche. Seit dreieinhalb Jahren ist er Louna treu. Er liebt ihren Körper, mag ihre Brüste, mag ihren Hintern – doch obwohl das so ist, spürt er immer wieder dieses Verlangen, auch andere Frauenkörper anzuschauen – und wenn er ganz ehrlich zu sich selbst ist, spürt er auch das Verlangen, andere Frauenkörper anzufassen. Doch er will Louna nicht verletzen und auch nicht riskieren, sie zu verlieren.

In der Sauna kann er unauffällig schauen, wie andere Frauen aussehen und wirken. Er kann sich inspirieren lassen und sein Kopfkino mit schönen Bildern füllen. Eine Art Ersatzdroge. Die Sauna als Methadon für liierte Männer. „Nur schauen, nicht anfassen.“ Da war er wieder, Jons Glaubenssatz, der ihn vor Ausrutschern bewahren soll.

Runter vom Zug, rauf auf die Straße. Noch fünfzehn Minuten Autofahrt, hoch in den Norden, vorbei an Kampen, einem der Rhythmus-Hauptquartiere, immer Richtung Dänemark, bis List endlich am Horizont erscheint.

La Blue. Ein großes Hotel, inmitten von Dünen gebaut.

„Unser Tempel für drei Tage!“ Jon freut sich lautstark und Louna ergänzt jauchzend: „Entspannung, wir kommen!“

Tiefgarage. Der Kofferraum öffnet sich. Jon greift erneut nach den beiden Koffern.

„Hoffentlich ist es nicht soweit bis zum Zimmer“, denkt er, während er im rechten Arm wieder ein großes Gewicht spürt.

Lounas gesammelte Werke. Lounas Schatzkiste für ein gelingendes Wochenende zu zweit. Hoch zur Rezeption. Ein Fahrstuhl erleichtert Jons Leidensweg. An der Rezeption wartet eine attraktive brünette Frau. Sie ist jünger als Louna und hat ein süßes Lächeln. Ihre geschwungenen, kräftigen Lippen fallen Jon sofort auf. „Ach, das geht doch gut los!“ Er schmunzelt in sich hinein.

Louna ist blond. Wie so viele norddeutsche Frauen. Jon mag Lounas frech geschnittene kinnlange Haare, aber manchmal ertappt er sich dabei, auch mal wieder eine brünette Frau küssen zu wollen.

„Man kann nicht alles haben.“ Auch so ein Glaubenssatz von Jon.

„Sie haben gebucht?“, fragt die junge Brünette.

„Ja, ein Deluxe-Zimmer mit Meerblick“, antwortet Jon ein klein wenig angeberisch.

Die junge Frau lächelt auffällig einladend und nickt bestätigend mit dem ganzen Kopf. Ein paar Formalien sind zu tun, was Jon nur vordergründig mit Aufmerksamkeit erledigt. In Wirklichkeit ist er konzentriert auf sein brünettes Gegenüber, mustert ihr ganzes Erscheinen und fragt sich, wie ihre Figur unter diesem viel zu großen Kostüm aussieht.

„Hm, müsste man nackt sehen“, scherzt er mit seinem inneren Ich. Was laut lacht, ob dieser neckischen Bemerkung.

Das Prozedere neigt sich dem Ende zu. Schlüsselübergabe.

„Wir haben ein wunderschönes Zimmer für Sie im dritten Stockwerk ausgewählt – Nummer dreihundertdreiunddreißig.“ Die Brünette brüstet sich im Namen des Hotels, während sie mit pathetischen Handbewegungen den Schlüssel wie einen Siegerpokal überreicht.

Louna und Jon haben es geschafft. Der Belohnung für ihre Dienste im Rhythmus steht nichts mehr im Wege. Fast nichts.

Louna bittet Jon, die Koffer direkt selbst mitzunehmen und nicht auf den Kofferträger zu warten. Jon seufzt kurz, will aber keinen Streit mit Louna, außerdem möchte er die Chance nutzen, vor der Brünetten mit Gentleman-Manieren zu glänzen. Wieder ist es ein Fahrstuhl, der den Weg etwas erleichtert. Doch der Flur im dritten Stock ist lang und wird mit jedem Schritt länger. Endlich. Zimmer dreihundertdreiunddreißig.

„Jon, Du weißt schon, wofür die Zahl Drei steht?“, will Louna wissen und schaut ihn fragend von der Seite an.

„Ähm, für vieles, denke ich, aber worauf willst Du hinaus?" Jon versucht, von seiner Unwissenheit abzulenken, außerdem ist er leicht genervt, weil er endlich die Koffer im Zimmer loswerden möchte.

„Die Zahl Drei steht für die Liebe, Jon – ist das nicht ein tolles Omen für unser Wochenende?", erklärt Louna und strahlt über das ganze Gesicht.

„Oh, das ist ja wirklich toll!", erwidert er kurz lächelnd, weil er weiß, dass sie das sehr mag. „Und jetzt rein in die gute Stube!"

Die Tür klemmt etwas, doch als sie sich öffnet, zaubert sich pure Lebensfreude in die Gesichter der beiden Reisenden. Die Brünette hatte nicht übertrieben. Ein geräumiges und helles Zimmer mit einem herrlichen Blick auf die Nordsee. Louna und Jon gehen nah ans bodentiefe Fenster und schweigen andächtig, während ihre Blicke über das satte Blau des Wassers wandern. Ja, arbeiten im Rhythmus lohnt sich. Lohnt sich, genau für diese Augenblicke.

Der erste Tag im Wellness-Tempel vergeht wie im Fluge. Louna und Jon machen einen langen Spaziergang am Strand und freuen sich über das Geräusch einer jeden einzelnen Welle. Innere Ruhe fängt an, sich auszubreiten.

Louna denkt während des Spazierganges über die Beziehung mit Jon nach.

„Dreieinhalb Jahre sind eine lange Zeit, schön, wie wir uns genießen können. Haben selten Streit. Es ist fast immer harmonisch. Es macht auch unheimlich viel Spaß, mit ihm zu lachen und ernst über das Leben zu reden. Über unsere Gefühle könnten wir noch ein bisschen mehr sprechen, aber vielleicht lernt Jon das ja noch. Zumindest hat er schon oft versprochen, daran zu arbeiten."

Louna schaut Jon von der Seite an, während sie über ihn nachdenkt. Er dagegen schickt seine Gedanken über die Nordsee, lässt sie schweben über dem Wasser, bis sie am Horizont verschwinden. Gelassene Leere. Ankommen im Belohnungsmoment.

„Ach, ich freue mich ja so aufs Essen heute Abend!", ruft er in die andächtige Stille hinein.

„Ja, wir werden es genießen – wie so vieles in den letzten Jahren", erwidert Louna zufrieden lächelnd und streichelt seine Wange.

Voller Vorfreude gehen sie zurück zum Hotel.

∞

Es ist mittags. Tag zwei im Belohnungsmodus.

Louna und Jon liegen auf einer bequemen Doppelliege inmitten von Dünengräsern. Beide sind eingepackt in flauschigen wärmenden Bademänteln und inhalieren die frische Luft. Sie kommen gerade aus der heiß-trockenen finnischen Sauna – neunzig Grad Umgebungstemperatur können so schön sein.

Ihre Körper sind vollständig entspannt und schmiegen sich in die herrlich weiche Doppelliege, die so wunderbar inmitten der Natur platziert wurde. Lounas linke

Hand wandert über die Oberfläche der Liege auf der Suche nach Jons rechter Hand. Als ihre Hand den Kontakt spürt, greift sie fest zu.

„Es ist so schön mit Dir, Jon“, seufzt sie in den blauen Sylter Himmel.

Er atmet tief ein und presst ein lang gezogenes „Oh ja, mit Dir auch, Louna!“ hinaus.

„Es ist schade, dass wir gestern Abend so müde waren.“, wirft sie ein. „Ich hätte so gern noch mit Dir geschlafen in diesem tollen Bett, in dieser schönen Suite.“

„Was nicht war, kann ja noch werden!“, feixt Jon. „Lass uns heute nach dem Dinner ganz viel Zeit für uns haben. Wir nehmen eine Flasche Wein hoch aufs Zimmer und genießen den Abend im Bett.“

„Ein toller Vorschlag – ich bin dabei!“, erwidert Louna strahlend und macht dabei ihr leicht verruchtes Gesicht mit dem lüsternen Augenaufschlag.

Jon bemerkt dies nicht, seine Augen sind geschlossen und seine Lunge freut sich über jeden Atemzug – Pausen vom Rhythmus sind was Feines.

Auch am zweiten Abend ist das Buffet wieder fast wie in einem Traum. Eine große Auswahl an verschiedenen Leckereien, die normalerweise für drei Abende ausreichen würden. „Von allem nur ein bisschen“ ist das Motto dieses Belohnungsteils. Alles zusammen ist dann aber doch eine ganze Menge, wie Louna und Jon am Abend zuvor festgestellt hatten, als sie nach dem Dinner schnell müde und erschöpft eingeschlafen waren.

„Heute achten wir darauf, nur Leichtes zu uns zu nehmen, gell?“, erinnert Louna Jon schmunzelnd.

Er versteht die Botschaft und belässt es bei dem, was er schon auf dem Teller eingesammelt hat. Nach dem Essen holen sie an der Bar zwei Gläser und eine Flasche Rosè-Wein, irgendwas, das nicht zu süß schmeckt, aber auch nicht zu schwer ist. Schließlich haben sie heute noch einiges vor.

Auf dem Weg zum Zimmer drückt Jon Louna fest an sich, damit will er seine Zuneigung zeigen und Verheißungen für die kommenden Stunden senden. Sie geht sofort darauf ein und legt ihren Kopf leicht auf seine Schulter, während sie den langen Gang aneinandergeschmiegt hinuntergehen.

Im Zimmer angekommen läuft Louna von Lichtquelle zu Lichtquelle, schaltet die einen davon ein und die anderen wiederum aus. Sie hat ein Gefühl für Stimmungen, während Jon sich allgemein eher pragmatisch auf das Wesentliche fokussiert.

Wärme breitet sich aus in der Suite. Alles ist bereit für einen schönen Abend zu zweit. Jon öffnet die Flasche und gießt den Rosé in die Gläser. Mit einem charmanten Lächeln überreicht er Louna ihr Glas. Sie freut sich sichtlich über diesen Moment. Beide schauen sich bedeutungsschwer in die Augen und stoßen an.

„Ah, der ist gut, genau richtig, frisch und nicht zu schwer“, lobt sich Jon selbst für die Auswahl des Weines.

„Ja, herrlich, hast Du gut gemacht!"

Louna klimpert mit den Augenwimpern und wartet darauf, dass Jon aktiv wird.

Er braucht ein paar Sekunden, um das Signal zu interpretieren, aber dann klingelt es bei ihm, er stellt das Glas zur Seite und führt seine rechte Hand zu Lounas Wange. Zärtliches Streicheln, während sie anfängt, ihren Kopf genussvoll zu wiegen und damit seine Berührungen zu verstärken. Ein leises Stöhnen seufzt aus ihr heraus. Lounas ganzer Körper signalisiert Bereitschaft und wartet darauf, sich hingeben zu dürfen.

Jons Hand wandert in ihren Nacken, mit zwei Fingern streicht er langsam auf und ab. Louna fühlt wohlige Wärme im ganzen Körper und freut sich über diesen Augenblick, auf den sie seit gestern sehnsüchtig wartet.

„Endlich, endlich erleben wir uns, endlich geht es los."

Jons Hand schließt sich um den Nacken von Louna und zieht sie zärtlich, aber bestimmt zu sich herüber. Die Lippen berühren sich erst sanft und dann immer fester, bis das Zungenspiel beginnt.

Louna und Jon lieben es, sich lange und intensiv zu küssen. Während das große Küssen seinen Lauf nimmt, wandern Jons Hände unter Lounas Shirt. Er streichelt ihren Rücken und bringt sie immer mehr in Fahrt.

Jon weiß, was Louna gefällt, weiß genau, was er tun muss, damit sie sich wohlfühlt. Geschickt öffnet er mit zwei Fingern ihren BH und zieht mit Ruhe und Kraft das Shirt über ihren Kopf. Beides fällt zu Boden und ihre nicht gerade kleinen Brüste kommen zum Vorschein, ihre Nippel stehen aufrecht und signalisieren ihre Lust. Jon umklammert Louna fest und schiebt seinen Körper Richtung Bett. Bei der Kante angekommen macht er einen leichten Ruck nach vorne und beide gleiten auf die weiche Matratze.

Fest aufeinanderliegend beginnt das Zungenspiel erneut. Dabei reibt Jon seinen Körper eng an Lounas, was ihre Vorfreude weiter steigen lässt. Jon gleitet an ihrem Körper herunter und verweilt ein paar Augenblicke küssend am Hals, bevor er danach beide Brustwarzen mit einer gekonnten Mischung aus Knabbern und Saugen liebkost.

Louna stöhnt auf: „Nicht aufhören!"

Er tut ihr den Gefallen und bleibt noch etwas bei ihren schönen Brüsten, die er so sehr liebt. Ihre pralle Form mit den festen Nippeln, die seine Zunge so schön umspielen kann. Doch so sehr er auch ihre Brüste mag, er will weiter, Jon hat noch einiges vor, er will Louna nicht nur an ihren Brüsten verwöhnen.

Sein Mund wandert tiefer und küsst Lounas Bauch mehrmals an verschiedenen Stellen, bis er den Saum des Rockes erreicht. Er steht auf und zieht Lounas Rock herunter. Ein dunkelgrüner Slip erscheint.

„Eine eigenwillige Farbe.", denkt Jon kurz. „Aber warum nicht mal was Neues."

Um nicht länger über die Farbe des Slips nachzudenken, greift er zu und zieht auch diesen schnell herunter. Als er ihn in der Hand hat, wirft Jon den Slip mit einer theatralischen Bewegung quer durch den Raum.

„Tadaaa! Jetzt gehörst Du mir!“, jubiliert er.

„Ich bitte darum!“, erwidert Louna lachend.

Jon geht vor dem Bett auf die Knie und zieht sie an ihren gespreizten Beinen näher an sich heran. Er hat so einen unverbauten Blick auf eine andere Sehenswürdigkeit von Louna. Rosafarbene Mäntelchen schmiegen sich auf ein dunkelrotes Inneres, das vor Erregung glitzert, im seichten Licht der Hotelsuite. Ihr scheint dieser Augenblick sehr zu gefallen.

Die beiden haben sich auf das Wort „Spalte“ geeinigt, der Findungsprozess hatte mehrere Wochen gedauert. Es war nicht einfach gewesen, ein Wort zu finden, das lustvoll, aber nicht zu schmierig oder medizinisch klingt. Mit „Spalte“ konnten am Ende beide leben. Wenn Louna besonders erregt ist, spricht sie auch mal von ihrem „Fötzchen“ – eine Verniedlichung, die Jon immer wieder ein Grinsen ins Gesicht zaubert.

Jon beginnt, mit der Zunge die Spalte zu erkunden. Ganz langsam. Erst außenrum, jeden Zentimeter der Mäntelchen entlang, bis er immer mehr mit seiner Zunge in die Mitte gleitet. Louna stöhnt leise vor sich hin. Von Minute zu Minute wird ihr Stöhnen tiefer und länger, sie verlässt diese Welt und schwebt in eine Art Zwischenwelt. Ein Ort, wo Gedanken, Körper und Seele zu einer großen Lust zusammenschmelzen. Ein Vakuum des freudigen Seins. Einfach nur da sein, weg sein.

Jon macht weiter und weiter, genießt Lounas Stöhnen in den verschiedensten Tonarten. Sie ist auf ihre Art musikalisch begabt, auch wenn sie keine Noten lesen kann und kein Instrument spielt: Singen kann sie in diesen Momenten ganz wunderbar – nur bekommt sie das nie mit.

Nach fünfzehn Minuten oralem Verwöhnprogramm ruft Louna plötzlich in den Raum hinein: „Jon, mein Fötzchen will Deinen Schwanz!“

Da war es. Das Stichwort. Er springt auf und fängt an, sich auszuziehen, noch bevor sein Hemd ganz aufgeknüpft ist, hat sich Louna vom Bett aufgebäumt und macht sich an seiner Hose zu schaffen. Sie hat es eilig. Während er aus seinem Hemd schlüpft und es wegwirft, zieht Louna ihm Jeans und Unterhose in einem Rutsch herunter und fängt sogleich an, sein gutes Stück in den Mund zu nehmen.

Jon genießt das sehr, aber er weiß, diesmal wird Louna das nicht allzu lang machen, dafür ist sie viel zu geil. Feuchte Offenheit vom allerfeinsten. Er hatte Recht mit seiner Einschätzung.

Zwei Minuten später hört Louna auf, schaut zu ihm hoch und flüstert: „Nimm mich!“

Jon kennt sie gut. Seine Hände greifen ihre Schulter und schubsen sie leicht nach hinten, Louna fällt mit weit gespreizten Beinen zurück aufs Bett. Er geht in den Liegestütz über sie – ein kurzes wildes Knutschen noch, bevor es losgeht.

Er dringt mühelos, ohne jeden Widerstand in sie ein. Jon weiß, diese Stellung ist Lounas Liebling, so kann sie am leichtesten zum Orgasmus kommen. So beschließt er, ihr heute einen Wellnessabend der ganz besonderen Art zu schenken, auf Stellungskämpfe zu verzichten und sie nur so zu nehmen. Jon mag es eigentlich besonders von hinten, was Louna zwar auch genießt, ihr aber nicht so viel Lust bringt wie die intensive Nähe beim Sex von oben.

Er legt mit schnellen Stößen los, um die erste Welle der Geilheit zu befriedigen. Nach einer Minute wird er langsamer, geht dafür aber tiefer und presst seinen Körper fester an den ihren. Louna hält ihre Beine in die Luft und spreizt sie, so weit es geht.

„Ja, Jon, fest und tief, so mag es mein Fötzchen!"

Sie ist offensichtlich sehr erregt – ein klein wenig Stolz breitet sich in Jon aus, was ihn motiviert, weiterzumachen. Er wechselt geschickt zwischen langsam und schnell, zwischen tief und kurz. Lounas Hände auf Jons Rücken verkrampfen sich immer mehr, auch ihr Stöhnen wird immer lauter, ihr Becken wippt immer stärker in Jons Takt. Ein gutes Zeichen. Bald ist es so weit, das weiß er ganz genau.

Einige Sekunden später hält Louna den Atem an. Jon zählt innerlich mit – „drei, zwei, eins" – und dann seufzt, stöhnt und schreit sie alles in einem heraus. Er gibt Gas, um möglichst mit ihr gemeinsam zu kommen. Zum Glück dauert ein weiblicher Orgasmus in der Regel etwas länger. Bei Louna ist es jedenfalls so. Noch bevor sie sich beruhigt hat, kommt auch er zum Orgasmus, stöhnt dabei zwar weniger laut, aber laut genug, um Louna noch einmal mitstöhnen zu lassen.

Ruhe kehrt ein. Jons Körper wird schwer wie Blei. Louna liebt diesen Augenblick. So lange, bis Jon ihr zu schwer wird. Doch für ein paar zärtliche Küsse und ein Streicheln seines Rückens reicht die Zeit immer aus. Nach ein paar Minuten dreht sich Jon mit einem freudigen Seufzen auf den Rücken und zieht Lounas Kopf auf seine Brust.

„Hat es Dir auch so gut gefallen wie mir?", fragt er immer gern in diesen Momenten.

„Ich glaube, das hast Du deutlich gespürt, oder?", antwortet sie mit einem zufriedenen Lächeln.

Jon strahlt stolz. „Na, dann, noch ein Glas Wein zur Feier des Abends?"

„Sehr gern – das haben wir uns verdient!"

So verbringen sie den restlichen Abend kuschelnd im Bett, trinken so lange Wein, bis die Flasche leer ist und üben sich in tiefsinnigen Gesprächen über die Gesellschaft und die Menschen. Philosophieren darüber, welch ein Glück sie haben, in einer festen und langen Beziehung zu leben, in der es so gut funktioniert. Keine

Selbstverständlichkeit in Zeiten wie diesen. Nach ein paar Stunden machen sie das Licht aus.

Im Halbschlaf flüstert Louna: „Ich liebe Dich, Jon.“

Ebenfalls fast eingeschlafen, haucht Jon zurück: „Ich Dich auch, Louna, sehr sogar!“

∞

Es ist neun Uhr morgens. Letzter Tag im Wellness-Tempel.

Noch einmal das reichhaltige Frühstücksbuffet genießen, bevor Louna und Jon wieder zurück nach Hamburg fahren müssen. Die beiden sind ein gutes Team mit klaren Aufgabenteilungen: Louna kümmert sich um die Getränke und den Aufschnitt und Jon um die Brötchen, Butter und das Müsli, so füllt sich der Tisch geschwind und das große Schlemmen kann beginnen.

Beim Essen reden sie über neueste politische Ereignisse, die sich am Wochenende zugetragen haben. Sie sprechen auffällig leise miteinander, was vor allem für Jon ungewöhnlich ist, denn er hat eine recht laute Stimme.

Plötzlich hört er auf, zu reden, und schaut Louna schweigend an. Sie ebenso still und horcht in den Raum hinein. Der Frühstücksraum des Hotels ist groß und prächtig. Ein Glasdach thront über den sechs Meter hohen Wänden, der Raum ist fast hundert Meter lang und zwanzig Meter breit. Eigentlich ist es mehr eine Frühstückshalle. Nicht alle Tische sind besetzt. Rund fünfzig Leute sind zu sehen. Die meisten sind als Paar zu erkennen. Und es ist still. Absolut still. In der gesamten Halle ist nicht ein Wort zu hören.

Jon grinst Louna an und sagt leise: „Wie Sie hören, hören Sie nichts – merkst Du das auch?“

„Faszinierend, Du hast Recht, schmeiß ja keine Gabel runter, dann fallen wir hier sofort auf“, erwidert Louna lächelnd.

„Ja, und Du erzählst bitte nichts von Deiner Spalte, sonst fallen wir noch viel mehr auf“, feixt Jon mit einem spitzbübischen Grinsen zurück.

Louna kann ein lautes Lachen nicht verhindern, obwohl sie sogar ihre Hand als Schallschutz vor den Mund hält. Einige Paare gucken verdutzt zu ihr herüber.

Die nächsten Minuten verbringen Louna und Jon damit, weniger zu sprechen und dafür umso mehr zu beobachten. Ein Paar sitzt sich gegenüber, während die Frau den Mann anschaut, schaut dieser aus dem Fenster. Bei einem anderen Paar fummelt die Frau die ganze Zeit am Handy rum. Auch zeitungslesende Männer gibt es noch, während die dazugehörige Frau vor sich hin starrt. Andere Paare wiederum kauen wie Kühe auf der Weide schweigend vor sich hin, mit den Gedanken irgendwo, nur nicht in diesem Augenblick. Keine Frage, es gibt auch Paare, die still und glücklich wirken. Nur davon entdecken Louna und Jon äußerst wenige.

Das große Schweigen im Wellness-Tempel. Hier, wo die Liebe und das Glück gefeiert werden sollen, hier wo man endlich raus ist aus dem Rhythmus, sich einander zuwenden könnte, ganz ohne Druck und Stress. Hier scheinen die meisten Menschen konfrontiert zu werden mit einer weiteren Herausforderung in ihrem Leben. Ihrer Liebesbeziehung. Diese Liebesbeziehung scheint nicht die liebevolle Abwechslung vom Rhythmus zu sein, sondern ein Teil des Rhythmus. Verschmolzen mit dem Ist-Zustand. Leben, wie es sein soll, und nicht, wie es sein könnte.

So sitzen Louna und Jon inmitten eines Tempels der Sprachlosigkeit und schauen sich fragend an. Gleichzeitig spüren sie eine Freude in sich. Ihnen wird wieder bewusst, welch besonderes Paar sie sind und welches Glück sie teilen. In Louna löst die Situation aber auch Ängste aus. Droht ihr und Jon irgendwann das Gleiche? Werden sie sich auch nichts mehr zu sagen haben? Sie überlegt eifrig, was sie dagegen tun könnten.

„Wir müssen unbedingt weiter im Gespräch bleiben, uns alles sagen, über alles reden. Unsere Kommunikation ist unsere große Stärke."

Sie lächelt Jon an, der nicht mitbekommen hat, was Louna in den letzten Sekunden bewegt hat. Aber er freut sich über ihr Lächeln, formt seinen Mund zu einem Kuss und haucht ihn über den Frühstückstisch.

∞

Der Zug rattert wieder. Es geht nach Hause. Louna und Jon haben ihre Auszeit vom Rhythmus hinter sich und fühlen sich entspannt und glücklich.

Die Situation beim Frühstücken wirkt bei beiden noch nach. So schweigen sie nun auch ein wenig, während ihre Blicke über die Nordsee schwirren und ihre Gedanken sich über einen Leerlauf freuen.

Jon denkt seit längerer Zeit mal wieder an den Red Club. Er freut sich auf seine Rückkehr. Doch ihm wird auch erneut bewusst, dass sein virtuelles Treiben nicht gut für Louna und ihn sein könnte. Oder ist nur sein Verschweigen ein Problem? Vielleicht reagiert Louna ja offen?

„Nein! Viel zu riskant, das ging schon einmal schief!", raunzt Jon sich selbst an.

Louna unterbricht plötzlich strahlend die gedankenreiche Stille: „Es ist toll, dass wir uns immer alles sagen! Lass uns darin immer besser werden!"

Jons Herzschlag beschleunigt kurz, aber er lächelt souverän zurück: „Ja, Louna, das finde ich auch."

Unterwegs in fremden Welten

Tokio. Morgengrauen. Erste Sonnenstrahlen durchbrachen den Nebel der Stadt.

Nathan stand auf einem Hochhaus. Sicher fünfhundert Meter hoch. Schwer einzuschätzen, da Nathan ein dichter Wolkennebel umgab, welcher seine Augen nicht weit kommen ließ. Soweit er erkennen konnte, flogen in einiger Entfernung autoähnliche Vehikel vorbei. Videowände zeigten Werbung mit leuchtenden Farben und schnellen Bildern. Ein reges Treiben. So, wie man sich Tokio eben vorstellt.

Nathan war zum ersten Mal hier und war einer Einladung gefolgt. Akira hatte ihn an diesen Ort bestellt, weil sie Nathan in ihrer Heimatstadt hatte treffen wollen. Nun stand er hier. In einer aufregenden, aber auch kalten Atmosphäre. Besonders romantisch schien Akira nicht zu sein. Es hätten so viele andere Orte für ein Treffen zur Auswahl gestanden. Das schwebende Tanztheater Apollon zum Beispiel oder der wunderschöne Strand Candima. Nein, ein Hochhaus sollte es sein, inmitten des kühlen Nebels von Tokio.

Er stand schon ziemlich lange hier und fragte sich allmählich, ob Akira wirklich kommen würde. Etwas scheu wirkte sie schon beim Chatten. Oder war es nur asiatische Zurückhaltung, die er spürte? Vielleicht hatte sie es sich anders überlegt. Doch, endlich – einige Meter entfernt tat sich etwas, eine Frauenfigur war schemenhaft zu erkennen und wuchs, während sie durch den Nebel näherkam.

Und dann stand sie da. Akira. Ein junges Mädchen, vielleicht Anfang zwanzig. Ihr hübsches Gesicht mit großen, dunklen und traurigen Augen wurden eingerahmt von wunderschönem, braunem, glattem Haar, das kinnlang und kerzengerade an beiden Seiten des Gesichtes herunterfiel. Ihre Lippen waren prall und rot geschminkt. Als Kleidung hatte sie ein Schulmädchen-Outfit gewählt. Ein weißes Oberteil, das den Bauch frei ließ und die großen Brüste gut zur Geltung brachte, einen kurzen Rock mit schwarz-weißen Streifen, kurz genug, dass noch genug Haut zwischen dem Ende des Rockes und dem Anfang der langen schwarzen Strümpfe zu erkennen war. Schwarze High Heels mit einer weißen Blüte auf der Oberseite komplettierten den Auftritt. Manga-Style. So, wie sich Nathan das erhofft hatte.

„Schön, dass Du hier bist, Akira, dachte schon, Du kommst nicht mehr!“, rief Nathan durch den Nebel.

„Natürlich bin ich hier, Nathan, ganz wie versprochen“, antwortete Akira mit schüchternem Blick.

„Du siehst toll aus, so habe ich mir Dich vorgestellt“, sagte Nathan anerkennend.

„Ganz zu Diensten.“

Akira machte einen Knicks. Nathan spürte Vorfreude in sich aufsteigen. Ein schönes Erlebnis stand kurz bevor.

„Warum treffen wir uns hier auf einem Hochhaus inmitten von Tokio?“, fragte Nathan.

„Tokio ist meine Heimat und ich wollte Dir einen Eindruck geben von meinem Leben – doch keine Sorge, wir bleiben nicht hier“, erklärte Akira.

„Folgst Du mir, Nathan?“

„Gern, Akira, gern – ich bin gespannt, wo Du mich hinführst.“

Akira hob ab und flog gen Westen. Sie war geschickt und offensichtlich sehr geübt im Umgang mit der Flugkunst. Nathan versuchte, mitzuhalten, um hinterherzukommen. Zu seinem Glück war Akira ein nettes Mädchen. Sie blieb immer mal wieder in der Luft stehen, um Nathan aufholen zu lassen. Als er wieder in Sichtweite war, flog sie genauso schnell und geschickt weiter wie vorher. Sie wollte Nathan wohl das Fliegen lehren. Er bemerkte plötzlich, dass unter ihnen die Stadt verschwunden war, dafür sah er vor sich schneebedeckte Berge.

„Wunderschön.“ Er schwelgte in der beeindruckenden Landschaft und bemerkte dabei nicht, dass er Akira schon wieder verloren hatte.

„Hier über Dir!“, rief Akira.

Nathan schaute hoch und sah, dass er unter ihren Rock schauen konnte. Ein weißer unschuldiger Slip blitzte hervor.

„Das macht die doch absichtlich – so ein kleines Biest“, erregte sich Nathan künstlich und freute sich immer mehr über Akira und das Treffen mit ihr.

„Komm, wir fliegen in die Berge!“, kommandierte Akira, die wohl nicht so schüchtern war, wie sie vielleicht wirkte.

Nathan folgte ihr und schaffte es diesmal besser, an ihr dranzubleiben. Sie steuerte einen großen Berg mit stolzer Spitze in der Mitte des Gebirges an. Dieser Berg war anscheinend mit Absicht als Zentrum dieser beeindruckenden Landschaft gewählt worden. Ein ganz besonderes Kunstwerk. Eine prächtige Szenerie mit einem strahlenden Zentrum.

„Lobet den Schöpfer“, jubilierte Nathan, während er beobachtete, wie die Sonne auf die Spitze des Berges schien und diese in ein wunderwarmes Licht eintauchte.

„Akira ist doch romantisch, sie wollte mich wohl nur überraschen, Ach ja, solche Verführungen mag ich!“, dachte Nathan und schmunzelte vor sich hin.

Die Spitze des Berges kam immer näher. Details wurden sichtbar. Im Fels waren Holzschaukeln für zwei Personen angebracht. Alle Schaukeln waren leer, Akira und Nathan waren ganz allein an diesem wundersamen Ort. Sie flog direkt auf die oberste Schaukel zu und schwebte hernieder.

„Komm, Nathan, setz Dich zu mir!“, forderte sie ihn verführerisch auf.

Dieser Einladung folgte Nathan nur allzu gern. Er flog zu ihr herüber und setzte sich neben sie. Sobald er saß, fingen die Schaukeln an, zu wippen. Ganz sanft und angenehm.

„Ist das nicht ein herrlicher Ausblick?", fragte Akira ein klein wenig stolz.

„Ja, diesen Platz hast Du wirklich toll ausgesucht", lobte Nathan erneut. Die beiden sahen vor sich ein schillerndes Tal mit Blüten in allen Farben, die man sich nur denken kann. Durch das Blütenmeer schlängelte sich ein kleiner Fluss, auch er leuchtete in verschieden Farben. Weit hinten am Horizont erkannten sie die Umrisse von Hochhäusern. Das nebelige und laute Tokio war nur noch zu erahnen. Nur fünf Flugminuten entfernt hatte sich für Akira und Nathan eine ganz neue Welt aufgetan.

Akira unterbrach die Stille. „Ich kann leider nicht lange bleiben, muss schon bald wieder zurück."

Sehr schade, aber morgen wieder?"

„Ja, Nathan, das sollte klappen!"

Sie schwiegen. Akira schien auf etwas zu warten. Nathan war unsicher, was er nun tun sollte.

„Du darfst mich gern küssen zum Abschied", flüsterte sie endlich.

Er zögerte nicht mehr und küsste Akira zärtlich. Die Schaukel wippte im Wind, Vögel zwitscherten, die Sonne schien auf die beiden Küssenden.

„Was für ein herrliches Ambiente, ein wirklich schönes Erlebnis!", sinnierte Nathan und es glänzte in ihm.

Plötzlich war Akira nicht mehr da. So schnell sie auf dem Hochhaus erschienen war, so schnell war sie von diesem wunderschönen Berg verschwunden. Nathan blieb noch ein wenig und genoss den Ausblick und die Erinnerung an den zärtlichen Kuss mit Akira.

∞

Apollon. Nathan trug seinen besten Smoking. Die lilafarbene Fliege sorgte für den besonderen Pfiff. Er hatte sich herausgeputzt und schick gemacht, denn heute wollte er ganz besonders gefallen.

Apollon war ein seltsam schöner Ort. Ein bisschen wie die Malediven. Viele kleine Inseln und jede für sich ein wertvolles Schmuckstück. Doch die Inseln von Apollon befanden sich nicht etwa im Wasser, sondern in der Luft. Sie schwebten nebeneinander und übereinander. Schon von Weitem ein wunderbarer Anblick. Nathan hatte eine Zeitlang gebraucht, bis er hier Orientierung gewonnen hatte. Doch nun war es einer seiner Lieblingsorte.

Auf den einzelnen Inseln gab es die Möglichkeit zum Tanzen. Jede Insel stand für einen eigenen Stil. Nathan mochte besonders gern die Walzer-Insel. Die Damen trugen hier schöne lange Ballkleider. Eine romantische und friedliche Atmosphäre.

Er schaute sich um. Schaute nach einer besonders schönen Frau, die er zum Tanzen auffordern wollte. Er wurde fündig, wie eigentlich immer, wenn er hier Ausschau hielt. Eine Frau mit langen schwarzen Haaren, die sich im Wind von Apollon geisterhaft schön bewegten, sie hatte strahlend blaue Augen, die Nathan wie Saphire verlockten, dazu passend trug sie ein dunkelblaues wallendes Ballkleid mit einem Saum aus Diamanten. Auch ihre silbernen Schuhe waren mit Edelsteinen besetzt und funkelten ihm wie eine Einladung entgegen. Diese Dame hatte definitiv Geschmack. Nathan nahm allen Mut zusammen und ging zielorientiert auf sie zu.

„Guten Abend, die Dame, ich bin Nathan."

„Guten Abend Nathan, ich bin Joana."

„Freut mich sehr, Joana – darf ich Dich bitten?"

Joana lächelte ob der guten Manieren von Nathan und im nächsten Augenblick schwangen sie gemeinsam im Dreivierteltakt über das schwebende Stück Fels inmitten von kleinen weißen Wolken. Flammen loderten aus aufgestellten Feuerkelchen und gaben der Szenerie eine vollkommene Romantik.

Das Kleid von Joana zeigte nun seine ganze Pracht. Es war genau für Augenblicke wie diese konstruiert worden. Bei jedem neuen Schwung flirrten die Diamanten am Saum des Kleides durch die Luft und erzeugten eine wahrhaft fantastische Aura.

Nathan genoss den Augenblick. Die letzten Sekunden war er still geblieben und hatte nur auf Joana geschaut, auf ihre wehenden Haare, ihre mystisch blauen Augen und immer wieder auf ihr Kleid.

„Du bist wunderschön, Joana!", sagte er ihr schmeichelnd.

„Oh, danke Dir, Du bist auch ein adretter Mann mit viel Ausstrahlung!", erwiderte sie flirtend.

„Sowas hört man gern. Ich danke Dir. Sind wir nicht zwei Glückspilze an diesem Ort?", fragte Nathan und versuchte so, das Band zu Joana enger zu knüpfen.

Joana ging auf Nathan ein. „Oh, ja, ein ganz besonderer Moment. Und genau dafür sind wir hier."

„Dann sollten wir es vielleicht nicht beim Tanzen belassen, oder?", fragte Nathan mutig.

Joana lächelte. „Nein, das wäre zu schade."

Nathan trieb die Sache weiter voran. „Ich kenne einen tollen Ort, an dem wir ungestört sind – wollen wir uns dort treffen?"

„Sehr gern, ich bin dabei – bis gleich!", erwiderte Joana und freute sich angesichts ihres heutigen Fanges.

Nathan markierte die Stelle des Treffens auf Joanas Karte.

∞

Die Szenerie wechselte. Es war ziemlich dunkel. Nur Kerzen leuchteten die Felshöhle aus. In der Ecke der Höhle war ein kleiner Wasserfall schemenhaft zu erkennen, er mündete in einen schmalen Bach, der quer durch die Höhle floss. In der Mitte der Höhle war oberhalb des Bachs ein Podest gebaut. Das Podest sah aus wie ein Bett, bis auf den Fakt, dass es aus Gold war und es keine Matratzen gab. Der goldene Platz inmitten der Höhle hatte am Fundament eine Durchbohrung, sodass der Bach gerade so hindurchpasste und nicht aufgehalten wurde.

„Ich nenne es den ‚Altar der Liebe'!" Nathan schmunzelte zu Joana herüber.

„Ja, das passt nun wirklich!", gab sie lachend zurück.

„Dieser Altar funktioniert allerdings nur nackt, Joana – ich hoffe, das ist kein Problem für Dich?"

Nathan kam seinem Ziel immer näher. Wobei er spürte, dass Joana dieses Ziel mit ihm teilte. Deswegen war er von Anfang an auch so mutig und direkt gewesen.

„Oh, nur nackt? Dann gehe ich wieder!", empörte sie sich lautstark.

Eisiges Schweigen.

„Mensch, Nathan: Spaß! Nur Spaß! Was glaubst Du, warum ich mitgekommen bin?"

Joana grinste und legte ihr Ballkleid ab. Ein toller Körper kam zum Vorschein. Ganz wie Nathan es erhofft hatte. Große Brüste, jedoch nicht zu groß, sie standen fest im fahlen Kerzenlicht. Ein flacher Bauch mit einem Tattoo unter dem Bauchnabel. Es war ein Dreieck mit der Spitze nach unten. Hier sollte einem offensichtlich der Weg gezeigt werden. Schlanke Beine, die einen guten Kontrast zu den großen Brüsten aufzeigten. Durch schlanke Körper wirken Brüste größer, als sie sind. War Nathan schon häufiger aufgefallen. Er mochte diese Mischung. Joana drehte sich, um ihren Körper ganz zu präsentieren. Ein auffällig runder und fester Po kam zum Vorschein. Nathan war begeistert. Apollon hatte sich heute wieder mal gelohnt.

„Und jetzt Du!", sprach Joana und schaute gespannt zu Nathan herüber.

Nathan zögerte nicht und ließ seine Kleidung verschwinden. Er war selbstbewusst, denn er hatte schon viel Lob für seine Erscheinung erhalten. Auch er war gut ausgerüstet. Braungebrannte Haut, ein muskulöser Körper, besonders der Oberkörper war breit und männlich. Schwarze Brusthaare unterstrichen diese Männlichkeit. Ein fester Hintern, der Frauen immer besonders gut gefiel. Sein Gemächt hatte stolze Dimensionen. Was Joana sofort auffiel.

„Wow, Du bist ja eine richtige Sahneschnitte mit einem Prachtstück im Zentrum!", lobte sie mit einem lüsternen Blick.

Nathan griente. „Du bist aber auch nicht schlecht!"

„Na, dann ab auf den Altar, bin gespannt, was da so geht!", kommandierte Joana.

Sie setzen sich nebeneinander und fingen an, sich gegenseitig zu streicheln und dabei zärtlich zu küssen. Doch Joana wollte schnell mehr und setzte sich plötzlich auf Nathan, um auf ihm zu reiten.

„Hey, Du gehst aber schnell zur Sache!", rief Nathan freudig überrascht.

„Ja, wir texanischen Mädchen zögern nicht lange, wenn uns etwas gefällt!"

Joana lachte und ritt ungestüm wie auf einem bockigen Pferd. Dem Hengst Nathan gefiel die wilde Geilheit von Joana. Vor allem weil sie vorher im Apollon so anders, so brav in ihrem Ballkleid gewirkt hatte.

„Ich mag die Überraschungen hier – immer wieder gern", dachte Nathan und freute sich über die perfekten nackten Anblicke auf diesem goldenen Altar inmitten einer Felsenhöhle.

Joana wurde immer wilder und kam schnell laut stöhnend zu ihrem erfreulichen Ende.

„Puh, das war großartig, Nathan – vielleicht wiederholen wir das irgendwann mal wieder!", lobte sie ihn und verschwand innerhalb einer Sekunde aus der Höhle.

∞

Candima. Nathan stand am Strand und blickte hinaus aufs Meer. Er trug bunte Badeshorts, die sich gut von seinem braungebrannten Körper absetzten. Er war eine stattliche Erscheinung auf dem weißen Sand von Candima.

Wenn er nicht gerade Apollon besuchte, war er am liebsten hier. Candima war nicht irgendein Strand. Es war *der* Strand. Der schönste, den Nathan je gesehen hatte. Hier wurde mit viel Liebe fürs Detail gearbeitet. Das Meer schillerte in verschieden Blautönen und war voll mit Fischen in allen Farben und Formen. Die Fische schwammen im flachen Wasser und waren jederzeit vom Strand aus gut erkennbar. Der Sand von Candima war leuchtend weiß und glitzerte in der Sonne. Einige Sandkörner bestanden aus kleinen runden Diamanten, die den Glitzereffekt vollkommen machten. Mit einigem Abstand zum Wasser waren Palmen und Pflanzen in einer Reihe angeordnet. Manche Palmen trugen prächtige Kokosnüsse. Die Pflanzen waren mit Bedacht ausgesucht worden und ergaben zusammen ein Orchester der Farbenpracht, das Nathan immer wieder erfreuen konnte.

Plötzlich entdeckten Nathans Augen etwas Neues. Auf dem Meer schwammen kleine Inseln so groß wie ein Doppelbett, über jeder Insel schwebte ein kleiner Sonnenschirm.

„Oh, schwimmende Relax-Liegen mitten im Meer, eine schöne Idee!" Er freute sich und sprang ins Wasser.

Nach dreißig Sekunden erreichte er die erste Insel und kletterte auf sie hinauf. Seine Augen wanderten über die Wellen.

„Ah, wunderbar, schön hier!“, jubilierte Nathan.

Er hatte einen tollen Ausblick auf den Strand. So hatte er ihn noch nie gesehen. Besonders aus der Ferne zeigte Candima seine ganze Pracht, das Leuchten des Sandes und der Pflanzen mit wunderblauem Wasser davor.

„Das ist ja besser als Urlaub“, sprach er laut mit sich selbst und lenkte seinen Blick weg vom Strand hinaus aufs Wasser.

Etwas entfernt sah er zwei Frauen, die auf einer der hinteren Liegen Platz genommen hatten. Er erkannte, dass eine Frau dunkle Haut und schwarze Haare hatte und die Andere weiße Haut und blonde Haare.

„Ebony und Ivory.“ Nathan lächelte und überlegte, ob er zu den Damen hinüberschwimmen sollte.

Noch während er überlegte, rief die Dunkelhaarige zu ihm herüber: „Schöner Mann, was bist Du so allein? Komm doch zu uns!“

Das ließ sich Nathan natürlich nicht zweimal sagen und sprang sofort ins Wasser. Als er näherkam, konnte er die beiden immer besser erkennen. Zwei echte Schönheiten, die hier im herrlichen Ambiente von Candima auf dem Wasser trieben. Beide mit schönen Brüsten, langen Beinen und leuchtenden Haaren. Nathan freute sich auf seine neueste Begegnung. Auf der Liege war noch Platz für einen Dritten. Er kletterte hoch und die Damen überließen Nathan den Platz zwischen ihnen.

„Ein nettes Setting, würde ich sagen!“ Er freute sich innerlich und tat nach außen ganz lässig.

Das Duo musterte Nathan. Ein paar Sekunden Stille. Nur das Meeresrauschen war zu hören.

„Du hattest Recht, Wanda, ein wirklich schöner Mann“, säuselte Michelle, die blonde Schönheit.

„Ja, oder? Ich habe gute Augen!“ Wanda lachte und fragte forsch: „Wer bist Du und was machst Du hier allein?“

„Ich bin Nathan und genieße hier den Ausblick, der durch euch noch um einiges schöner geworden ist“, antwortete Nathan und zwinkerte.

„So, so, findest Du also?“ Michelle lächelte. „Haben wir schon häufiger gehört, oder Wanda?“

„Oh ja, um ganz ehrlich zu sein, hören wir das jeden Tag mehrmals!“ Sie schmunzelte.

„Nun, ihr seid auch ein ganz besonderes Duo, wo kommt ihr her? Habt ihr euch hier kennengelernt?“, fragte Nathan interessiert und hoffte inständig, sie würden auf ihn abfahren.

„Wanda ist aus Kapstadt und ich bin aus Paris", erklärte Michelle. „Wir haben uns hier bei einer Elektroparty in New York kennengelernt, in so einem Underground-Laden unter dem Times Square."

„Cool, den kenne ich auch!", erwiderte Nathan angeberisch.

„So, den kennst Du, Nathan? Scheinst hier viel unterwegs zu sein?" Wanda schaute ihn fragend an.

„Ja, bin ziemlich oft hier und genieße die Möglichkeiten!", erläuterte der braungebrannte Glückspilz.

„Die Möglichkeiten? Was ein Mann damit wohl meint?" Michelle schaute Wanda fragend an.

Die grinste nur. Nathan wurde etwas verlegen und versuchte, die Situation zu retten.

„Na ja, wir sind doch alle hier, um ein bisschen Spaß zu haben, oder?" Er hoffte, die richtigen Worte gefunden zu haben.

„Ja, durchaus, das sehen wir auch so. Doch jeder versteht darunter etwas Anderes. Bei den Männern haben wir das Gefühl, dass es eigentlich nur um Sex geht!", erklärte Michelle mit einem etwas entnervten Unterton.

„Okay, sie scheint in jedem Fall die prüdere von den beiden zu sein", dachte Nathan unauffällig und schaute Michelle ernst an. „Ja, Michelle, das kann ich mir vorstellen, dass viele Männer so sind, doch ich bin anders. Ich genieße hier auch die Landschaften, die Events und die spannenden Gespräche mit Menschen von der ganzen Welt!"

„Kluge Antwort, Nathan!", feixte Wanda und lachte Michelle an.

„Ja, ja, er ist nicht nur schön, sondern auch noch clever!", gab diese zu.

„Was meinst Du, vielleicht können wir etwas mit ihm anfangen? Für irgendwas muss ein gutaussehender und schlauer Mann doch zu gebrauchen sein, oder?" Wanda grinste.

„Ja, ich denke auch, irgendwas wird der schon können." Michelle lächelte mild.

„Man sieht sich!" Wanda zwinkerte und hauchte ihm einen Kuss durch die Luft herüber.

Die beiden Nixen verschwanden und ließen Nathan allein. Der schaute aufs Wasser und war stolz auf sich. Wieder hatte er zwei Damen von sich überzeugt und würde hierfür bestimmt seine Belohnung bekommen. Mit zwei Frauen wollte er schon immer mal etwas starten. Schon bald würde es endlich soweit sein.

∞

„Essen ist fertig!", rief Emma von unten aus der Küche.

Ich loggte mich aus und unterbrach für eine kurze Zeit meine Reise in fremden Welten.

Aus guten Gründen

Feierabend.

Den ersten Arbeitstag nach dem Wellness-Urlaub hat Jon gut überstanden. Es ist immer anstrengend, zurück in den Rhythmus zu kommen, nachdem man ihm für ein paar Tage entflohen war.

Die Auszeit auf Sylt hat großen Wert für Louna und Jon. Nicht nur ganz persönlich, als Zeit zum Ausruhen und Auftanken, sondern auch ihrer Beziehung hat das Wochenende neuen Schwung gegeben. Neue Gewissheit, auf dem richtigen Weg zu sein.

So schön Jon das Wochenende auch fand, ist er froh, nun wieder am Laptop sitzen zu dürfen. „Endlich geht es weiter im Red Club!" Jon lacht. „Darauf habe ich mich schon die ganze Zeit gefreut."

Jon hat in der Woche vor Sylt schon erste virtuelle Kontakte geknüpft und ist neugierig, wie sich diese jetzt weiterentwickeln werden. Doch der Abend beginnt mit einer Enttäuschung. Eine brünette Frau, die es Jon besonders angetan hat, ist nicht mehr im Red Club zu finden. Sie hat ihr Profil gelöscht, ohne ihm vorher ihre Telefonnummer zu übermitteln.

„Hm, weg, einfach weg. Wirklich schade. Hoffentlich sind die hier nicht alle so sprunghaft", denkt Jon und klickt sich weiter durch seine letzten Kontakte.

Einigen Frauen hat er auch ein Foto von sich per E-Mail geschickt, da sie darauf bestanden hatten, bevor sie den Kontakt weiterführen wollten. Er hatte etwas gezögert, aber bei manchen Damen konnte er diesen Wunsch einfach nicht ablehnen. Seine Neugierde war so groß, dass er sein Gesicht offenbarte.

Eine von diesen interessanten Frauen ist Sonja. Sie ist online. Eine kinderlose Mittdreißigerin, die ihr Profil mit auffällig vielen Bildern ihres extrem schönen Hinterteils aufgepeppt hat. „*What an ass*!", dachte Jon in der letzten Woche beim ersten Besuch des Profils. Ihr Profilname ist passenderweise *Lady Moon*. Jon schreibt ihr eine Nachricht.

`Jon: Hallo Sonja, wie geht es Dir? Ich habe mein Arbeitswochenende gut überstanden!`

Er muss auf die Antwort nicht lange warten.

`Sonja: Hey Jon, schön, dass Du wieder hier bist. Habe Dich schon fast ein bisschen vermisst. ☺ Mir geht es sehr gut. Ich hatte ein entspanntes Wochenende mit langen Spaziergängen und einer hervorragenden selbstgemachten Pizza!`

`Jon: Hört sich großartig an. Freut mich für Dich. Ich fände es schön, wenn wir uns nun ein bisschen mehr kennenlernen würden. Jetzt, wo Du mich schon fast vermisst. ☺`

`Sonja: Lach, ja, sehr gern sogar. Du scheinst ein interessanter Mann zu sein. Hübsch sowieso!`

Jon: Danke! Ich finde Dich auch sehr attraktiv und interessant. Warum bist Du eigentlich hier im Red Club unterwegs?

Sonja: Ach, weißt Du, ich bin eine ganz Entspannte. Ich mag Männer. Ich mag Zärtlichkeiten. Ich mag Sex. Aktuell habe ich keine feste Beziehung und ich brauche auch nicht unbedingt eine, und so genieße ich einfach mein Leben. Dafür ist dieser Club eine gute Anlaufstelle. Und Du? Warum bist Du hier?

Jon: Ich bin auch ganz entspannt und einfach neugierig. Ein bisschen Ablenkung vom Arbeitsalltag. Schöne Bilder anschauen, so wie Deine… ☺ Und mit interessanten Frauen schreiben.

Sonja: Na, das sind doch gute Gründe, hier im Club zu sein. Aber ich hoffe, Du willst nicht NUR schauen und schreiben? ☺

Noch bevor Jon auf Sonjas Frage eingehen kann, ploppt eine andere Nachricht in seinem Postfach auf, welche seine Aufmerksamkeit von Sonja wegzieht. Uta ist online und hat Jon soeben angeschrieben. Sie ist erst zwanzig Jahre jung, ein hübsches blondes Mädchen mit frechen kurzen Haaren, zierlich gebaut mit dazu passenden kleinen Brüsten. „Oh, schön, da ist ja wieder die Süße!" Jon freut sich.

Uta: Hey Jon, schöner reifer Mann! ☺ Hast Du die Arbeit am Wochenende gut überstanden?

Jon: Hey Uta, schön, dass Du schreibst! Ja, ich habe alles gut überstanden. Arbeiten am Wochenende kommt ja auch zum Glück nicht so häufig vor. Wie geht es Dir?

Uta: Mir geht es so mittelmäßig. War ziemlich anstrengend, das Wochenende mit meiner Familie. Ich wohne noch zu Hause, habe ich das erwähnt? Mein Vater und meine Mutter mögen sich gerade nicht besonders und ich muss immer die Vermittlerin machen. Echt nervig. Aber lass uns über was Positives schreiben. Wann treffen wir uns denn mal persönlich? ☺

Jon: Oh, das tut mir leid! Hoffe, es war nicht zu anstrengend?

Uta: Nein, alles gut. Bin das ja gewohnt mit den beiden. Du bist meiner Frage ausgewichen. ☺

Jon: Gut aufgepasst ☺ Lass uns erstmal hier ein bisschen kennenlernen, bevor wir uns persönlich treffen. Warum bist Du im Club?

Uta: Okay, sage Dir aber ehrlich, dass ich hier keine Brieffreundschaften suche, sondern etwas Reales erleben möchte. Ich bin jung und möchte Erfahrungen sammeln. Dieser Club scheint dafür ein idealer Platz zu sein. Was machst Du hier, Jon?

Jon: Na, das sind doch nachvollziehbare Gründe, und keine Sorge, Brieffreundschaften will ich hier auch keine schließen. Ich bin neugierig, genau wie Du - und möchte was erleben.

Uta: Schön. Was willst Du denn erleben?

Jon zögert, denn er bemerkt seinen inneren Zwiespalt, der ihn zu Aussagen verleitet, welche er nicht richtig überdacht hat. Er tippt nervös mit dem Finger auf den Laptop und ist froh, dass er einen anderen Kontakt online sieht. Wera.

„Mal sehen wie es Wera geht, ihre Geschichte ist spannend", denkt Jon und ist froh, Utas unangenehmer Frage erstmal ausweichen zu können: Verdrängung ist das Schwert der Verirrten.

Wera, Anfang vierzig, ist verheiratet, hat zwei Kinder und lebt mit ihrem Mann eine offene Beziehung. Vor allem er nutzt die Möglichkeit, mit anderen Frauen zu schlafen. Wera dagegen ist noch unsicher, wie sie mit der Offenheit umgehen möchte.

Jon: Hey Wera! Wie geht es Dir? Bist Du schon weiter mit Deinen Überlegungen?

Wera: Hey Jon, schön, dass Du mir wieder schreibst. Ich hatte ein schlimmes Wochenende. Großen Streit mit meinem Mann. Und die Kinder haben auch viel gequengelt. Kein Wunder bei der Stimmung zwischen meinem Mann und mir. Meine Überlegungen haben auf jeden Fall neues Futter bekommen nach den letzten Tagen. Jetzt mal ehrlich: Er geht zweimal ficken am Wochenende und ich habe die Kinder zu hüten? Und dann lobt er mich für meinen Einsatz für die Familie! Hallo? Und was ist mit seinem Einsatz? Und was ist mit meinem Spaß?

Jon: Oh, harter Tobak, tut mir leid für Dich! Verstehe Deine Sichtweise. Einseitigkeit ist immer doof. Was gedenkst Du jetzt zu tun?

Wera: Danke für Dein Verständnis. Ganz ehrlich, was ich jetzt tun werde? Vögeln! Vögeln ohne Ende. Damit der irgendwas merkt. So geht es jedenfalls nicht weiter!

Jon: Ja, ich verstehe Deine Gefühle, aber Du solltest trotzdem nur etwas tun, was Du auch wirklich willst. Bisher hast Du gezögert, mit Anderen ins Bett zu gehen. Bestimmt aus guten Gründen!

Wera: Danke, dass Du Dir um mich Gedanken machst. Aber weißt Du, es ist jetzt einfach ein Punkt erreicht. Ich dachte, ich könnte ihn davon abbringen, Andere zu ficken, wenn ich ihm durch meine Treue beweise, dass es auch ohne Andere geht. Der Plan ist gründlich schiefgegangen. Habe das Gefühl, es wird immer häufiger, dass er „auswärts" spielt, wir beide haben kaum noch Zärtlichkeiten, Sex hatten wir auch schon früher eher selten. Gerade nachdem die Kinder geboren waren, kurz gesagt: Als Heimchen zu Hause zu sitzen und auf ihn zu warten, scheint nicht zu funktionieren. Jetzt muss ich mal was Anderes probieren!

Jon: Verstehe. Hast Du denn auch Lust auf andere Männer oder machst Du es nur, um Deine Ehe zu retten?

Wera: Beides. Da muss ich ehrlich zu mir sein. Fremde Haut zu spüren, ist ein schöner Gedanke. Und wenn es dann noch hilft, meinen Mann wieder auf Spur zu bringen, ist doch alles gut.

Jon: Verstehe. Ja, vielleicht funktioniert das. Wird er damit einverstanden sein?

Wera: Machst Du Witze? Er hat doch die offene Beziehung vorgeschlagen und mich überredet. Jetzt wird er auch damit leben müssen, dass ich ihm es gleich tue!

Jon: Da hast Du natürlich Recht, ich bin sehr gespannt, wie eure Geschichte weitergeht.

Wera: Vielleicht geht sie ja mit Dir weiter. ☺ Du hast nicht zufällig Lust, eine attraktive Frau in den besten Jahren auf ein Glas Rotwein zu treffen?

„Ups, schon wieder Eine, die sich mit mir treffen will. Hier ist ja was los!“ Jon fühlt sich gebauchpinselt, aber auch verunsichert. „Was antworte ich ihr bloß? Ich will hier ja nicht wirklich jemanden treffen. Was würde Louna dazu sagen? Ich will gar nicht darüber nachdenken.“ Er entscheidet sich für ein weiteres Ausweichmanöver.

Jon: Liebe Wera, ich finde Dich wirklich attraktiv und spannend, aber das ist ein ganz schönes Minenfeld, in dem Du Dich da bewegst, da möchte ich ungern hineingeraten. Verstehst Du mich?

Wera: Schade, aber verstehe ich irgendwo. Es gibt bestimmt Frauen hier, mit denen es unkomplizierter ist.

Jon: Verstehe mich nicht falsch, wir bleiben gern im Austausch, denn mich interessiert eure Geschichte sehr und ich hoffe, dass es Dir bald wieder besser geht!

Wera: Danke, Jon. Du bist ein netter Typ. Wir bleiben in Kontakt.

Jon verlässt seinen Posteingang und möchte ein paar neue Frauen entdecken. Ein Profil sticht ihm sofort ins Auge. Das Foto zeigt eine Frau mit gespreizten Beinen, ihre Spalte wird nur durch ihre Hand bedeckt, die dem Betrachter den Stinkefinger zeigt. „Das ist ja mal ein klares Statement“, lacht Jon, klickt auf ihr Profil und liest ihre kurze Beschreibung.

Hallo, ich bin Rita, fünfundzwanzig Jahre jung, heiß, gut gebaut und immer geil. Ich bin nicht hier, um einen Lebenspartner kennenzulernen. Auch will ich nicht viel rumschreiben. Ich will Sex. Viel Sex. Und schnell. Wenn es passt, dann passt es. Schicke mir ein Foto von Deinem ganzen Körper. Nackt natürlich. Und hart sollte Dein Schwanz auf dem Bild schon sein. Ich will die Katze nicht im Sack kaufen. Wenn Du mir gefällst, treffen wir uns. In einem Hotel, auf einem Parkplatz oder wo auch immer. Nein, ich will nicht reden, obwohl ich klug und sogar studiert bin. Mach Dir keine Sorgen um meinen Geisteszustand, sondern befriedige mich ordentlich. Nerve mich nicht mit Deinen Fragen!

Jon spürt ein kurzes Zucken in seiner Hose. Die selbstbewusste und direkte Art von Rita gefällt ihm sehr. Obwohl sie ihm oberflächlich und hart erscheint, kann er nicht verhehlen, Interesse zu haben. Natürlich würde er nie ein Nacktfoto von sich versenden, schon gar nicht mit seinem Ständer, aber er möchte gern mehr über sie erfahren. Also schreibt er ihr.

Jon: Hey Rita, klare Ansagen, gefällt mir. Welche Erfahrungen hast Du hier gemacht?

Jon wartet auf Antwort und entdeckt derweil eine neue Nachricht in seinem Postfach. Eine sechsundfünfzigjährige Dame mit charmanten Fotos, die vor allem schöne Beine in Nylons zeigen. Jon öffnet die Nachricht.

Britta: Guten Abend junger Mann! Ich würde gern mehr über Dich erfahren. Hast Du ein Foto von Dir? Liebe Grüße Britta

Er fühlt sich geschmeichelt und antwortet schnell.

Jon: Liebe Britta, danke für Dein Interesse, wie komme ich zu der Ehre? Liebe Grüße Jon

Britta: Hallo Jon! Ich sage es ganz frei heraus, ich stehe auf jüngere Männer. Mag es, sie zu verführen. Hast Du Interesse an einer erfahrenen Dame?

Jon fühlt sich überfordert mit all den Angeboten. „Was für ein Club!" Er seufzt und weiß nicht recht, wie er weitermachen soll. Den Kontakt immer dann abzubrechen, wenn es konkret wird, ist auf Dauer keine Lösung. Verdrängung als Prinzip funktioniert nur, solange man etwas zu verdrängen hat. Doch will Jon verdrängen? Ist er nicht hier, um das Verdrängen zu beenden? Oder ist es reiner Zufall, dass er hier gelandet ist? Wenn der junge Controlling-Kollege nicht gewesen wäre… Was will er wirklich?

Jon wird unruhig. Am meisten beschäftigt ihn die ahnungslose Louna. Umso weiter er hier hineinschlittert, umso schwieriger wird es wohl, ihr alles zu beichten. „Was mache ich hier bloß?" Jon schüttelt überfordert den Kopf.

Bing. Sein Postfach-Signal ertönt und reißt ihn raus aus seinen Gedanken. Uta schreibt wieder.

Uta: Schade, Jon, aber Du scheinst ein Fake zu sein. Auf Tastenwichser und Getue habe ich keine Lust, ich will was Reales und Handfestes. Mach's gut, viel Spaß noch hier!

Jon schaut traurig auf den Laptop und überlegt, ob er darauf antworten soll. „Uta hat Recht!" Das muss Jon sich eingestehen. Aus Sicht dieser Frauen ist er ein Fake. Einer, der vor der Tastatur sitzt und dort auch bleiben will.

Ihm fällt Sophia ein. Eine Mittvierzigerin, die seit zehn Jahren mit ihrem Mann verheiratet ist. Sie sind sogenannte Swinger und gehen offen und ehrlich miteinander um, treffen andere Paare oder Einzelpersonen im Swingerclub, Hotel oder zu Hause und vergnügen sich dann zusammen. Jon schreibt sie an.

Jon: Liebe Sophia, ich bin zurück aus dem Arbeitswochenende und musste eben wieder an Dich denken. Frage mich, wie ihr als Paar auf die Idee gekommen seid, zu swingen. Wer hat den Impuls gegeben und was waren die Gründe? Liebe Grüße Jon

Sophia ist online und antwortet sofort.

Sophia: Hi Jon, schön, dass Du Dich zurückmeldest und weiterhin Interesse hast. Dachte schon, ich hätte Dich vielleicht zu sehr schockiert. ☺ Hm, wer hat bei uns den Impuls gegeben? Eigentlich beide. Es gab diesen Samstagabend, an dem wir gemeinsam einen Film im Fernsehen gesehen haben. In dem Film traf ein Paar regelmäßig eine zweite Frau und es funktionierte gut. Damals habe ich meinen Mann angelacht und gesagt: „Klar, dass Du das gut findest - aber was wäre mit mir?" Mein Mann hat total locker reagiert und meinte: „Ein zweiter Mann wäre doch okay!" Tja, und dann beschlossen wir, gemeinsam einen Swingerclub aufzusuchen, das war vor zwei Jahren. Gründe warum? Neugierde und Lust auf was Neues. Zum Glück haben wir das beide so gesehen.

Jon: Danke für Deine Offenheit, finde ich superspannend. Ihr trefft euch immer zusammen mit Anderen, nicht jeweils allein?

Sophia: Ganz genau, immer zusammen. Das haben wir uns versprochen. Das gibt uns Sicherheit, vor allem mir. Ich möchte gern sehen, mit wem er ins Bett steigt und wie das abläuft. Außerdem genieße ich es sehr, wenn er und ein anderer Mann mich verwöhnen oder er und eine andere Frau an mir rumspielen. ☺ Warum interessiert Dich das so sehr, Jon? Du bist doch Single? Oder willst Du uns mal treffen? Würde mich freuen!

Jon überlegt und kommt zu einem Schluss. „Single anzugeben und es in Wirklichkeit gar nicht zu sein, ist vielleicht doch keine gute Idee gewesen!“ Plötzlich schreibt Britta und unterbricht seine Gedanken.

Britta: Hallo junger Mann, noch da? Oder verschreckt davongelaufen?

Nun hat Jon noch mehr zu überlegen. „Heute bekomme ich ja mal so richtig Input“, grübelt er, während er auf den Laptop starrt und seinen Puls spürt. Jon antwortet aus dem Bauch heraus.

Jon: Hey Britta, ganz ehrlich: Ich denke darüber nach. Weiß nicht, ob ich mir das jetzt schon zutraue, eine erfahrene Dame zu treffen. Bin doch ganz neu hier.

Britta: Klar, verstehe ich. Aber eine erfahrene Dame kann Dich vielleicht besonders gut einführen in diese Welt. Denke mal darüber nach. Ich laufe nicht weg und bin weiterhin interessiert, Dich kennenzulernen.

Jon belässt es dabei und wendet sich wieder Sophia zu.

Jon: Liebe Sophia, ich will ganz ehrlich sein. Du verstehst mich vielleicht. Ich bin kein Single. Ich habe seit dreieinhalb Jahren eine Freundin und überlege, wie ich mit der Situation umgehen soll.

Sophia: Gut, dass Du ehrlich zu mir bist. Du bist nicht der Einzige, der seine Partnerin betrügt. Davon gibt es viele hier. Aus meiner Sicht solltest Du unbedingt mit ihr sprechen – wer weiß, vielleicht hast Du ja so viel Glück wie ich?

Jon: Es ist mir wichtig, klarzustellen, dass ich meine Freundin nicht betrogen habe. Ich habe hier nur geschaut und mich mit niemanden getroffen. Aber ich gebe zu, mein Interesse ist geweckt, hier nicht nur zu schauen. Doch ich will ihr nicht wehtun. Was mache ich bloß?

Sophia: Noch besser, dann ist ja noch nicht viel passiert. Du hast nicht viel zu beichten, aber nochmal: Du solltest schnell mit ihr reden! Offen und ehrlich.

Jon: Aber was soll ich sagen?

Sophia: Du sagst, wie es ist. Schatz, ich möchte gern was Neues erleben und ich möchte Dich dabei an meiner Seite haben. Wenn Du Glück hast, denkt sie dasselbe und ihr könnt euch auf den Weg machen.

Jon: Und wenn sie nicht will?

Sophia: Dann müsst ihr im Gespräch bleiben, Du musst ihr Sicherheit geben, dass nichts ohne ihr Einverständnis passiert. Wenn Du sie wirklich liebst, kannst Du verzichten!

„Sagt eine Swingerin", murmelt Jon in sich hinein.

Jon: Ich habe keine guten Erfahrungen gemacht mit dieser Ehrlichkeit, das lässt mich zurückschrecken!

Sophia: Ja, diese Sorge ist nachvollziehbar, aber nicht jeder Mensch ist gleich. Vielleicht reagiert sie ja anders. Betrügen ist jedenfalls keine schöne Alternative. Keine Frau möchte betrogen werden, Jon!

Jon: Ja, Du hast ja Recht. Ich denke darüber danach. Vielen Dank für Deine direkten Worte, für Deine Klarheit!

Sophia: Sehr gern! Es gibt hier viele Verirrte, aber Du hast die Chance, es besser zu machen. Du kannst mich jederzeit fragen, wenn irgendwas ist. Und wer weiß, vielleicht treffen wir uns irgendwann mal zu viert und alles ist gut. ☺

Jon: Nochmals danke! Wir werden sehen, was passiert. Ich melde mich.

Der Input des heutigen Abends wird für ihn immer größer. Rita antwortet.

Rita: Okay, ich will nett zu Dir sein, weil Du anscheinend neu im Club bist. Profil lesen hilft!!! Wo ist Dein Nacktbild? Und was soll die Fragerei?? Mein Profil sagt klar, was ich will und was nicht!

Jon schmunzelt. „Puh, das soll nett sein, wie ist die, wenn sie nicht nett ist? Ich sende der doch kein Nacktbild!"

Er beschließt, Rita zu ignorieren und sieht, dass Olivia online ist. Ihr Profil fiel ihm letzte Woche als eines der ersten auf. Viele schöne Bilder von ihrem Körper. Alle Bilder ohne Gesicht. Sie konnten nur kurz schreiben, weil sie plötzlich losmusste. Er hatte ihr vorher aber noch ein Selfie von sich per E-Mail gesendet. Olivia war angetan.

Jon: Hey Olivia! Schön, Dich online zu sehen! Wollen wir unseren Kontakt fortsetzen?

Olivia: Moin Jon! Freut mich, wieder von Dir zu lesen. Klar! Gern können wir unseren Kontakt fortsetzen. ☺ Wie geht es Dir?

Jon: Och, soweit gut, kriege hier gerade viel Input als Neuling. Warum bist Du hier eigentlich unterwegs?

Olivia: Ach so, hatten wir darüber nicht geschrieben? Ich suche Spaß und Abwechslung von meiner Ehe!

Jon: Hatten wir noch nicht drüber gesprochen, weil Du damals schnell offline gehen musstest. Spaß und Abwechslung suchen hier viele. ☺ Vielleicht der Hauptgrund für diesen Club. Und Dein Mann? Sucht er hier auch?

Olivia: Keine Ahnung, was mein Mann macht. Ich schätze nicht, dass er andere Frauen sucht. Doch ich kann so nicht sein, ich brauche mehr!

Jon: Ach so, er weiß also nichts davon und ihr sprecht auch nicht darüber?

Olivia: Ganz genau. Der Club ist mein kleines süßes Geheimnis. Ich genieße hier sexuelle Abwechslung. Ganz diskret.

Jon: Was würde Dein Mann sagen, wenn er es herausfindet?

Olivia: Ich denke, er wäre nicht erfreut. Aber bitte verstehe mich nicht falsch. Ich liebe meinen Mann. Ich suche hier Sex. Nicht mehr!

Jon: Nicht erfreut? Was meinst Du genau?

Olivia: Ich befürchte, er würde sich trennen. Es ist nun mal so, dass ich mehr Sex brauche als er. Er allein kann mich nicht zufriedenstellen. Insofern habe ich mich entschieden, nicht zu verzichten, aber auch meine Ehe nicht zu gefährden. Ganz diskret halt.

Jon: Ich kann Dich gut verstehen. Wäre es aber nicht dennoch besser, mit ihm zu reden?

Olivia: Tja, eigentlich wohl schon, aber das ist mir viel zu riskant. Weißt Du, was da alles dranhängt? Wir haben ein gemeinsames Haus und zwei Kinder. Soll ich alleinerziehend auf der Straße stehen? Nein, das will ich nicht riskieren. Es ist nur Sex. Nur ein bisschen Sex!

Jon: Hm, verstehe. Aber was wäre, wenn er Verständnis für Dich hätte? Er muss doch merken, dass Du sexuell nicht zufrieden bist.

Olivia: Nein, ich glaube nicht, dass er das merkt. Sex ist ihm nicht so wichtig. So verhält er sich auch im Bett. Wir reden wenig über Sex, deswegen hätte er bestimmt auch kein Verständnis für mich. Er versteht nicht, wenn Menschen Sex zu einer wichtigen Priorität in ihrem Leben machen. Für ihn ist Sex kein Vergnügen, sondern eher eine Pflicht. Habe ein paarmal versucht, vorsichtig in das Thema einzusteigen. Doch er hat immer abgeblockt.

Jon: Schwierige Situation. Tut mir leid für Dich!

Olivia: Alles gut, ich komme klar. Ich kriege ja beides! Ich muss halt immer nur schön diskret bleiben. Apropos. Was ist mit uns beiden, Jon? ☺

Jon: Oh, danke für das Angebot. ☺ Ich muss mich hier im Club noch zurechtfinden. Meinen Weg finden. Aber ich werde Dich nicht vergessen!

Olivia: Das ist in Ordnung, jeder fängt mal an. Du weißt, wo Du mich findest. ☺

Sonja meldet sich wieder.

Sonja: Hey Jon, das ging aber schnell, dass Du Dein Interesse an mir verloren hast. Sehr schade!

Jon: Sonja, entschuldige, ich habe mein Interesse nicht verloren. Ich bin Neuling und bekomme so viel Input auf einmal. Wo waren wir stehen geblieben? Ach ja, ob ich hier nur schauen möchte, fragst Du. Nein, ich denke, ich will nicht nur schauen. Aber ich überlege noch, wie ich es mache!

Sonja: Kein Problem. Ich verstehe Deine anfängliche Verwunderung. Auch ich wurde hier am Anfang überschwemmt mit Möglichkeiten und Anstößen. Ein kleiner Tipp von mir: Fokussieren und konzentrieren hilft, sonst gehst Du hier unter. Am besten natürlich auf mich. ☺ Was genau überlegst Du? Du bist doch ein freier Single-Mann. Genieße es!

Jon: Ja, freie Menschen sind wir in der Tat, wir können tun und lassen, was wir wollen. Da hast Du Recht. Man muss nur den Mut finden, wirklich zu tun, was man möchte!

Sonja: Also auf mich machst du einen sehr mutigen Eindruck, schöner Mann. ☺ Ich kann Dich gern ein wenig (ver-)führen!

Jon: Oh, vielen Dank für die schöne Einladung. ☺ Das liest sich wirklich gut. Ich werde an Dich denken und darauf zurückkommen!

Sonja: Na, das will ich doch schwer hoffen. ☺ Und grübele nicht zu viel: einfach machen! Das Leben ist zum Leben da. Bis sehr bald!

Jon sitzt in seinem Sessel und schaltet den Laptop aus. „Was für ein Abend!", resümiert er seufzend.

Viele gute Gründe, im Red Club unterwegs zu sein, hat er gelesen, nicht alle findet er richtig, aber er spürt eine große innere Neugierde, etwas Neues zu erleben. Er runzelt angestrengt die Stirn, Kopfschmerzen branden an seinen Schädel.

„Ich muss dringend mit Louna sprechen, nur weiß ich nicht, wie!"

Es sind Schatten der Vergangenheit, die durch seine Gehirnwindungen huschen, wie Schreckgespenster aus verlorenen Tagen. Das Leben ist ein immer wiederkehrender Kreislauf, wenn der Mensch es nicht schafft, auszubrechen. So gehört Mut zu den größten menschlichen Tugenden. Doch so weit ist Jon noch nicht. Er beschließt, den heutigen Tag zu beenden. „Den Seinen gibt's der Herr im Schlaf!", zitiert er hoffnungsvoll und geht zu Bett.

Der tiefe Fall

Es war November – mal wieder.

∞

Zehn Jahre waren vergangen seit der Nacht in der Dorfdisco. Damals hatten wir ihn begonnen, unseren Weg mit göttlichem Ernst und großer Tiefe, und auch der heilige Tag als Krönung dieses Weges war zu diesem Zeitpunkt auch schon über drei Jahre her.

Doch wir schrieben November, nicht Juli. Emma und mir war der Tag des ersten Kusses schon immer wichtiger gewesen als der Hochzeitstag. Wie jedes Jahr wollten wir auch diesen November miteinander verbringen und feiern.

Zumal es diesmal nicht nur irgendeine Zahl war. Nein. Zehn Jahre sind eine ganz besondere Maßeinheit. Eine Dekade. Viele Dekaden kann ein Mensch nicht erleben. Wenn er sehr alt wird, sind es vielleicht zehn Dekaden. Zehnmal zehn. Da war sie wieder, die Zahl Zehn. Doch wer wird schon hundert Jahre alt? So sind es nur wenige Dekaden, die einem Menschen auf Erden gegeben sind. Und wenn ein Liebespaar eine ganze Dekade zusammen verbracht hat, dann war dies ein großer Moment. Hatte man doch schon über zehn Prozent seines Lebens einem anderen Menschen geschenkt, um dieses gemeinsam zu gestalten. Mit allen Höhen und Tiefen, mit allen Kompromissen und auch allem Verzicht. Mit Freude und Trauer. Mit unzähligen Lachanfällen und Tränenstunden. Momente voller Hoffnung und Dankbarkeit – aber auch Ödnis und grauem Alltag.

Emma und ich hatten eine schwere Zeit hinter uns gebracht, die letzten Monate waren voller Zweifel gewesen, ob wir noch auf dem richtigen Weg unterwegs waren. Ob wir mit unserer Beziehung wirklich Gott ehrten oder ob es nicht Zeit wäre, neue Pfade zu suchen.

Kinder waren weiter kein Thema für uns. Die Pflichten im Rhythmus waren uns beiden einfach wichtiger. So fehlte ein Projekt, das viele Paare neu oder immer wieder zusammenschweißt. Kinder sind oft der Klebstoff für Menschen, die eigentlich auseinanderdriften. Kinder sorgen immer wieder für Gesprächsthemen, für Sorgen, für Veränderungen, für Heiterkeit und für Zeiten, die schier unendlich viel Kraft kosten. Mit Kindern ist es leichter, man geht den Weg als Eltern zu zweit. Weitere Dekaden sind dann anzustreben. Doch Emma und ich hatten keine Kinder, jener Kitt konnte uns nicht helfen gegen die Fliehkräfte des Lebens.

∞

Uns fiel es dieses Jahr nicht leicht, einen Ort für unsere Feier zu organisieren. Es war nicht wie die Jahre zuvor und ging nicht leicht von der Hand, mit beschwingtem Herzen und klingender Seele. Nein. Diesmal war es Arbeit, ein Hotel zu suchen, zu buchen und sich auf den Weg ins Jubiläumswochenende zu machen.

Wir beide spürten den Druck, dass nun unser Zehnjähriges anstand und wir ganz besonders glücklich zu sein hatten. Eine ganze Dekade hatten wir es miteinander ausgehalten. War das nicht ein Grund zur Freude?

Wir hatten ein Hotel in der Rhön gefunden. Ein kleines romantisches Haus mit vielen Antiquitäten und einem weiten Ausblick. Das passte gut zu uns. Denn auch wir waren etwas in die Jahre gekommen und schauten viel zurück.

Es war eine lange Autofahrt bis zu unserem Zielort. Wir sprachen deutlich weniger als bei früheren Autofahrten. Autofahren war für uns immer eine Art Sprechstunde zum aktuellen Stand der Menschheit gewesen, ganz allgemein – aber auch spezifisch auf uns bezogen. Wo stehen wir gerade und wo wollen wir noch hin? Eine philosophische Auszeit auf rollenden Rädern.

Diesmal war es still im Auto. Der Motor brummte leise und aus dem Radio dudelte Mainstream-Musik nutzlos vor sich hin. Meine Gedanken waren ganz woanders. Ich dachte an Nathan. Meinen neuen besten Freund.

Nathan hatte ein schönes Leben. Voller Freiheit und Freude. Er flog, wann und wohin er wollte und hatte ein so sehr anderes Leben als ich. Mein Leben war eng. Geregelt. Kalkuliert. Absehbar. Und irgendwie immer gleich. Doch Nathan erlebte immer wieder Neues. Er nahm mich mit in andere Welten. Mir zwar fremde Welten, aber genau dort wollte ich hin. „Warum hatte ich Nathan für mich erwählt?“, fragte ich mich mal wieder. War es Weltflucht? Ein Weg raus aus der Realität? War es der Wunsch nach Freiheit? Oder war es ganz platt nur der Wunsch nach anderen sexuellen Erlebnissen als denen mit Emma? Fremdgehen, ohne fremdzugehen. Nur gucken, nicht anfassen. Nathan durfte und konnte alles tun, was ich weder durfte noch konnte. Wie oft hatte ich vom Fliegen geträumt. Einfach abheben, wenn es mir an einem Ort nicht mehr gefiel. Und wie oft hatte ich daran gedacht, andere Frauen zu betören und ihren Körper zu spüren.

Ich mochte Emmas Körper. Immer noch. Obwohl ich diesen schon seit zehn Jahren vor mir hatte. Zehn Jahre voller Treue. Ihr Körper gehörte nur mir, genau wie mein Körper nur ihr gehörte. Doch war ich wirklich treu? War man treu, wenn man regelmäßig Pornos schaute? War man treu, wenn man mit Nathan in fremden Welten Frauen von der ganzen Welt eroberte? Fragen, die ich mir nie recht beantworten konnte. Vielleicht aber auch nicht beantworten wollte. Denn der Begriff „Treue“ war für mich heilig besetzt, ein tiefgehender Schwur, der so gar nicht mit meinen anderen Bedürfnissen harmonieren wollte.

Doch diese anderen Wünsche schlugen immer wieder Funken und ließen sich nicht kaltstellen. So hatte ich einen Parallelbetrieb begonnen – ich konnte treu sein, wie ich es von mir erwartete und trotzdem meinen Gelüsten nachgehen. Nathan war meine Verbindung zu einer anderen Welt. Mein Glücksbote, mit immer wieder schönen und aufregenden Nachrichten. Er war mein Zufluchtsort. Mein Ticket in die Freiheit – eine virtuelle Freiheit, die mein Wirrwarr in der Balance hielt. War Nathan mein neues Ich? Es waren unangenehme Fragen, die in mir hohe Wellen schlugen und nach Antworten schrien.

Ich hielt an, denn es stand vor uns: das altmodische Hotel inmitten der Rhön. Realität statt Virtualität. Nathan war weit weg und konnte mir nicht helfen. Ein Wochenende mit Emma stand bevor. Wir wollten unsere Realität feiern. Die Realität von zehn Jahren Partnerschaft. Und obwohl kein feierliches Wochenende zu erwarten war, waren wir dennoch hier. Wir zogen es durch. Wir zogen uns durch. Eisern und mit heiligem Willen.

∞

„Wo bist Du bloß mit Deinen Gedanken?", fragte Emma mit ihrem mir wohlbekannten meckernden Unterton.

Wir saßen beim Essen im Hotelrestaurant. Dunkle, rustikale Holzmöbel umgaben uns. Es wurde Rhönschaf serviert. Emma mochte Fleisch, wenn überhaupt, nur in geringen Mengen und hatte deshalb um eine kleine Portion gebeten. Das, was sie dann auf ihrem Teller entdeckt hatte, war ihr immer noch zu viel gewesen. Aber sie hatte geschwiegen und stattdessen angewidert geschaut. Und jetzt war ihr Ehemann auch noch mit den Gedanken woanders. Ein *toller* Abend.

„Entschuldige, Emma, aber mir gehen die letzten Monate nicht aus dem Kopf." Ich versuchte, sie zu beschwichtigen, aber auch ehrlich zu bleiben.

„Du meinst die Gespräche über uns?", fragte Emma.

„Ja, genau. Ich weiß, wir hatten uns versprochen, an diesem Wochenende alles auszuklammern und einfach zu genießen. Aber das fällt mir wirklich schwer!"

„Ich verstehe." Emma schaute wenig begeistert und blieb still. So hatte sie häufiger reagiert bei unseren Gesprächen in den letzten Monaten.

Ihr gefiel mein Veränderungsdrang nicht, obwohl wir nie konkret besprochen hatten, was sich ganz genau ändern sollte. Es war eher eine allgemeine Unzufriedenheit, die ich sendete. In Emma löste dies Ängste aus, denn sie fürchtete, ihre Struktur zu verlieren, ihre Sicherheit und ihre Basis. Ein Fundament, auf dem sie sich eingeschwungen hatte, den Stürmen des Lebens zu trotzen, um nicht verloren zu gehen im erbarmungslosen Rhythmus. Eigentlich waren ihre Ängste unbegründet, denn ich wollte ihr nicht ihre Basis entziehen – zumindest war das nie meine Absicht gewesen. Nein, ich wollte nach zehn Jahren nur ein paar Dinge verändern, wollte neuen Schwung erzeugen. Frischen Wind, wie man so schön in Norddeutsch sagt. Nathan hatte es mir gezeigt. Es gab so viel da draußen, in fremden Welten, außerhalb unserer Ehe.

„Können wir die Zeit am Wochenende nicht nutzen, um nochmal alles durchzugehen?", fragte ich vorsichtig, aber auch bestimmt.

„Hm, ich denke, das müssen wir wohl", gab Emma zu. „Wenn es Dich so sehr beschäftigt, hat es ja keinen Sinn, das zu verdrängen."

„Ja, Emma, so ist es. Danke für Deine Offenheit!", bekräftigte ich ihre Entscheidung.

An diesem Abend waren wir beide zu erschöpft für ein solches Gespräch. So beschlossen wir, schnell zu schlafen und es zu vertagen.

∞

Das Frühstück am nächsten Morgen verlief schweigsam. Wir beide wussten um das Gespräch, welches gleich vor uns stehen würde. Nochmal die Gedanken und Gefühle sortieren. Ein Hin und Her von „Wenn" und „Aber". Zwischen dem, was man will und dem, was man sollte.

Wir hatten uns vorgenommen, einen langen Waldspaziergang zu machen und bei dieser Gelegenheit alles durchzugehen. Es war kühl im Wald. Aber genau wie vor zehn Jahren nicht zu kalt für einen Spaziergang.

Wieder ein November. Wieder ein Wald. Wieder nur Emma und ich. Und wieder fing ich an, mit ihr über Gott zu sprechen. Doch diesmal war meine Botschaft eine Andere.

„Emma, findest Du, dass unsere Beziehung noch im Sinne Gottes ist?", eröffnete ich das Gespräch mit großem Geschütz.

„Warum nicht? Was hat sich denn groß verändert?", fragte Emma und schaute dabei auf den Waldboden.

„Wir haben uns verändert, wir – beziehungsweise unsere Bedürfnisse", versuchte ich, zu erklären.

„Du meinst, Deine Bedürfnisse haben sich verändert." Emma schaute mich kurz mit einem verärgerten, aber auch traurigen Blick an.

„Ich glaube, nicht nur meine Bedürfnisse, Emma. Auch Du bist doch nicht mehr aus denselben Gründen an meiner Seite wie früher!"

„Nein? Welche waren es denn früher und welche sind es heute?"

Ich nahm allen Mut zusammen und versuchte, die harte Wahrheit ans Licht zu bringen.

„Na ja, Emma. Früher hast Du meinen Charakter verehrt, wolltest unbedingt mit mir zusammen sein. Dein Leben mit mir gestalten. Wir waren fast kitschig ineinander verliebt. Heute habe ich das Gefühl, dass ich es für Dich eher praktisch ist, an meiner Seite zu sein, weil mein Gehalt Dein Leben finanziert."

Emma reagierte überraschend ruhig. Ein Fünkchen Wahrheit erkannte wohl selbst sie in meinem Gedanken. Sie sprach erst nach ein paar Sekunden Pause. „Das empfinde ich als eine übertriebene Darstellung. Völlig überspitzt!"

Motiviert von ihrem halben Eingeständnis legte ich nach. „Okay, dann überspitze ich nochmal weiter: Man könnte auch sagen, dass die heilige Romantik dem finanziellen Pragmatismus gewichen ist!"

Emma schüttelte den Kopf. „Nein, so einfach ist es nicht. Wir müssen uns doch eher die Frage nach den Ursachen stellen. Warum kommt es Dir so vor, dass es nur noch ums Geld geht? Warum empfindest Du keine Romantik mehr?“

Damit hatte Emma nicht ganz Unrecht. Natürlich gab es Gründe für das Verschwinden des tiefen Gefühls. Und wenn das Gefühl verschwindet, bleibt eben nur noch das Praktische übrig.

Ich gab zu, dass sie richtig lag: „Ja, Emma, es gibt noch andere Themen, Du hast Recht.“

Eine Minute voller Stille im Wald. Nur ein paar Vögel waren zwitschernd zu hören. Von außen eine friedvolle Atmosphäre, aber im Inneren schaute ich in einen tiefen Abgrund.

„Ganz da unten, dort liegt sie, unsere Liebe“, dachte ich. „Wie soll man da bloß runterkommen, um sie wieder hochzuholen?“

Ich kramte weiter in meiner Unzufriedenheit und führte aus: „Es ist so ätzend eng in unserer Wohnung. Früher, als wir nicht zusammengewohnt haben, ist alles leichter und schöner gewesen. Heute gibt es so viele kleine Regeln, die unser Leben bestimmen. Wann wir putzen, wann wir einkaufen, was wir einkaufen, wo was in der Wohnung zu stehen hat oder eben nicht, wie ich mich zu verhalten habe und so weiter und so fort. Ich fühle mich eingeengt. Und überhaupt nicht frei!“

Emma zeigte Verständnis und erklärte: „Ja, das merke ich. Nicht umsonst streiten wir dauernd um Kleinigkeiten, das stört mich auch. Wenn Du einfach mehr auf mich hören würdest, wäre alles leichter.“

Ich merkte, dass sie den Kern meiner Aussage doch nicht ganz verstanden hatte. „Emma, meine Liebe, vielleicht will ich ja gar nicht auf Dich hören? Sondern vielleicht will ich mehr freie Entscheidungen treffen dürfen?“

„Das haben wir doch schon so oft durchgekaut. Wenn man zu zweit in einer Wohnung lebt, muss man eben Rücksicht nehmen und Kompromisse machen. Das ist nun mal so. Da kann ich auch nichts für.“

Ich versuchte weiterhin, konstruktiv zu bleiben. „Ja, Emma, das stimmt. Aber vielleicht passen unsere verschiedenen Einstellungen zum Wohnen nicht so gut zusammen. Ich fühle mich jedenfalls oft nicht gut und denke an Flucht!“

„Ah, und deswegen bist Du in dieser virtuellen Welt unterwegs? Um Dich abzulenken, von mir und der Beklemmung in der Wohnung? Ist das eine Flucht aus der Realität?“

Diesen Punkt hatte sie gut getroffen. Ich nutzte die Chance, um mich weiter zu öffnen. „Ja, vielleicht ist das ein Grund, warum ich dort unterwegs bin. Ein paar Stunden Freiheit genießen.“

Ihr Blick wurde noch trauriger. „Freiheit? Klingt ja so, als wenn Du im Gefängnis sitzen würdest.“

Ich schaute ernst und bemühte mich um einen liebevollen Tonfall. „Gefängnis ist ein hartes Wort. Aber das Gefühl von Unfreiheit ist eine Einschränkung, die man damit vergleichen kann. Dieses Gefühl habe ich leider öfter."

Emma war keine Schnelldenkerin. Informationen wurden langsamer verarbeitet als bei mir. Was auch daran lag, dass jede Information für sie nicht nur ein rationaler Fakt war, sondern auch einer ausführlichen emotionalen Überprüfung ausgesetzt wurde. So dauerten Reaktionen fast immer etwas länger. Wie das langsame Eintreten der Dämmerung. Und jetzt war wieder so ein Moment, in dem ihr etwas dämmerte.

„Du sagtest eben, die Flucht aus der Realität wäre ein Grund für die virtuelle Welt. Welche Gründe gibt es noch?"

Mir wurde warm und ich spürte, dass ich nun absolut ehrlich bleiben musste. „Weißt Du, Emma. Wir sind nun zehn Jahre zusammen. Ich bin Dir immer treu gewesen. Ich habe nichts zu verheimlichen. Doch wenn ich in dieser fremden Welt unterwegs bin, macht es mir große Freude, weibliche Mitspielerinnen kennenzulernen. Mit ihnen zu flirten und mich auszutauschen."

Sie schaute entsetzt, leichte Panik brandete auf. „Was heißt ‚zu flirten'? Sind das echte Frauen?"

Emma kannte die virtuelle Welt nicht aus eigener Anschauung und hatte darüber auch nie Details wissen wollen. Themen rund um den Computer hatten sie nie interessiert. Ich erläuterte weiter: „Ich gehe davon aus, dass hinter den Avataren, also den Spielfiguren, echte Frauen am Computer sitzen. Nathan wird ja auch durch mich gesteuert."

„Ja, Nathan erwähntest Du mal, ist Deine Figur, oder? Aber was heißt ‚zu flirten' genau? Kann man sich dort küssen und Sex haben?"

Erst jetzt bemerkte ich, wie wenig Emma und ich bisher über meine Ausflüge in die Virtualität gesprochen hatten. Im Grunde wusste sie gar nichts von Nathan und mir.

„Ja, Nathan ist mein Avatar. Die Avatare können dort miteinander agieren, sie können alles so wie auch im echten Leben machen."

Emmas Augen verrieten, wie ihr Kopf ratterte. „So, so – und was machst Du dort mit Deinem Avatar?"

Ich spürte, dass es jetzt keinen Weg mehr zurück gab. Angst stieg in mir auf. Wie auf einer Achterbahn, wenn man weiß, dass der Scheitelpunkt gleich erreicht ist und die Fahrt steil nach unten geht. Oder wenn man einen Laster auf sich zurasen sieht und weiß, dass eine Kollision nicht mehr zu vermeiden ist. Oder einfach gesagt: Gleich würde Wahrheit auf Illusion prallen. Ich stotterte etwas und sprach leiser als sonst, mein Mut hatte sich irgendwo in mir versteckt, aber er war noch da. Und das reichte in diesem Moment. Im November. Im Wald. Zehn Jahre später.

„Also, ähm – ich gebe zu, dass ich da auch mal küsse oder Sex habe. Also Nathan, nicht ich. Mein Avatar natürlich."

Emma schwieg. Eiseskälte stieg auf. Damit hatte sie nicht gerechnet. Doch sie kam recht schnell wieder zu sich und ging in die Offensive.

„Du steuerst doch den Avatar – also rede Dich nicht raus! Reicht Dir unser Sex nicht mehr?"

Diese Frage war zu erwarten. Meine Antwort war so sanft wie wahr. „Ich mag unseren Sex sehr, Emma. Schon immer. All die Jahre!"

Sie schaute mich ernst an. „Aber warum suchst Du dann andere Wege?"

Jetzt schwieg ich einen kleinen Augenblick lang und kam mir ein wenig vor, als würde ich vor einer Richterin stehen. Aber in gewisser Weise passte dieses Gefühl auch. Nach all den Jahren, mit all unseren Glaubenssätzen, war ich dabei, abzuweichen von unseren Gesetzen. Ich musste mit einer Anklage rechnen – und da war sie nun. Zu Recht.

Ich stieg in meine Verteidigung ein. „Weißt Du, Emma, ein Mensch hat verschiedene Bedürfnisse und eines davon scheint mir zu sein, sich ausprobieren und entwickeln zu wollen."

Dieser Ansatz verfing sich bei Emma nicht wirklich. „Natürlich ist das so, aber das kann man doch zusammen in einer Beziehung machen, dafür braucht man doch keine Avatare in virtuellen Welten!"

Ein Satz wie ein Punch beim Boxen. Volltreffer. Sie hatte natürlich Recht. Mir wurde klar, dass wir an den Kern der Problematik herankommen mussten. An den Kern, den ich bisher immer vor mir selbst verschwiegen und verdrängt hatte. Weil nicht sein konnte, was nicht sein durfte. Nathan war die fleischlose Hülle meines Verdrängens geworden. Doch in Wirklichkeit waren meine inneren Wünsche alles andere als fleischlos. Sie waren neugierig lüstern. Heiß auf fremde Berührungen. Absolut fleischlich und sündhaft, wie die Bibel es nennen würde. Nun war der Zeitpunkt gekommen, Emma reinen Wein einzuschenken. Auch wenn ich nur zögerlich voranschritt.

„Ja, also – es kann schon sein, dass mein Drängen in die virtuelle Welt etwas mit der Sehnsucht nach Veränderung zu tun hat. Vielleicht möchte ich neue Wege ausprobieren."

Emmas Blick zeigte, dass sie keine Ahnung hatte, was ich da andeutete. „Neue Wege – was meinst Du damit?"

Zwischen den Bäumen der Rhön kam langsam aber sicher das Unvorstellbare ans Tageslicht. Wahrheit prallte auf eine Illusion, die schon viel zu lange aufrechterhalten wurde.

Ich wurde konkreter. „Ja, Emma. Mir wird immer mehr bewusst, dass mir Virtualität auf Dauer nicht reichen wird. Meine Wünsche gehen weiter!"

Nun war es raus. Der Angeklagte hatte gestanden und die Richterin verstand sofort, was es hier zu beurteilen gab.

Emma ließ das Denken weg und kam direkt zu ihren Gefühlen. Ihre Augen wurden feucht und glänzten im faden Novemberlicht. „Du willst mich verlassen, um mit anderen Frauen schlafen zu können?"

Ich reagierte schnell, weil ich jeden falschen Eindruck vermeiden wollte. „Oh, nein, ich will Dich nicht verlassen. Ich möchte natürlich bei Dir bleiben!"

Dieser Satz war absolut ernst gemeint. Keine Ausrede, keine Beschwichtigung, sondern mein ehrliches Spüren in diesem Moment.

Emma schaute verdutzt. „Aber wie willst Du sonst Deinen Wünschen nachgehen?"

Ich versuchte, einladend zu lächeln, um meinen gleich kommenden Vorschlag in schönes Geschenkpapier zu verpacken. „Nun, vielleicht ermöglichen wir es uns gegenseitig, ein bisschen was mit anderen Menschen auszuprobieren."

Ein paar Sekunden vergingen. Emma wurde grimmig. „Wir? Ich brauche sowas nicht. Außerdem: Rede nicht drum herum. Mit Ausprobieren meinst Du, Sex mit anderen Frauen zu haben. Sag es doch klar und deutlich!"

Ich schämte mich für mein Rumdrucksen und wurde deutlich. „Ja, Emma, Du hast Recht. Genauso meine ich es."

Ihre gesamte Mimik, Gestik und Körperhaltung signalisierten mir völlige Ablehnung, Emma war geschockt und von Traurigkeit ummantelt. Gefühlsstarre. Damals war unser Gespräch im Wald von großer Offenheit füreinander geprägt gewesen – und jetzt an diesem Tag, zehn Jahre später, war es genau das Gegenteil: Kein Zugang für mich, die Verschlossenheit regierte.

Dennoch spürte ich eine große Erleichterung, endlich ausgesprochen und vor mir selbst eingestanden zu haben, was schon lange hatte gesagt werden müssen: Ich wollte mehr Freiheit. Ich wollte andere Frauen küssen. Ich. Nicht Nathan. Jetzt war es klar.

Emma schaute mich streng und tief verletzt an. „Ich bin sehr enttäuscht von Dir, sowas hätte ich niemals von Dir erwartet. Was Du gerade vorgeschlagen hast, kann ich mir in keiner Weise vorstellen. Völlig undenkbar. So stelle ich mir keine Ehe vor. Und das weißt Du auch!"

Auch wenn ich mir etwas Anderes gewünscht hatte, überraschte mich ihre Reaktion nicht. Das war ja auch der Grund, warum ich so lange geschwiegen hatte. Während ich mich in den letzten Monaten immer weiter in eine neue Richtung entwickelt hatte, war Emma stehengeblieben und hatte sich festgeklammert an ihren alten Idealen. Ich hatte sie nicht mitgenommen und meine Ideen trafen sie wie ein Blitzschlag.

Mir war sofort klar, dass dieser Kampf nicht an einem Tag zu gewinnen war. Sie würde Zeit brauchen. Es wirken lassen müssen – wie Yogis heute sagen würden.

Und so reagierte ich sanft auf ihren Angriff. „Emma, ich bin froh, dass ich Dir ehrlich die Wahrheit gesagt habe und ich hoffe, dass Du darüber nachdenkst, in den nächsten Tagen und Wochen."

Sie nickte verhalten. „Das werde ich, aber mach Dir keine allzu großen Hoffnungen. Für mich brichst Du hier ein absolutes Tabu. Und diese Enttäuschung muss ich erstmal verarbeiten."

Bereits die Ankündigung von Emma, darüber nachzudenken, machte mich froh. Meine innere Erleichterung brach sich Bahn und so lächelte ich. „Das ist selbstverständlich, nimm Dir Deine Zeit."

Ich legte meinen Arm um sie. Doch sie löste sich aus meiner Umarmung und grummelte leise. „Lass uns zurück ins Hotel gehen."

Nach einem schweigsamen Marsch durch den Wald wurde auch das restliche Wochenende nicht viel regsamer zwischen uns. Ein Jahrestagwochenende ohne Sex. Das war vorher noch nie passiert. Zu sehr war jeder in seiner eigenen Welt und mit seinen Gedanken und Gefühlen beschäftigt.

Bei mir drehte sich alles um die bange Frage, ob meine Wünsche zu meinem Glauben passten. Ist es gerecht vor Gott, sich sexuelle Freiheiten in seiner Ehe zu wünschen? Oder wäre es besser, ich würde mich zusammenreißen und einfach so weitermachen wie bisher? War es ein Fehler gewesen, mit Nathan in fremde Welten abzutauchen? Ist es gerecht vor Gott, seinen Bedürfnissen in dieser Weise nachzugehen?

Doch auch umgekehrte Gedanken hatte ich. Bedeutet christliche Nächstenliebe nicht auch, jemanden auf seinen Weg zu unterstützen? Wenn Emma mich wirklich liebte, wäre es dann nicht ihre Pflicht, mich bei meinen Bedürfnissen zu begleiten? Und wäre dieses Mitgehen dann nicht mindestens so heilig wie unsere körperliche Treue vorher? Oder wäre es wahre Liebe, wenn ich auf meine Bedürfnisse verzichten würde, um Emma nicht zu verletzen?

Fragen über Fragen. Mein inneres Weltbild fing an, sich zu verändern. Auch wenn ich es nur langsam zuließ, auch wenn Zweifel und christliche Gewissensbisse mich begleiteten. Doch irgendwie spürte ich, auf dem richtigen Weg zu sein. Und das trotz aller negativen Gefühle und traurigen Blicke von Emma. Mein Kompass suchte eine neue Ausrichtung. Ich war nicht mehr aufzuhalten. Die Katze war aus dem Sack und rannte und rannte.

∞

Das Wochenende endete, wie es angefangen hatte: mit einer schweigsamen Autofahrt.

Doch zwischen Hinfahrt und Rückfahrt gab es große Unterschiede. Die Stille der Unausgesprochenheit wurde eingetauscht gegen ein Schweigen zur Wahrheit. Einer Wahrheit, die schwer wie ein Mühlstein an unseren Beinen hing. Obwohl dieser Mühlstein auch an mir hing, ging es mir es nicht schlecht. Emma sah viel eher wie jemand aus, der einen Mühlstein hinter sich herzuziehen hatte. Klar, ich hatte die Wahrheit schon länger erahnt, aber Emma war an diesem Wochenende kalt von ihr erwischt worden.

Viele Stunden und sogar eine Nacht waren seit unserem Gespräch im Wald vergangen. Emma sagte zu diesem Thema kein einziges Wort mehr, genau wie ich all die Monate vorher verdrängte sie, was nicht sein durfte. So hatte sie mir von Anfang an keine große Hoffnung gemacht, ihre Meinung zu ändern, ganz wie sie es prophezeit hatte. Auf Emma und ihre Sichtweisen war Verlass. Nur äußerst ungern veränderte sie Überzeugungen und Gewohnheiten.

∞

Es vergingen einige Monate im Rhythmus – tagein, tagaus in der gewohnten Alltäglichkeit.

Ich versuchte immer wieder, an das Gespräch im Wald anzuknüpfen. Besonders weit kam ich nie. Emma blockte meistens schnell ab und machte klar, ihre Meinung nicht geändert zu haben. Sie sagte, sie sei weiterhin enttäuscht von mir und meinen Erwartungen. Sie habe nicht geheiratet, um dann sowas zu erleben.

Diese Aussagen trafen mich hart. Säten Traurigkeit. Auf der einen Seite machten sie mir ein schlechtes Gewissen und auf der anderen Seite fühlte ich mich nicht angenommen in meinen Bedürfnissen. Egal, welche Seite gerade bei meinem Fühlen überwog: Beides fühlte sich schlecht an. Ich wurde immer frustrierter. Spürte die volle Härte der Stagnation. Keine Entwicklung mehr in Sicht. Herzstillstand zwischen zwei Menschen. Umso klarer Emma meine Vorstellungen ablehnte, umso klarer wurde der Wunsch nach Veränderung in mir.

So konnte sie durch ihr striktes Verhalten nichts aufhalten, was nicht aufzuhalten war – ganz im Gegenteil: Sie verstärkte die Energie immer mehr. Die Energie der Rebellion und des Widerstandes. Der Aufbruch kam in Sicht, er wurde gewissermaßen durch Emma erzwungen. Langsam aber sicher schwante mir die Wahrheit, wie ein schleichendes Gift sich in der Blutbahn verteilt: Wer in großer Tiefe war, kann noch tiefer fallen.

Es wurde Zeit, Reden gegen Handeln einzutauschen. Ich schritt mutig voran und holte uns heraus aus der Tiefe – wir mussten wie Wale an die Wasseroberfläche kommen, um Luft zu holen. Sehnsucht nach frischer Luft. Endlich wieder frische Luft atmen. Weiteratmen. Weiterleben. Intrinsische Atemzüge voller Lebensfreude und Neugierde.

Ich ermutigte Emma, sich neu zu orientieren, sich nichts Geringeres als ein neues Leben zu suchen. Meine Ermutigungen wurden anfangs nicht gehört, sogar mit großer Vehemenz ignoriert. Doch mit ständiger Wiederholung wurde auch Emma irgendwann klar: Die Veränderung war nicht mehr aufzuhalten und wurde sogar noch viel größer, als von mir im Wald angedacht.

Unsere Beziehung bekam keinen neuen Schwung, keinen neuen Anstrich. Nein, sie verlor ihre vollständige Existenzberechtigung, weil wir es nicht schafften, uns auf eine neue Farbe zu einigen. Und so fingen wir beide an, neue Wege zu suchen. Wege, auf denen wir uns einander nicht mehr brauchten. Verschiedene Wege auf der Suche nach dem neuen Glück. Nach dem Leben, wie es sein könnte, und nicht, wie es sein musste.

Nichts als die Wahrheit

Es ist Samstagnachmittag. Jon sitzt in seinem Lieblingscafé. Vor ihm ein Espresso. Er mag es hier: warmes indirektes Licht und überall bequeme Sessel zum Verweilen. Jon hat eine ruhige Ecke gewählt, in der man ungestört reden kann. Die Anspannung liegt jedoch greifbar in der Luft: Louna wird jeden Augenblick zur Tür hereinkommen.

Heute ist der große Tag. Jon hat beschlossen, Louna in seine Gedanken einzuweihen. Er will ihr vom Club erzählen. Von seinen geheimen Wünschen berichten. Ehrlich sein. Jon hat Angst und denkt an früher. An Emma und den Wald. Wie wird Louna reagieren? Wird sie ihn verlassen? Er hat nicht umsonst ein Café als Ort der Wahrheit ausgesucht. Louna ist ein kontrollierter Mensch. Sie wird zuhören und nicht ausrasten. Und schon gar nicht in der Öffentlichkeit.

So bietet sich für Jon die Chance, sich ausführlich zu erklären. Ihm war in den letzten Tagen klar geworden, dass der heimliche Weg nicht der richtige ist. Viel zu sehr liebt er Louna, als dass er sie belügen möchte. Ehrlichkeit bringt nicht immer das gewünschte Ergebnis, aber Ehrlichkeit befreit die Seele. In der Ehrlichkeit können Menschen Reinheit finden.

Jon ist auf dem Weg dorthin. Das Anfangen ist das Schwerste. Doch er sitzt hier. Entschlossen. Zitternd. Bereit. Bereit, die Konsequenzen seines Handels zu empfangen. Er hofft inständig, dass Louna ihn versteht. Sogar, dass sie ähnliche Gedanken hat. Vielleicht hat sie einfach noch nicht den Mut besessen, sie auszusprechen. Jon hofft auf offene Türen.

Die erste Tür wurde bereits geöffnet – Louna steht plötzlich mitten im Café. Jon hat ihr Eintreten nicht bemerkt. Er war konzentriert gewesen, und doch so weit weg. Jetzt ist er wieder hier und springt auf.

„Hey Louna, schön, dass Du da bist!"

Louna lächelt. „Na, träumst Du vor Dich hin?"

„Ja, ich war etwas in Gedanken, entschuldige bitte."

Die beiden geben sich einen kurzen Kuss im Stehen.

„Oh, Du hattest Deinen Kaffee schon?", fragt Louna.

„Ach, ein Espresso geht immer. Trinke noch was mit Dir mit. Außerdem habe ich Lust auf Apfelstrudel mit Sahne!"

„Gute Idee, ich bin dabei. Muss ab und zu mal sein."

Die beiden setzen sich einander gegenüber auf die gemütlichen Sessel. Jon hebt die Hand und bestellt bei der älteren Kellnerin, die er hier schon häufig getroffen hat. Genau wie sie ist auch er seit vielen Jahren diesem Café treu. Die Kellnerin ist immer sehr freundlich zu Jon. Ihr Lächeln ist jedes Mal ein Kompliment. Sie steht auf Jon, aber er versucht, das freundlich zu ignorieren.

„Das war eine schöne Idee, mal wieder Kaffee trinken zu gehen!" Louna freut sich und sieht glücklich dabei aus.

Jon lacht. „Ja, finde ich auch. Kann man nicht häufig genug machen!"

„Wie geht es Dir?"

„Och, nicht viel anders als seit unserem Telefonat gestern – und Dir?"

„Mir geht es gut, habe vorhin meiner Mutter die Bilder von Sylt gezeigt. Sie war begeistert von dem Hotel. Sie hat Dich gelobt für Deinen guten Geschmack!"

Jon grinst stolz. „Tja, wer kann, der kann!"

Louna lächelt. „Das war noch nicht alles. Sie hat auch gefragt, wann ich diesen tollen Mann endlich heirate!"

Jon grinst weiter. „So, so – die hat es ja immer noch eilig, was hast Du diesmal geantwortet?"

„Ich habe gesagt, dass Du wirklich ein toller Mann bist, man aber in der heutigen Zeit nicht unbedingt heiraten muss."

Jon schmunzelt. „Gute Antwort, ich bin stolz auf Dich!"

Er freut sich über die gelassene Stimmung am Tisch und hofft, dass ihm diese beim Gespräch helfen wird. Die Kellnerin kommt lächelnd an den Tisch und hat zwei Apfelstrudel, einen Latte macchiato sowie den Espresso dabei. Louna und Jon strahlen freundlich zurück und freuen sich auf die Köstlichkeiten.

Als die Kellnerin den Tisch wieder verlassen hat, schaut Louna zu Jon herüber und grient. „Die steht ja immer noch auf Dich!"

„Tja, was soll ich sagen. Bin halt ein leckerer Mann, da bekommt man schon mal Angebote."

„Du Angeber. Hast aber Recht!"

„Danke fürs kurze und knappe Kompliment! Aber Du bekommst bestimmt auch viele Avancen!"

„Mag sein, ich achte da nicht so drauf. Ich habe Dich, was soll ich mich da um Andere kümmern."

Jon blickt nachdenklich drein. Ohne es geplant zu haben, ist er schon mitten ins Thema hineingetapert. „Echt, Louna? Freust Du Dich nicht über ein Lächeln oder ein Flirten von anderen Männern? Ist Dir das völlig egal?"

„Nein, soweit würde ich nicht gehen. Nicht völlig egal. Aber es ist nicht relevant für mich. Ich freue mich kurz und vergesse es schnell wieder."

Jon bewundert Louna in gewisser Weise, denkt aber auch, dass es merkwürdig ist. Er ist da anders. Für ihn ist jedes Frauenlächeln eine Bestätigung. Eine Bestätigung dafür, dass er auch Andere haben könnte, wenn er nur wollte. Jon ist es wichtig, zu wissen, dass andere Frauen ihn begehren.

Er testet gern seinen Marktwert, obwohl er gar nicht auf dem Markt verfügbar ist. Es sind Scheingeschäfte, die ihm attestieren, ein toller Mann zu sein.

Jon schaut Louna ernst an. „Sag mal, hast Du nie das Bedürfnis mit anderen Männern zu flirten? Reiche ich Dir völlig aus?“

Louna schaut ernst zurück und bemerkt, dass Jon das Gespräch in eine bestimmte Richtung lenken will – aber sie ist sich noch unsicher, was genau das sein soll. So spricht sie mit ruhiger Stimme: „Ja, Jon, Du reichst mir völlig aus. Mein Bedürfnis hält sich wie gesagt in Grenzen, nicht relevant. Ein Mann reicht mir. Ein Mann macht genug Arbeit!“ Sie lacht verlegen und holt zur Gegenfrage aus. „Und wie ist es bei Dir, Jon – reiche ich Dir aus?“

Er wird innerlich unruhig. Jetzt ist es bald soweit. Die reine Wahrheit wird ans Licht kommen. Sie krabbelt langsam, ganz langsam aus dem Verborgenen hervor. Gleich wird sie sich offenbaren. Den Raum im Café ganz für sich einnehmen. Sich ausbreiten mit Lichtgeschwindigkeit.

Jon strukturiert seine Gedanken. „Du bist eine tolle Frau, Louna. Ich bin unheimlich gern mit Dir zusammen. Verbringe gern Zeit an Deiner Seite, küsse Dich gern, fasse Dich gern an. Das hat mir unsere Zeit auf Sylt nochmal in besonderer Weise gezeigt.“

Louna errötet und ist sichtlich glücklich über Jons Worte. „Das hast Du schön gesagt. Wobei Du meine Frage noch nicht wirklich beantwortet hast!“

„Ich weiß, entschuldige. Reichst Du mir völlig aus? Ja! Du bist perfekt, wie Du bist!“

Louna freut sich zwar, bemerkt aber auch das „Aber“ in Jons Aussage. „Wo ist der Haken? Ich reiche Dir völlig aus, aber?“

Er wird noch unruhiger. Die Wahrheit klopft an der Tür. Sie ist nun ganz nach vorne gekrabbelt und will raus aus der Dunkelheit. Jon beschließt, sich der Wahrheit langsam zu nähern. „Weißt Du, Louna, obwohl ich Dich liebe und begehre, flirte ich trotzdem gern mit anderen Frauen. Ohne dieses Flirten würde mir etwas fehlen.“

Louna schaut verständnisvoll. „Na, klar, Du bist ein Mann. Ist wohl ziemlich normal. Hätte mich gewundert, wenn nicht. Nur Flirten ist ja auch kein Problem, solange Du es nicht direkt vor mir machst. Da würde ich mir schäbig vorkommen!“

„Ja, verstehe, was Du meinst. Ich muss Dir etwas gestehen!“

Louna ist hellwach und schaut ängstlich zu Jon herüber. „Was kommt denn jetzt? Hat er mich betrogen?“ Zweifel brennen in ihr.

Sie versucht, nach außen hin ruhig zu bleiben. „Ja, Jon? Was denn? Wir können uns alles sagen!“

Er beginnt, die Geschichte von vorne zu erzählen. „Vor etwa zwei Wochen hatte ich ein Gespräch mit einem jungen Kollegen. Er hat mich auf ein Portal im Internet aufmerksam gemacht. Eine Art Club rund um Erotik. Ich habe mich aus Neugierde angemeldet und finde es spannend dort."

Louna schaut verunsichert. „Was will er mir nun damit sagen?", denkt sie. Schließlich fragt sie zaghaft nach: „Ein Club rund um Erotik? Heißt genau was?"

Jon führt weiter aus. „Es ist sehr vielseitig dort, man kann in Foren diskutieren, sich über erotische Themen informieren und auch Bilder und Videos sehen."

„Pornos?"

„Nicht ganz, aber irgendwie schon. Nur, dass die Bilder und Videos von den Mitgliedern sind, nicht aus Filmstudios."

„Verstehe. Du schaust ja gern Pornos. Hast Du schon häufiger erwähnt. Was sind das für Mitglieder?"

„Ganz verschiedene Menschen, von jünger bis älter, von dick bis dünn, offene und neugierige Leute. Spannende Geschichten, die sie zu erzählen haben!"

Louna bleibt diplomatisch. „Hört sich ja eigentlich ganz interessant an. Warum hast Du davon nicht schon früher erzählt? Zum Beispiel auf Sylt, als wir viel Zeit hatten?"

Jon freut sich, dass das Gespräch bisher so gut läuft und Louna entspannt reagiert. Spürt aber auch, dass er nun absolut ehrlich bleiben muss: „Weißt Du, Louna, ich hatte ein schlechtes Gewissen, wusste nicht, wie Du darauf reagierst. Und da dachte ich mir, wenn ich mich eh wieder schnell abmelde, muss ich Dich ja nicht verrückt machen."

„Hm, kann ich nachvollziehen, finde es aber nicht gut, dass Du es so lange für Dich behalten hast. Wir wollen uns doch immer alles sagen!"

Jon geht auf ihre nachvollziehbare Kritik ein. „Ja, Louna, Du hast Recht, tut mir leid!"

Louna ist erleichtert, noch vor ein paar Sekunden befürchtete sie, dass Jon etwas wirklich Schlimmes ausgefressen hatte. So reagiert sie mild. „Ist nun nicht mehr zu ändern. Gut, dass Du es jetzt angesprochen hast. Dir gefällt es also in dem Club? Willst Dich nicht wieder abmelden?"

„Ja, ich finde es spannend dort und möchte mich weiter umschauen!"

„Was hoffst Du denn, an Erkenntnissen zu gewinnen? Was soll beim Umschauen herauskommen?", fragt Louna weiter nach.

Jon bemerkt, dass er irgendwie immer noch um den heißen Brei herumredet. Die echte Wahrheit ist immer noch nicht ans Licht gekommen. Aber er ist ein großes Stück weiter. Jetzt im Takt bleiben und nicht nachlassen. Noch ist nicht alles raus, aber er wird es schaffen.

Jon wechselt das Thema. „Ach, der Apfelstrudel war herrlich, oder?"

Beide haben gerade ihr letztes Stück verspeist. Doch, wenn beide ehrlich sind, haben sie vom Kuchen nicht viel bemerkt, zu sehr sind sie ins Gespräch vertieft gewesen.

Jons Ablenkungsmanöver hat nicht funktioniert. Louna schaut ihn wieder ernst an. „Jon, irgendwas verschweigst Du mir doch. Ich habe das Gefühl, Du willst mir die ganze Zeit was sagen, aber Du traust Dich nicht recht."

Sie kennt Jon gut. Und das bemerkt er nun mal wieder. Die Wahrheit kriecht weiter empor und quetscht sich durch seine Kehle. Er fühlt den Druck in seinem Hals und realisiert, dass die Zeit des Drumherumredens vorbei ist. Er wird sich jetzt offenbaren – in Gänze und in aller emotionalen Nacktheit.

Jon packt seinen ganzen Mut entschlossen am Schopf. „Okay, Louna, ich sage es nun ganz direkt ohne Umschweife. Sage Dir nichts als die Wahrheit: ‚Nur gucken, nicht anfassen' – das war immer ein Glaubenssatz von mir. Doch mir ist klar geworden: Das ist nicht mein wahrer Wunsch. Ich will nicht nur mit anderen Frauen flirten und über Sex mit ihnen reden – nein! Ich will anfassen und spüren – ich habe Lust auf fremde Haut!"

Endlich ist sie raus: Die Wahrheit hat sich ins grelle Licht gestellt und kann nun von Louna betrachtet werden. Jon wundert sich selbst über seine Deutlichkeit. Zu lange hat er sich nicht ehrlich mitgeteilt, jetzt hat sich der Druck endlich seinen Weg gebahnt. Wie damals im Rhönwald mit Emma. Und genau wie vor vielen Jahren folgt auf die Wahrheit die große Stille.

Louna ist traurig. Zwei kleine Tränen kullern über ihre rechte Wange. Jon nimmt ihre Hand und drückt fest zu. Er bemerkt, dass er nun nicht aufhören darf, mit ihr zu sprechen.

„Louna, tut mir leid, das war jetzt sehr hart und direkt. Ich liebe Dich, vergiss das nicht. Und ich möchte weiter an Deiner Seite sein. Möchte Dich niemals missen!"

Louna bleibt still und schluchzt in sich hinein. „Irgendwie war das klar, all die Jahre habe ich immer gemerkt, dass Jon nicht ehrlich ist, was andere Frauen angeht. Deswegen hatte ich immer Sorge, dass er fremdgeht. Nun ist es raus: Er will Andere!"

Aber auch Louna bemerkt, dass sie nun mit Jon im Gespräch bleiben muss. Genau das hatte sie sich ja immer gewünscht. Mehr Kommunikation in ihrer Beziehung. Davon hatte sie für ihren Geschmack nie genug. Nicht mit Jon, aber auch nicht mit anderen Männern. Zwei längere Beziehungen, über jeweils mehrere Jahre, hatte sie vor Jon. Und beide, waren aus ihrer Sicht an mangelnder Kommunikation gescheitert.

Louna beendet das Schweigen. „Das ist harter Tobak, Jon! Wie lange wünschst Du Dir schon fremde Haut?"

„Ich weiß, es muss hart für Dich sein, sowas zu hören, nach all den Jahren. Aber es ist einfach die Wahrheit und ich wollte sie nicht mehr verschweigen. Hm – wie lange schon?

Eigentlich schon immer, nur mal stärker und mal weniger ausgeprägt. Denke, dass ich einfach so bin, dass meine Neugierde auf fremde Haut immer irgendwie da ist."

Louna muss diese Informationen erstmal verarbeiten, doch eine drängende Frage pocht in ihrem Herzen. „Dann sei bitte auch bei dieser Frage ganz ehrlich, denn ich muss sie Dir einfach stellen: Bist Du mir immer treu gewesen in den dreieinhalb Jahren?"

„Oh, ich verstehe Deine Sorge, nach all den Dingen, die ich hier gerade rausgehauen habe – aber ich kann Dir ganz klar sagen: Ja, ich war Dir immer treu!"

Louna entspannt sich ein wenig. „Da bin ich froh, ich war es natürlich auch."

„Ich weiß! Das spüre ich. Deswegen hätte ich auch immer so ein schlechtes Gewissen. Du bist mir treu und ich habe solche Wünsche und melde mich heimlich in einem Online-Club für Erotik an!"

„Alles gut. Danke, dass Du jetzt ehrlich warst. Ich bin froh, dass Du mich nicht betrogen hast!"

„Nein, das wollte ich nie. Habe mich zwar durchaus zu Anderen körperlich hingezogen gefühlt, aber ich wollte Dich nie betrügen!"

„Gut zu wissen", erwidert Louna.

Jon atmet tief durch und fühlt sich befreit. Rein. Aber er spürt auch Ängste und fragt leise: „Louna, bleibst Du bei mir? Oder willst Du mit so einem Mann wie mir nichts mehr zu tun haben? Jetzt, wo Du die Wahrheit kennst."

Sie lächelt sanft. „Ich liebe Dich, Jon. Warum sollte ich Dich verlassen?"

Noch während sie die letzten Worte ausspricht, wird ihr innerlich klar, dass es gute Gründe gäbe, ihren geliebten Freund jetzt zu verlassen. Ihr Lächeln erstarrt ein wenig. „Wie stellst Du Dir das vor mit der fremden Haut?"

Jon ist völlig perplex. Mit so einer liebevollen und offenen Reaktion hatte er nicht gerechnet. So ist er auch nicht auf diese Frage vorbereitet. Seine Erfahrungen mit Emma haben ihn nicht gerade optimistisch gestimmt, dass er mit Louna tatsächlich über das „Wie" sprechen würde.

Er versucht, eine Antwort zu entwickeln, während er schon spricht. „Hm. Keine Ahnung, ganz ehrlich. Aber ich denke nicht, dass ich Frauen alleine treffen möchte. Hm. Habe mich mit einer Frau im Club ausgetauscht. Sie und ihr Mann treffen sich immer zusammen mit anderen Paaren."

Louna schaut irritiert und erhöht die Lautstärke ihrer Stimme. „Wie, zusammen? Gruppensex?"

Jon schaut sich leicht panisch um. Zum Glück hat er die hinterste Ecke gewählt, so bekommen die anderen Gäste nichts mit.

Er grinst, um die Situation etwas aufzulockern. „Keine Ahnung, ich war ja nicht dabei!"

Louna lacht verhalten zurück. Ihr ist das alles nicht geheuer. Viele neue Informationen auf einmal. Eines spürt sie aber ganz fest: ihre Liebe zu Jon. Diese scheint nicht erschüttert zu werden durch seine Äußerungen und merkwürdigen Wünsche. Es überwiegt die Erleichterung darüber, dass Jon ehrlich mit ihr umgegangen ist. Vielleicht ein wenig zögerlich. Aber dennoch nicht zu spät.

So sitzen zwei Erleichterte in einem Café vor ihren leeren Kuchentellern und fragen sich, wie es nun wohl weitergehen könnte.

Jon ergreift die Initiative. „Was machen wir nun, Louna?"

Sie hört kurz in sich hinein und findet Entscheidungsfreudigkeit. „Weißt Du was? Ich melde mich auch im Club an. So kann ich es selbst beurteilen. Ein bisschen Horizonterweiterung wird mir nicht schaden."

Jon lächelt selig, die berühmten Steine bröckeln von seinem Herzen – er hatte so auf diese Reaktion gehofft, aber nicht damit gerechnet. „Das ist toll! Geradezu großartig! Schön, dass Du so offen und entspannt reagierst!"

„Freu Dich nicht zu früh. Begeistert bin ich von alldem nicht. Das, was Du heute rausgehauen hast, muss ich erstmal begreifen. Aber ich werde es mir anschauen – das hast Du Dir verdient, alleine schon aufgrund Deiner Aufrichtigkeit."

„Ich danke Dir! Auch wenn ich mich nicht zu früh freuen soll, freue ich mich darüber, dass Du nicht schreiend davonläufst oder mich als widerlich empfindest!"

Louna weiß nicht recht, wie sie darauf reagieren soll. Widersprüchliche Gefühle sind in ihr. Geschockt ist sie, zumindest ein wenig, doch gleichzeitig sieht sie, dass Jon vor ihr sitzt. Nicht irgendjemand. Nein, es ist Jon. Der Mann, den sie so sehr liebt. Kann sie vor ihm davonlaufen oder ihn widerlich finden? Nein. Das liegt ihr fern. Sie will an seiner Seite sein. Louna wusste immer, dass Liebe nicht einfach ist. Nicht rosa-rot. Das sieht sie realistisch. Anders als viele ihrer Freundinnen. So lässt sie die unterschiedlichen Gefühle in sich zu und schaut Jon liebevoll an.

„Alles gut. Wir werden einen gemeinsamen Weg finden, irgendwie. Doch bitte versprich mir etwas!"

Er ist still, ja, fast ehrfürchtig aufgrund der letzten Minuten. So ist er besonders offen für Lounas Wünsche. „Natürlich! Was darf ich Dir versprechen?"

„Eine ganz einfache und klare Regel: Ab jetzt bitte immer sofort ehrlich, nicht ein, zwei Wochen später. Gerade jetzt brauche ich die Sicherheit, dass Du mir immer sofort sagst, was Dich beschäftigt und wo wir als Paar stehen!"

Jon versteht ihre Bitte und spürt einen Stich inmitten seines Körpers, der sich schlagartig ausbreitet. Jetzt, wo Louna so liebevoll reagiert hat, tut ihm sein Fehler viel mehr weh als vorher. Er hätte gleich mit ihr sprechen sollen. Damals, als er soeben in den Club eingestiegen war, mit dem Laptop auf dem Schoß, rief Louna ihn an. Das wäre seine Chance gewesen. Doch er schwieg. Jetzt will er alles wiedergutmachen.

„Es tut mir leid, Louna, dass ich so lange gebraucht habe. Das war wirklich dumm von mir. Ich verspreche Dir, ich mache es ab jetzt besser!"

Louna setzt wieder ihr mildes Lächeln auf. „Schon ein komisches Gespräch, was wir hier führen, aber ich freue mich, dass wir so offen miteinander sind!"

„Stimmt, ich hätte auch nicht gedacht, dass wir mal so ein Gespräch führen werden. Aber es ist schön, dass wir es anscheinend können!"

Louna nickt. „Ja, mit Ehrlichkeit wird so einiges möglich. Bin gespannt, wo uns das hinführen wird."

Beim Stichwort Ehrlichkeit fällt Jon etwas siedeheiß ein. Seine Angabe auf dem Club-Profil, Single zu sein. „Ups, das sollte ich schnell mal umstellen", denkt er mit erhöhtem Puls. Doch etwas blitzt in ihm auf. „Wäre es nicht ehrlicher, es zu sagen, statt es klammheimlich zu verändern?"

Nichts als die Wahrheit, das hatte er sich für heute vorgenommen. Bewährungsprobe für die großen Worte, die vorher gesprochen worden. Da muss er nun durch. Jon atmet tief ein und wieder aus.

„Louna, ich habe Dir noch etwas zu gestehen."

Sie spürt, wie ihr innerlich warm wird. Die alten Ängste kriechen wieder empor. Hat er doch was ausgefressen? Louna fragt: „Was kommt denn jetzt? Du machst mich echt fertig heute!"

„Eigentlich nur eine Kleinigkeit, aber ich wollte es Dir ehrlich sagen. Ich habe mich im Club als Single ausgegeben, um leichter ins Gespräch mit anderen Frauen zu kommen. Werde ich jetzt aber sofort umstellen."

Louna schüttelt den Kopf. „Puh, Du machst Sachen. Da ist aber kein Bild von Dir drin? Keiner hat Dich gesehen dort, oder?"

„Nein, keine Sorge, ich bin da anonym."

„Na, wenigstens das. Wäre mir megapeinlich, wenn da jemand meinen Freund entdeckt, der sich als Single ausgibt. Da würde ich mir echt richtig blöd bei vorkommen!"

„Ja, das verstehe ich. Ändere ich ganz schnell, bevor es doch irgendjemand bemerkt!"

„Gut. Wir führen hier wirklich ein komisches Gespräch!" Sie lacht und weiß nicht recht warum – aber sie fühlt sich ihrem geliebten Freund näher als vor diesem Nachmittag. Eigentlich müsste sie traurig oder sauer sein. Doch sie fühlt Leichtigkeit, Neugierde und Aufbruchsstimmung. Vielleicht ist heute der Anfang einer neuen Beziehung. Einer Beziehung, in der Jon endlich mehr mit ihr redet. Einer Beziehung, in der sie mehr über sich reden. Das hat Louna sich schon immer gewünscht. Hoffnung macht sich breit.

Sie grinst Jon an. Er kennt dieses Grinsen nur allzu gut und freut sich. „Ja, Louna, ich finde auch, dass wir ganz dringend in meine Wohnung fahren sollten!"

Alles auf Anfang

Jedem Anfang wohnt ein Chaos inne.

Emsiges Treiben in der Dreizimmerwohnung. Ein Meer aus gestapelten Kartons, Kleinmöbeln und diversem Kram. Und zwei Menschen, die sich gekonnt dazwischen bewegten. Um den Überblick nicht zu verlieren, hatten wir die Wohnung in zwei Hälften eingeteilt. Emmas Kartons wurden in der Küche gestapelt und meine Habseligkeiten im Wohnzimmer.

„Mein Umzugsunternehmen kommt gleich!“, rief ich durch die Wohnung. „Wann geht es bei Dir los?“

Emma antwortete nicht sofort, war kopfüber in einem ihrer Kartons verschwunden und wühlte in den Küchenutensilien. Etwas verzögert rief sie zurück: „Steffen kommt erst in einer Stunde. Hab noch Zeit.“

Ich setzte mich ein letztes Mal auf den schwedischen Ohrensessel mit grauem Bezug. Auf einen Sessel, den ich immer sehr mochte, der aber nicht in meine neue Wohnung passte. In Steffens Wohnung dagegen passte er sehr gut – so bekam Emma den Zuschlag. Ich schaute an die Decke und ließ meine Gedanken kreisen.

Fast ein Jahr hatten Emma und ich nun als getrenntes Paar in dieser Wohngemeinschaft gelebt. Wir hatten die Wohnung auf den Namen Bahnhof umgetauft. Emma war rein- und rasch wieder rausgefahren. Und genauso ich. Auch ich war nicht immer hier gewesen. Wir hatten uns manchmal auf der Durchreise in der Küche getroffen. Einen Kaffee getrunken und die wichtigsten Dinge besprochen. Wie Reisende in einem Bahnhof. Aus einem Hort der Zweisamkeit war ein flüchtiger Treffpunkt für zwei getrennte Leben geworden. Mit einem wohnlichen Gefühl hatte dieser Ort nichts mehr zu tun gehabt. Es war Zeit für den Neuanfang geworden.

Vor einigen Monaten hatte Emma ihren Steffen kennengelernt. Er war in meinem Alter und kam mir recht sympathisch vor. Wir waren nie richtig warm miteinander geworden, aber wir hatten uns gegenseitig gut tolerieren können.

Emma war glücklich mit ihm. Und darauf kam es an. So glücklich, dass sie an jenem Umzugstag direkt zu ihm zog. Ich war froh, dass Emma schnell jemand Neues gefunden hatte, denn so war es deutlich leichter für mich gewesen, sie davon zu überzeugen, unseren Bahnhof zu schließen. Ich hatte nicht eine Sekunde darüber nachgedacht, zu einer anderen Frau zu ziehen. Viel zu sehr freute ich mich damals auf meine erste eigene Wohnung. Ohne Mutter. Ohne Ehefrau. Einfach nur ich. Und jetzt war es soweit. Mit einem Lächeln dachte ich an die Möbelpacker, die gleich in der Tür stehen würden.

∞

„Soll diese Wand auch angemalt werden?“, fragte Jette mit einem angestrengten Unterton. Wir standen in meiner Wohnung.

Ich wollte bei meinem Erstling ganz besonders kreativ sein. Auf die weißen Wände malte ich farbige geometrische Formen. Beziehungsweise ich ließ malen. Jette war handwerklich begabter als ich und so überließ ich ihr Eimer und Pinsel.

„Ja, diese Wand auch – passt gut zu gegenüber“, antwortete ich vorsichtig, denn ich spürte, dass Jette leicht gereizt war.

Sie hatte sich ihren freien Samstag wohl anders vorgestellt. Statt einem Mann, den sie kaum kannte, die Wände anzumalen, hätte sie wohl lieber mit einem guten Buch auf dem Sofa gelegen.

Seit knapp drei Monaten waren Jette und ich ein Paar. Wir hatten uns im Internet kennengelernt. Auf einer dieser unzähligen Online-Singlebörsen, die damals wie Pilze aus dem Boden schossen. Unsere Kriterien hatten gut zusammengepasst: Gleichaltrig, allein und auf der Suche nach jemanden, mit dem man die Freizeit verbringen konnte. Abwechslung vom Rhythmus, um nicht zu sehr in der Monotonie zu versinken. So trafen wir uns dreimal die Woche. Immer am Wochenende und an einem Werktagabend. Meistens mittwochs.

Auch in der Abwechslung kann es monoton zugehen: Unser Programm bei den Treffen war immer ziemlich gleich. Essen, ein wenig reden, Fernsehen gucken und vor dem Einschlafen Sex. Pragmatischer Sex. Er führte ohne großen Aufwand zum gewünschten Ergebnis: körperliche Befriedigung. So weit, so gut. Oder auch nicht.

Jedenfalls war es Jette, die mich bezüglich meiner Wohnsituation aufgerüttelt hatte. „Wie lange willst Du noch mit Emma in einem Bahnhof wohnen?“, hatte sie mich immer wieder gefragt.

Ich hatte versucht, zu beschwichtigen. Emma sei noch nicht soweit, sie bräuchte noch Zeit für die Vollendung unserer Trennung. Doch umso öfter mich Jette zum Nachdenken angeregte, desto klarer war mir geworden, dass sich Emma in der Zwischenwelt gemütlich eingerichtet hatte. Sich auf etwas einstellen und es dann ungern verändern wollen hatte Emma schon immer sehr gut gekonnt. So hatte ich derjenige sein müssen, der mit Initiative voranging, um die Auflösung der gemeinsamen Wohnung zu fordern.

Emma hatte nicht gerade begeistert reagiert. Für sie stellte sich die Frage nach dem Wohin. Doch schon wenige Tage später hatte sie mich mit der Nachricht überrascht, dass Steffen zustimmte. Ja sagte, zu einem Zusammenziehen nach nur wenigen Monaten Liebschaft. Ich weiß noch, wie ich Emma mit großen Augen anschaute und sie fragte, ob das nicht etwas voreilig wäre. Doch sie war sich ganz sicher gewesen. Wie so oft, wenn sie etwas beschlossen hatte.

Obwohl mich ihre Idee etwas entsetzte, war ich froh gewesen, davon zu hören. Denn nach ihrer Verkündung ging alles ganz schnell. Binnen einer Woche hatte ich eine neue Wohnung gefunden und der Umzug konnte in Angriff genommen werden. Jette hatte mich dabei nicht nur mental, sondern auch handfest unterstützt. Wir waren einige Male in schwedischen Möbelhäusern gewesen und hatten die schraubintensiven Stilikonen in den zweiten Stock geschleppt.

Ich war froh, Jette zu haben. Sie war in vielerlei Hinsicht ein Gegenentwurf zu Emma. Nicht besonders tiefschürfend und eher aufs Handeln denn aufs Nachdenken ausgerichtet. Ein angenehmer Kontrast nach zehn Jahren. Einfachheit breitete sich in meinem Leben aus. Kam mir gerade recht, denn der Rhythmus verlangte viel von mir. Ich war in der Blütezeit meines Huldigens. Gab alles und manchmal sogar noch etwas darüber hinaus und wurde beschenkt mit Aufstieg, mehr Geld und noch mehr Verpflichtungen. So genoss ich Jette in meiner wenigen freien Zeit. Kopf aus. Jette rein. Einfach sein.

Meine echte Leidenschaft gehörte sowieso dem Rhythmus. Hier erfuhr ich emotionale Berg- und Talfahrten. Freude und Enttäuschungen. Intensive menschliche Begegnungen. Mal mehr erfreulich, mal weniger. Das Büro als Tempel der Selbstverwirklichung. Als Hort von Gefühlswelten. Als Antrieb des Geistes. Als Heimat des Ichs. Dort konnte ich sein. Dort wollte ich sein. Ich bewies dem Rhythmus: „Siehe her, Dein Investment in mich hat sich gelohnt – ich zahle zurück mit all meiner Kraft und mit allen meinen Ressourcen, und ich werde besser, von Tag zu Tag!“

So kostete mein Dienst im Rhythmus unfassbar viel Kraft und gab mir dabei so viel zurück. Ich wurde zum Mann. Zumindest zu einem, wie ich ihn damals definierte.

Jette schenkte meinen Erfolgen im Büro wenig Beachtung. Sie interessierte sich nicht allzu sehr dafür.

∞

Ein großes Gebäude. Dunkler Schiefer an der Außenwand. Moderne Einsätze aus Glas. Es war ein kühler Sommertag.

Ich traf Emma vor dem Amtsgericht. Wir hatten verabredet, gemeinsam hineinzugehen. Auch diesen letzten Gang wollten wir anständig hinter uns bringen.

Ein paar Monate waren vergangen seit unserer Wohnungsauflösung. Wir hatten sporadisch Kontakt über E-Mail und Telefon. Für die Scheidung hatten wir uns eine gemeinsame Anwältin genommen. Das sparte Geld. Außerdem waren wir uns auch ohne juristischen Beistand einig gewesen. Nein, wir wollten keinen Streit. Das hatten wir nicht verdient. Das hatte unsere Liebe, wie sie früher mal war, nicht verdient.

Emma war zufrieden mit ihrer Entscheidung, zu Steffen gezogen zu sein. Und ich war mehr als zufrieden mit meiner inzwischen fertig gestrichenen Wohnung. Geradezu glücklich, endlich mein eigenes Reich zu haben. Ab und zu besuchte mich Jette – doch meistens waren wir bei ihr. Eine Wohnung fast ohne Frau.

Ganz ich. Keine Kompromisse. Keine Farbe, die ich nicht mochte. Keine Dekoration, die ich versuchen musste, zu ignorieren.

Ich vermisste nichts. Auch Emma vermisste ich nicht. Das Trennungsjahr in unserer Bahnhofs-Wohnung hatte uns auf Abstand gebracht. Wir waren schon vor langer Zeit gesprungen. Jetzt mussten wir nur noch fliegen.

Emma sprach leise und umarmte mich sowohl zärtlich als auch distanziert. „Hallo, schön, Dich zu sehen."

Die Anspannung war ihr anzumerken. Genau wie der heilige Tag der Hochzeit ist auch der finale Tag der Scheidung ein ganz besonderer im Leben eines Menschen.

Ich versuchte, der Lage möglichst viel Normalität zu geben. „Hey! Ich freue mich auch, Dich zu sehen. Zum Glück ist es heute nicht so warm!"

Emma nickte kurz, ohne ein Wort zu erwidern. Ich kürzte den unangenehmen Moment ab. „Unsere Anwältin wartet drinnen auf uns. Vor dem Gerichtssaal."

Wir gingen hinein. Es gab nicht nur einen Gerichtssaal. Sondern Unzählige. Emma und ich schauten uns verdutzt an. Wir waren beide zum ersten Mal in einem Gerichtsgebäude und hatten damit nicht gerechnet. Im Fernsehen sah es immer so aus, als wenn es nur einen großen Saal gäbe, durch den nacheinander alle durchmussten, um beim Richter vorstellig zu werden. Auf einer Hinweistafel suchten wir unseren Familiennamen und fanden uns wieder. In der Sache „Familienangelegenheit" war in akribischer Vorarbeit ein Saal extra für uns reserviert worden und auf der Tafel ausgewiesen. Saal 96 / II im dritten Stock des Gebäudetraktes M sollte unser Ort der Scheidung werden.

Besonders romantisch oder gar feierlich klang das nicht. Eine Scheidung ist in Deutschland nur ein formaler Akt. Ein Verwaltungsvorgang. Es wird vergessen, dass hier zwei Menschen stehen, deren Träume geplatzt sind. Fallende auf dem Weg zum Boden der Tatsachen. Zwei Menschen, die sich vor längerer Zeit sehr geliebt hatten und alles gemeinsam hatten machen wollen. Zwei Menschen, die nun vor dem letzten Akt ihrer Zweisamkeit standen: der hochoffiziellen Auflösung.

Emma und ich waren zu romantisch für diese Welt der Bürokraten. Genau wie wir das Ja-Wort beim Standesamt nur als notwendigen Termin gesehen hatten, sahen wir auch diese Scheidung vor Gericht. Wir wollten es hinter uns bringen, weil es das Gesetz verlangte. Zu unserem Gerichtssaal hatten wir ein Stück zu gehen. Gemeinsam Seite an Seite auf unserem letzten Weg.

Ich versuchte, mich auf die Orientierung in den langen Gängen zu konzentrieren und meine wehmütigen Gedanken zu verdrängen. Natürlich war dies ein trauriger Tag. Aber es war eben auch ein notwendiger Tag. Ein Weg hat einen Anfang und ein Ende. So ist unser Leben.

Hinten, ganz hinten auf einem langen, kaum beleuchteten Flur erkannte ich unsere Anwältin. Ich kann mich heute weder an ihren Namen noch an ihr Aussehen erinnern. Genauso wenig erinnere ich mich an die Richterin. Menschen sollen sich Dinge besonders gut merken können, wenn diese mit starken Gefühlen verknüpft wurden. Meine schmalen Erinnerungen zeigen, wie wenig mich der Verwaltungsakt im Saal 96 / II emotional berührte.

Nach einer kurzen Begrüßung betraten wir den fast weißen Saal. Wir waren überrascht. Die Gerichtssäle im Fernsehen sind zumeist aus dunklem schwerem Holz gefertigt. Doch dieser hier sah fast aus wie eine Galerie für moderne Kunst.

Was mich emotional berührte – und was ich wohl deshalb nicht vergessen habe – war unsere Sitzordnung. Diese wurde konsequent in deutscher Manier eingefordert. Regeln sind dazu da, eingehalten zu werden. Ein deutsches Mantra, das Leben lenkt. Emma und ich durften nicht nebeneinander im Saal sitzen, sondern mussten uns einander gegenüber platzieren. Wie zwei Parteien, die im Streit miteinander standen und nun auf das richterliche Urteil warteten.

Doch es gab keinen Streit. Alles, was wir dem Gericht vorgelegt hatten, war einvernehmlich gewesen. Dennoch saßen wir dort wie zwei verfeindete Lager. Die vorschriftsgemäße Sitzordnung traf mich und machte mich traurig. Uns wurde verwehrt, Seite an Seite die Verkündung unserer Scheidung entgegenzunehmen. Emma schaute mich ebenso traurig von der anderen Seite an. Glücklicherweise dauerte die Veranstaltung nur wenige Minuten. Die Richterin verlas, was wir in den Wochen vorher mit der Anwältin niedergeschrieben hatten. Emma und ich bestätigten jeweils den vorgelesenen Inhalt – und das war's. Wir waren geschiedene Leute. Ein kurzer und trockener Handschlag mit der Anwältin und schon waren Emma und ich wieder auf dem Weg nach draußen.

Raus aus dem Gebäude mit den vielen Sälen. Hinein in die kühle Sommerluft. Erfrischend. Freier Kopf. Neues Leben. Wir wollten diesen Tag nicht den Bürokraten überlassen und hatten vorher vereinbart, nach dem Termin gemeinsam frühstücken zu gehen. Ein bisschen Feierlichkeit musste sein. Ein wenig gegenseitige Zuwendung. Ein Sich-Bewusstmachen. Ein letzter Akt mit Brötchen, Kaffee und Spiegelei.

Beim Frühstücken ein stilles Gespräch. Viele Worte brachten wir nicht hervor. Es war bereits alles gesagt worden. Wir erzählten uns gegenseitig von unseren Plänen im Rhythmus – unsere Berufe standen dabei im Mittelpunkt. Über uns oder über Steffen und Jette sprachen wir wenig. Teller und Becher leerten sich – es wurde Zeit, die Pferde aufzusatteln. Es wurde Zeit, aufzubrechen.

Nur der weite Horizont vor uns. Ein Sonnenaufgang. Emma und ich wussten nicht, wohin uns die Reise führen würde. Wir wussten aber, dass es nun an der Zeit war, sie zu beginnen. Es an der Zeit war, allein zu reiten und eine neue Welt zu finden. Irgendwo dahinten. Irgendwo hinter dem Horizont.

Eine letzte, stille Umarmung und ein Versprechen, in Kontakt zu bleiben. Sich gegenseitig zu berichten. In Zeiten der Not füreinander da zu sein. Es war so weit. Ich stieg auf mein Pferd und schaute Emma länger an. Mein hübsches Mädchen. Sie war so süß gewesen damals. Den dichten Pony hatte sie schon lange nicht mehr. Jedoch war das scheue Reh noch nicht ganz aus ihr verschwunden, obwohl so viel passiert war seit jener Disconacht im November. Ein letztes Lächeln noch. Befreit und unsicher. Was wird kommen? Was liegt hinter dem Horizont?

Ein kurzer und entschlossener Griff in die Zügel. Ich ritt los. Alles auf Anfang. Die Reise begann.

∞

Ein paar Monate später. Ein typischer Sonntagabend in Jettes Wohnung.

Wie so oft saßen Jette und ich auf dem Sofa und schauten den neuesten Tatort. Rituale kreieren ein Gefühl von Heimat. Unsere Beziehung hatte sich in den vergangenen Monaten nicht verändert. Der Ablauf war noch immer derselbe. Gegessen hatten wir an jenem Abend schon, geredet wohl auch, jetzt war der Fernseher dran. Vielleicht hätte es nach dem Fernsehen noch kurzen Sex gegeben. Wahrscheinlich sogar. Doch dieser Abend sollte anders enden, als wir es beide gedacht hatten. Etwas Unerwartetes passierte. Es passierte plötzlich und ohne jede Vorwarnung. Wie ein Vulkanausbruch, den vorher niemand vorhersehen konnte.

Jette und ich hielten etwas Abstand auf dem Sofa. Hatten keine Lust aufs Kuscheln. Nichts Ungewöhnliches für uns. Wir hatten häufiger keine Lust auf innige Nähe gehabt, sondern unseren Freiraum auf dem Sofa genossen. Eine Armlänge Distanz war meistens vollkommen in Ordnung gewesen und uns nicht unangenehm aufgestoßen.

Doch an diesem Abend war etwas anders. Zwischen uns eine unsichtbare Wand. Als wenn wir nicht in derselben Dimension saßen. Wir sahen uns zwar, konnten uns aber nicht spüren. Kälte kroch in den Raum. Langsam aber sicher. Das Wohnzimmer kühlte immer mehr ab, obwohl die Heizung vor sich hin bollerte. Zuerst krabbelte die Kälte an den Beinen hoch, bis sie schließlich den Rumpf erfasste.

Jette zog ein großes Kissen an ihre mir zugewandte Seite, um sich zu wärmen – aber auch, um die unsichtbare Wand sichtbar zu machen. Ganz unbewusst wurde eine Barriere aufgebaut und die Kälte wurde immer durchgreifender. Klirrende Eiszapfen, die sich immer mehr in unseren Körpern ausbreiteten und die Herzen erfassten.

Und dann war es soweit. Mitten im Film schauten wir uns entgeistert an. Traurig, aber vollkommen klar und nüchtern. Wir erkannten beide das Unsichtbare. In mir hämmerte nur eine Frage: „Was in Gottes Namen mache ich hier?“ In jenem kurzen Augenblick wussten Jette und ich, dass es aus war zwischen uns. Ohne dass wir ein einziges Wort sprechen mussten.

Es war vorbei. Genauer gesagt hatte es eigentlich nie wirklich angefangen. Es gab keine Tiefe zwischen uns. Nur Pragmatismus. Zu zweit ist das Leben angenehmer als allein. Zumindest war ich Zweisamkeit gewohnt. Ich wusste gar nicht mehr, wie es ist, allein den Sonntagabend zu verbringen. Nach all den Jahren mit Emma war Jette eingesprungen, um meine Gewohnheiten aufrechtzuerhalten. Ich hatte alles auf Anfang gestellt. Doch verändert hatte ich nicht viel. Ich hatte mich selbst kopiert. Nur die Frau auf dem Sofa war eine andere. Eine ganz Andere.

War ich deshalb allein in den Sonnenaufgang geritten? Um Jette zu finden? War sie das Ziel meiner Reise? Mir wurde klar, dass ich mich verirrt hatte. Ich war falsch abgebogen. Statt mein Leben zu leben und die Freiheit zu genießen, hatte ich mich in eine neue Umklammerung begeben. Ich lebte wieder in einer festen Beziehung, nur diesmal ohne die Tiefe, die mich so verbunden hatte mit Emma. Ich blieb im Muster meines Tuns, nur die Liebe, die Liebe gab es nicht.

Eine Partnerin kann nützlich sein, auch ohne jede Liebe. Doch das war nicht ich. Gerade diese Nützlichkeit hatte ich am Ende kritisiert bei Emma und mir. Als Nützlichkeit immer mehr die Romantik verdrängt hatte, hatten wir unsere Tiefe verloren.

Und jetzt saß ich auf Jettes weißem Sofa und hatte mein Pferd vor vielen Monaten trocken und sicher untergestellt. Ich schaute auf eine Frau, an der ich in diesem Augenblick nichts Attraktives mehr erkennen konnte. Wir waren uns gegenseitig nützlich gewesen. Richtig geliebt hatten wir uns nie. So gab es keinen Grund, zu bleiben. Nützlichkeit bindet die Seele nicht.

Emma und ich hatten eine vergangene Tiefe besessen, welche uns über die gemeinsame Erinnerung zusammengehalten hatte, bis auch das nicht mehr gereicht hatte. Jette und ich hatten diese Vergangenheit nicht. Da gab es nichts, an das wir uns erinnern konnten. Und so gab es auch nichts, was uns zusammenhielt.

Es war kalt an jenem Abend. Sehr kalt. Doch die Kälte brachte eine klare Botschaft für mich: Steig auf Dein Pferd. Reite weiter. Stelle alles erneut auf Anfang. Finde Dich. Finde heraus, wer Du bist und was Du brauchst. Steige nicht bei erstbester Gelegenheit vom Pferd ab. Mache nicht zu viel Rast. Reite, bis Du sicher bist. Sicher bist, Dein Ziel erreicht zu haben.

Das Gebet vom Menschsein

Viele Jahre sind vergangen. Doch richtig weise bin ich nicht geworden.

Emma, Jette und noch einige andere Frauen haben meinen Weg gekreuzt. Gewiss, ich habe einiges gelernt und verstanden. Wenn Überzeugungen bei Menschen nicht zusammenpassen, muss man den Mut haben, getrennte Wege zu gehen, auch wenn dies bedeutet, neue Wagnisse und Herausforderungen zu akzeptieren. Man kann niemanden zu seinem Glück zwingen. Diese Erkenntnisse haben dazu geführt, dass ich auf meinem Pferd geblieben und weitergeritten bin. Immerhin.

Doch was habe ich bisher gefunden? Ich hatte so große Hoffnungen auf den Sonnenaufgang. Ich war so sicher, dort etwas zu finden. Etwas zu finden, das mich erfüllt und glücklich macht. Das mein Herz spiegelt und meine Seele zum Klingen bringt. Aber ich reite noch immer. Ich bog ein paarmal falsch ab und hatte den inneren Kompass nicht immer im Blick. Mal war ich egozentrisch und folgte nur meinen Bedürfnissen und dann gab es Phasen, in denen ich all meine Bedürfnisse vergaß und nur anderen folgte. Ich schmiedete Pläne, immer wieder.

Doch möglichst detaillierte Pläne zu schmieden, ist eine Schutzfunktion. Ein Panzer für die Seele, auf den die Angst nicht übergreifen kann. Bei all der Planerei vergaß ich oft das Erleben. Ich konnte Momente nicht richtig wahrnehmen oder gar genießen.

Wenn sich eine Tür schließt, öffnet sich eine andere. Ein Ende ist immer auch ein Anfang. Doch fehlt mir oft der Mut, mit Entschlossenheit durch eine neue Tür zu gehen. Den Anfang zu feiern. Den Weg zu gehen, ohne Angst zu haben. Auch fehlt mir oft der Mut, mich so zu lieben, wie ich bin. Mit all meinen Bedürfnissen und Fehlern. Ich will nicht undankbar klingen. Mir wurde viel geschenkt. Ich durfte schon viel Schönes auf meiner Reise erleben. Ich spüre deutlich, es gibt so viel Potenzial in mir. Doch ich weiß nicht recht, wie ich es heben soll. Ich drehe mich im Kreis. Sehe die gleichen Orte immer wieder. So werde ich nie erfahren, was hinter dem Horizont zu empfangen ist.

Ich habe nur ein Leben, aber wenn ich das richtig lebe, reicht das auch. Es ist schön, unterwegs zu sein. Aber es ist weniger schön, zu merken, dass man nicht ankommt. Dass man nicht weiß, was Ankommen überhaupt ist.

Wo will ich hin? Wer will ich sein? Was will ich aus diesem irdischen Leben machen? Was nützen mir Jahre, wenn das Leben darin nicht pulsiert? Ich will wissen, wer ich bin und wer ich sein könnte. Und ich will dazu stehen. Will vor Anderen ehrlich sein. Mich mitteilen. Mich mit Anderen zusammen entwickeln. Meine Bedürfnisse nicht verstecken, aber genauso auch Bedürfnisse der Anderen erfüllen.

Ich weiß nicht mehr weiter. Muss mich neu erfinden. Ich brauche ein neues Pferd. Brauche eine neue Vision vom Horizont.

∞

Jon, es ist gut, dass Du Dich ehrlich öffnest und es ist gut, dass Du dankbar bist. In der Dankbarkeit steckt viel Liebe. Ein Annehmen Deiner selbst und der Situation. Genauso gut ist Dein Antrieb. Dein Antrieb, weiterzukommen. Glück zu finden. Die Seele klingen zu lassen.

Höre folgende Worte und lass Dich trösten: Menschen hören zu. Menschen hören weg. Menschen reden. Menschen schweigen. Menschen reden ehrlich. Menschen lügen. Menschen spüren. Menschen blockieren. Menschen gehen. Menschen bleiben stehen. Menschen hoffen. Menschen geben auf. Menschen lieben. Menschen hören auf, zu lieben. Menschen fliegen. Menschen fallen.

Im Fallen ist der Mensch ganz nackt. Nackt wie bei seiner Geburt. Im Fallen ist dem Menschen so kalt. Nackte Haut in rauem Sturm. Im Fallen fühlt der Mensch seine Schmerzen. Nacktes Fleisch mit tiefen Wunden. Fallen endet. Boden kommt. Zerschmettert liegt der Mensch danieder. Aufstehen kostet Mut.

Mensch, blick in Deine Seele! Mensch, wer bist Du wirklich? Mensch, was kannst Du sein? Mensch, Du hast die Wahl!

Danke, dass Du von Deiner Vergangenheit freimütig erzählt hast. Doch ab jetzt zählen Gegenwart und Zukunft. Es zählt ein neuer Geist mit einer anderen Ausrichtung. Du bist auf einem guten Weg, Jon. Eines führt zum anderen. Gehe jenen Weg weiter, den Du vor einigen Wochen eingeschlagen hast. Nimm das Glück an die Hand und gehe damit mutig und entschlossen nach vorne.

Louna ist an Deiner Seite. Schon so lange. Doch Du hast sie bisher nicht richtig erkannt. Zu viel Angst steckte in Dir. Die Geister der Vergangenheit schrien laut.

Doch alles hat seine Zeit. Du hattest Deine Zeit mit Emma. Du hattest Deine Zeit mit Jette. Und Du hattest Deine Zeit mit Louna. Doch nun beginnt sie neu – Deine Zeit mit Louna.

Eines führt zum anderen. Du kannst Deine Seele mit viel Gutem bereichern oder sie mit viel Schlechtem belasten. Du kannst Seelengold oder Dunkelheit sammeln. Du hast die Wahl, Jon. Höre zu. Rede ehrlich. Gehe weiter. Hoffe immer. Liebe mutig. Fliege freudig. Lasse Kälte, Schmerzen und tiefe Wunden in aller Nacktheit zu. Schaue sie Dir an. Lerne daraus. Stehe auf. Immer wieder.

Vergiss nicht, in Deine Seele zu blicken. Was kannst Du dort spüren? Ist Gutes oder Schlechtes auf dem Weg, sich breitzumachen? Du wirst sehen, wer Du bist und wer Du sein kannst.

Eines führt zum anderen. Du hattest einige Verwirrungen auf Deiner Reise. Ohne Lügen wärst Du kein Mensch. Ohne Zweifel wärst Du kein Mensch. Ohne Fehler wärst Du kein Mensch. In den letzten Wochen hast Du die richtige Route eingeschlagen. Deine Reise hat eine gute Wendung genommen. Doch bleibe achtsam, schaue und höre genau hin. Denke an meine Worte: Du bleibst Mensch, Jon. Immer auf dem Weg.

Wer nicht wagt

Montagsfeierabend.

Louna entspannt sich nach einem intensiven Tag auf der Arbeit allein in ihrer Wohnung. Zwei Tage ist es jetzt her, das Café-Gespräch mit Jon, voller Wahrheit und Wärme.

Hamburg verwöhnt seine Bewohner mal wieder mit wundergruseligem Schietwedder. Es regnet in Strömen. Dazu weht eine steife Brise. Kein Abend, um sich lange draußen aufzuhalten. Ein guter Abend fürs Internet. Ein guter Abend für den Club.

Louna ist gespannt. „Heute Abend ist es soweit, heute schaue ich mir das an." Zwei Nächte hat sie über das Gespräch geschlafen und wieder mal ein schönes Wochenende mit Jon verbracht. Trotz des Gespräches. Oder gerade wegen des Gespräches?

Louna spürt seit Samstag eine neue Tiefe. Sie ist immer noch verunsichert, aber die Ehrlichkeit von Jon hat viel Positives in ihr ausgelöst. Immer noch ist ihre Aufbruchsstimmung stärker als ihre Ängste. Jon war mutig und hat etwas gewagt. Das rechnet Louna ihm hoch an.

Nun ist sie an der Reihe, ihr Versprechen einzulösen. Die Anmeldung im Red Club steht kurz bevor. Jon hat ihr einen Link per E-Mail gesendet.

„Wer ist denn Nathan? Komischer Absender!", denkt sich Louna und merkt, dass sie noch nicht alles über ihren Freund weiß.

Sie klickt auf den Link und landet auf der rötlichen Startseite mit den nackten transparenten Körpern im Hintergrund. „Nun, das sieht ja schon mal ganz ansprechend aus. Erotisch, aber nicht billig", lautet Lounas erste spontane Reaktion.

Um Mitglied zu werden, füllt sie die ersten Angaben aus, Frau. 29 Jahre. Hamburg. Suche nur im Umkreis. Louna ist ebenso wie Jon praktisch veranlagt.

Die Eingabemaske fragt:

`Was suchst Du: Männer, Frauen, sonstige Geschlechter oder Paare?`

„Gute Frage. Nach dem, was ich mit Jon am Samstag besprochen habe, würde ich sagen, keinen Mann allein, sondern ein Paar. Ich kreuze erstmal nur Paare an. Kann ich immer noch ändern."

Beziehungsstatus. „Jedenfalls nicht Single", murmelt Louna vor sich hin und denkt an Jon, wie an einen kleinen Jungen, der etwas ausgefressen hat. Sie wählt „feste Beziehung", obwohl sie kurz bei „offener Beziehung" hängen bleibt und sich nach dem Unterschied fragt. „Kann eine feste Beziehung nicht auch offen sein?", grübelt sie und merkt, dass sich gerade ein neuer Kosmos für sie öffnet, in dem es noch viel zu erforschen gibt.

Keine Kinder. Nichtraucherin. Die ersten Angaben sind erledigt. Ein neues Fenster öffnet sich.

`Gib uns nähere Angaben zu den von Dir gesuchten Paaren.`

Louna ist neugierig. „Oh, jetzt bin ich mal gespannt, was man da so auswählen kann!" Jon hatte ihr einiges erzählt und jetzt möchte sie es selbst erleben.

Alter der Paare. „Och, ich finde, sie sollten nicht zu jung und unerfahren sein, aber auch nicht zu alt: Das würde ich beängstigend finden!" Louna wählt „von 26 Jahre bis 40 Jahre" und merkt, dass Jon gerade so in ihrem Raster ist. „Na ja, für achtunddreißig ist er echt jung geblieben, wobei Männer häufiger an Attraktivität gewinnen, wenn sie älter und reifer geworden sind", überdenkt Louna ihre Entscheidung und verändert das Maximalalter auf fünfundvierzig.

Körpergröße. „Hauptsache, nicht kleiner als ich. Und da ich gern hohe Schuhe trage, packe ich nochmal fünf Zentimeter oben drauf!" Louna gibt „ab 1,80 m" beim Mann an und bei der Frau, genau umgekehrt, „bis 1,80 m".

Haare. „Oh, das ist mir wirklich ziemlich egal. Selbst Glatze stört mich bei einem Mann nicht, wenn er ein markantes Gesicht hat. Und Frauen können sowohl mit kurzen als auch langen Haaren sexy sein", überlegt Louna und kreuzt alle Möglichkeiten an.

Statur des Paares. „Hm, ich mag keine Extreme. Nicht zu dünn, nicht zu dick und auch nicht zu muskulös. Ich kreuze einfach ‚normal' an. So sind Jon und ich ja auch."

Louna kommt gut voran, während draußen der halbe Himmel an ihr Dachfenster tobt und damit immer wieder die zaghafte Jazzmusik übertüncht. Der Wind pfeift sein eigenes Lied. Zwischendurch hatte sie einen Rotwein aufgemacht, der nun genug geatmet hat. Louna füllt ein halbes Glas und setzt genussvoll an. Sie lächelt. „Hach, der ist herrlich. Das könnte ein schöner Abend werden."

Es geht weiter im Club. Kleidungsstil des Paares. Genau wie Jon wählt Louna hier „klassisch". In Kleidungsfragen waren sich Louna und Jon noch nie uneinig, wobei sie schon findet, dass er sich ein bisschen mehr Mühe bei seinem Style geben könnte.

Beziehungsstatus des Paares. „Schon wieder diese komische Unterscheidung. Wenn ein Paar offen ist, ein anderes Paar zu treffen, dann leben sie doch offen? Können sie dann nicht fest zusammen sein? Und was genau ist eigentlich Polyamorie?" Louna nimmt sich vor, nach der Anmeldung im Internet zu recherchieren. Sie kreuzt sowohl feste als auch offene Beziehung an, beides erscheint ihr passend.

Kinder beim Paar? „Warum nicht? Die sind ja nicht dabei, wenn wir uns treffen!“ Louna lacht laut und nimmt noch einen Schluck vom Rotwein.

Rauchgewohnheiten. „Nee, Rauchen muss echt nicht sein. Bin froh, dass Jon das auch so sieht.“ Louna denkt an die unzähligen Möglichkeiten, sich selbst umzubringen, und Rauchen erscheint ihr als eine der sichersten Methoden, nicht gesund zu bleiben. Davon mal abgesehen mag sie den Geruch und den Geschmack von Tabak nicht. Sie schüttelt sich ein wenig. Genau wie Jon bei dieser Frage.

Ein neues Fenster öffnet sich. Sexuelle Präferenzen des Paares. „Oh, jetzt wird es interessant“, freut sich Louna und denkt an Jon, der ihr berichtete, hier viele neue Wörter gelesen zu haben. „Hm, stimmt. Geht mit genauso. Was ist Queersexuell? Sapiosexuell? Demisexuell?“ Die Recherche-Liste von Louna füllt sich. Wahrlich ein neuer Kosmos. Sie kreuzt „heterosexuell“ beim Mann und „bisexuell“ bei der Frau an. Warum sie das tut, hinterfragt sie in diesem Moment nicht. Obwohl sie noch nie etwas mit einer Frau hatte, denkt sie intuitiv, dass es schöner wäre, wenn die Frau des Paares nicht nur Interesse an Jon hätte. „Maike!“, denkt Louna plötzlich laut. Eine gute Freundin aus früheren Tagen. Schützenfest. Viel Gin Tonic. Und da passierte es. Sie küsste eine Frau. „Einmal ist keinmal!“, schmunzelt Louna. „Wer weiß, vielleicht kann ich daran nochmal anknüpfen.“

Ihre Wangen sind leicht errötet. Ist es der Rotwein oder sind es die sinnlichen Gedanken? Vielleicht auch eine schöne Mischung aus beidem.

Sexuelle Neigungen des Paares. „Ich mag es, wenn der Mann dominant ist. So wie Jon. Wobei, ein bisschen mehr ginge da bestimmt schon noch“, grinst Louna und macht sich bewusst, welches Glück sie mit ihm hat. Obwohl immer ein bisschen mehr ginge, ist sie sehr glücklich, Jon an ihrer Seite zu haben. „Hm, und die Frau sollte eher devot sein, dann ist der Umgang mit ihr leichter“, analysiert Louna und kreuzt die Felder entsprechend an.

Intimbehaarung. Louna grinst „Hach, Jons Lieblingsthema! Meinen kleinen Busch trage ich nun wirklich nur ihm zuliebe. Glatt wäre mir lieber. Auch beim Mann. Aber dazu ist Jon nicht zu bewegen.“ Louna entscheidet sich für eine diplomatische Auswahl, die jedem gerecht werden sollte. Blitzeblank beim Mann und ein kleiner Busch bei der Frau. „Jon sollte nicht stören, wenn ein anderer Mann glatt rasiert ist“, bestätigt Louna sich selbst.

Körperliche Merkmale der Frau. Größe und Form von Brüsten, Hintern und Vagina. Louna sinniert. „Ach ja, Jon erwähnte das. Hier kann ich richtig ins Detail gehen. Dabei ist mir das gar nicht so wichtig. Für mich kommt es aufs Gesamtpaket an.“ Sie kreuzt alle Optionen an und bemerkt, wie in ihr die Vorfreude steigt.

Körperliche Merkmale des Mannes. Größe und Dicke des Gliedes, „Wow, die wollen es hier aber wirklich wissen. Davon hat Jon nichts gesagt. Was er wohl über sich selbst angegeben hat?“ Louna nimmt einen Schluck Rotwein und denkt über ihre Antwort nach. „Habe ich eine bestimmte Vorstellung davon, wie ein optimaler Schwanz aussieht?", fragt sie sich und lässt die Schwänze ihrer Exfreunde vor ihrem geistigen Auge vorbeiziehen. „Hm, die waren alle verschieden und doch okay. Jons Zauberstab ist ein schöner. Er dürfte circa sechzehn Zentimeter lang und fünf Zentimeter breit sein. Schätze ich. Zu lang oder dick muss nicht sein. Tut sicher weh." Nach dieser ausführlichen Analyse kreuzt Louna bis maximal zwanzig Zentimeter Länge und sieben Zentimeter Breite an.

Besondere sexuelle Vorlieben des Paares. Die lange A-bis-Z-Liste erscheint, die schon Jon in Staunen versetzte. Louna grübelt und legt die Stirn in Falten. „Das ist ja mal eine Aufzählung, was es alles gibt. Muss man das alles ausprobiert haben?" Sie schreibt einige Begriffe auf ihre Recherche-Liste. Louna findet wenigstens ein paar Worte, die sie kennt und mag. Entsprechend wählt sie aus: Dessous, Dildos, Hände, Kuschelsex, Küssen und Strapse. „Kann man keinen Oralsex ankreuzen?" Louna schaut die Liste akribisch durch und stellt fest, dass sie zu viele Wörter nicht kennt. Vielleicht verbirgt sich Oralsex hinter anderen Begriffen. Sie merkt, dass sie Schulungsbedarf hat.

„Und ich dachte immer, ich wüsste viel über Sex", murmelt Louna ins Weinglas und nimmt einen kräftigen Schluck.

Profilfoto. „Hm, mein Gesicht werde ich sicher nicht einstellen", stellt sie für sich klar. Sie denkt an den letzten Monat. Beim Anprobieren der neuen Wäsche, die sie für Jon und den Sylt-Urlaub gekauft hatte, hat sie mit der Fotolinse ihres Handys rumgespielt und dabei einige nette Aufnahmen von Teilen ihres Körpers gemacht. „Komm, ich will mal nicht so sein, einen kleinen Eindruck sollte man schon von sich geben", findet Louna und fängt an, in den Ordnern ihres Laptops zu wühlen. Sie entscheidet sich für zwei Fotos. Eines zeigt sie von hinten, von den Füßen bis zum unteren Rücken. Das dunkelgrüne Höschen auf ihrem runden Hintern ist dabei ein schöner Blickfang. Der Spiegel in ihrem Schlafzimmer ist einfach praktisch für Selfies. Das Andere zeigt frontal ihren flachen Bauch, ein Hauch von weißer Spitzenwäsche ist am unteren Rand des Bildes erkennbar. Louna findet beide Bilder hübsch und stellt sie mit einem Grienen im Gesicht ein. „Dass ich sowas mal mache, hätte ich nie gedacht!"

Sie kommt zu den letzten Angaben. E-Mail-Adresse und Passwort. Louna hat nur ein E-Mail-Postfach, insofern muss sie nicht lange überlegen. Als Passwort wählt sie „Jon+Louna" und freut sich bei der Eingabe. Auch wenn sich alles noch ein bisschen surreal anfühlt, hat sie es tatsächlich durchgezogen. Sie hat sich in einem Erotik-Club angemeldet.

„Wer nicht wagt, der nicht gewinnt", spricht sich Louna Mut zu und denkt an Jon. Keine Frage, ihre Liebe zu ihm ist der Grund, warum sie hier ist. Alleine wäre sie nicht auf die Idee gekommen. Aber jetzt ist sie hier und will das Beste daraus machen. Vor allem das Beste für die Beziehung mit Jon.

Die Startseite öffnet sich. Louna sieht auffällig viele gut trainierte männliche Oberkörper auf den kleinen Vorschaubildern. Selten ein Gesicht. „Nanu, sind das alles Sportfanatiker hier oder wollen die anonym bleiben?", fragt sie sich erstaunt.

Sie fängt an, sich durch die ersten Profile zu klicken. Viele Profile zeigen auch auf den zweiten Blick keine Gesichter, dafür aber einige schöne sportliche Körper von allen Seiten. „Schon ziemlich lecker, teilweise, muss ich ja zugeben", grinst Louna. Schöne Männergesichter hat sie bisher nur wenige entdeckt.

Louna wendet sich den Paaren zu. Hier bemerkt sie, dass die Fotos fast immer nur die Frauen zeigen. Die Bilder vom männlichen Teil des Paares sind entweder gar nicht vorhanden oder auf dem Profil weiter unten platziert. „Haha, mit Speck fängt man Mäuse!", lacht Louna und überlegt, ob sie mit Jon auch so ein Paarprofil anlegen sollte und wie es dann aussehen würde.

„Hm, ich denke, wir würden uns zusammen als Paar auf den Bildern zeigen. Nicht mit Gesicht, aber es gibt bestimmt fantasievolle Möglichkeiten, uns als Paar attraktiv darzustellen", malt sich Louna aus und greift erneut zum Rotwein-Glas. „Hm, also der Wein ist schon mal lecker. Das wird bestimmt noch ein interessanter Abend!"

Louna schaut auf ihr Club-Postfach und lässt vor Überraschung fast das Glas fallen. „Wie bitte? Zweiundfünfzig Nachrichten? Ich bin doch erst ein paar Minuten hier!"

Sie schaut genauer hin. Viele Nachrichten sind von Männern ohne Foto. Die erste Nachricht hat es gleich in sich. Der Absender nennt sich selbst „Elb_Casanova" und schreibt mit großem Selbstbewusstsein.

`Guten Abend! Ich hoffe sehr, ich bin der Erste, der Dir schreibt. Deine Fotos machen einen hübschen Eindruck. Ich begrüße Dich hier im Club und hoffe, ich bin auch der Erste, der es Dir so richtig besorgen darf! Ich weiß, wie es geht. Versprochen! Heiße Grüße vom Elb_Casanova`

Louna schaut verdutzt auf die gesichtslose Nachricht mit dem eindeutigen Inhalt. „Okay, skurriler Auftakt. Muss ich darauf eigentlich antworten?" Sie ist sich nicht sicher, was sie tun soll und beschließt, erstmal die anderen Nachrichten zu lesen. Zu ihrem Bedauern stellt sie fest, dass viele Nachrichten sehr kurz sind und deren Verfasser schnell zur Sache kommen wollen. Sie findet tatsächlich fünf Nachrichten, in denen in verschiedenen Variationen nur „Ficken?" steht. Einmal wird dies ergänzt um „Ich bin geil und habe Druck!" In einer anderen Nachricht steht: „Ich würde noch heute Abend bei Dir vorbeikommen." Ein Dritter schreibt: „Ich liebe unschuldiges Club-Frischfleisch!" In den anderen beiden Nachrichten steht tatsächlich *nur* die simple Frage „Ficken?".

Louna schmeckt der Rotwein plötzlich nicht mehr so gut. „Hm, sowas hat mir Jon nicht gesagt. Wahrscheinlich schreiben Frauen sowas nicht."

Sie ist etwas angewidert, will aber nicht so schnell aufgeben und arbeitet sich weiter durch die Nachrichten. Sie entdeckt zu Ihrer Freude auch angenehme Botschaften. Vor allem einige nette Nachrichten von Paaren. Sie begrüßen Louna im

Club, loben ihre Fotos und laden sie ein, ihr Profil zu begutachten. Viele Nachrichten sind freundlich und nicht aufdringlich. Einige schreiben, dass sie gern mit Rat und Tat zur Verfügung stehen, wenn sich Louna als Neuling orientieren möchte und Fragen hat.

„Ah, ich sehe schon, man muss hier stark die Spreu vom Weizen trennen!“, stellt sie fest und schaut hoch zum Dachfenster. Während die Regentropfen das Glas herunterpurzeln, schweift Louna im Gedanken ab.

Sie denkt an das erste Date mit Jon. Vor dreieinhalb Jahren in dieser kleinen gemütlichen Bar. Kennengelernt hatten sie sich auf einer Singlebörse im Internet. Allerdings einer ganz Unschuldigen. Nicht vergleichbar mit dem Red Club. Sein verschmitztes Lächeln mochte sie von Anfang an, genau wie seine Art von Humor. Trocken und norddeutsch. Damals gab es auch Rotwein, aber es regnete nicht, sondern war ziemlich warm. Als sie nach vielen Stunden Gespräch und einigen Gläsern die Bar verließen, um einen Spaziergang zu machen, schlug der Alkohol im Körper zu. Beide waren ziemlich beschwipst und lachten viel. Plötzlich hielt Jon an, drehte sich zu Louna und küsste sie leidenschaftlich. Sie hatte keinen Zweifel und ließ sich sofort darauf ein. Viele unzählige Minuten standen sie knutschend im sommerlichen Wind unter der strahlenden Mondsichel. Der Mondwind strich durch ihre Haare, als wenn Engel sie zärtlich streicheln würden, während sie sich näherkamen. Beiden war sofort klar: Hier entsteht gerade was ganz Besonderes. Louna erinnert sich, wie sie freudestrahlend mit der U-Bahn nach Hause fuhr und es toll fand, dass Jon darauf bestand, nicht mitzukommen. „Schöne Dinge sollte man sich aufsparen“, hatte er damals gesagt und sie mit seiner Zurückhaltung schwer beeindruckt.

Louna lächelt selig vor sich hin und nimmt noch einen Schluck Rotwein. Jetzt schmeckt er wieder. Sie wendet sich erneut dem Red Club zu. Inzwischen sind es sage und schreibe einhundertdrei Nachrichten und Louna bemerkt, dass sie eine neue Strategie benötigt. Sie beschließt, strukturiert vorzugehen. „Die kann ich doch unmöglich alle lesen. Das werden ja immer mehr. Ich lese jetzt nur noch Nachrichten von Paaren. Das ist ein Anfang!“

Gerade als sie diesen Gedanken zu Ende bringt, entdeckt sie eine Nachricht von einem Mann. Sein Foto zeigt eine kräftige Hand mit deutlich erkennbaren Adern und einen Unterarm, eingepackt in ein weißes Hemd mit auffälligem Manschettenknopf. „Hm, stilvoll und männlich“, denkt Louna und macht sogleich eine Ausnahme von ihrer neuen Regel. Er schreibt Folgendes:

`Guten Abend, schöne Frau! Ich hoffe, Du wirst hier viele gute und interessante Momente erleben. Gern erzähle ich Dir von meinen Erfahrungen und helfe Dir beim Einstieg. Wie Du meinem Profil entnehmen kannst, bin ich dominant und mag es, eine Frau zu führen. Ich weiß, wer ich bin und stehe mit beiden Beinen fest im Leben. Melde Dich gern. Liebe Grüße M.`

Louna findet die Kombination aus Profilbild und Schreibstil sehr attraktiv und beschließt, M. als Erstem im Club zu antworten.

Guten Abend, interessanter Mann! Ich mag es, wenn Er selbstbewusst ist und Stil hat. Insofern hast Du schon mal bei mir gepunktet. Danke für Dein Angebot, mir beim Einstieg zu helfen. Wie Du vielleicht gelesen hast, bin ich kein Single und suche nur Paare. Über einen Austausch würde ich mich dennoch freuen! Liebe Grüße L.

M. antwortet sofort.

Ja, ich habe selbstverständlich Dein Profil gelesen, bevor ich geschrieben habe. Und ich dachte mir, eine offene Frau lässt sich vielleicht von einem erfahrenen Mann verführen. Manchmal geben Frauen hier was Anderes an, als sie in Wirklichkeit suchen. ☺

Louna weiß nicht recht, ob sie lächeln oder den Kopf schütteln soll ob dieses selbstbewussten Mannes. Doch irgendwie gefällt ihr der Dialog und sie geht weiter mit.

Du scheinst wirklich ein interessanter Mann zu sein, doch glaube mir, ich weiß, was ich will und was nicht. Ich möchte zusammen mit meinem Freund andere Paare kennenlernen!

M. antwortet erneut schnell.

Kannst Du Dir denn nicht vorstellen, dass Dein Freund und ich Dich auch gemeinsam verwöhnen könnten?

Louna grinst und greift zum Glas. Es ist bereits leer getrunken. Sie steht auf und schenkt sich nach, dabei denkt sie über die letzte Nachricht von M. nach. „Hm, von zwei Männern beschenkt zu werden, ist sicher nett. Davon träumt doch irgendwie jede Frau. Ob Jon dazu Lust hätte? Ich muss mal mit ihm darüber reden.

Louna nimmt einen größeren Schluck Wein und schreibt M. zurück.

Ein nettes Angebot, M.! Ich denke darüber nach und werde mit meinem Freund sprechen. Aber nun mal zu Dir: Warum hast Du Dich hier angemeldet und warum gibst Du keinen Beziehungsstatus an?

Diesmal kommt nicht sofort eine Antwort zurück. Dafür hat der Elb_Casanova wieder geschrieben.

Hey, habe gesehen, dass Du meine Nachricht gelesen hast - warum antwortest Du nicht?

Louna schaut irritiert auf den Bildschirm. „Puh, der hält sich ja wirklich für den Nabel der Welt. Hoffentlich sind nicht alle so ungeduldig hier.“ Kaum ausgesprochen, entdeckt sie, dass sich auch zwei andere Männer erneut gemeldet haben. Und zwar zwei Männer aus der „Ficken?“-Fraktion. Auch sie fragen nach, wo denn die Antwort bliebe.

Louna stellt fest: „Okay, ich muss hier wohl ignorieren lernen, sonst habe ich schnell keine Lust mehr!“ Sie denkt an Jon und freut sich schon darauf, ihm von ihren Club-Erlebnissen zu erzählen.

Inzwischen hat auch M. geantwortet.

Ich will ehrlich zu Dir sein: Ich suche Abwechslung vom Alltag. Ich bin verheiratet und meine Frau weiß nichts von meinem Engagement hier. Deswegen auch keine Bilder von meinem Gesicht. Zum Beziehungsstatus. Wenn Du als Mann „feste Beziehung" angibst, interessieren sich deutlich weniger Frauen für Dich. Und „Single" wollte ich nicht angeben, weil das eine Lüge wäre, so habe ich mich für gar keine Angabe entschieden.

Lounas Begeisterung für den selbstbewussten Mann mit Stil geht deutlich nach unten, aber sie fragt nach, um ihn nicht falsch zu verstehen.

Danke für Deine Ehrlichkeit. Aber mal genauer nachgefragt: Triffst Du Frauen, die Du hier im Club kennenlernst und hast Sex mit ihnen oder bist Du nur hier, um zu schreiben und Dich auszutauschen?

M. antwortet sofort.

Danke, dass Du den Kontakt nicht abbrichst und nachfragst. Ja, ich hatte schon einige Begegnungen mit Frauen von hier. Habe wirklich schöne Erfahrungen gemacht!

Louna seufzt vor sich hin. „Oh, ein Fremdgeher, das muss nun wirklich nicht sein." Dennoch will sie mehr erfahren.

Verstehe, aber warum bist Du nicht ehrlich zu Deiner Frau?

M. rechtfertigt sich.

Die würde das nie akzeptieren und mich wahrscheinlich rausschmeißen. Das will ich nicht riskieren. Dafür habe ich sie viel zu lieb. Außerdem läuft unsere Ehe wirklich gut im Alltag. Es passt einfach alles. Nur beim Sex brauche ich mehr Abwechslung.

Louna ist ein wenig schockiert und gleichzeitig erstaunt über die Direktheit dieses Mannes. Ihr fällt ein, dass auch Jon auf dem Weg war, so zu handeln. Doch hat er es nicht so weit kommen lassen, sondern vorher mit ihr geredet.

„Hm, ich muss zugeben, dass ich Jons Ehrlichkeit gerade noch mehr zu schätzen weiß", stimmt sich Louna selbst zu und wirft im Geiste einen liebevollen Blick auf ihn. „Jemanden liebzuhaben und ihn gleichzeitig zu betrügen, habe ich noch nie übereinandergekriegt. Ich verstehe zwar die Ängste und die Bedürfnisse der Männer, aber Fremdgehen ist definitiv nicht die richtige Lösung.

Sie will M. nicht durch ihr Schweigen im Regen stehen lassen und antwortet ihm freundlich.

Sei mir nicht böse, aber fremdgehen möchte ich nicht unterstützen. Ich wünsche Dir alles Gute und dass Du den Mut findest, mit Deiner Frau offen und ehrlich zu sprechen! Liebe Grüße von L.

Sie wartet ein paar Minuten, aber von M. kommt keine Antwort mehr. Diese Art der Ablehnung hat er bestimmt schon hunderte Male gelesen, sodass er aufhört, zu kommunizieren, wenn eine Frau sich ablehnend verhält. Ein fortwährender Kreislauf, der immer dann glorreich unterbrochen wird, wenn mal eine Frau anbeißt. Und das reicht M. anscheinend.

Louna hat inzwischen sage und schreibe einhundertsiebenundfünfzig Nachrichten in ihrem Postfach. Sie fühlt sich etwas überfordert und inzwischen auch ziemlich müde. Ist es der Wein? Oder sind es die vielen Eindrücke vom Club? Oder beides zusammen? Sie weiß es nicht recht.

Das Hamburger Schietwedder hat sich inzwischen beruhigt. Sie nimmt dies als Zeichen dafür, ins Bett zu gehen. Als sie sich gerade aus dem Club ausloggen möchte, sieht sie im Augenwinkel, dass sich der Elb_Casanova erneut gemeldet hat. Er beschwert sich über Lounas Arroganz, nicht zu antworten und das, obwohl er doch so nett geschrieben habe. Sie stöhnt leicht auf und beschließt, die ersten Eindrücke wirken zu lassen, ein paar Tage Pause vom Club zu machen und dann den freundlichen Paaren zu antworten.

„Auch wenn es heute anstrengend war – wer nicht wagt, der nicht gewinnt!“, stellt Louna erneut fest, schaltet den Computer aus und geht zu Bett. Dort liegt noch etwas länger wach und denkt an Jon. Milde Gedanken voller Liebe begleiten sie in die Dämmerung ihres Geistes. Doch sie kann nicht verweilen, sondern sie muss schlafen, denn schon bald wird sie der Rhythmus im Morgengrauen empfangen.

Im Doppelpack

Weit oben. Eine Bar mit imposanten Blick auf das nächtliche Treiben im Hamburger Hafen. Es ist Samstagabend.

Zwei Wochen sind vergangen. Sowohl Louna als auch Jon haben mit vielen Leuten im Red Club geschrieben.

Zwischendurch war sie etwas genervt von all den Nachrichten, die nicht aufhörten, auf sie einzuprasseln. Doch inzwischen ist es ruhiger. Die nervigen Männer scheinen neue Opfer gefunden zu haben, die sie mit ihren fragwürdigen Willkommensgrüßen behelligen können. Louna schafft es immer besser, die Spreu vom Weizen zu trennen. Wie vorgenommen hat sie einige Kontakte zu netten Paaren aufgebaut und dabei Michelle und Thomas kennengelernt.

Und heute war es soweit: Ein echtes Kennenlernen außerhalb des digitalen Kosmos stand an. Deswegen sind Louna und Jon heute Abend hier. Sie sitzen am bodentiefen Fenster und lassen sich vom stimmungsvollen Ausblick berieseln. Sie sind absichtlich früher losgefahren, um noch etwas Zeit für sich allein zu haben, bevor Michelle und Thomas zur Verabredung erscheinen würden.

„Ich bin gespannt auf die beiden“, spricht Jon in die Stille des Ausblickens.

Louna knabbert auf ihrer Unterlippe, ohne es zu merken. „Ich auch! Aber ich bin vor allem tierisch aufgeregt, meine Knie zittern!“

Jon lächelt. „Na ja, Du hast wenigstens mit den beiden geschrieben, ich habe nur ein Foto gesehen.“

Sie lächelt zurück. „Eigentlich habe ich nur mit Thomas geschrieben, er hat mir viel von Michelle und seiner Beziehung zu ihr erzählt.“

„Ja, stimmt. Ich präzisiere meine Aussage: Immerhin mit einem Teil des Paares hast Du geschrieben.“

Louna nickt und spürt ihre Aufregung immer mehr. „Ja. Und er ist wirklich nett. Außerdem mag ich sein Aussehen auf den Bildern.“

Jon überlegt kurz, ob er beurteilen kann, was sie gerade über das Aussehen von Thomas gesagt hat und beschließt, sich lieber rauszuhalten und lieber über Dinge zu sprechen, die er besser einschätzen kann. „Ich finde Michelle auch attraktiv auf dem Foto. Wobei ja live bestimmt was Anderes ist.“

Louna lacht. „Siehste, so ist es für uns beide spannend!“

Jon grinst und schaut sie liebevoll an. „Danke, dass Du Dich auf all das eingelassen hast. Ohne Deine Offenheit säßen wir jetzt nicht hier.“

Sie denkt kurz nach und antwortet: „Und ohne Deine Ehrlichkeit erst recht nicht!“

Patt. Beide haben Recht. Ein schöner Moment der Zweisamkeit.

Ihre Herzen schlagen im selben Takt. Einer Wellenlänge, auf der sie nun gemeinsam surfen, freudig und aufgeregt schauen, wohin sie die Welle trägt.

Die Bar wird über einen Fahrstuhl erreicht. Louna und Jon schauen immer wieder abwechselnd auf die Uhren ihrer Smartphones und auf die Fahrstuhltür. Diese hat sich in den letzten Minuten einige Male geöffnet, aber bisher sind die Erwarteten nicht erschienen. Jeden Augenblick müsste es soweit sein. Michelle und Thomas werden live und real vor ihnen stehen.

„Ob die beiden pünktlich sind? Das wäre jedenfalls schon mal sympathisch", denkt Jon und schaut erneut zur Tür. Er kann es immer noch nicht richtig fassen, dass sie nun hier sitzen. Was mit einem zufälligen Smalltalk in der Kantine angefangen hat und mit einigen Gewissensbissen und Zweifeln weitergegangen ist, scheint nun sein gutes Ende zu finden. Richtiger gesagt, seinen Anfang zu finden. Einen Wendepunkt. Eine Zäsur.

Jon ist stolz auf Louna und spürt deutlich seine Liebe für sie. So mächtig hatte er sie schon lange nicht mehr empfunden.

Die Fahrstuhltür öffnet sich mal wieder. Und diesmal stehen sie tatsächlich da: Michelle und Thomas, pünktlich auf die Minute und sofort erkennbar. Das Foto hatte nicht gelogen.

Louna wirft den beiden ein offenes Lächeln entgegen. Jon tut sich etwas schwerer, weil er sich angespannt fühlt. Aber auch er schafft es irgendwie, ein schmales Lächeln rauszupressen. Für den Abend wurde stilvolle Kleidung verabredet: schwarze Cocktailkleider, High Heels, schwarze Anzüge, weiße Hemden und anständig geputzte, glänzende Halbschuhe. Alle haben sich daran gehalten.

Jon beachtet die ersten Sekunden nur Michelle. Louna schaut erst auf Thomas und dann schnell zu Michelle.

„Da sind die beiden Hübschen ja!", ruft eine kräftige Männerstimme quer durch den Raum. Es ist Thomas.

„Hm, schrei noch lauter", denkt Jon unangenehm berührt, kommt aber nicht weiter im Gedanken, weil Thomas ihn im nächsten Moment kräftig packt und kumpelhaft umarmt.

Michelle und Louna umarmen sich ebenfalls. Dann wird gewechselt. Thomas küsst Louna erst auf die linke und dann auf die rechte Wange. Jon ist zurückhaltender und belässt es bei Michelle bei einer zaghaften Umarmung. Er sammelt sich – die ersten Sekunden waren nicht schön für ihn, vor allem das laute und dominante Auftreten von Thomas. Doch es geht sofort weiter. Louna zeigt auf den reservierten Tisch direkt am Fenster.

„Oh, schön, das habt ihr großartig ausgesucht!", lobt Thomas und lacht Louna an.

Sie strahlt zufrieden. „Hm, der Thomas ist auch live ganz schön attraktiv", denkt sie und freut sich auf den Abend.

Die beiden Paare setzen sich gegenüber. Ganz klassisch. Jon sitzt gegenüber von Thomas und Louna schaut Michelle direkt ins Gesicht. Wobei es nicht leicht ist, in ihr Gesicht zu schauen. Das auffällig tiefsitzende Dekolletee vermag abzulenken. Jon war es schon in der ersten Sekunde aufgefallen, Louna bemerkt es erst jetzt.

Sie beginnt das Gespräch. „Schön, dass es geklappt hat!"

Thomas lächelt erst Louna und danach Jon an. „Ja, haben wir gut organisiert, oder?"

Jon weiß nicht recht, was er antworten soll, er ist mit der Situation noch nicht ganz warm geworden. Und er weiß noch nicht, was er von Thomas und Michelle halten soll. Er entscheidet sich für eine freundliche Variante. „Ja, Louna ist eine tolle Organisatorin, das kann nur gut werden."

Sie lächelt Jon an und ergänzt: „Na ja, ohne die Hartnäckigkeit von Thomas wäre es wohl nicht zum heutigen Abend gekommen!"

Michelle spricht zum ersten Mal: „Oh ja, wenn Thomas sich etwas in den Kopf gesetzt hat, dann lässt er nicht mehr davon ab."

Jon raunzt innerlich: „Scheint nicht nur laut zu sein, sondern auch noch ein durchsetzungsstarker Macher."

Michelle und Thomas sind erfahrene Red-Club-Mitglieder. Sie sind schon fünf Jahre dabei und hatten bereits viele Treffen dieser Art. Thomas schrieb Louna kurz nach ihrem Beitreten im Club an. Dabei war er charmant und nicht aufdringlich, aber blieb dennoch immer zielorientiert. Das imponierte ihr und so fragte sie Jon, ob Thomas und Michelle nicht das erste Date sein könnten. Einfach mal ausprobieren. Erfahrungen sammeln. Ganz unverbindlich in einer Bar treffen. Jon sagte nicht sofort ja, sondern brauchte ein paar Minuten, um darüber nachzudenken. Es war komisch für ihn, dass nicht er, sondern Louna mit dem ersten Date um die Ecke kam. Er hat sich doch im Club angemeldet und nur deswegen ist Louna dort. Und jetzt überholte sie ihn unerwartet von links und preschte vor. Nur wenige Tage nach ihrer Anmeldung. Schließlich sagte er aber ja, auch um Louna nicht zu demotivieren. Auch wenn ihm das Tempo etwas unheimlich war, gefiel ihm ihr Engagement. Und jetzt sitzen sie hier.

„Wie fühlt man sich so als Neulinge?", feixt Thomas.

Louna übernimmt das Antworten. „Ziemlich aufgeregt, würde ich sagen."

Jon ergänzt: „Ungewohnt, die ganze Situation, brauche noch etwas, um anzukommen."

Michelle lächelt ihn liebevoll an: „Das ist normal Jon, ich habe auch einige Zeit gebraucht. Thomas war damals die treibende Kraft und ich habe mich mitreißen lassen. Aber nicht sofort, er musste auch bei mir hartnäckig sein."

Jon hat sarkastische Gedanken: „Er hat sie getrieben und nicht umgekehrt. Warum überrascht mich das nicht?"

Noch bevor er antworten kann, schaltet Thomas sich ein und erläutert: „Wenn man zwölf Jahre lang zusammen ist, dann will man irgendwann was Neues ausprobieren. Und jetzt sind es schon siebzehn Jahre. Es scheint also eine gute Idee gewesen zu sein!"

Michelle unterstützt ihren Mann. „Ja, definitiv, auch wenn die ersten zwölf Jahre völlig anders waren als die letzten fünf Jahre."

„Was hat sich genau geändert?", fragt Louna nach.

„Wir machen in den letzten fünf Jahren viel mehr außerhalb, sind zum Beispiel auf Swinger-Partys und treffen andere Paare. Früher drehte sich alles um unser Haus und unsere Familie. Wir waren uns genug. Unsere Söhne sind jetzt aber in einem Alter, wo sie lieber mit Freunden abhängen als mit Mummy und Daddy. So haben wir immer mehr ein neues Leben gefunden!", erklärt Michelle ausführlich.

Thomas grient vielsagend. „Und was für eines, es ist einfach toll!" Er greift um Michelles Schulter, zieht sie an sich und drückt ihr einen dicken Kuss auf ihre vollen Lippen.

Louna lächelt schüchtern und denkt daran, wie Thomas sie wohl küssen würde.

Jon spürt ein leichtes Unbehagen und lenkt von der Situation ab. „Sagt mal, wollen wir hier auf dem Trockenen sitzen oder lieber was zu trinken bestellen?"

„Hervorragender Einwand!", lobt Thomas.

Er dreht sich um und ruft den Kellner, der die Gruppe bisher gekonnt ignoriert hatte. Er scheint einer von der Sorte zu sein, der in der Gastronomie arbeitet, weil er muss, und nicht, weil es ihm Spaß macht. Der Kellner schaut etwas irritiert aufgrund des lauten und unmissverständlichen Rufes, schlurft dann aber endlich zum Tisch.

Thomas nimmt die Sache in die Hand. „So, wir haben Lust, was zu trinken – zuerst wählen die Damen!"

Michelle bestellt zuerst. „Ich hätte gern einen Piña colada."

„Für mich einen Mai Tai", ordert Louna.

Thomas erkennt diese Wahl an. „Oh, die Damen haben Geschmack – was möchtest Du trinken, Jon?"

„Für mich bitte einen Whisky Sour", sagt Jon.

„Gute Wahl! Und für mich bitte einen Martini, selbstverständlich geschüttelt und nicht gerührt!" Thomas lacht am lautesten über seinen humorigen Griff in die staubige James-Bond-Kiste.

Die Damen lächeln freundlich mit. Jon fällt es schwer, darüber zu lachen. Ihm ist das einfach zu platt. Besonders Thomas hat bei ihm keinen leichten Stand. Was Michelle angeht, ist er sich nicht ganz sicher. Sie scheint lieb zu sein, aber vielleicht irgendwie auch zu lieb. Neben Thomas wirkt sie wie ein zartes Schäfchen, das seinem Hirten immer treu hinterherläuft. Ihre Optik weiß ihm jedoch durchaus zu gefallen. Er mag ihre vollen roten Lippen, die sich elegant einfügen zwischen ihrem schwarzen Kleid und den blonden lockigen Haaren. Ihre Brüste, die nicht zu übersehen sind, scheinen eine schöne pralle Form zu haben. Keine Frage, wäre er mit ihr allein – könnte er sich vorstellen, sie zu küssen. Aber sie ist nicht allein. Nein, er erlebt sie im Zusammenspiel mit Thomas. Und in dieser Kombination verliert Michelle viel an Attraktivität für Jon.

Louna geht es ganz anders. Sie mag die direkte Art von Thomas. Sie stellt sich vor, dass er auch im Bett ein Macher ist. Diese Vorstellung gefällt ihr. Und sie mag auch Michelle, weil sie freundlich und nicht zickig zu sein scheint.

So freut sie sich immer mehr auf den Abend, während in Jon immer stärker eine negative Stimmung aufsteigt – sich immer mehr in ihm ausbreitet. Dunkle Schatten huschen über sein Gemüt und nehmen ihm mehr und mehr den Glanz der ersten Aufregung. Noch schafft er es, äußerlich die Contenance zu halten. Auch wenn seine Gesichtszüge etwas gequält aussehen, könnte man das noch als schüchterne Zurückhaltung eines Neulings interpretieren.

Deswegen merkt auch Louna nichts von seinem innerlichen Kampf und treibt das Gespräch weiter voran. „So, ihr beiden. Erzählt doch mal von Euren Erlebnissen. Ihr seid doch so erfahren!"

Thomas grinst verschmitzt und zwinkert Louna zu. „Welche von den Erlebnissen? Es waren so einige!"

Sie pariert. „Kann ich mir vorstellen – was war denn das schönste Erlebnis?"

Thomas schaut Michelle an. Ohne ein Wort zu sprechen, einigen sie sich schnell. Nur mit ihren Blicken. „Eindeutig der Mallorca-Urlaub mit Kathrin und Tobias. Wir waren eine ganze Woche zusammen und es hat super geklappt!"

Jon spürt, wie in ihm leichte Panik ertönt. „Eine ganze Woche mit ihm? Ich würde verrückt werden!" Er hofft inständig, dass Louna sich nicht zu sehr inspiriert fühlt.

Aber ihr Interesse ist geweckt und sie bohrt weiter nach. „Was genau hat super geklappt?"

Thomas berichtet gerne weiter. „Wir waren sehr harmonisch miteinander, haben viel gelacht und getanzt und hatten auch fast jeden Abend Sex im Hotelzimmer!"

Michelle ergänzt lachend: „Nun, an zwei Abenden war es auch wirklich nicht mehr möglich. Da war der Pegel eindeutig zu hoch!"

Thomas grient und macht gedanklich eine Zeitreise zurück in die Vergangenheit. Sein Gesicht strahlt ob der schönen Erinnerungen.

Louna ist hellhörig geworden. „Fast jeden Abend Sex? Immer zu viert?"

Michelles Gesichtszüge verdunkeln sich. „Klar, immer zu viert. Uns gibt es nur im Doppelpack – entweder beide oder keinen. Da sind wir ganz strikt!"

Thomas beschwichtigt sie sofort. „Ja, Michelle, das habe ich mit Louna besprochen."

Diese Szene macht wiederum Jon hellhörig, wobei er seine Gedanken für sich behält. „Oh là là, da hat aber jemand zickig reagiert. Hat sie etwa Angst, das Thomas eine andere Frau alleine trifft?"

Er ist nun doch froh, diesem Treffen zugestimmt zu haben. In jedem Fall bietet es eine Menge Gesprächsstoff für Louna und ihn. Er freut sich schon jetzt auf die Aftershowparty – auf die Reflexion mit ihr.

Die Cocktails kommen. Jeder bekommt das bestellte Getränk. Fehlerquote: null. Der Kellner mag zwar nicht besonders motiviert sein, aber zuhören kann er anscheinend.

Thomas ergreift wieder als Erster das Wort. „Cheers, liebe Leute – auf einen großartigen Abend und vielleicht noch mehr!"

Die anderen drei retournieren brav mit einem „Cheers!" im Chor und jeder nimmt seinen ersten Schluck.

In Jon arbeitet aber sofort der Schlussteil des Toasts von Thomas. „Und noch mehr? Ich denke eher nicht!"

Auch Louna hat den Schlussteil nicht überhört. Sie denkt darüber nach, wie es wohl wäre, mit den beiden nach Hause zu gehen und die Nacht gemeinsam zu erleben. „Könnte ein tolles Erlebnis sein!" Sie schaut Jon an und versucht, in seinen Augen zu lesen, was in ihm vorgeht. Doch so richtig schlau wird sie nicht aus ihm. Er hat sein Pokerface aufgesetzt. Darin kann selbst sie nichts erkennen.

Jon ergreift nach längerer Zeit mal wieder das Wort. „So, vom schönsten Erlebnis habt ihr erzählt, was war denn das schlimmste?"

Thomas entgegnet: „Es gab in den all den Jahren natürlich auch ein paar nicht so schöne Erlebnisse." Er schaut Michelle an. „Was würdest Du sagen, was war das Schlimmste?"

Sie überlegt kurz. Ihre Stirn wirft Falten, während sie in negativen Erinnerungen gräbt. „Hm, schlimm, war es immer dann, wenn eine Person des anderen Paares eifersüchtig oder unlocker war – erinnerst Du Dich noch an Pauline und Frank?"

„Oh ja, das war heftig! Alles war cool und locker, bis wir in ihrem Schlafzimmer standen. Gerade, als wir loslegen wollten, fing Pauline an, eine Riesenszene zu machen. Sie heulte und schrie Frank an!"

Michelle erzählt weiter. „Ja! Sie sagte sowas wie ‚Frank findet mich nicht mehr sexy und Dich viel geiler'! Er hatte den ganzen Abend stark mit mir geflirtet."

„Oh je! Da ist aber was durchgegangen mit ihr – wusste sie nicht, was auf sie zukommt?", fragt Louna.

Thomas antwortet: „Doch, durchaus. Sie waren zwar relativ frisch dabei, aber nicht unerfahren. Ich denke, sie hat einfach umgehauen, wie sehr Frank auf Michelle stand!"

Jon interessiert eine andere Perspektive. „Und wie hast Du das als ihr Mann empfunden?"

Thomas lächelt mild. „Ach, weißt Du, ich bin so gut wie eifersuchtsfrei. Ist doch schön, wenn jemand meine Frau begehrt. Ein großes Kompliment für mich!

„Außerdem gefiel Dir Pauline auch, so hätte es eine schöne Nacht werden können!", sagt Michelle.

„Absolut! Aber so ist das eben beim Swingen. Es muss für alle Beteiligten passen."

Jons Augen blitzen kurz auf und ein Gedanke schießt durch seinen Kopf. „Jetzt hat Thomas endlich mal was Richtiges und Wichtiges gesagt." Er merkt, dass des Pudels Kern soeben auf den Tisch gelegt wurde. Nur hat es bis auf ihn bisher niemand mitbekommen. Es muss für alle Beteiligten passen – und genau das ist sein Problem. Für ihn passt es nicht. Jedenfalls nicht zu hundert Prozent. Höchstens zu fünfzig Prozent. Doch Michelle ist ja nicht allein zu haben. Er fängt an, zu überlegen, wie er aus dieser Nummer nun möglichst schnell herauskommen kann. Die Vorstellung, mit Thomas nackt in einem Doppelbett zu agieren, lässt ihm die Nackenhaare senkrecht stehen. Er schaut zu Louna herüber und stellt fest, dass sie weiterhin mit großem Eifer dabei ist.

Sie will dem Gespräch Tiefgang verleihen. „Das Beispiel von Pauline und Frank zeigt aber auch, dass alles im Doppelpack zu machen nicht garantiert, dass man sich vertraut!"

Michelle fühlt sich angesprochen und antwortet. „Da hast Du grundsätzlich Recht, Louna. Eine Garantie gibt es nicht. Aber bei mir ist es so, dass sich das Vertrauen stark vergrößert, wenn ich weiß, dass Thomas nur mit mir zusammen loszieht."

„Was würdest Du denn empfinden, wenn er alleine was mit einer anderen Frau machen würde?", fragt Louna.

Michelle überlegt kurz. „Es würde mir nicht gefallen, denn ich bin gern dabei, wenn er mit einer Anderen schläft. Wir haben uns das gegenseitig versprochen. Das ist wichtig für mich."

Jon witzelt innerlich und greift zur Ironie: „Tja, und ich wäre eben gerade nicht gern dabei, wenn Thomas mit einer Anderen schläft – und schon gar nicht mit Louna. Sie hat was Besseres verdient!"

Louna schaut ihn fragend an. „Eine interessante Sicht und vor allem sehr konsequent umgesetzt. Wir beide haben das noch gar nicht besprochen, wie wir das sehen, oder?"

Jon gefällt diese Frage nicht. Nicht die Frage selbst ist das Problem, sondern der Ort und der Moment, wo und wann sie von Louna gestellt wird. Er reagiert verschnupft. „Stimmt, aber das müssen wir jetzt auch nicht hier tun!"

Zum ersten Mal an diesem Abend verliert er die Kontrolle über seine Mundwinkel und seine Stimmlage. Nicht besonders auffällig, aber stark genug, um Louna auf sein Befinden aufmerksam zu machen. Sie kennt ihren Freund gut und versteht die Signale. Und sie weiß, dass er aus einer schlechten Stimmung so schnell nicht wieder herauskommt.

Louna sortiert sich und stellt im Gedanken fest: „Dieser Abend wird nicht mehr lange gehen. Schade!“

Die Gläser sind inzwischen leer geworden. Thomas will den Abend in Gang halten. „So, was bestellen wir als Nächstes?“

Jon zögert mit einer Reaktion und Louna spürt, dass sie in dieser Situation handeln muss. Sie ergreift das Wort. „Wie ihr wisst, sind Jon und ich Neulinge. Der Abend sollte für uns ein erstes Beschnuppern sein. Für heute sollten wir es dabei belassen.“

Thomas ist enttäuscht. „Echt jetzt? Schon so früh wieder nach Hause gehen und das auch noch allein? Schade!“

Jon grummelt und versucht, dabei freundlich auszusehen. „Na ja, wir sind ja nicht allein, sondern zu zweit!“

Michelle versucht, die Situation mit Harmonie zu retten. „Stimmt! Genießt die Zweisamkeit und lasst den Abend auf euch wirken. Ich kenne das gut. War auch mal Neuling.“

Thomas lenkt ein. „Ja, ihr habt ja alle Recht, trotzdem schade für den heutigen Abend. Hatte auf mehr gehofft!“

Louna flirtet charmant. „Verschoben ist nicht aufgehoben. Es kommen noch andere Abende.“

Das Doppelpack lächelt fast synchron. Jon zeigt keine Reaktion. Thomas bietet an, die Rechnung für alle zu übernehmen, quasi als Willkommensgeschenk im Red Club. Doch Jon besteht auf eine Teilung der Rechnung. Er mag nicht eingeladen werden von Thomas. Als wenn er nicht in der Lage wäre, die Drinks für Louna und ihn selbst zu bezahlen.

Es kommt zur Verabschiedung. Jon geht auf Distanz und gibt beiden freundlich die Hand, während sich Louna mit Bussis von Michelle und Thomas verabschiedet.

∞

Louna und Jon sitzen im Auto. Er lenkt das Auto durch die Dunkelheit und sie schaut gedankentief nach draußen. Auch der fünfminütige Weg durchs Parkhaus war schweigsam, beide waren in ihrer Welt und versuchten, den Abend einzuordnen.

Louna spürt, dass jetzt geredet werden muss und bricht das Schweigen. „Hm, Jon, was war los mit Dir? Was hat Dir nicht gepasst?“

Er ist froh, dass sie anfängt, zu sprechen. „Ich mag den Thomas einfach nicht. Die Vorstellung, neben ihm Sex zu haben, hat mir so gar nicht gefallen. Nicht vorstellbar für mich!“

„Verstehe. Und warum magst Du ihn nicht?“

„Er redet mir einfach zu viel, ist mir zu laut. Ein bisschen viel Macker auf einmal!“

„Hm, Du bist doch nicht etwas neidisch auf seine männliche Art?“

Jon ist verdutzt über diese Frage und versucht, darüber nachzudenken, bricht diesen Prozess aber schnell ab und geht in die Abwehrhaltung. „Auf keinen Fall, wie kommst Du darauf?“

„Nun, Du bist in Gruppen ja etwas zurückhaltender und Thomas geht halt voll drauf los, vielleicht hättest Du auch gern was von seinen Genen!“

Er fühlt sich angegriffen. „Willst Du mir sagen, dass Du Dir wünschst, ich hätte mehr von Thomas? Fehlt Dir Männlichkeit bei mir?“

Louna beruhigt ihn sofort. „Oh, nein, bitte nicht so verstehen. Du bist toll, wie Du bist. Schließlich bist Du mein Freund. Und das nicht zufällig!“

„Aber?“

„Nichts aber! Es war eine ernst gemeinte Frage, ob Du Dir wünschst, mehr von ihm zu haben!“

Jon schweigt und überlegt. Er möchte nicht mehr mit Louna streiten. Noch vor kurzer Zeit, am Anfang dieses Abends, ist er so stolz auf sie gewesen und hat so viel Liebe für sie empfunden. Und jetzt sitzen sie hier und streiten, nur weil er Thomas nicht mag. Er schlägt mildere Töne an. „Ich muss darüber nachdenken, ob ich gern mehr von ihm hätte. Dir scheint er ja sehr zu gefallen!“

„Ja, tut er. Ich hätte mir tatsächlich vorstellen können, dass wir zu viert nach Hause fahren!“

Jon ist überrascht über die Lockerheit seiner Freundin, findet es irgendwie toll, aber irgendwie auch befremdlich. „Hm, Du bist aber entspannt. Hätte nicht erwartet, dass Du bereits beim ersten Treffen etwas starten wollen würdest!“

„Warum nicht? Wenn alles gepasst hätte? Hat Dir Michelle denn nicht gefallen?“

„Doch, ich finde Michelle attraktiv – aber im Doppelpack mit Thomas nicht mehr!“

„Ja, diese Doppelpack-Geschichte beschäftigt mich auch…“

„Inwiefern genau?“, fragt Jon nach.

„Beim Treffen von Paaren muss jeder jedem gefallen. Und dass bei vier Menschen jeder jeden mag, ist einfach nicht sehr wahrscheinlich. Haben wir ja heute Abend live erlebt. Ich hatte diesen Gedanken in den letzten Tagen häufiger und fühle mich jetzt bestätigt. Ich bin nicht sicher, ob das der richtige Ansatz für uns ist!“, erklärt Louna ihre Gedanken.

„Ja, geht mir irgendwie auch so. Wobei ich mich schon gern mit Dir zusammen ausprobieren möchte!"

„Ja, das will ich auch. Vielleicht sollten wir erstmal einen Dreier versuchen. Ist wahrscheinlich anspruchsvoll genug!"

Jon lacht. „Hättest Du gedacht, dass wir mal so ein Gespräch führen würden?"

Louna muss ebenfalls lachen, sie ist so sehr damit beschäftigt gewesen, die Situation weiter konstruktiv zu gestalten, dass ihr gar nicht aufgefallen ist, worüber sie hier eigentlich reden. Über etwas, das vor einem Monat noch völlig undenkbar gewesen ist. Damals, als sie Hand in Hand am Strand von Sylt spazierten.

„Nein, das hätte ich nicht für möglich gehalten. Aber ich finde es schön, wie wir unseren Weg gemeinsam gehen!", antwortet sie schließlich.

Jon wird angenehm warm. Eine innere Freude breitet sich wie ein Lauffeuer aus. Er fährt das Auto in die Tiefgarage, parkt und schaltet die Zündung aus. Bevor sie aussteigen, nimmt Jon die Hand von Louna und schaut sie ernst an.

„Du bist eine tolle Frau! Danke für Deine Offenheit! Und Danke dafür, dass Du vorhin in der Bar so schnell verstanden und reagiert hast!"

Sie lächelt verlegen. Ihre Wangen färben sich mal wieder leicht rötlich: „Komm jetzt, schöner Mann, wir haben genug geredet, lass uns in die Wohnung gehen und versaute Sachen machen!"

Jon grinst wie ein Lausbub und spürt, wie seine innere Freude weiterwächst. Sie steigen aus und gehen die Treppen etwas schneller als sonst nach oben.

Der Blickfang

„Ich bin sehr aufgeregt wegen morgen!“, flüstert Jon und lächelt Louna an.

Sie sitzen gemütlich vor dem Kaminfeuer in Jons Wohnung. Es ist Freitag. Wohlfühlabend mit leiser Musik, einem guten Wein und einem schönen Feuer, das lodernd durch den Ofen knistert.

Knapp zwei Wochen sind vergangen seit dem denkwürdigen Doppelpack-Treffen mit Michelle und Thomas. Obwohl Louna und Jon in den letzten Tagen viele Verpflichtungen im Rhythmus hatten, schafften sie es zwischendurch immer wieder, sich über den Erstversuch und ihre Erkenntnisse auszutauschen. Dieser Austausch verstärkte ihre Überzeugung, dass ein Doppelpack-Date, bei dem jeder jeden mögen muss, für sie eher zu kompliziert ist. Faule Kompromisse, bei denen einer der Partner nur mitmacht, um es dem Anderen nicht zu vermiesen, sind für Louna und Jon kein Lösungsansatz. Sie wollen, dass es beiden gleich gut geht. In diesem Lichte erscheint ihnen ein Dreier schon herausfordernd genug.

„Du bist nicht allein aufgeregt, Jon, ich bin es auch und Sonja bestimmt genauso!“, antwortet Louna und kuschelt sich noch etwas stärker an Jons Schulter.

„Was Sonja angeht, bin ich nicht sicher, ob sie aufgeregt ist. Sie macht einen sehr entspannten Eindruck beim Schreiben!“

„Sie hat ja auch deutlich mehr Erfahrungen als wir!“

„Scheint so. Aber sie wirkt auch insgesamt sehr gelassen. Zum Beispiel als ich gestanden habe, dass ich gar kein Single bin, hat sie ruhig und mit viel Verständnis reagiert.“

Louna nickt. „Das sind doch gute Aussichten für morgen. Ein entspanntes Gegenüber hilft uns bestimmt beim Ankommen in der neuen Situation.“

Jon stimmt zu und nimmt einen kräftigen Schluck Wein.

∞

Nach dem Doppelpack-Date in der Bar schaute sich Jon verstärkt im Club nach Frauen um, die offen für einen Dreier sein könnten. Dabei fiel ihm einer seiner ersten Kontakte wieder ein. Sonja. Er schrieb sie an und gestand gleich in der ersten Nachricht, dass er kein Single sei und dies jetzt entsprechend in den Angaben verändert habe. Sonja reagierte besonnen und meinte, dass viele Männer im Club so starten würden. Leider würden viele auch dabei bleiben und den Betrug immer weiter vertiefen. Insofern sei es toll, dass Jon nun ehrlich weitermachen wollen würde. Das Eis war gebrochen.

Jon erzählte Louna von Sonja und zeigte Fotos von ihr. Louna mochte, was sie sah, und gab Jon die Freigabe, ein Treffen zu dritt zu forcieren.

„Das erste Treffen habe ich vorangetrieben, es ist nur fair, wenn Du das zweite arrangieren darfst!“, sagte Louna.

Jon fragte Sonja, ob sie sich ein Treffen zu dritt vorstellen könnte. Sie reagierte offen und betonte, dass sie auch Frauen sehr mögen würde. Als sie ein Bild von Louna sah, war sie überzeugt und schrieb: „Ein Treffen mit einem attraktiven Paar, was kann mir Besseres passieren?“ So schaffte es Jon, sein erstes Treffen einzufädeln.

∞

Louna lächelt. „Sonja scheint besonders gelassen zu sein – wer würde schon ein erstes Date in der Sauna vorschlagen?“

Jon grient. „Ja, das ist ungewöhnlich, aber ich finde es gut, dass wir uns darauf einlassen.“

„Nun, vielleicht hat sie Recht. Die Nacktheit könnte lockerer machen. Obwohl es ungewöhnlich erscheint, ist es irgendwie sehr natürlich!“

Jon hat Kopfkino. Nackt mit zwei Frauen in der Sauna. Seite an Seite. Dieser Gedanke beeindruckt ihn. Wie wird er sich fühlen? Stolz, nervös, angetörnt oder überfordert? Wie vor ein paar Minuten lächelt Jon erneut. „Hm, wie gesagt, ich bin sehr aufgeregt!“

∞

Samstagmittag.

Louna und Jon fahren auf den Parkplatz einer großen Wellnessanlage. Gleich ist es soweit. Sie treffen Sonja.

„Sonja wartet vor dem Eingang auf uns“, sagt Jon und spürt, wie er Gänsehaut am ganzen Körper hat.

Eine spezielle Situation ist kurz davor, sich aufzubäumen, sich Jon in den Weg zu stellen und zu sagen: „Hier bin ich – ich bin gespannt, wie Du mit mir umgehen kannst!“ In diesen Momenten scheint es keinen Rhythmus mehr zu geben, Jon fühlt sich wie in einer anderen Welt.

Louna scheint auch bei diesem Treffen der entspanntere Teil der beiden zu sein. Sie lächelt erwartungsvoll vor sich hin. „Schön, ich freue mich auf sie. Sie machte auf den Fotos echt einen sympathischen Eindruck!“

Als Jon den Wagen parkt, bemerkt er im Augenwinkel, dass Sonja bereits vor dem Eingang steht. Ihre langen brünetten Haare wehen verheißungsvoll im Wind. „Sie ist schon da!“, ruft Jon ins Auto hinein, als wenn Louna hunderte Meter von ihm entfernt sitzen würde.

Louna bemerkt seine Angespanntheit und beruhigt ihn. „Alles wird gut, Jon, wir beiden Frauen werden es Dir leicht machen – ganz bestimmt!“

Er schmunzelt sanft. „Wie machst Du das bloß? Woher diese Ruhe?“

Louna überlegt kurz. „Keine Ahnung, ist einfach so. Wir sind Menschen und wir treffen einen anderen Menschen. Was soll passieren?"

Jon nickt beeindruckt.

„Dann mal los!", gibt Louna vor und öffnet die Beifahrertür.

Jon will nicht aussehen, als wenn er Louna hinterherschleichen würde und öffnet gedankenschnell auch seine Tür. Sonja sieht die beiden sofort und winkt von weitem. Louna und Jon winken freundlich zurück und holen ihre Sachen aus dem Kofferraum. Mit prall gefüllten Taschen über den Schultern gehen sie Richtung Eingang. Sonja bleibt nicht stehen, sondern kommt ihnen im gleichen Tempo entgegen.

Umso näher sie kommt, umso mehr kann Jon von ihr erkennen. „Wow, sie scheint ein heißes Gerät zu sein", denkt er und ist ein bisschen stolz auf sich.

Auch Louna denkt Ähnliches, erwischt sich aber bei dem Gedanken, dass Sonja vielleicht attraktiver sein könnte als sie selbst, was ihr irgendwie Unbehagen bereitet. Doch Louna schafft es, diesen Gedanken schnell wieder zu verdrängen.

„Hey, ihr beiden, ich freue mich, Euch zu sehen!", begrüßt Sonja das Paar, als sie in geeigneter Reichweite ist.

„Wir freuen uns, Dich zu sehen!", lacht Jon und umarmt sie.

Sonja ist erfreut über den herzlichen Empfang und schaut auf Louna, die ebenso mit einem Lächeln im Gesicht zur Umarmung ansetzt. Sonja lässt sich auch dies gern gefallen.

Der Anfang ist gut gegangen. Alle Beteiligten sind ruhig und entspannt. Ohne ein weiteres Wort zu wechseln, gehen sie hinein und holen sich die Eintrittschips.

Hinter der Schranke schaut Jon die beiden an und erklärt: „So, die Damen. Die Umkleidekabinen sind hier nach Männern und Frauen getrennt – wir sehen uns drinnen!"

Die angesprochenen Damen lächeln und gehen in ihren Bereich. Louna und Sonja finden schnell zwei freie Schränke.

„Scheint nicht so viel los zu sein heute", merkt Sonja an.

„Gut, viel Platz für uns!", erwidert Louna.

Sonja lacht. „Und nicht so viele Menschen, die uns anstarren!"

„Meinst Du?"

„Bestimmt. Ein Trio ist auffällig. Ein echter Blickfang!"

Louna grinst. „Stimmt! Und wir drei erst recht!"

Sonja grient verschmitzt und fängt an, sich auszuziehen. Louna möchte sie nicht anstarren und lenkt sich ebenso mit Ausziehen ab. Hier und da, wenn die Andere nicht guckt, mustern die beiden sich heimlich gegenseitig.

„Puh, der Hintern ist ja wirklich klasse, da hat Jon nicht übertrieben!“, denkt Louna und hofft, in Jons Augen mithalten zu können.

Doch auch Sonja findet die Figur von Louna sehr ansehnlich und überlegt:

„Da hat Jon ja richtig Glück, hoffentlich findet er mich überhaupt scharf neben ihr!“

Während die Damen sich gegenseitig inspizieren, ist Jon allein in der Männerumkleide und weiß nicht recht, wie er sich fühlen soll. Er hat sich inzwischen aber entschieden, der Vorfreude Vorrang zu geben, nicht zu viel zu grübeln und es einfach laufen zu lassen. „Es wird passieren, was passieren soll!“, überzeugt er sich selbst und streift den Bademantel über. Mit einem zufriedenen Lächeln blickt er in den Spiegel, bevor er nach draußen in die Vorhalle geht. Die beiden Damen sind noch nicht da. Da war sie wieder, die alte Weisheit, dass man als Mann viel Lebenszeit mit dem Warten auf Frauen verbringt.

Doch diesmal muss Jon nicht allzu lang warten. Louna und Sonja kommen gut gelaunt aus der Umkleide. Zumindest wirken sie so.

Und genau um diese Wirkung geht es den beiden. „Sieh her, Jon, wir sind entspannt und locker!“

Jon freut sich, die beiden in guter Stimmung zu erblicken und fragt: „Womit wollen wir beginnen? Mit einer heißen Sauna zum Aufwärmen?“

Beide Damen nicken zustimmend. Er kennt die Anlage gut und steuert eine Sauna im direkten Schritt an. Louna und Sonja folgen ihm.

Jon vergewissert sich. „So, die hier ist schön – neunzig Grad sind in Ordnung?“

„Alles bestens, oder Sonja?“, fragt Louna.

„Absolut, wenn heiß, dann richtig heiß!“

Louna lacht. „Ist das doppeldeutig gemeint?“

Sonja grinst. „Wer weiß…“

Jon lässt das unkommentiert und denkt schon an den nächsten Schritt: Bademantel ausziehen und nackt vor den beiden Damen duschen. „Der erste Schritt ist immer der schwierigste“, ermutigt er sich selbst und fängt an, die Schlaufe vom Bademantel zu entknoten. Das Signal für die beiden Damen, selbiges zu tun.

Ein paar Sekunden später stehen alle drei nackt nebeneinander unter der Dusche und versuchen angestrengt, die jeweils unbekannten Körper nicht anzuschauen. Mit starrem Geradeausblick geht es von den Duschen zur Glastür der Sauna.

In der Sauna angekommen erleben sie eine Pause vom angestrengten Sein. Sie werden von wohliger Hitze empfangen, die sie sofort umschließt und zum Relaxen auffordert. Sie suchen die passenden Liegepositionen. Jon mag es besonders warm und legt sich auf die oberste Ebene. Louna und Sonja bevorzugen es etwas sanfter und wählen die Ebene darunter. Hier ist es nicht ganz so heiß wie weiter oben.

Sie sind nicht allein. Ein älteres Paar sitzt auf der untersten Ebene. Jeweils zwei einzelne Herren und Damen liegen verstreut in der Sauna. Jon ist nicht entgangen, dass einer der Herren auffällig lange starrte, als das Trio hineinkam.

„Kein Wunder!", denkt er. „Louna und Sonja sind echt ein scharfer Auftritt – und sie sind meine Begleitung!" Jon schmunzelt stolz vor sich hin, als er die Augen schließt, um die Hitze zu genießen.

Ab und zu blinzelt er und lässt seinen Blick heimlich nach unten schweifen. Er sieht zwei schöne Frauenkörper, auf denen sich langsam immer mehr Schweiß bildet. Er mag die erotische Ästhetik von Schweißtropfen auf der Haut. Jon fängt an, die Körper zu vergleichen. Louna hat etwas größere Brüste, dafür scheinen die von Sonja fester zu sein. Schlanke Beine und einen flachen Bauch haben beide. Wobei Sonja im Bauchnabel ein Piercing trägt und Louna frei von Metall ist. Eigentlich mag Jon keine Piercings, aber er muss zugeben, dass der Schmuck Sonjas Körper schmeichelt. Sie trägt über ihrer Spalte keinen Busch wie Louna, sondern einen schmalen Streifen. Bei ihr sind nicht nur die Haare dunkler, sondern der gesamte Körper. Sie scheint das Sonnenstudio zu mögen, doch als Brünette wäre sie auch so dunkler als die Blondine Louna. Insgesamt ist Louna die natürlichere Schönheit. Doch obwohl Sonja gekünstelter ist, ist auch sie ein attraktives Gesamtpaket.

„Ein schönes Duo, die beiden", freut sich Jon und fragt sich, ob heute wirklich der Tag seines ersten Dreiers sein wird. „Nicht so viel denken!", ermahnt er sich.

Die Sanduhr zeigt an, dass die obligatorischen fünfzehn Minuten vorbei sind. Das Trio verlässt die Sauna, um sich abzuduschen. Eine gelöste Stimmung macht sich breit, als das Wasser auf die erhitzten Körper rauscht. Die Sauna scheint ihre Köpfe noch weiter entspannt zu haben.

Sonja macht den Anfang und lächelt Louna und Jon an, während sie direkt auf ihre nackten Körper schaut. Louna und Jon lassen sich von Sonjas Offenheit anstecken und schauen gern zurück. Die Atmosphäre zwischen den dreien fängt an, sich zu verändern. Aus Unsicherheit wird langsam Lust. Lust, sich kennenzulernen. Lust, sich näherzukommen.

„Wollen wir uns irgendwo ausruhen?", fragt Jon. Louna zeigt auf eine gemütliche Ecke. „Dahinten gibt es große Relax-Matratzen, da passen wir sogar zu dritt drauf!"

„Schöne Idee!", freut sich Sonja, zieht sich den Bademantel an und läuft sofort los.

Jon muss nicht überzeugt werden und läuft hinterher. Die beiden Damen nehmen Jon in die Mitte, als sich das Trio zur Entspannung niederlegt. Von den anderen Matratzen fliegen unverzüglich Blicke zu ihnen herüber. Erstaunt. Interessiert. Neidisch. Das Trio ist tatsächlich ein echter Blickfang.

„Haben die noch nie so eine Konstellation gesehen?", fragt Jon leise.

Sonja schaut Jon an. „Ob Du es glaubst oder nicht, aber was wir hier abgeben, ist wirklich sehr selten zu beobachten. Vor allem in der Öffentlichkeit!"

Louna ergänzt: „Stimmt schon, meistens sieht man Paare oder Einzelpersonen oder halt größere Gruppen. Aber einen Mann mit zwei Frauen sieht man in der Tat nicht oft. Eigentlich fast nie!"

Jon schweigt und genießt. Die drei haben ein paar Minuten der Stille. Einfach da sein. Den Moment wahrnehmen und wertschätzen. Diesmal fühlt sich nicht nur Louna wohl. Nein, diesmal ist auch Jon zufrieden mit der Situation.

Sie werden in ihrem stillen Sein jäh unterbrochen, als ein Ehepaar im Rentenalter vorbeiläuft. Plötzlich bleibt der Mann stehen. Direkt vor der Matratze. Er schaut Jon lachend an und sagt: „So ein Glück möchte ich auch mal haben!"

Seine Ehefrau grinst und gibt dem werten Gatten einen Klaps auf den Po. „Heinz, benimm Dich!"

Heinz wehrt sich entrüstet und grient. „Gitta! Ich habe doch Recht, ein gutaussehender Mann mit zwei schönen Frauen an seiner Seite! Schwein muss man haben!"

Das Trio mag den freundlichen und direkten Humor des norddeutschen älteren Herren und lacht das Ehepaar unisono an.

Gitta sagt mit klarem Ton: „Heinz, Dir muss eine schöne Frau reichen!"

Sonja lacht: „Das wollte ich gerade auch sagen!"

Heiteres Gelächter macht sich breit. Auch andere Gäste haben die Szene mitbekommen.

Gitta schaut das Trio an. „Viel Spaß noch zusammen!", sagt sie, nimmt ihren Heinz an die Hand und geht weiter.

„Wir sind ja eine echte Attraktion!", feixt Louna.

Jon stimmt ihr zu. „Ja, anscheinend, ihr habt Recht, wir sind was Seltenes!"

Sonja grinst. „Ich mache sowas nicht zum ersten Mal und ich kann euch sagen: Es ist immer so! Man ist ein Blickfang für die Normalos!"

Jon insistiert: „Aber Heinz ist nicht jedes Mal vorbeigekommen, oder?"

Sonja lacht laut. „Nein, der ist eine ganz besondere Marke, der war auch für mich neu!"

„Siehste, so haben wir heute alle schon was Neues erlebt!", sagt Louna.

Angesteckt von der guten Stimmung lässt sich Jon zu einer Offensive hinreißen.

„Es könnten ja heute noch mehr neue Dinge kommen!"

Stille. Schweigen. Ihm wird plötzlich ganz warm. – Hat er was Falsches gesagt? War er vielleicht zu forsch?

Sonja meldet sich zu Wort. „Ja, es gibt bestimmt noch viel zu entdecken, oder, Louna?"

Louna schmunzelt. „Denke ich auch, Sonja!"

Jon grient erleichtert. „Nächster Saunagang? Einen Aufguss mit Menthol?"

Die Damen stimmen zu. Wieder erleben sie eine genussvolle Viertelstunde mit viel Schweiß in großer Hitze. Nach dem zweiten Saunagang werden im Bistro der Appetit und der Durst gestillt. Sie gönnen sich ein klassisches Wellnessgedeck. Ein alkoholfreies Weizenbier, eine Ofenkartoffel und einen kleinen grünen Salat. Das Trio versteht sich gut. Von außen betrachtet kaum vorstellbar, dass sie sich erst seit ein paar Stunden kennen.

Nach der Stärkung im Bistro steht ein Dampfbad auf dem Programm. Der geflieste Raum ist nur schwach beleuchtet, außerdem sorgen die Dampfschwaden für eine geringe Sicht. Sonja ist sich ihrer Rolle bewusst, sie weiß genau, dass sie die erfahrenste von den dreien ist, und möchte für weitere Annäherung sorgen. Sie nimmt den Schlauch mit dem kalten Wasser und hält ihn direkt auf Louna und Jon. Die beiden kreischen überrascht, reagieren aber schnell und schnappen sich ebenfalls einen Schlauch. Die Wasserschlacht beginnt. Durch das Hin und Her, Angreifen und Ausweichen, kommen sich alle drei näher und berühren sich. Die Körper lernen sich spielerisch kennen.

Doch der Spaß währt nicht allzu lang. Aus dem Nebel bellt ein Gast: „Ruhe! Wir sind hier nicht im Kindergarten!"

Sonja nimmt peinlich berührt die Hand vor den Mund und grinst. Eine kurze Schlacht, aber eine, die viel Freude bereitet hat. Jedenfalls den dreien. Und nur das zählt in diesem Augenblick.

Nach dem Dampfbad ist die Stimmung noch gelöster, als sie vorher ohnehin schon gewesen ist. Noch einmal legen sie sich auf die große Relax-Matratze. Louna schaut Jon an. Diesmal erkennt sie deutlich positive Signale in seinem Gesicht. Sie fängt an, sein Bein zu streicheln. Dabei schaut sie zu Sonja und lächelt sie an. Die versteht sofort und beginnt, das andere Bein von Jon zu streicheln.

Er schließt die Augen und führt einen innerlichen Freudentanz auf. „Sollte es heute Abend tatsächlich soweit sein? Jetzt ja keinen Fehler machen!", beeilt er sich zu denken. Dabei bemerkt er gar nicht, dass die Frauen die Sache längst in die Hand genommen haben und sich einig sind.

Louna holt Luft, räuspert sich und spricht leise. „Jon und ich würden uns freuen, wenn Du uns gleich nach Hause begleitest!"

Sonja schmunzelt. „Schön, dass ihr das auch so seht, ich bin gern dabei!"

Jon grinst. „Auch wenn ich nicht gefragt werde, ich habe nichts dagegen!"

Louna stupst Jon grinsend in die Seite. „Na, ein bisschen mehr Vorfreude wäre schon angemessen bei zwei so tollen Frauen!"

Sonja unterstützt Louna: „Absolut, Jon, was ist los mit Dir?"

Er lacht. „Tut mir leid, natürlich freue ich mich sehr, mit Euch nach Hause zu gehen!"

„Na, siehste, geht doch!", sagt Louna.

Die drei beschließen, aufzustehen und die Wellnessanlage zu verlassen. Die beiden Damen nutzen die Gelegenheit, ohne Jon in der Umkleide zu sein, und flüstern ganz leise miteinander. Sie hecken einen Plan aus, damit zu Hause nichts mehr schiefgehen kann.

∞

Jons Wagen steht in der Tiefgarage, er schaltet den Motor aus und schaut Louna an. „Du überrascht mich immer wieder!"

Louna grinst. „Tja, kannst mal sehen, was für eine tolle Freundin Du seit dreieinhalb Jahren hast!"

„Definitiv. Und sie wird immer toller!"

Louna lächelt erfreut von Jons Kompliment und ist ergriffen vom Augenblick. In dem Moment, wo sie kurz davor steht, ihren Freund mit einer anderen Frau zu teilen, genau in diesem Moment, fühlt sie eine starke Bindung zu Jon. „Das ist doch verrückt!", denkt sie und freut sich auf das, was nun folgen wird.

Sie gehen hoch und treffen Sonja draußen vor der Haustür, sie ist mit ihrem Auto hinterhergefahren und hat an der Straße geparkt. Als Jon auf sie zugeht, betrachtet er zum wiederholten Male ihre Silhouette. Die schlanke Taille wird perfekt ergänzt von schönen festen Brüsten und einem Arsch, für den Sonja definitiv einen Waffenschein bräuchte. Dazu wehen die langen brünetten Haare im Abendwind. So steht sie da. Jon kann sein Glück kaum fassen.

„Schön wohnt ihr, sagt Sonja.

„Schön wohnt Jon", entgegnet Louna. „Wir leben nicht zusammen."

Sonja ist überrascht, denn sie war fest davon ausgegangen, dass ein Paar nach dreieinhalb Jahren zusammenwohnt. Das würde zumindest ihrer Überzeugung entsprechen. Aber sie will das Thema jetzt nicht weiter vertiefen. Sie haben Besseres vor. Besseres, als über Einstellungen zu diskutieren.

Oben angekommen zeigt Jon kurz seine Wohnung, damit Sonja weiß, wo alles ist. Besonders das Bad ist wichtig, weiß er doch, dass Frauen ständig müssen bzw. sich gern zwischendurch mal frisch machen. Er will keinen Fehler machen und versucht, an alles zu denken. Jon schaltet das warme Licht seiner Stehlampe an und legt leise Klaviermusik auf seinem Handy auf. Smartphones sind die Plattenspieler der Neuzeit.

„Ein Glas Rotwein?", fragt er die Damen.

Beide stimmen zu. Sie sitzen auf dem Sofa und genießen eine rote französische Rebe. Wieder hat Jon den Mittelplatz bekommen. Und obwohl sie kein Bier trinken, muss er an die Fernsehwerbung und ihren Slogan denken: „Heute ein König!" Er muss innerlich lachen. Ihm fällt auf, dass die Damen ihren Wein recht schnell leeren, als wenn sie noch etwas anderes vorhätten.

Sonja schaut zu Louna rüber und wartet auf das geheime besprochene Signal.

Louna atmet tief ein. Jetzt geht es los. Es passiert wirklich. Sie stellt das Glas zur Seite, setzt sich ganz eng an die Seite von Jon und fängt an, seine linke Halsseite zu küssen.

Das ist es. Das Signal.

Sonja stellt ihr Glas ebenso zur Seite und beginnt, die rechte Halsseite von Jon zu küssen.

„Oh ja, das mit dem König haut heute wirklich hin!" Er freut sich und genießt still, fast ehrfürchtig, die Liebkosungen.

Die Damen arbeiten sich langsam vom Hals hoch zu seinem Gesicht, über den Kiefer bis zu den Wangen und wandern danach in die Gesichtsmitte. Zärtlich, vorsichtig und doch gierig. Und dann passiert es: Kontakt! Die Vereinigung von drei Mündern in verspielter Innigkeit. Zungen, die sich kreuzen und ineinander verknoten. Nur fühlen, ohne zu wissen, wen man gerade küsst.

Jon denkt nicht mehr, für einen kurzen Augenblick ist er wie weggetreten.

Auch Louna schafft es, sich einzulassen. „Einfach machen", denkt sie und ist froh, dass der Anfang geschafft ist.

Jon spürt Hände auf seiner Hose. Beide Frauen streicheln seine Innenschenkel und krabbeln mit ihren Fingern langsam hoch zu seinem Körperzentrum. Jon spürt Erregung. Spürt, wie das Blut in seinen Schwanz schießt und ihn immer dicker werden lässt. Seine gefühlten zwanzig Zentimeter machen sich breit in der Hose und haben kaum noch Platz. Seine engen Shorts drohen, zu bersten. Heute scheint tatsächlich sein Glückstag zu sein. Louna beginnt, seine Hose zu öffnen, während Sonja ihn leidenschaftlich küsst. Das Zungenspiel steigert seinen Blutfluss immer weiter.

Sonja küsst anders als Louna. Nicht so zärtlich, sondern eher wild und schnell. Gewöhnungsbedürftig. Immerhin hat er dreieinhalb Jahre keine andere Frau mehr geküsst. Dennoch gefällt ihm, was die beiden Damen mit ihm machen.

Louna hat die Hose inzwischen geöffnet und befreit ihn von der Barriere. Beim Herunterziehen der Hose nimmt sie die Unterhose gleich mit. So, wie sie es immer gern macht. Jon wird bewusst, dass er nun halbnackt mit einem steifen Schwanz zwischen zwei Frauen sitzt. Er ist erregt, aber auch unsicher. Es kommen Zweifel, ob er seinen Mann stehen kann. Bevor sich jedoch diese unangenehmen Geistesblitze weiter in ihm ausbreiten können, wird er von Louna abgelenkt. Sie fängt an, seinen Schwanz in den Mund zu nehmen und zu verwöhnen. Sonja lässt von Jons Gesicht ab und geht ebenfalls mit ihrem Kopf nach unten.

Sein langersehnter Traum wird Realität. Achtunddreißig Jahre hat er darauf warten müssen, dass zwei Frauen gleichzeitig seinen Schwanz lutschen. Nun ist es endlich soweit. Obwohl die Situation ihm reichlich surreal vorkommt, kann er sie sofort genießen.

Auch Louna erlebt ihre Premiere. Noch nie hat sie sich einen Schwanz mit einer anderen Frau geteilt.

Dafür, dass sie eine Wanderin auf neuen Wegen ist, macht sie ihre Sache sehr gekonnt.

Für Sonja ist diese Konstellation nicht neu. Sie nutzt ihre Erfahrung und führt Louna subtil. Sie versteht die Signale und so entsteht ein sinnliches und abwechslungsreiches Spiel mit zwei Mündern, Zungen und Händen.

Jon stöhnt immer wieder auf. „Ich bin im Himmel!", denkt er und macht sich klar, dass er nicht in einer virtuellen Welt ist, sondern dies alles tatsächlich in der Realität passiert. „Endlich!", ruft er innerlich voller Freude aus.

Das wundergeile Spiel mit seinem Schwanz geht über ein paar Minuten. Die Frauen nehmen sich Zeit, Jon in die richtige Stimmung zu bringen. Für Louna und Sonja hat es den Vorteil, dass sie nicht so viel denken müssen. Wer etwas tut, ist abgelenkt.

Dennoch: Nach ein paar Minuten ist klar, dass nun der nächste Schritt kommen wird. Es ist verabredet zwischen den Damen, dass Sonja diesen einleitet. Sie steht auf und Louna folgt ihr nach.

„So, Jon, jetzt bekommst Du was zu gucken!", grinst Sonja und beginnt sich, an Lounas Kleidung zu schaffen zu machen. Sie lächelt und lässt sich von Sonja Stück für Stück ausziehen. Als sie nackt im Raum steht, küsst sie Sonja und fängt an, sie auszuziehen.

Ein paar Minuten später stehen beide Damen nackt vor Jon, welcher breitbeinig mit einem harten Schwanz mitten auf dem Sofa sitzt und aus dem Grinsen nicht mehr rauskommt. Zwei nackte Schönheiten stehen vor ihm. Voller Lust und Offenheit.

„Was will Mann mehr?", fragt Jon lachend und schaut die beiden an.

Sonja grient und schlägt einen strengen Ton an. „Ich weiß nicht, was Mann will, aber wir Frauen wollen jetzt geleckt werden!"

Jon schaut verdutzt ob der Direktheit, aber sie gefällt ihm sehr. „Ich habe nur eine Zunge!", gibt er zu bedenken.

„Mach Dir keinen Kopf, ich kümmere mich um Louna, während Du Dich um mich kümmerst!", beruhigt Sonja ihn.

Louna lächelt verschmitzt. Sie erzählte Sonja in der Umkleide, dass sie immer schon mal wissen wollte, wie eine Frau leckt. Sonja versprach ihr daraufhin, dass sie es heute erfahren würde.

Zum Glück ist Jons Sofa breit und bietet viel Platz. Als wenn er beim Kauf geahnt hätte, wozu er diesen Einrichtungsgegenstand mal nutzen würde. Das Trio legt sich kreisförmig hin, sodass der Kopf von Sonja zwischen den Beinen von Louna liegt und Jons Kopf zwischen denen von Sonja.

Jons Schwanz ist in Reichweite für Louna. Doch die denkt jetzt nicht ans Blasen, sondern nur noch an die Zunge von Sonja, die gerade anfängt, ihre Spalte zu erforschen.

Jon mag, was er sieht und schmeckt. Nach dreieinhalb Jahren leckt er zum ersten Mal eine andere Frau. Aufregend. Spannend. Lecker.

Es dauert nicht lange und das Wohnzimmer ist von stöhnenden Frauenstimmen durchdrungen. Louna genießt voller Inbrunst, was Sonja mit ihr macht. Sonja wiederum ist zufrieden mit den Fertigkeiten von Jon. Und so wird genussvoll geschmatzt und gefingert, bis der Höhepunkt nicht mehr aufzuhalten ist.

Während Sonja noch nicht soweit ist, bahnt sich der Orgasmus bei Louna unaufhaltsam, aber heimlich seinen Weg. Plötzlich, laut und ohne Vorwarnung, ist es soweit. Die Spannung des Tages hat sich in Lust verwandelt und muss genau in diesem Augenblick mit einem Schrei aus ihr heraus.

Sonja und Jon können sich ob des ekstatischen Abhebens von Louna ein kleines Grinsen nicht verkneifen. Wobei Jon den Mund noch voll hat und so quasi in Sonja hineingrinst.

Louna atmet leise und erschöpft vor sich hin. Ein strahlendes Lächeln überzieht ihr ganzes Gesicht. Doch Sonja hat noch eine Aufgabe für sie. Sie schaut erst Jons Schwanz an und dann Louna. Die versteht sofort und beginnt erneut, ihn zu verwöhnen.

Jon ist weiter mit seiner Zunge aktiv und bemüht sich redlich. Sein immer härter werdender Schwanz lenkt ihn etwas ab, aber er versucht tapfer, weiterzumachen.

Obwohl Sonja gefällt, was er tut, reicht es für sie nicht aus, um zum Orgasmus zu kommen. Sie nickt zu Louna herüber.

„Stimmt, da war ja was!“, denkt Louna. Sie hatte den Plan fast vergessen vor lauter Ektase. Louna greift auf den Tisch neben dem Sofa nach einem Kondom und zieht es Jon über.

Jon ist überrascht und fragt sich innerlich: „Kondom? Mit Louna brauche ich keines. Bereitet Louna mich gerade für Sex mit Sonja vor?“

Doch Jon bleibt nicht viel Zeit zum Denken. Sonja steht auf, stößt Jon, sodass er auf den Rücken fällt und springt sogleich auf ihn. Noch bevor Jon realisiert, was passiert, hat Sonja seinen Schwanz in sich eingeführt und beginnt, wild auf ihm zu reiten.

Jon erregt dieser plötzliche Überfall sehr. Sein Schwanz ist steinhart. Sonja macht schnelle Bewegungen mit ihrem Becken und nach nur zwei Minuten fangen beide an, laut zu stöhnen, Sonja kommt zuerst – kurz und heftig – doch nur wenige Sekunden später ergießt sich Jon lauthals ins Kondom.

Dann ist nur noch Stille. Durchatmen. Realisieren. Ein ganz besonderes Feuerwerk ist soeben zu Ende gegangen.

Louna schaut dem Treiben interessiert zu, lächelt entspannt und findet lobende Worte. „Geile Show, ihr beiden!“

Jon grinst und fühlt sich leicht, als er Lounas Entspanntheit spürt. „Oh ja, Sonja hat Talent!“

Sonja schweigt. Sie ist nachdenklich und hat einen ernsten Blick. Von einer Sekunde auf die andere wechselt ihr Gesichtsklima und sie schaut Louna und Jon fröhlich an. „Ich konnte mein Talent nur so gut einsetzen, weil ihr es mir leicht gemacht habt. Vielen Dank dafür!“

Jon ist glücklich darüber, wie der Tag gelaufen ist. Er greift zum Weinglas, nimmt den letzten Schluck und stellt mit feierlicher Stimme fest: „Wir scheinen nicht nur ein echter Blickfang zu sein, sondern auch ein tolles Trio, das viel Spaß miteinander haben kann!“

Louna ist ebenso glücklich wie Jon und auch ein wenig stolz auf sich. Noch vor wenigen Wochen hätte sie nicht für möglich gehalten, was heute passiert ist.

Mit großem Vertrauen

Es ist Sonntagmittag.

Louna und Jon sitzen zusammen am Tisch und nehmen ein spätes Frühstück ein. Sie schliefen gut und lang nach den aufwühlenden Ereignissen des letzten Abends. Ihrer Premiere. Zum ersten Mal Sex zu dritt. Da sie gestern Abend sehr müde waren, versprachen sie sich, nach dem Ausschlafen über alles zu reden und das Geschehene zu reflektieren.

Jon salzt sein Spiegelei nochmal kräftig nach und grinst Louna an. „War schön gestern, oder?"

Sie ist mit dem Marmeladendeckel beschäftigt, der nicht aufgehen will. Sie reicht Jon das Glas herüber, denkt kurz nach und antwortet: „Ich würde sagen, überraschend schön fürs erste Mal! Und besonders schön war, dass wir es zusammen erlebt haben."

Er greift kräftig an den Deckel, wird leicht rot vor Anstrengung und ist nach ein paar Sekunden erfolgreich. „Ja, ich hatte auch erwartet, dass es schwieriger wird. Ich war ziemlich angespannt."

„Habe ich bemerkt. Deswegen bin ich froh, dass ich mit Sonja gut reden konnte. Wir haben uns in der Umkleide einen kleinen Plan zurechtgelegt!"

„Echt? Jetzt verstehe ich auch, warum ihr fast alles synchron gemacht habt!"

Beide lachen herzhaft und fühlen sich seelenwohl in diesem Augenblick. Gemeinsame Erlebnisse und Erinnerungen schweißen Menschen zusammen, ein lebenslanges Echo, welches nie ganz verhallt.

„Ja, hat recht gut funktioniert. Wobei Sonja am Ende improvisiert hat!", sagt Louna.

„Was meinst Du?"

„Nun, es war abgesprochen, dass ich Dir das Kondom überziehe als Täuschungsmanöver. Damit Du denkst, dass Du gleich mit Sonja schlafen wirst. Der Plan war aber, dass sie es Dir wieder abzieht und Du danach mit mir schläfst!"

„Ah, das mit dem Kondom habe ich sofort verstanden. Eure Finte hat funktioniert. Aber wie war es für Dich, dass Sonja sich nicht an den Plan gehalten hat? Immerhin musstest Du auf Sex mit mir verzichten."

Louna denkt kurz nach. „Hm, sie hat mich ja vorher toll befriedigt und es ging danach alles so schnell, außerdem war es interessant, Euch zu beobachten. Es war so leidenschaftlich und intensiv!"

Jon schaut sie stolz und liebevoll an. „Klasse, wie Du das siehst. Es war wirklich schön, vor allem so überraschend, wie gesagt, ich bin voll auf euren Trick reingefallen!"

„Ja – und auf diese Weise waren alle zufrieden am Ende. Ist doch was!"

Jon schmunzelt. „Ja, definitiv!“

Louna denkt noch einmal genauer über seine vorherige Frage nach und führt aus: „Sie hat mich toll geleckt und gefingert. Das habe ich sehr genossen! Dadurch fiel es mir wohl leichter, ihr den Sex zu gönnen!“

„Verstehe. Hat Sonja geschickt gemacht!“

„Meinst Du, es könnte mit Absicht gewesen sein, nicht improvisiert, sondern von ihr heimlich so geplant?“, wirft Louna ein.

„Hm, wäre doch möglich, dass das ihr Plan war. Wäre das schlimm für Dich?“

„Na ja, irgendwie schon. Hat ja was mit Vertrauen zu tun, dass sich an Absprachen gehalten wird.“

„Ja, verstehe ich. War ja auch nur ein Gedanke. Vielleicht hat sie wirklich spontan improvisiert, weil sie die Lust gepackt hat. Das wäre dann doch okay!“

„Ja, wenn sie es nicht absichtlich gemacht hat, könnte ich das gut tolerieren“, erwidert Louna.

„Frag sie doch einfach, dann ist das Thema aus der Welt!“

„Ja, mache ich. Aber noch was Anderes: Ist Dir aufgefallen, dass Sonja nach dem Sex ganz schnell nach Hause wollte, wie von einer Biene gestochen?“

„Ja, das war ein bisschen komisch“, sagt Jon. Hoffe, sie hat sich nicht unwohl gefühlt.“

„Eigentlich schien sie sich sehr wohlzufühlen, hat sich ja auch bedankt bei uns.“

Jon sucht nach einer Erklärung. „Vielleicht war sie einfach nur müde, so wie wir auch.“

„Ja, kann gut sein.“

Ein paar Sekunden Stille. Jon setzt an und trinkt sein Espresso-Tässchen mit einem Schluck aus. „Was meinst Du – wollen wir es wiederholen oder war es eine einmalige Sache?“

„Gute Frage. Ich könnte mir ein weiteres Treffen vorstellen. Hat ja gut funktioniert – und was meinst Du?“

Jon ist der gleichen Meinung. „Ja, ich finde auch, dass man das wiederholen könnte. Wenn Du magst, kann ich Sonja ja mal fragen, wie sie das sieht?“

„Ja, das geht in Ordnung. Mach das mal. Gerade, weil sie am Ende so schnell wegwollte. Vielleicht will sie ja gar keine Wiederholung“, erwidert Louna schulterzuckend.

„Ich werde es für uns herausfinden!“

Louna lächelt. „Gut, dann mal los!“

Sie schaut ihn länger an. Viele Ideen, Bilder und Gedanken schießen durch ihren Kopf. Nachdenklich stellt sie eine kurze, aber tiefe Frage. „Was lernen wir aus gestern Abend?“

Jons Resümee ist etwas enttäuschend für sie. „In jedem Fall, dass wir ein gutes Trio sind!“

Louna runzelt die Stirn, weil er den Tiefgang ihrer Frage nicht erfasst hat. „Das meinte ich nicht. Ich meinte, was lernen wir aus gestern Abend über uns als Paar?“

Jon räuspert sich. „Ach so. Entschuldige!“ Er hört in sich hinein und bekommt schnell eine Antwort. „Ich habe gelernt, dass es sich lohnt, meine Bedürfnisse zu äußern. Es lohnt sich deshalb, weil ich eine Partnerin habe, die zuhört und mich unterstützt!“

Louna freut sich sehr über diese besondere Liebeserklärung. Sie strahlt über ihr ganzes Gesicht und bereichert das Gespräch mit einem weiteren Gedanken. „Ich habe gelernt, dass man sich näherkommen kann, wenn man Dinge tut, die ein Paar angeblich trennen sollen!“

Jon versteht nicht sofort, worauf sie hinauswill. „Hm, was meinst Du genau?“

„Nun, jeder Frau wird eingebläut, wenn Dein Partner was mit einer Anderen will oder hatte, vergiss ihn, er ist Deine Liebe nicht mehr wert!“, antwortet Louna.

„Ja, wobei das ja Männern genauso bezogen auf Frauen erklärt wird.“

„Ja, stimmt wohl. Dann drücke ich es allgemeiner aus. Als wir in den letzten Wochen Dinge besprochen und getan haben, die Paare angeblich trennen sollen, ist bei mir das Gegenteil ausgelöst worden: Ich habe mich viel stärker zu Dir hingezogen gefühlt als jemals zuvor!“

Jon geht ein Licht auf. „Ob Du es glaubst oder nicht – das ging mir genauso!“

Beide lehnen sich zurück auf ihren Stühlen und lächeln sich an. Ein erfreulicher Moment der Erkenntnis und Verbundenheit.

Er schaut zurück. „Auch wenn ich es schon erwähnt habe, ich wiederhole es nochmals: Du glaubst nicht, wie viel Angst ich hatte, Dir meine Bedürfnisse zu gestehen!“

Sie schaut verständnisvoll. „Doch, kann ich mir gut vorstellen. Weil Du auch diese Muster im Kopf hast, was man als Partner zu tun oder zu wollen hat und was nicht!“

„Ja! Und weil ich in meiner Ehe genau damit schlechte Erfahrungen gemacht habe!“

„Stimmt. Und weißt Du was? Ich habe mit mir gekämpft, ob ich nicht genauso reagieren sollte wie damals Deine Exfrau. Aber ich konnte es nicht."

„Warum konntest Du es nicht?“, fragt Jon.

„Ganz einfach, Jon – weil ich Dich liebe!“

Warme Wallungen steigen in ihm auf. Seine Herzfrequenz erhöht sich spürbar. Ein paar Sekunden lang steht die Welt still. Die Gabel in seiner rechten Hand bleibt aufrecht auf dem Tisch stehen, seine linke Hand umklammert die Tischkante. Etwas Unbeschreibliches vibriert in ihm. Als wenn die Seele Salsa tanzen würde. Pure Freude breitet sich aus wie ein Feuer im starken Ostwind. Jons Augen strahlen voller Glück. Er steht auf und geht zu Louna. Vor ihrem Stuhl kniet er nieder und nimmt ihre rechte Hand.

„Und ich liebe Dich, Louna. Ich kann Dir nicht beschreiben, wie sehr!"

Sie weiß nicht recht, wie sie reagieren soll, findet die Szene fast ein wenig übertrieben kitschig, aber sie versteht die Botschaft. Versteht, was Jon ihr sagen will. Angenommen zu werden, ganz, wie man ist, erscheint eines der größten Dinge auf Erden. So lächelt sie berührt, nimmt seine Hand und küsst sie. Er streckt seinen Hals aus und Louna kommt ihm entgegen. Ihre Lippen berühren sich, wieder und wieder. Fest. Innig. Vertraut. Es folgt eine lange Umarmung, die wie ein Siegel beweist: Wir gehören zusammen. Egal, was passiert.

Jon erhebt sich von seinen Knien und geht zurück auf seinen Platz. Verlegene Stille. Mit dieser Explosion von Gefühlen hatten beide nicht gerechnet. Was so ein Dreier doch alles auslösen kann!

Nach einer Weile setzt Jon das Gespräch fragend fort. „Hast Du gestern mal sowas wie Eifersucht gespürt?"

Louna geht in sich. Sie stellt überrascht fest, dass es diesen Moment nicht wirklich gab. Höchstens Selbstzweifel, was die eigene Attraktivität angeht. Aber das muss sie ihm jetzt nicht auf die Nase binden. So antwortet sie ruhig: „Nein, ich war nicht eifersüchtig. Wundert mich selbst, aber war so!"

Jon legt seine Hand grüblerisch ans Kinn. „Hm, bei mir war es anders. Vor ein paar Wochen in der Bar. Als ich spürte, dass Du diesen Thomas magst, war da sowas wie Eifersucht bei mir!"

Louna muss ein wenig grinsen, setzt dann aber schnell wieder einen ernsten Gesichtsausdruck auf, um ihn nicht zu verletzen. „Ja, Thomas hat was mit Dir gemacht. Das war deutlich zu spüren!"

„Ja. Aber woran liegt es, dass ich Eifersucht gespürt habe und Du nicht?"

„Ich weiß es nicht. Aber eines kann ich Dir sagen: Die ganze Zeit, als wir mit Sonja zusammen waren, habe ich Dir immer vertraut, dass Du mein Freund bist und bleiben möchtest. Egal wie hübsch der Arsch von Sonja auch ist!"

Er lacht. „Der ist wirklich hübsch. Kann man nicht anders sagen!"

Sie lacht zurück. „Ja, ja, ist er – aber meiner ist auch hübsch!"

„Definitiv, Du weißt, wie sehr ich Deinen Körper begehre!"

„Ja, und ich vertraue Dir einfach, dass es so bleibt."

Er greift wieder an sein Kinn. „Hm, es ist also eine Frage des Vertrauens. Vertraue ich Dir nicht genug? Kann ich mir nicht vorstellen. Ich vertraue Dir auch sehr!"

Louna hat darauf auch keine richtige Antwort. „Ich weiß es nicht. Dass Du mir vertraust, spüre ich auch. Aber wo die Eifersucht bei Dir herkommt, kannst Du nur selbst herausfinden."

„Ja, wohl wahr. Wie finde ich das am besten heraus?"

Louna macht einen Vorschlag. „Ich schätze mal, mehr Erfahrungen dieser Art würden helfen, oder?"

„Sicherlich. Was denkst Du? Wollen wir diesen Weg weitergehen?"

„Du meinst den Weg, auch mit anderen Menschen Sex zu haben?", fragt Louna nach.

„Ja, den meine ich."

„Ich denke, es ist so viel Vertrauen zwischen uns, dass wir das weiter riskieren können!"

Jon gefällt ein Wort irgendwie nicht, es bereitet ihm Unbehagen. „Riskieren?"

„Ich finde schon, dass es ein Risiko ist. Wir beide können nicht vorhersagen oder garantieren, wie wir reagieren und was passieren wird!", erklärt Louna ihre Wortwahl.

„Ja, stimmt schon. Hat man ja an mir gesehen bei Thomas."

„Eben. Wir wissen es nicht. Aber das ist ein Grund mehr dafür, es auszuprobieren, oder?"

Jon bestätigt Lounas Gedanken. „Denke ich auch. *No risk, no fun*!"

Sie lacht. „Oder: *no risk, no progress*!"

Er schmunzelt und spürt Stolz in sich, mit so einer tollen Frau wie Louna liiert zu sein. „Ja, das trifft es besser!"

Sie wird still und überlegt. Das Gespräch mit Thomas und Michelle über das Doppelpack hat sie immer noch nicht losgelassen. Ist es wirklich nötig, sich immer zusammen mit jemanden zu treffen? Oder sind Soloausritte nicht auch möglich, wenn man sich vertraut? Ihr gefällt dieser Gedanke. Männer wie Thomas allein zu treffen. Auch wenn Thomas solo nicht unterwegs sein darf, gibt es bestimmt noch andere tolle Männer im Club. Louna fragt sich, ob sie sich wirklich traut, Jon so etwas vorzuschlagen. Wenn er einwilligt, muss sie ihm das auch zugestehen. Möchte sie wirklich, dass Jon andere Frauen allein trifft? Sie schwankt hin und her. Ihr wird warm. Und das liegt nicht am Kaffee. Ihre Gedanken spielen Pingpong. Auch mentaler Sport kann anstrengend sein. Sie denkt an die Möglichkeiten. Zum Beispiel an einen Dreier mit zwei Männern. Zwei Männer, die nicht Jon gefallen müssen, sondern die sie selbst wählen kann. Es wäre wahrscheinlich viel leichter, für sich allein zu suchen als zusammen für zwei. Wobei der erste Dreier mit zwei Männern schon eine gemeinsame Sache mit Jon sein sollte. Zwei fremde Männer auf einmal wären ihr ein bisschen zu viel für den Anfang.

So sehr ihr all diese Gedanken gefallen, so sehr machen sie ihr auch Angst. Da sind sie wieder. Die Muster im Kopf. Doch sie will sich nicht einsperren lassen, schon gar nicht jetzt – jetzt, als sie mit Jon gerade einen großen Schritt gemacht hat. Sie atmet einmal tief ein und lange aus. „Jon, ich hätte da mal eine Frage."

Er lacht: „Oh, das klingt spannend. Frage gern!"

Sie sammelt ihre Gedanken und Gefühle und öffnet eine Tür, die nur noch schwer zu schließen sein wird, wenn sie erst einmal offen ist. „Bist Du auch der Ansicht wie Michelle und Thomas, dass man sich nur im Doppelpack treffen sollte?"

„Du meinst, ob man als Paar immer nur zusammen jemanden treffen sollte?"

„Ganz genau. Das meine ich!"

Jon überlegt. „Ich weiß es nicht genau. Die Vorstellung, dass Du mit so einem wie Thomas allein ein Treffen hast, finde ich ein wenig angsteinflößend!"

„Echt?", fragt Louna. „Wovor hättest Du denn Angst?"

Jon legt seine Zweifel offen auf den Tisch. „Vielleicht davor, dass Du ihn zu sehr mögen könntest und mich dann nicht mehr möchtest."

Louna kennt diese Gedanken. „Ja, sowas Ähnliches hatte ich auch im Kopf, als ich überlegt habe, wie es für mich wäre, wenn Du eine Frau allein treffen würdest."

„Verständlich. Vielleicht ist es am Ende aber auch nur eine Frage des Vertrauens."

„Ja, denke ich irgendwie auch. Obwohl diese Sorge nicht wegzudiskutieren ist."

„Nein, das kann ich auch nicht", gibt Jon zu.

Sie schaut ihm tief in die Augen und hält den Blick ein paar Sekunden. Es fühlt sich gut an, und das gibt ihr Zuversicht. „Was meinst Du, Jon – trauen wir uns auch zu, Menschen allein zu treffen? Ist unser Vertrauen ineinander groß genug?"

Er geht ein paar Sekunden in sich. „Hm, ich denke, unser Vertrauen ist sehr groß, Louna, ob es dafür groß genug ist, kriegen wir wohl nur raus, wenn wir es ausprobieren."

Sie schmunzelt erleichtert und fühlt, wie Aufregung in ihr anfängt, zu pulsieren. „Tja, so ist es wohl. Wahnsinn, wie sich unsere Beziehung entwickelt hat in den letzten Wochen!"

„Zum Positiven, finde ich!"

Louna bestätigt Jons Meinung. „Absolut. Wie ich vorhin sagte, ich fühle mich sehr verbunden mit Dir, noch tiefer als vorher."

„Ja, geht mir genauso. Schon echt krass, was in den letzten Wochen passiert ist!"

„Und noch spannender ist wohl die Frage, was wird in den nächsten Wochen noch alles passieren?", sinniert Louna.

Jons Geist wandert in die Zukunft und bemerkt schnell, dass Theorie und Praxis durchaus nicht das Gleiche sind. Und so hat er das Gefühl, noch ein paar Sicherheiten zu brauchen: „Welche Regeln wollen wir uns geben?“

„Hm, Regeln, brauchen wir die? Ich meine, es sollte klar sein, dass es keinen Sex ohne Kondom geben darf! Und da Kondome nicht 100% vor allem schützen können, sollten wir regelmäßige Check-ups beim Arzt machen.“

„Ja, das ist selbstverständlich!“, erwidert Jon. „Ich würde mich allerdings freuen, wenn wir uns immer alles erzählen, was passiert ist. Damit keine Geheimnisse zwischen uns entstehen. Und keine Missverständnisse.“

„Oh ja, aber das ist für mich auch selbstverständlich. Ich möchte ja wissen, was Du machst und erlebst. Auch sollten wir die Termine miteinander abstimmen. Ich will nicht weniger Zeit haben mit Dir als sonst!“

„Geht mir auch so, im besten Falle treffen wir uns zeitlich parallel mit Anderen, dann verlieren wir nicht so viel Zeit für uns!“

Louna lächelt. „Ja, klingt logisch. Typische Jon Planung, aber gefällt mir!“

Er lacht: „Super, wir haben einen Plan! Was hältst Du von nächstem Freitag?“

„Du meinst, jeder sucht sich jemanden für nächsten Freitag?“

„Ja, genau!“

Sie denkt laut nach. „Hm, ob ich so schnell jemanden finde, der attraktiv genug ist für ein Treffen?“

Er korrigiert sich. „Ja, da hast Du wohl Recht. Anderer Vorschlag: Wir fangen übernächsten Freitag an. Und bleiben dann in dieser Taktung. Jeden zweiten Freitag treffen wir jemanden. Und Samstagmittag treffen wir uns zum Brunch und tauschen uns aus!“

Louna zwinkert. „Jon, Du wirst ja richtig kreativ. Eine generalstabsmäßige Planung würde ich sagen!“

Er schaut ein wenig stolz aus, wie ein kleiner Junge, der für seine selbstgebaute Sandburg gelobt wurde. „Kennst mich ja, wenn ich etwas mache, dann richtig!“

„Ja! Und dafür liebe ich Dich!“

Jon guckt ernst. „Nur dafür?“

Sie lacht. „Die Antwort weißt Du selber, oder?“

Jon grinst.

Louna nimmt seinen Vorschlag nochmal auf. „Jeden zweiten Freitagabend mit anschließendem Austausch am Samstag. Für zwei Monate erstmal?“

„Nun, wenn es uns nicht gefällt, hören wir sicher früher auf, aber in zwei Monaten wären wir bestimmt schlauer!“

Louna nickt zustimmend. „Ja. Und wenn es nur einem von uns beiden nicht mehr gefällt?“

„Dann hören wir auch auf, oder?“

„Ja, so sehe ich das auch.“

Jons Gesicht nimmt sowohl ernste als auch liebevolle Züge an. „In großem Vertrauen kann man nur handeln, wenn man sich auf den Anderen verlassen kann! Und wenn Einer weitermachen würde, obwohl es dem Anderen nicht gefällt, dann wäre das ein Vertrauensbruch.“

Sie nickt mehrmals und bemerkt, wie sehr sie dieses Gespräch mit Jon mag. Sie konnten schon immer gut miteinander reden, aber seit einigen Wochen reden sie viel mehr über ihre Beziehung und über ihre Gefühle füreinander. Das ist in dieser Form neu. Was sich Louna immer gewünscht hat, scheint nun wahr zu werden. Sie spürt aber gleichzeitig auch eine Menge Respekt vor dem, was gerade beschlossen wurde.

Doch damit ist sie nicht allein. Auch Jon sieht das Risiko, das sie in den nächsten Wochen eingehen werden. Bei beiden überwiegt aber die Zuversicht und Vorfreude auf das, was nun passieren wird.

Louna lächelt. „Weißt Du – ich freue mich auf den Austausch mit Dir am Samstagmittag mindestens genauso sehr wie auf die Erlebnisse am Freitagabend!“

Jon schaut nachdenklich. „Ich ebenso. Aber ich denke auch, dass dieser Austausch einfach notwendig ist, um unser großes Vertrauen ineinander und in unsere Beziehung nicht zu verlieren!“

Sie stimmt zu. „Ja, Vertrauen entsteht nur durch ehrliches Reden miteinander!“

„Definitiv. Aber ich glaube an uns!“

Louna nickt eifrig und schweigt, weil sie nicht das Gefühl hat, dass Worte hier noch etwas ergänzen könnten.

Im Augenblick geht es nur ums Dasein und Spüren. Und das was da ist, fühlt sich richtig und gut an. Die beiden haben sich gegenseitig gestärkt und Mut zugesprochen. Zusammen ist alles leichter. Selbst dann, wenn man vorhat, etwas allein zu starten, außerhalb der Beziehung. Wenn Ehrlichkeit und Vertrauen groß genug sind, ist der Andere trotzdem da, obwohl er nicht dabei ist. Beide gehen getrennt voneinander los und schreiten doch gemeinsam voran.

Louna schaut fragend über den Tisch: „Und nun? Schreiben wir alle im Club an, die uns gefallen?“

Jon prustet und lacht laut: „Tja, das wäre dann wohl die Gießkannenmethode! In jedem Fall sollten wir unser Profil verändern und angeben, dass wir trotz fester Beziehung auch für Solotreffen zur Verfügung stehen und das der Partner Bescheid weiß!“

Louna bestätigt: „Ja, das macht Sinn. Aber haben wir jetzt nicht eine offene Beziehung?“

„Keine Ahnung, wer definiert sowas?“

Sie runzelt die Stirn. „Hm, weiß nicht. Lass uns einfach mal bei fester Beziehung bleiben. Gibt mir ein besseres Gefühl."

„Finde ich auch. Offen sind wir ja trotzdem. Die Offenheit ist in und zwischen uns. In fester Beziehung und mit großem Vertrauen!"

Louna lächelt, steht auf und gibt Jon einen Kuss. Einem schönen Sonntagnachmittag steht nichts mehr im Wege.

Es ist wieder so ein Moment, in dem der Rhythmus keine Macht über den Menschen zu haben scheint. Louna und Jon fühlen sich frei und beschwingt – eingeladen, ihr Leben zu leben, wie es sein könnte.

Das Paradies auf Erden

Es ist Samstagmittag, die perfekte Zeit zum Brunchen.

Louna hat ihren Tisch reichlich gedeckt und geschmackvoll hergerichtet. Der erste Austausch über einen Freitagabend steht bevor und sie hat dafür ein besonders schönes Ambiente schaffen wollen.

Das ist ihr gelungen. Jon machte große Augen, als er den Raum betrat. Nun sitzen sie sich gegenüber. Erwartungsvoll. Gespannt. Aufgeregt. Beide haben einen Freitagabend hinter sich, der noch in ihren Erinnerungen nachbebt und immer wieder Bilder vor dem inneren Auge erscheinen lässt. Schatten des Erlebten.

„Fängst Du an?", fragt Louna mit einer Mischung aus Anspannung und Vorfreude.

Jon zögert: „Ähm, lieber wäre mir, wenn Du… Komm, ist egal, ich mache es!"

Sie lächelt dankbar. Er überlegt, wie er anfangen soll. „Ich hatte gestern ein etwas merkwürdiges Date, aber irgendwie war es trotzdem geil!"

„Erzähl. Was war merkwürdig und warum geil?"

„Nun, die Frau war etwas merkwürdig", berichtet Jon. Sandy ist ihr Name. Neunundzwanzig Jahre. Sie steht total auf Sperma. ‚Sperma ist mein Fetisch' schrieb sie mir im Club."

„Ist das schon merkwürdig? Viele Frauen stehen auf Sperma!"

„Ja, aber sie mag es auch in Massen, also von vielen Männern auf einmal. Sowas nennt man dann wohl Bukkake oder so ähnlich!", erklärt Jon.

Louna runzelt die Stirn: „Ah, okay. Das wäre nicht meins. Hast Du sie mit mehreren Männern zusammen getroffen?"

Jon lacht. „Nein, natürlich nicht. Traust Du mir Gruppensex zu?"

Louna lacht zurück: „Eigentlich nicht, aber nach den letzten Wochen, wer weiß!"

„Stimmt auch wieder. Aber ich habe sie allein getroffen."

„Wo denn? Und was habt ihr gemacht? Lass Dir nicht alles aus der Nase ziehen!"

„Du hast Recht. Entschuldige. Kurzfassung: Haben uns auf St. Pauli getroffen, haben was getrunken, waren spazieren im Park und dort hat sie mir in den Büschen einen geblasen!"

Louna schweigt und setzt ein Pokerface auf. In ihr toben verschiedene Gefühle. Schock, Traurigkeit, Eifersucht, aber auch Neugierde. Nun war es wirklich passiert – Jon hatte was mit einer Anderen und sie war nicht dabei. Kontrollverlust macht sich in ihr breit, ein Fallen aus großer Höhe. Doch gleichzeitig rationalisiert sie ihre Gedanken. Als sie sich mit großem Vertrauen den Freitagabend geschenkt hatten, war klar, dass dieser nicht nur zum Kaffeetrinken mit anderen Menschen verwendet wird. Doch etwas theoretisch zu wissen, ist nicht das Gleiche, wie es praktisch zu erleben. Obwohl Louna diese Erkenntnis nicht verdrängen kann, will sie offen bleiben und Jon mit Respekt begegnen. So lässt sie sich nichts anmerken und fragt Jon weiter aus.

„Hm, Dein erstes Erlebnis gleich in der Öffentlichkeit, nicht übel. Hast Du sie überredet dazu?“

Er schaut sie länger an. „Schätz doch mal!“

Louna wägt ab. „Du kannst sehr zielorientiert sein, aber Oralverkehr im Park klingt nicht nach Dir. Du hättest viel zu viel Angst, erwischt zu werden. Sandy hat Dich verführt!“

Jon schmunzelt. „Die Kandidatin hat hundert Punkte!“

Louna will mehr wissen. „So, so, warst Du nicht viel zu nervös, ich meine, bist Du gekommen?“

Jon setzt einen stolzen und lausbübischen Gesichtsausdruck auf. „Oh ja, und wie sogar. Musste mich stark zusammenreißen, nicht laut zu stöhnen!“

Louna ist überrascht von ihrem Freund. „Nicht schlecht! Das hätte ich nicht von Dir erwartet!“

Jon grinst. „Ich von mir auch nicht. Aber es war einfach geil. Kann ich nicht bestreiten!“

Louna lässt eine Frage im Inneren nicht los und so muss sie gestellt werden. „Bläst sie besser als ich?“

Er ist auf diese Frage nicht vorbereitet und versucht auszuweichen. „Hm, anders als Du, aber besser? Keine Ahnung. Kann man sowas vergleichen?“

Louna bohrt nach. „Na ja, ich denke schon, dass Du fühlen kannst, ob es besser war!“

Jon gefällt diese Art der Fragerei nicht und er lenkt ab. „Hat diese Frage etwas mit Deinem Date von gestern Abend zu tun? Erzähl Du doch mal!“

Louna ist nachsichtig, weil sie spürt, dass sie Jon nicht länger auf die Folter spannen darf. „Mein Date war so mittelprächtig. Ich habe einen Stephan getroffen. Geschiedener Vater von zwei Kindern. Fünfunddreißig, glaube ich. Attraktiver Typ. Gentleman, gute Manieren. Haben uns in einer Bar in der Osterstraße getroffen. Das Gespräch war nett und er fragte mich kurz vor Mitternacht, ob ich noch mit zu ihm komme. Da ich ihn wirklich sympathisch fand, bin ich mitgegangen. Bei ihm zu Hause kam er schnell zur Sache, zu schnell für meinen Geschmack. Er ist auch zu schnell fertig gewesen. Ich hatte nicht viel davon!“

Jon möchte es genauer wissen. „Ihr hattet Geschlechtsverkehr?“

„Ja, hatten wir. Aber wie gesagt, nur kurz. Und das Vorspiel war auch nicht lang!“

Jon reagiert ähnlich wie Louna vorher. Sein Gesicht zeigt kaum Regung, aber er spürt, wie ein Gedanke seinen Hals hochkriecht. Bei ihm war es nur Oralverkehr, doch Louna hatte gleich am ersten Abend richtigen Sex mit einem fremden

Mann. Das sitzt. Heftiger Tobak. Gleichzeitig fühlt er Erleichterung, dass dieser Stephan sie nicht befriedigen konnte. Doch nur eine Sekunde später fällt ihm auf, dass er nicht froh darüber sein sollte, dass Louna keinen tollen Abend hatte. Jon entscheidet sich dafür, Mitgefühl zu zeigen.

„Es tut mir leid, dass Du eine schlechte Erfahrung gemacht hast. Jetzt verstehe ich Deine Frage zu Sandys Blaskünsten. Stephan war wohl nicht besser als ich?“

„Nee, ganz sicher nicht. Es hätte gut werden können, Potenzial hat Stephan, aber er hat wenig daraus gemacht. Aber eine schlechte Erfahrung war es in keinem Fall. Ich habe einen netten Abend erlebt und bin um eine Erfahrung reicher!“

Jon überlegt kurz und grinst: „Vielleicht wird es übernächsten Freitag schon besser!“

Louna lächelt und freut sich über die unterstützenden Worte: „Ja, hoffe ich auch. Bestimmt wird es das!“

∞

Zwei Wochen später. Es ist wieder Freitagabend.

Louna steht vor einer weißen Wohnungstür im fünften Stock eines gehobenen Mietshauses mitten im Hamburger Stadtteil Winterhude. Für ihre Verhältnisse ist sie sehr aufgeregt. Ihr Puls hämmert, das Atmen fällt ihr schwer. Nur noch wenige Sekunden, dann wird die Tür aufgehen und Erik wird vor ihr stehen. Sie haben miteinander verabredet, dass bei diesem Date nicht gesprochen werden soll. Beide haben drei Sekunden Zeit, zu entscheiden, wie sie ihr Gegenüber finden. Bei Nichtgefallen soll Erik die Tür wieder schließen beziehungsweise Louna soll auf dem Absatz kehrtmachen und gehen. Wenn beide bleiben, wollen sie sofort loslegen. Leidenschaft ohne Anlaufzeit.

Louna hatte ein paar Tage überlegt, ob sie diesem verrückten Vorschlag von Erik wirklich folgen wollte. Am Ende ist der Reiz des Neuen stärker gewesen als jede Furcht. Louna hat zugesagt und nun steht sie hier. Nur noch wenige Sekunden.

∞

Während Louna zitternd vor Eriks Tür steht, sitzt Jon in einer Bar und wartet auf Karoline. Er ist gespannt. Auf sie, aber auch auf seine Reaktion. Karoline ist ein anderer Frauentyp, als Jon ihn bisher hatte. Korpulent, deutlich schwerer als er, mit großen Brüsten und viel Hintern. Der Maler Rubens hätte wahre Freude an ihr gehabt. Karoline schrieb im Club, sie habe viel erotische Nutzfläche zu bieten. Worauf er neugierig antwortete, dass er diese gern erleben würde.

Plötzlich steht Karoline vor seinem Tisch, Jon ist einen Moment nicht aufmerksam gewesen.

„Hey, Jon, Du bist aber überpünktlich!“

„Ja, Pünktlichkeit ist nur eine meiner vielen guten Eigenschaften!“

Sie lacht laut. Der Einstieg ist gelungen und die beiden begrüßen sich mit einem freundlichen gegenseitigen Wangenkuss.

Karoline ist eine imposante Erscheinung. Auf ihrem rund neunzig Kilogramm schweren Körper sitzt ein hübsches Gesicht mit charmantem Lächeln. Der rosafarbene Lippenstift unterstreicht ihre Weiblichkeit und verleiht ihr eine gewisse Leichtigkeit.

Sie eröffnet das Gespräch. „Ich freue mich sehr, dass es mit uns beiden geklappt hat."

„Ja, wirklich sehr erfreulich!" Jon lächelt jungenhaft und gewinnt sofort ihre Sympathie.

∞

Louna hört Schritte hinter der Tür, erst leise und dann immer lauter. Plötzlich Stille. Der Schlüssel dreht sich im Türschloss. Die letzte Barriere zwischen Louna und Erik öffnet sich Zentimeter für Zentimeter. Erst ein kleiner Spalt, dann geht die Tür mit einem großen Schwung auf.

Es ist so weit. Erik steht vor ihr. Louna sieht, was Bilder ihr versprochen haben. Einhundertneunzig Zentimeter Mann mit breiten Schultern. Sein bärtiges Gesicht mit einem Grübchen auf einem markanten Kinn weiß sie auch im echten Leben zu begeistern. Sie trifft ihre Entscheidung sofort und instinktiv. Diesen Mann will sie küssen. Ihr Kopf neigt sich unbewusst Richtung Tür, als wenn sie in die Wohnung hineinfallen möchte.

Erik fackelt nicht, er packt Louna, zieht sie fest an sich und beginnt, sie stürmisch zu küssen. Die Wohnungstür fällt hinter ihnen krachend ins Schloss.

Louna zittert jetzt noch mehr am ganzen Körper. Doch nun ist es Erregung, nicht Nervosität, die sie erbeben lässt.

∞

Jon mag Karoline. Und Karoline mag ihn. Während sie miteinander über das Leben, die Liebe und die Lust philosophieren, werfen sie sich immer wieder flirtende Blicke zu. Es knistert. Jon spürt große Lust, es mit ihr auszuprobieren. Sex mit einer molligen Frau.

Er weiß es noch nicht, doch er hat Glück: Karoline findet Jon sehr anziehend. Er kann es nur erahnen, wenn sie vielsagend lächelt. Wenn Jon wüsste, was in Karolines Kopfkino abläuft, würde er wohl nicht mehr so entspannt hier sitzen. Vor ihrem geistigen Auge ist Jon längst nackt und verwöhnt sie mit seiner Zunge zwischen ihren Beinen. Sie lächelt erneut und Jon lächelt zurück.

∞

Erik kann kräftig zupacken – kein Zauderer, sondern ein Mann, der die Dinge in die Hand nimmt. Louna ist bereits halbnackt. Erik hat ihr und sich selbst die Kleidung vom Leib gerissen.

Lounas Kopf ist ausgeschaltet, sie lässt sich mitziehen von der stürmischen Dominanz des adretten Mannes. Erik hebt sie hoch und lässt ihre Füße über den Parkettboden schweben. Mit Leichtigkeit trägt er sie ins Schlafzimmer und wirft sie schwungvoll aufs Bett. Dort verliert sie schnell auch den Rest ihrer Kleidung; Hose und Slip fliegen durch den Raum. Ganz nackt liegt sie vor ihm. Kaum vorstellbar, dass sie erst vor drei Minuten bei Erik geklingelt hat.

∞

Zwischen Jon und Karoline läuft alles ein wenig ruhiger ab. Doch auch hier liegt etwas in der Luft.

Karoline spürt ein Kribbeln zwischen den Beinen und lässt ihre Lust direkt zu Jon sprechen. „Wenn das Glas Wein geleert ist, würde ich Dich gern zu mir entführen!“

Jon fühlt sich zwar unsicher und überrumpelt, aber kann die Freude zulassen. „Ein weiterer Grund, diesen leckeren Wein schnell zu trinken!“

Karoline freut sich und hat wieder ein farbenfrohes Kopfkino vor Augen. Sie trieft und tropft und ist froh, dass Jon ihre Erregung nicht sehen kann.

∞

Erik hat wohlklingende Töne aus Louna hervorgezaubert. Er weiß, wie man Frauen mit der Zunge und den Fingern verwöhnt. Jahrelange Erfahrungen mit fast schier unzähligen Frauen zahlen sich in solchen Momenten aus.

Louna ist in einer Zwischenwelt. Sie hat die Welt des Verstehens verlassen und ist eingetaucht in die Welt des Fühlens. Vielleicht wird sie so ein Date nie wieder erleben.

Erik hält das Tempo hoch, zieht ein Kondom über und dringt in Louna ein. Er nutzt seinen kräftigen Körper, drückt die Arme von Louna in die weichen Kissen und stößt kräftig zu.

So heftig hat es Louna noch nie erlebt. So hart wurde sie noch nie gefickt. Sie weiß nicht mehr, wo sie ist, und lässt ihrem Körper freien Lauf – sie schwitzt, sie fließt, sie stöhnt und sie schreit.

Erik macht konsequent weiter, sein Becken lässt nicht mal ein bisschen nach.

∞

Karoline und Jon sind inzwischen in der Wohnung von Karoline angekommen und sitzen still nebeneinander auf dem Sofa. Beide wissen, was nun passieren wird. Die Frage ist nur, wie es anfängt und wer den ersten Schritt wagt.

Karoline spürt, dass Jon sowohl Mut als auch Erfahrungen fehlen und schaltet auf Angriff. „Als wir in der Bar saßen, habe ich die ganze Zeit daran denken müssen, wie Du mich leckst!"

Er wird nervös und fühlt, wie das Blut in seinen Schwanz schießt. Verlegen schaut er Karoline an. „Und wie war es in Deiner Vorstellung?"

Sie grinst. „Schön. Natürlich! Aber ich will jetzt wissen, wie es in echt ist!"

Karoline zieht ihr Kleid langsam hoch und Jon bekommt beste Aussichten auf ihre prallen Schenkel. „Wow, was geht denn hier ab!", denkt er und bemerkt, dass sie kein Höschen trägt. Die ganze Zeit in der Bar saß sie so vor ihm – und er hatte keine Ahnung.

„Komm, fang schon an!", spricht Karoline mit festem Ton.

Jon zögert kurz, steht dann aber freudig auf und geht zwischen ihren Beinen auf die Knie.

∞

Im Schlafzimmer von Erik ist es warm geworden. Schwitzende Körper erhitzen die Luft. Eine halbe Stunde hat er sie in der klassischen Missionarsstellung nach allen Regeln der Kunst ohne Unterlass durchgevögelt.

Louna ist mehrmals gekommen und mehr als glücklich.

Erik spürt, dass er sie zufriedengestellt hat und möchte sich nun seinen Teil nehmen. Er steht auf, packt die Hüften von Louna und dreht sie um. Louna versteht sofort, dass er sie von hinten nehmen will und geht auf alle Viere. Er dringt wieder in sie ein und gibt sofort Vollgas, harte Stöße lassen sein Becken wieder und wieder auf Lounas Arschbacken prallen. Erik ist voll bei sich und so dauert es keine zwei Minuten, bis er sich ins Kondom ergießt.

Er lächelt vergnügt vor sich hin, streichelt kurz den Rücken von Louna, steht auf und sammelt ihre Klamotten zusammen, die überall in der Wohnung verteilt sind. Als er alles zusammenhat, legt er es aufs Bett und verschwindet ins Bad.

Auch wenn Louna die Situation etwas schräg findet, weiß sie, dass sie vereinbart haben, nicht zu sprechen. Doch jetzt, wo es so schön mit Erik gewesen ist, würde sie gern noch mit ihm reden und sogar kuscheln wollen. Aber Louna hält sich an Absprachen. So erhebt sie sich etwas widerwillig, spürt süße Schmerzen an ihrem Körper, zieht sich an und verlässt fröhlich grinsend die Wohnung.

∞

Jon hat längere Zeit zwischen den Beinen von Karoline verbracht.

„Das macht Lust auf mehr", seufzt sie. „Ich hoffe, Du hast ein Kondom dabei?"

„Selbstverständlich!", ruft er, als wenn solche Situationen für ihn alltäglich wären. Er fängt an, sich auszuziehen.

Karoline schaut ungeduldig. „Dafür haben wir jetzt keine Zeit, ich will Dich in mir spüren!"

Jon grinst, öffnet seine Hose und zieht seine Unterhose ein wenig herunter, gerade so, dass er das Kondom überziehen kann. Sein bestes Stück steht wie eine Eins, ein klares Zeichen, wie sehr ihm dieser Moment gefällt. Er ist gespannt, wie sich Karoline von innen anfühlt. Ist eine mollige Frau weniger eng als schlanke Frauen? Jon dringt ein und genießt eine überraschende Enge, die seinen Schwanz noch härter werden lässt.

Karoline stöhnt laut und fordert ihn auf, Gas zu geben. „Fick mich hart und schnell!"

Jon gehorcht und setzt sein Becken in Gang. Karoline gefällt, was er tut, und schon nach wenigen Minuten bricht sich ihr Orgasmus Bahn. Sie hält für ein paar Sekunden den Atem an, um danach ihre Lust herauszuschreien. Jon ist froh, dass Karoline schnell gekommen ist, denn auch er kann sich nicht mehr zurückhalten. Nur ein paar Sekunden später schießt sein Saft mit hohem Druck in die Latexhülse. Auch Jon wird dabei laut und ist von den Nachbarn sicher nicht zu überhören.

„Gut gemacht, schöner Mann!" Karoline lächelt.

Jon freut sich über das Kompliment und lächelt zurück: „Gern geschehen, schöne Frau!"

Für ein paar Minuten plaudern sie noch über dies und das, bevor Jon die Hose hochzieht, in die Schuhe schlüpft und Karolines Wohnung verlässt. Während er die Treppen nach unten geht, pfeift er leise eine fröhliche Melodie. Er hat es wirklich getan. Ein Sex-Date mit einer molligen Frau. Schön war es. Jon ist mit sich und der Welt zufrieden.

∞

„Was ist eigentlich mit Sonja?", fragt Louna.

Es ist Samstagmittag. Vor ein paar Minuten haben sich Louna und Jon von ihren gestrigen Erlebnissen erzählt. In Erinnerungen geschwelgt. Mit freudigem Grienen von Erik und Karoline berichtet. Diesmal war es leichter, darüber zu reden, als noch vor zwei Wochen.

„Sonja geht für zwei Monate nach Kolumbien. Hat sich eine Auszeit genommen!", antwortet Jon.

„Oh, das ist ja cool. Schön, dass ihr Arbeitgeber das mitmacht!"

„Ja, finde ich auch. Sie hat geschrieben, sie müsse mal raus aus diesem Rhythmus hier in Deutschland."

Louna wird nachdenklich. „Hm, ja, der Rhythmus. Ab und zu denke ich das auch. Wobei ich gerade sehr genieße, welche Abwechslung wir haben. Wir erleben in unserer Freizeit so viele schöne Dinge, so viele Abenteuer, dass der Rhythmus einen schönen Ausgleich hat!"

Jon stimmt Louna zu. „Gut zusammengefasst!"

„Habt ihr über ein Treffen geschrieben, wenn sie wieder zurück ist?", will sie wissen.

„Ja", antwortet Jon. „Sie war in den letzten Wochen deswegen so zurückhaltend, weil sie wusste, dass sie bald länger weg sein würde. Sie wollte nichts mehr beginnen, was sie dann für längere Zeit unterbrechen müsste."

„Ja, kann ich nachvollziehen. Möchte sie uns denn nach Kolumbien wiedersehen?"

„‚Definitiv', hat sie geschrieben. Sonja würde mich aber auch gern mal allein treffen, wenn das für Dich okay wäre?"

Louna ist einverstanden. „Wenn Du dafür einen Freitagabend nimmst, warum nicht?"

„Ja, das war die Idee. Ich würde natürlich dafür den zweiwöchentlichen Freitag nehmen."

„Gut. Und ich möchte unbedingt noch das Thema klären, was zwischen ihr und mir offen ist."

„Du meinst, ob sie geplant hatte, eure Absprache zu brechen oder ob es im Eifer des Gefechts passiert ist?", fragt Jon.

„Genau das", bestätigt Louna. „Da ich sie länger nicht sehen werde, schreibe ich sie im Club an."

„Ja, mach das, hast noch ein paar Tage Zeit, bevor sie fliegt. Mittwoch, glaube ich." Jon ist dankbar für die Offenheit von Louna und freut sich schon jetzt auf Sonjas Wiederkehr aus Kolumbien.

∞

Zwei Monate sind vergangen.

Louna und Jon haben es durchgezogen. Jeden zweiten Freitag sind sie unterwegs gewesen. Haben sich ausprobiert. Und nie versäumt, sich am Samstagmittag gegenseitig davon zu berichten. Sie haben viel erlebt, neuen Input bekommen, Spaß gehabt, Lust empfunden, sich in neue Situationen gewagt, Überraschungen erlebt, viel gelacht beim Austausch darüber, Vertrauen vertieft, in sich selbst und in den Anderen, und sie haben nur wenige negative Erfahrungen gemacht.

Louna wurde an einem Abend versetzt. Ohne Absage. Der Mann erschien einfach nicht. Sie pausierte und verbrachte den Freitagabend allein mit Kartoffelchips und Fernsehen. Als sie am nächsten Tag über den Abend redeten, schaffte Louna es, Jon trotzdem zu gönnen, was er erlebt hatte. Dieses liebevolle Verhalten schuf noch mehr Nähe und Vertrauen zwischen den beiden.

Zwei Wochen später hatte auch Jon ein schlechtes Erlebnis. Zwar erschien die Frau zum vereinbarten Zeitpunkt, doch sie war nicht wiederzuerkennen. Hatte nicht viel gemein mit der Frau auf den Fotos. Da sie ihre fehlende Attraktivität nicht durch sympathische Kommunikation ausgleichen konnte, war der Abend schnell zu Ende.

Immer noch gierig. Immer noch neugierig. So sitzen sich Louna und Jon gegenüber.

Es ist Samstagabend.

Jon hat Champagner besorgt. Heute Abend wollen sie feiern. Ihre Erlebnisse, sich selbst und vor allem ihre Liebe. Auch zurückschauen wollen sie, über die Highlights schwärmen und besprechen, wie es nun weitergehen soll.

Jon prostet. „Cheers. Auf uns!"

Louna unterstreicht diesen besonderen Augenblick. „Ein Prosit auf unsere Beziehung. Weil sie ganz wunderbar ist!"

Als die Gläser zusammenstoßen, klingt es wie helle Glocken. Glocken läuten immer zu besonderen Anlässen. Bei Taufen, bei Hochzeiten oder bei Beerdigungen. In gewisser Weise feiern Louna und Jon heute alles zusammen. Sie beerdigen ihre alte Beziehung, bestätigen ihre Liebe wie ein Hochzeitspaar und taufen ihr neues Leben mit einem Glas Champagner. Und einem langen Kuss, der dem ersten Schluck nachfolgt.

„Zwei Monate können schnell vergehen, oder?", fragt Jon.

„Oh ja, vor allem, wenn man so viele tolle Sachen erlebt!" Louna schaut verträumt in die Luft.

Jon korrigiert sich. „Es sind sogar schon drei Monate vergangen seit unserem legendären Frühstück, bei dem wir beschlossen haben, Soloausritte zu wagen!"

„Kannst mal sehen, wie Zeit rennt, wenn das Leben schön ist."

„Stimmt! Na ja, die zwei Monate waren ja auch nur ein grober Rahmen. Jetzt sind es halt drei geworden."

Louna nickt und ergänzt: „Wir hatten immer wieder spannende Möglichkeiten und es hat uns beiden gut gefallen. Gab keinen Grund, aufzuhören!"

„Absolut richtig!", bestätigt Jon. Er fängt an, in Erinnerungen zu kramen. „Erinnerst Du Dich noch an Michaela?"

Louna lacht. „Natürlich! Wie kann ich eine Frau vergessen, die Dich im Restaurant auffordert, sie unter dem Tisch zu fingern!"

Jon grinst. „Stimmt, werde ich wohl auch nie vergessen."

„Und erinnerst Du Dich noch an Tom?"

Jon muss überlegen. Er hat kein gutes Namensgedächtnis. „Ist das der Typ mit dem Riesending?"

Louna schmunzelt: „Oh ja, das kann man so nennen. Zweiundzwanzig Zentimeter sind nicht gerade klein!"

Jon erinnert sich. „Es hat Dir ein wenig wehgetan, oder?"

„Nun, anal schon. Vaginal war es nicht schlecht!"

Jon lächelt. „Stimmt, da war was. Deine erste anale Erfahrung mit einem anderen Mann als mir."

„Ja – und ich bleibe anal besser bei Dir!"

Beide lachen und nehmen noch einen großen Schluck Champagner.

Jon denkt laut: „Was war jeweils unser schönstes Erlebnis?"

Louna hat viele Bilder im Kopf: „Ich schwanke zwischen meinem wortlosen Date mit Erik und dem Dreier mit Paul und seiner Freundin Clara!"

Jon versucht, sich in Louna hineinzuversetzen. „Verstehe Dein Schwanken. So, wie Du davon erzählt hast, war es beides sehr geil für Dich!"

Die Erinnerungen zaubern Freude in Lounas Gesicht. „Oh ja, das kann man wohl sagen. Tolle Erlebnisse!"

Jon geht seine Freitage durch. „Mein Highlight war wohl Jennifer."

„Ah, natürlich. Die Hafen-Story!"

Jon lächelt selig vor sich hin. „Genau. Mir war vorher nicht klar, dass man hinter Containern auch super Sex haben kann. Und das sogar im Stehen!"

Louna grinst. „Seid froh, dass euch keiner erwischt hat!"

„Das war genau der Kick! Wobei ich ohne die fordernde Art von Jennifer wohl nicht weitergemacht hätte."

Louna schaut Jon voller Liebe an. „Weißt Du, was ich besonders gut fand?"

„Nein, worauf möchtest Du hinaus?"

„Besonders gut fand ich, dass wir beide trotzdem jede Woche schönen Sex miteinander hatten!"

„Ja, das war wirklich schön. Und spannend. Hätte ja auch sein können, dass wir weniger Lust aufeinander haben, wenn es Andere gibt", sagt Jon.

„Das war eine Befürchtung von mir. Aber zum Glück ist es völlig anders gekommen!"

„Ich bin immer noch ganz baff, dass wir das alles gemacht haben. Ich muss mich ab und zu kneifen, um zu prüfen, ob ich träume!"

Louna kneift Jon in den Unterarm und lacht. „Alles ist wahr und passiert tatsächlich. Wie ein Traum, und doch ist es keiner!"

Er verzieht kurz das Gesicht aufgrund Lounas spitzer Fingernägel. „Aua!" Aber die kleinen Schmerzen vermögen nicht von seiner Freude abzulenken. „Und nun? Man soll weitermachen, wenn es am schönsten ist?"

Louna schmunzelt und erhebt ihr Glas. „Besser hätte ich es nicht ausdrücken können. Darauf trinken wir!"

Die Gläser erklingen erneut glockenhaft. Beerdigung. Hochzeit. Taufe. Alles zusammen. Ein neues Leben für das alte Paar. In Gier und Neugier. Offen und voller Möglichkeiten. In Liebe und großem Vertrauen.

Jon unterbricht das wohlige Schweigen zweier Liebender. „Nächsten Freitag treffe ich Sonja!"

Louna freut sich für ihn. „Oh, schön! Ist sie aus Kolumbien zurück?"

„Noch nicht ganz, aber sie landet hoffentlich übermorgen heil und unversehrt!"

„Ganz bestimmt, klappt schon."

„Ja. Ich bin gespannt auf das Wiedersehen. Ist schon recht lang her", sagt Jon.

„Und es ist was Besonderes. Das erste Mal triffst Du jemanden zum zweiten Mal."

Jon denkt kurz nach. „Stimmt. Hatte ich gar nicht auf dem Schirm. Ist das okay für Dich?"

„Klaro, sonst hätte ich schon was gesagt. Jetzt, wo ich weiß, dass sie damals unsere Abmachung nicht bewusst ignoriert hat, bin ich entspannt!"

„Ja, ihre Leidenschaft ist mit ihr durchgegangen. Da kann man schon mal was vergessen. Ist ja irgendwie auch schön!"

Louna lächelt. „Nicht irgendwie – es ist schön, wenn Menschen etwas mit Leidenschaft tun! Deswegen habe ich ihr auch sofort verziehen."

Jon legt seinen Arm um Louna und drückt sie fest an sich. Es existiert doch. Das Paradies auf Erden.

Die Offenbarung

Freitagabend.

Jon hat soeben die Klingel gedrückt. Er steht vor einer Wohnungstür im dritten Stock eines typischen Mietshauses aus rotem Backstein. Er ist in Barmbek, einem aufstrebenden Stadtteil von Hamburg, der sich aufgrund von unbezahlbaren Mieten in anderen Gegenden immer größerer Beliebtheit erfreut. Die Haustür unten hatte offen gestanden, sodass er direkt nach oben gehen konnte. Nun wartet er gespannt auf die Öffnung der dunkelbraun lackierten Tür.

Das Wiedersehen mit Sonja findet bei ihr zu Hause statt. Sie hat ihn eingeladen, auf einen kolumbianischen Abend. Inspiriert von ihrer Auszeit in Südamerika möchte sie ihm heute Abend zeigen, dass sie auch andere Qualitäten hat, als nur gut im Bett zu sein.

Jon freut sich auf den Abend. Den Tag im Wellnesstempel, mit dem tollen Dreier zum Abschluss, hat er noch in blühender Erinnerung. Er mag Sonjas humorvolle und offene Art. Und er mag ihren Arsch. Bei der Selbstverwöhnung sieht er immer wieder diesen Hintern vor sich. Sonja hat sich einen Stammplatz in seinen Mitternachtsfantasien erobert.

Schritte sind zu hören, es klackert auf dem Boden. Die Tür geht auf. Eine braungebrannte Schönheit steht lächelnd vor ihm. Sie trägt ein kurzes und enges Strickkleid, das sich wundersam an ihren Körper schmiegt und so jeden Zentimeter verführerisch zur Geltung bringt. Dazu Lederstiefel mit hohen Absätzen, Ursprung des eben gehörten Klackerns. Ihre wunderschönen braunen Haare trägt sie offen. Sie ist dezent geschminkt, aber hat ihre Wimpern gekonnt zu einem verführerischen Augenaufschlag verwandelt. Ein süßlicher und nicht zu leichter Duft zieht zu ihm herüber. Sonja hat ein passendes Parfüm gewählt.

„Hey, so schön, Dich endlich wiederzusehen!", kreischt sie, springt Jon stürmisch in die Arme und drückt ihn fest an sich.

„Finde ich auch, Du siehst toll aus!", antwortet er, als sein Atem zurückkehrt.

„Ja, die Sonne hat mich verwöhnt!" Sonja lächelt glücklich. „Und jetzt bist Du auch noch hier, ich habe echt viel Glück in letzter Zeit!"

Sie drückt Jon einen dicken Schmatzer mitten ins Gesicht, irgendwo zwischen Wangenknochen und Oberlippe.

„Wow, das ist ja mal eine Begrüßung!", lacht er.

„Und es wird noch besser!", verspricht Sonja. „Ich habe einen Ajiaco-Eintopf gekocht, hoffe, er mundet Dir!"

„Klingt interessant. Was ist das genau?"

„Wird in Kolumbien gern auf den Tisch gestellt; verschiedene Kartoffeln, Hühnerfleisch, Mais, Lauchzwiebeln und Avocado."

Genau Jons Geschmack. „Hm, lecker!"

Sonja grient. „Erst essen, dann loben! Und vor allem: Jetzt erstmal reinkommen, auf dem Flur wird nicht gegessen."

Jon grinst. „Si, Señorita, wird gemacht!"

Sie lacht und geht ein Stück zur Seite, sodass er eintreten kann.

„Wir beginnen mit einer kurzen Führung durch mein kleines Reich. Fühl Dich ganz wie zu Hause."

Sonja zeigt in einen kleinen Gang, von dem insgesamt vier Türen abgehen. Küche und Bad befinden sich gegenüberliegend ganz vorne in der Nähe der Wohnungstür. Am Ende des Ganges geht rechts und links jeweils ein weiterer Raum ab. Das Schlafzimmer auf der rechten Seite betrachten sie nur kurz von der Türschwelle aus, das kleine Bett vor dem groß wirkenden Fenster sticht Jon sofort ins Auge. Sie gehen nach links ab. Das Wohnzimmer ist der größte Raum der Wohnung und hat sogar einen Essbereich. Ihre Einrichtung ist eher schlicht und strukturiert. Kein Chichi. Sonja erscheint auffällig ordentlich.

„Hübsch hast Du es hier!", lobt Jon.

„Na ja, es ist bescheiden, aber nett von Dir. Setz Dich!" Sie zeigt auf einen großzügigen Esstisch aus dunkler Eiche.

Sonja hat sich wirklich Mühe gegeben und die Tafel festlich dekoriert. Kolumbianische Farben überall. Eine weibliche Stimme singt in spanischer Sprache zu Salsa-Tönen, die im Hintergrund leise zu hören sind. Jon fühlt sich willkommen und entspannt.

„Was hältst Du von einem Aperitif mit südamerikanischem Feuer?", fragt sie.

Jon reibt sich die Hände. „Viel. Hört sich großartig an!"

Sie greift zu einer schwarzen bauchigen Flasche, *Dictador 12 años* ist groß zu lesen, und füllt die Botucal-Rum-Gläser mit genussvoller Achtsamkeit zur Hälfte voll.

Jon bekommt sein Glas mit feierlicher Mimik von Sonja überreicht. „Auf einen wunderbaren Abend!"

Er schnuppert am Glas und stellt fest: „Ein Abend, der so schön anfängt, kann nur wunderbar werden! Ich freue mich, hier zu sein!"

Sonja ist sichtlich erfreut, das zu hören. Sie genießen den ersten Schluck.

„Oh ja, der hat wirklich Feuer!", lobt Jon das wunderleckere Getränk, das seine innere Temperatur sofort ansteigen lässt.

„Schön, wenn er Dir schmeckt, mal schauen, was Du zum Essen sagst!"

Sonja steht auf, um einen großen Topf aus der Küche zu holen. Er schaut ihr nach und nutzt die Chance, den Hintern seiner Fantasien zu mustern und sich darüber zu freuen, diesen bald wieder anfassen zu dürfen. Das hofft er zumindest. Doch jetzt steht erstmal das Essen auf dem Programm. Sonja setzt den Topf auf den Tisch und belädt beide Teller.

Jon fällt auf, dass beide Teller nach dem Beladen fast exakt gleich aussehen. Sie scheint Struktur zu mögen. Überall. Nicht nur bei der Einrichtung.

„Wenn der so lecker schmeckt, wie er aussieht, freue ich mich schon jetzt!" Jon schnalzt mit der Zunge.

Sonja zwinkert ihm zu. „Das wirst Du gleich herausfinden: Guten Appetit!"

Jon nimmt seinen ersten Löffel. Eine wahrhaft gelungene Komposition verströmt verschiedene Geschmäcker von Mais, Huhn und Kartoffeln mit raffinierter Würzung in seinem Mund. „Hm, lecker – das hast Du toll gekocht!

Sonja nimmt dieses Kompliment gern entgegen. Sie hat sich viel Mühe gegeben bei der Vorbereitung dieses Abends. Sie will Jon verwöhnen. Mit allem, was sie einbringen kann. Dieser Abend soll begeistern und ihm in ewiger Erinnerung bleiben. Ein Startschuss in eine neue Zeit. Ein Wendepunkt des Seins.

In den nächsten Minuten wird wenig gesprochen. Beide genießen still und bewusst ihren Ajiaco. Dabei schauen sie sich zwischendurch immer wieder an. Ihre Blicke sind eindeutig. Es kribbelt. Die Luft ist elektrisch geladen. Sonja spürt entzückende Zuckungen zwischen ihren Beinen und auch Jon fällt es zunehmend schwerer, sich aufs Essen zu konzentrieren.

Endlich. Der letzte Löffel ist im Mund verschwunden.

„Ich habe ein schmackhaftes Dessert kredenzt. Wollen wir das später zu uns nehmen?", fragt Sonja grinsend.

Jon tut unwissend. „Später?"

„Haha, tu nicht so! Du weißt genau, was wir jetzt dringend machen sollten!"

Er treibt die Situation weiter auf die Spitze. „Ähm, was denn? Sag Du es mir!"

Sie steht auf, stellt sich neben ihn, nimmt seinen Kopf zwischen beide Hände und schaut ihm tief in die Augen. „Ficken, Jon, ficken!"

Passend zum kolumbianischen Abend wird ihm tropisch warm, aber nicht nur, weil sein Gesicht fest zwischen den Händen von Sonja gehalten wird. Nein. Auch sein Puls ist gestiegen – und das wiederum liegt nicht nur am Rum. Jon ist geil. Er spürt es am ganzen Körper, fast willenlos lässt er seinen Kopf in Sonjas Hände fallen.

Sie neigt ihr Gesicht und beginnt, ihn zu küssen. Wild und schnell, so wie sie es mag.

Es vergehen einige Minuten im unbändigen Takt der Lippen. Beide sind erregt, genießen die stürmischen Küsse, immer und immer wieder. Sie können nicht aufhören, obwohl sie eigentlich unterbrechen möchten, um zum nächsten Schritt übergehen zu können. Es ist so ein Moment, in dem der Mensch alles gleichzeitig will. Ganz im Augenblick. Pure Lust. Rasende Hingabe. Jon liebt den Geruch und den Geschmack von Sonja. Fast rauschhaft gibt er sich hin.

Schließlich ist es Sonja, die sich losreißt. Sie greift zur Rumflasche und schenkt beiden nach. „Auf uns, Jon!"

Er hebt sein Glas. „Auf uns, Sonja!"

Die Gläser werden auf ex geleert. Das passt in diesen Moment. Einfach laufen lassen. Einfach machen.

Die wilde Knutscherei geht weiter. Der Geschmack von Rum zwischen ihren Lippen heizt die beiden weiter an. Während sich Sonja an Jons Reißverschluss zu schaffen macht, zieht er ihr Strickkleid hoch.

Sie trägt keinen Slip. Es fühlt sich toll an, den engen Strick über ihren Prachthintern zu ziehen. Stück für Stück. Bis er ihren Arsch ganz in seine beiden Hände nehmen kann. Er genießt es, kräftig hineinzugreifen, prächtiges Fleisch unter weicher und glatter Haut. Seine Finger erkunden jeden Zentimeter.

Sonja hat inzwischen seine Hose geöffnet und inklusive der schwarzen Unterhose nach unten gezogen. Der steife Schaft springt ihr sofort entgegen. Sie grinst versaut. „Wow, da ist aber jemand erfreut!"

Jon atmet laut, in einer Mischung aus Stöhnen und Hecheln, und vergräbt seine Hände nochmal tief in ihrem Fleisch. „Und wie erfreut. Ich habe keine Worte dafür!"

Sie geht zwei Schritte zurück und genießt für ein paar Augenblicke den Anblick. Ein hübscher Mann mit prall gefüllter Latte auf einem Stuhl sitzend, mitten in ihrem Wohnzimmer. So hat sie sich das immer vorgestellt, wenn sie in Kolumbien an Jon gedacht hat. Sie geht wieder zwei Schritte nach vorne, kniet sich auf den frisch geputzten Linoleumboden und lächelt schelmisch. „Du brauchst keine Worte. Eine Erektion ist immer das schönste Kompliment!"

Und schon verschwindet sein Schwanz in ihrem Mund. Orale Verwöhnung für den willenlosen Jon. Er lehnt sich zurück und lässt Sonja machen. Sie weiß, was sie tut. Das hat er schon damals beim Dreier bemerkt. Minuten der Freude vergehen im Takt von gekonnten Kopfbewegungen. Jon stöhnt vor sich hin und geht fließend über in einen fast meditativen Zustand.

Plötzlich hört sie auf, kommt mit ihrem Gesicht hoch, küsst ihn fest und flüstert: „Komm! Im Schlafzimmer ist es gemütlicher."

Er lässt sich nicht zweimal bitten und zieht eilig seine Schuhe aus, um Hose und Unterhose endgültig loszuwerden. Sonja schnappt sich die Rumflasche, bevor sie losgehen.

Im Schlafzimmer angekommen, stehen sie vor ihrem Bett. Auch auf den zweiten Blick ist es immer noch sehr klein. Sonja bemerkt den irritierten Blick von Jon.

„Ein kleines Bett macht weniger einsam, wenn man nachts alleine liegt!"

Er grinst und ergänzt: „Und zu zweit ist es schön eng!"

Sie lacht und zieht sich das Strickkleid mit einem Schwung über den Kopf. Jon lässt nicht auf sich warten und wirft seinen Pullover auf den Boden. Sonja greift zur Rumflasche und nimmt einen kräftigen Schluck. Am langen Arm streckt sie ihm die Flasche entgegen. Er zögert kurz, greift dann aber zu und nimmt ebenfalls einen großen Schluck.

Dann geht alles ganz schnell. Viel zu lange haben sie ausgeharrt in ihrer Lust. Genau genommen seit über zwei Monaten. Haben sich immer wieder geschrieben und ihre Vorfreude über den Großen Teich geschickt. Sich regelmäßig bestätigt, dass dieser Abend kommen würde, an dem sie sich wiedervereinigen würden. Dieser kurze Ritt, damals beim Dreier, ist für sie wie eine wunderbare Vorspeise gewesen und nun können sie endlich zum Hauptgang übergehen. Sonja und Jon zittern vor Geilheit und können es kaum abwarten.

Einen kurzen Moment denkt er sogar darüber nach, das Kondom wegzulassen, um schneller anfangen zu können. Doch er besinnt sich und zieht eines von denen über, die in einer Schale neben Sonjas Bett stehen. Bei aller Geilheit vergisst er dennoch nicht die Abmachung mit Louna. Sein Verstand ist nicht völlig ausgeschaltet.

Währenddessen Jon das Kondom überzieht, legt sich Sonja ins Bett und spreizt ihre Beine. Die Lederstiefel hat sie anbehalten. Der Anblick lässt Jon das Blut in den Adern pulsieren, seine Zellen tanzen vor Freude und sein Schwanz ist hart wie selten zuvor.

„Komm, ich warte auf Dich!", säuselt sie verführerisch.

Endlich. Das Kondom sitzt. Es kann losgehen. Ein letzter Blick auf die gespreizten Beine. Dort in der Mitte ist der Eingang zum Himmel. Jon hat Gänsehaut. Er kniet sich aufs Bett und schiebt sein Becken nach unten.

Touchdown. Willkommen im Paradies.

Sonja stöhnt laut auf. Sie mag dieses enge und warme Gefühl, das von ihrer Körpermitte hoch in den Bauch zieht, ihr Herz erfreut und ihren Kopf befreit. Die feste Spannung zwischen ihren Lippen, den leichten Schmerz bei jeder Bewegung. Und es ist ja nicht irgendein Schwanz, nicht irgendein Freudenstab, der nun ihr steckt, nein, es ist der von Jon. Viel zu lange hat sie auf diesen Moment gewartet. Immer wieder daran gedacht, wenn sie allein in Kolumbien in ihrem Bett lag. Nun ist der Augenblick da und sie will, dass dieser unvergesslich wird.

Sie krallt ihre Fingernägel in Jons Rücken. Der ist so sehr mit seiner Körpermitte beschäftigt, dass er davon nichts spürt. Jedenfalls nicht bewusst. In Wirklichkeit werden seine Stöße immer dann intensiver, wenn Sonjas Nägel in seine Haut eindringen. Was sie motiviert, immer und immer wieder tiefer zu kratzen. So vergeht die Zeit, Stoß um Stoß, Sekunde um Sekunde, Blutstropfen für Blutstropfen – immer wieder verkrallt sich Sonja in Jons Rücken. Beide stöhnen laut, küssen sich zwischendurch wild und ungehobelt und kommen ihren Höhepunkt immer näher.

„Nimm mich von hinten, Jon!", ruft Sonja plötzlich.

Schon der Gedanke lässt ihn innerlich hüpfen.

Sex mit bester Aussicht auf ihren Arsch? Mehr geht nicht. Sie richten sich auf. Sonja nutzt die Chance, um noch einmal zum Rum zu greifen.

Sie zwinkert ihm zu. „Komm, jeder noch einen großen Schluck und dann nimmst Du mich von hinten!“

Er prustet laut. „Na, bei der Motivation kann ich nicht nein sagen!“

„Gut, dann gehen auch zwei Schlucke!“

Sie grient still in sich hinein und lässt die Flasche hin und her wechseln. Als sie ihren Rumpegel aufgefüllt haben, geht Sonja auf alle Viere und präsentiert Jon ihre herrlichen Backen.

Er schnalzt mit der Zunge und ist froh, dass sie sein Gesicht nicht sehen kann. Er schaut bestimmt so geil drein, dass es ihm fast schon peinlich sein müsste. Um das zu ahnen, braucht er keinen Spiegel. Hinein ins Glück. Volle Kraft voraus. Jon stößt hart zu und greift dabei tief in Sonjas Prachtarsch.

Während er sich immer mehr einschwingt, fasst sie sich selbst an und bringt sich mit ihren Fingern zum Orgasmus. Obwohl es bei ihr immer recht schnell geht, ist es diesmal was ganz Besonderes. Für ein paar Sekunden verliert sie das Gefühl für Raum und Zeit. Weiß nicht mehr, wo sie ist. Sie fliegt. Sie schwebt. Wird gefühlt quer durch das Zimmer katapultiert. Spürt Jons Schwanz und sein Becken, das immer wieder an ihre Arschbacken brandet. Ihr ganzer Körper fängt an, zu vibrieren. Und plötzlich spürt sie ihn gar nicht mehr. Körperstille. Freier Fall. Schwerelosigkeit. Sie prallt auf und alles in ihr zieht sich zusammen. Sie schreit und kreischt und genießt diesen Augenblick mit jeder Nervenzelle ihres Körpers.

Jon ist nicht entgangen, was ihr in den letzten Sekunden widerfahren ist und kann sich selbst kaum noch halten, er steht kurz vor der Explosion.

Sonja ist zurück, sie kommt wieder im Bewusstsein an und ruft eilig aus: „Noch nicht spritzen, Jon – ich will alles in meinem Mund haben!“

Er kriegt gerade noch die Kurve, zieht sich schnell hinaus und wirft das Kondom hektisch auf den Fußboden. Sie hat sich inzwischen umgedreht und kniet mit weit geöffneten Mund vor ihm. Ein großartiger Anblick für Jon. Eine Situation, die er mit Louna nur selten erlebt, obwohl er es sehr mag, wenn die Frau schluckt. Sonja weiß, was Männern gefällt. Unter lautem Gestöhne bricht es aus ihm heraus. Die weiße Masse spritzt mit hohem Druck in Sonjas Schlund und verteilt sich auf ihrer ganzen Zunge. Er massiert sich langsam und fest, um auch den letzten Tropfen nicht zu verschwenden. Jede Flocke zählt. Genau wie jede Sekunde in Momenten wie diesen. Der männliche Orgasmus ist nur kurz, umso wichtiger ist es deswegen, ihn voll auszukosten.

Als Jon fertig ist und leise vor sich hin seufzt, bewegt sich Sonja ein paar Sekunden nicht, damit er sein Werk betrachten kann. Animalische Derbheit. Ein pornografisches Stillleben, ein altbekanntes Motiv: das weit gespreizte Maul, gefüllt mit Mannessaft. Ein weißer Schleier bedeckt die gesamte Zunge von Sonja.

Jon grinst stolz. „Ein gelungener Schuss, würde ich sagen!“

Sie schließt ihren Mund und mit nur einem großen Schluck verschwindet der gesamte weiße Schatz in ihr. Sonja ist zufrieden und lobt ihren Beglücker. „Gute Arbeit! Und lecker war es auch noch!“

Jon schmunzelt dezent, er ist ein wenig benommen von der körperlichen Anstrengung. „Es war mir ein großes Vergnügen!“

Sonja greift sich die Rumflasche. „Darauf trinken wir!“

Das hochprozentige Getränk wird wieder hin und her gereicht. Beide nehmen mehrere kräftige Schlucke.

„Erst Sperma und dann Rum zum Nachspülen: ein perfekter Abend!“ Sonja lacht und legt sich unter die Bettdecke.

Auch Jon ist mit dem Abend mehr als zufrieden und tut es ihr gleich. Kuschelnd liegen sie Arm in Arm unter der flauschigen Flanelldecke. Ein paar Minuten wird nicht gesprochen, nur tief und leise geatmet, die Nähe genossen und die Wärme, die an beiden Körpern aufsteigt.

Sonja unterbricht das Schweigen schließlich. „Es ist so schön hier mit Dir, Jon – bitte bleib über Nacht!“

Er überlegt kurz, aber ihm ist klar, dass es gar nicht anders geht. „Ja, gern, ich bleibe hier, könnte eh nicht mehr fahren nach dem ganzen Rum!“

Sonja grinst. „Tja, was bist Du auch so ein Schluckspecht! Jetzt musst Du Ärmster bei mir liegen bleiben!“

„Schluckspecht? Ich wurde von Dir zum Trinken genötigt!“

Beide lachen. Jon ergänzt: „Alles gut, Sonja, der Abend war schön, so wie er war!“

„Und er ist noch nicht vorbei – ich hole jetzt den Nachtisch!“ Sie steht auf und geht in die Küche.

Jon liegt auf dem Rücken, schaut ihr vergnügt nach und bekommt das Grienen nicht aus dem Gesicht. „Ein geiler Abend!“, murmelt er leise vor sich hin.

Sonja kommt mit zwei Schüsseln zurück. „Das ist Natilla – sehr lecker, wirst sehen!“

Sie überreicht ihm seinen Anteil und kuschelt sich zurück unter die Decke. Zwei Naschende in trauter Genussgemeinschaft.

„Hm, wirklich hervorragend!“ Jon freut sich, als sich der zimtige Milchschaum in seinem Mund breitmacht. Seinem Gaumen schmeichelt. „Unglaublich, wie Du mich verwöhnst – mit allem heute Abend!“

Sonja lächelt und schaut im Inneren erhaben und stolz auf sich selbst. Ihr Plan ist aufgegangen. Ein gelungener kolumbianischer Abend. Ein glücklicher Jon.

Als sie die Schüsseln bis auf den letzten Zentimeter ausgeschleckt haben, dreht sie sich um und legt sich auf die Seite. „Kuschelst Du mich von hinten, Jon?“

Er dreht sich um, legt seinen Arm um Sonja und schiebt sein Becken ganz eng an ihren Hintern. Zwei erwachsene Embryos im Kuschelmodus. Auch wenn Jon ein wenig verdutzt über die große Nähe ist, genießt er sie sehr. Langsam aber sicher werden die beiden schläfrig, das Bewusstsein schwindet, ihre Körper verlieren an Gewicht. Sie sind auf dem Weg in die wunderbare Leere. Spüren sich noch ein wenig in der Zwischenwelt. Sonja ergreift die Hand von Jon, drückt fest zu und lässt dann immer mehr nach. Sie schweben davon, eng umschlungen und doch jeder in seinem Nichts. Hinein in den dunklen Tunnel. Alles ausblenden. Im Nichtsein kann das größte Sein liegen. Beide haben ein Lächeln auf den Lippen, als sie schließlich einschlafen. Für ein paar Sekunden denkt Jon an Louna. Was sie wohl fühlen würde, wenn sie die beiden hier so eng umschlungen sähe? Würde sie ihm diesen Moment gönnen oder doch eher eifersüchtig reagieren? Ohne sich selbst zu antworten, schläft er endgültig ein.

∞

Jon wird wach, als Sonnenlicht seine Nase kitzelt.

Sonja schläft noch. Ein Blitz durchfährt ihn und er schreckt auf.

„Wie spät ist es?“, denkt er gehetzt. Jon hat vergessen, den Wecker zu stellen. Nach Freitag kommt Samstag. Heute um zwölf Uhr ist sein Brunch-Termin mit Louna. Er schaut sich gestresst und verwirrt im Schlafzimmer um. Keine Uhr. Sein Handy ist in der Jacke. Er springt auf und geht mit großen Schritten zur Garderobe.

„Puh, erst halb zehn. Glück gehabt!“ Jon schnauft kräftig durch. Er hasst Stress am Morgen. Sein Puls normalisiert sich und er geht ins Badezimmer, um seine Blase zu entleeren. Er klappt die Brille hoch und entspannt sich im Stehen. Hinter ihm steht ein bodentiefer Spiegel. Er wendet seinen Kopf und schaut auf seinen Rücken. „Ach, Du Scheiße – was ist da denn passiert?“, denkt er erschrocken.

Sein ganzer Rücken ist überzogen mit Kratzern. Kreuz und quer schlängeln sich rote Striemen über seine Haut. Manche verlaufen gar von der Schulter bis zum Steiß. Spuren einer Nacht. Sonja hat sich eingetragen ins Gästebuch und tiefe Grüße hinterlassen. Körpermarkierungen. So ist Jon noch nie nach Hause gekommen. Immer noch beeindruckt von diesem Anblick, beginnt er zu grübeln. „Da wird Louna aber staunen, hoffentlich nicht zu sehr, hoffentlich reagiert sie nicht verärgert.“

Doch er wird schnell aus seinen Gedanken gerissen. Es klopft an der Tür. Sonja ist wach.

Jon zieht ab und vergisst nicht, den Deckel zu schließen. Ein Fauxpas, den er sich ersparen möchte. Er öffnet die Tür und sieht vor sich die nackte Wahrheit in aller Pracht. „Guten Morgen, schöne Frau!“

Sonja lächelt sanft. „Guten Morgen, schöner Mann!“ Sie verharren einen Moment und genießen die Intimität dieser sinnlichen morgendlichen Begegnung.

„Ich habe Frühstück eingekauft!", teilt Sonja strahlend mit.

Jon weiß nicht recht, wie er reagieren soll, entscheidet sich aber für die blanke und direkte Antwort. „Oh, das ist sehr nett von Dir, aber ich bin um zwölf Uhr mit Louna zum Brunchen verabredet!"

Sie verzieht ihre Lippen zu einem Schmollmund und schaut traurig. „Ach so."

Jon ist irritiert. „Alles gut? Ich meine, wir waren doch nicht zum Frühstücken verabredet. Nicht mal das Übernachten war geplant!"

„Na ja, geplant nicht, aber ich habe mich auf alles vorbereitet und dachte, Du bleibst gern etwas länger!", erwidert Sonja.

Er zieht sie zu sich und umarmt sie fest. „Wäre ich auch gern. Aber ich bin nun mal mit Louna verabredet."

Sonja ist enttäuscht. Das große Glücksgefühl der Nacht verwandelt sich in eine tiefe schwarze Leere. Jon bemerkt, dass bei Sonja einige Tränen kullern. Er fühlt sich überfordert mit der Situation – mit solch einer dramatischen Reaktion hatte er nicht gerechnet. Es ist doch kein Grund zum Weinen, nur weil man nicht zusammen frühstücken kann.

„Tut mir echt leid, schöne Frau – es war eine wunderbare Zeit mit Dir, können wir bestimmt bald wiederholen!"

Sonja versucht, sich zusammenzureißen und ärgert sich, dass sie ihre Verletzlichkeit so schnell preisgegeben hat. Mit einem beleidigten Unterton versucht sie, das Beste aus der Situation zu machen. „Bleibst Du wenigstens noch auf einen Kaffee?"

Jon hofft, dass alles wieder im Lot ist. „Selbstverständlich. Sehr gern sogar!"

Sonja zieht sich ihren Bademantel an und schlurft in die Küche. Er sucht seine Kleidung in der Wohnung zusammen, zieht sich Stück für Stück an und geht dann zu Sonja. Diese hat die Kapselmaschine inzwischen schon in Gang gesetzt und beiden eine Tasse schwarze Ambrosia vorbereitet.

„Mit einer Tasse Kaffee in der Hand sieht doch alles schon viel besser aus!" Jon versucht, die Stimmung aufzuhellen. Er hat schon beim Eintreten in die Küche bemerkt, dass Sonja immer noch in dunkler Stimmung ist.

Sie grummelt vor sich hin. „Na ja, manchmal hilft nicht mal Kaffee."

Er schaut sie ernst an. „Was ist denn los mit Dir, warum reißt Dich das so runter? Ein Frühstück kann man doch verschieben!"

Sonja seufzt einmal laut und schaut plötzlich nicht mehr traurig, sondern verzweifelt – als wenn sie nicht mehr wüsste, was sie tun soll. Sie sortiert ihre Gedanken. „Weißt Du, es geht doch überhaupt nicht um das Frühstück, jedenfalls nicht wirklich!"

„Sondern?"

„Es geht um die Zeit, die wir jetzt nicht mehr zusammen haben!"

Er findet die Situation merkwürdig übertrieben, aber versucht, ruhig zu bleiben.

„Nun, dafür hatten wir doch einen tollen Abend und eine tolle Nacht!“

Sie schafft es fast, zu lächeln. „Ja, das war sehr schön. Aber ich habe gehofft, heute noch mit Dir reden zu können. Bei einem langgedehnten Frühstück.“

„Was liegt Dir denn auf dem Herzen? Sag es mir gern!“

Sonja zögert. Sie hatte sich das alles anders vorgestellt. Nicht so. Mit einer Tasse Kaffee in der Hand, auf dem Sprung zur Haustür. „Na gut, Jon, aber können wir uns wenigstens hinsetzen? Aufs Sofa?“

Er findet die ganze Situation immer skurriler, aber will Sonja nicht verletzen.

„Klar, kein Problem. Habe noch ein wenig Zeit.“

Sonja verzieht das Gesicht, als ihr die knappe Zeit wieder vor Augen geführt wird, setzt sich dann aber entschlossen Richtung Wohnzimmer in Gang. Als Jon sich neben ihr aufs Sofa setzt, stellt sie ihre Kaffeetasse zur Seite und nimmt seine linke Hand. „Es tut mir leid, wenn ich gerade etwas verrückt rüberkomme. Aber das alles hat seinen Grund.“

Er schmunzelt. „Gut, dass Du das selbst bemerkst – ja, es kommt mir alles etwas verrückt vor!“

Sie versucht, ihre Anspannung zu überspielen. „Kann ich absolut verstehen – aber alles ist gut, wirst sehen!“

„Na, Du spannst mich ja auf die Folter!“

Sonja versucht, zu lächeln und schaut ihm tief in die Augen. „Erinnerst Du Dich noch an den Dreier, wo ich spontan auf Dich gesprungen bin, um Dich zu reiten?“

Jon grinst. „Natürlich, wie könnte ich das vergessen!“

Sonja blickt ihn voller Verlangen an. „Geht mir genauso. Aber es war gar nicht so spontan!“

Er schaut leicht entsetzt. „Wie jetzt, was meinst Du?“

Sie erörtert weiter mit ruhiger Stimme. „Na ja, ich habe schon in der Umkleidekabine beim Gespräch mit Louna beschlossen, sie leckend zum Orgasmus zu bringen, damit ich danach freie Bahn bei Dir habe!“

Jon schafft es kaum, seine Gesichtszüge zu wahren. „Oh, Du hast Louna aber was ganz Anderes erzählt!“

Sonja schaut ihn mit großen Hundeaugen an. „Und dafür schäme ich mich auch. Bitte verrate ihr nichts, denn ich hatte einen guten Grund dafür!“

Er weiß nicht, was er sagen soll, und schaut sie fragend an.

Sie bemerkt, dass sie nun in die Offensive gehen muss. Es wird Zeit für Klarheit, für die große Offenbarung. „Jon, schon als ich Dich auf dem Parkplatz vorm Wellnesscenter gesehen habe, war ich hin und weg. Und dann warst Du im Laufe des Tages auch noch nett und charmant und so attraktiv anzuschauen. Mir war klar: Koste es, was es wolle, mit diesem Mann möchte ich heute noch schlafen!"

Er fühlt sich geschmeichelt und vergisst für ein paar Sekunden, dass Sonja Louna angelogen hat. Doch als der Effekt der Bauchpinselei nachlässt, kommt er wieder zu sich. „Ist das ein Grund, Louna zu hintergehen?"

Sonja starrt ihn an. „Nein. Das wäre kein Grund, um zu lügen. Es gibt einen anderen, einen wirklich guten Grund!"

Jon wird ungeduldig. „Ja? Welchen denn?"

Sie zieht seine Hand zu sich auf ihren Schoß. „In bin total in Dich verliebt, Jon. Ich will Dich. Ganz und gar. Ohne Kompromisse!"

Einen Moment lang steht die Zeit still. Der Raum dreht sich schwerelos um seine eigene Achse.

Jon ist nicht sicher, ob er richtig gehört hat. Mit so einer Offenbarung hätte er nie gerechnet. Er hat Sonja als eine freie und frivole Frau eingeschätzt, die Spaß sucht und ihr Leben genießt. Und nicht als eine Frau für die großen Gefühle.

Nach zehn Sekunden absoluter Stille fängt er sich und versucht, irgendwie zu reagieren. „Ähm, ja, also, ich weiß nicht, was ich sagen soll."

Sonja beugt sich zu ihm herüber und nimmt ihn fest in den Arm. „Sag jetzt am besten gar nichts. Denk darüber nach, wenn Du alleine bist. Wir haben Zeit. Du musst nur wissen: Meine Gefühle für Dich sind echt und ernst!"

Jon schaut auf die Uhr. „Oh, ich muss los. Wir telefonieren?"

Sonja grinst, weil ihr das Gleichnis von den Mäusen und dem Speck einfällt. „Gern! Doch richtig schön ficken können wir nur, wenn wir uns sehen!"

Er bemerkt, wie Geilheit in ihm aufsteigt, aber auch, dass das Chaos in seinem Inneren wütet. Ruckartig steht er auf, zieht seine Jacke an und gibt Sonja einen schnellen Kuss auf den Mund. Wie in Trance und dennoch zügig läuft er den kurzen Flur entlang und verlässt die Wohnung.

Am Abgrund

Jon sitzt im Auto.

Zum Glück ist Louna heute Ausrichterin des Brunchs, sonst hätte er jetzt ein Problem mehr. Pünktlich wird er es nicht mehr schaffen. Doch nicht nur die Zeit drückt in seinem Nacken. Jon ist durcheinander, findet kaum einen klaren Gedanken.

„Was ist da denn eben passiert? Was ist bloß mit Sonja los? Sie hat gegenüber Louna gelogen, ist ihr Verliebtsein ein guter Grund dafür? Und meint sie das wirklich ernst? Was fühle ich eigentlich für Sonja? Ist das eingetreten, wovor Louna und ich am meisten Angst hatten? Und was um Himmels Willen soll ich ihr gleich erzählen?"

Viele Fragen, doch keine Antworten in Sicht. Jon ist heiß. Er schwitzt wie im Hochsommer. Er kann sein Herz schlagen hören und spürt seinen Puls. Das Paradies auf Erden scheint nah an der Hölle gebaut worden zu sein. Doch vielleicht ist es auch dasselbe. Nur ein anderer Zustand. Das Leben kann sich paradiesisch anfühlen und sich, nur einen kleinen Augenblick später, in etwas Höllenhaftes verwandeln. Jedenfalls fühlt sich Jon, als wäre das so.

Er hat eine wunderbare Freundin, die er über alles liebt. Diese großartige Freundin gestattet ihm, gestern einen genussreichen Abend mit einer anderen attraktiven Frau verbringen zu können: paradiesischer Zustand. Doch als er am nächsten Morgen mit dieser Frau erwacht, scheint die Hölle ausgebrochen zu sein. Bisher gab es keinen Zweifel, wer seine Freundin und wer nur eine Sexpartnerin ist. Aber Sonja stellt nun alles infrage, was bisher vollkommen klar war.

Und er? Er taumelt, weiß nicht, was er denken und fühlen soll. Ist das sein Dank an die wunderbare Freundin, dass er sich in eine Andere verliebt? In eine Sexpartnerin? Das Paradies kann grausam sein, wenn es sich anfühlt wie die Hölle.

Passend zu seiner höllenhaften Stimmung wird im Radio über den jüngsten Terroranschlag berichtet. Wieder wurden unzählige Menschen durch eine Bombe getötet. Woche für Woche sterben Menschen. Auch in Hamburg ist es vor ein paar Monaten passiert. Niemand scheint mehr sicher zu sein. Die Debatte über mehr Sicherheit tobt. Radikale Stimmen setzen sich mehr und mehr durch.

Lounas Wohnung kommt immer näher und Jon versucht weiterhin, klar im Kopf zu werden. Die Bilder der vergangenen Stunden flackern über seinen inneren Bildschirm. Das Lächeln von Sonja, ihr wundergeiler Körper, das gute Essen, der gigantische Orgasmus mit dem Finale mitten in ihrem Mund, ihr Geruch, das warme Kuscheln, die angenehme Nähe, Sonjas Hingabe, der herrliche Rum, Sonjas Arschbacken, ihre Liebeserklärung, ihre Tränen und so weiter und so fort. Und immer wieder von vorne. Endlosschleifen im Jon-Kanal.

„Puh, sie ist echt eine Hammer-Frau! Was mache ich jetzt bloß?"

Er fährt in Lounas Straße und ist immer noch nicht sortiert. „Eigentlich kann ich Louna so nicht gegenübertreten!“ Innerlich stresst er sich selbst. Doch er weiß natürlich, dass dieser Termin fest vereinbart ist. Eine Absage wäre noch schlimmer als ein Auftreten in seinem Zustand. Eine Absage würde Misstrauen säen. Und sie haben sich versprochen, alles miteinander zu besprechen. Da muss Jon nun durch. Höllenhafte Temperaturen im Paradies.

Er parkt den Wagen. Zögert einen Moment, steigt dann aber mit schweren Beinen aus. Er ist zehn Minuten zu spät. Nur noch die Stufen des Treppenhauses liegen zwischen Louna und ihm. Nur noch Treppenstufen verhindern, dass sie von der Hölle erfährt, die sich in ihr gemeinsames Paradies eingeschlichen hat. Die Stufen stören ihn heute nicht. Zum ersten Mal freut er sich darüber, dass seine Freundin im fünften Stock wohnt. Jedoch hat auch diese Treppe einen Anfang und ein Ende. Für Jon endet der Weg vor Lounas Tür.

Er klingelt. Der Puls rast.

Sie öffnet die Tür und begrüßt ihn mit einem strahlenden Lächeln. „Besser zu spät als nie – schön, dass Du da bist!“

Jon steht mit einem unbeteiligten Gesicht im Türrahmen und reagiert kaum, als Louna ihm einen Kuss aufdrückt.

Sie spürt sofort die ungewohnten Schwingungen und fragt mit besorgter Tonlage: „Alles gut bei Dir?“

Er schüttelt sich mental, will die Kontrolle über sich und die Situation behalten. „Ja, alles gut, ich bin nur etwas verschlafen, stehe noch neben mir!“

Louna grinst. „Hattest wohl eine harte Nacht? Komm rein. Ich habe reichlich Stärkung auf dem Tisch!“

Jon verzichtet auf einen Kommentar und lächelt dankbar. Er hängt seine Jacke an die Garderobe und folgt Louna zum Küchentisch. Wie immer hat sie sich auch heute viel Mühe gegeben.

Jon witzelt: „Ah, heute gibt es wieder einen *Brunch des riches – à la bonne*. Wir sind ja bei Dir!“

Seit Beginn ihrer Brunch-Serie haben die beiden einen Running Gag: Der Brunch bei ihm wurde auf den Namen *Brunch des pauvres* getauft. Die Bezeichnungen sprechen für sich, bei Louna geht es reich und bei Jon eher ärmlich zu.

Doch er kann sich nicht wirklich freuen über den reich gedeckten Frühstückstisch, zu sehr schaukelt es in seinem Kopf. Immer noch ein Hin und Her. Ein Chaos der Gefühle. Mit seinen Witzeleien versucht er, Normalität vorzutäuschen. Dabei müsste er wissen, dass Louna ihn sehr gut kennt und schon bald etwas merken wird. Sie schenkt dampfenden Kaffee aus der Kanne ein. Ein bisschen Retro kann nett sein. Beide setzen sich fast gleichzeitig hin.

Jon möchte noch etwas Zeit für sich gewinnen und prescht nach vorne. „Wie war Dein Freitagabend?“

Louna lächelt zufrieden. „Ich habe mich mit Heiko getroffen. Einundfünfzig Jahre jung."

„Ja, stimmt, Du erwähntest den Kontakt mit einem reiferen Mann – wie war es?"

„Ja, diese Reife war ihm deutlich anzumerken. Heiko war charmant und ruhte angenehm in sich selbst. Als entspannt und einfach würde ich den Abend beschreiben!"

Jon freut sich mit ihr. Auch wenn er sich kaum auf die Konversation konzentrieren kann, versucht er, sich nichts anmerken zu lassen. „Hört sich gut an. Wie war es körperlich mit einem älteren Mann?"

„Angenehm. Ich mochte seinen Geruch. Und er hatte für sein Alter echt eine gute Figur. Außerdem wusste er genau, was er tat. Hat mich gut angefasst, obwohl er mich nicht kannte!"

Jon möchte mehr erfahren, nicht nur, um Zeit zu gewinnen, sondern auch aus echtem Interesse. „Schön! Habt ihr auch miteinander geschlafen?"

Sie grinst verschmitzt. „Na, was denkst Du? Klar haben wir! Heiko hat seine Erfahrung ausgespielt, er konnte erstaunlich lang."

Beide lachen und beginnen, sich am reichhaltigen Buffet zu bedienen.

„Freut mich für Dich, wenn es sich gelohnt hat! Wollt ihr euch wiedersehen?", fragt Jon.

„In jedem Fall war es ein schöner Abend. Ob ich ihn unbedingt ein zweites Mal sehen muss, weiß ich noch nicht. Apropos Wiedersehen, wie war Dein kolumbianischer Abend mit Sonja?"

Louna schaut Jon mit großen Augen neugierig an. Natürlich interessiert sie brennend, wie seine zweite Begegnung mit Sonja war. Schon den ganzen Vormittag dachte sie immer wieder daran, während sie den Brunch vorbereitete.

„Oh, das kolumbianische Essen war der Hammer. Die Namen der Gerichte konnte ich mir nicht merken. Aber Sonja hat superlecker gekocht. Gab ein Hauptgericht und ein Dessert, sowie Rum dazu!"

„Schön! Dann sollte ich mir mal die Rezepte von ihr holen. Aber seit wann trinkst Du Rum?"

Jon lächelt verlegen. „Na ja, ein kolumbianischer Abend ohne Rum wäre nur halb so original!"

Louna grient. „Ja, stimmt wohl. Aber Du musstest doch noch fahren!"

Er greift sich ans Kinn und macht eine Denkerpose. „Ja, das war in der Tat eine Herausforderung."

Sie schaut besorgt. „Sag jetzt nicht, Du bist betrunken Auto gefahren?"

„Nein! Würde ich nie tun, weißt Du doch. Ich bin über Nacht bei Sonja geblieben. Ging ja nicht anders."

Auch wenn Jons Botschaft logisch und rational erscheint, löst sie Emotionen in Louna aus. Übernachtet haben sie bisher noch nie bei jemand Anderem. Sie beschließt, ehrlich zu sein. „Oh, das ist ja mal was Neues, weiß nicht, wie ich das finden soll. Hättest Du Dich nicht mäßigen können mit dem Alkohol?"

„Ich verstehe Deine Reaktion. Aber ich muss zugeben, der Abend war so locker und das Essen so lecker, es kam Eines zum Anderen. Hab wenig über den Alkohol nachgedacht!"

Louna kann diese Erklärung nachvollziehen, auch wenn sie weiterhin nicht begeistert ist. „Hm, wie war es denn sonst so mit Sonja beim zweiten Mal?"

Jon weiß immer noch nicht, was er ihr erzählen und was er erstmal für sich behalten sollte. „Es war schön mit ihr. Hat Spaß gemacht!"

Louna schmunzelt. „Das freut mich für Dich, aber kannst Du es etwas genauer erzählen?"

„Wir hatten Sex von hinten und ich bin in ihrem Mund gekommen!"

Sie lacht laut und verschluckt sich dabei an ein paar Brötchenkrümeln. „Okay, das ist jetzt sehr genau. Kurz und bündig auf den Punkt gebracht! Sie hat Dich also mit Deinen Lieblingsdingen verwöhnt?"

Er probiert, zu lächeln. „Na ja, ich mag auch andere Dinge, aber es war schön."

Louna möchte mit guter Stimmung ins Wochenende starten und versucht, das Thema Übernachten schnell abzuhaken. „Ich freue mich für euch, dass ihr so einen schönen Abend hattet. Aber wenn Du das nächste Mal irgendwo über Nacht bleibst, würde ich mich vorher über eine kurze Nachricht freuen!"

Jon schaut sie friedlich an und antwortet kleinlaut: „Du hast ja Recht. Wird gemacht."

Louna greift zu einem gekochten Ei, schlägt geschickt ihr Messer hinein und köpft es. „Habt ihr noch mal über unseren Dreier gesprochen?"

Sie kann nicht ahnen, was diese Frage bei ihm auslöst. Die Frage schrillt wie eine Sirene! *Mayday, Mayday* kreischt es laut durch den Raum. Doch nur Jon kann diese Sirene hören. Immer und immer wieder tickert es in seinem Kopf: „Sonja hat gelogen, Sonja hat gelogen!" Ihm wird wieder heiß. Soll er Sonja verpetzen? Oder wäre es klüger, die Sache für sich zu behalten?

„Alles in Ordnung bei Dir, Jon?" Louna unterbricht sein Gedankenkarussell. Sie spürt, dass es ihm nicht gut geht, dass ihn irgendwas beschäftigt.

Er versucht, klare Gedanken zu fassen. „Ja, alles gut. Es ist nur…"

Sie schaut verunsichert und bemerkt leichten Zorn in sich – Rumdrucksen mag sie gar nicht. „Was ist denn los? Raus mit der Sprache!"

Jon spürt, dass er aus dieser Nummer nicht mehr ohne Schrammen herauskommen wird. Ohne Ehrlichkeit wird es nicht gehen und so schaltet er direkt in den Vorwärtsgang. „Sonja hat Dir leider nicht ganz die Wahrheit gesagt!"

Ganz instinktiv weiß Louna sofort, worum es geht. „Wie jetzt? Hat sie doch geplant, mit Dir zu schlafen, ohne es mir zu sagen?“

„Ja, sie hat zugegeben, dass sie schon am Nachmittag wusste, dass sie definitiv mit mir schlafen wollte und deswegen vorher dafür gesorgt hat, dass Du befriedigt bist!“

Louna ist entsetzt. Damit hat sie nicht gerechnet. „Und das ist ein Grund, mich zu belügen? Gleich zweimal? Nicht nur an dem Tag selbst, sondern auch noch mal bewusst und absichtlich, als ich ein paar Tage später nachgefragt habe?“

„Sie hatte einen guten Grund dafür. So sieht sie es zumindest.“

Lounas ehrliche Seele fühlt sich enttäuscht. „Welchen guten Grund kann es für Lügen geben?“

Er überlegt, ob er raushauen soll, dass Sonja in ihn verliebt ist. Doch viel Zeit zum Überlegen hat er nicht. Lounas Augen sind weit geöffnet und gucken ihn fordernd an. Jon entscheidet sich, weiterhin den knallharten direkten Weg zu gehen. „Sie ist verliebt in mich!“

Lounas Blick verdunkelt sich – sie blinzelt über den Küchentisch. „Ach Du Scheiße, jetzt haben wir den Salat!“

Er versucht, rational zu bleiben, um die Situation zu beruhigen. „Wir haben ja gewusst, dass sowas passieren kann!“

Eisiges Schweigen im Raume. Louna gefällt Jons lapidare Antwort überhaupt nicht. Aus ihrer Sicht nimmt er das alles zu locker. Er wirkt auf sie passiv und irgendwie fast unbeteiligt. Ihn scheint nicht zu stören, dass Sonja seine Freundin belogen hat. Und er scheint Verständnis für Sonja zu haben. Wahrscheinlich gefällt es ihm sogar, dass sie sich in ihn verliebt hat. Das fühlt sich nicht mehr nach dem großen Vertrauen an, welches sie sich gegenseitig vor ein paar Monaten zugesprochen haben.

Mit rasender Geschwindigkeit breitet sich große Leere in Louna aus. Sie hat alles gegeben, hat alles mitgemacht, ist immer entspannt und offen gewesen – und nun? Jetzt sitzt Jon hier und scheint sich zu sonnen in dem Verliebtsein einer Anderen und akzeptiert auch noch ihr lügnerisches Verhalten! Sie spürt den Abgrund, der sie mit einem großen Sog nach unten ziehen möchte. Aber so leicht gibt sie nicht auf. Sie ist eine Kämpfernatur.

Louna schaut Jon verstimmt und sogar etwas zornig an. „Ist Dir das alles egal, was sie getan hat? Fühlst Du Dich gebauchpinselt von ihr, weil sie in Dich verliebt ist?“

Ihr Blick und ihr Unterton überraschen ihn sehr. So hat er sie bisher noch nicht erlebt. Jon stottert ein wenig, als er versucht, sich zu erklären. „Nein, auf keinen Fall! Es ist nicht in Ordnung, dass Sonja gelogen hat. Das finde ich richtig übel. Ich war schockiert, als sie mir das gestanden hat!“

„Aber?“

„Nichts aber! Dennoch verstehe ich, dass sie ihr Verliebtsein verheimlichen wollte – sie hatte sicher Angst vor Deiner Reaktion!"

„Vor meiner Reaktion? Du meinst wohl vor unserer Reaktion als Paar?"

Er bemerkt seinen Patzer. „Ja, natürlich. Aber vielleicht ist es zwischen Frauen noch anders."

„Weil Du es genießt, dass sie in Dich verliebt ist?"

„Nun, es ist mir nicht unangenehm, aber darum geht es ja nicht!"

Louna ist verzweifelt. Jon scheint tatsächlich nicht zu merken, was hier gerade passiert. Sie kann nicht anders, als laut zu werden und ihn anzugreifen. „Du findest es nicht unangenehm, dass Sonja einen Keil zwischen uns treibt? Uns trennen will? Bist Du so blind? Oder hat Dein Schwanz das Denken übernommen?"

Er ist überfordert mit der Situation und versucht immer noch, den Ball flach zu halten. „Was schreist Du denn so, Louna? Jetzt übertreib mal nicht!"

„Ich übertreibe nicht! Was hat sie denn gesagt zu Dir? Nach ihrem Liebesgeständnis?"

„Sie meinte, ich solle über alles in Ruhe nachdenken!"

Louna grinst zynisch. „Siehste! Du merkst auch gar nichts!"

Jetzt verliert auch Jon langsam seine Ruhe. „Was willst Du von mir? Habe ich irgendwas falsch gemacht?"

„Nein! Du hast nichts gemacht, das ist ja das Problem!"

„Was meinst Du damit?"

„Ist Dir nicht klar, dass Du Dich deutlicher auf meine Seite stellen müsstest?", fragt Louna ernst.

„Stehe doch auf Deiner Seite und habe Dir alles ehrlich erzählt!"

„Ja, immerhin das. Aber Du hast Sonja anscheinend nicht die Leviten gelesen für ihr Verhalten!"

Jon versucht, sich zu rechtfertigen. „Na ja, ich möchte halt in Ruhe über alles nachdenken, so wie sie es auch gesagt hat."

„Worüber nachdenken? Ob Du akzeptierst, dass sie lügt, weil Du auch in sie verliebt bist? Oder darüber, ob Du mich verlassen willst für sie?"

Jon bemerkt, dass er sich in eine ziemlich heikle Lage manövriert hat, in eine argumentative Sackgasse, aus der es schwer wird, herauszukommen. Er ist unsortiert, will aber gegenüber Louna absolut klar wirken. Diesen Spagat bekommt er nicht wirklich hin, aber er versucht es weiter. „Nein, Louna, ich will Dich auf keinen Fall verlassen, darüber muss ich nicht nachdenken!"

Lounas Stimme wird wieder leiser. „Dann verhalte Dich auch so. Das kommt bei mir im Moment alles anders an!"

„Das tut mir leid! Worüber ich nachdenken muss, ist, wie ich mit Sonja weitermachen will.“

Louna rollt verächtlich mit den Augen. „Ganz ehrlich, Jon? Das ist doch ganz einfach: gar nicht! Beende es! Ihr Verhalten ist nicht akzeptabel! Ich möchte nicht, dass Du so eine Frau triffst!“

„Das sind harte Forderungen!“, erwidert Jon.

Louna fühlt sich unverstanden, Tränen fließen, sie fängt so an zu weinen, wie sie es schon lange nicht mehr getan hat. „Nein, sind es nicht. Es sind normale Forderungen. Wenn Du mich wirklich liebst, verstehst Du das!“

Jon ist verunsichert und weiß nicht, wie er reagieren soll.

Louna spürt seine unentschlossene Zurückhaltung und fühlt sich tief verletzt. Der Abgrund tut sich wieder auf. Eine emotionale Abbruchkante voller Wehmut und Enttäuschung spaltet sie von innen. Drängt sie weg von positiven Gedanken. Gefühle der Liebe und Zuneigung scheinen wie von einem Erdbeben verschluckt zu sein. Sind einfach weg. Einfach nicht mehr da. Wo vorher viel Licht war, ist jetzt schwarze Dunkelheit. Wo vorher viel Kommunikation und Offenheit war, ist jetzt schmerzliche Stille und Verschlossenheit.

„Ich denke, es ist besser, wenn Du jetzt gehst. Wir sollten beide etwas Zeit für uns allein haben. Zum Nachdenken!“, sagt sie schließlich.

Jon ist schockiert. „Hä? Was ist denn mit Dir los?“

„Was mit mir los ist? Ich denke, Sonja hat vollkommen Recht. Wir sollten nachdenken. Nicht nur Du, sondern auch ich!“

Jon kann seinen geschockten Gesichtsausdruck kaum verstecken. „Worüber willst Du nachdenken?“

„Über mich. Über Dich. Über uns.“

„Geht es Dir so schlecht?“

„Ja, ich bin sehr enttäuscht von Deinem Verhalten!“

Jon versucht noch einmal, die Situation zu retten. „Es tut mir sehr leid, wenn ich komisch rüberkomme, aber wir können doch über alles reden!“

„Ja, auf jeden Fall. Das werden wir. Aber nicht jetzt. Jetzt möchte ich erstmal meine Ruhe haben und auch Dich bitten, über die ganze Situation nachzudenken. Nimm Dir ein paar Tage und sag mir dann, wie Du Dein Verhältnis zu Sonja in Zukunft siehst!“

„Okay. Es fällt mir schwer, jetzt einfach zu gehen. Aber wenn Du das so willst, kann ich wohl nichts machen.“

„Ganz genau, Jon. Bitte akzeptier es!“

Er steht auf und geht zu Lounas Platz. Als er zu einem Kuss ansetzt, dreht sie ihren Kopf weg.

„Jetzt nicht. Habe gerade keine Lust, Dich zu küssen!"

Ein Hieb durchfährt Jons Körper. So abweisend hat sie sich ihm gegenüber noch nie verhalten. Das Paradies war gestern. Heute ist die Hölle angesagt. Und er steht mittendrin.

Zeit zum Gehen. Jon nimmt seine Jacke und geht, ohne ein Wort zu sagen, ins Treppenhaus. Ein letzter Blick zurück, bevor er die Tür schließt. Louna schaut ihm nicht hinterher, sondern traurig aus dem Fenster.

∞

Am selben Abend.

Jon sitzt in seiner Wohnung und starrt ins Kaminfeuer. Er fällt und fällt. Seine Seele fällt. Fällt in eine Untiefe ohne jedes Licht. Seine Seele ist nicht bewusst abgesprungen, als sie am Abgrund gestanden hat. Nein, sie ist einfach heruntergezogen worden. Kein freiwilliges Fallen, sondern eines, das nicht zu verhindern gewesen ist.

Jons Augen sind schwer. Das fortwährende innerliche Fallen kostet viel Kraft. Kein Boden in Sicht. Er erinnert sich an alte Zeiten. Damals in der Bibelschule wurde gesagt, die Hölle sei wie ein ewiges Fallen in vollkommener Dunkelheit, ein Fallen, das niemals endet. Freier Fall in die schwarze und kalte Unendlichkeit.

„Na, das passt ja wie die Faust aufs Auge!", murmelt Jon leise vor sich hin.

Auch wenn ihm bewusst ist, dass er übertreibt. Noch ist er nicht tot. Noch ist seine Seele nicht auf dem Weg. Außerdem ist er sowieso davon überzeugt, dass seine Seele in den Himmel geht, wenn es irgendwann so weit ist. Doch an Tagen wie diesen wird der Glaube eines Menschen erschüttert, wenn er sieht, wie schnell das Paradies auf Erden zur Hölle mutieren kann.

Jon sinniert erschöpft. „Wer weiß, wie schnell die Seele doch ins Dunkle statt ins Licht wandert!"

Er versucht, sich daran zu erinnern, dass er im Leben steht. Mittendrin. Nicht tot. Sondern quicklebendig. Auch wenn er sich gerade nicht so fühlt, ist es dennoch wahr. Den ganzen Tag hat sich Angst immer mehr in ihm breitgemacht.

„Ich will Louna nicht verlieren!" Dieser Wunsch hämmert in Dauerschleife in seinem Verstand.

Die Angst ist brutal und gnadenlos, sie lässt Seelen in die kalte Dunkelheit abtauchen. Viele Seelen finden den Weg nicht mehr zurück. Wann immer sie aufsteigen wollen, ist die Angst sofort da und drückt sie wieder hinunter. Doch Jon ist stark. Ein Typus Mensch, der handelt und sich nicht von Ängsten blockieren lässt.

„Ich muss mit Sonja sprechen. Muss ihr klarmachen, dass ich mich nicht trenne von Louna. Falls sie das will, hat sie Pech gehabt und kann sich vom Acker machen!"

Dieser Gedanke fühlt sich gut in Jon an. Gibt Hoffnung und Kraft. Doch im nächsten Augenblick fällt ihm siedeheiß ein, dass er dann vielleicht auch Pech gehabt hat. Kein Sex mehr mit Sonja. Das wäre ein großer Verlust. Er hat einen Riesenspaß mit ihr.

„Klar, das wäre traurig. Aber es gibt bestimmt auch andere Frauen, mit denen der Sex toll ist!“

Jon versucht, den Schlund emporzuklettern. Er will zurück an die Stelle, an der seine Seele heruntergezogen wurde. Zurück ins warme Licht. Dort, wo er in Harmonie mit sich selbst ist. Noch kann er das Paradies zurückholen. Jon braucht jetzt Mut und Klarheit. Er darf nicht mit dem Schwanz denken, sondern muss auf sein Herz hören.

Euphorisierte Fangesänge erklingen aus seinem Inneren: „Louna! Louna! Louna!“

Das Votum ist nicht zu überhören. Doch er hört auch eine kleine Fangruppe, die Sonja anfeuert. Keine Frage, sie ist eine spannende Frau. Jon spürt seinen Rücken. Blutige Polaroids der letzten Nacht.

Sonja steckt in seiner Haut – doch kann eine Lügnerin es auch in sein Herz schaffen? Hat Louna nicht Recht, wenn sie sagt, dass er sich klarer positionieren muss? Immerhin ist es Louna, die Jon seit Jahren zur Seite steht. Sonja ist gerade erst aufgetaucht. Mit einem prächtigen Arsch und einem verführerischen Lächeln – das kann er nicht bestreiten.

Doch sein Herz interessiert sich dafür nicht und skandiert weiterhin: „Louna! Louna! Louna!“

Für heute ist er erledigt. Jon will nur noch eines: schlafen. Mit gebeugtem Gang schlurft er zum Bett. Die Last der Entscheidung liegt schwer auf seinen Schultern. Zum Glück ist er nicht der Typ, der nicht schlafen kann, wenn er Probleme hat. Genau das Gegenteil passiert bei ihm. Wenn die Seele schwer ist, schläft er besonders schnell ein. Als wenn seine Seele fliehen möchte in die Unendlichkeit des Nichtseins. Wellnessurlaub im Unbewussten.

Doch Frieden findet Jon heute nicht. Es ist eine unruhige Nacht mit Schweiß und wilden Träumen. Er träumt von Sex mit Sonja. Genießt den Traum, ganz so, als ob er wirklich mit ihr schlafen würde. Mittendrin hört Sonja plötzlich auf und fängt an, zu weinen. Als er sie anfasst, um sie zu trösten, macht sie ein grimmiges Gesicht, greift an seinen Hals und beginnt, ihn zu würgen. Jon kann nichts dagegen tun, er kann sich nicht bewegen, sein Atem wird flacher, er hat Todesangst und spürt, wie er sein Leben verliert.

Als er die Augen kaum noch aufhalten kann, sieht er verschwommen, dass Louna neben dem Bett steht. Sie schaut zu, während sein Leben immer mehr ausgelöscht wird. Er schafft es, eine Hand zu heben und streckt sie Louna entgegen. Sie lächelt. Und tut nichts. Jon schaut sie flehentlich an.

Er schämt sich und bemerkt die Schuld in seinem Herzen.

Er spürt Stiche wie von tausend Speeren und taumelt immer weiter in den Strudel des Todes. Im allerletzten Augenblick, es können nur noch Sekunden bis zum Übergang sein, sieht er mit schemenhafter Sicht, wie Louna eine Rumflasche in der Hand hält und sie mit einem Riesenschwung auf dem Kopf von Sonja zerschellen lässt.

Jon wacht auf und schießt hoch. Er sitzt im Bett, den Rücken voller Schweiß und die Hände vor dem Gesicht. Er war dem Ende so nah, sein ganzes Leben drohte im grausigen Maul der Tiefe zu verschwinden. Doch Louna hat ihn gerettet, hat ihn aus dem Schlund der Bestie entrissen. Schuldgefühle sind üble Monster, denen der Mensch nur schwer entkommen kann.

Jons Puls wird langsamer, er beginnt, sich zu beruhigen. Noch lange liegt er wach und grübelt, bevor er im Morgengrauen schließlich wieder einschläft. Zurückkehrt ins Unterbewusste. Diesmal bleibt die See ruhig. Kein Riesenkrake will ihn verschlingen. Seine Seele kann sich wärmen am Nichts. Und das tut gut. So gut.

Als Jon mittags aufsteht und seine ersten drei Espressos vertilgt, fühlt er sich zwar unendlich gerädert, aber vor allem völlig klar. Er beschließt, Sonja zu schreiben, nimmt sein Handy und fängt an, zu tippen.

Liebe Sonja,

vielen Dank für den wunderbaren Abend und die tolle Nacht! Es war eine geile Zeit mit Dir. Dennoch: Mich beschäftigt stark, dass Du gelogen hast. Sogar zweimal, auch auf Nachfrage von Louna. Ich kann nicht gutheißen, dass Du meine Freundin belügst. So entsteht kein Vertrauen. Verstehe mich nicht falsch, ich begehre Dich sehr. Mag Deine Sinnlichkeit, Deinen Körper, Deinen Humor - einfach Dich als Menschen. Ich kann mir aber nicht vorstellen, Louna zu verlassen. Nein, das will ich nicht. Sehr gern würde ich Dich weiter treffen und Zeit mit Dir genießen. Doch dies wird ohne eine Entschuldigung an Louna nicht möglich sein. Was denkst Du darüber?

Liebe Grüße Jon

Jon ist erleichtert. Das Handy hat gesendet und zeigt an, dass Sonjas Gerät seine Nachricht empfangen hat. Er hofft, dass sich alles noch zum Guten wendet. So gern würde er weiter mit Sonja schlafen.

Aber ohne den Segen von Louna möchte er das nicht. Sie ist die wichtigste Person in seinem Leben. Das ist ihm klar geworden, während er in den letzten Stunden durch die dunkle Tiefe gefallen ist. Ein bösartiger Traum ist nötig gewesen, um seinen Kopf zu waschen. Die Prioritäten sind wieder geordnet.

Doch wenn sich Sonja aufrichtig bei Louna entschuldigen würde, könnte er vielleicht beides haben. Diesen Gedanken findet er großartig. Falls sie das aber nicht tut, kann es nur den einen Weg geben. Weitere Treffen mit Sonja sind dann nicht mehr möglich. So oder so: Er muss sich in jedem Fall bei Louna entschuldigen, seine Schuld eingestehen und sich klar an ihre Seite stellen. Jon versteht heute, was ihm gestern noch verborgen blieb. Im menschlichen Leben tun sich immer wieder Abgründe auf, doch entscheidend ist, was man daraus macht.

Krise auf Chinesisch

Sonntagabend.

Jon wartet auf eine Antwort von Sonja. Inzwischen hat sie seine Nachricht gelesen.

„Sie scheint noch etwas zu brauchen, um ihre Gedanken zu sortieren." Mit diesem Mantra beruhigt er sich selbst und ist weiter optimistisch, dass alles in seinem Sinne ausgeht. Aus einer Krise kann immer auch etwas Gutes entstehen. Die Chinesen benutzen für die Wörter „Krise" und „Chance" zum Teil dieselben Schriftzeichen. Es ist also alles eine Frage des Blickwinkels.

Schaut der Mensch in den nächtlichen Himmel, sieht er unendlich viele helle Lichter – viel mehr Lichter, als es Menschen gibt. So ist für jeden Menschen mehr als genug Licht vorhanden. Ein reich gedeckter Tisch voller Möglichkeiten. Doch die Lichter des Himmels kommen nicht zum Menschen – nein, der Mensch muss selbst zugreifen und sich sein Glück vom Horizont pflücken. So bietet das Leben, mit der richtigen Perspektive, deutlich mehr Chancen als Risiken.

Und genau darauf setzt Jon in diesem Moment. Er denkt an Louna. Hat immer noch ein schlechtes Gewissen. Der Traum hatte ihm das brutal vor Augen geführt. Das wahre Wesen seines Verhaltens an die Oberfläche gespült. Vorher war ihm nicht bewusst gewesen, was er Louna mit seinem Zaudern und Zögern angetan hatte.

Immer wieder blitzt es ihn ihm auf: Das süffisante Lächeln von Louna, während er mit dem Tode ringt. Jon senkt den Kopf, wie ein Mönch, der Buße tun will.

„Das habe ich verdient. Mein unklares Verhalten hat viel Leid und Traurigkeit über Louna gebracht."

Wegen ihm stecken Louna und er zum ersten Mal in einer richtigen Krise. Vertrauen ist zerstört worden. Zweifel sind laut geworden. Tränen haben Freude verdrängt. Jon spürt seine Schuld, doch der Ruf nach Wendung ist noch viel stärker. Der Blick nach vorne kann Schuld verbergen, aber er weiß: Ohne eine Entschuldigung wird es nicht gehen. Er muss Louna um Verzeihung bitten. Und wenn Sonja ihn weiterhin treffen will, muss sie das ebenso tun. Jon schaut zum wiederholten Male auf sein Handy. Antwort wird dringend erwartet. Er sieht ein grünes Leuchten. Grün ist die Farbe der Hoffnung. Und tatsächlich – Sonja hat endlich geantwortet.

`Jon!`

`Ich bin sehr enttäuscht von Deiner Nachricht. Hätte nicht gedacht, dass Du mich so schlecht behandelst. Ich vertraue Dir Geheimnisse an und Du verpetzt mich bei Louna? Großer Scheiß!!! Danke für gar nichts! ☹ Ich gestehe Dir offen meine Gefühle und öffne mein Herz für Dich, und Du schreibst lapidar, dass Du` mich weiterhin treffen willst, weil Du meinen Körper willst und mich magst? Das ist Deine ganze Reaktion auf meine Gefühle??? Wie kann ein Mann nur so blind sein!!! Ich präsentiere mich auf einem Silbertablett und Du wischt mich weg wie Dreck? Du hast alles zerstört! Das mit uns beiden hätte so toll werden können. Doch Dir fehlt der Mut, etwas Neues zu wagen, willst lieber am Alten hängen bleiben. Ich hätte mehr von Dir erwartet. Viel mehr! Ich bin froh, jetzt schon gemerkt zu haben, wie schwach Du bist, sonst hätte ich noch mehr Liebe und Mühe in Dich umsonst investiert. Mich ärgert schon, was ich bisher alles für Dich getan habe. Was glaubst Du eigentlich, wie viel Zeit ich in den Abend an Vorbereitungen gesteckt habe?? Und Du trittst das alles mit Füßen durch Deine Unbeweglichkeit!! Ich soll mich entschuldigen??? Bin ich jetzt der Buhmann, weil ich ehrliche Gefühle habe??? Nein! Bestimmt nicht! Du hast mich verpetzt, mein Vertrauen missbraucht! Du hast alles zerstört. Du musst Dich entschuldigen! Und zwar bei mir! Aber lass mal stecken! Ich lege keinen Wert darauf, von Dir eine Entschuldigung zu bekommen. Ich will nie wieder etwas von Dir hören oder lesen. Verschwinde einfach aus meinen Leben. Du hast es nicht verdient, dass ich Dir Aufmerksamkeit schenke. Nochmal ganz deutlich zum Merken: Danke für gar nichts! Und tschüss, Jon! ☹

Jon liest den Text wieder und wieder. Er ist geschockt. Seine Augen schwirren über die Buchstaben und bleiben an Worten hängen. An Worten, die an Deutlichkeit nicht zu überbieten sind. Mit dieser Antwort hatte er nicht gerechnet. Vorwürfe und Beleidigungen so weit das Auge reicht.

„Was Sonja angeht, komme ich mit der chinesischen Sicht offensichtlich nicht weiter. Aus dieser Krise wird keine Chance. Nein. Diese Krise führt zum Ende!“, sinniert Jon und spürt gleichzeitig Erleichterung sowie Enttäuschung.

Er weiß, die Krise mit Louna wird leichter zu lösen sein, wenn Sonja nicht mehr da ist. Aber er findet sie nun mal sehr anziehend und erregend – und das soll jetzt alles vorbei sein? Vor allem Sonjas Ton gefällt Jon nicht. Sie scheint keine Spur von Schuld zu spüren. Aus ihrer Sicht ist sie das arme Opfer, das schlecht behandelt wird, obwohl sie doch nur das Beste wollte.

„Sie hat geplant, eine Beziehung zu zerstören, und fühlt sich nun als Geschädigte?“

Jon schüttelt den Kopf. Dennoch gibt es immer noch diese kleine Sonja-Fangruppe in seinem Herzen, die Verständnis zeigt: „Sie hat sich vielleicht etwas im Ton vergriffen. Aber sowas kann schon mal passieren, wenn man enttäuscht ist.“

Jon überlegt, eine beschwichtigende Nachricht an Sonja zu schreiben. Frei nach dem Motto: „Es wäre doch schade, wenn es so enden würde. Wir haben uns doch gut verstanden und so weiter.“ Gerade als er lostippen möchte, stellt er fest, dass Sonja ihn gesperrt hat. Er kann ihr nicht mehr schreiben. Gedankenschnell wechselt er ins Internet zum Red Club. Doch er muss feststellen: Sonja hat ihn auch hier geblockt.

Jon ist sauer und für seine Verhältnisse ziemlich laut. „Was ist das denn für Eine?“, ruft er ins Wohnzimmer. „Lospöbeln und dann keine Antwort zulassen?“

Seine innere Stimme versucht, ihn wieder runterzuholen und erinnert daran, dass Sonja deutlich ausgedrückt hat, keinen Kontakt mehr zu wollen. Sie verhält sich also nur konsequent.

Jon lässt sein Handy aufs Sofa fallen und schnaubt sich selbst an. „Dann eben nicht! Dann war es eben nur ein geiler Fick! Fertig! Aus!“

Er steht auf und läuft auf und ab durch seine Wohnung. In lauten Selbstgesprächen geht er alles immer wieder durch. Seine Stimmung wechselt sekündlich. Er könnte ihr einen Brief in den Postkasten werfen. Nein. Das hat sie sich mit ihrer Reaktion nicht verdient. Aber schade ist es schon, dass jetzt alles vorbei sein soll mit ihr.

Nach einiger Zeit mit vielen Wiederholungsschleifen wird ihm klar: Alles ist gut, wie es ist. Sonja ist weg. Er sollte froh sein, wie es gelaufen ist. Louna wird sich freuen. Jetzt geht es darum, die Krise mit ihr zu meistern. Darauf sollte er sich konzentrieren, statt sich über eine Frau zu ärgern, die so schlechte Manieren gezeigt hat.

Jon beruhigt sich allmählich und nimmt Platz in seinem Lieblingssessel. Jetzt kreisen seine Gedanken darum, wie er Louna besänftigen könnte. Er denkt groß – er will nicht kleckern, sondern nichts Geringeres tun, als seine Liebe zu beweisen. Sie soll ihm wieder so vertrauen können wie vorher. So wie es bis gestern Mittag war. Ihm schwant, dass eine x-beliebige Aktion nicht reichen wird. Aber eine gelungene Aktion könnte ein guter Auftakt sein. Ein Startschuss für den Weg aus der Krise. Er steht auf, holt sein Handy und beginnt, einen ganz besonderen Abend zu organisieren.

∞

Ein paar Tage später. Es ist Freitagabend.

Jon rief Louna Anfang der Woche an und bat sie, am Freitag in die Osterstraße zu kommen. Es lohne sich. Und es sei ihm sehr wichtig. Als sie merkte, dass es sich beim vorgeschlagenen Treffpunkt um ihren Lieblingsitaliener handelte, war sie schon mal positiv gestimmt. Sie sagte zu. Louna wollte die restliche Woche keinen weiteren Kontakt. Sie sei gespannt auf Freitag, um dann zu hören, was Jon zu erzählen habe.

Ein intimer Tisch in der Ecke des Restaurants. Kaum einzusehen von den anderen Gästen. Jon hat große Geschütze aufgefahren. Die Tafel ist aufwendig dekoriert. Weiße Kerzen in silbernen Haltern und edles Porzellan stehen auf einer schlichten, aber hochwertigen Tischdecke. Dazu sind Goldsplitter über den ganzen Tisch verteilt. Ein Rosenstrauß liegt auf dem linken Stuhl. Auch hier hat sich Jon nicht lumpen lassen.

Der Strauß zählt ganze hundert Stück von den stacheligen Schönheiten mit stolzer Blüte. Louna wird Augen machen, wenn sie bald hineinkommen würde.

Jon ist schon länger im Restaurant und hat sorgfältig überprüft, ob alles wie bestellt umgesetzt wurde. Außerdem hat er sich vorher in Ruhe mit einem Grappa in die richtige Stimmung bringen wollen. Der Grappa befindet sich nun schon in seinem Magen und wärmt ihn von innen. Jon sitzt auf dem rechten Stuhl und wippt mit den Füßen. Er ist nervös. Wie wird Louna reagieren?

Er denkt zurück ans Treffen im Café. Damals, als er ihr nichts als die Wahrheit offenbarte und seine Bedürfnisse ehrlich zum Ausdruck brachte. Dieses Treffen ist ein großer Erfolg für ihn und auch für die Beziehung als Ganzes gewesen. Keine Frage, heute handelt es sich um eine ganz andere Situation. Er muss zwar wieder ehrlich sein, aber diesmal muss er sich auch noch aufrichtig entschuldigen. Nicht nur mit Blumen und Tischdekoration – nein, es wird vor allem auf seine Worte ankommen.

Die Tür geht auf und Louna kommt hinein. Endlich.

Sie entdeckt Jon sofort und braucht ein paar Sekunden, bis sie realisiert, dass der Tisch ein wenig anders als sonst aussieht. Louna ist irritiert, ein bisschen verwirrt, aufgrund der vielen Sinneseindrücke auf einmal. Ihre Augen suchen nach Halt. Sie kommt näher und sieht den großen Rosenstrauß auf dem Stuhl. Sie kann nicht anders und muss vor Freude lächeln. Lieber hätte sie noch ein wenig grimmig dreingeschaut, um es Jon nicht zu leicht zu machen. Aber dieses Arrangement haut sie um. Damit hätte sie nicht gerechnet. Ihm ist die Überraschung wahrlich gelungen.

Jon erhebt sich und begrüßt sie gestenreich, indem seine Arme über die ganze Tafel schwenken und sein Werk präsentieren.

„Guten Abend, meine Liebe! Alles für Dich, für einen ganz besonderen Menschen!"

Der Auftakt ist gemacht und hat sein Ziel nicht verfehlt. Das Momentum ist auf Jons Seite. Louna geht auf ihn zu und kann nicht anders: Sie küsst ihn. Zwar nur kurz, aber allein schon dieser kleine Kuss erfüllt Jon mit Freude und stimmt ihn optimistisch.

„Wow, nicht schlecht, Herr Jon – da haben Sie aber Gas gegeben!", lobt Louna und legt den Strauß an die Ecke des Tisches, neben die Wand, damit sie Platz nehmen kann.

„Für Dich immer wieder gern, Louna!"

Sie grinst und stichelt mit einem Augenzwinkern. „Immer wieder? Jetzt übertreib mal nicht – allzu oft hast Du mir noch keine Blumen geschenkt!"

Etwas peinlich berührt nickt er zustimmend und schaut sie verunsichert an. „Ja, Du hast Recht – aber wenn es eine gute Gelegenheit dafür gibt, dann heute!"

Louna tut unwissend, um ihn ein wenig mental zu kitzeln. Sie will unbedingt wissen, was er denkt und fühlt. „Ja? Was ist denn heute für eine Gelegenheit?"

Jon fackelt nicht lange und möchte schnell zum Punkt kommen. Zu sehr pocht das schlechte Gewissen in ihm. „Ich möchte mich bei Dir entschuldigen! Es war nicht richtig von mir, so viel Verständnis für Sonja zu zeigen und Dir damit ein Gefühl von Unsicherheit zu geben! Du darfst Dir sicher sein, Louna: Du bist der wichtigste Mensch in meinem Leben!"

Friedliche Stille. Nur wenige Worte haben für Entladung gesorgt. Die vorher angespannte Aura zwischen Louna und Jon hat wieder Freiraum fürs gegenseitige Spüren bekommen.

Lounas Gesichtszüge entspannen sich. Sie erkennt die Ernsthaftigkeit in Jons Worten. Die Wahrhaftigkeit in seiner Entschuldigung. Zufrieden ist sie jedoch noch nicht. Denn er hat bisher kein Wort darüber verloren, wie es mit ihm und Sonja weitergehen soll. Lounas Augen mustern ihn erwartungsvoll, aber ernst. „Was ist mit Sonja?"

Jon ist in diesem Moment sehr froh, dass er in aller Klarheit antworten kann. „Nichts. Sonja und ich sehen uns nicht wieder!"

Jetzt geht es Louna richtig gut. Sie kann sich plötzlich viel mehr über die Blumen, die Tischdekoration und das ganze Arrangement freuen. „Ich bin sehr froh, das zu hören! Aber wie kam es dazu?"

Jon hält kurz inne und überlegt, wie detailliert und ehrlich er darauf antworten soll. Er entscheidet sich, die Gelegenheit zu nutzen, um männlich und heldenhaft vor Louna zu erscheinen. „Ich habe ihr klipp und klar gesagt, dass es überhaupt nicht geht, Dich anzulügen und dass ich das nicht akzeptiere. Daraufhin hat sie beleidigt reagiert und den Kontakt abgebrochen."

Louna weiß nicht recht, ob ihr diese Antwort genügen darf, freut sich aber, dass Jon endlich klar Stellung bezogen hat. Und sie mag natürlich das Resultat seiner deutlichen Ansprache. Dennoch fragt sie sich, ob er auch ohne Sonjas krasse Reaktion so konsequent gewesen wäre. „Gut, dass Du ihr klar die Meinung gegeigt hast, aber sei ehrlich, Jon, wenn sie nicht so reagiert hätte, was wäre dann gewesen?"

Er überlegt kurz. „Gute Frage, ehrlicherweise hätte ich mir gewünscht, dass sie sich bei Dir entschuldigt und dann alles wieder gut wird!"

„Hm, warum mit einer Lügnerin weitermachen? Der kann man doch nicht vertrauen!"

„Du kennst meine christliche Sicht auf das Thema Vergebung. Wenn jemand aufrichtig bereut und sich entschuldigt, kann bei mir auch wieder Vertrauen wachsen. Allerdings hat sie mit ihrer Reaktion klar gezeigt, dass sie nichts bereut. Von ihren Vorwürfen und Beleidigungen ganz zu schweigen!"

Louna fragt nach. „Oh, ist sie ausfallend geworden?"

„Ja, sie meinte, ich hätte sie verpetzt und keinen Mut, was Neues zu wagen und ich wäre ihre Zeit nicht wert und so weiter."

„Ups, nicht gut! Ich würde sagen, jetzt haben wir beide die gleiche Meinung über sie. So hat das Ganze doch etwas Hilfreiches."

Jon nickt zustimmend. „Ja! Über Sonja brauchen wir nicht mehr zu streiten, das hat sich erledigt. Sie ist aus unser beider Leben verschwunden!"

Louna lächelt ihn an: „Sehr gut. Auch wenn der Dreier schön war, so eine verlogene Spalterin braucht keiner in seinem Leben!"

Er nimmt Lounas Hand. „Ein Glück, dass wir beide uns haben. Lass uns das heute feiern. Der Kellner ist schon unruhig – bestellen wir was?"

Louna grinst. „Stimmt, wir sitzen ja in einem Restaurant. Und nicht in irgendeinem: Du hast meinen Liebling ausgesucht!"

„Gern geschehen. Wollte Dir zeigen, wie wichtig Du mir bist und dass meine Entschuldigung aufrichtig ist!"

„Das ist deutlich bei mir angekommen. Dankeschön. Ich nehme Deine Entschuldigung an. Lass uns mit einem leckeren Chianti darauf anstoßen!"

Jon ruft den Kellner, der beruhigt ist, dass die beiden hier nicht nur in der Dekoration sitzen möchten, sondern auch planen, etwas zu essen und zu trinken.

„Wenn schon, denn schon!" Jon lächelt und bestellt gleich eine ganze Flasche Chianti. Außerdem eine große Platte mit gemischter Antipasti sowie das jeweilige Lieblingsgericht der beiden. Für Louna *Spezzatino di Pollo* und für sich selbst *Tagliatelle Bel Paese*.

Die gefüllten Gläser stehen schnell vor ihnen auf der festlichen Tafel. Er erhebt sein Glas und spricht einen Toast aus. „Auf uns, Louna – lass uns Krise auf Chinesisch machen!"

Sie ist einen Moment lang irritiert, erinnert sich dann aber wieder an die Bedeutung. „Schönes Bild! Es ist keine Krise, sondern eine Chance für uns beide, weiter zusammenzuwachsen!"

Jon nickt freudig und die Gläser erklingen feierlich. Wohligkeit macht sich breit am Tisch in der Ecke. Die Harmonie ist zurück. Gewaltige Gewitterwolken waren am verdunkelten Himmel, doch jetzt haben sie sich verzogen. Das Paradies verdrängt die Hölle und nimmt wieder seinen Platz ein. Beide sind unendlich froh, diesen Moment zu erleben.

Noch letzten Samstag war alles düster, sie schauten in den tiefen kalten Abgrund. Jeder für sich allein, ohne miteinander verbunden zu sein. Doch jetzt haben sie sich wieder, der Funkkontakt ist hergestellt und sie fühlen die gleiche Wellenlänge. Schweigsam vermehren sich die Glücksgefühle, während der Chianti die Kehle hinunterläuft.

Doch es ist noch nicht vorbei. Ohne jede Vorwarnung zieht eine dunkle Wolke auf – Jon spürt die Sorge, dass ein nachhaltiger Schaden durch die Sonja-

Geschichte zurückbleiben könnte. Ängstlich schaut er Louna an. „Wir haben viele gute Erfahrungen mit der Öffnung unserer Beziehung gemacht. Jetzt leider mal eine richtig Schlechte. Aber wir lassen uns nicht entmutigen, oder?"

Louna lächelt mild. Sie hat in den letzten Sekunden ähnlichen Gedanken nachgehangen und ist zu einem klaren Schluss gekommen. „Nein, auf keinen Fall. Ganz im Gegenteil, durch solche Erfahrungen werden wir nur noch stärker, als wir vorher gewesen sind. Wir lassen uns doch nicht von einer schrägen Frau alles zerstören, was wir mit viel Vertrauen aufgebaut haben!"

„Tolle Einstellung! Gefällt mir! Ich bin dabei: jetzt erst recht!"

Louna erhebt ihr Glas erneut. „Darauf trinken wir. Wir beide: unwiderstehlich und unzertrennlich!"

Er ergänzt: „Wir beide: frei und eng verbunden!"

Zwei gerührte Menschen feiern sich selbst. Ein Augenblick wie eine Wiedergeburt. Obwohl ihre Liebe nicht wirklich tot gewesen ist, sondern nur einen kleinen Dämmerschlaf gemacht hat, fühlt es sich jetzt wie eine Auferstehung an. So viel Energie ist im Raum. Energie, die Kraft spendet und nach vorne gerichtet ist. Hoffnung macht. Visionen vom Glück abfeuert.

Jon strahlt. „Es ist großartig, dass wir weitergehen. Ich bin so gespannt, was uns beide noch erwartet. Wir haben einen mutigen Weg eingeschlagen und schon einiges erlebt. Aber da geht bestimmt noch mehr!"

Louna grient verlegen mädchenhaft. „Oh ja, ich habe da noch so einiges im Kopf, was ich erleben möchte!"

Er schaut gespannt, als er aber gerade anfangen will, nachzuhaken, kommen die Antipasti. Der möglicherweise katholische Kellner muss nicht alles mitkriegen.

Doch Jon kann nicht wissen, wer ihr Kellner ist. Ein Mann mit vielen Erfahrungen und Leidenschaften. Ein Mann, der sicher gern hören würde, was Louna im Kopf herumschwirrt. Die beiden schweigen, als der Kellner den großen Antipasti-Teller mit einem freundlichen Lächeln abstellt und wieder geht.

Endlich kann Jon nachfragen. „Was denn so in Deinem Kopf? Erzähl!"

„Na ja, ich würde zum Beispiel gern mal einen Dreier mit Dir und einem zweiten Mann haben."

Er ist unsicher, wie er reagieren soll. „Hm, das wäre auch für mich was Neues. Ich weiß nicht, ob ich das hinkriegen würde."

Louna schaut verständnisvoll. „Ich kann Deine Bedenken nachvollziehen, ich war mir vor dem Tag mit Sonja auch nicht sicher. Aber manche Dinge muss man einfach mal machen."

Jon grinst. „Ja, wir können es ausprobieren. Solange es nicht mit Thomas ist."

Sie empört sich künstlich. „Ach, hör auf, den haben doch wir zu Ende diskutiert!" Kurz darauf denkt sie laut weiter: „Wobei ich Lust hätte, ihn mal allein zu treffen. Doch Michelle will das ja nicht."

Jon ermutigt seine Freundin. „Sprich doch mal direkt mit ihr und bau Vertrauen auf. Dinge verändern sich. Vielleicht hast Du Glück."

„Ja, Du hast Recht. Zumal Thomas nach unserem Treffen immer mal wieder geschrieben hat. Der ist echt hartnäckig."

„Aber Du hast ihm nicht gesagt, dass ich ihn nicht mag, oder?"

„Nein, keine Sorge. Hab gesagt, dass wir uns einen Vierer im Moment noch nicht zutrauen."

Jon hebt den Daumen: „Schlaue Antwort!"

Louna kichert. „Du hast eine kluge Freundin – aber auch sie weiß nicht, wo wir einen zweiten Mann herkriegen, der zu Jon passt!"

Der Angesprochene lächelt. „Ich könnte meinen Freund Tilo fragen, den magst Du doch!"

„Oh ja, charmante Idee – aber der hat doch eine Freundin?"

„Na ja, vielleicht sind die auch offen, wenn man sie anspricht. Und fragen kostet nichts."

Louna freut sich sichtlich über sein Engagement. „Danke, dass Du versuchst, auf meine Wünsche einzugehen!"

Die Hauptspeisen kommen zum Tisch. Louna und Jon genießen einen langen Abend mit viel Wein, tollem Essen und unzähligen schönen Ideen, was sie noch alles erleben möchten. Das mit der Krise auf Chinesisch scheinen die beiden ganz hervorragend hinzubekommen.

Im Teufelskreis

Sonja sitzt auf ihrem Bett. Mit zerzausten Haaren und verschwitztem Körper. Schon der halbe Tag ist vorbei. Sie trägt noch immer ihre Nachtwäsche. Hat sich nicht gewaschen oder ihre Zähne geputzt. Ihr Kopf wird gehalten von beiden Händen, ihre Arme stützen sich auf die nackten Beine. Sonja starrt unentwegt geradeaus. Ihr Blick ist fokussiert, jedoch blickt sie ins Nichts. Kein Halt für die Sinne.

Das Schlafzimmer hat sie mit den Jalousien fast ganz abgedunkelt. Obwohl es Nachmittag ist und die Sonne scheint, bevorzugt sie heute die Dunkelheit. Fades Licht versucht, den Raum zu erhellen. Doch viel kommt nicht hindurch. Der kleine Spalt unten am Fenster reicht nicht aus, um das Dunkle zu vertreiben.

Sonja fühlt sich wie ein angeschossenes Tier, das zum Sterben in eine ruhige Ecke geht. Sich zurückzieht vom Trubel der Welt. Einer Welt, die sich weiterdrehen wird, auch wenn das Tier längst gestorben ist.

Zwar ist Sonja kein Tier, aber angeschossen fühlt sie sich trotzdem. Sie spürt ihre Verletzungen überall. In ihrem Herzen brennt der Kummer. Ihre Gedanken peinigen sie. Der Kopf schmerzt und der Bauch krampft sich immer wieder zusammen. Ihr Magen schreit nach etwas Essbarem und dennoch hat sie keinen Appetit. Selbst getrunken hat sie heute kaum. Der Kaffee heute Morgen schmeckte ihr nicht. Sie stellte ihn schnell wieder weg. Ein paar Schlucke Wasser mussten reichen für die trockene Kehle.

Das viele Schreien und Heulen hat ihrem Körper zugesetzt. Doch sie kann nicht anders. Sie muss sich ihrem Schmerz hingeben. Der Schmerz ist das Einzige, was sie in solchen Momenten lebendig macht. Sie am Leben hält. Wenn der Mensch sich innerlich tot fühlt, kann ihn körperliches Leiden an sein Leben erinnern. Schmerzen sind dann wie ein Knoten, der das Vergessen verhindern soll.

Doch Sonja fügt sich keine körperlichen Schmerzen von außen zu. Sie verletzt sich nicht mit einer Rasierklinge wie manch andere Leidende, die sie kennt. Sonja nimmt auch keine Drogen oder trinkt bis zur Ohnmacht. Nein. Sie lässt ihre Gedanken so lange kreisen, bis es anfängt, ihr körperlich wehzutun. Sie verletzt sich von innen heraus. Durch ihre mentale Kraft. Eine Kraft, die destruktiver kaum sein könnte. Eine Unkraft mit durchschlagender Wirkung. Kreisende Bewegungen voller Hass und Zweifel. Ein Tanz mit dem Teufel. Ohne es zu merken.

Sie hört, ohne zu wissen, Ohren dafür zu haben, sie sieht, ohne zu wissen, Augen dafür zu haben. Kein Pudel in Sicht, dessen Kern sich offenbaren könnte.

Der Teufel ist nicht zu sehen und doch da. Sie tanzt immer weiter und weiter. Obwohl ihre Füße längst bluten. Sich rote Spuren übers ganze Parkett ziehen. Doch der Teufel packt fest zu und lässt sie nicht los. „Lass uns tanzen, Mädchen!“, ruft er immer wieder und der Kreis hört nicht auf, sich zu drehen. Das

Blut fließt weiter und verschmiert die Fläche, auf der sich das ungleiche Paar wild zur Musik bewegt.

Doch nicht immer geht es wild zu. Nein, auch langsame Passagen gibt es. Dann bohrt der Schmerz besonders tief. Langsam bewegt sich der Bohrer in den Schmelz, eine Betäubung ist nicht vorgesehen. Im Teufelskreis wird nicht narkotisiert, hier wird auch nicht vergessen. Nein, hier wird erinnert, immer und immer wieder. Erinnert an den Schmerz und an die Trauer. Erinnert an all das, was Menschen einem angetan haben. Auch daran erinnert, was man sich selbst angetan hat. Beim Tanz mit dem Teufel wird Sonja immer wieder vor Augen geführt, dass sie ein Wesen voller Fehler ist und dass auch die anderen Wesen verachtenswert sind mit ihrer gigantischen Fehlbarkeit.

Die teuflische Umklammerung hat Sonja heute tief fallen lassen. Sie sitzt im dunklen Schlafzimmer und spürt wieder ihren ganzen Körper. Spürt, wie sich alles verschiebt, der ganze Rücken scheint in den Schultern zu stecken und den Bauch scheint es nach unten zu ziehen. Der Kopf will einfach nur noch weg. Eine Explosion könnte helfen. Dann wäre alle Pein auf einmal fort. Das Gehirn würde an die Wand spritzen und alle Gedanken dabei abtöten.

Doch Sonja will nicht sterben. Nein, sie will weitertanzen. Bis keine Haut mehr an den Füßen übrig ist, will sie hassen und sich weiden an ihrer inneren Unkraft. Sie fühlt sich schlecht, doch nicht schwach. Der Hass macht sie stark. Lässt Energien wachsen. Manche Menschen lässt der Teufel beim Tanzen in eine Lethargie fallen, in eine Schwäche ohne Ende, in eine Regungslosigkeit, in eine Unfähigkeit, zu handeln.

Doch mit Sonja hat der Teufel etwas Anderes vor. Sie soll stark werden. Eine Waffe sein, getränkt in Hass. Und so tanzt er mit ihr, auf dass sie sich füllen werde mit Unkräften aller Art.

Im Teufelskreis ziehen an Sonja immer wieder die gleichen Bilder vorbei. Sie sieht sich mit Jon. Küssend, kuschelnd und vögelnd. Spürt das Stechen in ihrem Herzen, wann immer das Gesicht von Jon auftaucht.

„Wie kann ich nur so blöd sein, mich in so einen Typen zu verlieben? Einen Typen, der seinen Arsch nicht mal dann hochkriegt, wenn das perfekte Geschenk vor ihm liegt? Wie kann ich nur so armselig sein, das vorher nicht zu merken?"

Sonja ärgert nicht nur, dass sie sich in Jon verliebt hat, viel mehr ärgert sie ihre Zuwendung, die sie in ihn investiert hat. So viele Stunden voller Träume, als sie in Kolumbien für sich allein war. Sogar auf heiße Südamerikaner hat sie verzichtet – so sehr dachte sie an Jon, dass sie ihm treu sein wollte.

„Wie lächerlich von mir, bin einem Typen treu gewesen, der mich gar nicht wertschätzt. Der nicht sieht, was für eine tolle Frau ich für ihn wäre. Alles für die Katz. Jon hat mich um viel Spaß gebracht. Er ist schuld, dass ich ab jetzt immer mit Reue an Kolumbien zurückdenke. Reue, dass ich nicht alle Möglichkeiten dort genutzt habe!"

Sie denkt an Diego, einen großen Mann mit langen blonden Haaren. Seine Erscheinung verursachte ein gieriges Kribbeln in ihr. Nach einem lauen Abend mit Lagerfeuer am Strand und einer ganzen Menge Rum wollte er sie direkt im warmen Sand vernaschen. Doch Sonja lehnte ab. Sie hatte andere Pläne. Große Pläne für die Zeit, wenn sie zurück in Deutschland sein würde. Sie wollte voller Reinheit in die Heimat zurückkehren, um dann mit voller Inbrunst sagen zu können: Ich bin Dein, Jon.

Doch es kam alles anders und dafür schämt sich Sonja vor sich selbst. Sie verurteilt sich für ihre kindliche Naivität. Sie fühlt sich wie ein kleines Mädchen, das sich zum ersten Mal unglücklich verliebt hat. Doch ein kleines Mädchen ist sie nicht mehr. Sie hat viele Erfahrungen mit Männern gemacht. Leider nur wenige Gute.

„Und jetzt schon wieder so ein Vollidiot!", ruft sie laut in den Raum hinein.

Es muss raus. Gedanken alleine reichen nicht. Schatten huschen durch ihren Kopf. Schatten, die sich tief aus ihrem Erinnerungszentrum herausgelöst haben. Der Tanz mit dem Teufel bringt die Schatten der Vergangenheit zurück. Sie denkt an all die Männer, die ihr über die Jahre untergekommen sind. An all die Männer, die Sonjas Erwartungen nicht erfüllen konnten. Sie heißen nicht mehr Mike, Basti oder Andreas, sondern Arschloch, Weichei oder Luftpumpe – je nachdem, an welchen Aspekt sie gerade denkt.

Unter dem Strich bleibt eines: Alle Männer waren für sie nicht geeignet. Sie hatte so viel Hoffnung auf Jon gesetzt. Er könnte anders sein, dachte sie. Und so gab Sonja mal wieder alles, tat alles, damit sich der Mann bei ihr wohlfühlen würde. Und was ist der Dank? Er verpetzt sie bei seiner Freundin und erkennt nicht seine Chance. Bleibt lieber bei dieser Spießerin Louna, die nicht mal richtig blasen kann.

Sonja weiß, was sie will. Einen Mann, der sie aufrichtig liebt, immer für sie da ist, mit ihr zusammenzieht, ihr ein oder zwei Kinder macht und nur noch Sex mit ihr haben will. Wenn er sich gut macht und sie ihm vertraut, könnte man auch mal über einen Dreier oder Swingerclub reden. Was die Kinder angeht, wird es langsam eng für sie. Ihre biologische Uhr tickt.

„Du wärst so eine tolle Mutter und Partnerin, die Männer erkennen es einfach nicht!", flüstert der Teufel ihr ins Ohr.

Und schon geht er wieder los, der Tanz im Kreise, Drehung um Drehung. Blut auf dem Fußboden als Beweis wilder Tanzkünste. Der Teufel will tanzen. Und er findet zu seiner Freude genug Menschen, die seiner Aufforderung nicht widerstehen können. Es ist Teufelswahl im Tanzcafé und die Menschen strömen herbei.

So auch Sonja. Hasswelle über Hasswelle schwappt in ihr Herz, macht die Seele dunkel und schwer. Sonja sammelt Dunkelheit statt Seelengold. Vergräbt sich immer tiefer in die Schatten vergangener Männer.

Sie kann nicht fassen, was sie alles erleben musste. Ihre Vorstellungen sind doch ganz normal. Das, was sie will, wollen viele Frauen. Und die meisten Frauen bekommen, was sie wollen. Nur sie nicht. Was macht sie falsch?

Sonja schwankt zwischen Selbsthass und Hass auf die Männer. Doch Hass bleibt Hass und hat verschiedene Formen. Und nicht nur Sonja erlebt diese Kämpfe mit sich selbst. Viele Frauen drehen sich seit Jahren im Kreis des Teufels. Besessen von ihren klaren Vorstellungen, wie ein Mann und wie die Liebe zu sein haben. Unerfüllte Erwartungen türmen sich immer mehr auf, bringen Selbstzweifel und Argwohn ins Leben.

Im Teufelskreis entscheidet sich, wie das Leben weitergeht. Wird es so bleiben oder gibt es einen neuen Weg? Viele Frauen schaffen es nicht, sich loszureißen aus den Krallen der dunklen Gedanken. Sie bleiben im Kreisverkehr und der Turm des Hasses wird immer größer. Irgendwann ist es nicht mehr wichtig, ob man selbst für das Leid verantwortlich ist oder ob die Anderen dafür verantwortlich sind, sondern was zählt, ist nur noch die Hoffnungslosigkeit.

Beim Tanz mit dem Teufel geht es darum, seine Hoffnung für immer zu begraben. Zynismus und Feindseligkeit sind die Früchte, die es zu ernten gibt. Der Teufel will keinen neuen Weg zulassen, er will umklammern bis zur letzten Ernte – traurige und tote Seelen einsammeln und sich daran ergötzen.

Ein neuer Weg würde infrage stellen, ob die Blickrichtung stimmt. Vielleicht ist nicht das Unerfüllte das Problem, sondern vielleicht sind es die Erwartungen selbst. Vielleicht muss die Veränderung beim Menschen selbst anfangen, statt auf die Anderen zu schauen. Vielleicht sieht die Frau den Mann nur als Reflexionsfläche ihrer eigenen Bedürfnisse. Vielleicht geht es gar nicht um den Mann als Menschen, sondern um den Mann als Wunscherfüller. Vielleicht sind die Wünsche einer Frau auch gar nicht ihre eigenen Wünsche, sondern vorgegeben durch den Rhythmus. Durch die Gesellschaft, die Freunde, die Eltern und die Arbeitswelt. Vielleicht wäre eine neue Blickrichtung die Chance, dem Teufelskreis zu entkommen.

Doch der Teufel will keine neue Richtung. Er will, dass seine Tanzpartnerin ihm fest ins Gesicht schaut und ihre Augen und Ohren nicht mehr von ihm lässt. Immer weiter und weiter. Türme aus Frust bauen, bis der Hass die Oberhand gewinnt. Der Hass auf sich selbst und die Anderen. Bis es keine Rolle mehr spielt, wer schuld ist. Hauptsache Hoffnungslosigkeit.

Sonja hat sich entschieden, weiterzutanzen. Sie sieht keinen neuen Weg. Die Schatten machen sich immer breiter in ihr. Zu den Schatten der Vergangenheit wird bald auch Jon gehören.

Aber noch nicht! Denn um ein Schatten zu werden, darf das Antlitz nicht mehr erkennbar sein. Doch Jons Antlitz leuchtet hell und strahlend vor Sonjas innerem Auge. So kann Jon noch kein Schatten sein.

Sonja weiß, wie sie aus einem bunten und warmen Menschen einen grauen und kalten Schatten machen kann. Sie hat vielerlei Erfahrungen mit dieser Transformation. Der erste Schritt ist die klare Erkenntnis, dass ein Mann ungeeignet ist, ihren Erwartungen zu entsprechen. Der zweite Schritt ist die Wut über die Blödheit des Mannes, sie nicht als seine Traumfrau zu erkennen. Der dritte und entscheidende Schritt ist die Abstoßung des Mannes. Die Verbannung aus dem Herzen. Das fällt Sonja am leichtesten, wenn sie den Mann lächerlich findet und nicht mehr ernst nehmen kann. Um dieses Gefühl zu erlangen, hilft sie gern nach. „Rache ist süß!", sagt sie sich in solchen Momenten.

Was Jon angeht, befindet sich Sonja zwischen dem zweiten und dritten Schritt. Er ist nicht für sie geeignet und Wut ist reichlich vorhanden. Doch abgestoßen ist Jon noch nicht. Dafür ist noch zu viel Kummer in ihr. So lange sein Antlitz ihr Herz verletzen kann, ist er nicht abgestoßen und kann kein Schatten der Vergangenheit sein.

„Du kannst nicht einfach hinnehmen, was Jon Dir angetan hat!", meldet sich der Teufel mit klarer und souveräner Stimme. Wie ein Richter, der im Namen des Volkes sein Urteil spricht.

Sonja denkt an Pablo. Ein wunderschöner, dunkelhaariger Kolumbianer. Er hatte ihr von Anfang an schöne Augen gemacht. Pablo war durch und durch Sonjas Typ. Eine große Verlockung. Es gab mehrere Momente, wo es fast passiert wäre. Beinahe hätten sie sich geküsst. Doch Sonja hat jedes Mal widerstanden. Darauf ist sie heute noch stolz. Schließlich hat sie damit bewiesen, wie ernst ihr die Sache mit Jon war.

Sonjas Wut steigt. Sie fühlt sich erniedrigt und verspottet. „Jon hat alles kaputt gemacht! Dafür muss er büßen!", faucht sie und schlägt mit beiden Fäusten auf ihre Matratze. Die Selbstzweifel verwandeln sich in aggressives Kriegsgeschrei. Was kann sie dafür, wenn Jon sie nicht erkennt?

Der Teufel packt Sonja und tanzt Tango mit ihr. Ihre Füße werden über das Parkett gezogen, das Blut spritzt in alle Richtungen. Im Blutrausch schwindet der Verstand und die Unkraft des Menschen darf regieren.

Der Wuthass verleiht Sonja neue Kräfte. Sie fühlt sich nicht mehr als Opfer, sondern als Anklägerin. Als eine Frau, die es den Männern dieser Welt mal so richtig zeigen wird. Und ganz besonders Jon. Er hat sich ihre Rache redlich verdient. Obwohl der Tanz mit dem Teufel unendlich schmerzt, spürt Sonja so viel Leben in sich, wie sie es lange nicht mehr gefühlt hat. Sie ist stark. Kein Opfer der dummen Männer. Es wird Zeit für die Wiedergutmachung. Zeit für den Gegenschlag. Nicht sie soll leiden, sondern die Männer müssen es. Schließlich sind sie mit ihrer Dummheit Schuld an der ganzen Misere. Schuld ohne Buße ist für Sonja nicht akzeptabel. Und wer sich schuldig an ihr macht, wird erleben, was wahre Buße ist.

Sonja ist aufgestanden und geht auf und ab in ihrem Schlafzimmer. Draußen ist es dunkler geworden, sodass der Raum so gut wie lichtlos ist. Sie schreitet durch die Dunkelheit und schmiedet Pläne. Sonja braucht Ideen, mit denen sie Männern wehtun kann. Dinge, die ihnen Leid und Trauer bringen. Ins Gefängnis will sie dafür nicht wandern. Zwar ist ihr Wuthass groß, aber der Verstand nicht völlig ausgeschaltet. Sie will Rache und davon möglichst viel, aber sie will am Ende nicht selbst darunter leiden. Diesen Triumph darf sie den Männern nicht gönnen. Sie muss klug sein. Sich etwas einfallen lassen.

„Kommt Zeit, kommt Rat – kommt Rat, kommt Tat!“, ermuntert sie der Teufel und umarmt Sonja fest. „Lass uns tanzen, im Kreise, wieder und wieder, Du wirst erkennen, was nötig ist!“

Es ist nicht alles schlecht

Sonntagabend.

Eine Kneipe auf der Schanze, einem beliebten Ausgehviertel in Hamburg. Tilo und Jon verabredeten sich vorher zentral auf dem Schulterblatt. Von dort aus sind sie gemeinsam losgelaufen. Zunächst gab es einen Cheeseburger auf die Hand und jetzt wird mit Bier ordentlich nachgespült.

Männerabende. Viel zu selten gibt es sie. Die Pflichten im Rhythmus und die Erwartungen von anderen Menschen – insbesondere von Partnerinnen oder Kindern – sind einfach stärker als der Wunsch nach Männergesprächen. Schade ist das. Wirklich schade. Denn Männer haben sich viel zu sagen. Jedenfalls dann, wenn sie wirklich miteinander sprechen. Wenn sie nicht nur auf den Bildschirm starren, während Fußball läuft, Lieder grölen, während die Musikanlage bebt oder protzend Sprüche klopfen, während der Alkohol in rauschenden Massen fließt. Auch Gespräche über Autos, Actionfilme und Analsex beinhalten oft nicht genug Vielsagendes. Natürlich gibt es auch viele schlaue Männergespräche. Über Politik, Philosophie, Religion oder Berufliches. Jedoch sagen auch Gespräche dieser Art oft nicht viel aus. Reichlich Worte werden gesprochen, aber die Oberfläche zumeist nur angekratzt. Wenn Männer es schaffen, tiefer zu gehen, als es das rationale Argument erlaubt, ja, dann wird es wirklich interessant. Wenn ein Mann einem anderen Mann Zugang zu seinen Gefühlswelten verschafft, kann Neues entstehen. Selbstreflexion ist nicht der Markenkern eines Mannes. Doch auch er kann sie erlernen.

Tilo ist zwei Jahre jünger als Jon. Ein großgewachsener Mann mit sportlicher Figur und kurzen blonden Haaren. Tilo hat Geschmack. Er weiß sehr genau, wie sich ein Mann anziehen sollte, um zu wirken.

Louna forderte Jon schon häufiger auf, sich ein paar Dinge von Tilo abzugucken. „So schwer kann das nicht sein mit Männern und Style – sieht man doch an Tilo!" Das betont sie immer wieder. Sie findet Tilo attraktiv. Daraus hat sie gegenüber Jon nie einen Hehl gemacht. Aber die beiden haben es für sich behalten. Bis heute. Jon plant, dies in den nächsten Stunden zu ändern. Er ist sehr gespannt, wie Tilo auf das Dreier-Angebot reagieren wird. Auf das Angebot, mit Louna Sex zu haben.

Früher war Tilo kein Kind von Traurigkeit. Ein Mann, der Gelegenheiten nutzte, wie es Oscar Wilde gefallen würde. Doch dann kam der Wendepunkt. Vor drei Jahren lernte er Wenke kennen. Schon nach weniger als einem Jahr zogen sie in eine gemeinsame Wohnung. Wenke ist zwar jünger als Tilo, aber deutlich ernster. Eine Frau, die alles im Griff zu haben scheint. Die genau weiß, wo sie hinwill. Sie redet nicht allzu viel, doch wenn sie spricht, hat sie fast immer eine klare Aussage parat. Man weiß, woran man bei ihr ist. Tilo ist ruhiger geworden, seitdem er mit Wenke liiert ist. Er hat weniger Zeit für andere Themen. Auch weniger Zeit für Jon. Jetzt ist er ein häuslicher Mann in schicker Kleidung. Ein Sesselfurzer mit

Stil. Doch heute ist sein großer Tag. Er weiß es nur noch nicht. Die Themen Fußball und Beruf haben sie bereits hinter sich gebracht.

Über die aktuelle Politik haben sie auch gesprochen. Wegen der massiv zunehmenden Terroranschläge in den letzten Monaten schreien immer mehr Menschen nach verstärkten Sicherheitsmaßnahmen. Die neueste Idee ist ein verpflichtender ID-Chip, der unter der Haut getragen wird und so jeden Menschen lokalisieren kann. Tilo zeigt Verständnis für diesen Vorschlag, während Jon diesen klar ablehnt. Ihm geht das zu weit. Frieden ohne Freiheit, ist für ihn kein wahrer Frieden.

Doch über „Sachthemen“ haben sie jetzt genug gesprochen. Es wird Zeit für Jon, mit der Unruhestiftung zu beginnen, er will ein wenig Feuer zurück in Tilos Leben bringen. Ihm ist aber klar, dass er nicht mit der Tür ins Haus fallen darf – zu stark dürfte der Einfluss von Wenke sein. Zwar ist sie nicht anwesend, was aber nicht heißt, dass sie nicht da ist. Seit drei Jahren ist sie immer da. Wenke ist in Tilos Kopf. Sie spricht aus ihm, wenn er seinen Mund öffnet. Leitkultur neu interpretiert.

Jon schleicht sich langsam an und wechselt das Thema. „Wie läuft eigentlich Deine Beziehung mit Wenke?“

Tilo hält kurz inne. Mit dieser Frage hat er nicht gerechnet. „Och, weißt Du: Es ist nicht alles schlecht.“

Jon ist irritiert. „Klingt ja nicht begeistert!“

Tilo bemerkt seine unglückliche Ausdrucksweise, die ihm etwas zu spontan und unüberlegt herausgerutscht ist. „Nicht falsch verstehen, bitte. Es läuft sehr gut zwischen uns!“

„‚Sehr gut‘ heißt genau was?“

Tilo überlegt, wie er das am besten erklären kann. „Wir streiten fast gar nicht. Machen viel zusammen in der Freizeit. Und Du weißt ja, dass mir Urlaub wichtig ist. Auch den kann ich gut mit ihr verbringen. Und mit Wenkes Eltern verstehe ich mich auch super.“

Jon ist nicht vollkommen überzeugt von Tilos Worten, was man seinem Gesicht ansieht. Doch Tilo bemerkt es nicht. Das liegt daran, dass er von seinen Aussagen im Gegensatz zu Jon sehr überzeugt ist.

Jon hakt nach. „Was ist mit Sex?“

Tilo lacht und greift zur Bierflasche. „Sex haben wir auch. Prost!“

Die Flaschen prallen zusammen und auch Jon muss lachen. Tilo ist klar, dass seinem Kumpel diese kurze Aussage nicht reichen wird. „Klar, der Sex war schon mal mehr. Die Lust schon mal größer gewesen. Zweimal im Monat ist nicht allzu viel. Dafür wissen wir, was wir tun. Ich bin zufrieden.“

Jon runzelt die Stirn und braucht diesmal nichts zu sagen, um Tilo zum Weiterreden zu bringen.

„Sex ist nicht das Wichtigste. Unser gutes Zusammenleben ist wichtiger. So, wie wir unsere Tage meistern und gestalten, wird der wenige Sex mehr als aufgewogen."

Jon wirkt immer noch nicht überzeugt. Denn er ist es auch nicht. Eigentlich lässt er sich solche Dinge nicht anmerken. Doch heute ist alles anders. Er will mit Tilo über Unruhen sprechen. Unruhen, die das Leben verändern können.

Der erste Schritt ist gelungen. Tilo fühlt sich provoziert und holt zur Gegenfrage aus. „Wie ist es denn bei Louna und Dir?"

Jon maßregelt sich innerlich selbst. Er will nicht prahlen. Er will verführen. „Miteinander haben wir mindestens zweimal die Woche Sex."

Tilo ist nicht sicher, ob er recht verstanden hat. „Miteinander? Und der Rest ist Wichsen? Oder was meinst du?"

Jon grinst. „Wichsen ist auch eine tolle Sache. Meine ich aber nicht. Ich meine Sex mit Anderen, außerhalb unserer Beziehung."

Männerstille.

„Wie jetzt, Jon? Du alter Hengst! Gehst Du fremd oder was?"

Jon macht ein schlaues Gesicht. „Nein, ich gehe nicht fremd, sondern ich gehe bekannt!"

Tilo lacht laut. „Darauf trinken wir! Aber mal im Ernst, was meinst Du genau?"

Jon hat bisher niemandem außerhalb des Red Clubs davon erzählt, was Louna und er seit einigen Monaten ausleben. Gleich geht es raus aus der Virtualität und hinein in die harte Realität. Raus aus dem Club der Eingeweihten zu den unwissenden Menschen. Einem solchen Menschen, wie Jon selbst einer gewesen war, bevor ihm der Controller in der Kantine einen neuen Weg zeigte.

Wie wird Tilo reagieren? Jon kommt ohne Umschweife zum Punkt. „Louna und ich haben eine offene Beziehung. Seit ein paar Monaten."

Tilo guckt verdutzt auf seine halbvolle Bierflasche. „Eine offene Beziehung? Was meinst Du damit?"

Jon wundert sich über die Frage, will aber nicht von oben herab reden und bleibt sachlich. „Ich habe nicht nur mit Louna Sex, sondern ich treffe auch andere Frauen. Louna weiß davon. Deswegen gehe ich sozusagen bekannt."

Tilo versucht, locker zu wirken und quält sich ein Grinsen übers Gesicht. „Ich dachte, sowas gibt es nur im Fernsehen. Du bist der Erste, der mir persönlich begegnet. Hätte ich nie von Dir gedacht. Du bist doch Christ oder so."

Jon lächelt. „Es gibt bestimmt noch mehr Menschen, die Du kennst und die sowas machen, sie haben es Dir bloß nicht erzählt. Und wie meinst Du das mit dem Christlichen? Darf ein Christ keinen Sex haben?"

Tilo schaut ernst. Ungewöhnlich für ihn. Er ist eher der lockere Typ, der die Dinge nicht so schwer nimmt. Nach außen zumindest. Aber was Jon hier gerade rausgehauen hat, beschäftigt ihn und macht nachdenklich. „Natürlich dürfen Christen Sex haben, wenn sie nicht gerade Mönche oder katholische Pfarrer sind!"

Beide lachen.

„Aber ein Christ betrügt doch nicht seine Partnerin mit Anderen!"

Jetzt ist Jon verdutzt. Hat Tilo nicht richtig hingehört? „Ich betrüge Louna nicht. Sie erlaubt es mir und wir reden über alles."

Tilo kann sein Erstaunen nicht verbergen. „Wie jetzt? Ihr redet darüber? Und jetzt sag nicht, dass du Louna auch gestattest, andere Männer zu treffen?"

Jon lacht und nimmt einen großen Schluck aus der Pulle. „Ja, stell Dir vor, wir reden miteinander. Auch darüber. Und natürlich hat Louna die gleichen Rechte wie ich und trifft andere Männer!"

Tilo weiß nicht, was er sagen soll. Also reagiert er zunächst typisch männlich. „Alter, Du machst Sachen. Da fällt mir nichts zu ein. Aber erzähl mal ein paar Geschichten, was hast Du so erlebt?"

Jon hat damit gerechnet, dass Tilo ihn nicht auf Anhieb verstehen würde. Aber er ist froh, seine Neugierde geweckt zu haben. Jetzt nur nicht prahlen, nimmt er sich fest vor. „Ich hatte Sex mit einer Frau im Hafen hinter den Containern. Eine Andere hat mir im Park einen geblasen. Und einen Dreier mit Louna und einer zweiten Frau hatte ich auch."

Jons Absicht, nicht anzugeben, hat er nicht erfüllt. Auch wenn Jon es nicht erfasst – Tilo steht der Neid in leuchtenden Buchstaben auf die Stirn geschrieben. Dennoch will er wie ein anständiger Kumpel reagieren. „Du bist ja wirklich ein alter Hengst. Schlimmer als in unseren Jugendtagen. Geile Sache für Dich! Und echt cool, dass Louna das mitmacht. Aber wie kommst Du mit ihren Männergeschichten klar?"

Jon freut sich über die entspannte Reaktion. Auch wenn er spürt, dass Tilo seine Sicht eventuell noch nicht teilt. Jetzt dranbleiben. Stück für Stück überzeugen. „Alles eine Frage von Vertrauen. Ich weiß, dass Louna mich liebt und mich nicht verlassen wird. Und dieses Vertrauen gebe ich auch ihr. Und seitdem wir offen leben, ist das Vertrauen noch größer geworden. Wir lieben uns mehr als vorher. Und so gönnen wir es uns, Spaß zu haben, Dinge auszuprobieren. Mal allein, mal gemeinsam."

Tilo versucht weiterhin, seine freundschaftliche Gesinnung zu zeigen. Doch in seiner Kehle drückt sich ein graues Gefühl nach oben. Erstaunen ist dem puren Neid gewichen. Es kann nicht geben, was es nicht geben kann. So ein Glück gibt es nur in Geschichten, aber nicht im echten Leben. Rumvögeln und trotzdem eine feste Beziehung haben? Und das auch noch ohne Betrug? Sicher nur eine Momentaufnahme. Sowas kann nicht lange halten. Die Enttäuschung für Jon wird schon bald viel größer sein als seine jetzige Freude.

„Freut mich für Dich, Jon! Aber meinst Du, das wird lange funktionieren?"

Jon überlegt nur kurz. „Warum nicht? Bisher hat es sehr gut funktioniert. Haben sogar eine kleine Krise überwunden, weil eine Frau ein bisschen übertrieben hat."

Tilo hakt nach und Jon erzählt ihm kurz die Geschichte von Sonja. Tilo hört mit großen Augen zu, fühlt sich teilweise bestätigt, aber erwischt sich auch bei dem Gedanken, Sonja live erleben zu wollen. Jons Erzählungen lösen Kopfkino bei ihm aus.

Doch nun hat Jon genug erzählt, er möchte Tilo besser verstehen. „Sag mal, hast Du denn keine Gelüste, mal was Anderes als mit Wenke zu erleben?"

Tilo fühlt sich ertappt, bleibt aber rüstig. „Klar, dafür gibt es Pornos. Und wie Du schon gesagt hast, Wichsen ist auch mal schön. Selbst ist der Mann!"

Beide Männer lachen und bestellen eine neue Runde Bier. Der frische Hopfen steht schnell auf ihrem Tisch. Wie sich das für eine anständige Kneipe gehört. „Auf uns Männer, Tilo!" Die Flaschen knallen etwas lauter als sonst zusammen.

Jon geht auf Tilos Gedanken ein. „Pornos und Wichsen. Klar, eine nette Sache. Doch seitdem Louna und ich so leben, schaue ich kaum noch Pornos. Live ist doch viel geiler!"

Tilo nickt. „Da hast Du wohl Recht. Ich wollte zum Beispiel immer schon mal einen Dreier erleben. Mit zwei Frauen ist es bestimmt geil. Wenn beide Deinen Schwanz lutschen!"

Jon grient. „Ja, ist es."

Tilo haut mit einer Hand auf den Tisch und ruft halbspaßig: „Du Angeber, jetzt tu mal nicht so, als wenn Du der große Profi wärst – nur weil Du es einmal erleben durftest!"

Jon grient erneut. „Einmal ist besser als keinmal. Und es werden bestimmt noch mehr schöne Erlebnisse dazukommen!"

Tilo versucht weiterhin, gelassen zu wirken, was ihm aber nicht wirklich gelingt. Es wird Zeit für Jon, sein Ziel anzusteuern – Tilo zu überzeugen von einem Dreier mit Louna und ihm.

„Jetzt, wo Du meine Geschichten gehört hast, was denkst Du? Wäre die offene Beziehung nicht auch was für Wenke und Dich?"

Tilo ist empört. Das kann selbst Jon nicht übersehen. „Sag mal, bist Du verrückt? Das ist doch viel zu riskant. Habe keinen Bock, meine Beziehung aufs Spiel zu setzen!"

Jon versteht Tilos erste Reaktion. „Nachvollziehbar, aber meinst Du nicht, die Chance ist höher als das Risiko? Überleg doch mal, was Du alles gewinnen kannst, ist es das Risiko nicht wert?"

Tilo geht in sich. Bemerkt jedoch schnell seine klare Überzeugung. „Jon, lass mich Klartext reden, unter uns Männern: Das Leben ist kompliziert. Eine Frau an der Seite zu haben, macht vieles leichter und bequemer. Wenn du so eine Gute wie Wenke hast, überlegst Du Dir ganz genau, welches Risiko Du eingehst. Vielleicht kriege ich so eine Frau nie wieder. Da bin ich pragmatisch und klar in der Birne. Ich lass mich nicht vernebeln durch irgendwelche Fantasien von Frauenärschen!“

Jon findet es schade, dass Tilo ängstlich reagiert. Denn so ist seine Aussage zu interpretieren. Aus Angst, zu verlieren, was er hat, riskiert er lieber nichts. Tilo gewichtet die Verlustangst höher als seine Gewinnchance. Dennoch versucht Jon nochmal, ihn zu überzeugen. „Ich bin das Risiko eingegangen und belohnt worden!“

Tilo schüttelt den Kopf. „Nein, Du bist bis jetzt belohnt worden, das dicke Ende kommt vielleicht noch. Aus meiner Sicht ist die Gefahr sogar sehr hoch. Auch wenn ich Dir natürlich nur das Beste wünsche, bin ich nicht sicher, ob Du Deine Entscheidungen nicht noch bereuen wirst!“

Jon nimmt die Bierflasche und trinkt ein paar Schlucke. Längeres Schweigen. „Klar, die Gefahr besteht immer. Aber auch, wenn man nicht offen lebt, kann eine Beziehung scheitern.“

Tilo bekräftigt: „Ja, aber Du und Louna habt das Risiko für meine Begriffe stark erhöht!“

Jon grinst. „Mag vielleicht sogar stimmen. Aber ist das Leben so nicht viel schöner?“

Tilo hält inne. Trinkt, wie Jon kurz vorher, ein paar Schlucke, bevor er antwortet. Seine Erläuterungen fallen ihm nicht schwer, weil er sich schon häufiger Gedanken darüber gemacht hat. Jetzt wird er Jon seine Sicht erklären. Vielleicht kommt er dann noch zur Vernunft. „Weißt Du, es ist eine Abwägung. Wie immer im Leben. Wenke ist eine tolle Frau. Sie organisiert vieles und macht meinen Alltag leichter. Du weißt, wie anstrengend die Arbeit ist und wie viel Kraft es kostet, jeden Tag seinen Mann zu stehen. Da bin ich doch froh, wenn ich den Haushalt nicht auch noch schmeißen muss. Wenke denkt an Termine, wie Geburtstage, kauft Geschenke und so weiter. Mein Leben hat sich vereinfacht, seitdem wir zusammen wohnen. Unter dem Strich ist es einfach bequem, wie es läuft. Und apropos Wohnung: Du weißt, was Wohnraum in Hamburg kostet. In Winterhude könnte ich mit nur einem Einkommen nicht wohnen. Jedenfalls nicht so schön wie jetzt – und das soll ich alles riskieren für ein bisschen mehr Sex?“

Jon fühlt sich an seine Vergangenheit erinnert. An die Zeiten mit Emma. Er ist froh, dass er heute allein wohnt und keine pragmatische Beziehung führt. Louna und er sind zusammen, weil sie sich lieben und nicht, weil es praktischer und kostengünstiger ist. Er will bei Tilo nachbohren, um so mehr über seine Haltung zu erfahren. „Hört sich sehr vernünftig an, aber was ist mit Spaß und Lebensfreude? Wozu Sex ja auch gehört!“

Tilo nickt zustimmend. „Klar ist Spaß wichtig. Wenke und ich haben ja Spaß zusammen. Nicht nur beim Sex, aber auch. Und wir machen viele andere schöne

Dinge. Und zum Thema Sex: ganz ehrlich? Wenn alle Stricke reißen und ich unbedingt Abwechslung will, kann ich immer noch in den Puff gehen oder mir eine Affäre anschaffen. Bin doch nicht bescheuert und gebe mein heutiges Leben auf, dafür läuft es viel zu gut!"

Jon schaut schockiert. Tilo ist zwar ehrlich, aber was er sagt, gefällt Jon überhaupt nicht.

Tilo bemerkt seine Irritation und beschwichtigt ihn. „Keine Sorge, ich habe nicht vor, fremdzugehen. Ich will Wenke nicht verletzen. Wollte nur zum Ausdruck bringen, dass ich das immer noch lieber machen würde, als ganz auf sie zu verzichten. Bleibt aber unter uns Männern."

Diese Erläuterungen beruhigen Jon nicht wirklich. Er mag die Einstellung dahinter nicht. „Klar bleibt das unter uns. Auch wenn ich Deine Sicht überhaupt nicht teile. Mir ist das zu pragmatisch. Und fremdgehen geht für mich gar nicht."

Tilo entrüstet sich, wenn auch ein wenig künstlich: „Nochmal: Ich habe nicht vor, fremdzugehen. Ich mag das auch nicht. Aber noch wichtiger ist es mir, meine tolle Beziehung mit Wenke nicht zu verlieren. Das ist nicht pragmatisch, sondern vernünftig. Niemand will allein sein. Und wenn eine Beziehung in der heutigen Zeit so gut funktioniert, wäre man doof, das aufzugeben!"

Jon ist nicht überzeugt und hakt nach. „Was ist mit Kindern? Du willst doch keine und Wenke schon. Wie soll das bei euch weitergehen?"

Tilo kratzt sich kurz am Kinn. Auch darüber hat er natürlich schon häufiger nachgedacht. „Weißt Du, mein Freund, im Zweifel mache ich ihr einfach welche. Wenn Wenke dadurch glücklich wird und bei mir bleibt, ist alles gut!"

Jon ist wieder einmal irritiert. „Obwohl Du keine Kinder möchtest, würdest Du trotzdem welche kriegen?"

Tilo lacht. „Na ja, kriegen würde sie ja Wenke. Nochmal, Alter, zum Mitschreiben: Man muss vernünftig sein, zu einer Beziehung gehören Kompromisse. Sonst wird das nichts auf Dauer."

Wieder Männerstille.

„Auf den Schock brauche ich noch ein Bier!", ruft Jon aus. „Eine Beziehung ist doch kein Selbstzweck, Beziehung um der Beziehung willen, sondern eine Beziehung soll doch glücklich machen!"

Tilo nickt. „Absolut. Mich macht es glücklich, wenn Wenke bei mir ist, wenn wir zusammen das Leben anpacken. Und mich macht der Gedanke glücklich, das nicht zu verlieren. Für dieses Glück bin ich kompromissbereit."

Jon versucht, Tilos Sicht zu verstehen und zu respektieren. „Gut, dann lass uns das nächste Bier trinken und darauf anstoßen, dass wir nicht die gleiche Sicht auf Beziehungen haben und trotzdem Freunde sind!"

Tilo grinst. „So machen wir es. Wobei ich hoffe, dass Du noch zur Vernunft kommst."

Jon schaut vielsagend. „Dasselbe wünsche ich auch Dir!"

Beide Männer lachen zum wiederholten Male und bestellen eine neue Runde. Nach dem Anstoßen mit den Flaschen wird es ruhiger am Tisch in der Kneipe. Beide beschäftigt innerlich, was sie eben gehört und diskutiert haben.

Reizvolles hat Tilo vernommen, das kann er nicht bestreiten. Doch ist er sich sicher, dass sowas mittelfristig nicht funktionieren kann. Letztlich ist Tilo ein noch braverer Sklave des Rhythmus, als es Jon ist und jemals war. Natürlich ahnt Tilo nichts davon – denn für ihn ist absolut alles richtig, was er denkt und wie er sich verhält. Und genau das möchte der Rhythmus. Irren ist menschlich. Und dieses Irren hilft, das Leben aufrechtzuerhalten, wie es sein soll, und nicht, wie es sein könnte.

Jon hat Ernüchterndes vernommen, Dinge, die für ihn schon lange nicht mehr zählen. Doch auch Ängste spürt er hinsichtlich dessen, dass Tilo am Ende Recht behalten könnte. Ihm wird klar, dass er das eigentlich geplante Thema – Dreier mit Louna – nicht mehr anzusprechen braucht. Tilo würde ihn völlig entsetzt anschauen und dankend ablehnen. Diese Schmach kann er sich ersparen.

Die Männerfreunde haben heute viel über sich gelernt. Es wurde bewiesen: Männer haben sich viel zu sagen, wenn sie wirklich miteinander sprechen. Und das haben Jon und Tilo heute getan. Sie haben sich füreinander geöffnet und Einblicke in ihre Herzen gewährt. Abgelenkt von ihren Gedanken schmeckt das Bier anders als vorher. Das Bewusstsein ist nicht beim Trinken von Bier, sondern beim Grübeln über das Leben. Jon und Tilo lächeln sich gegenseitig milde an. Kumpels haben Verständnis füreinander. Selbst, wenn es schwerfällt. Doch eines schwört sich Jon in diesem Moment: „Es ist nicht alles schlecht" möchte er niemals über seine Beziehung sagen müssen…

Das Gebet von der Lust

Ich bin dankbar. Dankbar für die letzten Monate. Eine Reise der Lust liegt hinter mir. Aber viel mehr noch eine Reise der Ehrlichkeit und Liebe.

Ich bin dankbar für Louna. Es ist unbeschreibliches Glück, gerade *sie* an meiner Seite zu haben. Denn es ist nicht leicht, einen Menschen zu finden, der einen so liebt, wie man ist, mit all seinen Bedürfnissen. Mit allen seinen Untiefen, Gelüsten und Merkwürdigkeiten. Doch Louna nimmt mich an, wie ich bin. Viel mehr als das: Sie hat meine Hand genommen und geht den Weg mit mir gemeinsam. Nur durch sie kann ich meiner Lust nachgehen und werde dennoch in Liebe geborgen.

Ich bin dankbar für mein großes Glück. Louna ist ein Geschenk des Himmels und zeigt mir das Paradies auf Erden. Ein Paradies voll mit lustvollen Experimenten. Mit wertvollen Erfahrungen und Selbsterkenntnissen.

Nicht alles war gut. Daran trage ich selbst Schuld. Ich habe Fehler gemacht. Beinahe hätte ich Louna verraten und mich von Sonja auf falsche Fährten leiten lassen. Die Verführung war groß. Doch noch größer war die Erkenntnis, dass Louna mit allem Recht hatte. Lügen schaden. Lügen zerstören das Vertrauen. Ohne Aufrichtigkeit ist keine offene Beziehung möglich. Und diese Ehrlichkeit muss von allen beteiligten Menschen geliebt und verehrt werden. Ist nur eine falsche Schlange dabei, wird das ganze Geflecht vergiftet.

Ach, es ist so schön, seine Lust zu leben. Sich auszuprobieren. Sich zu genießen. Andere zu verwöhnen. Lust gehört für mich so zum Leben wie das Atmen, Essen oder Trinken. Lust ist wunderschön. Doch was nützte mir alle Lust der Welt, wenn ich die Liebe nicht hätte?

Louna ist meine Liebe. Ich bin so dankbar für sie. Und ich freue mich, dass auch sie ihre Lust neu entdecken kann, sich ausprobiert und Stunden der Freude erlebt.

Bei aller Dankbarkeit kann ich nicht verhehlen, Angst zu haben. Was ist, wenn Tilo Recht behalten sollte? Wenn das Paradies nur für kurze Zeit währt und ich am Ende Louna verliere? Sie verliere, weil ich zu sehr meiner Lust gefolgt bin? Können Sehnsüchte nicht auch zerstörerisch sein? Bin ich vielleicht zu egoistisch und zu wenig kompromissbereit? Schon Emma habe ich verloren, weil ich unseren Weg nicht mehr gehen wollte. Werde ich auch Louna verlieren, weil ich nicht so leben möchte wie die anderen Menschen? Ist Monogamie nicht doch der sichere Weg? Und vor allem, ist Monogamie nicht das, was sich Gott von den Menschen wünscht? Bin ich gerecht vor Gott, wenn ich meiner Lust nachgehe und viele Frauen habe? Oder werde ich am Ende dafür bestraft? Mit Einsamkeit und Verachtung der Anderen?

Ich spüre Zweifel. Sie wohnen Tür an Tür mit meiner Freude. Ich möchte die Reise der letzten Monate fortsetzen, weil ich das Gefühl habe, diesmal richtig abgebogen zu sein. Doch ohne Angst bin ich nicht.

∞

Du hast Mut bewiesen, Jon. Viel Mut. Und Du hast Louna Deine Liebe gezeigt, immer wieder. Selbst in dunklen Stunden hast Du nicht vergessen, was Du ihr verdankst. So bist Du treu geblieben – ihr und Dir selbst.

In der Wahrheit sind Liebe und Gerechtigkeit zu finden. Du hast angefangen, Dein Potenzial zu entwickeln. Bist entschlossen durch offene Türen gegangen. Du lernst, Momente zu genießen. Und Du hast Dich nicht aufhalten lassen, als es schwer wurde.

Zweifel gehören dazu. Du bist Mensch, Jon. Doch Zweifel schaden nicht, wenn man sie überwindet. So wie Du. Immer wieder hast Du aufrichtig mit Louna gesprochen und auch ihre Ansichten verstanden. Nicht immer war Dir sofort klar, was das Richtige ist. Fehler gehören dazu. Du bist Mensch, Jon. Trotz Deines Zauderns bist Du am Ende mit Sonja einen klaren Weg gegangen und hast Louna nicht im Stich gelassen. Und jetzt zweifelst Du erneut, weil Tilo Dir erzählt hat, wie er die Welt sieht. Er hat sich noch für die Angst entschieden. So wie die meisten Geschöpfe auf diesem Planeten. Menschen wollen das Idealbild einer Gesellschaft leben, denn das sorgt für Ruhe und Stabilität. Menschen haben Angst, aus der Reihe zu tanzen. Selbst dann, wenn sie spüren, dass außerhalb der Norm großes Glück für sie zu finden wäre.

Der Rhythmus ist ein geschickter Herrscher. Er verlangt möglichst stabile Beziehungen ohne große Experimente. Die Experimente dürfen gerade so weit gehen, dass sie den Menschen gefühltes Glück vermitteln, aber nicht so weit, dass sie die gewohnte Ordnung gefährden. Wer im Alltag gut organisiert ist, hat mehr Kraft für seine beruflichen Pflichten. Wer in einer monogamen Beziehung lebt, ist weniger abgelenkt und fokussiert seine Gedanken besser. Das Leben hat einfach weniger Prioritäten. Weniger Dinge, auf die man sich einlassen muss. Das ist gut für den Rhythmus und seine Aufgaben für die Menschen. So wird Geld häufig zu einem Motor von monogamen Beziehungen. Wenn sich ein Paar die Kosten des Lebens teilt, haben beide mehr Annehmlichkeiten. Das Leben wird angenehmer und luxuriöser. Die Versuchung ist groß, auf Lust und Liebe zu verzichten, um nicht das Risiko eines Verlustes dieser Annehmlichkeiten einzugehen.

Du selbst kennst diese Versuchung, Jon. Auch Emma und Du, ihr wurdet von dieser Sicherheit getragen. Doch als Dir die Romantik immer mehr fehlte, spürtest Du den Drang, Deine stabile Beziehung zu verlassen. Fremdgegangen bist Du nicht, aber Deine Sehnsucht danach war groß. Es wäre nur noch eine Frage der Zeit gewesen, bis Du schwach geworden wärst.

Für den Rhythmus ist fremdgehen legitim. Zwar ist es nicht besonders heroisch, seinen Partner oder seine Partnerin anzulügen, aber es sorgt dafür, dass der Rhythmus im Takt bleibt. Lügen sorgen im Zweifel für Ruhe im System. Und Ruhe im System ist gut für die Produktivität. Hier setzt der Rhythmus klare

Prioritäten: Ruhe vor Ehrlichkeit. „Zu viel Ehrlichkeit ist auch keine Lösung." Ein Glaubenssatz im Rhythmus.

Aus dem Blickwinkel des Rhythmus ist die Liebe vor allem dafür da, um für die Aufrechterhaltung eines sicheren und stabilen Systems zu sorgen. Und so prägt er seit Jahrhunderten ein Bild von der Liebe, das vor allem auf gegenseitige Unterstützung im Alltag setzt. Eine wirksame Strategie. Wenn Menschen sich gegenseitig voneinander abhängig machen, ist es nochmal schwerer, aus dem Rhythmus zu fliehen. Denn man schuldet plötzlich nicht nur dem System etwas, sondern auch einem anderen Menschen. So verschmilzt die Liebe mit dem Rhythmus zu einer großen Lebensaufgabe, die es zu meistern gilt.

Aber es gibt alternative Möglichkeiten, sein Leben zu gestalten. Denke an Thomas und Michelle. Sie leben nicht monogam, aber sie leben ihre Lust immer nur gemeinsam aus. Im Doppelpack passen sie gegenseitig auf sich auf und halten so ihre Ängste in Schach. Verstehe mich aber nicht falsch: Auch in monogamen Beziehungen ist Lust und Liebe zu finden. Es geht um die Wahrhaftigkeit des eigenen Seins. Ist diese gegeben, kann das Glück kommen.

Zusammen mit Louna hast Du Deinen Weg gewählt. Einen Weg der lustvollen Freiheit. Der Rhythmus schlägt Dir seine Glaubenssätze ins Gesicht: „Lust ist überbewertet. Ein bisschen Verzicht hat noch nie geschadet. Seine Lust zu idealisieren und voll auszuleben, ist blauäugig und führt zu unnötigen Problemen." Alles Glaubenssätze, die beitragen zur Aufrechterhaltung des Lebens, wie es sein soll, und nicht, wie es sein könnte.

Du hinterfragst diese Glaubenssätze, weil Du spürst, dass sie Dich nicht glücklich machen. Dass sie nicht Deinem wahrhaftigen Sein entsprechen. Ja, damit wirst Du dem Rhythmus und vielen Menschen suspekt. Du wirst komisch angeschaut und musst Dich rechtfertigen. Bleibe ehrlich zu Dir selbst und bleibe ehrlich zu den Anderen.

Lust ist heilig. Die Fähigkeit dazu, sie zu erleben, ist dem Menschen angeboren. Auch in der Lust kann Gott gewürdigt werden. Hüte Dich aber vor den Extremen. Wenn es im Leben nur noch um die Lust geht, wirst Du schon bald eine große Leere bemerken. Der Hedonismus kann die Liebe nicht ersetzen.

Noch einmal zurück zu den Menschen, die unbedingt das Idealbild einer Gesellschaft leben wollen, um nicht aus der Reihe tanzen zu müssen. Grausiges kann passieren, wenn ein Mensch es nicht schafft, dieses Bild zu erreichen, obwohl er es unbedingt will. Es drohen Selbstzweifel und Depressionen. Ein innerer Kampf gegen sich selbst, weil man der Gesellschaft nicht entsprechen kann. Der soziale Druck ist enorm. Wer das Idealbild nicht erreicht, fühlt sich minderwertig. Dieses Gefühl kann sogar in Hass gegen sich selbst und andere umschlagen. Diese Menschen liegen dann dem Teufel zu Füßen und er kann mit ihnen machen, was er will.

Mache Du nicht diesen Fehler, Jon. Fühle Dich nicht minderwertig oder zweifle an Dir, nur weil Du anders leben möchtest. Bleibe in der Wahrhaftigkeit. Folge

Deiner Lust, aber handle immer in der Liebe. Manche leben, wonach sie streben. Es gibt viele Wege der Lust und der Liebe, und Du hast die Freiheit, Deinen eigenen zu finden.

Mensch, schau in Deine Seele. Mensch, Du hast die Wahl!

Die Erscheinung

Es ist Donnerstagnachmittag.

Jon hat diese Woche Urlaub und sitzt allein in seinem Lieblingscafé. Ruhe vom Rhythmus. Zeit der Muße und des freien Gedankenspiels. Urlaubsbedingt trägt er seine lässigen Klamotten. Eine ausgebleichte Jeans, fleckige Turnschuhe und einen Hoodie, der seine besten Tage schon hinter sich hat. Trotz seines gewöhnungsbedürftigen Styles hat die ältere Kellnerin wieder mal mit ihm geflirtet, als sie ihm vorhin einen Espresso und ein Stück Lübecker Nusstorte servierte. Jon findet die Kellnerin sympathisch, aber als Frau nicht so attraktiv, dass er darüber nachdenken würde, mit ihr etwas zu starten. Er mag den Gedanken, dass er dürfte und könnte, wenn er nur wollte.

Jon sitzt nicht ohne Grund hier. Er ist zum Erinnern gekommen. Fast genau ein Jahr ist es her: Er saß mit Louna an diesem Tisch und teilte ihr in aller Wahrheit seine Bedürfnisse mit. Auch wenn sie nicht gerade vor Freude platzte, hörte sie ihm dennoch zu und meldete sich ein paar Tage später sogar im Red Club an.

„Was für ein Jahr", raunt Jon vor sich hin. „So vieles ist passiert!"

Er ist versunken in seinen Gedanken. Hat Bilder im Kopf. Eine Blockbuster-Serie mit vielen spannenden Folgen. Eine von diesen Serien, bei der Staffel auf Staffel folgt und es kein Ende geben soll. Freudiges Schwelgen im Vergangenen. Umso schöner die Vergangenheit eines Menschen ist, umso schöner erlebt er seine Gegenwart. So ist das Glück von morgen die Tat von heute. Jon hat viel Schönes in den letzten Monaten erfahren dürfen. Seine Festplatte ist voll mit reichen Momenten.

Die Lust kam nicht zu kurz. Jeden Monat kamen Frauen in sein Leben, die seine Schatzkammer mit Erinnerungen füllten. An einem Abend wurde er sogar von drei Frauen gleichzeitig verwöhnt. Eine Geburtstagsfeier unter Freundinnen. Zwei hatten ausgeheckt, womit eine überrascht wurde. Jon war das Geschenk. Eher war wohl das Erlebnis zu viert das Geschenk für die Freundin. Doch für Jon war es unter dem Strich das Gleiche. Er war dabei. Und so wurde ihr Geschenk auch seines.

Der Kontakt mit Tilo wurde in den letzten Monaten immer spärlicher, umso mehr Jon erzählte, umso mehr zog sich Tilo zurück. Oder war es Wenke, die Tilo zurückzog? Nachdem Jon vom Vierer mit den drei Frauen berichtet hatte, konnte Tilo nicht anders, als es Wenke weiterzuerzählen. Sie urteilte harsch: „Jon ist kein guter Umgang für Dich, Tilo!" Seit jenem Tag ist der Kontakt besonders gering geworden. Jon findet das schade, trauert aber nicht allzu sehr darüber. Er geht seinen Weg. Einen Weg, den er bisher nicht bereut hat.

Genau wie Jon ergeht es auch Louna. Auch sie bereut ihre Entscheidungen nicht. Die beiden sind jetzt viereinhalb Jahre zusammen. So schön die ersten dreieinhalb Jahre auch gewesen sein mögen, die letzten zwölf Monate waren noch besser. Louna schaffte es sogar, ihren heiß umschwärmten Thomas allein zu treffen. Michelle fasste allen Mut zusammen und ließ Thomas einen Soloabend mit Louna erleben.

Jon erinnert sich, wie er damals zu Hause saß und seine Eifersucht spürte, während Thomas in Lounas Wohnung war. Jon lacht. Lauter, als man es tun sollte, wenn man allein in einem Café sitzt. Einige Gäste schauen ihn komisch an. Doch Jon kann nicht anders. Es ist wie ein Reflex, er muss immer lachen, wenn er daran denkt, wie Louna ihm am nächsten Tag erzählte, dass Thomas nach nur zwei Minuten abgespritzt hatte. „Du hattest Recht: Zumindest reden kann er gut", gab Louna mit einem verschmitzten Lächeln zu. Thomas und sie haben heute noch Kontakt. Sie schreiben regelmäßig miteinander. Eine platonische Freundschaft ist entstanden.

Louna und Jon haben ein pulsierendes Jahr voller Lust und Lebensfreude hinter sich. Doch nicht nur die Lust der letzten Monate lässt das Gesicht von Jon erstrahlen. Er freut sich viel mehr darüber, wie eng Louna und er zusammengewachsen sind. Es ist schön, zu spüren, dass sie sich vollkommen aufeinander eingelassen haben. Dass die beiden ein Paar sind – das erscheint so sicher wie die Flut, die auf eine Ebbe folgen muss.

Ihre Liebe fühlt sich wie ein Naturgesetz an. Liebe ist keine Selbstverständlichkeit. Schon gar nicht zwischen Menschen. Doch ihre Liebe hat einen hohen Grad an wahrhaftiger Natürlichkeit erreicht. Sie lieben sich, obwohl sie sich kennen. Sie lieben sich, weil sie sich kennen.

Ihre offene Lebensweise ist ohne Kommunikation nicht möglich. Sie müssen viel miteinander reden. Aber sie wollen es auch. Genau hier liegt ein Erfolgsfaktor. Die vielen Erlebnisse schreien nach Reflexion. Und mit wem will man lieber reflektieren, als mit einem Menschen, den man liebt? Anders gesagt: Es gibt immer was zu erzählen. Die Gesprächsthemen gehen nie aus. Die Beziehung bleibt spannend, weil immer neue Impulse hinzukommen, die es zu betrachten gilt. Louna hält Jon immer noch für keinen Kommunikationsgott, viel zu viel muss sie ihm aus der Nase ziehen, aber er hat sich deutlich verbessert in den letzten Monaten. Dafür bekommt er viel Lob von ihr. Durch das gegenseitige Erzählen von Erlebnissen und Gefühlen haben sich die beiden noch einmal neu kennengelernt. Heute wissen sie viel besser, mit wem sie es zu tun haben. Sie kennen sich. Sie erkennen sich. Immer mehr. Und vor einem Jahr hat das Kennenlernen ganz neu angefangen.

Gute Gefühle erfüllen Jon. Er ist glücklich und lächelt vor sich hin. Er hat Urlaub und den Kopf voller schöner Gedanken. Mit einem geübten Fingerzeig, ohne ein Wort sprechen zu müssen, bestellt er einen weiteren Espresso bei seiner Kellnerin. Auch die beiden kennen sich. Nur anders.

Was im Kleinen hier im Café funktioniert, ist im Großen zwischen Louna und Jon wahr geworden.

Eine wohlige Symbiose. Eine perfekte Ergänzung. Ein starkes Zusammensein. Louna und Jon lieben sich. Ohne Diddl-Karten und heilige Schwüre. Sie tun es einfach, weil es sich richtig anfühlt. Auch wenn viele sie nicht verstehen. Auch Louna hat ihre besten Freundinnen inzwischen eingeweiht. Von Achselzucken bis Entsetzen erlebte sie dabei viel. „Du musst tun, was Dich glücklich macht" war schon die freundlichste Reaktion.

Louna und Jon nehmen das wörtlich. Sie sind glücklich. Und wie. Mit sich selbst und miteinander. Sie gehen inzwischen recht offen mit ihrer Lebensweise um. Sie binden es nicht jedem auf die Nase, besonders auf der Arbeit und bei ihrer Familie halten sie sich zurück. Aber sie haben inzwischen Bilder von ihren Gesichtern im Red Club eingestellt. Ein Staatsgeheimnis ist ihr Lebensstil nicht.

Der Espresso wird von der Kellnerin lächelnd auf den Tisch gestellt. Jon ist heute so gut drauf, dass er sogar ein wenig zurückflirtet. Was die ältere Dame sehr erfreut. Während die ersten Tropfen des herrlich bitteren Somas in seinem Mund verschwinden, denkt er an einen unerfüllten Wunsch von Louna. Bei aller Lust haben sie eines immer noch nicht geschafft: einen Dreier mit einem zweiten Mann zu haben. Entweder gefiel Jon der vorgeschlagene Mann nicht oder er konnte mit seinen Vorschlägen Louna nicht überzeugen. Doch unerfüllte Wünsche haben auch gute Seiten. Sie halten aktiv und wach. Sie motivieren und treiben an. Es wird passieren. Irgendwann. Da sind sich beide sicher.

Jon nimmt sich in diesem Moment vor, noch mehr dafür zu tun, dass Lounas großer Wunsch in Erfüllung geht. Der letzte Tropfen Espresso erreicht den Gaumen von Jon. Ja, er ist gut drauf. Er ist glücklich. Ein perfekter Tag. „Besser kann es nicht mehr werden!", ruft er innerlich aus.

Noch kann er nicht ahnen, was in der nächsten Minute passieren wird. Nur noch ein paar Sekunden. Eine fremde Dimension hat ihr Portal geöffnet und etwas Göttliches ist dabei, in Jons Wirklichkeit einzutreten.

Die schwere gläserne Tür des Cafés geht auf. Und dann steht sie urplötzlich nur ein paar Meter von ihm entfernt: eine grandiose Erscheinung.

Sein Kopf und sein Körper bewegen sich nicht. Er kann seine Augen nicht von ihr lassen und starrt ohne Unterlass. Der Autofokus ist nur auf sie gerichtet. Dass andere Gäste sein Starren beobachten, kann ihn nicht stören – denn er bemerkt es nicht. Er bemerkt auch nicht, dass die ältere Kellnerin vor sich hin grinst, weil sie Jons Starren süß findet. Für ihn gibt es in diesem Raum nur noch zwei Menschen. Diese wunderschöne Erscheinung mit ihm allein. Die Zeit macht Pause und würdigt diesen heiligen Moment.

Das Objekt seiner Begierde heißt Diana. Auch wenn Jon das nicht wissen kann. Aber Namen sind ihm gerade sowieso egal. Er möchte nur schauen und ihre Aura inhalieren, auf dass sie ihn in seinem Inneren zum Strahlen bringe. Nichts Geringeres als das traut er Diana zu – von der allerersten Sekunde ihres Erscheinens an.

Sie ist stattliche ein Meter achtzig groß, die schwarzen Reiterstiefel hieven sie auf sage und schreibe einhundertsechsundachtzig Zentimeter. Genauer gesagt der mit Nieten übersäte Absatz ihrer Stiefel. Mit dieser künstlichen Erhöhung ist sie sogar ein wenig größer als Jon. Die enge dunkelgraue Jeans bringt ihre athletischen Beine exzellent zur Geltung. Der schwarze enge Pullover zeichnet ihren Oberkörper nach. Dianas Bauch ist nicht in perfekter Form. Aber ihre großen festen Brüste trägt sie stolz und mit einem geraden Rücken vor sich her. Ein langer schwarzer Ledermantel umrahmt gekonnt ihren Auftritt. Zu diesem gehören auch ihre strahlend blauen Augen, die über ihrer markanten, nicht allzu kleinen Nase hervorstechen. Lange schwarze Haare mit einigen kleineren Locken bilden einen wundersamen Kontrast zu ihren vollen roten Lippen. Ihr Make-up ist ausdrucksstark und lässt sie wie eine Königin wirken. Lange Wimpern und klug gesetzte Schmink-Akzente auf den Wangenknochen machen sofort klar: Hier steht nicht irgendeine Frau. Hier steht Diana. Und sie ist eine besondere Frau. Zumindest fühlt sie sich so. Und darauf kommt es an. Ihre innere Zustimmung zu sich selbst leuchtet nach außen und schenkt Diana nicht nur den Namen einer Göttin, sondern auch die dazugehörige Ausstrahlung.

Jon starrt immer noch. Sie hat ihn natürlich längst bemerkt und doch ignoriert sie ihn vollständig. Nicht eines Blickes würdigt sie Jon. Ihr ist vollkommen klar, dass sie mit ihrer Ignoranz das Interesse von diesem komischen Mann mit dem abgetragenen Hoodie nur weiter steigern wird. Aber das ist sein Problem. Sie hat keine Lust, auf ihn zu reagieren. Diana setzt sich nur zwei Tische von Jon entfernt hin, direkt in seinen Blickwinkel.

Ihre seitliche Sitzposition ermöglicht ihm, ihre Silhouette sowie ihr halbes Gesicht zu betrachten. Seine Augen wandern von der Stiefelspitze an ihren Beinen entlang, bleiben an den Brüsten schmachtend hängen und versuchen dann, Blickkontakt mit Diana herzustellen. Immer wieder und wieder. Stiefelspitze. Beine. Brüste. Und wieder ein Blick ins Gesicht.

Fünf Minuten lang geht das jetzt schon so. Diana hat sich dabei nicht einmal bewegt. Sie hat keine Regung gezeigt. Keine Einzige. Die ersten Gäste fangen an, zu kichern. Sie weiß, wie man eine große Show darbietet. Dabei will Jon doch nur einen Blick. Sogar ein ganz Kurzer würde ihm reichen. Nur ein Zeichen, dass sie Notiz von ihm genommen hat.

Er ahnt nicht, dass er bereits Dianas Aufmerksamkeit gewonnen hat. Aus dem Ignorieren ist inzwischen ein Spiel geworden. Ein Spiel, das die Göttin sehr genießt. Anfangs hat sie gedacht, dass der starrende Typ in lumpiger Kleidung nur ein gewöhnlicher Mann sei. So wie sie es oft erlebt, wenn sie einen Raum betritt. Starren. Sabbern. Schnell aufgeben. Aber Jon scheint hartnäckiger als andere Männer zu sein. Das gefällt ihr. Diana ist keine leichte Beute. Genau genommen ist sie gar keine Beute. Sie ist eine Jägerin. Aber eine, die nicht jagen muss, um zu überleben, sondern es nur tut, wenn sie Lust dazu hat. Eine Lust-Jägerin. Eine Jägerin der Lust. Ihr imponiert die Hartnäckigkeit von Jon, auch wenn sie seinen Kleidungsstil abscheulich findet. Eine Königin mag Männer in schicker Kleidung.

Männer mit gekonntem Stil. Tilo würde ihr gefallen. Doch Tilo ist nicht hier, sondern Jon. Und der starrt weiter.

Endlich. Diana bewegt sich. Sie bestellt einen Irish Coffee. „Ungewöhnlich für eine Frau“, denkt Jon und findet es im gleichen Moment stimmig. „Das passt irgendwie zu ihr.“ Und ihre Stimme passt erst recht zu ihr. Ein wenig rau und dennoch weiblich. In der Lautstärke nicht zu überhören. Klar und bestimmend in der Tonalität. Jons Faszination steigert sich weiter.

Augenstille.

Seine Augen verlassen Diana für ein paar Sekunden. Jon überlegt, was er tun soll. Weiterglotzen und hoffen, dass sie irgendwann mal reagiert oder selbst zur Tat schreiten und sie ansprechen? Er könnte sich auch direkt neben sie setzen. Platz genug wäre da. Nein. Das traut er sich nicht. Nach all den Erfahrungen, die er mit Frauen sammeln durfte, ist Jon dennoch ein schüchterner Junge geblieben. Pubertät mit beinahe vierzig Jahren. Schüchtern ist er schon immer gewesen, aber diese Erscheinung, zwei Tische vor ihm, lässt ihn nicht nur schüchtern sein, sondern ehrfürchtig.

Diana spürt die unentschlossene Unsicherheit von Jon und genießt still. Sein Verhalten löst ein inneres Freudenfest bei ihr aus. Sie liebt es, wenn Männer sich nach ihr verzehren. Wenn ihre Begierde immer größer wird, vor allem dann, wenn sie merken, dass sie keine Chance bei ihr haben. Doch dieses Spiel funktioniert nicht bei allen Männern. Viele Männer sind eitle Gockel. Sie fühlen sich schnell gekränkt, wenn sie nicht beachtet werden – zweifeln an ihrer Männlichkeit und wollen sich nicht der Lächerlichkeit hingeben. Dieses Problem scheint der schmachtende Hoodie-Träger nicht zu haben.

Jon starrt wieder. Er hat sich immer noch nicht entschieden, was er als Nächstes machen will. Doch er kann auch nicht aufhören, dieses wunderbare Wesen vor ihm anzuschauen. Die groteske Szene läuft weiter und weiter und wird inzwischen von einigen Zuschauern gespannt verfolgt. Zu seinem Glück hat Jon immer noch nicht mitbekommen, dass er bei seinem Beobachten von anderen beobachtet wird. Es wäre ihm äußerst peinlich.

Der bestellte Irish Coffee wird serviert. Während die Kellnerin ihren Service gewohnt freundlich durchführt, schaut sie Jon vielsagend an. Ihr Blick scheint zu rufen: „Trau Dich!“

Doch er ist nicht naiv. Er weiß, dass der Wunsch oft Vater des Gedankens ist. Man kann von Sigmund Freud halten, was man will, aber diese Erkenntnis ist richtig. Findet jedenfalls Jon. Und weil er das so sieht, bleibt er schön sitzen, hält seinen Mund und gafft weiter. Wenn er sein Interesse weiter zeigt, wird sie sich erbarmen: Sie wird ihn ansprechen. Dieser Glaube ist in den letzten Minuten entstanden und gewachsen.

Jon kann nicht wissen, dass Diana genau das Gegenteil im Schilde führt. Sie wäre, ohne jeden Zweifel, in der Lage, aktiv zu werden und das Wort zu ergreifen, aber wo bliebe dann ihr Spaß? Nein. Diana will sich weiter ergötzen an den verzweifelten Blicken von Jon. An seiner Hoffnung, irgendwann erlöst zu werden. Der lumpig gekleidete Mann in der Ecke interessiert sie wenig. Seine Fähigkeit, nicht aufzugeben, reizt sie. Die Lust einer Göttin basiert auf Hingabe. Umso größer die Hingabe ihrer Diener, umso größer wird ihre Befriedigung. Jon ist auf dem besten Wege, ein wertvoller Diener zu werden. Auch wenn dieser Film nur im Kopfkino von Diana läuft. Er dient ihr, ohne es mitzubekommen.

Seine Gedanken sind ganz andere. Nicht so subtil, sondern viel direkter. Jon stellt sich vor, wie Diana seine Hose öffnet und seinen Schwanz verwöhnt. Und er malt sich die ganze Zeit aus, wie sie wohl nackt aussehen würde. Ihre schönen Beine, die prallen Brüste und ihr Hintern. Den er aufgrund des langen Mantels noch gar nicht sehen konnte. Jon spürt eine große sexuelle Anziehungskraft, wie er sie nur selten erlebt hat. Er ist froh, dass Louna gerade nicht hier ist. Denn dann würde er seine Begeisterung unterdrücken, damit sie sich nicht verletzt fühlen würde. Trotz der vielen Erfahrungen in den letzten Monaten mag sie es immer noch nicht, wenn er mit Anderen vor ihren Augen flirtet. Aber Louna ist nicht hier. So kann er weitermachen.

Zu einem Flirt gehören immer zwei. Was hier zwischen Diana und Jon abläuft, kann nicht wirklich als Flirt bezeichnet werden. Zumindest nicht im klassischen Sinne. Das hätte er gern. Aber es ist nicht so. Es bleibt ein Spiel. Nicht mehr. Aber auch nicht weniger.

Diana reicht das vollkommen aus. Mehr will sie nicht. Doch Jon hofft weiter. Sie wird ihn ansprechen. Irgendwann.

Er ordert einen weiteren Espresso, um Normalität vorzutäuschen. Er ahnt nicht, dass viele Besucher des Cafés wissen, warum er bestellt: Jon hat keinen Durst auf Kaffee. Nein. Er sucht lediglich einen Grund, um sitzenbleiben zu dürfen.

Die amüsierten Blicke bezieht er nicht auf sich. Dafür ist er viel zu fokussiert auf das göttliche Juwel vor ihm. Einen Schatz, den es zu bergen gilt. Doch er traut sich nicht, zu graben. Er fürchtet sich, mit der Schaufel nicht richtig umgehen zu können und so die Abfuhr seines Lebens zu erhalten. Er glaubt weiter fest daran, der Schatz würde zu ihm kommen. Ganz von alleine.

Diana hat inzwischen ihren Kaffee schon fast ausgetrunken und denkt darüber nach, was sie als Nächstes unternehmen wird. Sie ist heute auf Shoppingtour, hat schon einige Läden hinter sich und noch einmal genauso viele vor sich. Bisher hat sie sich nur inspirieren lassen, aber gleich will sie anfangen, die Tüten prall zu füllen. Ein Kaffee mit Schuss hebt die Stimmung und das Sitzen lässt ihre Beine ausruhen. So nett das Spiel mit dem männlichen Anbeter auch ist, so langsam muss sie weiter, um ihr Programm zu schaffen.

Die Kellnerin kommt mit dem Espresso. Wie immer lächelt sie Jon freundlich an, doch diesmal noch ein bisschen mehr. „Nur Mut!“, flüstert sie so leise, dass es niemand im Café mitbekommt.

Jon wird rot, Hitze steigt in ihm auf. Er fühlt sich ertappt, weil er dachte, dass niemandem im Café sein Begehren aufgefallen wäre. Er weiß nicht, wie er reagieren soll und entscheidet sich für ein peinlich berührtes wortloses Nicken.

Die Kellnerin nickt zurück, um ihn zu bestärken. Ihre Sexualität wurde in den Achtundsechzigern geprägt – Flower-Power hat sie tolerant und großzügig gemacht. Sie weiß, dass Jon liiert ist, aber sie findet, dass man gönnen können muss. Nicht im Sinne einer offenen Beziehung, sondern eher mit der Einstellung „was der Andere nicht weiß, macht ihn nicht heiß".

Als die Kellnerin seinen Tisch verlässt, nimmt Jon sein Umfeld plötzlich anders wahr als vorher. Er fühlt sich beobachtet. Er beruhigt sich selbst. „Alles Einbildung!" Dennoch: Jon ist angespannt und weiß nun gar nicht mehr, was er tun soll. Er ist hin und her gerissen. Zwischen all den Stühlen im Café. Sein Blick wandert einmal rundherum und so mancher Blick macht ihm klar, dass er tatsächlich beobachtet wird. Die innere Aufwallung kommt zurück. Am liebsten würde er aufspringen und das Café verlassen. Aber dann wäre sein Schatz vielleicht für immer verloren. Doch: Er wird sie nicht ansprechen. Das ist ihm absolut klar. Dafür fehlt ihm der Mut. Seine Ehrfurcht vor dieser wundergöttlichen Erscheinung ist zu groß. Wie die Ehrfurcht eines Bergsteigers, der vor einem gigantischen Berg steht und spürt, dass er ihn nicht bezwingen kann. Verzweifelt versucht er, einen Blick von Diana zu bekommen – starrt ihr ins Gesicht. Nur ins Gesicht.

Sie spürt die gesteigerte Nervosität bei ihrem Gegenüber und genießt den Augenblick in vollen Zügen. Diana ignoriert ihn weiter, hebt ihre Hand und ruft aus: „Die Rechnung, bitte!"

Schockstarre bei Jon. Einige Gäste schauen fast mitleidig und fiebern mit: Wird der verzweifelt schmachtende Hoodie-Mann seinen Mut noch finden?

Es vergehen Sekunden, die Jon wie Stunden vorkommen. Alles in Zeitlupe. Seine Unfähigkeit zu handeln verwandelt die Zeit in ein klebriges Dickicht, in dem Bewegungen nur kriechend langsam möglich sind. So schleicht die Kellnerin, mit ihrem großen Portemonnaie, Zentimeter für Zentimeter an den Tisch von Diana. Endlich dort angekommen, dauert es eine Ewigkeit, bis Diana einen Fünf-Euro-Schein auf den Tisch legt. „Stimmt so", sagt sie mit in die Länge verzerrter Stimme. In Zeitlupe klingen Stimmen immer merkwürdig. Ihr begehrlicher Körper erhebt sich und Jon tastet nochmal mit seinen Augen jedes kleine Stück von Diana ab. Als sie steht, wendet sie ihm den Rücken zu, ohne ihm auch nur den Bruchteil eines Blickes zu schenken. Jon akzeptiert auch die hintere Perspektive und beobachtet jeden einzelnen Schritt, bei ihrem gefühlt stundenlangen Gang zur Tür. Als sie dort ankommt, wird die Hoffnung in Jon noch einmal riesengroß. „Jetzt wird sie sich umdrehen und mich anlächeln!"

Diana greift nach dem Knauf, drückt die Tür nach außen auf und verlässt das Café. Was in Zeitlupe begonnen hatte, lief auf den letzten Metern im geschwinden Zeitraffer ab. Rasend schnell wurde die Hoffnung von Jon begraben.

Traurige Stille im Café. Kein Happy End fürs mitfühlende Publikum. Kein Happy End für Jon. Doch ihm ist klar, diesen Tag, diese göttliche Erscheinung, wird er niemals vergessen.

Trio Fantastico

Es ist Dienstagabend.

Jon sitzt wieder mal auf seinem Relax-Sessel und trägt seine Wohlfühlkleidung. Für heute hat er Feierabend. Der Urlaub ist schon seit zwei Tagen vorbei.

Die Auszeit vom Rhythmus endet immer genau dann, wenn man sich gerade an den Abstand gewöhnt hat. Pausen sind wichtig. Das weiß auch der Rhythmus. Solange aus Pausen keine Faulheit wird, kann er sie akzeptieren. Wenn Pausen dazu dienen, Kraft zu tanken, um danach mit doppeltem Elan weiterzuarbeiten – ja, dann sind Pausen sogar was richtig Gutes. Der Rhythmus ist ein geschickter Herrscher.

Und Jon ist ein braver Sklave. Er hat reingehauen. Gestern und heute jeweils zwölf Stunden im Büro verbracht. Er mag seinen Job. Jedenfalls meistens. Was er nicht mag, sind lange Meetings, in denen viel geredet, aber wenig beschlossen wird. Von solchen Meetings hatte er in letzter Zeit einige. Er fühlt sich genervt, aufgerieben und ein wenig leer.

Die Urlaubskraft ist immer schnell aufgebraucht. Eigentlich bräuchte der Mensch viel mehr Urlaub. Und fünf bis sechs Tage in der Woche zu arbeiten, erscheint auch nicht gerade natürlich. Doch viel hilft viel. Der Rhythmus möchte das Maximum aus seinen Sklaven herausholen. Und das möglichst lange. So sind Pausen wichtig. Am besten nutzt der Mensch sie für Reisen in ferne Länder. Das gibt ihm ein Gefühl von Freiheit. Eine perfekte Selbsttäuschung. Denn nach zwei Wochen in der Karibik geht der Sklave zurück in den Käfig. Elektronische Fußfesseln, liebevoll Handys genannt, erinnern ihn schon während des Urlaubs an seine Rückkehr. Es ist eine Gratwanderung, die der Rhythmus intelligent managt. Sklaven müssen fit sein, nur faul dürfen sie nicht werden. So macht er ab und zu Geschenke verschiedenster Art, um die Kraft der Sklaven zu erhalten. Sie müssen nicht wirklich gesund sein – nur gesund genug, um möglichst viel zu leisten. Zwar sind die Menschen Sklaven des Rhythmus, aber dennoch frei genug, um zu denken, dass sie etwas Besonderes sein könnten, wenn sie es einfach nur wären.

Jon ist froh, dass er den Arbeitstag hinter sich gebracht hat. Er sitzt schon etwas länger hier. Der Laptop auf seinem Schoß ist mit dem Red Club verbunden. Jon schaut sich Männerprofile an. Er sucht nach einem passenden Mann für Louna und den Dreier. Also in gewisser Weise auch einen passenden Mann für sich. In den letzten Minuten ist ihm klar geworden, wie schwer es Louna fallen muss, unter all der Spreu den Weizen zu entdecken. Er hat wirklich viele schlechte Profile gesehen. Penisbilder scheinen das neue Gesicht zu sein. Ebenfalls häufig zu sehen: das grimmig männliche Antlitz auf einem freien Oberkörper. Breite Uhren am Handgelenk oder Sportwagen im Hintergrund sind anscheinend ebenfalls beliebte Köder für die Frauenwelt.

„Arme Louna", denkt sich Jon und spürt großen Respekt, dass sie trotzdem einige patente Männer kennengelernt hat. „Harte Arbeit für eine Frau, doch Louna hat ein gutes Gespür für Menschen, das hilft ihr sicherlich!"

Er wartet auf Antwort von Francesco. Mit ihm schreibt er schon den ganzen Abend. Sein Profil hat anständige Fotos aufzuweisen. Ein gutaussehender Mann. Auffällig groß für einen Italiener. Halbitaliener, um genau zu sein. Sein Vater ist Deutscher. Francesco hat auf seinem Profil angegeben, ganz besonders auf MMF, also auf Mann-Mann-Frau, zu stehen. Vor allem dann, wenn Mann und Frau in einer festen Beziehung stehen und er als zweiter Mann dazukommen darf. „Das passt doch perfekt", dachte Jon, als er das Profil zum ersten Mal sah. Er schrieb ihn an. Als Francesco dann auch noch in ganzen, korrekten Sätzen antwortete und ohne Fäkalsprache auskam, war Jon noch mehr interessiert. Die beiden tauschten einige Nachrichten miteinander aus, um herauszubekommen, ob es zwischen ihnen passen könnte. Zumindest, was ihre Einstellungen angeht. Die Chemie kann man sowieso nur persönlich spüren. Francesco war es wichtig, zu betonen, dass er den Mann nicht berühren möchte. Jon hat darüber noch nie richtig nachgedacht, aber es erschien ihm auch angenehmer, ohne männliche Berührungen auszukommen – so ging er gern damit konform. Jon betonte vor allem, dass Louna ihren Spaß haben solle. Das wiederum fand Francesco richtig gut. So waren sich die beiden Männer schnell einig. Jon verwies ihn auf das Profil von Louna. Jetzt wartet er auf Francescos Urteil. Das Postfach vermeldet eine neue Nachricht.

Francesco: Du hast eine hübsche Freundin. Ich bin interessiert.

Etwas nüchtern für einen Italiener. Der deutsche Vater kommt nicht nur bei der Körpergröße durch. Jon antwortet sofort.

Jon: Danke für das Kompliment! Das wird sie gern hören. Am besten schreibst Du sie an und ihr lernt euch ein bisschen kennen.

Francesco: Schon erledigt. Mal sehen, was sie von mir hält!

Jon: Wir werden sehen, aber ich habe ein gutes Gefühl.

∞

Drei Tage später. Es ist Freitagabend.

„Ich bin so aufgeregt!" Louna knabbert an ihrer Unterlippe. „Diesmal hast Du einen richtig Guten ausgesucht!"

Jon grinst stolz. „Hat mich auch sehr viel Mühe gekostet."

Sie steht vor ihm und zieht ihn an sich. Eine lange und feste Umarmung. „Danke für Deine Mühe. Danke, dass Du mich beschenken willst!"

Lounas Kontakt mit Francesco war so erfreulich, dass sie beschlossen, ihn direkt nach Hause einzuladen. Ohne den Umweg eines vorherigen Treffens in einer Bar oder Ähnlichem. Sie wählten Lounas Wohnung als Treffpunkt, um ihr mehr Sicherheit zu geben. „Denn so ein erster Dreier mit zwei Männern ist nicht leicht für eine Frau", erklärte Francesco Jon. Er muss es wissen, denn er hat schon einige Frauen bei ihrem ersten MMF erlebt. Francesco entjungfert Paare. Sie wählen ihn gern als Begleitung bei ihrer Premiere. Und heute sind es Louna und Jon, die eingeweiht werden wollen.

„Gut, einen erfahrenen Mann an der Seite zu haben", bemerkt Jon.

„Richtige Einstellung, aber macht Dir das nicht auch ein wenig Angst?", fragt Louna liebevoll.

Er überlegt eine Weile. „Vielleicht schon. Aber er macht einen netten Eindruck. Höflich und nicht fordernd. Das gefällt mir. Und wäre er nicht erfahren, hättest Du heute Abend zwei unsichere Männer am Start. Das wäre nicht schön für Dich."

Louna lächelt. „Fühlst Du Dich gut?"

„Ja. Ich bin gespannt. Positiv gespannt. Aber auch nervös. Eben nicht sicher. Das erste Mal sehe ich Dich mit einem anderen Mann. Und dann soll ich auch noch mitmachen. Keine einfache Situation für mich."

Louna nickt zustimmend. „Ich verstehe Dich. Umso mehr wird mir klar, was für ein toller Mann Du bist. Du gehst keine leichten Wege, sondern willst mich wirklich glücklich machen!" Sie drückt Jon einen dicken Schmatzer auf den Mund.

Beide schauen zum wiederholten Male auf die Uhr. Francesco ist seit sieben Minuten überfällig. Ein paar Minuten können zur Ewigkeit werden, wenn man auf etwas sehnsüchtig wartet.

So geht es zumindest Louna. Ihre Sehnsucht nach Sex mit zwei Männern ist in den letzten Wochen und Monaten immer mehr gewachsen. Der Appetit kommt beim Essen. Wenn man viele leckere Speisen probieren durfte, dann will man auch das Dessert. Unbedingt sogar. Und Louna probierte einiges. Viele Leckereien durfte sie kosten. Nur das Sahnehäubchen fehlt ihr noch. Ein Dreier mit zwei männlichen Wesen, die sich mit großer Leidenschaft und voller Inbrunst um ihr Wohlergehen kümmern. So jedenfalls stellt sich Louna das vor. So liefen ihre Fantasien ab, wenn sie nachts allein im Bett lag und sich selbst verwöhnte. Und heute ist es vielleicht endlich soweit. Ihre Sehnsucht brennt.

Bei Jon herrscht eher Nervosität, wenn er gebannt auf die großen Zeiger der Uhr schaut. Aber er versucht, die Situation rational zu sehen – „Dinge, die man nicht live erlebt hat, kann man auch nicht beurteilen", denkt er sich. So sieht er den heutigen Abend als Lehrstunde. Als Unterricht in Sachen Sex. Und er hofft, dass sich seine Mühe lohnen wird. Das Louna einen Abend hat, den sie nie mehr vergessen wird.

Diese ist inzwischen zum Fenster gegangen und schaut gespannt nach draußen. Hofft, ihn endlich zu erblicken. Den gutaussehenden Mann. Ihren Wunscherfüller aus dem Internet. Einen von beiden. Denn der andere gutaussehende Wunscherfüller steht bereits an ihrer Seite. Und das seit über vier Jahren. Jon. Gedanken voller Gold sind in ihr, wenn sie an ihn denkt. Was für ein toller Partner. Wie viel Glück kann ein Mensch allein haben? Sie jedenfalls hat reichlich davon. Jon ist nicht nur Wunscherfüller, sondern Möglichmacher, Initiator und Treiber. Ohne ihn würde sie keine offene Beziehung führen. Ohne ihn wäre sie nicht hier. Ohne ihn stünde sie jetzt nicht kurz vor ihrem ersten Erlebnis mit zwei Männern. Obwohl sie nicht wissen kann, ob es funktionieren wird, hat sie ein gutes Gefühl. Sie ist sich sicher: Heute wird es passieren.

„Ich glaube, er klingelt gleich – habe einen großen Mann in den Hof gehen sehen!" Louna freut sich und strahlt übers ganze Gesicht. Ihre roten Wangen sind zurück.

„Endlich. Es geht los!", raunt Jon vor sich hin. Er wird noch ein bisschen nervöser und reibt sich die Hände. Ein häufiger Tick bei ihm, wenn er die Anspannung innerlich nicht mehr halten kann.

Lounas Sichtung eines großen Mannes im Hof ist keine Täuschung gewesen. Francesco ist auf dem Weg zu ihnen. Die Türklingel schallt durch die Wohnung. Wie der große Gong, wenn eine Zeremonie kurz vor ihrem Beginn steht. Louna öffnet die Tür. Jon steht dicht hinter ihr. Sie hören Schritte. Stufe für Stufe. Es sind viele Stufen nach oben. Doch wer sich schon Monate auf diesen Moment freut, kann auch noch eine Minute länger warten. Dann ist es endlich soweit: Francesco erscheint vor ihnen im Treppenhaus.

Louna kann ihren Blick nicht von ihm lassen. Ein markantes Gesicht mit Kinngrübchen und Dreitagebart umrahmt von mittellangen lockigen dunklen Haaren, dazu eine große und kräftige Statur. Die modische graue Jeans hat er gekonnt mit einem schwarzen Jackett kombiniert. Ein dunkles Hemd und glänzende schwarze Lederschuhe runden das Outfit ab. Was für ein Auftritt! Ein Mann mit Stil, ganz so, wie sie es mag. Louna lächelt. Francesco versteht ihr Signal und grinst frech zurück.

Jon kann nicht wirklich beurteilen, was einen Mann attraktiv macht, aber in diesem Halbitaliener, der da im Treppenhaus vor ihm steht, erkennt sogar er den Frauenschwarm. Er hätte allen Grund, neidisch zu sein. Doch er findet Francesco auf Anhieb sympathisch. Das hilft, seinen Neid zu verdrängen.

Francesco fängt an, zu sprechen, während er die letzten Stufen hinter sich bringt. „Hallo ihr beiden, schön, euch persönlich kennenzulernen!"

Louna übernimmt das Antworten. „Die Freude ist ganz auf unserer Seite. Endlich!"

Francesco deutet die Aussage anders, als sie gemeint war. „Ja, tut mir leid, die Bahn hatte Verspätung!"

Jon schaltet sich ein. „Hauptsache, Du bist jetzt da. Herzlich willkommen!"

Francesco ist inzwischen oben angekommen und umarmt zunächst Louna. Auch ein Küsschen auf die Wange hat er für sie parat. Louna ist erfreut und küsst ihn zurück. Danach geht er mit offenen Armen auf Jon zu. Die beiden Männer umarmen sich kumpelhaft. Der Anfang ist gemacht.

Jon ergreift erneut das Wort. „Komm rein in die gute Stube. Wir haben einen leckeren Rotwein von unserem Lieblingsitaliener! Der hat jetzt genug geatmet und will getrunken werden."

Francesco lacht. „Lieblingsitaliener? Der bin ja wohl ich für euch!"

Entspanntes Gelächter.

„Wir werden sehen, wie Du Dich machst", neckt Louna.

„Bisher haben mich noch keine Beschwerden erreicht!" Der dritte Mann unterstreicht seinen selbstbewussten Auftritt mit seinen Worten.

Wieder Gelächter.

Jon mag den Humor und das Selbstbewusstsein von Francesco. Er mag diese Eigenschaften vor allem deshalb, weil sie echt erscheinen. Nicht kaschiert. Nicht aufgesetzt.

Louna ist hin und weg. Auch wenn sie sich äußerlich noch zurückhält, schwärmt sie im Inneren für Francesco. Ihre Gewissheit steigt. Heute wird es passieren.

„Ich trinke gern Chianti", lobt der Halbitaliener.

Die Gläser erklingen. Das Trio sitzt auf dem Sofa. Louna hat den Platz in der Mitte bekommen. Ein paar Sekunden Stille. Der Augenblick des Genusses wird gewürdigt. Edle Tropfen mit eleganter Säure und fruchtigem Aroma zergehen langsam auf der Zunge und erreichen jubilierend den Gaumen.

Jon unterbricht das Schweigen. „Ich würde sagen: So beginnt ein guter Abend."

Er erntet zustimmende Blicke für seinen Kommentar.

Louna registriert Jons Bemühen mit Wohlwollen. Francesco schaut sie fragend an. „Bist Du aufgeregt?"

Sie fühlt sich ertappt und ist gleichzeitig froh über die Frage. So kann sie offen aussprechen, was sie bewegt. „Ganz ehrlich? Ja, bin ich. Sehr sogar. Aber noch mehr freue ich mich auf den Abend!"

Beide Wunscherfüller lächeln und haben einen Hauch Erregung in ihren Augen.

Francesco findet beruhigende und einladende Worte. „Ich mache das nicht zum ersten Mal. Aufgeregt sein ist gut. Wäre traurig, wenn nicht. Denn dann wäre es nichts Besonderes. Für mich ist jedes Mal immer wieder neu. Immer was Besonderes!"

„Das hört sich gut an. Richtig gut!", erwidert Louna erleichtert.

Jon ergänzt: „Gute Einstellung. Und ich bin froh, dass es nicht Dein erstes Mal ist!"

Louna fühlt sich wohl inmitten dieser beiden tollen Männer. Sie schaut Francesco an und fragt sich, warum so ein Mann immer noch Single ist. Er dürfte kein Problem haben, eine Frau kennenzulernen.

Zumal er nicht nur gut aussieht, sondern auch sehr eloquent und adrett daherkommt. „Sag mal, darf ich Dich was fragen?“

Francesco lächelt sie an. „Natürlich, jederzeit!“

„Warum hast Du keine feste Beziehung?“

Francesco überlegt nicht lang. „Ziemlich einfache Antwort: Ich brauche viel Freiheit. Besonders in sexueller Hinsicht. Ich lerne zwar häufig Frauen kennen, aber sobald ich von offener Beziehung spreche, rennen die meisten schnell wieder weg. Die Toleranz, die ich brauche, ist leider selten zu finden!“

Jon nickt voller Verständnis. „Kann ich mir gut vorstellen. Unser Bekanntenkreis reagiert auch eher geschockt als tolerant.“

Louna holt weiter aus. „Ja. Ist wirklich schade. Wobei man Verständnis für die Leute haben muss. Die meisten kennen es nicht anders. Lernen schon als Kinder, dass Beziehungen monogam zu sein haben. Dabei gehen so viele fremd. Verrückte Welt.“

Francesco stimmt zu. „Absolut. Deswegen sage ich jedem Paar, das offen lebt: Genießt euer Glück. Es ist keine Selbstverständlichkeit. Ganz im Gegenteil, es ist eine Seltenheit. Ein besonderer Schatz. Behütet und pflegt ihn!“

Ohne es bewusst zu merken, greift Louna nach Jons Hand und drückt fest zu. Eine Berührung voller Dankbarkeit.

Jon möchte Francesco aufmuntern. „Auch Du wirst Dein Glück noch finden. Da bin ich mir ganz sicher!“

Francesco schmunzelt. „Ach, weißt Du – ich habe schon viel Glück gefunden, und ich finde es immer wieder. So wie heute. Heute bin ich hier. Was auch ein großes Glück ist!“

Jon erhebt sein Glas. „Darauf trinken wir. Auf unser gemeinsames Glück. Auf einen tollen Abend!“

Die Gläser erklingen erneut.

Das große Wohlgefühl macht sich breit in Lounas Wohnzimmer – und zwischen ihren Schenkeln. Alles ist gut. Alles ist perfekt. Sie lehnt sich zurück und stößt dabei an die Schulter von Francesco. Eine ungeplante, aber angenehme Kollision. Louna bleibt, wo sie ist. Tuchfühlung die erste.

Jon beobachtet die Szene. Ihr geht es gut. Das spürt er deutlich. Francesco bleibt ruhig und gelassen und lässt Louna an seiner Schulter verbleiben. Sie genießt diesen Augenblick in vollen Zügen und will Jon mit einbeziehen. Ihre rechte Hand wandert auf sein Knie. Die beiden Männer schauen sich kurz an. Louna ist bereit. Danach muss sie nicht mehr gefragt werden.

Ein paar Minuten vergehen im stillen Berühren. Wo vorher humorvolle und nachdenkliche Worte gewesen sind, beginnt nun langsam ein körperliches Einlassen aufeinander. Ganz ohne Hektik und mit großer Zärtlichkeit.

Francesco streichelt die linke Seite von Louna. Ihren Arm, ihre Hand und ihren Schenkel. Jon erkennt das Signal und übernimmt die rechte Seite.

Sie seufzt leise. Es kribbelt überall. Kleine Härchen stellen sich auf und Gänsehaut breitet sich immer mehr aus. Louna schließt die Augen. So kann sie noch besser ihren Körper spüren. Ihr Herz, das kräftig schlägt und Vorfreude durch den Brustkorb pumpt. Ihre Nippel, die immer härter werden und sich nach Berührungen verzehren. Ihren Unterleib, in dem ein genussvolles Zucken immer wieder aufblitzt und sich ihre Lust mehr und mehr steigert. Eine elektrische Verbindung zu ihrer Spalte. Säfte strömen aus allen Richtungen und bereiten Louna den Weg zum Himmel. Denn genauso fühlt sie sich. Himmlisch angetan von dem, was sich hier gerade über sie ausbreitet. Sie lässt los und fängt an, zu schweben. Ihr entgeht nicht, dass die männlichen Berührungen kräftiger werden. Aus dem sanften Streicheln wird ein zupackendes Kraulen. Louna seufzt wieder, ganz automatisch hebt sich ihr Becken und verlässt für einen Augenblick das Sofa. Ohne es zu merken, streckt sie sich den beiden Männern entgegen.

Francesco und Jon schauen sich lächelnd an. Es kann ein Stück weitergehen. Ihre Hände schieben sich vorsichtig auf Lounas Innenschenkel. Mit den Fingerspitzen bewegen sie sich auf und ab.

Mal spürt Louna einen festeren Druck, mal nur ein leichtes Touchieren. Ihr ganzes Sein verfolgt die Berührungen und feiert jeden Augenblick. Schwerelos schwebt sie zwischen den zwei Männern, fühlt sich aufgelöst und doch ihrem Körper so nah wie selten zuvor. Die sinnlichen Berührungen erstrecken sich über einige Minuten. Lounas Becken zuckt immer mehr und kreist schneller. Ein stetiges Auf und Ab. Sie streckt sich nach oben und lässt sich fallen. Wieder und wieder. Sie kann ihre Geilheit kaum noch ertragen. Ihre Lust ist so groß, dass es fast schon schmerzt. Die Magmakammer ist bis an den Rand gefüllt. Es blubbert überall. Hitze steigt auf.

Endlich ist es soweit. Louna verspürt einen Ruck an ihrer Hose. Jon öffnet den Reißverschluss. Instinktiv hebt sie ihr Becken wieder nach oben, nur diesmal mit Erfolg: Die beiden Männer ziehen ihre Hose gemeinsam runter. Und jetzt, wo sie schon mal dabei sind, wird sie weiter entkleidet. Von vier Händen ist Louna noch nie ausgezogen worden. Es ist merkwürdig, aber sie genießt es sehr.

Ein paar genussvolle Momente später ist sie splitternackt. Trotz ihrer Entblößung, inmitten von zwei gekleideten Männern, fühlt sie sich wohl. Sie vertraut den beiden. Und sie weiß, dass Jon da ist. Das gibt ihr Sicherheit, bei dieser neuen Erfahrung. Nichts wird passieren, was sie nicht will. Auch Francescos Blicke sorgen für Wohlbehagen. Er zeigt deutlich, dass er mag, was er sieht.

Er beginnt, Lounas nackte Innenschenkel zu streicheln, während Jon sein Haupt senkt und anfängt, an ihren Nippeln zu knabbern. Ganz zart. Seine Zähne halten den Nippel fest, damit die Zunge spielen kann. Hin und wieder beißt er fester zu. Jon weiß, was Louna gefällt.

Doch auch die Berührungen von Francesco finden ihre Anerkennung. Er hat sich inzwischen weiter nach oben gearbeitet und ist nur noch wenige Zentimeter von ihrer Spalte entfernt. Louna wünscht sich sehr, dass er endlich ihre prall geschwollenen Lippen berührt. Aber ein wenig muss sie noch warten. Der Halbitaliener ist ein wahrer Verführer. Er spielt mit ihr und steigert so ihre Lust immer weiter.

Jon dreht vorsichtig ihren Kopf zu sich. Die beiden küssen sich. Vertraut und innig. Louna weiß nicht mehr, wohin mit den Sinnen. Zwischen ihren Schenkeln kommen Francescos Finger immer näher und die Küsse von Jon schmecken so wunderbar.

Louna trifft der Blitz. Ohne jede Vorankündigung wird ihr Kitzler endlich berührt. Ihr gesamter Körper bebt, Gänsehaut breitet sich erneut überall aus. Sie stöhnt laut und hemmungslos. Die Lust kann nicht mehr im Inneren bleiben. Sie muss nach außen explodieren, um die Magmakammer endlich zu entladen.

In den nächsten Minuten ergibt sich ein herrliches Duett. Francesco und Jon wissen mit ihren Instrumenten umzugehen. Jon verwöhnt sie mit leidenschaftlichen Küssen und knetet mit Kraft ihre Brüste, während Francesco weiter unten beweist, dass er viele Erfahrungen gemacht hat.

Sein Fingerspiel ist gekonnt. Er umkreist den Kitzler mit schnellen Bewegungen und findet genau den richtigen Druck, um Louna aufsteigen zu lassen. Sie muss zwischendurch sogar das Küssen unterbrechen, um aufstöhnen zu können. Doch nur allein beim Betören des Kitzlers bleibt es nicht, etwas dringt in sie ein und zaubert ein wollüstiges Grinsen in ihr Gesicht. Francesco hat zwei Finger zusammengenommen und beginnt, sie damit zu penetrieren. Erst langsam und fest, dann schneller und tiefer. Er trifft den Takt, den Louna so sehr mag.

Sie kann nicht mehr küssen, zu sehr ist sie mit ihrer Lust beschäftigt. Sie lässt ihren Kopf nach hinten auf den Couchrand fallen. Jon beginnt, ihren gestreckten Hals zu liebkosen. Ihre Nerven tanzen vor Glück. Ektase wühlt sich durch ihren ganzen Körper. Lange dauert es nicht mehr. Ein Orgasmus kündigt sich an. In der Magmakammer blubbert es heftig.

Doch Francesco hört auf. Seine Finger verlassen Louna. Er steht auf und kniet sich zwischen ihre Beine. Wieder fühlt sie einen Blitz, als seine Zunge ihren Kitzler berührt. Louna kommt endgültig in ihrem Himmel an. Pure Freude. Obwohl ihr Genuss körperlicher Natur ist, verspürt sie eine körperlose Leichtigkeit. Sie fliegt. Raum und Zeit verlieren ihre Bedeutung. Alles ist Licht. Die Strahlen fächern sich auf. Farbspektren jeglicher Art zeigen sich. Ein Kaleidoskop der Lust.

Louna bebt und zittert. Der Ausbruch ist nah. Es zuckt immer kräftiger, der Bauch zieht sich zusammen. Francesco hat seine beiden Finger wieder eingeführt, während er sie leckt. Ein Meister seines Fachs. Louna kann nicht mehr. Sie stöhnt in allen Tonlagen, ihre Hände suchen Halt. Mit einer Hand greift sie an Jons Oberschenkel. Ihre Finger krallen sich tief in seine Jeans. Die andere Hand packt den Kopf von Francesco und hält sich fest an seinen schönen dunklen Haaren.

Das Magma will raus. Das Magma muss raus. Es geht nicht anders. Louna schreit, als sich die Kammer in wundersamer Weise entleert. Alle Lust mündet in diesen Knall, der ihren Körper erzittern lässt und ihren Verstand für einen Augenblick aus dieser Dimension verdrängt. Nur noch Fühlen. Was für eine Befreiung. Freier Fall im Wohnzimmer. Ihre Atmung wird flacher, nur das Zittern bleibt noch ein wenig. Kleinere Nachbeben in den Nervenzellen.

Die Männer grinsen sich stolz an. Das mit dem Verwöhnen hat anscheinend gut funktioniert. Louna lächelt sanft und weltvergessen vor sich hin und schwebt immer noch ein bisschen über der Couch. Sie schaut die beiden fragend an: „Und was ist mit euch? Ihr seid noch komplett angezogen!"

Jon begründet das leicht ungewöhnliche Setting. „Es soll heute vor allem um Deinen Spaß gehen!"

Francesco bestätigt nickend.

Sie denkt kurz nach. „Das ist eine schöne Idee. Dann kann ich mir ja was wünschen!"

„Klar, kannst Du!", erwidert Jon.

Louna knabbert an ihrer Unterlippe und grient einem mit lüsternem Blick. „Ich will ficken!"

Überraschtes Lächeln in den Männergesichtern. Mit so einer Direktheit war nicht unbedingt zu rechnen.

Jon fühlt in sich hinein. Er hat die letzten Minuten nicht als unangenehm empfunden, sondern fand es schön, Louna in ihrer Lust zu erleben und sie dabei zu begleiten. Doch richtig geil ist er nicht geworden. Es ist alles zu neu und ungewohnt für ihn. Der Kopf rattert zu viel, wenn er Francesco an Louna beobachtet. Jon befürchtet, dass sein Schwanz nicht hart genug werden könnte vor lauter Gedanken. Und das in Anwesenheit eines anderen Mannes. Das muss nun wirklich nicht sein. Er beschließt, die Situation diplomatisch zu lösen. „Francesco, mich kennt Louna schon – insofern lasse ich Dir den Vortritt!"

Der Meisterverführer ist nicht überrascht, denn diese Situation erlebt er nicht zum ersten Mal. Auch andere Männer vor Jon haben sich schon so verhalten. Seine souveräne und sympathische Ausstrahlung sorgt dafür, dass man sich ungern mit ihm messen möchte, aber ihm den Spaß gönnen kann. Und auch Louna hat nichts gegen diesen Vorschlag einzuwenden und schmunzelt Jon an. „Wie generös von Dir!"

Gelassene Heiterkeit macht sich breit und streichelt zart über Lounas gespreizte Schenkel.

Francesco geht ans Ruder. „Heute geht es allein um Deine Freude. Lehn Dich zurück und entspann Dich!"

Er beginnt, sich auszuziehen und kramt vorher aus seiner Hosentasche ein Kondom hervor. Jon streichelt Lounas Kopf und hält sie fest im Arm.

Und dann steht er da. Der Halbitaliener in seiner ganzen Pracht. Stehen im doppelten Sinne. Nackt steht er mitten im Raum und sein prächtiger Schwanz ragt gen Norden. Kerzengerade neunzehn Zentimeter melden sich zum Freudendienst. Sogar ein Sixpack ist an seiner sportlichen Figur erkennbar.

Louna schnalzt innerlich mit der Zunge und erahnt, warum er bisher noch keine Beschwerden gehört hat.

Jon hatte sich auf diesen Anblick eingestellt. Deswegen schafft er es, seinen Neid im Zaum zu halten. Außerdem ist er der festen Überzeugung, auch so eine Figur haben zu können, wenn er mehr trainieren würde. Aber er setzt halt andere Prioritäten als Francesco. Jedem seins. Sein Schwanz erinnert ihn an einen, den er häufiger in Pornofilmen gesehen hat. Die gibt es halt auch in echt. Und jetzt gerade, in diesem Moment, steht so einer in Lounas Wohnzimmer und wird gleich seine Freundin verwöhnen. Er versucht es mit Anerkennung statt Neid und erinnert sich daran, warum sie hier sind. „Louna soll ihren Spaß haben, darum geht es hier!"

Sie ist voller Vorfreude. Das Kondom wird vom Wunscherfüller galant übergezogen. Gelernt ist gelernt. Er kniet sich vor Lounas erwartungsvoll geöffnete Beine und packt ihre Oberschenkel. Mit einem kräftigen Ruck spreizt er sie ein wenig mehr und stößt im gleichen Moment in sie hinein. Louna stöhnt laut auf. Was für ein Auftakt! Francesco weiß, was er tut. Er weiß, wie man seinen Körper einsetzt, um Freuden zu bereiten.

Louna wollte gefickt werden. Und genau das bekommt sie nun. Der halbitalienische Hengst wirkt sehr auf sich konzentriert, während er kräftig zustößt und seine Muskeln am gesamten Körper spielen lässt. Doch der Eindruck täuscht. Er achtet sehr genau auf die Reaktionen von Louna und stellt sich darauf ein. Er passt seine Bewegungen und sein Tempo immer wieder an.

Sein Schwanz tanzt in Lounas Spalte. Sie ist wieder auf einem Trip in den Himmel. Wie im Rausch. Töne aller Art erklingen aus ihrem Mund. Obwohl ihr Kopf völlig ausgeschaltet ist, entgeht ihr nicht, wie Jon sie zärtlich hält, während Francesco sie wundergöttlich durchfickt. Ihre Zuneigung zu Jon ist in diesem Moment unerschöpflich groß. Sie ist überzeugt, mehr Liebe kann ein Mensch für einen anderen Menschen nicht empfinden.

Jon schaut abwechselnd in Lounas Gesicht und zum muskulösen Adoniskörper im Volleinsatz. Die Situation verwirrt ihn etwas, er fühlt sich wie in einem skurrilen Theater. Doch er bemerkt die Freude von Louna und schafft es, sich mitzufreuen.

Es dauert nicht allzu lang und der freie Fall kommt zurück. Auch der zweite Orgasmus lässt ihren Körper erzittern. Francesco gibt etwas nach, bewegt sich nur noch langsam. Als sich Louna beruhigt hat, fängt er wieder an. Steigert sich immer mehr und bringt sie zurück in den Rausch. Sie darf ein drittes Mal fliegen. Diesmal geht es noch schneller. Sie streckt ihren Brustkorb nach oben und greift

Jons Hand. „Oh mein Gott!", ruft sie aus und empfängt ihren nächsten Höhepunkt. Als Francesco wieder weitermachen will, lacht sie ihn glücklich an und macht mit ihren Händen deutlich, dass sie genug für heute hat. Der Meister versteht die Geste sofort und verlässt Lounas Spalte.

Erschöpfte Stille.

Jon streichelt sie immer noch. Die ganze Zeit. Unbemerkt von den beiden zieht sich Francesco an und setzt sich grinsend zurück aufs Sofa. Nicht ganz ohne Stolz fragt er nach seiner Beurteilung. „Zufrieden, die Dame?"

Louna sieht leicht entrückt aus. „Oh ja, das kann ich wirklich sagen. Mein erster Dreier mit zwei Männern. Und was für einer. Ich danke euch sehr für dieses Geschenk!"

Auch Jon ist zufrieden. Immerhin war es auch sein erstes Mal. Und dafür hat er sich gut geschlagen. Innerliches Lob prasselt durch die Gänge seiner Seele. Er füllt die Weingläser nach und spricht einen feierlichen Toast.

„Auf uns! Ich möchte sagen, wir sind ein echtes Trio Fantastico!"

Der erste Tag

Es ist früh am Morgen. Ein Montag.

Diana steht vor dem großen Spiegel im Badezimmer. Die letzten Korrekturen werden vorgenommen. Ein bisschen zupfen und hier und da ein wenig nachpudern. Sie will gut aussehen und einen guten Eindruck machen. So ein erster Arbeitstag ist immer etwas Besonderes.

Heute ist es soweit. Sie hat sich lange auf diesen Tag gefreut. Ihr alter Job gefiel ihr nicht mehr. Zu viel Routine. Sie ist Managerin mit Leib und Seele und möchte etwas bewegen und voranbringen. In ihrem letzten Job gab es keine Perspektiven mehr. Diana langweilte sich. So kam der Anruf von einem Headhunter gerade zur rechten Zeit. Eine neue Herausforderung in einer großen Hamburger Firma. Wieder die Leitung einer Abteilung, aber mit doppelt so vielen Mitarbeitern. Auch das Gehalt ist um ein Drittel höher. Dafür lohnte sich ein Umzug von Frankfurt. Auch wenn es ihr nicht leicht fiel, ihre Heimat zu verlassen.

Ein paar Wochen ist sie nun hier und hat sich ein wenig eingelebt. Shoppen kann man gut in Hamburg. Das durfte sie feststellen bei ihrer Tour vor zwei Wochen. Sie hat vor allem neue Kleider und Kostüme fürs Büro gekauft.

Diana ist nicht allein nach Hamburg gekommen. Sie brachte ihren Ehemann sowie ihre zwei Kinder mit. Ihr Mann Robby ist Comiczeichner und kann überall auf der Welt arbeiten. Auch von zu Hause. So übernimmt er die Hauptarbeit der Kinderbetreuung, wenn Tochter und Sohn nachmittags von der Schule zurückkehren. Mia ist sechs und Leon sieben Jahre alt. Obwohl Diana beruflich stark eingespannt ist, verbringt sie viel Zeit mit den Kindern. Sie steht morgens mit den Kindern auf, frühstückt mit ihnen und bringt sie zur Schule, bevor es zum Büro geht. Am Abend besteht sie darauf, die Kinder ins Bett zu bringen. Für ein gemeinsames Abendessen reicht es nicht immer. Dafür sind die Arbeitszeiten von Diana zu schwer planbar.

Doch heute, an diesem ersten Tag, ist alles anders. Robby übernimmt auch den frühen Part und bringt die Kinder gerade zur Schule, damit sich seine Ehefrau in Ruhe vorbereiten kann. Ohne Stress und Hektik. Aufgeregt ist sie auch schon so genug. Ein erster Arbeitstag ist was Besonderes. Wie werden Mitarbeiter und Kollegen sie annehmen? Wie werden die ersten Reaktionen sein?

Diana ist selbstbewusst, weiß um ihre Wirkung. Doch sie weiß auch, dass manche Menschen sich vor ihr fürchten. Sie hat einen starken Auftritt. Damit kommt nicht jeder klar. Besonders die Männer reagieren häufig ängstlich. Diana musste sich viele Machosprüche in ihrer Karriere anhören. Aber sie kann gut damit umgehen. Sie kommuniziert deutlich, kennt ihre Mitte, weiß, wer sie ist und weiß, was sie kann. Diana ist eine geborene Anführerin. Das merken die Menschen um sie herum schnell. Schon nach ein paar Tagen genießt sie großen Respekt. Auch bei den Männern.

So war es zumindest bei den ersten drei Jobs ihrer Karriere. Warum sollte es beim vierten Job anders sein? Diana ist angespannt, aber auch zuversichtlich. Sie wird es schaffen. Wie immer.

Ein letzter Blick in den Spiegel. Mit einem „Gut siehst Du aus!“ ermuntert sie sich und greift nach ihrem Mantel. Sie hat sich für ein Kleid in gedeckten Farben entschieden. Schwarz mit grauen Applikationen. Obwohl es recht schlicht ist, unterstreicht es ihren Typ exzellent. Dazu trägt sie schwarze Pumps mit nur fünf Zentimeter hohen Absätzen. Sie will nicht übertreiben am ersten Tag. Ihre Haare hat sie zu einem strengen Zopf gebunden. Wie immer, wenn sie ins Büro geht. Auf der Nase trägt sie eine Brille mit schwarzem Rahmen und eckigen Gläsern. Diana ist bereit. Es kann losgehen.

Mit der U-Bahn braucht sie nur fünfzehn Minuten bis zu ihrem neuen Arbeitsmittelpunkt. Diana fährt seit Jahren nicht mehr mit dem Auto zur Arbeit. Den morgendlichen und abendlichen Straßenverkehr empfindet sie als reine Zeitverschwendung. Das ist in Frankfurt nicht anders als in Hamburg. Wobei der Rhythmus auch in der U-Bahn nicht zu übersehen ist und machtvoll regiert. Leere und müde Gesichter auf ihrem alltäglichen Weg zum Gelderwerb. Der Rhythmus ist der wahre Boss, in jedem einzelnen Waggon. Doch Diana sieht nicht leer und müde aus. Sondern hoch motiviert und hellwach. So ein erster Arbeitstag ist was Besonderes. Während der Fahrt kann sie sich vieler Blicke sicher sein. Bewunderung. Respekt. Schwärmerei.

Doch Diana hat heute Morgen dafür keinen Sinn. Sie ist fokussiert. Gleich ist sie da. Raus aus der U-Bahn-Station. Es sind nur noch wenige Meter. Mit festem Schritt und geradem Rücken geht sie auf den Haupteingang zu. Ihr neuer Chef erwartet sie schon.

„Guten Morgen, Herr Mayr!“, ruft sie freundlich aus, als er ihr entgegenkommt.

„Guten Morgen! Du kannst Felix zu mir sagen, Diana – wir haben hier eine Duzkultur!“

Sie lächelt charmant. „Gern, ich freue mich, hier zu sein!“

Während der ersten Begrüßungsfloskeln beschließt Diana, ihren neuen Chef attraktiv zu finden. Sie mag Männer in Boss-Anzügen. Felix führt sie ein wenig herum. Zeigt ihr die wichtigsten Räume. Die sanitären Einrichtungen. Die Kantine. Die Cafeteria. Und natürlich ihren Arbeitsplatz. Jeder Abteilungsleiter hat sein eigenes Büro, welches in unmittelbarer Nähe zum Büro des Bereichsleiters liegt. Felix ist einer von diesen.

„Ich bringe Dich jetzt in die Arbeitsräume Deiner Mitarbeiter, wir gehen von Schreibtisch zu Schreibtisch und Du kannst jeden persönlich begrüßen. Heute Nachmittag habe ich Dir ein Meeting eingestellt. Dort lernst Du Deine Abteilungsleiterkollegen kennen“, erzählt er, während sie die Treppenstufen nach oben mit Schwung nehmen. „Gut, dass ich heute nicht so hohe Absätze gewählt habe“, scherzt Diana innerlich.

Für die Schreibtisch-Tour brauchen sie fast zwei Stunden. Eine Menge Hände wollen geschüttelt werden. Diana hat einen guten ersten Eindruck von ihren Mitarbeitern. Sie hat viele freundliche Gesichter gesehen und spürt viel Dynamik und Tatendrang. Vor dem Mittagessen ist sie damit beschäftigt, ihren Arbeitsplatz herzurichten.

Der erste Kantinenbesuch stellt sich als schmackhaft heraus. Das Angebot ist groß. Neben guter deutscher Hausmannskost gibt es ein Salatbuffet und immer eine warme vegane Alternative. Felix begleitet Diana beim ersten Mittagessen. Noch ist sie so gut wie unbekannt. Doch an den Blicken in der Kantine lässt sich erahnen, dass sich das schnell ändern wird.

Am Nachmittag ist es soweit. Diana lernt ihre Abteilungsleiterkollegen kennen. Es sind insgesamt fünf. Zwei Frauen und drei Männer. Diana sorgt als sechste Person für einen Gleichstand zwischen den Geschlechtern. Felix hat darauf in den letzten Jahren geachtet. Er hat den Trend zu Frauen in Führungspositionen erkannt und möchte als moderner Bereichsleiter wahrgenommen werden. Die Gruppe trifft sich in einem großen Raum mit einem runden Tisch in der Mitte. Es gibt Kaffee, Wasser und sogar ein paar Kekse. Gemütliches Kennenlernen ist das Motto dieser Stunde. Jeder Kollege kommt auf Diana zu, schüttelt ihr die Hand und stellt sich kurz vor.

Als Letzter begrüßt sie ein gutaussehender Mann, der Diana seltsam bekannt vorkommt. Er grinste sie schon an, als sie den Raum betrat. Nun steht er vor ihr und schüttelt ihre Hand.

„Hallo, ich bin Jon, herzlich willkommen bei uns!“

Diana lächelt freundlich zurück und überlegt siedendheiß, woher sie diesen Mann kennt. Erst später, als sie am Tisch sitzen und Felix eine kleine Rede hält, fällt es ihr wieder ein: der Mann mit dem Hoodie im Café. Der Anstarrer.

„Hm, im Anzug sieht der ganz vernünftig aus. Er hat Potenzial“, denkt sie und schaut Jon kurz an.

Der kann sein Glück kaum fassen. Es gibt Zufälle, die es eigentlich nicht geben kann. Er jubiliert innerlich und kann sich kaum auf die Worte von Felix konzentrieren. „Das Schicksal meint es gut mit mir, danke lieber Gott!“

Während der sechzig Minuten gegenseitigen Kennenlernens und viel Prahlerei über seine eigene berufliche Vergangenheit versucht Jon, möglichst wenig in die Richtung von Diana zu blicken. Was nicht einfach ist, denn schließlich geht es bei diesem Treffen fast nur um sie. Und alle Beteiligten schauen immer wieder in ihre Richtung. So ist Jon froh, als sich die Runde auflöst und jeder zurück in sein Einzelbüro geht.

Diana sitzt am Schreibtisch und denkt nach. Jetzt kennt sie den Namen des Hoodie-Trägers und fand ihn am sympathischsten von allen Kollegen. Sie greift zum Handy, ruft Robby an und bittet ihn, heute Abend die Kinder ins Bett zu bringen. Diana steht auf und geht zwei Türen weiter. In Jons Büro. Der kann seine Freude nicht verbergen, als die Tür aufgeht und sie vor ihm steht.

Diana setzt ihr ernstes, aber freundliches Gesicht auf. „Ich hoffe, Du bist spontan. Hast Du heute Abend Zeit, mit mir was trinken zu gehen? Ich möchte gern mehr über die Firma erfahren. Tipps und Tricks sozusagen!"

Jons Gedanken machen Party und natürlich überlegt er nicht lang. „Ich bin spontan und helfe Dir gern. Wo möchtest Du etwas trinken?"

„Was kannst Du einer Neu-Hamburgerin empfehlen?"

„In Eppendorf gibt es mehrere schöne Bars. Wir finden was."

Sie nickt. „Gut, freut mich. Ich hole Dich um neunzehn Uhr ab. Bis später!"

Noch bevor Jon richtig antworten kann, ist Diana schon wieder auf dem Weg. Er bewundert ihren eleganten Gang, während sie zur Tür hinausschreitet. Unter dem Tisch ballt er die Fäuste vor Freude. „Strike!", ruft er in sich aus und schmunzelt wie ein Honigkuchenpferd. Plötzlich hält er inne und denkt an seine Lieblingsserie Stromberg. Dort sagte der Hauptprotagonist mal: „Niemals den Füllfederhalter in Firmentinte tunken!" In der Tat. Sex mit Kolleginnen ist oftmals keine gute Idee. Er hält Stromberg für einen findigen Fernseh-Abteilungsleiter, der die Abgründe von Menschen gut verstanden hat. Doch in diesem Moment will er ihn einfach ignorieren. Zu attraktiv findet er Diana. Gleichzeitig ist ihm klar, dass seine Chancen nicht besonders hoch stehen: Sie erzählte in der Runde von ihrem Ehemann und den Kindern. Aber Jon blendet störende Gedanken aus und will sich einfach freuen, Diana heute Abend kennenlernen zu dürfen. Diesmal wird sie ihn nicht ignorieren.

Während für ihn der Nachmittag quälend lang ist, vergeht die Zeit bei Diana wie im Fluge. So ein erster Tag ist intensiv. Es gibt viel zu organisieren. Sogar ihr Computer funktioniert inzwischen. Die IT-Abteilung hat zuerst vergessen, ihn ans Netzwerk anzubinden. Jetzt hat sie endlich Zugriff auf alle Ordner und liest sich in die Historie ihrer Abteilung ein. An Jon hat sie seit Stunden nicht gedacht. Um zehn nach sieben klopft es leise an der Tür.

„Ja bitte?", ruft Diana mit strengem Unterton.

Jon steht in der Tür, schweigt und schaut fragend.

Diana schaut auf ihre Uhr. „Oh, sorry. Hab die Zeit vergessen. Lass uns losfahren!"

Die beiden entscheiden sich, Jons Wagen zu nehmen, statt mit der U-Bahn zu fahren. Beim Auto angekommen bleibt Diana vor der Beifahrertür stehen und wartet. Jon ist schon mit dem halben Körper im Auto verschwunden und wundert sich. „Geht die Tür nicht auf?"

Diana ist überrascht. „Ein Gentleman öffnet der Dame die Tür!"

Er fühlt sich ertappt. „Tut mir leid – da hast Du natürlich völlig Recht!"

Jon geht um den Wagen herum und öffnet galant die Tür, und macht sogar eine kleine Verbeugung dabei. Diana lacht, bedankt sich und steigt ein.

Sie steuern eine kleine Bar in Eppendorf an. Leise Musik, dezentes Licht und Ecken, in denen man ungestört reden kann. Diana bestellt wieder einen Irish Coffee. Jon wählt ein kleines Pils. Als die Getränke auf den Tisch gestellt werden, muss Jon grinsen. Diana schaut irritiert.

„Was ist denn so lustig an meinem Getränk?"

„Nichts, alles gut – Prost! Auf Deinen ersten Arbeitstag bei uns!"

„Prost! Danke für Deine Bereitschaft, mir eine kleine Einführung über die Firma zu geben!"

Die beiden reden eine Stunde lang, Jon bemüht sich redlich, nichts Wichtiges zu vergessen und Diana möglichst viele gute Tipps zu geben. Er will einen guten Eindruck bei ihr machen. Sie freut sich über seinen Eifer und findet ihn immer sympathischer.

„Wer weiß, mit der richtigen Erziehung ist dieser Mann vielleicht zu etwas zu gebrauchen", scherzt sie mit ihrer inneren Stimme.

Jon möchte sein Interesse über das Berufliche hinaus nicht verheimlichen und versucht zwischendurch immer wieder, tiefer in ihre Augen zu blicken. Diana entgeht das nicht. Aber sie bleibt bei ihrem Pokerface. Das Spiel geht wieder los. Nur dass sie diesmal miteinander reden, während Jon schmachtet und Diana ignoriert.

Plötzlich wechselt sie das Thema. „Jetzt weiß ich, warum Du vorhin gelacht hast. Damals im Café habe ich auch einen Irish Coffee bestellt, richtig?"

Jon ist verdutzt und läuft leicht rot an. Er war sich nicht sicher, ob Diana ihn damals überhaupt gesehen, geschweige denn heute wiedererkannt hat. Jetzt weiß er es. Und schämt sich dafür.

„Ähm, ja, kann sein, ich weiß nicht so genau, ähm, im Café? Was für ein Café?", stottert er.

Diana lächelt süffisant. „Glaubst Du, ich habe Dich nicht bemerkt?"

Jon ringt um Gelassenheit. „Nun, reagiert hast Du jedenfalls nicht!"

Diana lächelt noch immer. „Stimmt. Ich habe Dein Glotzen genossen. War ja sicher als Kompliment gemeint!"

Er antwortet, ohne nachzudenken. „Absolut. Du bist eine sehr attraktive Frau."

Tischstille.

Jons Worte waren schneller als sein Verstand. „Sagt man sowas zu einer Kollegin?" Die Frage hämmert in seinem Schädel.

Doch Diana grinst. „Dankeschön. Ich finde Dich auch attraktiv."

Sowas hat er noch nie von einer Kollegin gehört. Respektvoll nickt Jon eifrig. „Ich habe zu danken. Aber warum hast Du nicht reagiert?"

Diana schaut ihn streng durch die Brillengläser an. „Erstens mochte ich Deinen schlampigen Hoodie-Look nicht und zweitens mag ich solche Spiele!"

Jon greift sich ans Kinn und macht eine Denkerpose. „Ich kann auch Anzug, wie Du heute siehst. Aber was meinst Du mit ‚solche Spiele'?"

Diana genießt die Situation, die unwissende und unsichere Fragerei ihres Gegenübers. „Wenn der wüsste!" Sie lacht in sich hinein.

Jon kann nicht mal im Ansatz erahnen, was Diana ausmacht, was sie in ihrer Freizeit treibt und über welche Erfahrungen sie verfügt. Sie führt ein freies Leben, jenseits der gesellschaftlichen Konventionen. Ihr Mann Robby ist dafür genau der richtige Partner. Doch der Arbeitskollege, der hier vor ihr sitzt, erscheint ihr eher spießig. Deshalb ist sie zurückhaltend. Sie weiß nicht, ob sie ihm vertrauen kann und ob er sie verstehen würde.

Diana tastet sich langsam vor. „Wie lebst Du privat? Hast Du eine Frau und Kinder?"

Jon schüttelt den Kopf. „Ich hatte eine Frau, aber das ist viele Jahre her. Ich bin geschieden. Kinder habe ich keine."

„Bist Du Single?"

„Nein, ich bin seit über vier Jahren mit meiner Freundin Louna zusammen."

Diana wertet die Informationen gedanklich aus. „Kein Single, aber flirtet wie verrückt? Ein Fremdgeher? Wie so viele beruflich erfolgreiche Männer?" Sie geht vorsichtig weiter. „Was würde Louna dazu sagen, wenn sie wüsste, wie Du mich im Café angeschaut hast?"

Jon überlegt kurz und entscheidet sich, authentisch zu antworten. „Sie wäre nicht begeistert. Sie mag es nicht, mich dabei zu sehen, wenn ich andere Frauen betrachte."

„Hm, Du antwortest ehrlich. Gefällt mir. Aber bist Du auch ehrlich zu ihr?"

Er richtet seinen Körper auf und schwellt die Brust. „Ich bin absolut ehrlich zu ihr. Wir haben ein sehr großes Vertrauen zueinander!"

Diana reicht die Antwort nicht. „Aber Du starrst heimlich Frauen an!"

Jon geht in sich. Wie offen kann er mit Diana sprechen? Sie ist immerhin eine Kollegin. Er denkt wieder an Stromberg. Doch sein Interesse an ihr ist größer als die Sorge, auf die Schnauze zu fallen. So bleibt er weiter ehrlich und ermöglicht Diana intime Einsichten.

„Das Wort heimlich passt nicht wirklich. Louna und ich gestehen uns Freiheiten zu. Wir dürfen auch mit Anderen flirten. Nur mag sie das nicht so gern live mit ansehen."

Dianas Augen werden größer.

„Oh, jetzt wird es interessant. Nur flirten? Oder auch anfassen?" Er bleibt stumm. Diana versteht. „Ja, ist ein heikles Thema unter Kollegen. Aber keine Sorge, ich bin entspannt."

Jetzt werden seine Augen größer. „Was heißt ‚entspannt' genau?"

Diana spürt, wie die beiden um den heißen Brei herumtanzen. Sie vertraut ihrer Intuition und wird direkter. „Auch mein Mann Robby und ich gestehen uns gewisse Freiheiten zu. Wir fassen auch an."

Jon lächelt erleichtert und spürt, wie ein Sturm der Begeisterung in ihm aufzieht. Sein Glück scheint unfassbare Ausmaße anzunehmen. Eine so attraktive Frau, die offen lebt und ab heute auch noch zwei Türen weiter von seinem Büro sitzt? Sowas kann es eigentlich nur in TV-Geschichten geben. Aber es ist real und er ist tatsächlich Teil einer solchen Geschichte. Jetzt findet er leicht den Mut, die Dinge klar auszusprechen.

„Schön zu hören, dass man nicht alleine ist. Louna und ich führen eine offene Beziehung."

Auch Diana ist erleichtert. „Da bin ich froh, ich habe schon befürchtet, Du wärst ein Fremdgeher."

Jon runzelt die Stirn. „Weißt Du, vielleicht wäre ich einer geworden. Aber ich habe zum Glück die Kurve gekriegt. Indem ich meine Wünsche offen geäußert habe und von Louna gehört wurde. Jetzt sind wir auf einem gemeinsamen Weg."

„Das ist großartig, freut mich sehr für Dich. Robby musste ich nicht überzeugen. Wir haben uns von Anfang an unter dieser Bedingung kennengelernt. Wir wollten beide nicht mehr monogam leben."

„Auch ein schöner Weg. Bei Louna und mir hat die Erkenntnis länger gebraucht. Bei uns kam der Appetit immer mehr mit dem Essen. Wie lange seid ihr verheiratet?"

„Wir sind jetzt zwölf Jahre zusammen. Geheiratet haben wir, als Leon kam. Vor sieben Jahren."

„Eine lange Zeit. Wie lebt ihr eure offene Beziehung?"

Diana schaut Jon an. Ihr Blick löst ein Kribbeln am ganzen Körper bei ihm aus. Seine Schwärmerei ist in den letzten Minuten freilich immer größer geworden. Sie hat ein Level erreicht, das er nicht für möglich gehalten hat. Er ist fasziniert von Diana. Total befangen. Er sieht die Frau vor sich, nicht die Kollegin. Stromberg ist ihm jetzt völlig egal.

Dianas Blick wirkt reif und überlegen. Sie holt aus. „Offene Beziehung ist nicht die Bezeichnung, die wir mögen. Nicht mehr. Früher hatten wir häufiger wechselnde Sexualpartner. Es waren Ergänzungen. Nach einiger Zeit merkten wir, dass uns nur Sex zu wenig war. So entwickelte sich unsere Einstellung immer mehr zur Polyamorie."

Jon bemerkt, dass er nicht wirklich versteht, was Diana meint.

Er outet sein Unwissen. „Polyamorie?“

Sie kennt diesen Augenblick, schließlich wurde sie schon häufiger fragend angeschaut. „Man kann Polyamorie wörtlich übersetzen. ‚Poly‘ bedeutet unter anderem ‚mehr‘ und ‚amorie‘ kann man in dem Kontext mit ‚Liebe‘ übersetzen. Mehrliebe. Wir sind also nicht – nicht nur – auf wechselnde Sexualpartner aus, sondern auf Liebesbeziehungen. Wenn ich mich einem Menschen öffne, möchte ich, dass es nachhaltig ist. Nicht für ein paar Nächte.“

Jon schaut nachdenklich. Interessanter Input von einer Frau, die anscheinend genau weiß, wovon sie redet. Er möchte mehr erfahren. „Mehrere Beziehungen gleichzeitig? Habt ihr noch andere Partner?“

„Ich aktuell nicht. Aber ich hatte in den zwölf Jahren mehrere. Es waren insgesamt drei. Auch Robby hatte drei. Wobei die dritte Beziehung noch existent ist. Seit nunmehr vier Jahren.“

Jon nickt anerkennend. „Echt spannend. Wie kriegt ihr die Eifersucht in den Griff?“

Auch diese Frage ist Diana mehr als nur bekannt. Es ist eine der Standardfragen, die sie in diesen Momenten immer gestellt bekommt.

„Das Gefühl der Eifersucht ist menschlich. Auch Robby und ich kennen es. Entscheidend ist der Umgang mit diesem Gefühl. Unsere Beziehung ist auf Liebe gegründet. Auf einer Liebe, die dem Anderen immer nur das Beste wünscht und gönnt. Wenn also das Gefühl des ‚Gönnenkönnens‘ stärker ist als das Gefühl der Eifersucht, kann man es gut hinkriegen. Vor allem darf man Liebe und Eifersucht nicht miteinander verwechseln oder in einen Topf werfen. Gutes ist nicht böse. Und Böses ist nicht gut. Liebe wird zur wahren Liebe, wenn man die Eifersucht im Griff hat. Und nicht, wenn sie besonders stark ausbricht. Das ist eher ein Zeichen von Schwäche oder Angst, wenn man jemanden einsperren will. Ansonsten gilt natürlich: reden, reden, reden. Ehrlichkeit schafft Vertrauen.“

Jon freut sich über die Worte von Diana – vieles kommt ihm bekannt vor. Und er wünscht sich in diesem Moment, dass er schon häufiger auf Frauen wie Diana gestoßen wäre. Und dass Emma diese Einsichten auch gehabt hätte. Aber alles ist anders gekommen. Und jetzt hat er Louna. Unbeschreibliches Glück.

Jons Mimik zeigt völlige Aufgeschlossenheit, als er Diana anblickt. „Ja, das kann ich gut nachvollziehen. Diese Erfahrungen machen Louna und ich auch. Wobei es für uns noch kein Thema war, über eine weitere Beziehung nachzudenken.“

„Wie immer im Leben, ist das alles eine Frage der Entwicklung. Es braucht seine Zeit.“

„So ist es wohl. Wobei Polyamorie sicher hohe Maßstäbe an den Menschen setzt.“

„Das hast Du gut erkannt. Aber ganz ehrlich und direkt? So viele Menschen haben seelische Minischwänze, die sie aber mit voller Inbrunst vor sich hertragen und glauben, alles an ihnen wäre großartig, wie es ist. Eifersucht ist gut. Empfindet ja jeder. Betrügen ist gut. Ist ja normal. Und so weiter und so fort. Robby und ich hatten es satt, mit einem Minischwanz herumzulaufen. Wir wollen keinen seelischen Stumpen, sondern einen prächtigen Schwanz. Voller Liebe und Entwicklung."

Tischstille die zweite.

Jon ist baff und tief beeindruckt von Dianas Klarheit. Er kann sein Anhimmeln nicht verbergen und zerschmilzt regelrecht auf dem Stuhl. Ihr gefällt der Anblick sehr.

Jon findet zurück zu den Worten – anerkennungsvolle Nachdenklichkeit ist in ihm. „Wow, das ist mal ein Input. Vielen Dank dafür. Darüber muss ich nachdenken."

Diana schmunzelt. „Glaube ich Dir. Dazu wirst Du jetzt Gelegenheit haben. Denn ich muss nach Hause. Es war ein langer Tag und es wird Zeit fürs Bett."

„Das verstehe ich. Darf ich Dich nach Hause fahren? Und setzen wir dieses Gespräch fort?"

„Ich nehme Dein Angebot gern an. Und ja, lass uns gern weiterreden, wenn ich wieder wacher bin."

Diana ruft den Kellner und übernimmt die Rechnung als Dankeschön für Jons Einführung in die Firma. Draußen vor dem Auto wird sie positiv überrascht. Er vergisst diesmal nicht, die Tür für die Dame zu öffnen. Es folgt eine schweigsame kurze Fahrt. Diana ist erschöpft und Jon hat den Kopf voller Bilder, die er versucht zu sortieren.

Vor ihrer Haustür angekommen, fällt ihm etwas auf. „Du hast vorhin meine Frage gar nicht beantwortet. Über die Spiele, die Du magst."

Diana grinst und schaut ihm tief in die Augen. „Darüber reden wir, wenn wir uns besser kennen!"

Jon lächelt. „Ich freue mich aufs weitere Kennenlernen!"

Diana setzt wieder mal ihr Pokerface auf. „Danke fürs Fahren. Wir sehen uns morgen früh."

Er macht das freundlichste Gesicht, zu dem er imstande ist – denn er will in diesen letzten Sekunden unbedingt nochmal seine Sympathie und Hochachtung unterstreichend kommunizieren.

Diana öffnet die Tür, steigt aus und geht zur Haustür. Kurz bevor sie den Schlüssel ins Schloss steckt, hält sie inne. „Was für ein schöner erster Tag. Besser hätte es nicht laufen können!"

Sie dreht sich um und winkt dem davonfahrenden Jon hinterher.

Am Horizont ist noch Platz

Samstagnachmittag.

Jons Wohnung. Louna und er haben es sich auf dem flauschigen Teppich vor dem Kamin gemütlich gemacht. Sie schauen gemeinsam auf den Laptop. Es wird Zeit für die Urlaubsplanung. Jedes Jahr haben sie eine größere Reise zusammen gemacht. Im ersten Jahr waren sie auf den Seychellen, im zweiten Jahr auf Island und im letzten Jahr auf Teneriffa.

„Diesmal keine Insel!“ Das will Louna gleich zu Beginn der Suche klarstellen.

„Okay, verstanden. Wie wäre es mit einem Städtetrip?“, schlägt Jon vor.

Louna nickt und überlegt, welche Stadt sie schon immer mal erkunden wollte. In Europa hat sie schon viel gesehen. Asien würde sie reizen. Aber die langen Flugzeiten schrecken sie ab. Sie grinst. „Wie wäre es mit dem Land von Donald Trump?“

Jon lacht. „Amerika ist ein schönes Reiseland, das kann einem nicht mal Mister Pussy, ähm, Trump, versauen!“

Louna grinst und feixt: „Hauptsache, er lässt meine Pussy in Ruhe.“

Jon legt seinen Arm um sie und schwellt seine Brust. „Keine Sorge, ich beschütze Dich.“

Sie schaut verlegen. „Na, dann gibt es ja keinen Grund, nicht nach Amerika zu fliegen!“

Jon findet den Vorschlag gut. Schließlich weiß er, dass Louna, im Gegensatz zu ihm, noch nie in Amerika war. Es wird Zeit für sie, das wunderbar vielfältige Land zwischen Pazifik und Atlantik kennenzulernen. „Welche Stadt würde Dich interessieren?“

Louna geht die Karte der USA vor dem geistigen Auge durch. Natürlich nicht wirklich. Es sind mehr einzelne Städte, die jedem sofort einfallen würden. Los Angeles, San Francisco, Chicago, Miami und selbstverständlich New York.

„Ganz ehrlich? Am liebsten New York. Auch wenn ich weiß, dass Du schon häufiger da warst und nicht nur gute Erinnerungen hast.“

Jon freut sich über die Empathie von Louna, jedoch schätzt sie seine Liebe zu New York falsch ein. „Du hast Recht, ich habe auch schwierige Momente dort erlebt, damals, als Emma mich besucht hat, aber meistens war es einfach nur wunderschön und spannend. Ich würde jederzeit wieder hinreisen. Und zeige ich Dir gern meine Stadt!“

Louna klatscht in die Hände. „Super! Dann lass uns nach New York fliegen!“

Sie drückt ihm einen dicken Kuss auf die Wange. Jon tippt etwas in eine Hotelsuchmaschine ein. „Ich bin dabei. New York geht immer!“

Die Begeisterung geht etwas runter, als sie sehen, welche Preise für Manhattan aufgerufen werden. Doch sie lassen sich nicht aufhalten. Gute Dinge haben ihren Preis. Und mit etwas Fleiß findet man ein gutes Preis-Leistungs-Verhältnis.

Zwei Stunden später haben sie ihre Merkliste mit einigen Hotels gefüllt. Sie wollen eine Nacht darüber schlafen und morgen entscheiden. Auch um den Flug wollen sie sich morgen kümmern. Für heute haben sie genug. Der Laptop wird zugeklappt und Jon macht für beide einen frischen Kaffee. Der herrliche Duft verleiht neue Kräfte und regt den Geist an.

Louna nimmt die Tasse zwischen beide Hände und genießt die Wärme. Etwas mehr als eine Woche ist vergangen seit ihrem ersten Dreier mit zwei Männern. Viel geredet hat sie mit Jon darüber noch nicht. Sie haben nur festgestellt, dass es ein schönes Treffen war. Dass sich beide gut damit gefühlt haben. Und dass man sowas gern mal wiederholen könnte. Heute ist für Louna die Chance, tiefer zu bohren.

„Seit dem Treffen mit Francesco beschäftigt mich eine Frage: Warum wolltest Du nicht mit mir schlafen, sondern hast ihm den Vortritt gelassen?"

Jon fühlt sich plötzlich noch wacher. Es war klar, dass diese Frage irgendwann kommen würde. Und nun ist es soweit. „Ich war etwas überfordert mit der Situation. Ein bisschen viel auf einmal. Und ich dachte, dass Francesco ein Profi sei, was sich ja als richtige Einschätzung herausgestellt hat. Du hattest sichtlich Spaß, was mich gefreut hat!"

Sie schaut ihn sanft an. „Ich finde es toll, wie Du für mich gesorgt hast. Nur hatte ich gehofft, dass Dir dieser Dreier auch etwas bringt."

Er denkt nach. Was war der Dreier für ihn? Eine Lehrstunde? Ein Experiment? Freude? Lust? Oder einfach nur eine Liebestat für Louna?

„Weißt Du, ganz ehrlich: Es war interessant, aber es hat mich nicht richtig geil gemacht. Es fühlte sich trotzdem gut an, Dich dabei zu streicheln und in den Armen zu halten. Und es hat mir gefallen, Deine Lust zu erleben!"

Louna freut sich über Jons liebevolle Sicht, will ihn aber noch besser verstehen. „Bist Du nicht geil geworden, weil ein anderer Mann im Raum war? Oder lag es an Francesco als Mensch?"

„Francesco war sicher nicht der Grund. Ein netter Typ. Aber es ist eine spannende Frage, ob ich geil werden kann, wenn ein Mann neben mir ist. Letzten Freitag jedenfalls nicht."

„Woran könnte das liegen? Ist es so ein Männer-Leistungsvergleich-, Konkurrenz-, Wettbewerbs-Ding?"

Sie bringt Jon zum Nachdenken. „Echt gute Frage. Ich weiß es nicht. Konkurrenz habe ich nicht wirklich gespürt. Aber es kann schon sein, dass ich vor ihm nicht versagen wollte."

Louna nickt verständnisvoll. „Verstehe ich gut, denn Du wusstest, wie geübt Francesco mit Dreiern ist, im Gegenteil zu Dir. Hast Du Eifersucht empfunden?"

„Es ging. Ein bisschen bestimmt. Aber ich kann gönnen. Vor allem Dir!"

Beide lachen.

Louna möchte noch mehr wissen. „Und wie war es für Dich, einen nackten Mann in sexueller Aktion zu beobachten?"

Er grinst. „Nicht unangenehm. Ihr beiden habt ein schönes Bild abgegeben. Francesco hat einen guten Körper. Das muss man ihm lassen. Aber zum Glück mag ich meinen eigenen Körper auch. Das macht es bestimmt leichter."

Louna hat in den letzten Minuten viele schöne Worte und Gedanken vernommen. Sie lehnt sich herüber und küsst Jon, während sie mit einer Hand über seinen Kopf streichelt. „Eine gute Einstellung! Das macht Dich sehr attraktiv für mich!"

Er ist ein wenig verlegen. „Danke. Vielleicht brauche ich nur ein bisschen mehr Übung mit Dreiern und werde dann lockerer!"

„Ganz bestimmt sogar. Alles fängt mal an. Das wissen wir beide doch am besten!"

Wohlige Stille im Wohnzimmer. Hier haben sich zwei gefunden. Gefährten auf ihrem Weg. Komplizen ihrer Lust.

Louna ist zufrieden mit den Antworten von Jon und hat wieder viel über ihn gelernt. Sie genießt diese reflektierenden Gespräche mit ihm sehr und ist gespannt, was er zum nächsten Thema sagt.

„Jetzt erzähl mal mehr von Deiner neuen Kollegin, hört sich spannend an!"

Jon hat bisher wenig über Diana berichtet. Nur von der stillen Begegnung im Café und dem fast unglaublichen Zufall des Wiedersehens auf der Arbeit. Dass er sie attraktiv findet, hat er ebenfalls angemerkt. Er nimmt einen Schluck Kaffee und bekommt einen hellen Blick. Nicht nur das Koffein lässt ihn erstrahlen, sondern vor allem der Gedanke an Diana.

„Tja. Die ist wirklich spannend. Unser Gespräch in der Bar hängt mir immer noch nach."

Louna schaut aufmerksam. „Inwiefern? Was beschäftigt Dich?"

Jon macht sein fragendes Gesicht. „Sagt Dir der Begriff Polyamorie etwas?"

Sie nickt vielsagend. „Ja. Ich habe darüber schon mal was in Zeitschriften gelesen. Es geht um die Liebe zu mehreren Menschen."

„Stimmt. Mir war das nicht so klar, als Diana anfing, davon zu erzählen."

Lounas Blick wird noch aufmerksamer. „Interessant. Lebt sie so?"

„Ja. Also gerade nicht aktiv. Aber sie ist so eingestellt. Aktuell hat sie nur ihren Mann Robby. Der hat aber seit vier Jahren eine Freundin."

Louna ist beeindruckt. „Nicht schlecht. Wie kriegen die das hin?"

„Tja, mit gönnen können, viel reden und großem Vertrauen!"

Louna lacht. „Klingt nach uns!"

Jon muss lachen. „Absolut. Dachte ich auch."

Sie setzt ihren nachdenklichen Blick auf. „Sind wir beide dann auch polyamor?"

Er legt seine Stirn in Falten. „Genau diese Frage hängt mir noch nach. Diana sprach davon, dass nur Sex ihr zu wenig wäre. Sie strebt längerfristige Beziehungen an."

Louna versteht, worauf er hinauswill. „Tja, das ist bei uns anders. Wir haben nur wechselnde Sexpartner, viel bleibt von diesen nicht, außer unseren Erinnerungen und Erfahrungen natürlich."

Jon nickt. „Genau. Und der Austausch über diese Erlebnisse hat uns als Paar stärker gemacht. Das bleibt auch."

„Ja, ein wichtiger Aspekt. Sehr wichtig sogar."

Er vertieft sich in die Analyse. „Langfristige Beziehung oder gar Liebe zu den Sexpartnern ist nicht unser Thema. In Sonja war ich vielleicht ein bisschen verknallt, bis ich merkte, dass sie uns trennen möchte. Aber sonst war da wirklich nur Spaß und Sex!"

Sie runzelt die Stirn. Den Namen Sonja hat sie zum Glück lange nicht mehr gehört. Es trifft sie jedes Mal, wenn sie daran zurückdenkt. Louna überlegt, wie sie für ihre Männer empfindet.

„Du hast Recht. Ist bei mir auch so. Ich bin auch nicht offen für was Anderes als Sex. Wie Du schon sagst, es ist einfach kein Thema für uns."

Beide schauen sich schweigend an. Es rattert in den Köpfen. Dass es bisher kein Thema gewesen ist, heißt nicht, dass es so bleiben muss. Im Gleichklang vereint denken beide still über sich nach.

Louna sieht Francesco vor sich. Der Abend mit ihm war toll. Nicht nur als Sexpartner, sondern auch als Menschen findet sie ihn sehr interessant. Was spräche dagegen, ihn häufiger zu sehen? Auch allein, ohne Jon. Vielleicht könnte sich was Tieferes entwickeln. Aber was würde das mit ihren Gefühlen zu Jon machen? Könnte sie mehrere Männer gleichzeitig lieben? Sie weiß es nicht. Aber sie spürt unwillkürlich eine große Neugierde in sich. Irgendwie hat Jon sie angefixt mit diesem Konzept ‚Polyamorie'.

Jon denkt an Diana. Sie hat Erfahrungen mit Polyamorie. Das könnte hilfreich sein. Sexuell schwärmt er sowieso für sie. Wäre es nicht toll, sie immer wieder und wieder genießen zu dürfen? Würde Louna damit klarkommen? Er bemerkt, wie er zu träumen beginnt, denn er weiß ja nicht mal, ob Diana ihn will. Ihre Signale sind nicht eindeutig. Was auch immer sich entwickeln wird: Diana hat etwas in ihm ausgelöst. Eine Tür scheint aufgegangen zu sein, von der er nicht mal gewusst hat, dass es sie gibt. Er hat einen neuen Impuls bekommen und diesen nicht für sich behalten, sondern ihn weitergegeben. Ideen werden zu Taten, wenn man sie teilt.

Und so sitzen Louna und Jon auf dem Teppich vor dem Kamin und schwelgen in ihren Vorstellungen. In Dingen, die möglich werden könnten, wenn man sich nur trauen würde. Sich etwas trauen ist vergleichbar mit dem Springen vom Sprungbrett im Schwimmbad. Man braucht den Mut, um abzuheben und das Vertrauen, dass unten wirklich Wasser ist – dass einem also nichts passieren kann. Aus Mut und Vertrauen werden Entscheidungen gebaut. Ohne Mut und Vertrauen gibt es keine neuen Wege.

Louna und Jon haben sich vor etwas mehr als einem Jahr getraut, einen neuen Weg einzuschlagen. Mit viel Mut und großem Vertrauen. Sie wurden nicht enttäuscht, obwohl es Krisen gab. Auch Ablehnung und Kritik mussten sie ertragen. Doch von Bereuen kann nicht die Rede sein. Mit dem Dreier vor einer Woche haben sie sogar noch ein Sahnehäubchen obendrauf gesetzt.

Sind sie bereit für den nächsten Schritt? Und wie genau sähe dieser aus? Die Köpfe rauchen. Doch nicht in einem dunklen Sinne, wenn Probleme den Menschen zermartern. Sondern in einem fantasievollen Sinne, wenn man das Gefühl hat, fliegen zu können und sich überlegt wohin. Es sind die Möglichkeiten, die Louna und Jon vor ihrem geistigen Auge sehen. Die Fantasie ist angeregt. Im Kopfkino gibt es heute wieder freien Eintritt. Einer muss wagen, den Anfang zu machen. Etwas zu denken ist das Eine, es auszusprechen etwas völlig Anderes. Der Verstand hat die neue Richtung schon erdacht, jetzt geht es darum, den Mund in Bewegung zu setzen.

Es kommt, was kommen musste. Beide setzen gleichzeitig an. Vollkommene Harmonie des Willens. In der exakt selben Sekunde öffnen sich beide Münder, um das Denken durch Reden zu ersetzen. Beide grinsen und Jon lässt Louna den Vortritt.

„Wir haben so viel Vertrauen in den letzten Monaten aufgebaut, dass ich uns eigentlich alles zutraue. Und ‚alles' ist ein weiter Begriff."

Jon nickt und schöpft Mut. „Es wäre schön, offen zu sein bei einer Begegnung mit einem anderen Menschen. Offen für alles, was sich entwickeln könnte. Sei es Sex, Freundschaft oder auch Liebe."

Sie mag seine Worte, spürt aber auch Unsicherheit. „Alles heißt aber nicht, dass wir uns deswegen trennen würden, oder?"

Jon schüttelt heftig den Kopf. „Nein! Auf keinen Fall, so war es nicht gemeint. Im Gegenteil. Alles, aber gemeinsam. Seite an Seite!"

Louna ist erleichtert. „Du meinst im übertragenen Sinne? Oder willst Du jetzt auf Doppelpack machen?"

Jon schmunzelt. „Ja, im übertragenen Sinne. Wir bleiben ein Paar, hoffentlich für immer – und geben uns alle Möglichkeiten der Entwicklung mit anderen Menschen."

Beide schauen sich ernst an. Sie stehen an einer Wegkreuzung, die es in sich hat. Das, was jetzt anfängt, zu rollen, wird nur schwer aufzuhalten sein. Es steht eine Entscheidung an, ohne Chance auf Zurücknahme.

Louna möchte konkreter werden, um besser einschätzen zu können, was sie hier gerade genau besprechen. „Nehmen wir Francesco, einen attraktiven und interessanten Mann. Wie würde es Dir ergehen, wenn ich ihn regelmäßig träfe, auch ohne Dich?"

Jon überlegt. Dieses Bild vor Augen ist kein einfaches für ihn. Francesco ist ihm mindestens ebenbürtig, wenn nicht sogar in manchen Punkten überlegen.

„Das wäre eine Herausforderung für mich. Du ganz allein mit ihm, immer wieder. Da bin ich ganz ehrlich. Mich würde aber beruhigen, dass ich weiß, dass Francesco auch offen lebt und dich nicht für sich allein haben möchte."

„Ein interessanter Gedanke. In dem Moment, wo alle Beteiligten gleich eingestellt sind, hat man auch weniger Ängste."

„Ja, ich kann mir gut vorstellen, dass dem so ist. Siehe Sonja. Sie wollte mich für sich allein haben und schon krachte alles zusammen."

Louna schüttelt sich. „Ja, das war Mist und hat sehr wehgetan. Wobei – eine Garantie hat man wohl nie. Francesco könnte ja seine Meinung ändern."

Jon stimmt zu. „Ja, ohne Risiko ist sowas nie. Es gibt keine Garantie. Aber die gibt es auch nicht für Paare, die nicht offen leben."

„Das stimmt. Und wie. Denk mal an all die Fremdgeher. An all die Lügen und Betrügereien!"

„Ja. Und nicht selten hört man, dass aus einer heimlichen Affäre die nächste Partnerschaft wird. Also, dass mit fliegenden Fahnen gewechselt wird", merkt Jon an.

„Du meinst, dann lieber offen und ehrlich miteinander umgehen? Wenn es passieren soll, kann man es eh nicht verhindern?", fragt Louna.

Jon denkt nach. Er will Louna nicht verlieren. Um keinen Preis. Aber er weiß, dass ihm keine Versicherung der Welt dieses Risiko abnehmen kann.

„Versteh mich nicht falsch, Louna. Ich liebe Dich über alles. Und ich möchte auf keinen Fall, dass ein neuer Weg uns trennt, sondern ich will das Gegenteil: Ich will, dass er uns tiefer vereint und noch mehr festigt! Aber egal, was wir jetzt tun, es gibt leider keine hundertprozentige Sicherheit für uns."

Louna legt ihren Kopf auf Jons Schulter. „Nein, leider nicht. Aber ich will alles dafür tun, dass unsere Wahrscheinlichkeit steigt! Ich liebe Dich auch sehr!"

Er fühlt große Stärke in sich. Eine tiefe Verbundenheit und unendliches Vertrauen. Louna fühlt sich wohl an seiner Seite. In Jons Nähe spürt sie Geborgenheit. Sie sind angekommen und doch unterwegs. Er nimmt sie an, wie sie ist. Und sie nimmt ihn an, wie er ist. So kann Liebe geschehen. Beide seufzen leise vor Glück.

Jon stellt die entscheidende Frage in den Raum. „Und nun?“

Louna lächelt. „Ich habe das Gefühl, an unserem Horizont ist noch Platz. Wir können alles schaffen, wenn wir nur ehrlich und liebevoll miteinander bleiben!“

Seine Gesichtszüge entspannen sich. Dieser wunderbare Moment füllt den Raum mit Liebe.

„Ja, wenn nicht wir, wer dann?“, fragt er entschlossen.

Jon steckt Louna mit seiner Freude an und sie gibt den finalen Marschbefehl für einen neuen Weg. „Lass uns einfach losgehen. Machen, was uns gut tut. Wonach uns ist. Und dabei immer auf den Anderen achten. Im Gespräch bleiben!“

„So machen wir es, Du großartige Frau!“

Louna ist verlegen. Ihre Wangen werden wiedermal wunderherrlich rot. „Eine großartige Frau passt nur zu einem großartigen Mann!“

Jon drückt sie fest an sich und malt das Bild weiter. „Na, dann. Großartigen Menschen kann nur Großartiges passieren! Auf geht‘s!“

Louna lacht und denkt an Diana, die Auslöserin ihrer neuen Sichtweise. „Nochmal zurück zu Diana. Wie waren denn die letzten Tage mit ihr im Büro? Nachdem ihr euch Montagabend in der Bar unterhalten habt?“

Jon schaut zurück auf die letzten Tage. „Interessant. Merkwürdig. Anders. Ich weiß nicht. So eine Kollegin hatte ich jedenfalls noch nie. Irgendwie flirtet sie mit mir, wenn sie mich anschaut, aber gleichzeitig wirkt sie auch kühl und distanziert!“

„Vielleicht spielt sie gern? Wie ein Kätzchen mit der Maus?“

„Ja, denke schon. Sie hat angedeutet, dass sie Spiele mag. Ohne konkret zu werden allerdings.“

Louna findet ermutigende Worte. „Hört sich spannend an. Genieß es. Hab Spaß. Lass Dich nicht verunsichern!“

„Dankeschön! Nehmen wir mal an, sie würde tatsächlich auf mich stehen. Wie wäre es für Dich? Ich würde sie ja jeden Tag sehen, häufiger als Dich sogar.“

Louna erwischt die Frage auf dem falschen Fuß. So hat sie es noch nicht gesehen. „Ich habe keine Ahnung. Wahrscheinlich eine komische Situation. Wobei ihr ja nichts dafür könnt, dass ihr Arbeitskollegen seid. Ich denke, es wäre wichtig, dass Du mir viel erzählst, damit ich sozusagen dabei sein kann.“

„Das kriege ich hin. Versprochen.“

Louna klopft ihm auf die Schulter. „Ja, das mit dem Kommunizieren kriegst du immer besser hin. Ich bin stolz auf Dich.“ Er macht ein etwas trauriges Gesicht, aber nicht aufgrund Lounas Worte, sondern deswegen, weil er an Diana denkt. „Na ja, erstmal sehen, ob sie überhaupt auf mich steht. Im Café hat sie mich ignoriert, weil ihr mein Klamottenstil nicht gefallen hat und jetzt ist sie freundlich zu mir. Vielleicht nur, weil ich ihr Kollege bin.“

„Wie seid ihr denn verblieben?"

„Sie hat versprochen, das Gespräch fortsetzen zu wollen. Bisher kam aber noch nichts. Wollte sie aber auch nicht fragen in ihrer ersten Woche. Da hatte sie genug Stress."

„Richtig so. Warte ab. Sie wird schon auf Dich zukommen."

Jon fühlt sich wohl. „Es ist schon toll, was wir beide für Gespräche führen können."

Louna lächelt. „Ja, wir sind ein ganz besonderes Paar!"

Er ergänzt: „Und dieses besondere Paar ist auf dem Weg, seinen Horizont kräftig zu erweitern. Da ist wirklich noch viel Platz!"

Im Bann der Göttin

Montagmorgen.

Neun Uhr. Jon sitzt in seinem Büro und ist noch nicht ganz im Rhythmus angekommen. Seine Gedanken sind beim Wochenende. Gestern Nachmittag hat er mit Louna Flug und Hotel für New York gebucht. Er freut sich darauf. In drei Monaten ist es soweit. Ein Hotel inmitten von Manhattan mit einem Zimmer im vierzigsten Stock. Der herrliche Ausblick wird sie die ganze Woche begleiten. Ein riesiges Panoramafenster deckt die komplette Außenseite der Suite ab. Das Bett steht genau gegenüber. So werden sie mit den nächtlichen Lichtern Manhattans einschlafen und mit der sonnenbestrahlten Skyline aufwachen.

Erfolg im Rhythmus zu haben, hat auch gute Seiten. Gestern durfte er diese wieder während der Buchung genießen. In solchen Momenten ist der Rhythmus besonders stark, weil seine Gebote unfehlbar daherkommen: Immer schön weiterarbeiten, um zu leben.

Doch nicht nur an den gemeinsamen Urlaub denkt Jon, sondern auch an das Gespräch mit Louna. Sie haben an einem Wochenende beschlossen, ihren Horizont zu erweitern und gleichzeitig ein Hotelzimmer im vierzigsten Stock gebucht. Irgendwie passt das gut zusammen. Weitsicht statt Kurzsicht. Entwicklung statt Stillstand. Sie wollen weiter schauen als die meisten Menschen. Viel Platz am Horizont. Viele Chancen, sich zu entwickeln und Neues zu erfahren. Wer weiter schaut, kann mehr entdecken.

So ist es nicht nur der Rhythmus mit seinen finanziellen Möglichkeiten, der Jon heute Morgen glücklich macht, sondern vielmehr sind es die emotionalen Möglichkeiten, die er sich mit Louna immer weiter erarbeitet.

Doch so schön seine Gedanken ans Wochenende auch sind, er ist im Büro und die Arbeit ruft ihn unüberhörbar. Jon hat noch eine halbe Stunde, um sich auf sein erstes Meeting der Woche vorzubereiten. Er muss dafür einige Excel-Dateien durchlesen. Es wird Zeit, zu starten. Gerade hat er begonnen, die erste Datei anzuschauen, als das Telefon klingelt.

Diana. Sie bittet Jon in ihr Büro. Bei jedem anderen Kollegen hätte er darauf verwiesen, keine Zeit zu haben. Doch bei ihr kann er nicht widerstehen und macht mit Freude eine Ausnahme. Heute geht es auch mal ohne Meeting-Vorbereitung. Er ist schließlich ein Profi.

Diana lächelt, als Jon ihr Büro betritt. „Wie war Dein Wochenende?"

Er freut sich über die nette Begrüßung. „Es war sehr inspirierend. Ich hatte ein tolles Gespräch mit Louna und wir haben eine Reise nach New York gebucht! Und bei Dir?"

„Wow, das hört sich gut an. Ich liebe New York. Ich hatte am Wochenende eine gute Zeit mit Robby und den Kindern. Und wir haben das nächste Wochenende abgestimmt."

Jon freut sich. „Echt? Auch New-York-Fan? Darüber müssen wir mal ausführlich sprechen, wenn kein Meeting kurz bevorsteht. Was habt ihr nächstes Wochenende denn vor?"

„Ja, gern sprechen wir ein anderes Mal über New York. Der nächste Samstag wäre eine gute Gelegenheit für Dich und mich. Robby übernachtet nicht zu Hause und die Kinder sind dieses Wochenende bei meinen Eltern in Frankfurt. Ich möchte Dich zu mir einladen. Das Gespräch fortsetzen, wie versprochen."

Jon kann seine Begeisterung kaum verbergen. „Nächsten Samstag bei Dir? Hört sich toll an. Ich bin dabei."

„Freut mich. Frag aber bitte Louna, bevor Du zusagst."

Jon fühlt sich ertappt. Der Samstag gehört in der Tat meistens ihr. Sie wird bestimmt Verständnis haben, doch fragen muss er sie, da hat Diana Recht. „Ja, werde ich. Natürlich!"

„Gut. Sag mir bitte morgen Bescheid."

Jon grinst: „Wird erledigt, Chefin!"

Diana bleibt bierernst und zeigt keine Regung, ganz so, als wäre Jons Ironie ihre Wirklichkeit. „Gut. Am Samstag wird um festliche Kleidung gebeten. Ein dunkler Anzug mit weißem Hemd und dunkler Krawatte. Ich mag es edel."

„Okay, ich lass den Hoodie zu Hause. Versprochen!"

Sie schaut ihn streng von unten bis oben an: „Das würde ich sehr begrüßen. Es wäre dem Verlauf des Abends sicher zuträglich."

Jon wird leicht rot. Diana hat eine eigenwillige Art zu flirten. Er schaut auf die Uhr. Viel Zeit bleibt nicht mehr. Er muss ins Meeting.

∞

Es ist Samstagabend.

Jon sitzt im Auto. Unterwegs zu Diana. Die Woche kam ihm quälend lange vor, als wäre jede Stunde in Zeitlupe verlaufen. Doch jetzt ist es endlich soweit. Louna hat ihm erwartungsgemäß den Abend freigegeben und ist heute mit Francesco verabredet. Eine gute Gelegenheit, sofort genutzt. Francesco war erfreut über die Anfrage von Louna, dennoch hatte er Jon angeschrieben und gefragt, ob das okay für ihn wäre. Jon gab seinen Segen und alle waren happy. So einfach kann das Leben sein. Manchmal jedenfalls.

Jon trägt seinen besten schwarzen Anzug. Dazu ein weißes Hemd. Sogar eine Krawatte ziert seinen klassischen Auftritt. Mithilfe des Internets hat er es nach einigen Versuchen geschafft, den Knoten zu binden. Was ein Mann nicht alles tut, um bei seiner Angebeteten zu landen.

Diese Formulierung mag übertrieben klingen. Ist sie aber nicht. Jon schwärmt nicht nur für Diana, sondern ist fasziniert von ihr. Zumal er sie zwei Wochen lang bei der Arbeit beobachten durfte. Ihre sinnliche Anmut, gepaart mit selbstbewusstem Auftreten, hat seine Faszination immer weiter gesteigert.

Er ist unbeschreiblich froh, dass er sie heute endlich im privaten Rahmen treffen darf. Ganz ohne die Blicke von Felix, den Kollegen oder den Mitarbeitern. Heute können sie sein, was sie wollen. Frei – ohne die Berufsetikette.

Jon erreicht die Zielstraße inmitten des mondänen Eppendorfs. Er hat schier unglaubliches Glück und bekommt einen Parkplatz direkt vor der Tür. Auch wenn ein Lottogewinn deutlich unwahrscheinlicher ist, kommt ihm dieser Zufall ähnlich selten vor. Ein Parkplatz in Eppendorf, genau dort, wo man hinwollte. Das ist wirklich selten. Der Abend fängt gut an.

Diana wohnt in einem schicken Stadthaus. Klein, aber fein. Ein paar steinerne Treppen führen hinauf zur schweren dunkelbraunen Haustür. Es gibt nur ein Klingelschild. Wenn nur eine Familie dieses Haus bewohnt, ist klein relativ. Es ist doch mehr fein als klein. Jon atmet tief durch, bevor sein Finger Richtung Klingel wandert. Er ist nervös und bis zum Bersten gespannt darauf, Diana in ihrem Reich zu erleben. Noch einmal durchatmen.

Jon klingelt. Eine feierliche Melodie, die sage und schreibe über dreißig Sekunden lang ertönt. Diana scheint auch hier eigenwillig zu sein. Hinter der Haustür passiert nichts. Kein Geräusch, keine Bewegung. Erst als die Melodie endet, hört Jon Schritte. Sie scheint in aller Ruhe abgewartet zu haben, bis der Ton verstummt ist.

Die Tür öffnet sich und vor ihm steht Diana in ihrer ganzen Pracht. Sie trägt ihre Haare offen und hat sich wieder gekonnt geschminkt. Wie damals im Café. Doch diesmal trägt sie ein langes schwarzes Abendkleid, welches ihr Dekolleté gut zur Geltung bringt. An den Beinen ist es raffiniert geschnitten, sodass man bei jeder Bewegung einen kurzen Blick auf ihre halterlosen Strümpfe erhascht. Jon ist sprachlos.

Diana übernimmt das Reden. „Guten Abend, herzlich willkommen im Hause der O‘Connors! Schön, dass Du hier bist!“

Sie hebt ihre rechte Hand und streckt sie ihm mit der Oberseite entgegen. Keinen Handschlag will sie, sondern einen Begrüßungskuss. Jon ist irritiert. Darauf ist er nicht eingestellt gewesen.

Diana sorgt für Orientierung. „Ein Gentleman öffnet nicht nur die Autotür, sondern er weiß auch, wie man eine Dame begrüßt.“

Jon grinst. „Wenn das so ist: Küss die Hand, schöne Frau! Ich freue mich sehr, hier zu sein!“

Diana schaut amüsiert zu, wie er sich an dem Handkuss versucht. Oft hat er das noch nicht gemacht. Das sieht man. Aber der gute Wille zählt in diesem Augenblick. Sie lässt ihn herein.

Vor ihm erscheint ein langer Flur, der in der Küche endet. Nach oben und unten geht jeweils eine Treppe aus edlem Holz ab. Die beiden gehen ein paar Meter. Diana voran und Jon hinterher. Kurz vor der Küche geht sie nach rechts. Ein großer Wohnraum mit dekorativen Ohrensesseln und einem eingebauten Kamin aus Stein. Ein einladendes Sofa mit vielen Sitzmöglichkeiten steht direkt vor dem großen Fenster. Auf der anderen Seite des Raumes ist der Essbereich mit Zugang zur Küche zu sehen. Jon erblickt einen festlich gedeckten Tisch. Weißes Porzellan, breite Unterteller und tiefe Suppenteller, dazu Silberbesteck, gekonnt gefaltete schwarze Servietten sowie ein dreiarmiger Kerzenhalter. Die schmalen schwarzen Kerzen brennen und schaffen eine wohlige Atmosphäre. Zwei Plätze sind gegenüber voneinander eingedeckt. Der Tisch ist nicht allzu groß.

„Du gibst aber Gas. Ich bin beeindruckt!“, sagt Jon mit leiser Stimme, er ist tatsächlich beeindruckt – so sehr, dass ihm seine Stimme im Halse stecken bleibt.

Diana freut sich über sein Kompliment. „Ja, ich finde auch, dass Robby das sehr schön aufgebaut hat!“

Jon schaut sie an: „Robby?“

Diana macht ein strenges Gesicht. „Ja, wie ich sagte. Warum die Frage? Meinst Du, ein Mann kann keinen Tisch eindecken?“

Er bemerkt seinen Fauxpas. „Doch, doch. So war es nicht gemeint. Ich wunder mich nur, dass er für Dein Date die Arbeit macht.“

Diana lächelt überlegen. „Ja, er ist ein toller Mann. Er hat sogar für uns beide gekocht. Ich soll Dich grüßen.“

Jons Blick kann seine Hochachtung und seinen Respekt vor Diana kaum verbergen. „Nicht schlecht. Es scheint gut bei Dir zu laufen. Ich bin abermals beeindruckt. Grüß ihn gern zurück. Kocht er gern?“

„Ja, er hat viele Talente. Kochen gehört definitiv dazu“, antwortet Diana.

Jon entdeckt mehrere Töpfe und Schalen, die auf einem Wagen neben dem Tisch stehen. „Jetzt weiß ich auch, warum Du mich diese Woche so intensiv nach meinen Essgewohnheiten gefragt hast. Du hattest Großes vor!“

Diana grinst. „Nichts Großes, sondern Leckeres hatten *wir* vor. Und natürlich wollte Robby nichts kochen, was Du nicht magst!“

Jon ist gerührt. „Lieben Dank für die Einladung und eure Gastfreundschaft. Ich fühle mich schon jetzt sehr wohl!“

„Schön, freut mich. Dann lass uns den Abend mit einem Glas Champagner beginnen!“

Neben dem Servierwagen steht eine mit Eis gefüllte Silberschale auf einem dreibeinigen Ständer. In der Schale eine geöffnete Flasche Moet.

Diana nimmt die Gläser vom Tisch, schenkt reichlich ein und überreicht Jon ein Glas.

„Cheers, auf einen schönen Abend!"

Ein feiner Klang erhellt den Raum. Sie trinken ein paar Schlucke und genießen das perlende Momentum auf ihrer Zunge. Ein paar Sekunden der Stille in genüsslicher Einkehr. Doch Diana hat Hunger und möchte das Essen nicht kalt werden lassen. Wobei Robby auch daran gedacht hat. Warmhalteplatten stehen unter den Töpfen.

Sie zeigt auf den Tisch. „Lass uns essen."

Diesmal reagiert Jon geistesgegenwärtig. Wenn ein Gentleman die Autotür öffnet und einen Handkuss zur Begrüßung gibt, dann hilft er sicher auch beim Hinsetzen der Dame. Er geht zum linken Stuhl und zieht ihn ein Stück zurück.

Diana lächelt erfreut. „Nicht schlecht. Doch leider ist mein Stuhl der andere."

Jon schaut verdattert, was Diana eine Menge Freude schenkt. Er geht zur rechten Seite. Der Stuhl sieht auf den ersten Blick gleich aus. Doch dann bemerkt Jon, dass das Sitzkissen eine andere Farbe hat. Purpur statt Schwarz. Außerdem ist der Stoff dicker und höher als beim anderen Stuhl. Er zieht ihn zurück und wartet, bis Diana in der richtigen Position ist. Das Kleid bedeckt ihren Rücken nur spärlich. Ganze zwanzig Zentimeter trennen Jon von Dianas Haut. Manchmal können selbst nur wenige Zentimeter eine große Entfernung darstellen. Er starrt auf ihre nackte Haut und kann froh sein, dass Diana ihn gerade nicht sehen kann. Er entdeckt ein Tattoo auf ihrer rechten Schulter. Ein Kreis mit zwei verschiedenfarbigen Tropfen und Punkten. Schwarz und Weiß liegen sich gegenüber.

„Was ist das für ein Tattoo?", fragt er direkt.

„Darf ich mich erstmal hinsetzen oder soll ich hier ewig stehen?", herrscht Diana zurück.

Erwischt! Jon ist peinlich berührt. „Selbstverständlich!" Er schiebt den Stuhl nach vorne, sodass Dianas Körper langsam nach unten gleiten kann.

Sie ist besänftigt. „Geht doch. Danke."

Jon wartet noch ein paar Sekunden, ob alles zu ihrer Zufriedenheit ist. Da Diana schweigt, geht er zu seinem Platz und setzt sich ebenso.

„Über das Tattoo können wir gern später reden." Diana nimmt das Thema wieder auf, um es zu verschieben. „Jetzt kannst Du uns die Suppe auftun."

Jon ist überrascht. So direkt wurde er noch nie von einer Frau aufgefordert, etwas für sie zu tun. Er ist es gewohnt, dass Frauen entweder selbst die Dinge in die Hand nehmen oder mit einem Hundeblick subtil auf ihre Wünsche aufmerksam machen. Diana scheint anders zu sein. Sie sagt, was sie sich wünscht, ohne Umwege zu gehen. Jon zögert nur kurz und beginnt, die Teller zu füllen. Die klare Hühnerbrühe mit Eierstich und kleinen Nudeln duftet herrlich und regt den Appetit an.

Eine Zeit der Stille beginnt. Ab und zu hört man das Scheppern eines Silberlöffels, wenn er am Porzellan kratzt und die leckere Speise einsammelt. Ein paar Minuten ohne Worte. Ein Schweigen, das Jon langsam, aber stetig nervöser macht. Diana hingegen ist absolut entspannt.

„Ein Lob für den Koch!“, ruft er aus, um die Kommunikation wieder ins Laufen zu bringen. Er bemerkt nicht, dass sie die ganze Zeit auch ohne Worte miteinander kommunizieren. Oder vielleicht doch – nur macht ihn diese Art unsicher, weil er nicht weiß, was Diana gerade denkt und wo er gerade bei ihr steht. Er will ihr doch heute Abend unbedingt gefallen.

Diana lächelt. „Das Kompliment wird in jedem Fall weitergereicht. Robby wird sich freuen!“ Sie spürt, dass Jon nach Reden zumute ist und startet ein neues Thema. „Warst Du schon häufiger in der aufregendsten Stadt der Welt?“

Er ist froh, wieder Worte nutzen zu dürfen. „Ja, ich war bereits viermal in New York. Und Du?“

„Unzählige Male. Robby und ich sind bisher jedes Jahr dort gewesen, oft auch mehrmals. Außer in den Geburtsjahren von Mia und Leon. Dieses Jahr wollen wir auch wieder hin!“

„Echt? Das ist wahre Liebe! Warum fast jedes Jahr?“

„Wir lieben die Atmosphäre dort. Eine tolle Kulisse für Spiele und Erlebnisse jeglicher Art!“

Er horcht auf. „Schon wieder sprichst Du von Spielen! Was meinst Du genau?“

Diana lacht. „Keine Sorge, Du wirst es schon noch erfahren. Hab ein wenig Geduld. Ich kenne Dich kaum.“

Jon nickt und akzeptiert diese Begründung. „Wie wohnt ihr in New York, jedes Mal in einem anderen Hotel?“

„Nein, wir haben das Glück, dass Robby dort einen guten Freund hat. Er überlässt uns jedes Mal seine Wohnung und fährt meistens zu seinen Eltern nach Kalifornien. Natürlich erst, nachdem er uns persönlich in Manhattan begrüßt hat. Sein Apartment ist im Stadtteil Chelsea.“

„Wow, das ist ja wirklich außergewöhnlich cool. Freut mich für euch!“

„Ja, wir genießen das immer sehr.“

„Wir sind in drei Monaten dort. Und ihr?“, fragt Jon neugierig.

„Wissen wir noch nicht genau. Wir haben Ideen, aber noch nichts final festgelegt. Erstmal muss ich ankommen im neuen Job. Wird sich alles zeigen.“

Ihre Suppenteller sind inzwischen leer. Diana schaut Jon lange an. Es dauert ein wenig, bis er verstanden hat.

„Oh, willst Du noch etwas Suppe?“, fragt er hastig nach.

„Nein. Ich würde zum Hauptgang übergehen wollen. Aber danke für die aufmerksame Nachfrage, auch wenn sie etwas gedauert hat“, erwidert Diana.

Jon witzelt. „Aus mir wird noch ein richtiger Gentleman!“

Diana schmunzelt. „Eine Schwalbe macht noch keinen Sommer. Es ist ein langer Weg zum Gentleman.“

Er versteht zwar nicht wirklich, was sie genau meint, aber nickt andächtig. „Dann will ich mal weiterüben und das Hauptgericht servieren!“

Diana lacht. „Ganz genau. Auf geht’s. Ein Gentleman lässt die Dame nicht hungern.“

Jon öffnet die Abdeckungen der Töpfe und Platten. Schweinelendchen, Kartoffeln, grüne Bohnen mit Speck und dazu eine helle Sahnesoße. Er schnalzt mit der Zunge. „Das nenne ich mal gutbürgerlich!“

„Ja, so wie es unser heutiger Gast mag, also Du, aber auch Robby und ich es sehr mögen!“

„Bei manchen Dingen ist Tradition einfach toll. Zum Beispiel beim Essen!“

Diana stimmt zu. Er stellt die leeren Suppenteller auf den Wagen und füllt die flachen Teller. Nicht übertrieben voll wie bei einem Buffet in einem Drei-Sterne-Hotel auf Mallorca, aber auch nicht zu dürftig wie bei einem Luxus-Franzosen.

Als sie anfangen zu essen, entsteht wieder ein sinnliches Schweigen. Jon bleibt dieses Mal entspannter und genießt das wunderleckere Mahl. Als der erste Hunger gestillt ist und die Teller halbleer sind, beginnt Diana das Gespräch erneut.

„Wie geht es Louna und Dir? Wie fühlt ihr euch gerade miteinander?“

Jon freut sich, dass das Gespräch in diese Richtung geht. „Du hast uns sehr inspiriert. Also erst mich – und ich dann Louna. Wir haben beschlossen, dass an unserem Horizont noch Platz ist. Wir sind gespannt, was passiert, wenn wir ohne Balken vor dem Kopf einfach losgehen und unseren Bedürfnissen freien Lauf lassen.“

Diana schaut neugierig. „Du meinst die Polyamorie? Ihr wollt schauen, ob das was für euch sein könnte?“

Jon berichtet ihr gerne von den neuesten Entwicklungen. „Ja, genau. Wir hatten bisher nur wechselnde Sexpartner. So wie ihr früher. Wir würden gern wissen, wie es sich anfühlt, wenn sich etwas mit einem Anderen vertieft. Louna trifft heute Abend Francesco. Mit ihm hatten wir einen Dreier. Sie findet ihn interessant und will ihn näher kennenlernen.“

„Was macht das mit Dir?“, fragt Diana nach.

Jon überlegt kurz. „Eine ungewohnte Situation. Verunsichert mich etwas. Aber ich gönne ihr das und vertraue ihr. Außerdem gönnt sie es mir ja auch, hier mit Dir zu sein.“

Diana weiß genau, wovon Jon spricht. Sie hat diese Situationen schon oft erlebt und viele Gespräche mit Robby und Anderen darüber geführt. „Eine kluge Antwort. Klingst schon erfahren!“

Er fühlt sich geschmeichelt. „Das ist nett von Dir. Mit Deinen Erfahrungen kann ich sicher nicht mithalten. Ich würde aber gern von Dir lernen!“

„Eine gute Einstellung, von Anderen lernen zu wollen. Doch bitte vergiss nicht, in Dich hineinzuhorchen. Auf das zu hören, was Du wirklich willst. Lass Dich gern von mir führen, aber bleib dennoch bei Dir und Deinen Bedürfnissen!“

Jon reibt nachdenklich sein Kinn. „Das sind wiederum kluge Worte von Dir. Sicher nicht einfach, bei seinen Bedürfnissen zu bleiben, wenn man zuhören und lernen will. Da kann es schnell passieren, dass man sich in eine falsche Richtung beeinflussen lässt. Mit falscher Richtung meine ich, etwas zu tun, was einem nicht guttut.“

Diana bestärkt ihn gerne. „Ja, das ist genau die Kunst. Die Balance aus Hingabe zum Anderen und Verantwortung für sich selbst. Polyamore Liebe gelingt auf Dauer nur, wenn beides vorhanden ist. Selbstreflexion ist dafür sehr, sehr wichtig. Sich immer wieder selbst zu fragen, wo man gerade steht. Deswegen fragte ich Dich, wie Du Dich damit fühlst, dass Louna Francesco trifft. Deine Antwort hat mir gezeigt, dass Du viele Aspekte erkennst: deine eigene Unsicherheit, aber auch Deine Fähigkeit, gönnen und vertrauen zu können. Außerdem findest Du Anerkennung dafür, dass Louna auch Dir etwas gönnen kann. Ich denke, Du hast die richtige Grundeinstellung!“

Jon freut sich riesig über das Lob der erfahrenen Frau. „Meinst Du wirklich?“

„Ja, ich habe wirklich ein gutes Gefühl für Louna und Dich.“

Jon seufzt. „Wenn nur die Anderen nicht wären. Die meisten in der Gesellschaft verstehen uns nicht.“

Diana schaut ihn an. „Die Anderen…“, sagt sie und lächelt süffisant. „Meinst Du die, die seit Jahren keinen Sex mehr hatten und dennoch eine Meinung zur Monogamie haben? Wenn Sex keine Priorität für mich hat, dann sollte ich mich zurückhalten in der Beurteilung der Menschen, die Sex lieben und genießen wollen. Ein Elefant erklärt den Vögeln ja auch nicht, wie sie zu fliegen haben.“

Jon lacht. „Ja! Wie war das eben noch mit der falschen Richtung? Von den Elefanten sollten sich Vögel jedenfalls nicht beraten und beeinflussen lassen, sonst würden sie nie wieder fliegen, obwohl es ihrem Bedürfnis sehr entspricht.“

Diana grinst: „Du hast es verstanden.“

Jon ist stolz, dass er in diesem Gespräch so gut mithalten kann. Noch vor einem Jahr hätte er verständnislos den Kopf geschüttelt. Er will tiefer bohren. „Es gibt aber nicht nur Elefanten. Die meisten Menschen haben doch Sex und mögen ihn auch. Und obwohl sie Sex sehr mögen, halten sie die Monogamie hoch.“

„Stimmt. Die meisten sind keine Elefanten, sondern Sträuße. Haben Flügel, aber fliegen nicht. Doch es ist wie in dieser Handy-Werbung: Sie wünschen sich sehnsüchtig, dass sie fliegen könnten.“

„Interessanter Vergleich. Aber was ist mit Fremdgehen?“, fragt John.

Jetzt blüht Diana richtig auf. Sie ist in ihrem Element. „Fremdgehen ist eine heimliche Flugübung. Der verzweifelte Versuch, ein Vogel zu werden.“

„Fliegende Vögel sind für Dich dann offen lebende Menschen?“

„Ja, so könnte man es in diesem Bildnis sehen. Und mit offen ist hierbei gemeint, dass sie ihre Bedürfnisse kennen und ihnen nachgehen, ohne andere Menschen dabei zu belügen. Also keine heimlichen Flugübungen machen, sondern wahrhaftig fliegen lernen“, erklärt Diana.

„Meinst Du denn, dass alle Menschen wirklich fliegende Vögel werden wollen?“

Diana holt weiter aus. „Weißt Du, die meisten Menschen leben nicht monogam, viele haben nur vergessen, es ihrem Partner mitzuteilen. Sie sind Sträuße, die immer wieder vergeblich versuchen, zu fliegen.“

Jon muss an die Talkshow denken, die er gestern Abend im Fernsehen gesehen hat und macht einen Witz. „Na ja, immerhin werden alle Fremdgeher zukünftig leicht erwischt, wenn dieser ID-Chip unter der Haut, verpflichtend für jeden, wirklich kommt.“

Diana grinst.

Jon runzelt die Stirn, während er weiter über Dianas Aussage nachdenkt. „Die meisten Menschen leben nicht monogam? Wirklich?“

Sie nimmt eine Serviette vom Tisch und einen Kugelschreiber von der nahen Anrichte. „Mehr als die meisten in der Gesellschaft denken. Wir beide sind Betriebswirte. Ich erkläre es Dir mit einem Kreisdiagramm. Schau her: Wenn ich mir alle festen Beziehungen so anschaue, würde ich sagen, dass zehn Prozent die vorhin genannten Elefanten sind, dort spielt Sex keine Rolle mehr. Vielleicht hat er auch nie eine Rolle gespielt, weil beide asexuell sind oder weil man sich darauf geeinigt hat, dass andere Dinge in der Beziehung und im Leben wichtiger sind. Zur nächsten Gruppe: Nach meinen Beobachtungen sind fünfzehn Prozent der Paare wirklich zufrieden mit ihrem Strauß-Leben. Sie haben nur sich, ab und zu Sex und machen keine heimlichen Flugübungen. Sind also monogam und zufrieden. Bei weiteren fünfzehn Prozent ist es zwar so, dass sie monogam leben, aber mindestens einer, wenn nicht beide, fühlen sich damit unwohl. Oder sie sind unzufrieden, ohne zu verstehen, warum, weil sie ihre Bedürfnisse nicht ehrlich reflektieren. Aber die Monogamie wird mit Disziplin durchgezogen. Weil man das eben so macht. Nur in der Fantasie oder in Träumen finden heimliche Flugübungen statt. Aber nüchtern betrachtet ist das letztlich auch ein Belügen des Partners.“

Jon horcht auf. Die ersten vierzig Prozent des Kreisdiagramms sind ausgefüllt und er kann sich und seine früheren Lebenseinstellungen wiederentdecken. Auch er war unterwegs in fremden Welten, um in der Virtualität seine Sehnsüchte und Gelüste auszuleben: Fremdgehen light sozusagen. Doch er muss Diana Recht geben: Es bleibt ein Betrug, nur in anderer Gestalt. Er ist gespannt auf das restliche Kreisdiagramm und hört weiter gebannt zu.

„Kommen wir zur nächsten Gruppe, die aus meiner Sicht die größte ist. Ich schätze, dass in vierzig Prozent aller Beziehungen heimlich nicht monogam gelebt wird. Dass mindestens einer fremdgeht oder beide Partner fremdgehen. Man sich also gegenseitig betrügt. Bei diesen Straußen gehören heimliche Flugübungen zum Lebensalltag. Regelmäßige Besuche von Puffs, der Urlaub in Thailand, Weihnachtsfeiern, Karneval oder einfach eine heimliche Liebschaft mit dem Nachbarn, Arbeitskollegen und so weiter. Fremdgehen bei jeder guten Gelegenheit. Achtzig Prozent des Diagramms sind ausgemalt. Kommen wir zu den letzten zwanzig Prozent. Jetzt sind wir bei den fliegenden Vögeln – obwohl die Flugkünste sehr verschieden sind. Rund zehn Prozent der Paare wissen und tolerieren, dass der Andere auch anderswo Sex hat. Sie wollen keine Details hören oder irgendwie involviert sein, aber sie gönnen dem Anderen den Spaß. Natürlich gibt es zwischen den beiden zuletzt genannten Gruppen Vermischungen. Wenn man nicht darüber redet, ist ja ‚wissen' ein sehr dehnbarer Begriff. Manche ahnen es eher, aber sagen nichts, um die Beziehung nicht zu gefährden. Insofern gibt es fliegende Vögel, die wirklich keine Meister der Flugkunst sind. Kommen wir zu den letzten zehn Prozent. Diese teilen sich nochmal in drei Gruppen: Vier Prozent leben offen, aber ziehen nur gemeinsam los, die sogenannten Doppelpacks. Weitere vier Prozent leben auch offen, aber hier kann jeder solo machen, was er mag. Und die letzten zwei Prozent leben polyamor."

Tischstille.

Die Teller sind schon lange leer. Jon ist baff. Was für ein Input. So hat er die Welt noch nie betrachtet. Er erkennt sich und seine gemeinsame Entwicklung mit Louna wieder. Und er denkt an seine Dialoge im Red Club, wo er viele dieser verschiedenen Gruppen kennengelernt hat. Auch das Doppelpack Thomas und Michelle erscheint vor seinem inneren Auge. Diana hat offensichtlich eine gute Beobachtungsgabe und kann die Gesellschaft um sich herum gut einschätzen.

Jon schaut sie mit großen Augen an. „Danke für dieses Bildnis. Sehr inspirierend. Louna und ich sind in jedem Fall fliegende Vögel. Ich möchte meine Flugkünste verbessern und ich glaube, Louna will das auch."

Diana mag Jon. Sie ist froh, ihn heute eingeladen zu haben. Was für eine Entwicklung seit dem Hoodie-Auftritt im Café. „Ich würde sagen, darauf trinken wir und genießen danach die Mousse au Chocolat."

Die Gläser erklingen. Nach ein paar Schlucken nimmt Jon die kleinen Glasschalen an sich, um sie mit dem leckeren Traum aus Sahne und Zucker zu befüllen. Eine kunstvolle Verzierung am Boden der Schale zieht Jons Aufmerksamkeit auf sich. Zwei Symbole sind zu erkennen. Eines sieht aus wie die Tätowierung auf Dianas Schulter und das andere ist eine Acht, die auf der Seite liegt.

Er ist neugierig und fragt direkt nach. „Was bedeutet die Symbolik auf den Schalen?"

„Ach ja, wir wollten über mein Tattoo reden. Zuerst zur Acht. Unendliche Möglichkeiten. Auch in der Liebe. Deswegen wird die seitliche Acht – das Zeichen der Unendlichkeit – oft als Logo der Polyamorie genutzt. Zu meinem Tattoo: Es ist das Yin-Yang-Zeichen. Gegensätze, die sich anziehen. Das Aktive und das Passive. Der Tag und die Nacht. Das Gebende und das Nehmende."

Jon hat von Yin und Yang schon mal gehört, bisher aber die Bedeutung nicht gekannt. „Scheint ja ein sehr wichtiges Zeichen für Dich zu sein, warum?"

Diana setzt wieder ihr überlegenes Lächeln auf. „Jetzt lass uns erstmal das Dessert genießen."

Gesagt. Getan. Jon fragt nicht weiter nach, sondern tut, was ihm aufgetragen wurde. Es herrscht wieder Stille, als die beiden den fluffigen Schokoladenschaum zu sich nehmen. Wobei es in Jon nicht wirklich still ist. In ihm tobt die Neugierde. Diana ist nicht nur klug und attraktiv, sondern schafft es, durch ihre geheimnisvolle Art sein Kopfkino anzuregen. Das macht ihn fast verrückt. Gierig auf mehr. Jede Silbe, die sie spricht, ist wie eine Erleuchtung für ihn. Wort für Wort kommt er weiter und möchte nicht mehr aufhören, weiter vorwärts zu gehen.

Die Schälchen leeren sich. Er legt eine Hand auf seinen Bauch. „Das war wirklich sehr gut. Robby hat sich ein Sonderlob verdient. Und mindestens einen Michelin-Stern!"

Diana lacht. „Ja, das schafft er immer wieder. Zwölf Jahre lang jetzt schon. Ginge es danach, wäre er ein Hundert-Sterne-Koch!"

Jon grinst.

Diana zeigt auf den Tisch. „Bitte stell alles auf den Wagen. Robby kümmert sich morgen darum."

Jon steht auf und packt geschwind die Sachen zusammen. „Die Gläser auch?"

„Nein, die Gläser kannst Du nochmal vollmachen. Wir setzen uns auf das Sofa."

Als der Tisch geleert ist und die Gläser gefüllt sind, geht Jon hinter den Stuhl von Diana und wartet, bis sie sich erhebt. Das purpurne Kissen kommt wieder zum Vorschein. Er zieht den Stuhl nach hinten. Diana nimmt ihr Glas und schreitet zum Sofa. Er folgt ihr.

Sie setzt sich und schaut auf ihre rechte Seite. „Mach es Dir neben mir bequem."

Er lässt sich nieder und spürt seinen Bauch. Das Essen war lecker, aber es liegt auch schwer im Magen.

Sie bemerkt seinen Gesichtsausdruck beim Hinsetzen. „Komm, wir räumen den Magen auf!" Diana erhebt ihr Glas und schaut Jon länger tief in die Augen. Er wird nervös und schafft es nicht, ihren Blick zu halten. Sie lächelt. „Ein schöner Abend bisher. Auf uns!"

Er freut sich, dass Diana den Abend genießt und dass er es anscheinend geschafft hat, gut bei ihr anzukommen. „Nochmals vielen Dank für die Einladung. Mir gefällt der Abend auch sehr. Auf uns!"

Sie schmunzelt vielsagend und spürt, dass sie ihn in der Hand hat.

Jon ist wachsweich und ihr vollkommen zugeneigt. Das gefällt einer Göttin. Sie kann bestimmen, was jetzt passiert. Er wird folgen. Er ist in ihr Reich gekommen, um zu huldigen.

Nicht dass ihm das bewusst wäre, aber er handelt ganz automatisch. Ein unbewusster Prozess. Jon hört auf seine Intuition, die ihm sagt, dass er Diana vertrauen kann, dass sie weiß, wohin der Weg führt.

Ohne Ankündigung oder Vorwarnung kommt sie direkt zum Thema. Ein Überraschungsangriff. Sie mag es, Männer zu irritieren und herauszufordern. „So, jetzt zum Spiel."

Nur vier Worte und danach schweigt sie wieder. Jon fühlt sich, als würden gespannte Fragezeichen um seinen Kopf schwirren. Er weiß nicht, was jetzt passieren wird und fühlt, wie sein Herz pocht. Der Blutdruck erhöht sich spürbar. Die Adern tanzen Salsa. Er kann die Stille nicht ertragen und plappert los. „Was passiert jetzt?"

Sie lacht und freut sich diebisch über seine fast kindliche Reaktion. „Was soll passieren? Du wolltest doch etwas über die Spiele wissen, die ich so gern mag."

Jons Gesicht entspannt sich. „Ach so. Ja, gern. Unbedingt sogar."

„Ich habe ein gutes Gefühl bei Dir. Deswegen erzähle ich ein wenig von meinen Leidenschaften. Ein großer Vertrauensbeweis, denn einem Kollegen habe ich davon noch nie erzählt."

Er schaut sie still, mit einer Mischung aus Dankbarkeit und Hingabe, an.

Diana führt weiter aus. „Yin und Yang kann auch als oben und unten verstanden werden. Als eine Hierarchie. Einer bestimmt und der Andere führt aus. Dieses Zeichen ist mit meinem Körper für immer verbunden, weil ich diese Ordnung mag."

Jon horcht auf, versteht aber nicht, worauf sie hinauswill. „Was meinst Du genau mit Hierarchie? Nichts Berufliches, oder?", fragt er naiv.

Diana lacht. „Nein, mit dem Job hat das nichts zu tun. Das trenne ich strikt. Es geht rein um mein Privatleben. Ich bin eine Anhängerin von FLR. *Female Led Relationship*. Für mich ist eine Beziehung zu einem Mann nur dann erfüllend, wenn er in der Hierarchie unter mir steht. Wenn er also tut, was ich ihm sage."

Es dauert ein paar Sekunden, bis die Informationen in Jons Hirn verarbeitet werden. So etwas hat er noch nie gehört. Synapsen müssen neu gebildet werden. Er weiß nicht, was er sagen soll und fragt das Erste, was ihm in den Sinn kommt. „Ist das andersfarbige und erhöhte Stuhlkissen auch ein Zeichen dafür?"

Diana lächelt. „Ganz genau. Gut aufgepasst!"

Jon weiß immer noch nicht, wie ihm zumute ist. Doch irgendwie überrascht ihn das alles nicht. Es passt zu ihr. Es passt zu allem, was Diana bisher getan und gesagt hat. Er bemerkt seine Ahnungslosigkeit. „Und was hat das jetzt mit den Spielen zu tun, die Du magst?"

Sie grinst. „Eine ganze Menge. Aber so weit bist Du noch nicht."

Jon schaut ungläubig. „Was meinst Du? Verstehe ich nicht!"

Diana setzt ihren milden Blick auf. „Es ist ein Prozess. Ein Weg, den wir gemeinsam gehen können, wenn Du es auch willst."

Ihm hilft diese Antwort nicht wirklich. „Du sprichst in Rätseln. Ich weiß nicht, was ich denken soll."

Sie nickt verständnisvoll. „Ja, ich weiß. Du wirst Deine Zeit zum Nachdenken bekommen."

Diana nimmt Jons Hand und streichelt sie liebevoll. Ihr Blick bekommt eine neue Note, eine, die er vorher bei ihr noch nicht gesehen hat. Ihre Lippen öffnen sich leicht und große Augen fokussieren ihn.

„Du darfst mich jetzt küssen."

Jons Verstand ist ausgeschaltet. Im Bann der Göttin kann und will er nicht anders, als ihr zu gehorchen. Sein ganzer Körper zittert, als er sich ihr nähert. Seine Lippen berühren sie vorsichtig, fast ehrfürchtig. Der Instinkt der Jägerin schlägt zu. Diana packt seinen Kopf und zieht ihn an sich. Nun küsst Jon nicht mehr sie, sondern er wird von seiner Göttin höchstpersönlich geküsst, er folgt ihren Bewegungen, ihr Feuer gibt die Richtung vor. Ein paar wilde Minuten sind ihm in den Fängen seiner Angebeteten vergönnt. Sein Kopf ist ausgeschaltet, fast willenlos tanzt seine Zunge im vorgegebenen Takt. Er will mehr, immer mehr von Diana. Jon lässt sich hineingleiten in den Strudel ihrer heiligen Kraft. Kurz bevor er jeden klaren Gedanken verliert, hört sie plötzlich auf und stößt seinen Körper mit einem leichten Ruck zurück.

„Für heute reicht das. Es wird Zeit für Dich, zu gehen."

Jon fühlt sich wie aus einem schönen Traum gerissen. Wenn die aschfahle Realität plötzlich zurückkehrt und die Kälte mitbringt. Verdutzt schaut er sie an. So etwas hat er noch nie erlebt. Diana weiß genau, was er jetzt fühlt, und genießt seine Unsicherheit. Sie steht auf. Ihr Gesichtsausdruck macht Jon klar, dass es keinen Spielraum für Verhandlungen gibt. Der heutige Abend ist vorbei. Gegen seinen Willen erhebt er sich schweren Herzens. Diana geht zur Haustür und Jon läuft ihr hinterher.

Kurz vor der Tür bleibt sie stehen und dreht sich zu ihm um. „Denk über alles nach, was Du heute gehört hast. Und ob Du Dir vorstellen kannst, mit mir den Weg zu gehen."

Er setzt zum Sprechen an „Ist doch kl…"

Diana unterbricht ihn sofort im Ansatz. „Nein, nicht jetzt antworten. Ich will, dass Du darüber in Ruhe nachdenkst. Und ich will, dass Du ein klares Zeichen setzt, falls Du dabei sein willst!"

„Ein Zeichen?"

„Ja. Ein Zeichen. Du willst mich und meine Spiele kennenlernen? Beweise es. Wenn Du wirklich dabei sein willst, dann erscheinst Du am Montagmorgen ohne Unterhose im Büro!“

Jons Gesicht ist ein Fest für Diana. Sie liebt diese Mischung aus Schock und Faszination. Er weiß nichts mehr zu sagen – und er soll ja auch nichts sagen. Sie hebt ihre Hand für den Abschiedskuss. Jon nimmt ihre Hand und beugt sich herunter. Als er mit dem Kopf wieder oben ist, hat Diana die Haustür bereits geöffnet.

„Danke für den Abend. Ich wünsche Dir eine gute Heimfahrt.“

Er findet immer noch keine Worte, so bleiben ihm nur schmachtende Blicke voller Anerkennung. Was für eine Frau. Was für eine Göttin. Er starrt wieder ein bisschen, wie damals im Café. Diana lächelt wie eine Königin, wenn sie vor ihren Diener tritt.

Jon dreht sich um und geht langsam durch den Türrahmen. Als er gerade so hindurch ist, hört er, wie sich die Tür hinter ihm schließt. Ein Potpourri an Gefühlen trägt er in sich. Ein Kaleidoskop voller Eindrücke. Verwirrt. Vernebelt. Verloren. Zu seinem Glück kann er das Auto nicht verfehlen. Es steht direkt vor ihm. Er steigt ein und fährt nach Hause. Jon ist aber nicht allein auf dieser Fahrt. Ein Rausch von Bildern begleitet ihn. Diana, Diana und immer wieder Diana…

Lasset die Spiele beginnen

Es ist Montagmorgen.

Jon sitzt im Auto und ist auf dem Weg ins Büro. Gedanken über das Wochenende ziehen an ihm vorbei. Der verwirrend schöne Samstagabend mit Diana und ein Sonntag, an dem es viel mit Louna zu besprechen gab.

Wieder ein Gespräch im wohligen Gleichklang. Sie teilten Freude. Mitfreude am Glück des Anderen. Auch Louna hatte einen schönen Samstagabend. Sie war nicht vor die Tür gesetzt worden, so wie Jon, sondern hatte die Nacht bei Francesco verbracht. Eine Nacht, die sie nicht so schnell vergessen würde. Vielleicht sogar nie mehr. Louna war nach allen Regeln der Kunst verwöhnt worden. Und auch auf gute Gespräche hatte sie nicht verzichten müssen. „Francesco ist attraktiv, hat Tiefsinn und weiß, wie man eine Frau berührt." So fasste sie ihr Meinungsbild zusammen. Wahrscheinlich hätte Jon mit mehr Eifersucht auf diese Lobeshymne reagieren können, doch er war – und ist – selbst voller Schwärmereien. So fiel und fällt ihm das Gönnen leichter. Louna möchte Francesco wiedersehen. Und auch er ist offen dafür.

Genauso geht es Jon mit Diana. Natürlich hat er sich entschieden, den Weg weiter mit ihr zu gehen. Seine Antwort hatte er schon beim Abschied gekannt. Es sind keine Zweifel in ihm aufgekommen. Ganz im Gegenteil. Seit dem spätabendlichen Handkuss an der Tür kennen seine Gedanken nur noch eine Richtung: Verlangen.

Louna freute sich für Jon, allerdings teilte sie ihm auch ihre Skepsis offen und ehrlich mit. Hierarchie und Beziehung sei eine komische Kombination, merkte sie an. Auch die Berichte von andersfarbigen Stuhlkissen sowie von Symbolen und Spielen fand sie etwas eigenwillig. Doch sie bemerkte auch die Lust und Neugierde in Jons Augen. So wünschte sie ihm viel Spaß und freute sich auf seine nächsten Berichte.

Der Sonntagabend endete mit Sex. Louna und Jon schlafen unverändert gern miteinander. Genießen ihre Nähe und Vertrautheit. Diana und Francesco scheinen dabei wie ein neues Gewürz in der Suppe zu sein. Der Sex fühlt sich gut an, irgendwie besser als je zuvor. Jon bekommt Gänsehaut, als die Szenen auf seiner inneren Leinwand ablaufen. Er sieht Lounas wunderschönen Körper, den er noch immer sehr begehrt. Und er fühlt ihre Berührungen auf seiner Haut. Wie ein Echo klingen sie nach. Blut fließt in seine Weichteile. Sein Schwanz wird hart und stößt gegen die Stoffhose.

Er fühlt sich nackt. Noch nie hat er das Haus ohne eine Unterhose verlassen. Ein neues Gefühl, das zwischen Beschämung, Verwunderung und Vorfreude schwankt. Doch es macht ihn geil. Das kann er nicht bestreiten.

„Hoffentlich bemerkt keiner was!" Dieser Gedanke geht ihm wieder und wieder durch den Kopf.

„Erstaunlich, was man für eine tolle Frau alles tut. Wie wird Diana reagieren? Wird sie sich freuen, dass ich ihr Spiel mitmache?“, fragt er sich, während er den Wagen einparkt.

Jetzt ist er da. Gleich wird er aussteigen und dann gibt es keinen Weg zurück. Ein letztes Mal tief durchatmen und dann beherzt mit vollem Mut raus in den Montagmorgen. Ein Morgen, an dem ein kleines Stück Stoff so viel verändert, einfach dadurch, dass es nicht anwesend ist. Er versucht, möglichst unauffällig zu wirken, als er den großen Parkplatz Richtung Haupteingang entlangschreitet. Dennoch wird er von einigen Kollegen gesehen und begrüßt. Jon moint freundlich zurück und muss die ganze Zeit an seinen baumelnden Schwanz denken. Keine Barriere hält ihn zurück. Wie eine Liane schwingt sein Sack bei jedem einzelnen Schritt. Mit Herzklopfen geht er eilig durch die Eingangshalle. Felix kommt auch gerade rein und sieht ihn. Ein kleiner Smalltalk muss sein.

„Wie war Dein Wochenende, Jon?“

„Ganz hervorragend, Felix! Ich habe mich gut entspannt – und Deines?“

„Ebenso. Dann können wir ja mit frischer Kraft angreifen!“

„Ganz genau. Wir sehen uns später!“

Jon möchte möglichst schnell in sein Büro. Er hatte während des kurzen Gesprächs die ganze Zeit das Gefühl, Felix würde ihm in den Schritt schauen. Natürlich bildete er sich das nur ein, aber allein der Gedanke war schon schlimm genug. Dianas Spiele erscheinen in der Tat etwas eigenwillig. Da hat Louna Recht.

Er geht die Treppe nach oben und den Flur entlang. Vorbei an Dianas Büro. Sie sitzt schon an ihrem Schreibtisch und trinkt Kaffee. Mit nur einem Fingerzeig macht sie deutlich, dass Jon in ihr Büro kommen soll. Er öffnet ihre Tür und schließt sie schnellstmöglich hinter sich.

Diana lacht. „Guten Morgen! Du kommst hierein wie ein Geheimagent, der etwas zu verbergen hat!“

Er versucht, souverän zu wirken, was ihm nicht wirklich gelingt. „Hm, ja, verbergen ist wohl der richtige Begriff!“

Diana setzt ein verruchtes Lächeln auf. „Und? Wie hast Du Dich entschieden?“

Jon schaut sie feierlich an. „Ich bin gespannt auf Deinen Weg und Deine Spiele – und ich bin gern dabei!“

Diana freut sich erkennbar. „Sehr schön! Beweis es!“

Schockstarre bei Jon. „Wie jetzt? Soll ich hier meine Hose öffnen?“

Diana prustet vor Vergnügen. „Nein! Natürlich nicht! Du gehst jetzt auf die Toilette, machst ein hübsches Beweisfoto und sendest es mir auf mein Handy!“

Er schaut ungläubig. Diana schafft es immer wieder, Fragezeichen in sein Gesicht zu zaubern. Obwohl er innerliche Widerstände spürt, sagt er nichts und geht zur Toilette. In der Einzelkabine angekommen, zieht er seine Hose ein kleines Stück herunter und versucht, aus mehreren Perspektiven ein anständiges Foto hinzubekommen.

„Ich hätte ein Tutorial im Internet geschaut, wenn ich darauf eingestellt gewesen wäre. Wie mache ich das optimale Foto von meinem Schwanz?", scherzt Jon innerlich und fragt sich, was er hier gerade eigentlich macht. „Wie konnte das passieren?" Noch nie hat er einer Frau ein Foto von seinem besten Stück gesendet. Doch irgendwann ist immer das erste Mal. Neugierde brandet an seine Schädeldecke. „Wie wird das Spiel wohl weitergehen?"

Nach über zehn Versuchen ist er mit einem Bild zufrieden und sendet es Diana. Er wundert sich, wie selbstverständlich er auf den Button tippt. Hat er gerade ernsthaft seiner Kollegin ein Schwanzbild geschickt? Ja, hat er. Unglaublich, aber wahr. Jon hat sich stark verändert in den letzten Monaten. Er ist nicht mehr der Mann, der er vor etwas mehr als einem Jahr noch war. Seine Unterhaltungen im Red Club und seine Erlebnisse mit Louna und anderen Frauen haben ihn offener und, für seine Verhältnisse, gelassener gemacht.

Er zieht sich die Hose hoch und geht zurück in Dianas Büro. Als er hineinkommt, telefoniert sie mit Felix. Während sie mit ihm spricht, schaut sie genüsslich auf ihr Handy und grinst. Sie legt auf.

„Der Beweis ist erbracht. Du bist ein braver Junge. Aber es ist noch Luft nach oben. Dein Schwanz hätte ruhig steif sein dürfen. Hängende Weichteile sind nicht besonders heiß."

Jon wird rot. „Entschuldige bitte, aber mir fehlt es an Erfahrung beim Schwanzbilder-Versenden."

Diana lächelt. „Alles gut. Jeder fängt mal an. Du wirst noch viel lernen bei mir. Jetzt bist Du mein Spielzeug und gehörst mir. Lasset die Spiele beginnen!"

So schräg diese Worte auch klingen mögen – sie erregen Jon. Das spürt er am ganzen Körper. Jede Pore hat Gänsehaut. Auch sein Schwanz wird steif.

Gebannt schaut er auf Diana, die eine kleine schwarze Tüte aus ihrer Handtasche kramt und ihm überreicht. „Die ziehst Du ab morgen jeden Tag im Büro an. Halterlose Damenstrümpfe sind eine Zier für behaarte Männerbeine."

Jon schmunzelt, weil er denkt, dass sie Scherze macht. „Die passen doch gar nicht zu meiner Unterwäsche!"

Sie grinst. „Welche Unterwäsche? Seit heute trägst Du doch keine mehr im Büro. Dafür aber ab morgen Damenstrümpfe. Ein guter Tausch."

Jon bemerkt die Ernsthaftigkeit in ihren Worten. Sie scheint nicht zu scherzen, sondern es tatsächlich ernst zu meinen. Leise stammelt er vor sich hin. „Wirklich jetzt?"

Diana spricht mit strenger Stimme. „Ja, absolut. Und ich will keine Widerworte hören. Du kannst jetzt in Dein Büro gehen und anfangen zu arbeiten. Für den restlichen Tag sind wir einfach nur Kollegen."

Jon nickt und verlässt ihr Büro.

∞

Ein paar Tage später. Es ist Mittwochabend.

Jon steht vor Dianas Haustür. Er ist direkt von der Arbeit hierhergekommen. Sie war dreißig Minuten früher losgefahren, um ihn empfangen zu können. Robby ist heute Abend nicht zu Hause. Die Kinder verbringen die Nacht bei Freunden, die Diana zu ihrem Glück nicht nur in New York oder anderen Städten, sondern auch in Hamburg hat. Sturmfreie Bude.

„Ich will spielen. Richtig spielen. Aber das geht nicht im Büro!", hatte sie Jon erklärt, alles organisiert und ihn zu sich eingeladen.

Eine verheißungsvolle Ankündigung, die nicht nur Vorfreude und Erregung auslöst – nein, auch Respekt und Unsicherheit spürt er in sich. „Was wird Diana unter einem richtigen Spiel verstehen?"

Er ist nervös. Mit zittrigem Finger drückt er den Klingelknopf. Die Melodie ertönt. Dreißig Sekunden später hört er Schritte. Diana öffnet die Tür, und steht im Büro-Outfit vor ihm. Es verleiht ihr eine gewisse Strenge und soll Jon verdeutlichen, dass sie zwar aussieht wie im Büro, aber hier ganz privat ist. Sie streckt ihm die Hand entgegen. Diesmal weiß Jon, was zu tun ist. Er senkt seinen Kopf, nimmt ihre Hand und deutet den Handkuss an.

Sie lächelt anerkennungsvoll und lobt ihn. „Du wirst immer besser. Komm rein."

Diana geht ins Wohnzimmer und er folgt ihr nach. „Möchtest Du etwas trinken? Allerdings gibt es heute Abend keinen Alkohol. Wir müssen bei klarem Verstand sein."

Er versteht nicht, was sie meint, aber fragt dennoch nicht nach – er vertraut darauf, es bald zu erfahren. „Ich nehme ein Wasser aus der Leitung."

Die beiden gehen in die Küche. Sie setzt sich auf einen Sessel und schaut Jon länger musternd an. „Gläser findest Du über der Spüle. Bitte füll mir auch ein Glas."

Er reagiert nicht sofort, der Sessel irritiert ihn. Ein einzelnes Stück mit hoher und schmaler Rückenlehne. Schwarzes Leder mit goldenen Nieten. Chesterfield-Style. Wie ein Thron steht er gegenüber der Küchenzeile.

Diana bemerkt Jons Irritation. „Auf diesem Sessel sitze ich häufig, wenn Robby für uns kocht. So können wir uns unterhalten und ich habe ihn im Blick."

Diana kann Jon inzwischen nicht mehr so leicht verwundern, er lächelt, nimmt zwei Gläser aus dem Schrank, füllt sie mit Leitungswasser und bringt Dianas Glas zum Thron.

Sie schaut nicht zufrieden aus. „Das kannst Du besser. Geh nochmal zurück. Komm wieder und verbeug Dich leicht bei der Übergabe."

Autotüren öffnen, Handküsse, den Stuhl vorrücken – Jon versteht immer mehr, dass gute Manieren ein Teil von Dianas Spielen sind. Er folgt der Anweisung und probiert die Glasübergabe noch einmal.

Die Verbeugung weiß der Göttin zu gefallen. „Viel besser. Das hat Stil."

Jon freut sich über das Kompliment und schaut sich in der Küche nach einem Sitzplatz um.

Diana greift ein. „Bitte trink Dein Glas im Stehen. Und wenn Du fertig bist, zieh Dich aus."

Sein Puls geht hoch. Was für eine Szene. Das Trinken kann er nicht mehr richtig wahrnehmen, hastig leert sich das Glas. Er zögert.

Sie lächelt süffisant. „Nur Mut. Ich habe in meinem Leben bereits nackte Männer gesehen."

Dianas Humor entspannt die Lage. Jon legt sein Jackett ab und knüpft das Hemd auf. Knopf für Knopf entblößt er sich vor seiner Kollegin. Doch nicht als Managerin sitzt sie vor ihm, sondern als Diana, die Göttin der Jagd. Das Hemd ist fort. Es folgen Schuhe und Socken.

Diana beobachtet ihn konzentriert und lässt Jon keine Sekunde aus den Augen. Er ist bei der pikantesten Stelle angekommen. Wenn Jon die Hose auszieht, steht er nackt vor ihr, nur von halterlosen Damenstrümpfen bedeckt.

Scham steigt in ihm auf. Dianas Blick ist fordernd und lässt keinen Zweifel, dass er auch das letzte Stück ausziehen muss. Er öffnet den Reißverschluss und danach den Gürtel.

„Zieh die Hose langsam runter. Stück für Stück. Ich will die Szene genießen!", weist Diana an.

Jon gehorcht, auch wenn ihr Genuss genau das Gegenteil für ihn bedeutet. Er würde die Peinlichkeit lieber schnell hinter sich bringen. Zentimeter für Zentimeter schiebt er die Hose nach unten. Der Schwanz ist schon entblößt und die Spitzen der Damenstrümpfe blitzen hervor. Ein paar Augenblicke später steht er ohne Hose vor ihr.

Diana fixiert ihn mit ihren schönen großen Augen und lässt genussvoll die Schamesröte in Jon aufsteigen. „Sieh an. Er schämt sich und dennoch macht es ihn geil!", feixt Diana.

Sie hat Recht. Jons Schwellkörper sind prall gefüllt.

„Die Strümpfe stehen Dir. Du hast hübsche Beine."

Jon verzieht das Gesicht. „Wenn Du meinst. Meine Begeisterung hält sich in Grenzen."

Diana lacht laut und erfreut sich an Jons Gegenwehr, die in Wirklichkeit gar keine ist. „Es geht bei diesem Spiel in erster Linie um meine Begeisterung. Das wirst Du noch lernen. Und jetzt dreh Dich um. Ich will Deinen Arsch sehen."

Er dreht sich.

„Ein netter kleiner Popo. Wir werden bestimmt viel Spaß miteinander haben.“

Jon hat keine Worte mehr. Er weiß nicht mehr, was er denken oder fühlen soll. So viele Eindrücke prasseln auf ihn ein. Doch trotz aller Verwirrung – unwohl fühlt er sich nicht.

„Folge mir.“

Diana steht auf und geht in den Flur. Er tapst hinterher. Ihr Ziel ist der Keller. Die Steinstufen nach unten hinterlassen Kälte an Jons Füßen. Unten angekommen gehen sie zu einer schwarzen Tür aus Stahl.

Diana bleibt davor stehen und holt aus. „Mein Reich ist das gesamte Haus, doch dieser Raum ist mein Tempel. Meine Arena, mein Kolosseum. Dieser Raum hat mich bei jedem Umzug begleitet. Nur wenige Menschen haben ihn betreten. Du darfst Dich geehrt fühlen.“

Jon steht mit seinen Damenstrümpfen nackt auf dem kalten Boden und schaut abwechselnd die Tür und Diana an. „Was soll ich sagen? Ich habe keine Ahnung, wovon Du sprichst. Aber ich fühle mich geehrt, dass Du mich mit in Deine Welt nimmst!“

Diana nickt. „Eine kluge Antwort.“

Sie holt einen kleinen Schlüsselbund aus ihrem Blazer. Die Tempeltür hat drei Schlösser. Was vor allem an den kleinen Mitbewohnern dieses Hauses liegt. Kinder haben in diesem Raum nichts zu suchen. Ein Schloss nach dem anderen öffnet sich.

Jons Spannung steigt ins Unermessliche. Was ist hinter dieser Tür? Er spürt, wie neben der Erregung auch Angst an seinen Beinen hochkrabbelt. Vielleicht ein Folterkeller wie im Mittelalter? Nein. Dafür ist Diana viel zu vernünftig. Das kann nicht sein. Wobei Jon ihr nach den Ereignissen der letzten Tage fast alles zutraut.

Die Tür öffnet sich langsam. Als Erstes fällt ihm der schwarze Noppenschaumstoff an der Innenseite der Tür auf. Hier sollen Geräusche offenbar nicht nach draußen dringen. Tatsächlich ein Folterkeller?

Diana geht hinein und spricht einladende Worte mit feierlicher Stimme. „Schau Dich um in meinem Spieleparadies, in meinem Tempel!“

Jon steht an der Tür des nicht allzu großen Raumes und versucht, sich zu konzentrieren. Jede Wand und jede Ecke bietet etwas zum Betrachten. Eine Wand ist voller Geräte. Sieht aus wie in einer Werkstatt. Er schaut genauer hin und bemerkt schnell, dass es sich um Peitschen, Gerten und ähnliche Schlaginstrumente handelt. Die meisten hat er noch nie gesehen. Jon schluckt. Geschlagen zu werden ist nicht seins. Da ist er sich absolut sicher. An einer anderen Wand hängt ein Gerät aus poliertem Edelstahl. Es sieht aus wie ein X und überall sind Karabinerhaken angebracht. Daneben steht ein großes Bett. Mit vier Pfosten aus Stahl an jeder Ecke. Auch an den Pfosten sind überall Karabinerhaken erkennbar. Das Bett ist mit einem glänzenden schwarzen Stoff vollflächig bezogen.

An der nächsten Wand steht ein Thron aus Holz. Ja. Dies ist wirklich ein Thron. Eindeutig erkennbar. Die sehr hohe Rückenlehne hat einen purpurnen Samtbezug. Die Farbe kennt Jon vom Stuhl im Esszimmer. Ganz oben auf der Rückenlehne, über dem Bezug, ist ein Wort ins Holz geschnitzt: *Goddess*. Das englische Wort für Göttin. Breite und schwere, kunstvoll geschnitzte Armlehnen und Füße geben dem Thron ein unverwechselbares Design. Ein Einzelstück. Ohne Frage. Vor dem Thron liegt ein roter Teppich mit einem großen schwarzen Kissen.

Neben dem Thron ist ein mannshoher Käfig aufgebaut. Mit seinen Stahlgittern sieht er aus wie eine Gefängniszelle. Im Käfig befindet sich eine Sitzbank, große Metallringe sind in der Wand angebracht. Auch ein kleiner Blecheimer gehört zur Ausstattung.

Mitten im Raum hängt eine Stange mit Haken von der Decke. Nicht weit davon entfernt steht ein Gerät, das Jon nicht kennt, aber ihn an einen Turnbock aus dem Schulunterricht erinnert. Nur dass dieser aus schwarzem und nicht braunem Leder gefertigt ist.

Seine Besichtigung ist beendet. Ein Panorama aus Stahl, merkwürdigen Geräten und eigenwilligen Möbeln. Dianas Tempel weiß Jon zu beeindrucken. Sprachlos steht er da.

Er hat bei seinem Staunen nicht bemerkt, dass Diana längst nicht mehr neben ihm steht, sondern sich auf ihren Thron gesetzt hat. Von dort aus konnte sie sein fassungsloses Starren gut beobachten und seinen aufsteigenden Angstschweiß nicht übersehen.

„Bist Du fertig mit Umschauen?"

Jon dreht sich zu ihr. „Ja, für den Augenblick. Hier gibt es viel zu entdecken. Was für ein Raum. Kein Wunder, dass hier noch nicht viele drin waren."

Diana lacht. „In der Tat. Meine Spiele sind etwas speziell. Nicht viele können sie verstehen."

„Warum glaubst Du, dass ich es kann?"

„Weil Du hier nur mit Damenstrümpfen bekleidet vor mir stehst. Ein klares Signal, dass ich Dich gebrauchen kann."

Jon wird rot. Eine überzeugende Argumentation. Bis eben war ihm nicht bewusst, wie weit er schon gegangen ist. Wie tief er bereits in Dianas Spiel steckt. Doch dieser Raum ist gerade ein bisschen zu viel für ihn.

Sie spürt seine Unsicherheit. „Komm her. Vor den Thron. Hier ist ein großes weiches Kissen, auf dem Du sitzen kannst."

Jon nimmt ihren Vorschlag an, geht durch den Raum und setzt sich etwas ungelenk nieder.

„Mach einen Schneidersitz."

Er korrigiert seine Haltung.

„Gut so. Jetzt sitzt Du bequem und ich kann Deinen Schwanz sehen. So mag ich das."

Jon grinst und schaut nach oben. Eine Frau von unten zu betrachten, ist für ihn eine ungewohnte Perspektive.

Diana schaut ihn sanft an. „Wie fühlst Du Dich?"

Jon weiß nicht recht, was er antworten soll. Zu viele Eindrücke auf einmal. Ein Wasserfall an Gedanken. Tosende Fluten sorgen dafür, dass er sich selbst nicht mehr richtig hören kann.

„Ganz ehrlich? Ich weiß es nicht. Merkwürdig und verwirrend ist das alles."

Sie zeigt Verständnis für seine Reaktion. „Kann ich nachvollziehen. Vertraust Du mir?"

Bei dieser Frage ist sich Jon seiner Antwort sicher. „Ja. Das tue ich. Sonst wäre ich wohl schon längst weggerannt."

Diana lächelt. „Du bist noch hier. Das ist gut. Wollen wir ein wenig Spaß miteinander haben?"

Was für eine verführerische Frage. Jon könnte sich kaum etwas Schöneres vorstellen, doch auch Zweifel sind in ihm. „Kommt darauf an, was Du darunter verstehst, liebe Kollegin!"

Diana schaut ihn säuerlich an. „Hier bin ich nicht Deine Kollegin, hier bin ich Deine Königin. Und genauso möchte ich auch angesprochen werden."

Er schaut sie irritiert an.

Sie legt nach. „Ja, Du hast richtig gehört. Nenne mich hier: meine Königin."

Stille.

Diana wartet und fokussiert den schweigsamen Jon, während der sich versucht, zu überwinden. Es vergehen viele Sekunden. Dianas Blick bleibt ohne Unterlass auf ihn gerichtet. Kein Entkommen möglich.

Er setzt an und stammelt Atemgeräusche vor sich hin. Nicht mehr.

Sie wird ungeduldig. „Ich warte!"

Jon nimmt alle Entschlossenheit zusammen, die er in sich finden kann. „Ja, meine Königin!"

Diana lächelt bösartig. „Braver Junge. Geht doch. Du wirst sehen, in ein paar Wochen ist das völlig normal für Dich."

Er schweigt und schaut sie an. In seinem Blick erkennt Diana, dass er bereit ist für den nächsten Schritt.

„Komm. Steh auf und leg Dich mit dem Rücken aufs Bett."

Er macht, was seine Königin ihm befohlen hat.

Als er liegt, kommt Diana ganz nah und streichelt sein Gesicht.

„Vertraue mir. Es wird Dir gefallen."

Jon nickt und lässt sie nicht aus den Augen. Es blitzt wieder und wieder ein und dieselbe Frage in seinem Kopf auf: „Was wird sie jetzt tun?"

Diana geht zur Wand mit den vielen Instrumenten und kommt mit vier lederartigen Teilen zurück.

„Spreiz die Arme und Beine in alle Ecken des Bettes", befiehlt sie mit sanfter Stimme.

Jon gehorcht und erkennt schnell, was Diana mitgebracht hat. Es sind Fesseln. Noch nie hat er solche Teile angefasst und schon gar nicht an seinem Körper getragen – jetzt gleich wird er seine Premiere erleben.

Sie lässt sich viel Zeit. Geht genüsslich von einer Ecke in die andere. Zuerst sind die Beine dran. Sie wickelt die Lederfesseln um die Fußknöchel und verschließt sie mit einer Metallschnalle. Danach macht sie das Gleiche mit Jons Handgelenken.

„Und nun?", fragt Jon mit frecher Stimme.

Diana lacht. „Was glaubst Du, wozu die Karabinerhaken in den Pfosten gut sind?"

Noch bevor er sich eine kluge Antwort überlegen kann, hört er das erste Klicken. Mit Hilfe der Karabiner fixiert sie die Fesseln an den Pfosten. Nur eine Minute später kann er Arme und Beine nicht mehr bewegen. Jon ist seiner Königin völlig ausgeliefert.

Diana scherzt und genießt den Anblick. „Weglaufen kannst Du jetzt nicht mehr."

Er spürt, wie neugierige Erregung in ihm emporsteigt. Jon hätte nie gedacht, dass ihm eine solche Situation so gefallen könnte.

Diana ist nicht wirklich überrascht. Sie hatte schon bei der ersten Begegnung im Café gespürt, dass er ein geeigneter Kandidat sein könnte. Nur war er damals nicht anziehend genug gewesen in seinem Hoodie. Doch in den letzten Wochen hat sich vieles verändert. Nun freut sie sich, ihn nackt und gefesselt vor sich liegen zu haben. Sein Körper ist ihr Spielfeld. Und sie hat große Lust, mit ihm zu spielen. Diana geht zu Jons Kopf und schiebt ihm ein dickes Kissen unter seinen Nacken.

„So ist es bequemer und Du siehst besser. Du sollst ja nichts verpassen. Genieße die Show."

Er fragt sich, was sie meint und bemerkt, wie ihre verheißungsvollen Worte Blut in seinen Schwanz schießen lassen. Sie steht inzwischen vor dem Bett und lächelt verführerisch. Diana legt ihren Blazer ab und beginnt, die Bluse Knopf für Knopf zu öffnen. Jon grinst und ist sichtlich erfreut. „Das Spiel gefällt mir", jubiliert er innerlich, aber bleibt lieber still – weil er nicht weiß, was noch kommen wird.

Die Bluse ist geöffnet und Diana streift sie langsam über den Rücken, bis sie zu Boden fällt. Schöne runde Brüste in einem schwarzen Spitzen-BH kommen zum Vorschein. Die Jägerin schaut auf ihr gefesseltes Opfer und sieht seine lechzenden Blicke. Sie ist hin- und hergerissen. Auf der einen Seite will sie sich Zeit lassen und diesen Moment voll auskosten, aber auf der anderen Seite kann sie es kaum erwarten, ausgezogen zu sein. Dianas Säfte tanzen freudig und schießen aus allen Poren. Doch sie reißt sich zusammen und zieht ihren Rock nicht einfach nur runter, sondern schwingt mit der Hüfte hin und her, sodass der Rock fast wie in Zeitlupe nach unten gleitet.

Jon starrt. Fast wie damals im Café. Genau diesen Anblick hatte er sich die ganze Zeit gewünscht. Nun ist es soweit. Diana geht neben dem Bett ganz nah an Jon heran. So hat er einen guten Blick auf ihre Erscheinung. Um ihr Becken trägt sie einen knappen schwarzen Slip und Strapse, die verbunden sind mit ihren hohen Strümpfen. Ihr Auftritt erntet Bewunderung – Woge für Woge brandet sie durch Jons Gesicht. Sein Schwanz ist hart und sendet unübersehbare Komplimente.

Ein Grinsen voller Geilheit ist ihre Antwort auf sein Werben. Sie krabbelt aufs Bett, ganz ohne Hektik, Jon darf sie von allen Seiten in Ruhe betrachten; den Körper einer Königin bekommt man nicht jeden Tag zu Gesicht. Ein paar Augenblicke später sitzt sie auf ihm und hat ein Kondom in der Hand. Jon ist überrascht, er hat keine Ahnung, wo sie das plötzlich hergezaubert hat. Er schaut sie flehend an. Doch er braucht sich keine Sorgen machen: Diana ist nicht weniger geil als er. Das Kondom hat sie nicht in der Hand, um ihm falsche Hoffnungen zu machen, sondern sie will es ihm tatsächlich überziehen.

Gedacht. Getan. Es dauert nur wenige Sekunden, bis Jon ausgerüstet ist. Sie ist geschickt im Umgang mit dem Freudengummi. Diana schiebt ihren Slip ein kleines Stück zur Seite, geht mit dem Becken hoch und führt Jon in sich ein. Ein Freudenfest für den gefesselten Jon und eine Erlösung für die nasse Diana. Er kann nicht viel tun, außer dem Treiben zuzuschauen und die wunderherrliche Reibung an seinem Schwanz zu genießen.

Diana beginnt, langsam zu kreisen und wird immer schneller. Mit der rechten Hand streichelt sie ihren Kitzler. Ihr ist klar, dass sie nicht viel Zeit hat. Allzu lang wird Jon seinen Saft nicht zurückhalten können. Doch auch Diana braucht nicht lang. Dafür ist sie selbst viel zu scharf auf diesen Moment gewesen. Sie stöhnt immer lauter und lauter und Jon glaubt zu verstehen, warum an der Tür ein Schallschutz angebracht ist. Mit kräftigen Schreien kündigt sich ihr Orgasmus an. Ihr Körper zittert. Diana ist im Rausch und gibt sich ein paar Sekunden lang ausschließlich ihrer Lust hin.

Jon geht mit und fühlt, dass er zum Abschießen bereit ist. Ein wohliges Ziehen in seinem Unterbauch breitet sich aus. Jetzt wird er kommen. Doch er irrt sich. Kurz bevor er abspritzen kann, hört Diana auf, sich zu bewegen, zieht ihr Becken ein Stück zurück, sodass sein Schwanz hinausgleitet.

„Vielen Dank für das Vergnügen! Du bist ein guter Diener!“

Jon schaut sie verdutzt an. „Und was ist mit mir?“

Diana lacht. „Ich sagte Dir doch, es geht vor allem um mich. Um Deine Königin. Und nicht um Deine Bedürfnisse.“

Seine Enttäuschung ist nicht zu übersehen. Sie grinst unheilvoll und schaut ihn an.

„Du kannst Dir Deinen Orgasmus verdienen.“

Er ist verunsichert, weil er bemerkt, dass es einen Haken gibt. „Ja? Wie denn?“

Diana lächelt, erhebt sich, verlässt das Bett und löst eine Fessel nach der anderen. Jon betrachtet sie dabei ganz genau und sein Blick bleibt mit Genuss an ihren vielen schönen Körperstellen hängen. Sie haben soeben tatsächlich miteinander geschlafen. So richtig glauben kann er es noch nicht. Aber es ist wirklich passiert. Ein breites inneres Grinsen durchzieht ihn.

Diana unterbricht sein Schwelgen. „Komm. Geh darüber und leg Dich über den Bock.“

In Jon steigt Panik auf. „Über den Bock? Und dann?“

Diana streichelt über seinen Kopf. „Vertrau mir.“

Er weiß nicht genau, warum, aber mit dem Vertrauen hat er bei Diana weiterhin kein Problem. Auch in dieser skurrilen Situation nicht. So steht er auf und geht auf den Bock zu. Zum Turnen ist der nicht da, wie die Karabinerhaken am Sockel des Bocks andeuten.

Die Königin lenkt ihren Diener. „Leg Dich rüber und lass die Arme nach unten hängen.“

Jon gehorcht und beugt sich herunter, etwas ungelenk sieht er dabei aus, doch Diana unterstützt ihn korrigierend. Als er liegt und seine Arme nach unten baumeln, hört er wieder dieses Klicken. Sie hat seine Hände an den Bock gefesselt. Da dieser fest in den Boden einbetoniert ist, kann er sich kaum noch bewegen, geschweige denn weglaufen.

„Du kannst jederzeit Stopp sagen. Dann gibt es aber keinen Orgasmus. Deine Wahl. Hast Du das verstanden?“

Jon keucht aufgrund der ungewohnten Körperhaltung: „Ja, habe ich. Aber was hast Du vor?“

Diana schaut erst grimmig, um danach verrucht zu lächeln. „Ach, herrlich. Bei all den virtuellen Möglichkeiten, die da auf uns zukommen, ist ein ehrlicher Schlag auf den nackten Arsch durch nichts zu ersetzen!“

Ihre Hand klatscht auf seinen Arsch. „Eine Königin duzt man nicht. Sag es nochmal richtig.“

Jon überlegt und weiß nicht recht, ob er lachen, meckern oder einfach nur gehorsam sein sollte. Er entscheidet sich, das Spiel weiter mitzuspielen. „Ja, meine Königin. Was haben Sie mit mir vor?“

„Schon besser. Du wirst spüren, was ich mit Dir vorhabe. Und jetzt schweig. Nur das Wort Stopp ist Dir erlaubt, wenn es nicht mehr anders geht. Aber bedenke die Konsequenzen."

Diana geht zur Wand und nimmt sich eine Peitsche aus Leder. Genauer gesagt, einen Flogger, wie die Profis sagen würden. Und Diana ist definitiv einer. Den Flogger hatte sie schon unzählige Male in der Hand. Sie stellt sich hinter Jon und betrachtet seinen Arsch.

„Es wird mir ein Vergnügen sein!", feixt sie mit schallendem Lachen.

Er ist brav und sagt nichts. Sie holt nur wenig aus und lässt die Peitsche auf seine Haut fahren. Diese leichten Schläge wiederholt sie ein paar Mal. Jon findet die Berührungen ungewohnt, aber nicht unangenehm. Diana steigert sich und nimmt größeren Schwung. Als das Leder auf Jons Arsch prallt, spürt er diesmal schon mehr. Ein Brennen breitet sich aus und wird immer stärker, als sie die Schläge wiederholt. Diana will Jon testen und holt noch weiter aus. Es fängt an, ein wenig wehzutun. Jon ist überrascht, dass er diese Schmerzen gut ertragen kann. Sogar ein bisschen Genuss fühlt er dabei. Er stöhnt leicht auf. Sie gibt noch mehr Gas und schlägt mit mehr Kraft und schnellerem Takt zu. Jon wird lauter und erahnt, dass die Tür doch nicht wegen der Lustschreie Dianas schallisoliert wurde. Sondern für Männer wie ihn, die Schlag für Schlag mit sich kämpfen müssen, nicht Stopp zu sagen. Doch er will seine Belohnung. Abspritzen. Unbedingt.

Diana spürt, dass bei Jon einiges geht und steigert sich nochmals. Jetzt brennt die Haut schmerzhaft bei jedem Schlag. Er ächzt und schreit, aber gibt nicht auf. Sie hält inne und macht eine Ankündigung. „Zum Finale gibt es zehn kräftige Schläge. Du zählst laut mit. Wenn Du die durchhältst, ist danach Schluss und es gibt Deine Belohnung!"

Die Peitsche knallt. Wieder und wieder.

Jon ruft klagend: „Eins! Zwei! Drei! Vier! Fünf!"

Kleine Pause. Der Arsch brennt. Diana hat Spaß und erfreut sich an ihrem neuen Spielobjekt. Bei den letzten fünf Schlägen wird sie sich nochmal steigern.

Jon schreit auf: „Sechs! Sieben!"

Er kann es nicht mehr lange ertragen, das spürt er, aber er will unbedingt durchhalten. Ihre letzten drei Schläge haben es in sich. So sehr, dass Jon nicht mehr schreit, sondern stiller wird, um sich zu konzentrieren.

„Acht! Neun!", säuselt er leise, fast weinerlich.

Diana holt zum finalen Schlag aus. Der Aufprall schallt durch den Raum und Jon schreit erleichtert voller Schmerzen: „Zehn!"

Diana lächelt. „So ein braver Junge, in Dir steckt Potenzial."

Er atmet durch. „Danke, meine Königin!"

Doch viel Zeit zum Durchatmen bleibt ihm nicht. Er spürt Dianas Hände zwischen seinen Beinen. Sein Schwanz wird sofort steinhart. Kein Wunder bei all den Szenen des heutigen Abends. Sie macht schnelle und kräftige Bewegungen – eine Minute später spritzt sein Saft unter animalischem Gebrüll auf den Kellerboden. Es muss raus, alles raus.

Stille.

Nur sein leises Atmen wispert durch den Tempel. Innehalten. Den Moment genießen.

Diana streichelt Jons Rücken. Ganz sanft und zärtlich. Sie strahlt und ist mehr als zufrieden.

„Das war ein wunderbarer Auftakt unserer Spiele. Ich bin mir sicher, wir werden noch sehr viel Spaß miteinander haben!"

Jon weiß darauf nichts zu sagen, sein Kopf ist vollkommen leer. Nur eines spürt er: eine große Hingabe zu seiner Königin und ihren wunderbaren Spielen.

Die Armee der Schmetterlinge

Es ist Samstagabend.

Louna und Jon sitzen auf der Couch. Es ist ihr Abend. Zeit für ihre Zweisamkeit. Die letzte Stunde haben sie in Lounas Bett verbracht. Sie haben gespürt und verwöhnt. Gestreichelt und geleckt. Geschwitzt und gefickt. Ihre Orgasmen in tiefer Vertrautheit ekstatisch genossen. Jetzt sind sie beim Wein danach angekommen. Der Chianti mundet ihnen wieder mal wunderbar. Gelassene Entspanntheit macht sich breit. Sie sind sich näher als je zuvor. Ein paar Minuten ohne Worte. Einfach den Anderen fühlen. Wahrnehmen in hingebungsvoller Wärme.

Es ist so viel passiert in letzter Zeit. Etwas mehr als vier Wochen sind vergangen seit den Spielen in Dianas Keller. Es blieb nicht bei einem Spiel. Immer wieder trafen sich Diana und Jon und das nicht nur an jedem zweiten Freitagabend. Auch bei Louna ist viel passiert. Sie sah Francesco jede Woche mindestens zweimal. Intensiv schöne Zeiten verlebten Louna und Jon, weil sie sich gegenseitig dafür den Freiraum gegeben hatten. Voller Liebe schaut sie ihn an, während er an seinem Weinglas nippt.

„Ich denke, das mit dem Horizonterweitern hat ganz gut geklappt, oder?“

Jon lächelt. „Kann man wohl sagen. Vor allem bei mir.“

Betroffene Blicke von Louna. „Wie meinst Du das? Habe ich etwa nichts Besonderes erlebt?“

Er nimmt ihre Hand. „Nein, entschuldige, so war es nicht gemeint. Ich habe an Dianas spezielle Spiele gedacht.“

„Ach so, verstehe. Ja, die sind wirklich ungewöhnlich und bestimmt auch horizonterweiternd.“

Jon grinst. „Sei froh, dass Du mich nicht in Damenstrümpfen siehst!“

„Um Gottes Willen, bitte nicht. Wenn es euch zusammen Spaß macht, ist alles gut. Aber ich muss das nicht sehen.“

„Reicht ja schon, dass Du die blauen Flecken auf meinem Arsch nicht übersehen kannst.“

Sie überlegt, denn tatsächlich hätte sie es nicht für möglich gehalten, dass Jon auf sowas stehen könnte. Gefesselt werden. Schmerzen. Blaue Flecken. Aber sie konnte in den letzten Wochen deutlich erkennen, mit welcher Begeisterung Jon ihr von den Treffen mit Diana berichtete. So freut sie sich mit ihm und ist neugierig. „Hm, beim Schlagen wäre ich gern mal live dabei. Deine Freude möchte ich miterleben.“

Jon guckt irritiert. „Freude? Du meinst, Du willst mein Leiden miterleben?“

Louna grient übers ganze Gesicht. „Ich habe noch nie jemanden mit so viel Enthusiasmus über seine Leiden reden hören. So schlimm kann es also nicht sein.“

Er wird nachdenklich. In den letzten Wochen ist das Spiel um einiges härter geworden als noch beim Premierenabend. Diana probierte verschiedene Schlaginstrumente an ihm aus. Auch Rohrstöcke und dünne Peitschen kamen zum Einsatz. Sein Schmerzlevel ist unbestreitbar erhöht worden. Keine Frage, er leidet, wenn Diana mit ihm spielt. Doch Louna hat Recht. Es macht ihn tierisch an. Und er ist begeistert von dieser neuen Art, sich zu spüren. Auch wenn es ihn immer noch verunsichert und er sich immer wieder fragt, wie ein Mann auf sowas stehen kann. Er tut es. Das muss er akzeptieren. Oder viel besser: Das darf er genießen. Diana ist dafür die ideale Begleiterin, denn sie weiß, was sie tut und hat ihn in den letzten Wochen mit viel Liebe geführt. In dieser geborgenen Sicherheit konnte er sich entwickeln und vieles Neues entdecken.

„Hm, ja, Du hast Recht. Ich mag das Gesamtpaket mit Diana. Dazu gehören auch die Schmerzen."

„Das ist nicht zu überhören, wenn Du davon erzählst. Was magst Du denn noch?"

Jon muss diesmal nicht lang nachdenken: „Ich mag ihre Überraschungen. Wie zum Beispiel ohne Unterhose ins Büro kommen zu müssen und diese verrückte Idee mit den Damenstrümpfen. Und die neueste Idee habe ich Dir noch gar nicht erzählt!"

Louna schaut neugierig. „Oh, was denn? Hau raus!"

Er wird leicht rot. „Wir haben ein Zeichen fürs Büro vereinbart, welches mir den Befehl gibt, auf Toilette zu gehen und zu wichsen."

Sie prustet. „Wie jetzt? Ernsthaft? Was für ein Zeichen?"

Jon bemerkt, dass er wirklich komische Dinge mit Diana erlebt. Zumindest für Außenstehende. Für ihn sind diese Spiele schon fast normal geworden. „Sie hat einen roten Kugelschreiber", erklärt er. „Wenn sie ihn in den Mund nimmt und kurz draufbeißt, habe ich noch eine Minute Zeit, um loszulaufen. So ist es nicht so auffällig. Oder sie schreibt mir eine ganz kurze E-Mail nur mit dem Wort ‚Kugelschreiber'."

Louna kann sich kaum halten vor Lachen. Ihr Bauch fängt an, wehzutun. „Mann, Mann, Mann! Wer hätte das gedacht. Du warst mal so ein normaler Mann und jetzt sowas. Hast Du keine Angst, erwischt zu werden?"

Jon schmunzelnd vielsagend. „Normal sind Du und ich zum Glück schon lange nicht mehr. Die Angst, erwischt zu werden, ist doch der Kick!"

Louna küsst ihn. „Du hast Recht, wir haben beide die Normalität vor mehr als einem Jahr verlassen. Und das ist gut so."

„Ja, wir sind offener als die meisten. Und mutiger. Und dann erlebt man eben interessante Dinge. Und lernt eine Diana so kennen, wie sie neunundneunzig Komma neun Prozent der Menschen nie kennen lernen werden. Man erfährt Geheimnisse. Man bekommt ganz neue Ansichten und Einblicke!"

Louna hört Jons Worte und fühlt großes Glück. „Weißt Du was? Ich glaube, mir ging es noch nie so gut in meinem Leben wie in den letzten Wochen!"

Jon kann ihre Glücksgefühle gut nachempfinden, denn ihm geht es absolut genauso. „Ja! Eine großartige Situation. Wir haben uns. Sind eng verbunden. Und wir schenken uns die Möglichkeit, andere tolle Menschen kennenzulernen!"

Louna ergänzt: „Und es sind Menschen, die uns gut tun. Das ist wichtig zu unterstreichen!"

Jon nickt schweigend und nimmt noch einen Schluck vom herrlichen Chianti.

Sie holt aus: „Es war eine gute Idee, sich auf andere Menschen tiefer einzulassen. Und nicht nur die sexuelle Abwechslung zu sehen. Mir tut es gut, Francesco als Menschen ganzheitlich kennenzulernen. Und nicht nur seinen Schwanz."

Jon lacht. „Obwohl sein Schwanz nicht von schlechten Eltern ist, das muss ich ja zugeben."

Louna grinst. „Stimmt. Keine Frage. Doch Francesco ist viel mehr als das. Er ist vor allem ein Mensch mit einem großen Herzen. Friedlich, großzügig, warm und daran interessiert, dass es allen gut geht."

„Ja, das kann ich mir vorstellen. Ich habe auch einen guten Eindruck von ihm gewonnen, obwohl ich ihn bisher nur einmal gesehen habe. Was magst Du noch an ihm?"

Louna überlegt. „Er kommuniziert gut. Sagt, was er fühlt."

Jon horcht auf. „Das müsste Dir ja besonders gefallen."

Sie versteht die Anspielung sofort und nimmt seine Hand. „Ja. Du kennst mich. Aber mach Dir keine Gedanken: Ich finde, Du bist in den letzten Monaten viel besser darin geworden!"

Er freut sich über das Lob, ganz besonders aus Lounas kritischem Munde. „Was fühlt Francesco denn im Moment?"

Louna strahlt. „Er ist glücklich mit mir. Trifft gerade kaum Andere und genießt unsere Zeit miteinander."

Jon macht diese Aussage etwas stutzig. „Aber er will schon weiterhin offen leben?"

„Ja, Monogamie wird niemals seins sein. Das sagt er immer wieder deutlich."

Jon atmet aus. „Dann ist ja alles gut."

Louna schaut ihn lange ernst an. „Hast Du etwa Angst, er könnte mich für sich allein wollen?"

Jon macht auch ein ernstes Gesicht. „Nein, eigentlich nicht. Aber das hörte sich eben verdächtig an. Dass er kaum noch Andere trifft."

Louna denkt nach. Könnte Jon Recht haben? Francesco spricht zwar viel von offener Beziehung, aber wenn sie in seinen Armen liegt, spürt sie auch, wie fest er sie umklammert. Ist er vielleicht gar nicht so entspannt, wie er immer tut? „Hm. Du machst mich nachdenklich. Ich sollte das Thema wohl besser mal ansprechen bei ihm, oder?“

„Das kann ich nicht einschätzen. Es sind ja auch nur meine Gedanken. Die sollten euch nicht stören“, erwidert Jon diplomatisch.

Louna schüttelt den Kopf. „Nein, Jon! Deine Gedanken sind wichtig!“

„Was meinst Du genau?“

„Ganz einfach: Weil für mich klar ist, dass ich Dich niemals verlassen werde und wenn Francesco auch nur im Geringsten im Hinterkopf diese Hoffnung hat, dann wird das alles scheitern mit ihm. Früher oder später.“

Jon wird warm ums Herz. Seine Seele jubiliert. Was für ein klares Statement von Louna. Das tut gut. So gut. „Schön zu hören. Und ja, Du hast mal wieder Recht, was das Reden angeht. Lieber gleich ansprechen als zu spät.“

Sie ist aufgebracht. „Danke für Dein Zuhören, für Deinen Hinweis. Mir war nicht bewusst, dass diese Gefahr bestehen könnte.“

„Gern. Ich weiß nicht, ob ich Dir mal von Wera erzählt habe. Eine Frau, die ich vom Schreiben her aus dem Red Club kenne.“

Louna überlegt. „Wera? Die mit den Kindern und dem Ehemann, der die offene Beziehung voll für sich nutzt, während sie zu Hause bleibt und auf die Kinder aufpasst?“

Jon nickt anerkennend. „Wow, was für ein Gedächtnis, Du scheinst mir sehr gut zuzuhören. Genau diese Wera meine ich.“

Louna lächelt. „Ja, zuhören kann ich gut. Aber was ist mit Wera?“

„Sie hat sich nur auf eine offene Beziehung eingelassen, um es ihrem Mann recht zu machen. Ohne Rücksicht auf sich selbst hat sie alles getan, damit ihr Mann bei ihr bleibt. Wir haben vor einiger Zeit mal wieder geschrieben. Sie lebt inzwischen getrennt und ist mit ihren Kindern ausgezogen“, berichtet Jon.

„Oh, das ist ja traurig. Vor allem für die Kinder. Wie kommst Du jetzt von Francesco auf Wera?“

„Ich wollte damit nur sagen, dass eine offene Beziehung keine Lösung, kein Weg ist, wenn es beide nicht wirklich vom Inneren her wollen. Und aus Angst, jemanden zu verlieren, wird da auch viel vorgegaukelt, was in Wirklichkeit gar nicht stimmt.“

Louna versteht, worauf Jon hinauswill. „Okay, verstanden, ich werde Francesco auf jeden Fall darauf ansprechen und meinem Bauchgefühl folgen. Danke für Deinen Rat!“

Er lächelt. „Gern geschehen, wobei es schon komisch ist. Wir sitzen hier, hatten gerade Sex und ich gebe Dir Beziehungstipps für einen anderen Mann!“

Sie muss lachen. „Ja, stimmt. Aber meinst Du, ich habe eine Beziehung mit Francesco? Ist es schon soweit?"

Jon grübelt. „Keine Ahnung. Was fühlst Du denn?"

Louna geht in sich und zögert. Ihr Gefühl ist klar und deutlich, aber kann sie wirklich raushauen, was sie für Francesco empfindet? Sind Jon und sie bereit für diese Ehrlichkeit? Sie erkennt die neue große Linie, die seit vielen Monaten verläuft und sie als Paar in eine neue Richtung gebracht hat. Die Linie beginnt in Jons Lieblings-Café – hätte er damals nicht mit aller Ehrlichkeit seine Wünsche artikuliert, wäre sie niemals auf den tollen Halbitaliener getroffen. Ohne Jons Ehrlichkeit gäbe es heute keinen Francesco in ihrem Leben. Louna sieht, dass es keine bessere Möglichkeit gibt, als auch jetzt vollkommen ehrlich zu sein. Sie atmet tief ein und langsam wieder aus.

„Ich habe Schmetterlinge im Bauch. Und fühle mich wie verliebt."

Das sitzt. Jon muss schlucken und ein paar Sekunden in sich hineinhören. Doch schnell stellt er fest, dass er dasselbe für Diana empfindet. Auch er ist verliebt. Sie macht ihn nicht nur geil mit ihren Spielen. Nein, sie inspiriert ihn mit Geist und Seele. Diana ist eine großartige Frau. Und was Jon für sie fühlt, ist mehr als eine Schwärmerei.

„Ich muss gestehen, so schräg es auch klingen mag, ich bin ebenso in Diana verliebt."

Lounas zärtliche Blicke streicheln ihn. „Ich weiß, Jon. Das ist nicht zu übersehen."

Ruhe im Raum. Seelenstille.

Ein Sturm kann sanft sein, wenn er aus Liebe weht. So fühlen sich beide nicht unwohl, sondern verstanden.

Jon beginnt, wieder Worte in den Raum zu bringen. „Und weißt Du, was am schönsten ist?"

Louna schaut ihn neugierig an. „Nein. Sag es mir!"

Er strahlt. „Dass ich genauso in Dich verliebt bin!"

Sie kann ihre Tränen nicht zurückhalten. Tränen, die aus purer Freude gemacht sind. Gerührt nimmt sie seine Hand. „Ich bin auch in Dich verliebt, Jon! So lange schon, immer noch und immer wieder neu."

Er bewegt seinen Kopf ganz nah an ihren. Stirn an Stirn begegnen sie sich. Eine vertraute Berührung, die Jon poetisch werden lässt. „Gebunden und doch frei."

Louna lächelt. „Und wie. Eine emotionale Horizonterweiterung für uns beide!"

„Oh ja. Und wenn alle in alle verliebt sind, dann haben wir einen Haufen Schmetterlinge, ich würde sagen, geradezu eine Armee von Schmetterlingen!"

Louna grinst. „Das ist die erste Armee, die ich wirklich mag."

Er nimmt die Rotweingläser vom Tisch. „Darauf müssen wir trinken!"

Eine feierliche Atmosphäre breitet sich in Lounas Wohnung aus. Auch hier sind sie in einem Tempel. In einem Tempel des Vertrauens, der Ehrlichkeit und der Liebe. In einem Tempel, in dem keiner verheimlicht, was gefühlt und gedacht wird. Auf einem solchen Fundament kann man bauen. Das Leben darf erwachen. Leben, wie es sein kann, wenn man die Liebe sucht und nicht einfach nur kopieren will, was von der Mehrheit der Gesellschaft vorgeliebt wird. Trotz allen Glücks ist der Mensch immer ein Zweifler und spürt die Ängste tief in sich kratzend. Louna macht den Anfang und spricht aus, was beide beschäftigt. „Wie geht es weiter? Was könnte sich entwickeln? Kann man zwei Menschen lieben?“

Jon zuckt mit den Achseln. „Ich weiß es nicht. Ich spüre Eifersucht in mir, wenn ich an Dich und Francesco denke. Genauso aber auch Mitfreude. Ich gebe offen zu, es sind nicht nur positive Gefühle. Aber die Positiven überwiegen eindeutig.“

Louna versteht Jon. „Es ist bei mir nicht anders, wenn ich an Dich und Diana denke. Zumal ich Dir nicht geben kann, was sie Dir geben kann. Diese Spiele sind nicht meins.“

Er küsst sie. „Du gibst mir so viel Anderes. Vor allem Hingabe und Loyalität. Du bist immer da für mich und versuchst, mich immer zu verstehen.“

Sie streichelt seinen Arm. „Und genau deswegen musst Du auch nicht eifersüchtig auf Francesco sein. Ich möchte an Deiner Seite bleiben, egal was passiert.“

„Ich vertraue Dir!“

Louna lächelt. „Und ich Dir.“

Sie müssen es nicht mehr aussprechen, denn sie haben es längst erkannt – sie glauben, wissen und fühlen: Vertrauen ist die richtige Antwort auf alle Zweifel und Ängste.

„Trotzdem werden wir bestimmt Krisen erleben auf diesem Weg. Da dürfen wir nicht blauäugig sein“, wirft Jon ein.

Louna stimmt zu. „Sicherlich. Die hatten wir ja auch schon. Und wir haben sie gut überstanden.“

„Stimmt. Und egal, was noch kommen mag, ich möchte mein altes Leben nicht zurück. Ich mag es, wie wir heute leben. Ich mag unseren neuen Weg.“

Louna überlegt. „Noch vor ein paar Monaten hätte ich es durchaus für möglich gehalten, dass unser Weg nur ein vorübergehendes Probieren ist und wir irgendwann wieder zum Herkömmlichen zurückkehren. Inzwischen kann ich mir aber eine Umkehr auch nicht mehr vorstellen.“

Jon lächelt erkenntnisreich vor sich hin.

„Was hast Du?“, fragt Louna sofort nach.

„Unser neuer Weg hat auch den Vorteil, dass es niemals langweilig zwischen uns wird, weil wir uns immer weiterentwickeln, wenn andere Menschen in unser Leben kommen. Wir bekommen immer wieder neue Anstöße und neue Inspirationen!“

Louna versteht und führt Jons Gedanken fort. „Und so können wir immer wieder miteinander reflektieren und uns über unsere Gefühle austauschen. Und was ich besonders wichtig finde: Wir entscheiden uns immer wieder bewusst neu füreinander!“

Er schaut sie voller Begeisterung an. „Ja! Wir leben nicht nebeneinander her, weil es immer schon so war, aus reiner Gewohnheit, ohne Reflexion darüber. Sondern wir sind zusammen, weil wir es auch dann noch wollen, wenn wir über uns nachgedacht haben!“

Sie grinst. „Ganz schön komplizierter Satz, aber ich verstehe, was Du meinst. Und ich glaube, wir sind ein seltenes Exemplar von Paar.“

Jon nickt. „Oh ja, das glaube ich auch. Toll, dass wir uns gefunden haben!“

Wieder spüren beide diese wohlige Wärme, eine Geborgenheit, die aus dem tiefen Inneren kommt, dorther, wo die geheimsten Wünsche und Bedürfnisse leben. Einigkeit im Ziel und gleiche Kraft im Willen machen menschliche Beziehungen fest und stark. So gesehen haben Louna und Jon die besten Voraussetzungen für ihren neuen Weg.

In bester Laune wechselt Louna das Thema. „Bleibt es bei morgen Abend? Triffst Du Robby?“

„Ja. Ich bin total gespannt auf ihn. Diana hat mir schon so viel erzählt. Jetzt wird es mal Zeit für ein Kennenlernen live und in Farbe.“

„Ich bin auch gespannt, was Du berichten wirst. Warum triffst Du ihn ohne Diana?“, fragt Louna nach.

„Es war Dianas Wunsch, dass wir uns als Männer allein treffen. Männergespräche sind es eben nur dann, wenn Frauen nicht dabei sind.“

Louna lacht. „Diese Aussage macht Sinn.“

„Ja. Und Diana würde gern mit Dir mal ein Frauengespräch führen.“

Louna freut sich. „Oh, schön. Aber ich werde dabei nicht gefesselt, oder?“

Jon grinst. „Nein, keine Sorge. Sie steht nur auf Männer.“

„Na, dann bin ich ja beruhigt und freue mich auf das Kennenlernen. Wann soll es stattfinden?“

„Erstmal treffe ich morgen Robby, dann sehen wir weiter. Ich hoffe, wir mögen uns“, erwidert Jon.

„Ja, ich verstehe Deinen Punkt. Stell Dir vor, Du würdest Francesco nicht mögen, dann hätten wir echt ein Problem. Und genauso wäre es gut, wenn Robby Dich mag und Du ihn.“

„Ganz genau. Deswegen bin ich ein wenig aufgeregt wegen morgen.“

Louna beruhigt ihn. „Mach Dir nicht immer so viel Sorgen. Geh offen auf ihn zu. Das wird gut.“

Jon lächelt und weiß Lounas mentale Unterstützung sehr zu schätzen. Immer mehr, denn sie sind gemeinsam auf dem Weg. Und ganz besonders jetzt fühlen sie viel Kraft und Mut in sich. Schließlich ist eine Armee von Schmetterlingen nur sehr schwer aufzuhalten.

Auf zu neuen Ufern

Es ist Sonntagabend.

Jon steht vor einem gutbürgerlichen Restaurant mitten in Altona. Er wartet auf Robby, der jeden Augenblick erscheinen müsste. Diana hat den Treffpunkt und die Uhrzeit arrangiert. Jon ist gespannt, wie der heutige Abend verlaufen wird. Immer wieder schaut er in beide Richtungen der Straße. Er will die Peinlichkeit verhindern, Robby nicht zu erkennen, wenn er auf ihn zuläuft. Wobei ein großer rothaariger Mann wohl kaum zu übersehen sein dürfte.

Jon schaut auf sein Handy. Louna hat ihm geschrieben. Ausgestreckte Daumen, Kuss-Smileys und die Worte „Viel Spaß, es wird ganz sicher ein toller Abend!" Diana hatte sich bereits am Nachmittag gemeldet. Auch sie war sicher gewesen, dass sich Jon und Robby gut verstehen würden. Und nun steht Jon hier. Mit einer Menge weiblicher Vorschusslorbeeren, deren positiver Energie und dennoch keiner Ahnung, wer dieser Robby eigentlich wirklich ist. All die guten Wünsche machen ihn eher nervös als zuversichtlich. Was ist, wenn Robby ihn nicht mag? Dann könnte er sich noch so anstrengen, es würde ihm nichts nützen. Der typische Jon. Eine neue Situation und er grübelt. Gibt sich Gedankenspielen hin. Doch was auch immer geschehen mag: Bald wird er es wissen. Das ist die gute Nachricht.

„Moin Jon!" Eine männliche Stimme ertönt aus nur zwei Metern Entfernung. Jon ist so in Gedanken vertieft gewesen, dass er Robby nicht hat kommen sehen. Vor ihm steht ein Mann mit mittellangem rotem Haar. Auch sein Vollbart ist kräftig rot. Robby ist nicht nur größer als Jon, sondern auch deutlich muskulöser. Sein dunkelgrünes Baumwollhemd trägt er oben mit zwei offenen Knöpfen, sodass sein rotes Brusthaar nicht zu ignorieren ist. Ein rötlicher Vollblutmann in Dunkelgrün.

„Hey Robby! Schön, Dich kennenzulernen."

Robby grinst lausbübisch und kommt direkt auf Jon zu. Der streckt seine Hand aus, doch Robby ignoriert die Hand und umarmt ihn mit seinen starken Armen. Für einen kurzen Augenblick berühren Jons Augenlider seine Brusthaare. Ein intimer Auftakt. Ohne Frage. Vielleicht ein wenig zu intim für Jons Geschmack. Dafür herzlich und geradeaus.

„Es wird Zeit, dass wir uns persönlich kennenlernen. Nachdem wir gegenseitig über Diana so viel voneinander gehört haben!" Robby lacht und klopft Jon deftig auf die Schulter.

Jon ist etwas irritiert über so viel geballte männliche Energie: Einen Mann, der seine Frau gern bekocht und den Tisch kunstvoll eindeckt, hätte er etwas „weicher" im Auftritt erwartet. Aber trotz der Irritation lächelt er freundlich zurück. „Ja, finde ich auch. Dann lass uns mal reingehen in das von Diana zugewiesene Lokal."

Robby strahlt breit über das ganze Gesicht. „Ja, so ist sie, unsere Königin. Hat immer gute Ideen!“

Jon kann und will dieser Aussage nicht widersprechen, weiß aber nicht, was er darauf antworten soll. Schon gar nicht auf einer öffentlichen Straße. So gehen die beiden Männer schweigend hinein. Diana hat an alles gedacht und sogar eine Tischreservierung vorgenommen. Ein gemütlicher Tisch in der Ecke, hinter einem Vorsprung. Ein guter Platz für ungestörte und nicht zu belauschende Männergespräche.

Dieser Abend wird anders als der Abend mit Tilo, damals auf der Schanze. Da ist sich Jon jetzt schon sicher. „Gutbürgerliche Küche. Eine gute Wahl“, stellt er fest.

Robby nickt eifrig. „Oh, ja. Das mögen wir, oder?“

„Definitiv. Apropos: Vielen Dank für das leckere Essen, was Du vor einem Monat für Diana und mich gekocht hast. Es hat toll geschmeckt!“

Robby freut sich sichtlich über das Kompliment. „Wunderbar, dass es geschmeckt hat. Das war mein Ziel. Ich mag die deutsche Küche sehr. Habe ich von meiner Mutter.“

„Hast Du von ihr das Kochen gelernt?“, fragt Jon.

„Genau. Das war praktisch für sie. So konnte ich sie entlasten.“

„Entlasten?“

Robby erzählt ihm mehr. „Ja, ich habe noch vier Brüder. Und mein irischer Vater ist leider früh an Krebs verstorben. Da war ich dreizehn.“

„Oh, das tut mir sehr leid für Dich.“

„Danke. Ist schon lange her. Trotzdem denke ich immer wieder daran, wie er wohl heute wäre.“

Jon wird etwas nachdenklich. „Kann ich gut verstehen.“

„Du hast noch beide Eltern?“, fragt Robby nach.

„Ja. Und meine beiden Schwestern.“

Robby lächelt. „Das freut mich für Dich!“

Der Kellner kommt zum Tisch und fragt nach den Getränken. Robby geht voran. „Was hältst Du von einem guten irischen Whisky zum Auftakt?“

Jon findet den Vorschlag passend. „Gern. Bin dabei!“

Der Kellner versteht die Botschaft und verlässt den Tisch.

Robby grinst. „Toll, dass wir beide anscheinend einen ähnlichen Geschmack haben!“

Jon lacht. „So, wie es aussieht, auch bei anderen Themen – und bei Frauen.“

Robby haut mit der flachen Hand auf den Tisch und lacht laut. „Absolut. Wie Recht Du hast."

„Fangen wir mal beim Essen an. Liegt es nur an Deiner Mutter, dass Du es konventionell magst?", fragt Jon.

Robby überlegt. „Mir geht der ganz neumodische Kram beim Essen auf den Sack. Früher haben wir Pommes mit Mayo bestellt. Heute gibt es Süßkartoffelpommes mit Trüffelmayonnaise. Leck mich am Arsch."

Jon gefällt Robbys klare Haltung. „Und dann dieser übertriebene Quinoa-Rausch. Schrecklich."

„Ja! Genau! Braucht kein Mensch, den Scheiß!"

Jon setzt noch einen drauf. „Hast Du auch diese Diskussion über Fertignahrung aus dem Automaten mitbekommen? Die perfekte Zusammensetzung von Nährstoffen auf Knopfdruck. Individuell für jeden."

„Hör auf, Jon. Ja! Habe ich mitbekommen. Aber das ist doch wirklich das Ende vom Genuss! Wir sind Menschen und keine Roboter, die perfekt gewartet werden müssen!"

Jon nickt. „Stimmt schon. Aber die wachsende Weltbevölkerung können wir nicht allein mit Rindern ernähren. Das wäre nicht nachhaltig und am Ende schlecht für uns alle."

Robby seufzt. „Ja, ich weiß. Mist. Leider hast Du Recht!"

Jon ergänzt. „Und letztlich gibt es wohl einen starken Zusammenhang zwischen Ernährung und Gesundheit. Auch nicht unwichtig."

„Mag sein. Aber auch dieser Wahn geht mir auf die Eier. Alle wollen gesund und fit ins Grab. Mal ehrlich! Viele sind topfit, sehen perfekt aus und haben trotzdem keinen Sex. Was für eine Verschwendung!"

Jon schmunzelt. „Ja, das ist eindeutig eine falsche Prioritätensetzung!"

„Sowas von, Mann."

„Essen und Sport sind eine Art neue Religion geworden."

Robby nickt. „Ja, oberflächlicher Scheiß. Die Menschen sollten sich mal um wichtigere Dinge kümmern!"

Der Kellner kommt zurück. Auf seinem Tablett zwei Gläser mit feinstem Tullamore. Ohne Eis, wie es sich gehört.

Robby freut sich. „Herrlich! So fängt ein guter Abend an."

Der Kellner fragt, ob sie schon wissen, was sie zu essen gedenken.

„Haben Sie Putenschnitzel mit Pommes und Mayo?", fragt Robby. Der Kellner nickt. Jon signalisiert seine Zustimmung und Robby bestellt. „Dann zweimal bitte." Die beiden Männer lachen und prosten sich zu. Der gutbürgerliche Abend ist gerettet. Zumindest, was das Essen angeht.

Jon möchte auf andere Themen zu sprechen kommen, jenseits vom Essensgeschmack. „Magst Du was von Deiner Freundin erzählen, mit der Du seit vier Jahren zusammen bist?“

Robby guckt erstaunt. „Welche Freundin? Ich habe seit vier Jahren einen Freund! Hat Diana nicht erwähnt, dass ich bisexuell bin?“

Jon wird kalt erwischt. Darauf ist er nicht eingestellt. „Nein, hat sie nicht. Sie wollte wohl genau diese Überraschung kreieren!“

Robby schmunzelt. „Das traue ich ihr definitiv zu. Aber es kann auch sein, dass es für sie inzwischen zu normal ist, um es zu erwähnen.“

Jon ist neugierig. „Ich habe noch nie mit einem bisexuellen Mann gesprochen. Erzähl mal ein bisschen was.“

Robby lacht: „Ernsthaft? Doch, hast Du! Er hat es Dir bloß nicht gesagt. Entweder, weil es ihm peinlich ist oder er es noch gar nicht weiß. Mir ist schon seit meiner Pubertät klar, dass ich auf Muschis und Schwänze stehe. Ich hatte immer auch männliche Partner oder Affären. Seit vier Jahren ist Tom an meiner Seite. Er wohnt bei Hannover. Durch den Umzug nach Hamburg ist es jetzt kürzer zu ihm. Finde ich toll. Wir sehen uns regelmäßig, besonders am Wochenende.“

Jon kann nicht anders und starrt Robby ein paar Sekunden lang an. In seinem Kopf rattert es. „Dieses stark behaarte männliche Urwesen soll tatsächlich bisexuell sein? Kaum vorstellbar!“ Jon ertappt sich dabei, wie er versucht, in seinen Schubladen zu wühlen. Er hat offensichtlich ziemlich feste Vorstellungen davon, wie ein Mann zu wirken hat, der auf Männer steht. Und in diese Vorstellungen passt Robby so gar nicht rein. Es wird anscheinend Zeit, mit seinen Vorurteilen aufzuräumen. Auch wenn Jon immer noch etwas irritiert ist, möchte er Robby weiter kennenlernen und mehr über ihn erfahren.

„Wie findet Diana das mit den Männern? Und darfst Du auch andere Frauen treffen?“

Robby grinst breit. „Natürlich darf ich andere Frauen treffen. Mache ich auch. Aber selten. Keine Zeit. Die Kinder, Diana, Tom und meine Arbeit halten mich auf Trab. Diana ist wichtig, dass ich glücklich bin. Ob ich Männer oder Frauen treffe, ist ihr egal. Wobei ich schon glaube, dass sie froh ist, dass ich Männern gegenüber dominant bin.“

„Wie meinst Du das?“

„Na ja, so hat sie keine männliche Konkurrenz neben sich. Mich macht es nicht an, wenn ein Mann versucht, mich zu dominieren. Aber mich macht es sehr geil, wenn Diana das tut. Oder auch mal eine andere Frau“, erklärt Robby.

Eine Menge Input für Jon, der sich plötzlich unwissend und unerfahren fühlt. Das verunsichert ihn.

Obwohl Robby lautstark und rau wirkt, ist er dennoch sensibel und empathisch. Schon Jons Starren eben vor ein paar Sekunden ist ihm nicht entgangen und auch jetzt bemerkt er Jons Unsicherheit. „Ups! Habe ich Dich schockiert? Tut mir leid.“

Jon fängt sich. „Nein, alles gut. Mein Leben hat sich in den letzten Monaten stark geändert. Und es kommt immer wieder neuer Input. Manchmal komme ich nicht schnell genug mit.“

Robby nickt verständnisvoll und möchte jetzt mehr über Jon erfahren. „Dann erzähl Du mal! Wie ist Deine Geschichte?“

Jon holt aus und erzählt von Emma und Louna. Vom Red Club und ihren Erlebnissen. Von Sonja und Francesco. Und schließlich von der Begegnung mit Diana und seiner überraschenden Lust an ihren Spielen. Robby hört aufmerksam zu und fokussiert ihn die ganze Zeit mit seinen Augen. Er ist ganz bei Jon und seinen Ausführungen. Das Essen kommt. Die Männer unterbrechen ihr Gespräch, um die Teller zu bestaunen.

Robby bringt seine Freude deutlich zum Ausdruck. „Yeah! Das sieht wunderbar aus und duftet herrlich. Hau rein!“

Jon antwortet zurückhaltender, mit innerer Begeisterung. „Dankeschön. Dir auch einen guten Appetit!“

Das Gespräch wird mit halbvollen Mündern fortgesetzt. Essen und sprechen gehen gut zusammen. Jedenfalls bei diesen beiden Männern.

Robby bringt seine Anerkennung zum Ausdruck. „Ich bin beeindruckt von Deiner und Lounas Geschichte. Tolle Entwicklung. Echt mutig!“

Jon ist das Lob von Robby besonders viel wert. „Danke! Aber viel beeindruckter bin ich von Deiner und Dianas Geschichte. Wie ihr zwölf Jahre lang offen lebt, und das sogar mit Kindern. Respekt!“

Robby nickt eifrig und kaut genussvoll auf einem Stück Fleisch herum. „Ja! Es ist faszinierend. Ich bin Dianas Lebenspartner, Freund, Hausmann, Geliebter, Vater ihrer Kinder und ihr sexuelles Spielzeug. Mehr geht nicht!“

Jon grinst. „Genau! Und das auch noch in einer nicht monogamen Beziehung!“

Robby lacht laut, weil ihm ein Witz einfällt. „Ach, weißt Du, fast alles, was mit ‚mono‘ anfängt, ist nicht schön. Monolog, Monotonie und Monogamie.“

Jon grient. „Darauf sollten wir einen trinken!“

Robby fuchtelt wild mit den Armen und bestellt zwei kleine Pils beim Kellner. „Magst Du doch, oder?“

„Klar, ein Pils geht immer.“

Leichtigkeit macht sich breit am Tisch. Beide Männer sind froh, festzustellen, dass sie sich mögen. Die Chemie passt zwischen Robby und Jon. Sie teilen Ansichten und Geschmäcker. Und sie gehen unverkrampft miteinander um. Robby macht es Jon leicht mit seiner direkten Art. Und er geht dankbar darauf ein.

Das Bier wird zum Tisch gebracht. Die beiden nehmen die Gläser ohne Umschweife direkt vom Tablett und stoßen kraftvoll an. In den folgenden Minuten wird hemmungslos genossen. Pommes, Fleisch und Bier werden abwechselnd zu sich genommen und auch Geräusche des Schmatzens sind nicht zu überhören. Es ist einer dieser Momente, wenn Männer sich wohl miteinander fühlen. Einfach laufen lassen, ohne sich große Gedanken zu machen.

Jon möchte mehr von Robby und seinen Ansichten hören. Er scheint einen klaren Kopf zu haben. Das fasziniert ihn sehr. „Monogamie. Ein weites Feld. Und immer wieder überraschend, welche Aussagen man sich anhören muss, wenn man, in dieser angeblich doch so liberalen Gesellschaft, eine andere Sicht vertritt."

Robby schaut ernst. „Ja, ja – alle sind so offen und tolerant. Ich lache mich tot. Die meisten Menschen sind nur so lange offen, bis sie an ihr eigenes Ego ranmüssen."

„Wie meinst Du das?"

Robby führt seinen Gedanken weiter aus. „Ich meine, dass viele gern mehr Spaß und Sex in ihrem Leben hätten, aber Angst haben, dafür etwas bei sich zu ändern. Ihr Ego erlaubt ihnen, fremdzugehen und zu lügen, aber es erlaubt ihnen nicht, das auch ihrem Partner zu gönnen."

„Du meinst, es fehlt an echter Offenheit, weil es nur egoistisch um die eigenen Bedürfnisse geht?"

„Korrekt! So kann man es auch sagen."

Jon lenkt etwas ein. „Wobei man schon erwähnen muss, dass nicht alle fremdgehen."

Robby stimmt zu. „Nein! Selbst dafür fehlt vielen der Mut. Sie kauern lieber auf dem Sofa und lassen ihr Leben verwelken oder lenken sich mit Arbeit, Sport, Urlaub, Häuserbauen, Feiern, Saufen, Fußball, Autos oder Angeln ab."

Jon lacht. „Oder mit Pornos."

Robby grinst. „Auch! Wenn sie noch wissen, was Lust ist."

Jon grübelt. „Eine radikale Sicht, Robby! Es gibt doch auch Menschen, die monogam glücklich sind."

Seine Augen werden größer, sein Blick absolut klar. „Natürlich gibt es die. Aber es sind halt wenige. Mir geht es um die Mehrheit, die ihr Leben vergeudet."

Jon nickt. „Ich finde es bemerkenswert, dass sich nicht nur Männer, sondern genauso auch Frauen nach sexueller Offenheit sehnen."

Robby prustet so heftig, dass ein Stück Putenfleisch in seinen Bart purzelt. „Na, hoffentlich! Wir leben im einundzwanzigsten Jahrhundert! Frauen dürfen endlich auch ihrer Lust nachgehen und tun es manchmal auch. Jedenfalls nicht weniger als die Männer."

Jon nimmt gedankenschwer einen tiefen Schluck vom Bier. „Ich erwische mich immer wieder mit der Idee, dass Frauen das stärkere Geschlecht sind, auch schon, bevor ich Diana kennengelernt habe.“

„Ich kenne diese Sicht. Habe dieses Thema schon oft diskutiert. Ich glaube aber, dass beide gleich stark sein können. Allerdings muss der Mann mehr tun als die Frau, um dahinzukommen.“

Jon blickt auf. „Ein interessanter Satz. Wie meinst Du das?“

„Einfaches Beispiel. Denk mal an kleine Mädchen und Jungen im gleichen Alter – wer ist meistens reifer?“

„Das Mädchen“, antwortet Jon.

„Jupp. Und das bleibt auch so. Ändert sich nicht automatisch, nur weil die Kinder älter werden. Nur dass Männer diesen Fakt oftmals mit ihrer beruflichen Karriere übertünchen. Sie wirken reifer und stärker, weil sie Geld verdienen und Verantwortung tragen. Nicht selten denken Frauen deshalb, sie wären abhängig vom Mann. Die natürliche Entwicklung von Mann und Frau wird also ad absurdum geführt.“

Jon denkt über Robbys Worte nach. „Du meinst also, bei vielen Männern entwickelt sich zwar der Beruf und die Karriere, aber weniger ihre Persönlichkeit?“

„Ja! Du verstehst mich! Wenn ein Mann den natürlichen Rückstand zu einer Frau aufholen will, muss er mehr machen als Karriere!“

„Aber was genau muss er machen?“

„Ich werde konkreter. Er sollte sich mehr mit sich selbst beschäftigen, sich reflektieren, Gefühle und Bedürfnisse erkennen und kommunizieren, offen und ehrlich reden, die Frau als Gesprächspartner ernst nehmen. Kein Macho sein, aber auch kein Softie!“, erklärt Robby.

„Hoher Anspruch, aber ich verstehe, was Du meinst. Die meisten kriegen das wohl nicht hin.“

„Nein. Absolut nicht. Die meisten Männer sind den Frauen vollkommen unterlegen. Auch wenn das Durchschnittsgehalt eine andere Sprache spricht.“

Jon ist nachdenklich. „Wie ist das bei Diana und Dir?“

Robby lächelt, weil er mit dieser Frage gerechnet hat. Sie hat sich nach seinen Ausführungen geradezu aufgedrängt. „Diana ist meine Frau, meine Königin, meine Göttin, ich verehre sie. In ihrer Corona schmilzt alles dahin, was vorher männlich in einem herkömmlichen Sinne war. Sie verbrennt die alten Vorstellungen von Frau und Mann. Aber trotzdem, oder gerade deswegen, kann ich sagen: Im Gegensatz zu anderen Männern habe ich meine Eier noch!“

Jon muss innerlich lachen. Dass Robby seine Eier noch hat, ist nun wirklich nicht zu überhören und zu übersehen. Es scheinen sogar ziemlich dicke Eier zu sein. „Du meinst also, die meisten Männer laufen ohne Eier rum?“

„Darauf kannst Du einen lassen. Besonders Männer in festen Beziehungen. Es scheint so, dass viele Männer irgendwann ihre Eier abschneiden, sie auf ein goldenes Tablett legen und ihrer Frau übergeben. Frei nach dem Motto: Nimm Du sie, denn Du kannst besser mit ihnen umgehen."

Jon muss an Tilo denken und kann sich ein Grinsen nicht verkneifen. „Na, dann können wir beide ja froh sein, richtige Männer mit Eiern zu sein!"

Robby schaut Jon streng an und zwinkert ihm zu. „Ich in jedem Fall. Bei Dir müssen wir das noch herausfinden."

Jon braucht ein paar Sekunden, um sich zu fangen. „Ähm, wie meinst Du das?"

Es folgen ehrliche Worte. „Na, ich kenne Dich kaum. Aber Du scheinst auf dem richtigen Weg zu sein. Gut aussehen tust Du auch. Ich mag Dich!"

Jon weiß nicht, wie er mit dieser Aussage umgehen soll. Ihn hat noch nie ein anderer Mann als gutaussehend bezeichnet. Ist ein Gegenkompliment die richtige Antwort? Kann er überhaupt beurteilen, ob Robby attraktiv ist? Er ist rothaariges Dynamit, aber würde er das als Kompliment verstehen?

Robby spürt seine erneute Verunsicherung und lächelt ihn an. „Keine Angst. Ich beiße nicht. Du kannst ganz locker und natürlich bleiben."

Jon hat das Bedürfnis, etwas Nettes zu sagen. „Danke fürs Kompliment. Ich mag Dich auch. Hast eine coole, direkte Art. Du sagst, was Du denkst, solchen Menschen begegne ich nicht häufig!"

Robby freut sich. „Siehste. Diana wird glücklich sein, dass wir uns mögen!"

Jon grient. „Zum Glück. Aber was wäre gewesen, wenn nicht?"

„Es ist schon leichter, wenn alle Beteiligten sich mögen, sonst gehen solche Konstellationen auf Dauer nicht gut."

Jon stimmt zu. Robby schaut auf die leeren Teller und Gläser. „Und was machen wir nun? Fahren wir zu Dir?"

Schockstarre bei Jon. Nicht einmal denken kann er mehr. Vor ihm sitzt ein breit grinsender, bisexueller Mann, der ihn gerade ganz bewusst und mit voller Absicht herausfordern will. Obwohl Jon die Frage vollkommen richtig verstanden hat, tut er unwissend und versucht, sich herauszuwinden. „Und was wollen wir bei mir?"

Robby lacht laut. „Keine Sorge, ich weiß, was ich tue."

„Ja, aber ich nicht. Ich fühle mich nicht wohl mit dem Gedanken."

Robby setzt seinen sanften Blick auf. „Du bist doch ein offener Mensch. Was man nicht ausprobiert hat, kann man nicht beurteilen. Trau Dich!"

Ein paar Sekunden der Stille.

Jon spürt, dass Robby Recht hat. Alles geschieht irgendwann zum ersten Mal im Leben. Oder man erlebt es nie. Aber muss das ausgerechnet heute Abend sein?

Robby unterbricht die Stille, um Jon weiter zu motivieren. „Ich werde es Dir ganz leicht machen. Versprochen."

Er bleibt zögerlich. „Geht das alles nicht ein bisschen zu schnell?"

Robby feixt: „Wenn mir jemand gefällt, gefällt er mir. Ich lasse mich nicht durch imaginäre Regeln in meinem Spaß bremsen."

„Hast Du das alles vorher mit Diana abgestimmt – will sie das so?"

Robby entrüstet sich. „Oh, nein! Sie mischt sich da nicht ein. Es ist unsere alleinige Entscheidung – aber sie wird sicher damit einverstanden sein und sich sogar für uns freuen!"

Jon wird weicher, der innere Widerstand bröckelt. Was kann schon passieren? Auch Louna würde ihm dazu raten, das fühlt er ganz fest in seinem Herzen.

Schließlich stimmt er zu. „Okay, ich bin dabei. Auch wenn ich keine Ahnung habe, was ich hier gerade tu."

Robby jubiliert. „Eine gute Entscheidung! Du wirst es nicht bereuen! Ich gehe schnell zahlen!"

Er springt auf und geht zum Tresen. Schon nach kurzer Zeit kommt er zurück. Robby kann es kaum erwarten, loszufahren.

Bei Jon ist es genau umgekehrt. Er wünscht sich, noch ein bisschen im Restaurant zu verweilen. Doch er weiß, es gibt nun keinen Weg mehr zurück. So steht auch er auf und folgt Robby nach draußen. Jon nennt seine Adresse. Mit getrennten Autos setzt sich der gemeinsame Abend fort. Doch nicht lange werden sie getrennt sein. Für Jon ist die Autofahrt ein Desaster, er kann sich kaum aufs Fahren konzentrieren. Zweifel blitzen auf und verschwinden wieder. Ein Hin und Her im Gedankenfieber. Doch er ist ein Mann, der zu seinem Wort steht. Aus dieser Nummer kommt er nicht mehr raus. So sehr die Zweifel ihn auch plagen, verspürt er gleichzeitig auch Stolz in sich. Er ist ein mutiger Mann, der Dinge ausprobiert. Dieses Selbstbild gefällt ihm sehr.

Ankunft in der Tiefgarage und Treffen vor der Tür. Wie sich die Szenen gleichen. Damals war es Sonja, die hier auf Louna und Jon wartete. Jetzt ist es Robby, der ungeduldig auf und ab geht, bis Jon endlich vor ihm steht. Sie nehmen die Treppen nach oben. Kaum ist die Wohnungstür geöffnet und hinter ihnen geschlossen, legt der stürmische Rotbart sofort los.

„Deine Wohnung kannst Du mir später zeigen. Ich habe Lust auf Dich und warte schon viel zu lang!"

Jon steht im Flur, regungslos, hat keinen blassen Schimmer, was er nun tun oder lassen soll. Auch Worte findet er keine. Robby kommt direkt auf ihn zu und geht vor ihm auf die Knie.

„Ich habe versprochen, es Dir leicht zu machen. Schalte Deinen Kopf aus. Einfach fallen lassen und genießen."

Jon schweigt und hört, wie sein Reißverschluss geöffnet wird. Er schließt seine Augen, um eine Theorie zu beweisen, die er schon häufiger im Sinn hatte. „Wenn ich nicht sehe, dass es ein Mann ist, merke ich vielleicht gar keinen Unterschied." Schon bald wird klar, dass er mit dieser Einschätzung richtig liegt. Robby weiß, was er tut. Er bläst nicht nur gut, sondern wesentlich besser als die meisten Frauen, die Jon bisher erleben durfte. Er ertappt sich bei dem Gedanken, dass auch Louna nicht besser bläst und findet die Situation immer skurriler. Vor allem wundert er sich über seinen harten Schwanz. Er hatte insgeheim gehofft, keinen hochzubekommen, doch diese Hoffnung wurde bereits nach Sekunden zerschlagen.

Der Mann auf den Knien, der hier vor ihm genüsslich an seinem Schwanz lutscht, scheint es ebenfalls sehr zu genießen. Zwischendurch schmatzt Robby und seufzt laut vor sich hin. Jon entspannt sich und fängt an, zu akzeptieren, dass ein Mann ihm diese Freude bereitet.

Robby nimmt sich Zeit und Muße, eine Viertelstunde verwöhnt er ihn nach allen Regeln der Kunst. Gleitet auf seinem Schaft auf und ab, umspielt die Eichel und vergisst nicht, auch die Hoden mit einzubeziehen. Nach Jons Erfahrungen konzentrieren sich Frauen oft viel zu sehr nur auf den Schwanz und unterschätzen die wohligen Möglichkeiten, die ein Spiel mit den Eiern bietet. Doch Robby kennt sich aus. Jon wird klar, dass es Vorteile hat, wenn ein Mann einen anderen Mann bedient. Nur ein Mann kann wirklich wissen, was ein Mann mag. Er ist angekommen in der ungewohnten Situation, Robby hat es geschafft. Jons Glas ist jetzt halbvoll, er sieht die Vorzüge seiner Einwilligung.

Unerwartet hört Robby auf zu blasen und zieht ihn weiter aus. Schuhe, Socken und die Hose werden mit Schwung in den Flur geworfen. Zuletzt fliegen Jons Boxershorts hinterher.

„Nun geht Dein Verwöhnprogramm weiter. Nur anders", schmunzelt Robby.

Jon kann sich denken, was er meint, und lässt sich nicht mehr verunsichern. Er hat sich entschieden, diesen neuen Weg bis zum Ende zu gehen.

Robby zeigt aufs Sofa. „Hock Dich auf alle Viere und überlasse mir weiter das Handeln!"

Er zögert nicht, nimmt seine Position ein und hört, wie Robby hinter ihm seine Hose öffnet. Dann das Ratschen einer Kondomverpackung. Als Nächstes, wie Robby auf seine Finger spuckt. Eine feuchte Berührung soll Jons Hintern vorbereiten. Einige Sekunden Ruhe vor dem Sturm.

„Auf zu neuen Ufern!", stimmt Robby an und führt seinen knüppelharten Schwanz vorsichtig in Jon ein. Stück für Stück gleitet er hinein. Ein Schieben und ein Nachgeben, bis er schließlich ganz in ihn eingedrungen ist.

Jon stöhnt auf, leichte Schmerzen machen sich breit, doch schon nach wenigen Augenblicken stellt sich ein angenehmes Gefühl ein. Was für eine Premiere. Bis auf den Finger eines Arztes war noch nie etwas in seinem Anus. Aber neue Reize machen das Leben schön. Und dieser neue Reiz, den er hier gerade erlebt, gefällt ihm ganz besonders gut. Jon überrascht sich selbst, hat aber keine Zeit, darüber nachzudenken – viel zu stark ist das kribbelige Gewusel in seinem Körper. Irgendwo zwischen Bauch, Schwanz und Arsch bewegt sich ein Kreisel im Affenzahn und schlägt dabei Funken. Jon weiß nicht mehr, wo oben und unten ist, und verliert die Kontrolle über Geist und Körper – er stöhnt laut, ohne Rücksicht auf seine Nachbarn, er ignoriert die Gefahr, beim Sex mit einem Mann belauscht zu werden. Ihm ist gerade alles egal. Getrieben von geiler Gleichgültigkeit treibt er weit aufs offene Meer hinaus.

Doch auch Robby hält sich nicht zurück und wird von Stoß zu Stoß lauter, während er den Rhythmus immer wieder verändert, mal schneller und härter, mal langsam und zart. Er pausiert zwischendurch, zieht seinen Schwanz fast ganz heraus, um dann wieder kraftvoll zustoßen zu können. Plötzlich spürt Jon eine Hand an seinem Schwanz. Robby massiert ihn, während er seinen Arsch fickt. Er hält sein Versprechen und macht es Jon ganz leicht.

Die beiden Männer treiben gemeinsam im Strudel der Geilheit. Animalisch. Kopflos. Ekstatisch. Lautstärke spielt weiterhin keine Rolle. Alles, was zählt, ist der Augenblick und das Ziel.

Robby bemerkt, wie Jons Schwanz stark anschwillt, und weiß, was das bedeutet. Er freut sich innerlich. „Gut, alles in der Hand zu haben!“ Er will zusammen mit Jon abspritzen und beginnt, seine Stöße zu beschleunigen, während er bei Jon das Tempo rausnimmt. Auch mit langsamen Bewegungen kommt Jon dem Ausbruch immer näher, sein innerer Countdown tickt unaufhaltsam herunter.

Robby wichst Jons Schwanz und stößt selbst immer schneller zu. Unaufhaltsam fliegen beide durch Raum und Zeit, knallen muss es, knallen! Und das tut es. Ein großes Maunzen schallt durch das Wohnzimmer – Jon klingt wie ein kleines Kätzchen, während Robby wie ein großer Löwe brüllt. Die beiden spritzen fast in derselben Sekunde. Robbys rechte Hand schlägt dabei mehrmals fest auf Jons Arsch, der brennend süße Schmerz steigert sein Vergnügen.

Die Ruhe nach dem Sturm kehrt ein. Herzfrequenzen senken sich und Pulse kehren zurück zu normalen Schwingungen. Zufriedenes Seufzen und breit grinsende Gesichter mit Schweiß auf den Stirnen.

„Willkommen in der Familie!“, flüstert Robby leise und streichelt dabei zärtlich Jons Rücken.

Seine Gedanken schweben. Federleicht fühlt er sich. Auch wenn er es kaum fassen kann, aber irgendwie gefällt es ihm am neuen Ufer.

In schweren Tagen

Jon sitzt im Auto.

Erst ist auf dem Weg zu Louna. Ganz spontan. Ein Notfall. Sie rief an und bat ihn, schnell vorbeizukommen. Ihr gehe es nicht gut und sie brauche dringend seine Schulter.

Jon ist beunruhigt. Louna klang sehr traurig am Telefon. Niedergeschmettert. Höhen und Tiefen sind bei ihr normal, daran ist er gewöhnt, aber diesmal hörte sich das deutlich schlimmer an als sonst. Er rätselt. „Vielleicht ist ihr das alles zu viel geworden, was sich in letzter Zeit entwickelt hat?"

Jon schaut zurück. Ein paar Wochen sind vergangen seit seinem Abend mit Robby. Als er Diana am nächsten Morgen im Büro traf und von seinem Erlebnis erzählte, war sie natürlich schon bestens informiert. Sie grinste und beglückwünschte ihn zu seiner neuen Erfahrung. Wiedergesehen hat er Robby bisher nicht. Aber Robby lässt regelmäßig liebe Grüße über Diana ausrichten.

Die Spiele mit ihr sind noch intensiver geworden. Steigern sich immer weiter. Schmerzen treiben Jons Lust in ungeahnte Höhen. Doch nicht nur Lust ist zwischen ihnen. Auch Zuneigung und Vertrauen haben sich vertieft. Sie führen Gespräche mit Tiefgang. Küssen und streicheln sich. Schlafen miteinander und sind sich ganz nah dabei. Diana hat sich geöffnet für Jon und ist neugierig darauf, ihn in all seinen Facetten kennenzulernen. Er musste sich in den letzten Wochen nicht mehr öffnen. Er war von der ersten Sekunde an offen für Diana gewesen. Seine Offenheit wurde ihm jedoch erst richtig bewusst, nachdem Louna ihre Freigabe zur Erweiterung des Horizontes gegeben hatte. Danach gab es kein Halten mehr. Er ist verliebt in Diana und spürt immer mehr, dass auch sie seine Liebe erwidert.

Louna freut sich für ihn und ist selbst über beide Ohren in Francesco verknallt. Jons anfängliche Eifersucht hat sich in Luft aufgelöst. Er ist glücklich über die Entwicklung. Was auch daran liegt, dass Louna und er, trotz oder gerade wegen der neuen Menschen in ihrem Leben, nie den Draht zueinander verloren haben. Das unsichtbare Band zwischen ihnen hat sich nicht gelockert. Nein! Es ist fester geworden. Ihre Herzen sind voller Liebe füreinander. Wo der kleine Menschenverstand Distanz und Ablehnung voraussehen würde, entsteht stattdessen immer mehr Nähe und Zuneigung. Die beiden sind sich gegenseitig unendlich dankbar. Nur weil beide offen und vertrauensvoll miteinander umgehen, dem Anderen Freiraum schenken, ist es möglich, sich in andere Menschen zu verlieben. Großartige Momente zu erleben und die Seele jubeln zu hören.

Doch vorhin am Telefon ist Louna so gar nicht zum Jubeln zumute gewesen. Das besorgt Jon. Er hofft inständig, dass alles in Ordnung ist und ahnt in derselben Sekunde, dass sich diese Hoffnung nicht als Realität herausstellen wird.

Schon als er die letzten Treppenstufen auf dem Weg zu Lounas Wohnung erklimmt, kann er es sehen.

Sie steht in der Tür. Ihre Augen tragen tiefe, dunkle Ränder, ihre Wangen sind knallrot und ihre Mundwinkel hängen weit nach unten. So geschunden hat sie noch nie vor ihm gestanden. Jon geht, ohne ein Wort zu sagen, auf sie zu und nimmt Louna fest in den Arm. Sie fängt sofort an, herzzerreißend zu weinen. Ein paar Momente verharren sie im Türrahmen.

Louna schluchzt. „Danke, dass Du sofort gekommen bist. Ich habe es gerade erst erfahren und mir geht es so schlecht damit."

Jon küsst sie auf die Stirn. „Selbstverständlich bin ich sofort losgefahren. Lass uns reingehen und dann erzählst Du mir alles in Ruhe."

Sie gehen in die Wohnung und lassen die Tür leise ins Schloss fallen. Louna nimmt seine Hand und steuert das Sofa an. Als sie sitzen, atmet sie tief durch, um die Kraft zu finden, auszusprechen, was sie so sehr schmerzt.

„Er hat Schluss gemacht. Ich werde Francesco nicht mehr treffen."

Jon ist überrascht und spürt Erleichterung. Er hat insgeheim mit einem Todesfall gerechnet und das Schlimmste befürchtet, als sie eben im Türrahmen standen. Doch schnell wird ihm klar, dass für Erleichterung kein Platz in diesem Moment ist. Ein Blick in Lounas Gesicht verrät, dass sie einen ähnlichen Verlust wie durch einen Todesfall empfindet.

„Oh, das tut mir sehr leid. Wie ist das passiert?"

Jons trockene und ruhige Art tut Louna gut: Er erdet sie, bringt sie herunter von den wilden und emotionalen Flügen, die ihr in den letzten Minuten sehr wehgetan haben.

„Erinnerst Du Dich noch an den Samstagabend, als wir uns gegenseitig von Diana und Francesco erzählt haben?"

Er nickt. „Du meinst den Abend mit den Schmetterlingen im Bauch?"

„Ganz genau. An diesem Abend hat Francesco in einer Bar zufällig eine andere Frau kennengelernt."

„Ach so, das hattest Du mir gar nicht erzählt", sagt Jon.

„Fand ich nicht wichtig, zumal Francesco mir am nächsten Tag erzählt hat, es sei nett gewesen, aber nicht mehr."

Jon runzelt die Stirn. „Das scheint sich aber geändert zu haben, oder worauf willst Du hinaus?"

Louna nickt und kleine Tränen kullern über ihre Wangen. „Ja. Offensichtlich. Denn eben schrieb er mir, dass die beiden ineinander verliebt sind und dass sie seine absolute Traumfrau sei."

Jon ist erstaunt. „Oh, das ging aber schnell. Was für ein Stimmungswechsel! Aber warum seht ihr euch deswegen nicht mehr? Er will doch offen leben!"

Louna reagiert entsetzt. „Das ist der eigentliche Hammer! Sie ist absolut monogam eingestellt und er will ihrem Wunsch folgen!"

Jon ist verärgert. Er mag es nicht, wenn Menschen ihre Meinungen wechseln wie die Unterhosen und schon gar nicht, wenn dadurch andere Menschen verletzt werden.

„So ein Bullshit! Er war doch so überzeugt von der offenen Sache! Ich dachte, Francesco hätte Eier!"

Louna schaut verzweifelt. „Ich bin total schockiert. Habe damit überhaupt nicht gerechnet."

Jon zieht sie an sich. „Komm her, lass Dich trösten."

Ihr Köper hängt durch, liegt schwer in seinen Armen. Er spürt, dass Louna tief getroffen ist.

Ein paar Minuten in vertrauter Stille. Jons Nähe tut ihr gut. Reden ist die beste Medizin. Doch sie findet noch nicht die Kraft, all ihre Gefühle in Worte zu fassen. Zu tief sitzt der Schock. Schmerzen umklammern sie. Ihr Herz fühlt sich an wie ein kalter Stein, der mitten in ihren Brustkorb gepflanzt wurde. Gleichzeitig ist Leere in ihrem Kopf. Das große Nichts mit einem kalten Stein in der Mitte. Louna wusste immer, dass sie viel für Francesco empfindet, aber erst in diesem Augenblick wird ihr klar, wie viel es wirklich ist. Diese Erkenntnis macht sie noch trauriger. Pechschwarzes Unglück kriecht durch ihren Körper und verätzt jeden Zentimeter. Überall brennende Stiche in ihrem Nichts. Jons Berührungen sind das Heilmittel. Aber noch dringt er nicht ganz zu ihr vor. Er ist zwar da, aber doch so fern für sie. Liebeskummer. Herzschmerz. Trauerfall.

Jon bleibt ruhig und hält sie ganz fest. Er möchte einfach nur für sie da sein. Mit Erfolg. Es wirkt. Louna ist auf dem Weg zurück. Wiedereintritt in die Realität. In der das Denken über das Fühlen herrscht. Erste Gedanken schaffen sich Platz.

„Wie kann man sich in einem Menschen nur so täuschen?", ruft Louna in den Raum hinein.

Jon seufzt. „Ja, ich bin auch total überrascht. Francesco hat so klar gewirkt."

Sie erinnert sich an das Gespräch mit Jon vor einigen Wochen. „Wobei Du ja schon skeptisch warst, als ich Dir erzählt habe, dass er kaum andere Frauen trifft."

„Hm, ja, jetzt wo Du es sagst. Das fand ich tatsächlich merkwürdig. Wolltest Du ihn nicht darauf ansprechen?"

Louna nickt. „Wollte ich. Aber ich habe den richtigen Zeitpunkt verpasst. Er ist wohl nicht so ehrlich und klar, wie er wirkt."

Jon entrüstet sich. „Nein, so gar nicht, wie es aussieht. Hat er Dir erklärt, wie aus einem Treffen, das nichts Besonderes war, plötzlich die große Liebe wurde?"

„Nein. Aber er muss sie ja weiterhin getroffen haben in den letzten Wochen."

„Absolut. Davon dürfen wir ausgehen!", bestätigt Jon Lounas Gedanken. „Das heißt, er hat abgewartet, wie es sich entwickelt und Dich im Unklaren gelassen."

Louna schaut Jon an. Es fällt wie Schuppen von ihren Augen. Der Vorhang öffnet sich und zeigt ein trauriges Bühnenspiel. „Autsch. Du hast Recht. Das war mir bis eben gar nicht bewusst."

Jon streichelt ihre Wange. „Tut mir leid für Dich, aber ich befürchte, Du bist hintergangen worden."

„Das klingt hart."

Jon stimmt zu. „Ja. Aber ein ehrlicher und vertrauensvoller Umgang miteinander sieht wohl anders aus."

Louna kann nicht widersprechen. „Er hat mir in der Tat nicht ehrlich gesagt, wo er steht und sogar verschwiegen, dass er sie weiterhin getroffen hat. Warum hat er das getan?"

Jon grübelt. „Ich weiß es nicht. Kann nur raten. Vielleicht wollte er nicht riskieren, Dich zu verlieren, ohne sie sicher zu haben. Und erst, als er sicher war, dass sie ihn auch will, war er ehrlich zu Dir."

„Das ist echt scheiße von ihm. Er weiß doch, dass ich offen lebe und damit umgehen könnte."

„Manche Menschen leben nach dem Motto: Nicht die Pferde scheu machen, wenn es nicht unbedingt nötig ist. Sicherheit gewinnt oft gegen Ehrlichkeit."

Louna versteht. „Ja, da ist was Wahres dran. Meinst Du, er hat ihr von mir erzählt?"

Jon blickt sie ernst an. „Ich denke, die Antwort kennst Du selbst."

Louna nickt. „Ja, befürchte ich auch. So ein Mist!"

Tränen fließen. Jon zieht sie wieder an sich, streichelt sie und spürt Francescos Verhalten noch ein wenig nach. „Letztlich belügt er sich selbst. Eigentlich möchte er offen leben, aber er lässt sich beeinflussen durch eine Frau, in die er verknallt ist. Das wird bestimmt irgendwann ein böses Erwachen für ihn geben!"

Louna schluchzt. „Und so wird aus einem Mann mit guten Ansichten dann doch nur wieder so ein Fremdgeher-Arschloch."

„Ja, entweder das oder er unterdrückt seine Bedürfnisse, was auch nicht schön ist. So oder so geht er dann nicht den Weg der Aufrichtigkeit. Es sei denn, er will jetzt auch monogam leben."

„Sieht nicht so aus, denn er schrieb, er wolle ihrem Wunsch folgen, das hört sich gar nicht gut an!"

Jon stimmt zu. „In der Tat. Mal sehen, wie lange er ihrem Wunsch folgen kann und wann sich sein inneres Wesen wieder durchsetzt. Hoffentlich findet er dann den Mut, die Dinge offen anzusprechen."

„Schwer vorstellbar, denn zu mir war er ja auch nicht ehrlich. Das tut richtig weh. Auch körperlich. Ich spüre Stiche in meinem Herzen!“ Sie atmet schwer und hat das starke Weinen wieder angefangen.

In Jon steigt ein Gefühl der Schuld auf. Er war der Treiber. Mit seinen Erzählungen von Diana und der Polyamorie hatte er Louna verführt, tiefer mit Francesco zu gehen. Ist er dann nicht mindestens mitschuldig an dieser Misere? Ohne sein Zureden hätte sich Louna vielleicht nicht so sehr auf Francesco eingelassen. Dieser Gedanke muss raus. Er flüstert leise: „Ich fühle mich schuldig.“

Sie reißt sich aus seinen Armen los und schaut ihn böse an. „Quatsch! Ich alleine trage die Schuld und vor allem Francesco! Aber Du ganz bestimmt nicht!“

Jon stammelt: „Aber ich habe Dich bequatscht, mit ihm tiefer zu gehen.“

Louna ist sauer. „Behandle mich nicht wie ein kleines Kind. Ich habe mich dafür bewusst entschieden. Du musstest mich nicht überreden. Ich wollte es so!“

Er schaut sie beschämt an. „Entschuldige bitte. Du hast Recht. Aber dann lass mich wenigstens mit Dir zusammen traurig sein.“

Lounas Gesichtszüge entspannen sich. Sie ist dankbar für seine Anteilnahme. Liebe ist nicht nur was für gute Tage. Nein, erst in schweren Tagen zeigt sich ihr wahres Wesen. Die innere Motivation wird ausgeleuchtet und wenn sie aus der Dunkelheit zurückstrahlt, spürt der Mensch, wie es ist, in Liebe geborgen zu sein.

Jon möchte ein wahrer Begleiter in wahrer Liebe sein. Nicht einmal Lounas Liebeskummer lässt ihn zurückschrecken. Ganz im Gegenteil. Ihre Trauer vertieft sein Gefühl für sie. Intime Momente wie diese können Menschen zusammenbringen, jedenfalls dann, wenn sie sich einander öffnen und vertrauen. Aber auch Jon ist nicht frei von Zweifeln. Ein wenig verwundert ist er schon über die tiefe Trauer von Louna. Verwundert darüber, dass Francesco sie nach so kurzer Zeit schon so sehr verletzen konnte. Würde sie ihn auch so beweinen, wenn er ginge? Als der Gedanke aufkeimt, findet Jon ihn sofort widerwärtig. Natürlich würde sie das. Und es geht doch jetzt gar nicht um seine Gefühle, sondern um ihre. Er darf nicht abgelenkt sein von seinem Ego, sondern will sich voll auf Louna einlassen. Ein anderer Gedanke schießt ihm durch den Kopf. Doch diesen will er nicht für sich behalten, sondern lässt ihn direkt zu Worten werden.

„Polyamore Liebe scheint viele Seiten zu haben. Nicht nur mitfreuen, sondern auch mitweinen.“

Louna lächelt. Das erste Mal seit der Begrüßung im Türrahmen. „Anscheinend. Du willst mit mir traurig sein, weil ein anderer Mann mich verlassen hat. Komische Situation. Aber ich danke Dir für Dein Mitfühlen, für Dein Dasein! Es gibt mir Kraft. Seitdem Du hier bist, kann ich die Dinge schon wieder positiver sehen. Es ist schön, mit jemanden darüber zu reden, der einen sehr gut kennt und versteht.“

Jon nimmt ihre Hand. „Wir sind auf dem Weg. Gemeinsam. Dabei bleibt es. Auch wenn es mal schwierig wird.“

Louna fängt wieder leicht an, zu weinen. Diesmal aus Rührung, nicht aus Trauer. Wobei sie gerade nicht unterscheiden kann, was woher kommt. Ihre Gefühlswelt befindet sich im Schleudergang. Was vor ein paar Stunden noch klar gewesen ist, ist nun aus den Fugen geraten. Louna hatte große Pläne mit Francesco. Sie wollte noch so viele Facetten von ihm kennenlernen. Sogar einen gemeinsamen Kurzurlaub, vielleicht einen Wochenendtrip, hatte sie im Sinn. Doch eine Textnachricht auf dem Handy hat in nur wenigen Sekunden alle Pläne ausgelöscht. In ihr wächst die Wut. Nicht nur unehrlich war Francesco zu ihr – nein! Er hatte nicht einmal den Mut, persönlich mit ihr zu sprechen. Wie kann ein Mensch nur so schnell von einem Podest stürzen? Gestern ist er noch ihr Held gewesen, heute findet sie ihn nur noch jämmerlich.

Louna schluchzt. „Er hat nicht mal mehr mit mir gesprochen, sondern nur geschrieben!"

Jon empört sich. „Echt jetzt? Wie kann man sich nur so täuschen in jemandem? Ich habe ihn ganz anders eingeschätzt!"

„Wir haben ihn gemeinsam falsch eingeschätzt. Ich ärgere mich sehr darüber!"

Jon ist in Gedanken versunken und schaut zurück auf die letzten Wochen. Täuschungen sind des Menschen stärkste Waffe. Sie verdecken das wahre Ich und schützen vor Angriffen auf die wunden Punkte. So, als wenn Siegfried eine Zielscheibe auf seine Brust tätowiert hätte, um von seinem Rücken abzulenken. So ist Francesco in großer Freundlichkeit und Offenheit aufgetreten und hat damit versteckt, wie er wirklich mit Menschen umgeht. Doch zum Glück sind nicht alle Menschen gleich. Nicht alle täuschen und verdecken.

In der Liebe geht es darum, jedem Menschen zunächst zu glauben und zu vertrauen. Bis man es besser weiß. Genau wie ein Kind es tut. Schlechte Erfahrungen können einem das Urvertrauen nehmen. Es kostet Mut und Kraft, immer wieder neu darauf zu bauen; trotz schlechter Erlebnisse immer wieder neu zu vertrauen. Viele Menschen schaffen das nicht, zu sehr sind sie gefesselt von ihrer Vergangenheit und berauben sich damit ihrer Zukunft.

Doch Jon möchte nach vorne schauen und Louna ermutigen. „Ich ärgere mich auch, aber ich will optimistisch bleiben, es gibt bestimmt noch viele andere tolle Männer da draußen."

Er bringt Louna zum Schmunzeln, was sie dankbar annimmt. „Du meinst, ich soll mir einen neuen Francesco suchen?"

Jon grinst. „Nein, einen besseren Francesco."

Fröhlichkeit kehrt zurück in den Raum, in dem es vorher nur Trauer gab.

Louna denkt über die Worte von Jon nach. Will sie überhaupt einen anderen Mann neben ihm? Vor allem nach dieser Erfahrung? Was ist, wenn es draußen noch mehr Männer gibt, die nicht so sind, wie sie tun? Dann würde sie noch mehr Verletzungen dieser Art erleben. Auf der anderen Seite hat Jon sicher Recht, wenn er sagt, dass es bestimmt auch andere tolle Männer gebe. Es wäre schon reizvoll für sie, einen ehrlichen Francesco kennenzulernen, der sie genauso gut unterhält, vögelt und verwöhnt. Einen Francesco, der weiß, was er will, und sich nicht wie ein Fähnchen im Wind dreht, nur weil eine Frau sich das von ihm wünscht. Einen Francesco, der wirklich offen leben will und nicht nur so tut, um attraktiver zu wirken.

Aber jetzt will Louna nicht an einen neuen Francesco denken. Noch nicht. Alles braucht seinen angemessenen Raum. Und in diesem Moment darf die Trauer Platz nehmen und gespürt werden. Sie steht jetzt im Vordergrund. Trotzdem freut sie sich über die Ermunterung von Jon. Über seine Offenheit, dass sie auch andere Männer kennenlernen könnte. Sie ist in diesem Moment besonders dankbar dafür, Jon zu haben. Er ist ein toller Mann, mit einem reinen Herzen und viel Verstand. Und ein guter Liebhaber. Dennoch: Abwechslung ist immer schön. Und selbst diese gönnt er ihr. Sie darf sich glücklich schätzen.

Louna lächelt Jon an. „Danke für alles. Danke, dass es Dich gibt. Ich liebe Dich. Das fühle ich, während ich um einen anderen Mann trauere. Verrückte Welt. Grausam. Wunderschön."

Jon wird warm vor Freude. Sein Pulsschlag steigt merklich. „Und ich liebe Dich, Louna! Das ist alles, was zählt. Egal, wie verrückt die Welt noch werden wird."

„Na ja, in Deiner Welt gibt es Diana und Robby, verrückter kann es kaum werden."

Jon muss lachen. Wie Recht sie hat. Doch das Lachen bleibt ihm im Halse stecken. Ein schlechtes Gewissen zieht auf. Dunkle Wolken am Gedankenhimmel.

Er fackelt nicht lange und haut sein Gefühl sofort raus. „Bist Du eifersüchtig, weil ich die beiden habe und Du jetzt niemanden mehr?"

Louna hält kurz inne und spürt schnell eine klare Haltung. „Es wird vielleicht etwas schwerer für mich in den nächsten Wochen. Doch mein Unglück darf nicht Deines sein. Ich gönne Dir das alles sehr!"

Jon lächelt. Ein zärtlicher Wind hat die dunklen Wolken milde vertrieben. „Das hast Du schön gesagt. Und weißt Du was? Diana möchte Dich ja auch kennenlernen. Insofern bist Du nicht aus meiner Welt ausgeschlossen. Ganz im Gegenteil: Du kannst Teil von ihr werden!"

Louna überlegt. „Aber nicht sexuell."

„Das stimmt wohl. Aber auf einer geistigen und freundschaftlichen Ebene."

„Also quasi wie eine neue Familie?"

Jon schmunzelt. „Ja, warum nicht? Eine schrecklich nette Familie würde ich sagen!"

Er hat Louna wieder zum Lachen gebracht. „Ja! Oder wie die Addams Family. Aus Sicht der Anderen wären wir sicher schauderhaft!"

Jon lacht laut, stoppt aber schnell und schaut Louna beschämt an. Sie legt ihren Kopf auf seinen Schoß. „Schon gut, lach ruhig. Auch in diesem traurigen Moment haben wir unseren Humor nicht verloren. Das ist doch schön."

Jon beginnt, ihren Kopf zu streicheln. „Ja, das ist es. Alles wird gut. Irgendwie. Irgendwann. Solange die Richtung stimmt. Und die stimmt bei uns ganz sicherlich."

Louna genießt seine streichelnden Worte. Die Tränen kullern leise. Es sind sowohl Tränen der Traurigkeit als auch Tränen der Freude. Welcher Mensch weiß das schon immer so genau? Sie ist dankbar für das Gespräch mit Jon und glückselig, ihn an ihrer Seite zu haben. Doch sie spürt auch: Bis auf Weiteres bleiben es schwere Tage – voller Traurigkeit im harten Rhythmus des Alltages.

Schwarz vor Augen

Es ist kalt an diesem Morgen.

Manhattan begrüßt Jon mit seinem grauen Morgenkleide. Chelsea Piers. Irgendwo zwischen der 17th und 19th Avenue.

Jon liegt auf dem Rücken, als er die Augen öffnet. Sein Körper beschwert sich. Adrenalin ist der Kälte gewichen. Schmerzen haben die Rüstung verloren. Hämatome bellen bei jeder kleinen Bewegung. Der Hudson River raschelt ihm freudlos ins Ohr, sein modriger Duft kraxelt anerkennungslos in seiner Nase empor.

„Der Geruch eines Starbucks-Gesöffs wäre mir nun lieber", denkt Jon – während in ihm die Bilder der letzten Nacht pulsieren. Aufblitzen. Ihn erschauern lassen. Erregung. Furcht. Ekel. Und immer wieder Erregung. Merkwürdig. Skurril. Großartig. Jedenfalls für Jon. Nicht viele würden ihm zustimmen. Nicht viele würden jemals die Gelegenheit dazu bekommen. Jon ist ein Glückspilz. Er trägt seinen grauen Lieblingsmantel – sonst nichts.

∞

Ein paar Wochen zuvor.

Diana steht grinsend inmitten ihres Spieltempels. „Ihr bleibt schön hier unten im Verlies. Ich gehe mit Louna hoch zum Teetrinken."

Robby und Jon nicken andächtig.

„Und lasst die Hände voneinander. Keine sexuellen Handlungen."

Dabei schaut sie Robby besonders streng an. Der schaut ertappt nach unten und stammelt: „Ja, meine Königin."

Die beiden Damen gehen los. Louna kann sich ein Lächeln nicht verkneifen, als Diana die schallisolierte Tür hinter ihnen schließt.

Robby und Jon sitzen nackt im Verlies, ihre Hände sind an die Wand gekettet. Die Kette ist lang genug, dass sie den Blecheimer in der Ecke für notdürftige Notfälle erreichen könnten. Sie schauen sich an und grienen vielsagend. Geteilte Geilheit ist noch schöner, als sie allein zu genießen.

Diana und Louna haben es sich inzwischen in der Küche bequem gemacht und genießen eine Tasse Brombeertee.

„Ein Abstellraum für Männer. Praktische Sache", feixt Louna, auch wenn sie die ganze Situation noch mehr als gewöhnungsbedürftig findet.

Diana hat sie und Jon eingeladen. Heute ist Frauentag, Zeit fürs Kennenlernen.

Diana lächelt süffisant. „Oh ja, sehr praktisch, so ein Raum, wenn Frauen mal ihre Ruhe brauchen."

Die Atmosphäre ist entspannt. Die beiden können sich riechen. Kein Zickenkrieg in Sicht, ganz im Gegenteil: Diana zeigt Interesse an Lounas Wohlergehen.

„Wie geht es Dir?“

Sie überlegt. „Na ja, alles etwas ungewohnt für mich, aber ich mag dieses Haus, fühlt sich richtig an.“

Diana wollte auf ein anderes Thema hinaus. „Jon hat mir die Geschichte von Francesco erzählt. Wie geht es Dir inzwischen damit?“

Louna freut sich über das Interesse, auch wenn sie es etwas merkwürdig findet, dass Diana Bescheid weiß. Ein Staatsgeheimnis ist es nicht, aber dennoch ist es komisch, mit einem fremden Menschen darüber zu reden. Sie spürt aber schnell, dass Diana nicht wirklich fremd ist. Sondern näher, als sie gedacht hätte.

„Danke, dass Du fragst. Viele Tränen später geht es mir heute viel besser als noch vor ein paar Wochen.“

Diana schaut sie verständnisvoll an. „Ja, es ist Mist, wenn man davon ausgeht, auf dem richtigen und gleichen Weg unterwegs zu sein und dann feststellt, dass der Andere gar nicht mitgekommen ist.“

Louna gefällt dieses Bild. „Ja! Das beschreibt es wirklich gut.“

„Schön, dass es Dir besser geht. Das freut mich sehr. Wenn Du darüber sprechen willst, jederzeit gern.“

„Oh, das ist lieb von Dir. Danke! Inzwischen ist mein Bedürfnis, darüber zu reden, nicht mehr so groß. Ich habe verstanden, dass Francesco nicht der Richtige für mich ist. Auch wenn ich es mir sehr gewünscht habe.“

Diana nickt. „Frust und Enttäuschungen gehören auch zum Weg der Polyamorie. Auch dieser Weg ist kein Ponyhof, genau wie das restliche Leben.“

Louna lächelt. „Ja. Aber ich war nie eine Freundin vom Rosa-Wolken-Denken. Ich weiß, dass jede Form von Beziehung Anstrengung bedeutet, um sie zu erhalten. Vor allem, wenn man sie verbessern und vertiefen will.“

„Ein wichtiger Punkt. Die Frage ist ja, was ‚erhalten‘ meint. Nur auf dem Papier? Nur offiziell? Das kriegen viele auch ohne diese Anstrengung hin. Sie vegetieren stumm nebeneinander her. Aber wenn man seine Liebe spüren will, wenn man sich weiterentwickeln und gemeinsam in Bewegung sein möchte – dann muss man sich schon bemühen. Und vor allem von den gleichen Dingen ausgehen. Ohne diese Basis hat es keinen Sinn.“

Louna versteht. „Ja, diese Basis war mit Francesco nicht vorhanden. Aber sie ist es mit Jon. Deswegen ist es auch so schön, wie es ist.“

„Und deswegen sitzen wir überhaupt hier. Wenn ihr beiden nicht so eine tolle Beziehung hättet, würde ich Jon heute nicht küssen. Ich habe Dir also zu danken!“

„Interessanter Gedanke", erwidert Louna. „Du hast Recht. Es ist alles ein Kreislauf."

Diana holt aus. „Ja, ich profitiere von Deiner Liebe zu ihm. Deine Liebe ermöglicht es mir, Jon näherzukommen, weil Deine Liebe mich nicht aussperrt, sondern einlädt. Du stehst nicht wie ein Wachhund vor ihm und verteidigst ihn wie Dein Eigentum. Aus Deiner Liebe wächst meine Liebe. In vielen Beziehungen entwickelt sich leider was Anderes. Eifersucht, Betrug, Hass, Egoismus, Schweigen, Unverständnis, Neid und so weiter."

Louna schaut Diana bewundernd an. „Jon hat Recht. Du bist wirklich klug und weise."

Diana lacht. „Natürlich. Ich bin ja eine Göttin!"

Louna hat gerade einen Schluck genommen und verschluckt sich, prustet und hustet laut. Das Eis ist endgültig gebrochen. Sie mag die starke und selbstbewusste Art von Diana. Ihre Aussage bringt Louna zu einer Frage, die ihr schon länger auf der Seele brennt.

„Wie kann eine Göttin akzeptieren, dass ihre Gläubigen auch andere Frauen und Männer haben dürfen?"

Diana grinst. Diese Frage stellt man ihr nicht zum ersten Mal. „Eine polyamore Göttin zu sein, das ist kein Widerspruch. Im Gegenteil. Es ist die logische Konsequenz. Weil ich stark bin und mich selbst liebe, kann ich gönnen, verschenken und teilen. Ich bin über die Dinge gewachsen, bin nicht mehr so kleinkariert im Herzen wie die meisten anderen Menschen."

Louna ist wieder einmal erstaunt. Sie merkt, nicht nur Jon, sondern auch sie kann noch viel von Diana lernen. Ihre Aussagen scheinen so weit weg zu sein vom menschlichen Alltag, den Louna so häufig erlebt oder hört.

Insofern bringt Diana revolutionäre Töne hervor, hat eine gewagte Haltung und schwimmt gegen den Strom. Sie tanzt aus der Reihe. Eine Gesellschaft braucht solche Menschen. Sie inspirieren zu frischen Gedanken, zum Mut, den Autopiloten auszuschalten und das Leben selbst zu gestalten.

„Toll, wie Du das siehst. Doch sind dominante Menschen nicht besonders besitzergreifend?", fragt Louna.

„Leider ja", antwortet Diana ehrlich. „Viele dominante Menschen haben kaum Selbstbewusstsein, im Sinne von Selbstliebe. Ihre Dominanz kompensiert Defizite. Das Besitzen eines Menschen gibt ihnen Bestätigung. So liegt ihnen oft nicht das Glück ihres Partners am Herzen, sondern das Stopfen ihrer Seelenlöcher, die Linderung ihrer Selbstschmerzen. Wahre Göttlichkeit ist zwar streng, aber genauso auch warmherzig und will nur das Beste für ihre Diener."

Louna ist nachdenklich. „Aber es gibt doch auch viele devote Menschen, die monogam besessen werden wollen?"

„Natürlich. Aber in deren Seelen sieht es oft nicht besser aus. Gelinde gesagt."

Louna nickt. „Da sind Robby und Jon schon was Besonderes."

Diana lächelt sanft. „Oh ja. Sie sind großartig. Frei und wild. Und dennoch absolut hingebungsvoll."

Louna muss lachen. „Jon ist wild? Diese Seite kenne ich nicht wirklich von ihm."

Diana grinst. „Er ist anders wild als Robby. Das stimmt. Aber seine Lust und Neugierde, sein Drang, etwas zu erleben und sich zu entwickeln, ist wie bei einem Tier in der freien Wildbahn. Er strebt danach, mit Kraft."

Louna stimmt zu. „Ja, das ist richtig. Er war auch die treibende Kraft in unserer Beziehung. Ohne ihn würde ich heute nicht offen leben."

Diana denkt an Robby und Jon, wie sie unten nackt im Keller sitzen. „Jon hat beharrliche Kraft und kommt manchmal schüchtern und verklemmt rüber. Robby hingegen ist pures Dynamit, eine Rampensau, aber er gibt schneller auf, wenn ihm etwas nicht passt. So haben beide ihre Vorzüge."

„Ich kann nachvollziehen, wie Du Jon beschreibst. Besonders seine beharrliche Treue, Zuverlässigkeit und Ehrlichkeit liebe ich sehr an ihm. Und er könnte in der Tat noch ein bisschen mehr aus sich herauskommen", sagt Louna.

Diana setzt wieder ihr verruchtes Grinsen auf. „Dann versuchen wir mal, mehr aus ihm herauszukitzeln."

Louna schmunzelt. „Na ja, ihr beiden, Du und Robby, scheint ja schon voll dabei zu sein. Dass er mit Robby Sex hatte, hat mich echt überrascht, hätte nicht gedacht, dass Jon dafür offen ist." Sie runzelt die Stirn und ergänzt: „Wobei ich auch nicht gedacht hätte, dass er Schmerzen mag."

Diana lächelt. „Überraschende Entwicklungen machen das Leben lebenswert."

„Ja! So habe ich es mit Francesco auch erlebt. Selbst wenn es nicht gut endete. Ich freue mich aber für Jon! Schön, dass er gerade so viel Neues erleben darf."

„Hat er Dir viel von unseren Spielen erzählt?", fragt Diana.

„Oh ja, er schwärmt geradezu davon!"

Diana ist zufrieden. „Das freut mich. Und das spüre ich."

Louna ist unsicher, ob sie fragen darf, was sie im Inneren bewegt. Doch sie hat ein gutes Gefühl mit Diana und so wagt sie sich aus der Deckung. „Du, ich weiß nicht, ob das für Dich okay wäre, aber ich würde gern mal bei euren Spielen zusehen."

Diana hatte genau auf diese Frage gehofft und auch schon darüber nachgedacht. Sie findet den Gedanken reizvoll, dass sich Jon vor Louna in völlig neuer Art und Weise präsentiert. „Natürlich! Mehr als okay. Ich würde mich sehr darüber freuen. Vielleicht ist New York der perfekte Ort dafür!"

Louna wird stutzig. „New York?"

„Ja! Wir sind jedes Jahr dort und haben beschlossen, diesmal in der gleichen Zeit zu reisen wie ihr."

Louna mag den Gedanken. „Das ist ja spannend. Hat mir Jon gar nicht erzählt."

„Konnte er nicht, denn er weiß es noch nicht. Ich wollte es zuerst mit Dir besprechen. Ob es für Dich in Ordnung geht, wenn wir uns dort begegnen."

Louna freut sich über Dianas entgegenkommende Art. „Klar, gern sogar. Ihr scheint ja New-York-Experten zu sein, vielleicht zeigt ihr uns was."

Diana führt noch etwas Anderes im Schilde. „Bestimmt! Doch auch spielen möchte ich in New York. Und diesen Plan möchte ich gemeinsam mit Dir aushecken."

Louna wird rot. „Mit mir? Aber ich habe doch keine Ahnung davon."

Diana grinst frech. „Keine Sorge. Ich brauche Dich als Komplizin. Das Handeln kannst Du mir überlassen. Und Du wirst Spaß haben beim Zusehen!"

Louna findet die Idee heiß und verliebt sich sofort in ihr Kopfkino. Außerdem schätzt sie sehr, wie Diana sie einbindet und nichts über ihren Kopf hinweg entscheidet. „Okay, ich bin dabei. Schön, dass Du mich vorher fragst."

Diana lächelt sie liebevoll an. „Das ist für mich selbstverständlich. Das alles hier funktioniert nur, wenn wir aufeinander Rücksicht nehmen und Respekt füreinander zeigen."

Die nächsten Minuten verbringen die beiden Damen damit, das Drehbuch für New York zu schreiben. Blühende Fantasien. Aufregende Bilder. Wie bei einem Geheimkomplott werden ihre Stimmen leiser und an den pikantesten Stellen flüstern sie sogar, damit ja niemand etwas mitbekommt.

Als hätten Robby und Jon eine Chance, sie zu hören. Unten im Keller. Hinter der schallisolierten Tür. Die beiden sind, akustisch betrachtet, sehr weit weg. Sie sitzen nackt nebeneinander im Verlies, führen wieder gehaltvolle Männergespräche und ärgern sich ein wenig, dass sie sich nicht berühren dürfen…

∞

Ein paar Wochen später.

„Wow, was für ein Ausblick!" Louna strahlt wie ein kleines Kind. Ihre Augen sind weit aufgerissen.

Jon, Diana und Robby stehen grinsend daneben und finden es schön, Louna bei ihrer Freude zu beobachten – beim Zauber des ersten Mals. Der Blick vom Empire State Building ist und bleibt ein wunderschöner. Selbst wenn man schon häufig dort oben war. Doch der erste Blick ist besonders unvergesslich schön. Vor allem dann, wenn wie heute keine einzige Wolke am Horizont zu finden ist. New York leuchtet in den schönsten Farben. Viele Details sind zu erkennen. Mit dem bloßen Auge sogar die Freiheitsstatue, unten an der Südspitze Manhattans.

„Da drüben ist euer Hotel, erkennst Du es?", ruft Robby zu Louna herüber.

„Tatsächlich. Du hast ein gutes Auge. Wahnsinn, was man hier alles sehen kann!"

Diana schaut Jon an und flüstert ihm zu. „Ich habe heute keinen Kugelschreiber dabei, aber tu Du so, als wenn ich gerade an ihm knabbern würde."

Jon ist irritiert. „Jetzt?"

Diana schaut streng. „Klar, sonst würde ich es doch nicht sagen."

Er schaut beschämt auf den Boden und geht los.

Louna bemerkt seinen Abgang im Augenwinkel und fragt Diana: „Wo geht er hin?"

Diana lacht. „Er muss mal dringend auf die Toilette."

Louna versteht die hintergründige Antwort nicht, viel zu sehr ist sie mit Blicken beschäftigt. Mit Staunen über dieses unglaubliche Panorama. Ihre Handykamera glüht vor Entzücken. Nicht oft hat sie so schöne Motive vor der Linse.

Jon muss warten, bis eine Kabine frei wird. Vor ihm eine längere Schlange. Männer aller Länder vereinigt euch – zum Pissen in dreihunderteinundachtzig Metern Höhe. Wobei Jon nur vorgibt, sein Geschäft erledigen zu wollen. Er hat einen anderen Auftrag.

Endlich. Eine Kabine wird frei. Eilig öffnet er seine Hose. Er darf nicht allzu lange brauchen und hat Angst, dass ungeduldige Russen an die Tür bollern oder Japaner versuchen, einen Schnappschuss für Instagram von ihm zu machen. Doch Jon hat Glück. Der unerwartete Befehl von Diana hat ihn so erregt, dass er keine Minute braucht, um abzuspritzen. Er stöhnt leise, als der Saft hinaus ins Taschentuch schießt. Hoffentlich hat ihn keiner gehört. Er stopft das Taschentuch in seine Hosentasche und vergisst, vor dem Verlassen der Kabine die Spülung zu betätigen. Als er rauskommt, schauen ihn einige Herren verwirrt an. Jon bemerkt seinen Fehler und wird puterrot. „Schnell weg hier!", quiekt er in sich und geht eiligen Schrittes zurück zu Diana.

Ein genussvolles Lächeln begrüßt ihn. Robby und Louna sind noch immer mit der Aussicht beschäftigt. Jon kramt das Taschentuch aus der Hose und übergibt seiner Königin den Beweis. Diana überprüft genau, was sie in ihren Händen hält. Er hat die Aufgabe bestanden. Zur Belohnung bekommt er einen langen Kuss.

∞

Drei Tage später.

Es ist dunkel in Manhattan. Der Tag neigt sich dem Ende zu und nähert sich der Nacht.

Louna und Jon verlassen ein italienisches Restaurant. Sie waren essen und trinken, haben die letzten Stunden mit Hochgenuss verbracht. *La Dolce Vita* in Amerika. Gründe zum Fröhlichsein gibt es genug, denn sie haben eine wunderspannende Zeit in der Stadt der Städte hinter sich. Noch zwei Tage dürfen sie hier verweilen und flanieren, bevor es zurück in die hanseatische Heimat geht.

Während sie Hand in Hand durch die Straßen ziehen, blicken sie zurück auf die vergangenen Tage. Jeder für sich. Ganz still.

Louna muss an das Bild der neuen Familie denken, welches Jon vor einiger Zeit malte und findet, dass diese Familie gar nicht so schrecklich ist, sondern – ganz im Gegenteil – sich sehr gut zu verstehen scheint. In den letzten Tagen gab es verschiedene Konstellationen. Mal war Louna mit Jon allein unterwegs, er zeigte ihr, wo er damals unter dem Bürgersteig als Student gewohnt hatte, mal erkundeten sie zu viert die Stadt. Mit Robby war sie in Harlem, während Diana und Jon auf der 5th Avenue shoppen gingen.

Louna kann Jons Faszination für diese Stadt der Städte nachvollziehen, weil sie es jetzt mit ihren eigenen Augen live und in Farbe sieht und erlebt. Tatsächlich könnte New York so etwas wie die Hauptstadt der Welt sein. Dieser Ort ist wie eine Zeitmaschine. Man kann die Zukunft sehen. In den letzten Tagen schaute Louna immer wieder erstaunt auf die Straße. Jedes zweite Auto fährt hier ohne menschlichen Fahrer, ganz autonom, gesteuert durch einen Computer. Doch nicht nur selbstfahrende Autos fielen ihr auf, sondern auch viele andere Dinge, die ihr klar machten: Die Zukunft der Menschheit liegt in der Stadt. Hier wird sich die Zivilisation viel stärker modernisieren als auf dem Land. Ob sie jede dieser Zukunftsmöglichkeiten auch für sich selbst haben möchte, ist eine andere Frage.

Jon denkt an ihr gemeinsames Zimmer im Hotel, hoch oben im vierzigsten Stock. Viele schöne Augenblicke wurden ihnen von der atemberaubenden Aussicht geschenkt. Doch in manchen Momenten schauten sie nicht nur. Nein. Während man einen Ausblick genießt, kann man ganz wunderbar Sex von hinten haben. Und diesen Umstand nutzten Louna und Jon gern einige Male. Er hat Vorfreude auf die Ankunft im Hotel. Wieder einmal zusammen die Aussicht feiern.

Noch kann Jon nicht ahnen, dass diese Nacht völlig anders verlaufen wird, als er sie sich gerade in seinem Kopf ausmalt.

Louna zeigt auf eine Kreuzung. „Ich würde gern mal die kleineren Straßen bei Nacht sehen. Lass uns hier langgehen."

Jon nickt, denn er weiß, dass durch das Schachbrettmuster, in dem Manhattan angelegt ist, jeder Weg gleich lang ist. Sie biegen ab. Louna hat eine besonders dunkle Straße gewählt.

„Hab keine Angst, ich bin bei Dir!", feixt Jon, auch, um sie ein bisschen zu ärgern. Sie schweigt und lächelt vor sich hin, denn sie weiß, was gleich geschehen wird.

Mit quietschenden Reifen biegt ein schwarzer Kleintransporter in die Straße ein. Er bleibt hinter den beiden an der Bordsteinkante stehen. Louna geht unauffällig weiter, Jon ist irritiert, da sie aber entspannt bleibt, wendet auch er sein Gesicht vom Wagen ab und folgt seiner seelenruhigen Freundin. So bemerkt er nicht, dass eine Person den Wagen verlässt und sich von hinten an ihn heranschleicht. Leise Sohlen in dunkler Nacht.

Eine Sekunde später, urplötzlich, ist ihm schwarz vor Augen. Jon spürt, wie er etwas über den Kopf gezogen bekommt und es ihm fest um seinen Hals geschnürt wird – es ist ein dunkler Leinensack mit langen Kordeln, was er noch nicht wissen kann. Er versucht, sich zu wehren, doch ehe er sich im Schwarzen versieht, sind seine Hände hinter seinem Rücken verbunden. Er fühlt, wie Kabelbinder sich in die Haut seiner Handgelenke quetschen.

In seiner Panik ruft er nach weiblicher Unterstützung. „Louna! Wo bist Du? Hilf mir!"

Louna antwortet nicht, denn sie ist fokussiert darauf, das Treiben zu beobachten. Allzu lange schafft sie es nicht, ihr Mitgefühl für Jon auszublenden. Sie schaut den Angreifer fragend an. Der schüttelt heftig den Kopf. So bleibt sie still und schaut weiter zu.

Kräftige Hände an Jons Schulter führen ihn ab. Halb wird er gestoßen, halb geht er mit. Den Bordstein entlang hin zum Wagen. Die Hintertüren des Vans werden geöffnet.

Jon hofft, in englischer Sprache mehr zu erreichen und schreit: „Help me! I'm innocent!"

Louna schaut erneut fragend und bekommt diesmal die Freigabe, den Gefesselten zu beruhigen. „Alles gut, Jon! Entspann Dich und genieß es."

Er hört zwar die Worte, aber kann es dennoch nicht fassen. Fragen wie „Was passiert hier?" und „Was habe ich getan?" rattern ihm durch seinen Kopf.

Der Angreifer packt Jon und wirft ihn schwungvoll in den Van hinein. Eine Matratze dämpft seinen Aufprall. Die Türen werden mit ohrenbetäubenden Lärm zugeworfen. Jon hört, wie mehrere Personen vorne ins Fahrerhaus einsteigen, im Laderaum scheint er allein zu sein.

„Hallo? Ist hier jemand? Was soll das Ganze?"

Er versucht, die Situation zu erkunden. Doch er merkt schnell, dass er tatsächlich allein ist und niemand ihn hört. Ein paar Minuten nichts als schwarze Stille. Dann startet der Motor, der Wagen setzt sich in Bewegung. Jon liegt starr auf der Matratze, traut sich nicht, auch nur einen Muskel zu bewegen. Ihn beruhigt der Gedanke, dass Louna anscheinend über alles Bescheid weiß. Doch gleichzeitig versteht er immer noch nicht, was hier gerade geschieht. Genießen soll er es, hatte Louna eben gesagt. Was genau soll er genießen? Dass es schwarz vor Augen ist und er nicht weiß, wo diese Fahrt endet? Wer hat ihn von hinten gepackt und ihn in diesen Wagen geworfen? Jon hat einen Verdacht. Er kennt jemanden, dem er das sofort zutrauen würde. Und er kennt jemanden, der sowas befehlen würde. Er hat keine Wahl, ihm bleibt nichts Anderes übrig, als abzuwarten. In der Dunkelheit auszuharren, bis die Fahrt ihr Ziel erreicht.

Nach einigen Kurven und Stopps vor Ampeln hat Jon sein Zeitgefühl verloren und taumelt durch die Nacht. Ein freier Fall im Inneren des Seins. Der Körper ist gefroren, während der Geist siedet und sich der unaufhaltsamen Verdampfung nähert. Wilde Gedanken durchfurchen ihn und seine Spannung steigt von Augenblick zu Augenblick.

Endlich ist es soweit, der Transporter hält und der Motor wird ausgeschaltet.

Jon hat seinen Humor noch nicht verloren. „Endstation. Der Ausstieg befindet sich hinter Ihnen. Bitte warten Sie, bis jemand Sie aus dem Wagen wirft."

Doch die Geduldsprobe geht weiter. Zwar hört er, wie die Personen vorne aussteigen, doch sie kommen nicht zu ihm. Die Schritte entfernen sich vom Wagen. Wieder vergehen kaum fassbare schwarze Minuten. Jon achtet gebannt auf jedes noch so kleine Geräusch. Doch viel hört er nicht, außer einem Hintergrundrauschen von brummenden Autos.

Die Schritte kommen zurück. Die Türen ächzen schrill, ihre letzte Ölung ist offenbar lange her. Zwei kräftige Hände umgreifen Jons Waden und ziehen ihn hinaus. Am Rand angekommen fällt Jon praktisch von selbst auf seine Füße. Wieder werden die Türen mit Kraft zugeworfen und sind nicht zu überhören.

Jon spürt eine Hand auf seiner Schulter, die ihn stupsend in Bewegung setzt. Erster Halt nach nur wenigen Metern. Ein paar Stufen nach oben sind zu gehen. Er wird kurz angeschoben, damit er das Hindernis selbst bemerkt. Oben angekommen geht es sofort nach links. Der nächste Halt. Diesmal liegen viele Stufen nach unten vor ihm. Die fremde Hand verlässt seine Schulter und umgreift seinen Bauch, um ihn vor dem Abstürzen zu schützen. Die erste Stufe ist wackelig, doch Jon lernt schnell. Dennoch dürfte er für eine Kellertreppe noch nie so lange gebraucht haben. Nach gefühlten Ewigkeiten kommt er unten an. Der Weg führt ihn einige Meter nach rechts und dann wieder rechts. Jon spürt, wie es wärmer wird, er glaubt, in einem separaten Raum zu sein, und wird in seinem Glauben bestätigt, als eine schwere Eisentür ins Schloss fällt. Die Hand verlässt seinen Körper und er steht allein, gefesselt und regungslos inmitten des Raumes.

„Hiermit wurdest Du offiziell entführt!"

Normalerweise ist dies eine der schlimmsten Nachrichten, die ein Mensch erhalten kann, doch Jon ist mehr als erleichtert. Er ist glücklich, die Stimme seiner Geliebten zu hören.

„Diana? Ich habe es gewusst! Und Robby hat mich gepackt, ist er auch hier?"

Jon bekommt keine Antwort. Dafür einen kräftigen High-Heels-Tritt zwischen die Beine! Er krümmt sich vor Schmerzen und geht in die Knie.

„Heute Nacht bin ich nicht Diana, sondern nur eines für Dich: Deine Königin!"

Spätestens jetzt bemerkt auch Jon, dass sie das alles hier verdammt ernst meint. Er sollte sich besser fügen.

„Ja, meine Königin. Ich habe verstanden!"

Zwei kräftige Hände helfen ihm hoch, schneiden die Kabelbinder durch und fangen an, ihn auszuziehen. Es dauert nicht lang und er ist fast nackt. Nur der schwarze Leinensack ziert weiterhin sein Oberhaupt. Handfesseln werden um seine Gelenke gelegt und seine Arme nach oben gezogen. Es klickt und Jon hängt mit den Armen an der Decke. Zu seinem Glück kann er noch gut stehen und hängt nicht völlig in der Luft.

Kellerstille.

Jon ist gespannt, was nun passieren wird und kann nicht verhehlen, geil zu sein. Er hört, wie Schritte sich von ihm entfernen, die Eisentür wird geöffnet und fällt wieder ins Schloss. Vorher hat er durch den Leinenstoff Lichtreflexe wahrgenommen, doch nun ist es vollkommen schwarz vor seinen Augen. Totale Finsternis. Offensichtlich wurde das Licht gelöscht. So steht er einsam da und ist frustriert – so sehr hatte er gehofft, dass Diana nun mit ihm spielen würde. Jedoch ist Ignorieren und Wartenlassen für seine Königin auch ein wunderbares Spiel. Pech für Jon, da muss er nun durch.

Was er nicht wissen kann: Diana hat es sich mit Louna und Robby im Nebenraum bequem gemacht. Sie genießen zusammen ein Glas Champagner und stoßen auf ihre erfolgreiche Entführung an. Heiterkeit. Lachen im Keller kann so schön sein. Jon wird noch ein wenig hängen gelassen in der Dunkelheit seines Kellerverlieses.

„Schon praktisch, dass Dein Freund nicht nur eine schöne Wohnung in New York hat, sondern auch noch diesen Keller!“ Louna grinst und prostet Robby zu.

„Ich würde sagen: formidable!“ Er lacht und nimmt einen kräftigen Schluck.

Diana schweigt und lächelt selig vor sich hin. Sie erfreut sich an dem inneren Film, der seit einigen Wochen in ihrem Kopfkino abläuft und nun dabei ist, real zu werden. Sie ist glücklich, heute hier zu sitzen und erhebt ihr Glas.

„Wir werden dem New York-Urlaub einen würdigen Abschluss schenken!“

Das Gläserklingen erhellt den tristen Kellerraum und verleiht ihm feierlichen Glanz. Einem gelingenden Happening steht nichts mehr im Wege.

Eine Stunde vergeht. Jon kommt es viel länger vor. Er fühlt seinen Blasendruck, denn er hat im Restaurant reichlich Wein und Wasser getrunken. Peinliche Panik steigt in ihm auf. Lange kann er es nicht mehr halten. Jon versucht, seine Gedanken auf andere Themen zu lenken, doch er schafft es einfach nicht, seinen Unterleib aus dem Kopf zu tilgen. Er muss stark bleiben. Immer wieder hat er das Bild vor Augen, wie das Licht angeht und er vor einer gelben Lache steht. Das darf ihm nicht passieren. Aber nicht nur die Blase führt ihn an seine Grenzen, auch die Arme schmerzen schon leicht.

Endlich öffnet sich quietschend die schwere Eisentür. Jon zögert nicht und haut sein Problem sofort raus.

„Meine Königin, ich muss dringend pinkeln!“

Gelächter zieht zu ihm herüber. Nicht nur von Diana. Sie antwortet pragmatisch und gleichzeitig galant. „Kein Problem. Einfach laufen lassen. Unter Dir ist ein Abfluss.“

Louna ergänzt: „Das kriegt er hin. Macht er unter der Dusche auch immer!“

Jon ist entsetzt. „Wie jetzt? Vor aller Augen?“

Diana grinst. „Wenn es dringend ist, wirst Du es machen. Sonst lass es.“

Sein Blasendruck nimmt wie von Geisterhand sofort ab. Der Mensch ist ein faszinierendes Wesen. Diana hält ein paar Meter Abstand, um nicht angepinkelt zu werden, stellt aber schnell fest, dass da nichts kommen wird. Boshaft grinsend geht sie auf Jon zu und greift in seinen Nacken.

„Es wird Zeit, dem Entführungsopfer einzuheizen, damit es hier nicht nur doof rumhängen muss. Wie findest Du die Idee?“

Jon ist froh, diese Worte endlich zu hören und antwortet gut erzogen: „Ja, meine Königin. Eine gute Idee!“

Diana lässt seinen Nacken los und läuft hinter ihm auf und ab. Die Stöckelschuhe klackern auf dem Kellerboden. „Ich habe eine gute und eine schlechte Nachricht für Dich. Welche möchtest Du zuerst hören?“

Jon hat keine Meinung und fühlt seinen Verstand nicht. Dieser scheint weit weg zu sein. Ausgeschaltet, damit sich Jon voll auf seinen Körper fokussieren kann. Er schweigt, was sich als unkluges Verhalten herausstellt. Stechend durchfährt ihn ein Schmerz. Diana hat seine Hoden in der Hand und drückt zu.

Panisch ruft er aus: „Die Schlechte, die Schlechte!“

Diana lässt von ihm ab. „Geht doch.“

Jon seufzt erleichtert. „Ja, meine Königin.“

„Die schlechte Nachricht: Ich habe nur ein Schlaginstrument dabei.“

Jon grinst seufzend. „Das ist ja sehr bedauerlich.“

Diana lacht. „Warte erst mal auf die gute Nachricht: Dieses eine Instrument wird vollkommen ausreichen, um Dir eine Menge Schmerzen zu bereiten. Die Freude wird mein sein.“

Er weiß keine Antwort darauf und kann sich nicht recht entscheiden zwischen Angst und Vorfreude. Aber alles ist gut, denn beides zusammen macht das Spiel für ihn erst richtig spannend. So beginnt er, die Situation zu genießen und versucht, mehr über das Kommende herauszufinden. „Um was für ein Instrument handelt es sich, meine Königin?“

Diana lacht. „Endlich. Dachte schon, Du fragst nie. Es ist ein Rohrstock aus feinstem Kirschholz.“

Jon erinnert sich, dass er vor ein paar Wochen damit geschlagen wurde. Aber nur kurz. Höchstens zehn Schläge. „Fies, aber geil“ war damals sein Kommentar dazu gewesen.

Diana freut sich. Jons Schweigen zeigt, dass er in Erinnerungen schwelgt. „Das wird heute intensiv schmerzhaft für Dich. Lass es uns gemeinsam genießen. Aber: Auch heute kannst Du jederzeit ‚Stopp‘ sagen. Wobei Dir klar sein sollte, dass eine Entführung kein Honigschlecken ist.“

Er nickt. Nervös und zugleich erwartungsvoll.

Diana beginnt mit den Trockenübungen und lässt den Stock durch die Luft wirbeln. Pfeifende Geräusche zwitschern durch den Raum. Als wenn ein Zug mit vielen Waggons in nur einer Sekunde an einem vorbeischießen würde. Die Deutsche Bahn mit Lichtgeschwindigkeit. Pünktlichkeit wäre endlich Standard.

Robby denkt da weniger kompliziert. „Der Sound des Grauens", flüstert er Louna leise zu.

Sie ist angespannt und knabbert an ihrer Unterlippe, sie hofft, dass es Jon nicht zu sehr wehtun wird.

Diana lässt es ruhig angehen. Die ersten Schläge auf Arsch und Oberschenkel sind leicht, sie schmerzen Jon nicht, sondern dienen dem Aufwärmen der Haut. Sie holt weiter aus und entlockt ihm erste Seufzer. Auf diesem Niveau verharrt sie minutenlang. Mal mit kürzeren, mal mit längeren Pausen. Vergleichbar mit einem Mantra rezitiert sie ihre Schläge wieder und wieder. Jon gerät in eine Art Trance und schwingt sich ein. Sein Körper bekommt immer mehr rote Striemen. Diana kann Jon gut lesen und weiß, dass sie nun die Härte erhöhen kann. Sie baut stärkere Schläge in ihr Mantra ein. Er ist nicht mehr zu überhören und stöhnt bei jedem stärkeren Treffer laut auf.

So langsam wird es Zeit, in den Flugmodus zu schalten: Jon soll fliegen und dabei die Kontrolle zwischen Geilheit und Schmerz verlieren. Diana steigert sowohl die Frequenz als auch die Härte. Wieder und wieder prallt der Rohrstock auf Jons Haut. Er schreit und bekommt einen wehklagenden Unterton, wie eine Babyrobbe, die verzweifelt nach ihrer Mutter ruft.

Diana ist noch lange nicht fertig, sie will Jon heute an seine Grenzen führen. Würde sie nicht immer wieder Pausen einlegen, wäre Jon längst im Reich der Träume. Ohnmacht hätte ihn befallen. Sie pausiert ihre Schläge und spricht mit feierlicher Stimme.

„So, mein schmerzgeiler Freund, ab jetzt wird es wirklich unangenehm. Konzentriere Dich und vertraue mir, egal was passiert!"

Er spürt, wie Angst in ihm aufsteigt. Doch sein Vertrauen zu Diana ist groß. So harrt er aus und ist bereit, die Schmerzen zu empfangen.

Louna hat die ganze Zeit gebannt zugeschaut und ist jetzt richtig nervös. Obwohl Diana ihr mehrmals versicherte, dass Jon Schläge genieße und er ja selbst auch immer davon schwärmt, ist es doch was anderes, live dabei zu sein, wenn ihr geliebter Freund gequält wird und leidet. Doch auch sie vertraut Diana. Vor allem deshalb, weil Jon es tut.

Die verspielte Königin ändert nun ihr Vorgehen. Es geht nicht darum, viele Schläge auszuteilen, sondern einzelne. Hart und wirksam. Sie holt weit aus und trifft Jons Arsch mit voller Wucht. Er brüllt wie am Spieß. Seine Haut ist aufgeplatzt, Blut tropft auf den Boden. Louna ist geschockt und wartet darauf, dass Jon ‚Stopp' schreit. Doch er schweigt und Diana setzt zum nächsten Schlag an.

Diesmal trifft sie den Oberschenkel und lässt Jon erneut brüllen. Wieder ist die Haut aufgeplatzt und wieder bleibt Jon wortlos. Ab jetzt gibt es kein Halten mehr. Die Göttin hat Spaß und will ihren Jünger formen. Ein wuchtiger Schlag nach dem anderen trifft Jons Körper. Immer mehr Hautrisse entstehen, das Blut spritzt in alle Richtungen und besprenkelt den Boden.

Louna fällt es zunehmend schwerer, die Augen und Ohren offenzuhalten, sie überlegt, den Raum zu verlassen – und sogar, ob sie dazwischengehen sollte. Sie schwankt hin und her, ihr Blutdruck kocht. Sie schaut Robby an, der völlig cool und zurückgelehnt mit einem Lächeln die Szenerie beobachtet. Louna will gerade aufstehen, ohne zu wissen, was sie als Nächstes tun wird, als Diana den Rohrstock zur Seite legt. Jon wimmert vor sich hin, sein Unterkörper ist voller Blut. Arsch und Beine glänzen rötlich im faden Kellerlicht.

Louna würde zu gern seine Augen sehen und fragt besorgt: „Jon, geht es Dir gut?"

Ein paar Sekunden Stille, bis er ein leises, langgezogenes „Ja" rauspresst.

Diana winkt Robby herbei. Er weiß, was zu tun ist, und bringt ein Desinfektionsspray sowie reichlich Papiertücher mit. Andächtig, mit viel Ruhe und Zärtlichkeit, kümmert er sich um Jons Wunden. Louna beruhigt dieser Anblick. Diana kommt zu ihr herüber, lächelt sanft und streichelt über ihr Haar. Nicht nur Jon muss runterkommen. Seine Blutungen lassen nach, nur die Oberhaut ist aufgeplatzt.

„Es sieht schlimmer aus, als es ist!", erklärt Diana.

Als Jon gesäubert ist, löst Robby seine Fesselungen und hilft ihm, langsam von der Decke herunterzugleiten.

„Leg ihn über den Bock, dort kann er sich ein wenig ausruhen. Aber vorher gib ihm Wasser, dann kann er auch besser pinkeln", befiehlt Diana mit einem Lächeln im Gesicht.

Gesagt. Getan. Ein paar Augenblicke später hockt Jon mit Wasser gestärkt und aufgestelltem Arsch auf dem Bock. Seinen Oberkörper kann er bequem vorderseitig ablegen und die Arme ausstrecken. Seine Entführer sitzen genau hinter ihm und haben beste Aussicht auf seine Hintertür. Aus dieser Perspektive hat Louna ihren Jon noch nie betrachtet.

Diana bemerkt ihre Irritation und grinst mit einem geilen Gesichtsausdruck. „Wir werden ihn gleich schön verwöhnen. Das hat er sich verdient."

Auch Robby ist die Vorfreude anzusehen. „Oh, ja! Das wird gut!"

Diana steht auf und geht zu ihrer Tasche, in der sie alle Utensilien für die heutige Nacht versammelt hat. Louna bemerkt ihr Aufstehen nicht, zu sehr ist sie auf die ungewöhnliche Aussicht auf Jon konzentriert. So kriegt sie nicht mit, was Diana aus der Tasche kramt und sich umschnallt.

„Oha, was ist das denn?", ruft Louna plötzlich aus.

Vor ihr steht Diana, die zu einer Art Mann mutiert ist. Um ihre Hüfte hat sie einen großen Schwanz aus Gummi befestigt.

„Das ist ein Strap-on, damit wir Frauen auch mal ficken können!“, klärt Diana auf.

Obwohl Jon nicht sieht, was hinter ihm abläuft, bekommt er doch alles mit. Er weiß nicht recht, ob er sich darauf freuen soll, was gleich kommen könnte, aber er tendiert zur Vorfreude. Robby hat ihn vor ein paar Wochen mit Analsex angefüttert und ein Strap-on wird sich ja wohl ähnlich anfühlen.

Während Diana ihr Gummiteil mit Gleitgel einreibt, steht Robby auf und zieht seine Hose herunter. Louna hat diesen Teil des Plans fast vergessen, so sehr ist sie mit ihrem Mitgefühl für Jons Leiden beschäftigt. Einige Momente später sind zwei Schwänze bereit, ihn zu verwöhnen.

„Ich habe meinen Strap-on immer bei mir, er ist quasi mit mir verwachsen“, feixt Robby großspurig.

„Quatsch nicht rum, sondern fang an!“, raunzt Diana.

Er grinst brav. „Ja, meine Königin!“

Robby stellt sich hinter Jon, tastet sich voran und gleitet in ihn hinein. Beide stöhnen auf vor Freude. Bei Jon ist zunächst auch ein leichter und süßer Schmerz dabei, aber er fängt schnell an, zu genießen, was Robby mit ihm macht. Wie damals treffen ihn die Stöße etwas ungestüm, aber doch zutiefst anregend. Schon nach einer Minute muss Robby aufhören, denn er ist nur das Vorprogramm, um Jon zu dehnen und vorzubereiten.

„Es reicht! Jetzt komme ich!“, kommandiert Diana.

Robby macht Platz an Jons Arsch und Diana führt grinsend ihren Gummischwanz ein. Jon hätte es ahnen können, ohne Haken geht es bei ihr nicht. Der künstliche Schwanz ist wesentlich dicker als der von Robby. Jon schreit auf. Diana weiß um ihre Macht und schiebt sich nur langsam voran, sie will ihn ficken, jedoch nicht verletzen. Nach einigen Sekunden gewöhnt sich Jons Körper an den Umfang des Dildos und es geht ihm besser. Sie gibt mehr Gas und bringt ihn zum Singen. Anders kann man sein Aufheulen kaum beschreiben. Louna muss ein bisschen lachen. Heimlich. Mit vorgehaltener Hand. Sie ist etwas über sich selbst verwundert, dass ihr das Zuschauen jetzt doch gefällt nach dem ersten Schock.

Der Gummischwanz passt jetzt gut in Jon hinein, seine Muskeln entspannen sich und der Spaß kann beginnen. Diana hat Talent. Obwohl sie kein Y-Chromosom in sich trägt, fickt sie besser als viele Original-Männer. Jon weiß nicht mehr, wo oben und unten ist, und nimmt jeden Stoß mit Freude auf, seufzt, stöhnt und ächzt die Tonleiter rauf und runter.

Plötzlich stoppt Diana und schaut Robby an. „Er gehört Dir. Bring es zu Ende!“

Sie setzt sich neben Louna, während sich der Rotbart auf seinen Einsatz vorbereitet. Die beiden Damen lächeln sich an. Louna hat augenscheinlich Spaß, zumindest bei diesem Kapitel ihres Plans. Während die Männer sich vergnügen und Robby dafür sorgt, dass nicht nur er, sondern auch Jon seinen Orgasmus bekommt, schauen die Frauen von hinten genüsslich zu.

Spermastille.

Die beiden Männer sind erschöpft und liegen übereinander. Robby hat es sich auf Jon bequem gemacht. Diana lässt den beiden ein paar Minuten der Nähe und des Ausruhens und freut sich schon auf den nächsten Akt in ihrem Entführungstheater.

„Robby, leg Jon mit dem Rücken auf den Boden."

Louna ist hellwach. Sie erinnert sich an das, was jetzt kommen soll. Diana hat von einer neuen Grenzerfahrung für Jon gesprochen und Louna ist gespannt auf seine Reaktion.

Der blinde Jon ahnt nichts von seinem Glück, als Robby ihm hilft, die richtige Positionierung auf dem Fußboden zu finden. Währenddessen schnallt sich Diana das Gummiteil ab und zieht Hose und Slip aus. Louna kann nicht verhindern, ihre Spalte anzuschauen. Auch Frauen sind neugierig, was die Anderen so haben.

Diana hockt sich über das Gesicht von Jon, löst die Kordeln des Leinensackes und schiebt den Stoff nach oben, sodass sein Mund frei wird. Es bleibt schwarz vor Augen, der schöne Anblick von Diana, thronend über seinem Gesicht, bleibt ihm verwehrt.

„Komm mit dem Kopf hoch und leck mich", befiehlt sie.

Jon bekam nicht mit, was sich über ihm bereit gemacht hat, obwohl er einen vertrauten Geruch bemerkte. Er hat nicht gewagt zu hoffen, dass es wirklich Dianas göttliche Vulva sein könnte. Er hebt seinen Kopf und lässt seine Zunge das Ziel suchen.

Doch wieder ist es eine Finte, die Diana geschickt gelegt hat. Sie stößt ihn zurück auf den Boden.

„Das war ein Witz. Heute darfst Du nicht lecken. Heute wirst Du trinken."

Jon ist verdutzt. „Trinken, meine Königin?"

Diana lacht. „Ja. Feinsten Sekt aus der Natur. Hundert Prozent bio."

Gelächter erschallt von hinten. Louna und Robby fühlen sich gut unterhalten.

Jon ist weniger zum Lachen zumute, obwohl ihm schon immer klar war, dass dieser Moment irgendwann kommen würde. Er redete häufiger mit Diana darüber. Über mangelnde Ankündigung kann er sich nicht beschweren, aber Theorie und Praxis sind besonders bei diesem Thema zwei verschiedene Paar Schuhe.

Diana beruhigt ihn. „Keine Sorge, ich habe heute nur Wasser und Champagner getrunken, es wird Dir also munden."

Jon gibt sich hin. „Ja, meine Königin."

Diana atmet einmal tief durch und fängt an, in seinen Mund zu pissen. Die fast transparente Flüssigkeit schießt in Jons Hals. Er prustet.

„Schlucken, Jon, schlucken!", geifert Diana herrisch.

Er gehorcht und stellt schnell fest, dass es so viel leichter zu ertragen ist. Der Geschmack ist überraschend neutral, sodass Jon fast denkt, er hätte soeben warmes Wasser getrunken. Sein Kopf schaltet sich ein und ruft ihm zu: „Das war Pisse, Mann! Du hast wirklich Pisse getrunken!" Jon spürt, wie ihm schlecht wird, er muss würgen, behält aber alles in sich.

Diana tätschelt seine Wange. „Gut gemacht. Braver Diener!"

Auch Louna ist schwer beeindruckt, sie hätte Jon diese Coolness nicht zugetraut. Robby kommt mit den Papiertüchern und wischt das Gesicht von Jon und danach den Boden sauber.

Diana gibt den nächsten Schritt vor. „Wenn Du fertig bist mit Saubermachen, häng Jon zurück an die Decke."

Fünf Minuten später ist Jon wieder allein in der Dunkelheit. Seine Entführer haben den Raum verlassen und feiern nebenan ihre gelungene Inszenierung, ihr Spiel der Superlative.

Jon ist erschöpft und müde. In seiner Schläfrigkeit verliert er die Körperkontrolle und lässt endlich laufen. Erleichterung macht sich breit. Es vergehen mehrere Stunden. Jon dämmert vor sich hin.

Zwischendurch kommt immer wieder einer vom Trio in den Raum, um zu prüfen, ob es ihm gut geht, um danach weiter mit den Anderen das faszinierende Spiel der Nacht zu begießen. Im frühen Morgengrauen kommen alle drei leicht beschwipst und gut gelaunt hinein.

Diana geht auf Jon zu und streichelt sein Kinn. Er wird wach. Sie hält eine kurze Rede und weist die nächsten Schritte an.

„Eine großartige Nacht wie diese braucht einen würdigen Abschluss. Eine Entführung endet nicht im warmen flauschigen Hotelbett. Also: raus mit ihm! Der Sack muss runter vom Kopf, sonst kriegen wir noch Ärger mit der Polizei. Nackt sollte er auch nicht sein. Sein Mantel reicht aber. Schließ die Augen, Jon. Und mach sie erst wieder auf, wenn ich es Dir sage!"

Jon befindet sich noch im Halbschlaf und stammelt: „Ja, meine Königin."

∞

Es ist kalt an diesem Morgen.

Manhattan begrüßt Jon mit seinem grauen Morgenkleide. Chelsea Piers. Irgendwo zwischen der 17th und 19th Avenue.

Jon liegt auf dem Rücken, als er die Augen öffnet. Sein Körper beschwert sich. Adrenalin ist der Kälte gewichen. Schmerzen haben die Rüstung verloren. Hämatome bellen bei jeder kleinen Bewegung. Der Hudson River raschelt ihm freudlos ins Ohr, sein modriger Duft kraxelt anerkennungslos in seiner Nase empor.

„Der Geruch eines Starbucks-Gesöffs wäre mir nun lieber", denkt Jon – während in ihm die Bilder der letzten Nacht pulsieren. Aufblitzen. Ihn erschauern lassen. Erregung. Furcht. Ekel. Und immer wieder Erregung. Merkwürdig. Skurril. Großartig. Jedenfalls für Jon. Nicht viele würden ihm zustimmen. Nicht viele würden jemals die Gelegenheit dazu bekommen. Jon ist ein Glückspilz. Er trägt seinen grauen Lieblingsmantel – sonst nichts.

Jon wendet seinen Kopf und sieht, wie das Entführungs-Trio den Steg hinunterkommt. Louna hat einen Becher Kaffee in der Hand.

„Hier, für Dich. Guten Morgen!" Sie lächelt und schaut ihn mit Respekt und Liebe an.

Diana und Robby helfen ihm gemeinsam hoch. Es wird nicht gesprochen in diesen Minuten. Jon fühlt sich überglücklich und dankbar, so etwas erlebt haben zu dürfen. Und dass seine Louna ihn dabei begleitet hat, macht ihn noch viel glücklicher. Geliebte Menschen, so weit das Auge reicht.

Er schaut alle drei abwechselnd an und sinniert zufrieden in seinem Inneren. „Polyglück total" – so würde ich diesen Film wohl nennen.

Jon hat Recht. In der letzten Nacht regierte zwar viel Schwarz vor Augen, jedoch wahrhaftig mehr Licht im Herzen.

Das Gebet von der Liebe

Ich blicke zurück voller Dankbarkeit. Ich habe den Sonnenaufgang endlich erreicht und wurde reich beschenkt. Der neue Horizont ist voller Schätze. Sie erquicken mich nach langer Reise. Einer Reise voller Irrungen und Wirrungen, mit falschen Wegen und vielen erfolglosen Versuchen.

Liebe kann wahrhaftig geschehen. Der Schlüssel hierfür war in mir selbst versteckt. Verschanzt hinter Zweifeln und Heimlichkeiten.

Ich ritt und ritt, gab meinem Pferd ordentlich die Sporen, doch wenn die Richtung nicht stimmte, nutzte es nichts, schneller und schneller zu werden. Mein innerer Kompass wurde durch Misserfolge immer wieder ins Chaos getrieben, bis ich verstand, wie er richtig zu justieren ist: Ich habe gelernt, ehrlich zu mir selbst zu sein. Zu mir und meinen Bedürfnissen zu stehen. Mich so zu lieben, wie ich bin. Mich zu lieben, obwohl ich mich nun kenne. Mich zu lieben, weil ich mich nun kenne. Und als ich mich mir selbst öffnete und zu mir stand, war es nur noch eine Frage der Zeit, bis sich andere wundervolle Menschen meiner Reise anschlossen und mich beflügelten.

Louna war ab diesem Moment wie ein neuer Mensch an meiner Seite. Sie ist mein Aufwind und mein Fels. Mein Herz und meine Seele. Durch sie lernte ich neue Facetten der Liebe kennen, nicht zu besitzen und nicht zu kontrollieren, sondern freizulassen und gönnen zu können.

Umso mehr mir ihr Glück am Herzen lag und ich ihr aktiv dabei half, dieses zu finden, umso mehr fand ich mein eigenes Glück. Als Diana und Robby mein Leben berührten, wurde meine Reise schwungvoll inspiriert, meine Richtung hatte schon vorher gestimmt, doch jetzt bekam ich neuen Rückenwind gewaltigen Ausmaßes. Und neue Einsichten, die ich nicht für möglich gehalten hätte. Ich entdeckte sowohl neue Welten der Lust als auch der Liebe. Ohne Konkurrenz und Neid. Mit Tiefgang und Hingabe.

Robby ist ein geliebter Freund geworden, der mir nicht nur sexuell andere Ufer zeigt. Diana bin ich im erotischen Sinne vollkommen verfallen, aber bei Weitem nicht nur das: Wie Louna liebe ich auch Diana von ganzem Herzen.

Besonders stark wurde diese Liebe, als Louna in tiefer Trauer wegen des Verlustes von Francesco war. Eine zeitliche Überlagerung, die mir klar gezeigt hat, was Liebe alles sein kann. So konnte ich Louna in ihrem Leid Halt geben und sie gab mir die Freiheit, mein Glück mit Diana weiter zu genießen. Obwohl Louna verletzt am Boden lag, konnte sie dennoch gönnen. Was für eine große Liebestat!

Ich bin dankbar für die Entwicklung meines Lebens. So viel Liebe ist entstanden – großartige Menschen bereichern mich. Ich bin still für ein paar Sekunden…

Zweifel habe ich immer noch, manchmal, in dunklen Minuten, plagen sie mich: Könnte alles nur ein Traum sein, der irgendwann wie eine Seifenblase zerplatzt?

Hat die Mehrheit der Gesellschaft vielleicht Recht, wenn sie mein Leben als unmoralische Zeitverschwendung ansieht? Ist mein goldener Horizont eine Fata Morgana? Doch trotz aller Ängste spüre ich auch großen Mut. Meine Zuversicht ist stärker als meine Furcht.

Ich habe ein neues Glückskonzept gefunden: den Augenblick höher zu schätzen als einen Plan von der Zukunft. Die Tat höher zu schätzen als den Gedanken. Meine Potenziale höher zu schätzen als meine Angst.

Liebe gibt es wirklich. Ich bin dankbar dafür.

∞

Jon, Liebe kommt aus einer unerschöpflichen Quelle, die nie versiegt. Nur das Schöpfen, das Schöpfen muss der Mensch selbst übernehmen. So hat der Mensch die freie Wahl, ob er zur Quelle geht und sich an ihr bedient oder ob er sich von anderen Dingen bestimmen lässt. Jeder ist seines Glückes Schmied, was aber auch heißt, dass jeder seines Unglückes Schmied ist. Viele Menschen formen Pech und Schwefel im Feuer des Lebens, statt pures Gold zu ernten.

Du hast so viel erreicht in den letzten Monaten und reichlich Seelengold geerntet. Du bist zur Quelle gegangen, unzählige Male – und Du bist nicht allein gekommen, andere Menschen kamen mit Dir. So habt ihr euch gegenseitig beschenkt, mit dem Kostbarsten, was dieses Universum zu bieten hat: mit reiner Liebe aus purem Gold.

Ihr seid auf einem guten Weg. Nicht nur Worte sprecht ihr, sondern auch Taten der Liebe folgen. Liebe ohne Taten wäre wie eine lärmende Pauke. Sie macht Krach, aber keine schöne Melodie. So kann kein Lied entstehen. Auch Klugheit und Wissen helfen dann nicht. Liebe ist keine Theorie, sondern lebt allein von der Praxis. Die Quelle gut beschreiben zu können reicht nicht, wenn der Mensch nicht aus ihr schöpft.

Doch auch der umgekehrte Fall ist zu betrachten. Gute Taten sind nichts wert, wenn sie nicht aus Liebe geschehen. Nett und großzügig zu sein, hat nichts mit Liebe zu tun, wenn der Mensch sich nur so verhält, um Anerkennung oder ein leichteres Leben zu bekommen. Wenn gute Taten nur geschehen, um das eigene Ego zu polieren, dann ist die wahre Liebe noch nicht gefunden. Das wahre Wesen der Liebe prahlt nicht und bläht sich nicht auf. Es ist gütig und sucht nicht seinen Vorteil. Es lässt sich nicht provozieren oder zu bösen Taten verführen. Es bleibt ruhig und fordert nicht. Es vergibt sanftmütig wieder und wieder und freut sich an der Wahrheit.

Andere so zu lieben, setzt voraus, dass der Mensch sich selbst liebt. Auch mit allen Makeln und Fehlern. Dass er sich selbst liebt, mit allem, was er ist. Wahre Liebe kann nur aus innerer Überzeugung wachsen. Auf saftigen Wiesen gedeihen starke Bäume. In der Wüste geht es nur ums Überleben.

Jon, diese Selbstliebe spüre ich in Dir, genau wie in Louna, Diana und Robby.

So seid ihr in der Lage, Liebe zu verschenken und kommt immer wieder zurück an die Quelle. Ihr seid nicht die Einzigen in der Welt, aber die Menschen tun sich schwer. Es gibt große Zweifel, ob Liebe und Menschen füreinander bestimmt sind. Doch die Quelle ist da und wartet auf sie.

Du spürst Zweifel, ob alles nur ein Traum sein könnte. Nein, Jon. Es ist, was es ist. Und es bleibt allein Deine Entscheidung, was Du mit der Quelle anfängst. Du bist im großen Glück, hast Deine Seele voller Gold geladen. Doch Mensch sein heißt, nie aufzuhören, nach der Liebe zu streben. Es gibt keinen Speicher, den der Mensch einmal vollladen kann, um danach nichts mehr tun zu müssen. Es gibt kein Ende, bis es endet. So bleibe wachsam und wahrhaftig. Offen und mutig. Und kehre immer wieder zurück zur Quelle. Höre nicht auf, aus ihr zu schöpfen.

Die Welt der Menschen ist nicht Eden. Die Welt der Menschen steht im Zeichen des Rhythmus. Er fordert seinen Tribut Tag für Tag. Wenn Liebe wächst, strebt der Rhythmus nach Eindämmung. Sei wachsam, Jon. Wo Gutes ist, ist das Böse nicht weit. Jede Bewegung findet ihre Gegenbewegung. Unheilvolle Schatten schleichen durch die Nacht. Träume sind erwacht. Das Böse zieht seine Bahnen, wer kann es erahnen?

Die Versammlung

„Eine Königin bittet nicht, sie sagt Dir, was zu tun ist!"

Diese Zeilen prangen in großen Buchstaben auf der Einladungskarte, welche Jon in den Händen hält. Schwarzes Papier mit roter Schrift. Das schwarz-weiße Yin-Yang-Zeichen ist auch zu sehen. Darüber thronen zwei Rosen mit ungewöhnlichen Farben, die durchkreuzt eine Art X über dem Zeichen bilden. Zwei rote, dornenreiche Stiele mit schwarzen Blüten. Um die Dornen herum sind kleine Blutstropfen zu erkennen.

Die Karte ist der Zutritt zu einer privaten Veranstaltung. Zu einer *äußerst* privaten Veranstaltung, wie Diana betonte. Teilnehmen können nur Damen, die Mitglied im Club der „Schwarzen Rosen" sind. Die königlichen Damen dürfen ihre männlichen Diener mitbringen. Nur so kommt ein Mann auf dieses Event: in Begleitung seiner Königin. Doch es gibt Variationen. Manche Königinnen haben mehrere Diener. So wie Diana. Und manche Königinnen haben weibliche Dienerinnen. Auch diese dürfen mitgebracht werden.

„Die werden Dir gefallen!", scherzte Robby, als sie über das Event sprachen.

Die Damen der „Schwarzen Rosen" und ihre Gefolgschaft treffen sich jedes Jahr zu ihrer Versammlung weit draußen auf dem Land. Eine der Damen ist wohlhabend und besitzt ein Schloss. Jedes Jahr, am ersten Adventswochenende, stellt sie dieses gern zur Verfügung. Die große Auszeit vom Rhythmus für alle Versammelten.

„Aua in weihnachtlicher Atmosphäre!" So fasste Robby die Veranstaltung in seiner unnachahmlichen Art in einem Satz zusammen.

Vier Wochen sind vergangen seit der Rückkehr aus New York und schon plant Diana das nächste große Spiel. Jon ist aufgeregt, auch wenn er es schade findet, dass Louna diesmal nicht dabei sein kann.

„Die Versammlung der Königinnen hört sich großartig an – viel Spaß dabei, genieß Deine Zeit!", sprach sie ihm zu und wusste, dass sie an diesem Wochenende ebenfalls gut beschäftigt sein würde. Kurz nach der Wiederankunft in Hamburg hatte sie Timo im Red Club kennengelernt. Einen Mann in ihrem Alter, der seit zwei Jahren eine offene Beziehung lebt. Er ist sich noch nicht sicher, ob er bereit ist, den polyamoren Weg zu gehen, aber Louna will ihn damit nicht unter Druck setzen. Zu sehr genießt sie die Zeit mit ihm. Solange es sich gut anfühlt, will sie ihn weiterhin treffen. Louna hat gelernt aus der Erfahrung mit Francesco und lässt es ruhiger angehen. Ihr Herz ist offen, aber es ist eher ein Spalt denn eine sperrangelweite Eingangstür.

Jon wünscht Louna sehr, dass sie auch so jemanden wie Diana kennenlernt. In männlicher Ausführung. Und weniger sadistisch natürlich. Denn Louna mag zwar härteren Sex, aber Dianas Spiele reizen sie nicht.

Zuschauen ist schon grenzwertig für sie, aber es am eigenen Körper erfahren? Nein. Das möchte sie nicht. Wann immer sie im Red Club ein sadistischer Mann anschreibt, lehnt sie dankend ab und grinst dabei. Sie grinst, weil sie an Jon denken muss, wie er in einem New Yorker Keller hängt und vor sich hin schreit. Eine Erinnerung fürs Leben. Kopfkino für die Ewigkeit.

Die letzten Wochen in Hamburg waren geprägt von purer Lebensfreude. Von stillem Lächeln inmitten von Meetings, mit Kugelschreibern zwischen den Lippen, von einem Besuch im Theater als Vierergruppe, mit irritierten Blicken der anderen Gäste, weil gefühlt jeder jeden küsste und eine innige Intimität von der gesamten Gruppe ausging. Von intensiven Zeiten in Dianas Spieltempel mit blaufleckigen Mitbringseln. Von einem Männerabend mit Robby und Jon, mit viel Spaß auf jeder Ebene. Von liebevollen Zeiten, die Louna und Jon häufig mit einem erstaunten, breiten Grinsen verbrachten. Erstaunt über ihre Entwicklung. Obwohl es für die beiden inzwischen normal ist, wie sie leben, gibt es immer wieder Augenblicke, in denen ihnen klar wird, wie stark sie sich verändert und welch großes Glück sie haben.

„Wir sind gesegnet!“ So drückt Jon seine Dankbarkeit immer wieder aus. Louna kann mit dem Wort „Segen“ nicht viel anfangen, fühlt aber, dass er Recht hat.

∞

Jon schaut auf die Einladungskarte und lächelt. Er verstaut sie, gut gesichert mit einem Reißverschluss, in der Innentasche seines Reisekoffers. Wenn er die Karte verlöre, käme er nicht mehr auf die Party. Die Regeln auf der Versammlung sind äußerst streng.

Ein Blick in Jons Koffer lässt erahnen, was es heißt, als Diener dort zu sein. Sein Koffer ist fast leer. Nur ein Kulturbeutel mit dem Nötigsten und zwei große Handtücher. Diener und Dienerinnen haben das gesamte Wochenende nackt zu sein. Dass dies *auch* für die Dienerinnen gilt, begrüßt Jon sehr. Ein Grund mehr zur Vorfreude.

Er hört das Hupen eines Autos. Diana und Robby sind vorgefahren, um ihn abzuholen. Sie sind etwas spät dran. Bis zwölf Uhr mittags müssen alle Teilnehmer im Schloss sein. Es ist Freitag und der erste Advent steht kurz bevor.

Jon schnappt seinen Koffer und läuft mit großen Schritten los. Draußen angekommen stampft er durch den Schnee und wird aus dem Auto heraus angelächelt. Zwei Menschen, die sich freuen, ihn zu sehen. Und sie freuen sich auf das Wochenende. Er steigt samt Koffer hinten ein. Abfahrt. Auf zur Versammlung der Königinnen! Auf zur Versammlung der „Schwarzen Rosen“!

Nach zwei Stunden Fahrt, quer durch den Norden Deutschlands, nähern sie sich ihrem Ziel. Es geht durch einen dichten Wald. Wohin man schaut, nur Bäume. Es sind vor allem Nadelhölzer; Fichten und Tannen zu sehen. Auf einer holprigen, teilweise glatten Straße, deren letzte Instandhaltung auch schon länger her ist. Keine Anzeichen von Zivilisation.

Robby lacht. „Hier findet Dich keiner!"

Diana ergänzt: „Nackt in die Kälte zu fliehen, das wäre keine gute Idee."

Jon spürt, wie Geilheit in ihm aufsteigt und antwortet brav: „Eine Flucht ist nicht geplant, meine Königin!"

Heitere Stimmung im Auto. Diana hat ihr vielsagendes Grinsen aufgesetzt. „Kluger Junge, der Jon!"

Robby grinst mit ihr, weil er weiß, wie fasziniert Neulinge auf ihre erste Versammlung reagieren. Er schaut konzentriert und weitet die Augen. Obwohl er jedes Jahr hier ist, verliert er schnell die Orientierung. Die dichten Tannen verhindern jede Fernsicht. „Da vorne links müsste es sein!", ruft er aus.

Und er hat Recht. Plötzlich, wie aus dem Nichts kommend, steht es vor ihnen. Das Schloss der „Schwarzen Rosen". Jon ist beeindruckt und starrt aus dem Fenster. Er sieht ein rechteckiges Gebäude, welches sich über drei Etagen erstreckt. Das Mauerwerk ist pechschwarz, genau wie die Dachziegel. Der weiße Schnee bildet einen schönen Kontrast dazu. Doch das Schloss ist nicht komplett schwarz. Unzählig viele rote Sprossenfenster sollen Licht in die dahinterliegenden Zimmer bringen. Runde, rote Türme schießen an den vier Ecken des Bauwerkes empor. Sie übersteigen das Gebäude deutlich und haben spitz zulaufende Dächer mit roten Ziegeln. Neben schwarzen Sprossenfenstern hat jeder Turm eine begehbare Aussicht, oben, unter dem spitzen Dach. Jon erkennt stillstehende Personen im sanften Licht ihrer Laternen.

„Sind das Wachen?", fragt er halbernst.

„Ja. Das ist ihre Aufgabe. Unsere Gastgeberin Helena hat ein paar mehr Diener als ich, um dieses Anwesen pflegen zu können", erläutert Diana mit ernster Stimme.

Jon ist irritiert, er hat damit gerechnet, dass der Begriff „Schloss" eher ein Bildnis wäre, aber nicht, dass er tatsächlich vor einem stehen würde. Das Grundstück ist von einem schwarzen mannshohen Stahlzaun mit spitzen Zacken umringt. Der einzige Weg hinein führt durch einen prunkvollen schwarzen Torbogen. Die breite Pforte ist geöffnet. Als sie auf die Einfahrt zusteuern, erkennt Jon die Rosen von seiner Einladungskarte, die ganz oben auf dem Torbogen auf einer Stahlplakette angebracht sind. Die Plakette ist rot und schwarz gefärbt, sodass jeweils ein Kontrast zur rot-schwarzen Rose erkennbar wird. Diana fährt auf den großzügigen Vorhof, auf dem dutzende Autos stehen.

Robby sorgt sich. „Oh, wir sind wirklich etwas spät dran!"

Diana beruhigt ihn. „Alles gut, wir haben noch dreißig Minuten Zeit."

Jon bekommt das Gespräch nur beiläufig als hintergründiges Rauschen mit. Sein Fokus ist auf den riesigen Weihnachtsbaum gerichtet, der in der Mitte des Hofes die Autos überragt.

„Ist der wirklich schwarz angemalt?", fragt er verdutzt.

„Schwarz besprüht! Ich hatte auch schon mal die Ehre, diese Arbeit zu machen“, erklärt Robby mit stolzem Unterton.

„Das hat Stil. Muss ich ja zugeben.“ Jon grinst und schaut auf die vielen roten Lichter, die den schwarzen Baum prachtvoll schmücken.

Diana hat den Wagen inzwischen geparkt und setzt den herrischen Ton einer Königin auf. „So, auf geht‘s! Jon, Du nimmst meinen Koffer. Robby, Du nimmst die beiden Dienerkoffer!“

Die beiden Männer steigen unverzüglich gehorsam aus und gehen zur Fahrertür, fast zeitgleich greifen sie zum Türgriff, um wie Gentlemen ihrer Königin die Tür zu öffnen.

Diana lächelt und steigt aus. „So gefällt mir das.“

Robby und Jon machen eine kurze Verbeugung und gehen zum Kofferraum. Jon stöhnt leicht, als er den Koffer von Diana hinaushievt. Robby muss heimlich lachen. Diana hat eine große Auswahl an Kleidern und Schuhen dabei, wie es sich für eine Königin gehört. Sie gehen ein paar Meter über schwarze Kieselsteine und Jon ist froh, zu erkennen, dass der Eingang nicht weit entfernt ist. Vor dem Eingangsportal wurden ein zehn Meter langer roter Teppich und einige uniformierte Männer platziert. Die Gesichter der Männer sind nicht zu erkennen. Schwarze Masken verbergen ihr Antlitz. Jon findet sie etwas unheimlich, aber überspielt es mit einem Spruch. „Das ist ja mal ein Empfang!“

Robby lacht laut. „Ja! Aber nicht für die Diener, wir gehen durch den Seiteneingang.“

Diana lächelt leise vor sich hin. Die Göttin hat Spaß. „Du kannst meinen Koffer an einen kräftigen, gutgekleideten Mann in Uniform geben. Er wird mich hineinbegleiten.“

Jon bemerkt peinlich, dass er der Neuling auf dieser Versammlung ist. „Ja, meine Königin!“

Als er den Koffer übergeben hat, zieht Robby ihn weg. „Komm, es ist nicht erlaubt, lange vor dem Eingang zu stehen. Nicht unsere Zone.“

Jon blickt zurück, während sie losgehen. „Wer sind die Typen mit den Masken?“

Robby zeigt auf einen Turm. „Die gehören zu den Dienern von Helena, sie dürfen Uniform tragen und müssen nicht nackt sein. Sie wachen über alle Regeln und jeden Diener. Die verstehen keinen Spaß.“

Er geht eiligen Schrittes an der Vorderseite des Schlosses entlang und Jon folgt ihm. Sie umrunden einen Turm und stehen nach ein paar weiteren Schritten vor einer schwarzen Stahltür. Der Seiteneingang. Zwei Wachen stehen davor. „Zeigt eure Karten!“, befehlen sie. Während Robby die Karte galant aus der Jacke zieht, fängt Jon an, in seinem Koffer zu kramen. „Geht das auch schneller?“, fragt eine der Wachen mit scharfem Unterton. Mit zittrigen Händen greift Jon nach der

Karte und hält sie der Wache entgegen. „In Ordnung. Ihr könnt reingehen. Abgabe eurer Koffer und Kleidung ist auf der rechten Seite.“

Jon wartet, bis Robby losgeht und ist heilfroh, ihn an seiner Seite zu haben. Hinter der Tür erwartet sie ein wenig ansehnlicher Raum. Nackte Männer gehen eine dunkle, nur spärlich mit Kerzen ausgeleuchtete Treppe hinunter. Robby deutet auf eine lange Theke, die rechts im Raum angebracht ist. Hinter der Theke wieder Maskierte. „Alles ausziehen und sämtliche Sachen abgeben!“, schallt ein eindeutiger Befehl durch den Raum. Robby und Jon sehen zu, dass sie ihre Klamotten möglichst schnell loswerden. Besonders warm ist der Raum nicht. Jon wird langsam klar, dass er kein Wellness-Wochenende auf Sylt vor sich hat. Robby holt Handtücher und Kulturbeutel aus seinem Koffer und packt seine Kleidung hinein. Jon denkt nicht weiter nach und tut es ihm gleich. Jetzt versteht er, warum er für die paar Sachen einen Koffer mitnehmen sollte. Sie übergeben ihre vollgestopften Koffer an die Männer hinter der Theke und erhalten dafür einen schwarzen Schnipsel zurück. Auf dem Schnipsel ist in roten Lettern eine Nummer gedruckt.

Robby verstaut den kleinen Zettel in seinem Kulturbeutel. „Nicht verlieren, sonst fährst Du nackt nach Hause. Die machen keine Ausnahmen!“

Jon nickt und tut es ihm gleich. Die uniformierten Männer nehmen die Koffer und bringen sie hinter eine Tür aus Stahl.

„Vor Sonntagabend achtzehn Uhr wird sich diese Tür für uns nicht mehr öffnen“, erklärt Robby.

„Steht hier nicht rum und labert! Es ist bald zwölf Uhr. Runter mit euch!“, ordert einer der Uniformierten.

Robby läuft los und Jon wieder hinterher. Sie nehmen die spärlich beleuchtete Treppe mit den steinernen Stufen und kommen zwanzig Schritte später in einem großen Raum an. Von dem Raum gehen viele Türen nach rechts und links ab, doch keine normalen Türen: Alle haben Gitterstäbe.

Robby schmunzelt. „Willkommen im Verlies, unserem Zuhause für die nächsten drei Tage!“

In der Mitte des Raumes stehen zwei Uniformierte und fuchteln wild mit den Armen wie Verkehrspolizisten auf einer vielbefahrenen Kreuzung. „Freie Platzwahl. Sucht euch eine Zelle und legt eure Sachen auf ein Bett!“

Robby und Jon müssen schnell feststellen, dass sie wirklich spät dran sind. Viel ist nicht mehr frei. Alle Zellen sind mit vier Doppelhochbetten ausgestattet. Es gibt keine Fenster, nur dunkles Mauerwerk, dafür aber eine Toilette in der Ecke ohne jeden Sichtschutz.

Jon stockt der Atem. „Ein Fünf-Sterne-Hotel ist das hier nicht gerade“, flüstert er leise.

Robby grinst und flüstert zurück: „Ein Diener ist keine Königin, sonst wäre er kein Diener.“

Jon grummelt vor sich hin. Begeistert ist er nicht gerade, aber er wusste vorher, dass dieses Wochenende außergewöhnlich sein würde: Luxus wurde ihm nicht versprochen. Schließlich finden sie zwei freie Betten gegenüber voneinander.

„Mist, die Oberen sind alle besetzt.“ Robby ärgert sich und wirft seine Sachen auf ein unteres Bett.

Jon beschlagnahmt das Andere. Ihre Zelle ist menschenleer. Kein anderer nackter Diener ist zu sehen.

„Oh, wir müssen echt los, die Versammlung beginnt gleich!“, sagt Robby hastig, packt Jons Arm und zieht ihn aus der Zelle.

Sie eilen den großen Raum entlang, am Ende befindet sich eine große Stahltür. Sie steht offen. Hinter der Tür ist ein schmaler Gang. Weit kommen sie nicht. Nackte Körper stehen dicht gedrängt und warten darauf, dass sie losgehen dürfen. Robby und Jon sind ganz hinten in der Schlange. Sie sind die Letzten.

Jon schaut sich neugierig um, doch viel sehen kann er nicht. Zu dicht stehen die Diener Schulter an Schulter. Vereinzelt erkennt er weibliche Körper. Er neigt seinen Kopf ganz nah an Robbys Ohr und flüstert: „Gibt es gemischte Zellen?“

Robby lächelt und bewegt den Zeigefinger vor die Lippen. „Pst!“

Jon hat nicht bemerkt, dass es im Gang vollkommen still ist. Nackte Körper im Schweigen vereint. Er schaut beschämt auf den Boden. Rosenduft zieht in seine Nase. Jon braucht ein paar Augenblicke, bis ihm klar wird, dass die schwarzen Duftkerzen an der Wand dafür sorgen. „Das hat echt Stil“, denkt er still und atmet tief ein. Und wieder aus und wieder ein. Er schließt die Augen, um das Momentum aufzusaugen, es voll und ganz in sich aufzunehmen.

Was für eine Situation: Er steht nackt mit vielen anderen Nackten im Keller eines Schlosses und hat keine Ahnung, was jetzt passieren wird. Hätte ihm das vor ein paar Monaten jemand vorausgesagt, hätte er ihn laut ausgelacht. Doch es ist die Wirklichkeit. Er steht wirklich hier.

Ein lauter Gong schreckt ihn auf. Doch nichts passiert. Die Körper vor ihm bleiben ruhig stehen. Er schaut Robby fragend an. Doch der sieht ihn nicht, weil er selbst die Augen geschlossen hat und tief durchatmet. So geht auch Jon zurück in seinen meditativen Zustand. Minutenlang passiert nichts außer Stille. Jon platzt fast vor Spannung und versucht, weiterhin ruhig und tief zu atmen.

Ein zweiter Gongschlag ertönt. Ein paar Sekunden später quietscht eine schwere Eisentür. Diesmal passiert etwas. Endlich. Jon zittert. Die Schlange aus nackter Haut setzt sich in Bewegung. Es dauert, bis die Bewegung hinten bei Robby und Jon ankommt, doch dann laufen auch sie los. Nur wenige Meter sind zu gehen, bis sie zu einer Treppe kommen, die nach oben führt. Zwanzig Stufen und einige Schritte mehr sind es, bis sie die Eisentür durchqueren, die sie eben noch quietschen gehört haben.

Die Schlange der nackten Körper betritt einen großen Saal. Viele sehen diesen nicht zum ersten Mal. Der Neuling Jon öffnet den Mund vor Staunen. Was für ein Ambiente. Schwarze, runde Marmorsäulen stützen die Decke in zehn Metern Höhe. An der Decke sind kunstvolle Malereien von erotischen Szenen zu erkennen. Jon hat nicht genug Zeit, die Decke im Detail zu betrachten, denn er ist mit der Schlange in Bewegung. Der Boden ist komplett mit rotem, flauschigen Teppich ausgelegt. Große Kerzenständer mit unzähligen Kerzen sorgen für eine mystische und warme Stimmung. In einer Ecke steht wieder ein großer schwarzer Weihnachtsbaum, der festlich leuchtet.

Die nackte Schlange läuft auf den hinteren Bereich des Saales zu. Dort sind zwanzig schwarze Throne in einem Halbkreis wie an einer Perlenkette nebeneinander aufgereiht. Ein wahrhaftiger Thronsaal und ein würdiges Ambiente für echte Königinnen. Auf jedem der zwanzig Throne sitzt eine Königin und vor ihr liegen schwarze Kissen – mal eines, mal zwei und bei einigen sogar drei Kissen. Manche Königinnen tragen eine Maske, sodass ihr Gesicht nicht zu erkennen ist. Dem Zirkel gehören auch einige prominente Frauen an, die lieber anonym bleiben wollen. An der großen Wand hinter dem Halbkreis hängt ein riesiges Gemälde. Es zeigt zwei schwarze Rosen mit dornigen, roten Stängeln und Blutstropfen. Das Motiv von der Einladungskarte.

Robby und Jon lassen ihre Augen durch den Halbkreis wandern. Wo ist Diana? Die ersten Dienerinnen und Diener haben ihre Königin bereits gefunden und setzen sich auf die schwarzen Kissen. Jons Augen bleiben an einer Frau hängen, die mit einem langen schwarzen Kleid und ebenso schwarzem wallendem Haar auf ihrem Thron sitzt. Erhaben. Schön. Heiß. Er hat Diana entdeckt. Robby hat sie auch gesehen und geht vor. Schon lange, bevor die beiden am Thron ankommen, hebt Diana ihre Hand zum Handkuss. Robby beugt sein Haupt, küsst als Erster und setzt sich danach auf ein Kissen, Jon folgt ihm nach. Diana schaut auf ihre beiden Diener lächelnd herunter. Sie fühlt Stolz in sich, zwei so tolle Männer als Begleitung dabei zu haben. Im Saal wird nicht gesprochen. Es herrscht feierliche Stille.

Wieder ertönt der Gong, der in der Nähe des Weihnachtsbaums von einem Maskierten bedient wird. Eine blonde Königin steht auf. Auch sie trägt ein schwarzes Kleid, wie alle Königinnen auf den Thronen. Es ist die Gastgeberin Helena, die auch erste Vorsitzende des Vereins der „Schwarzen Rosen“ ist. Sie ist deutlich älter als Diana. Und auch deutlich größer sowie schwerer. Eine stattliche Erscheinung, die mit runden Hüften und großem Hinterteil zu reizen weiß. Jon findet Helena nicht so attraktiv, bemerkt aber, wie Robby sie mit großen Augen anschmachtet. Die üppige Vorsitzende setzt zu einer Rede an, während ihre Augen wachsam durch den Halbkreis wandern.

„Dienet. Leidet. Liebet. Im Reich der schwarzen Rosen. Nachdem ich eure Königinnen zuerst zu unserer Versammlung begrüßt habe, nun auch ein kurzes Wort zu euch, liebe Dienerinnen und Diener. Herzlich willkommen zur alljährlichen Versammlung der ‚Schwarzen Rosen‘! Ich wünsche euch viel Leid und Freude in den nächsten Tagen. Möget ihr mit freiem Willen eure Hingabe und Liebe erweisen.

Wie jedes Jahr wollen wir die vorweihnachtliche Stimmung für unser Vergnügen nutzen. Wir sind die Königinnen der ‚Schwarzen Rosen' und die Herrscherinnen über diese Versammlung. Gleichberechtigt. In machtvoller Einigkeit. Und ihr, liebe Dienerinnen und Diener? Ihr dürft unsere Spielzeuge sein, die zu unserer Verfügung stehen. So beschenken wir uns gegenseitig. Ist das nicht wunderbar weihnachtlich? Keiner Königin dürft ihr widersprechen oder gar ihre Befehle missachten. Verstöße werden hart bestraft. Wer nicht gehorcht, wird ausgepeitscht oder verbringt das ganze Wochenende allein in einer dunklen Zelle. Wählt mit Bedacht, wie ihr euch betragt. Ich begrüße ganz besonders die Neulinge unter euch. Wenn ihr Fragen habt, haltet euch an die erfahrenen Dienerinnen und Diener. In den engen Zellen habt ihr genug Gelegenheit zum Austausch. Ansonsten sprecht ihr nur, wenn ihr dazu aufgefordert werdet! Gleich geht ihr zurück in den Kerker. Dort werdet ihr den Nachmittag über bleiben, während eure Königinnen den Vereinsgeschäften nachgehen. Heute Abend sehen wir uns wieder. Ich schließe meine Begrüßung mit unserem Credo, an welches ihr immer denken solltet in den nächsten Tagen: Im Dienen und Leiden erfährt der Mensch die wahre Liebe!"

Der Gong ertönt und Helena setzt sich zurück auf ihren Thron. Schweigen im Thronsaal. Applaus scheint nicht vorgesehen zu sein, dafür erkennt Jon viele glückliche Gesichter voller Vorfreude. Gestrahlt wird sowohl auf den Thronen sowie auf den weichen Kissen davor.

Ein paar stille Sekunden vergehen, bis der Gong erneut ertönt. Die Nackten erheben sich und bilden wieder eine Schlange. Jon ist diesmal weiter vorne mit dabei, weil Robby ihn unauffällig angestoßen hat. Es geht zurück durch den Saal und die Eisentür, die Stufen hinunter zum Verlies.

∞

Einige Stunden später.

Im engen Kellergang reiht sich wieder Haut an Haut. Raus aus den Zellen, zurück zu den Königinnen. Es ist früher Abend. Robby und Jon hatten viel Zeit am Nachmittag für das Kennenlernen ihrer Zellennachbarn. Neben vier weiteren Männern haben sie tatsächlich auch zwei Frauen in ihrer Zelle. Jon ist schwer beeindruckt, mit welcher Gelassenheit sie sich nackt zwischen all den Männern bewegen. Stolze Dienerinnen voller Selbstbewusstsein.

Ein männlicher Zellennachbar kam Jon seltsam bekannt vor. Er brauchte ein paar Minuten, bis ihm klar wurde, wer da vor ihm saß. Lorenzo! Ein Kellner aus Lounas Lieblingsrestaurant. Und zwar genau der Kellner, der sie bedient hatte, als sie in der tiefen Krise wegen Sonja gewesen waren. „Wie peinlich!", dachte Jon für ein paar Sekunden, doch dann wurde ihm klar, dass nichts daran schlimm ist. Ganz im Gegenteil. Es ist doch wunderbar, wenn Menschen Leidenschaften teilen und zusammen ausleben. Ab jetzt werden sie Brüder im Geiste sein und sich verschmitzt anlächeln, wenn Jon im Restaurant einen Chianti für Louna und sich bestellt.

Er denkt an sie. Was Louna wohl zu alldem hier sagen würde? Schöne Königinnen auf Thronen, maskierte Aufpasser auf Türmen, nackte Diener in Verliesen. Was für ein Szenario. Doch wahrscheinlich bevorzugt sie die sinnliche Zeit zu zweit mit Timo. Im fernen Hamburg, das Jon gerade besonders fern vorkommt.

Der Gong reißt ihn aus seinen Gedanken, die Schlange setzt sich in Bewegung. Wieder den Gang entlang, die Stufen nach oben und durch die schwere Eisentür.

Ein neuer Anblick entfaltet sich vor Jons Augen. Der Thronsaal wurde umgebaut. In der Mitte steht eine prunkvolle lange Tafel, an der alle Königinnen bereits sitzen. Er folgt Robby. Die Dienerinnen und Diener stellen sich hinter die Stühle ihrer Königin. Jon schaut hinunter und muss innerlich lächeln. Die Stühle sind alle mit erhöhten purpurnen Kissen ausgestattet, ganz genau wie Dianas Stuhl zu Hause. Immer mehr versteht er die Zusammenhänge. Die Leidenschaft, mit der Diana ihre Lebenseinstellung lebt.

Helena steht auf und setzt zu einer Rede an. „Nachdem wir heute Nachmittag die Geschäfte des Vereines besprochen haben, wird es Zeit für eine Stärkung. Unsere Küche hat ein Fünf-Gänge-Menü gezaubert mit allerlei Köstlichkeiten. Lasst uns Speis und Trank genießen und uns auf einen exzellenten Service unserer Dienerinnen und Diener freuen. Dienet und liebet. Das Dinner ist eröffnet."

Der Gong ertönt und die nackten Körper setzen sich in Bewegung, Jon hält sich an Robby, um im Gewusel nicht die Orientierung zu verlieren. Es geht zur Küche, die über einen langen Flur hinter dem Thronsaal zu erreichen ist. In den nächsten zwei Stunden werden sie diesen Weg wieder und wieder gehen. Nackte Kellnerinnen und Kellner, so weit das Auge reicht. Jeder kümmert sich um seine Königin, auch um ihre Sonderwünsche. Manche Wünsche haben nichts mit Essen oder Trinken zu tun. So verschwinden Diener unter der Tafel und tauchen für längere Zeit nicht mehr auf. Diana äußert so einen Wunsch nicht, sondern genießt in aller Ruhe, wie Robby und Jon ihr Teller für Teller, Gang für Gang bringen und ihr Glas auffüllen.

Im Thronsaal herrscht emsige Fröhlichkeit. Die Königinnen lachen und tratschen in ihren festlichen Kleidern, während nackte Körper sie umgarnen. Dazu strahlen die Kerzenlichter und der große Weihnachtsbaum in der Ecke. Ein wunderwarmer Abend, unvergesslich für alle, die hier sein dürfen. Als die hochprozentigen Digestifs gereicht werden, ist zwar das Dinner fast beendet, aber der Abend noch lange nicht.

Helena erhebt sich wieder. „Lasst uns anstoßen auf diesen göttlichen Abend, dieses köstliche Dinner und auf uns wunderschöne Menschen. Es ist mir immer wieder eine Ehre, eure Gastgeberin sein zu dürfen. Gleich ruhen wir uns ein wenig aus und machen uns frisch für die Nacht, während die Dienerschaft ihr Essen im Keller einnimmt. In fünfundvierzig Minuten geht es weiter. Das Ritual beginnt. Cheers, ihr Königinnen der ‚Schwarzen Rosen'!" Die Damen prosten sich in großer Heiterkeit zu und die nackte Gefolgschaft schreitet zurück in den Keller.

Im großen Raum zwischen den Zelleneingängen wurde ein Holztisch aufgebaut, auf ihm stehen Schüsseln mit zwei verschiedenen Gerichten. Vegan und Hühnchen. Robby und Jon beeilen sich erfolgreich und erwischen das Hühnchen. Gegessen wird auf den Betten in den Zellen.

Für Jon eine gute Gelegenheit, nachzufragen. „Das Ritual? Was kommt da auf mich zu?"

Robby schmatzt und antwortet mit halbvollem Mund. „Eine Verlosung. Wenn Du Glück hast, erwischst Du eine tolle Königin. Wenn Du Pech hast, nicht."

Gelächter in der Zelle. Jon ist der einzige Neuling in diesem Raum.

„Mach Dir keine Sorgen, Deine Königin hat vorher für Dich angegeben, was man mit Dir machen darf und was nicht!" Anna, die gegenüber von Jon auf dem oberen Bett sitzt, beruhigt ihn. Er traut sich nicht, hinzuschauen, weil seine Augen aus seiner Perspektive immer automatisch zwischen ihren Beinen landen. So lächelt er beruhigt mit gesenktem Kopf. „Gut, dann kann ja nichts schiefgehen."

Kaustille in der Zelle.

Die Zeit ist knapp und der Hunger groß. Die Schüsseln sind gerade leer, als ein Maskierter eintritt und sie zum Aufstehen auffordert. „Kommt raus, die Nummerierung startet."

Draußen bildet sich eine Schlange vor einem Maskierten, der mit schwarzer Farbe Nummern auf die Rücken der Nackten malt. Jon wird langsam klar, was mit der Verlosung gemeint ist. Robby bekommt die achtundzwanzig und Jon sofort danach die neunundzwanzig. Er sieht Annas zierlichen Rücken, sie trägt die fünfundzwanzig.

Nach der Nummerierung geht es in den Kellergang, um dort auf den Gong zu warten. Die Königinnen lassen die Dienerschaft noch ein wenig zappeln. Ganze zehn Minuten stehen sie dicht gedrängt im Gang. Anna steht direkt vor Jon, sein Becken klebt an den kleinen Backen ihres Hinterteils. Er muss sich arg zusammenreißen, nicht steif zu werden.

Endlich. Der Gong ertönt. Die Nummerierten setzen sich in Bewegung. Wieder den Gang entlang, die Stufen nach oben und durch die schwere Eisentür.

Oben im Thronsaal stehen die Königinnen in einer langen Reihe nebeneinander. Jede hat eine schwarze Rose in der Hand. Leise spielt eine etwas pathetische Musik, um die Spannung noch weiter zu steigern. Töne wie in einem theatralischen Filmtrailer machen klar, dass der Höhepunkt des Tages beginnt. Die nackten Körper stellen sich gegenüber der Königinnen ebenfalls in einer Reihe auf, jedoch nicht mit dem Gesicht, sondern mit dem Rücken zugewandt. Fünf Meter Abstand sind zwischen den Königinnen und der Dienerschaft, sodass die Damen jede Nummer gut erkennen können.

Helenas Stimme erklingt. „Dienet. Leidet. Liebet. Im Reich der schwarzen Rosen. Es ist Zeit für unser Ritual. Das ganze Jahr freuen wir uns ganz besonders auf diesen Moment! Jede Königin zieht eine Nummer und übernimmt die Macht über die Dienerin oder den Diener. Diese Macht wird ihr verliehen bis morgen früh um sechs Uhr. Da es mehr Dienerschaft als Königinnen gibt, werden einige Nummern nicht erwählt. Diese bleiben für die Nacht im Besitz ihrer eigentlichen Königin. Lasst das Ritual beginnen!“

Ein Maskierter tritt hervor, er trägt einen schwarzen Beutel aus samtigen Stoff. Er beginnt bei der ersten Königin in der Reihe. Sie greift hinein und zieht einen Zettel. Der Maskierte liest laut und deutlich vor: „Siebenunddreißig!“

Die rothaarige Königin mit großer Oberweite sieht sich um und entdeckt ihren Auserwählten. Mit einem Grinsen schreitet sie mit ihren hohen Stiefeln über den Teppich – als sie vor dem Rücken des Dieners mit der siebenunddreißig steht, holt sie aus und schlägt mit ihrer Rose zu. Er schreit auf. Blutstropfen bilden sich auf der Rückenhaut und fließen hinunter. Der Diener dreht und verbeugt sich; danach küsst er die Hand der Königin. Er folgt ihr zurück in die Reihe, wo er sich hinter der Königin auf den Teppich kniet und wartet.

In den nächsten Minuten wiederholt sich diese Prozedur, der Beutel geht von einer Königin zur anderen. Jon wartet gespannt, ob seine Nummer aufgerufen wird. Jetzt ist Helena an der Reihe und zieht die Nummer achtundzwanzig. Robby hat heute Abend großes Glück. Als er sich umdreht, um ihre Hand zu küssen, kann Jon im Augenwinkel erkennen, wie er selig lächelt.

Ein wenig später greift Diana in den Beutel und zieht die Nummer fünfundzwanzig. Anna wird heute Abend ihre Dienerin sein. Jon wartet weiter auf seine Nummer. Vergeblich.

Der Gong ertönt und Helena erhebt ihre Stimme. „Das Ritual ist beendet. Alle übriggebliebenen Dienerinnen und Diener gehen zu ihrer Königin. Ich wünsche uns allen eine großartige Nacht!“

Jon weiß nicht recht, was er fühlen soll, jedoch neigt er dazu, sich zu freuen, bei Diana bleiben zu dürfen. Wer weiß, was die Anderen mit ihm angestellt hätten. Er dreht sich um und geht zu seiner Königin, die ihn schon von Weitem warm anlächelt und ihn willkommen heißt, in ihrer Macht und Güte. Sie schaut Anna und Jon einladend an.

„Kommt, wir suchen uns unten einen schönen Raum für uns drei.“

Anna grinst Jon an. Sie freut sich auf die Nacht mit Diana und ihm und findet, großes Losglück gehabt zu haben.

Jon fragt sich, was Diana mit einer Frau anstellen will, wo sie doch nur auf Männer steht und ist gespannt, was sie daraus machen wird.

∞

Es geht in den Keller, aber nicht über den Weg, den die Dienerschaft bisher nutzte, sondern über eine Treppe, die von einer anderen Ecke im Thronsaal abgeht. Ihre Stufen sind mit rotem Teppich überzogen und haben eine großzügige Breite. Unten angekommen stehen sie in einem langen Flur, von dem unzählige Türen abgehen. Das schwarz-rote Design ist auch hier konsequent umgesetzt. Ein roter feiner Veloursteppich, schwarze Wände und rote Türen, dazu leuchten Kerzen, die in Glasbehältnissen an die Wand geschraubt sind.

Diana geht den Flur mit großen Schritten entlang – sie hat eine bestimmte Tür im Sinn und hofft, dass der Raum noch frei ist. Das Dreiergespann hat Glück. Sie sind nicht zu spät. Diana hat einen kleinen, gemütlichen Raum ausgesucht. Die Königinnen nennen diesen Raum den Himmel. Nur drei Einrichtungsgegenstände gibt es in dem Raum mit den weißen Wänden: ein bequemes Sofa aus weißem Leder, ein Himmelbett, das oberhalb mit weißen Stoffen verspielt umrandet ist, und einen großen Spiegel gegenüber des Bettes.

Diana schließt die Tür, setzt sich auf das Sofa und befiehlt: „Kniet euch vor mich."

Die beiden gehorchen und schauen sie mit großen Augen gespannt an, nachdem sie auf dem weichen, weißen Teppich auf ihren Knien Platz genommen haben. Diana hat einen gelassenen und freundlichen Gesichtsausdruck und betrachtet ihre Spielobjekte aufmerksam.

„Seht euch um. Ein unschuldiger Raum, der ohne jede Folterinstrumente auskommt. Ihr habt Glück. Mein Vergnügen wird heute Abend ein passives sein."

Anna und Jon schauen fragend. Diana schmunzelt ob der Verlegenheit der beiden nackten Menschen vor ihr. Sie drückt einen Knopf an der Wand und wartet. Keine zwanzig Sekunden später klopft es an der Tür.

„Komm hinein."

Ein Maskierter öffnet die Tür und fragt höflich: „Was kann ich für Sie tun, werte Königin?"

„Bring mir ein Glas Spätburgunder!"

„Kommt sofort, werte Königin!"

Die Tür schließt sich wieder.

Diana schaut Anna an. „Leg Dich mit dem Rücken aufs Bett und spreiz Deine Beine. Deinen Kopf halte gerade, mit den Augen zur Decke. Keine Bewegung möchte ich sehen. Und auch keinen Mucks hören. Hast Du alles verstanden?"

Anna antwortet brav: „Ja, meine Königin."

Jon schaut Anna hinterher und genießt ihren Anblick. Plötzlich spürt er einen stechenden Schmerz. Diana hat in seine Haare gegriffen und seinen Kopf zu sich gezogen. „Du schaust weiter mich an!"

Jon wurde ertappt und entschuldigt sich. „Ja, meine Königin, es tut mir leid."

Sie steht auf, greift unter ihr Kleid und lässt ihren Slip an den Beinen heruntergleiten. Er starrt gebannt auf den roten knappen Stoff, den Diana kunstvoll auf dem weißen Teppich drapiert. Sie setzt sich zurück aufs Sofa, zieht ihr Kleid nach oben, spreizt ihre Beine und zeigt ihre göttliche Fotze.

„Leck mich."

Jon zögert nicht, beugt sich nach vorne und beginnt, Diana zu verwöhnen. Es klopft an der Tür und er hält kurz inne, doch Diana drückt seinen Kopf zwischen ihre Beine und fordert ihn zum Weitermachen auf. Sie bittet den Klopfenden hinein und lässt sich das gewünschte Glas Rotwein überreichen, während Jon sie eifrig leckt.

Es vergeht Minute um Minute. Diana genießt die Wonne, eine Königin zu sein. Als sie irgendwann, nach vielen kleinen Schlucken, das Glas Rotwein geleert hat, stellt sie es zur Seite und konzentriert sich noch mehr auf ihren Körper.

In den letzten Monaten hat sie Jon beigebracht, wie sie von ihm geleckt werden möchte. Heute kann sie die Früchte ihrer Arbeit ernten. Sie will nicht nur einen Orgasmus. Nein. Sie will kommen und kommen. Jon weiß, was er zu tun hat. Dianas Körper bebt und zittert, sie hebt ihr Becken vor Freude und ist nicht mehr aufzuhalten. Säfte tosen durch die Poren und stürmisches Blut lässt sie immer mehr anschwellen und anschwellen. Ihre Hände verkrallen sich ins Ledersofa und ihr Seufzen wird von Sekunde zu Sekunde kräftiger und länger. Es ist so weit, die Klappe fällt. Orgasmus die Erste. Diana schreit und jauchzt. Jon ist ein wahrer Freudenspender, wie es sich für einen Diener gehört.

Dreißig Sekunden später ist sie entspannt, streichelt sanft Jons Kopf und schaut zu Anna herüber. Die liegt immer noch bewegungslos mit gespreizten Beinen auf dem Bett und durfte der Leckfreude nur akustisch folgen. Doch das Hören hat ausgereicht: Sie ist erregt, Annas Schamlippen glänzen im Licht des schwachen Deckenstrahlers. Diana grinst, lehnt sich zurück und treibt ihren Freudenspender erneut an.

„Weiter, Jon. Nicht aufhören!"

Er gehorcht und setzt seine Zunge wieder gekonnt ein. Diana schließt die Augen und lässt sich treiben. Die folgende Stunde beschert ihr einen Höhepunkt nach dem anderen. Zwischendurch lässt sie sich und Jon kleine Pausen, um danach wieder durchzustarten. Ausdauertraining neu gedacht. Der leckende Diener hält tapfer durch, auch wenn Nacken und Kiefer beginnen, zu schmerzen. Einige Orgasmen später ist die Göttin zufriedengestellt, zumindest für den Moment. Sie schiebt Jons Kopf hinaus aus ihrer Grotte, sodass er seinen Oberkörper kniend aufrichten muss. Sein Blick zaubert ihr ein Lachen ins Gesicht, wobei nicht nur sein Blick belustigend ist, sondern auch die Sabber, die sein Kinn mehrschichtig belegt und herunter tropft.

„Du schaust wie ein kleiner Hund, der gelobt werden will, weil er das Stöckchen geholt hat!"

Jon guckt beschämt nach unten. „Ich muss nicht gelobt werden für etwas, das für einen Diener selbstverständlich ist."

Diana tätschelt seinen Kopf. „Braver Junge. Hast viel gelernt. Und jetzt wisch Dir das Gesicht ab."

Sie zeigt auf Papiertücher, die neben dem Bett stehen. Jon steht auf und kann auf dem Weg zum Bett nicht verhindern, auf die nackte Anna zu blicken.

Diana bemerkt sein Schauen und räuspert sich. „Wenn Dein Gesicht sauber ist, wirst Du Dich um Anna kümmern. Ich bin ja kein Unmensch, sondern eine großzügige Königin."

Jon nickt, säubert sich und schaut mit Vorfreude auf Anna. Er mag ihren zierlichen Körper mit den kleinen Brüsten.

Diana bestellt ein zweites Glas Spätburgunder, sie möchte etwas trinken, während sie die Show genießt. Als sie das Weinglas in den Händen hält, schmunzelt sie vielsagend und freut sich auf das nun Kommende. Jon steht seit einiger Zeit mit seinem harten Schwanz inmitten des Raumes und wartet auf den Marschbefehl.

Diana erhebt ihre Stimme. „Es wird Zeit, dass Du unserem Gast die Ehre erweist. Du wirst auch sie ausgiebig lecken und sie danach durchficken, bis sie nicht mehr kann. Enttäusche mich nicht, sondern beweise, was Du drauf hast. Streng Dich an!"

Jon huscht ein Lächeln ins Gesicht. „Ja, meine Königin!"

Er dreht sich um und krabbelt aufs Bett zwischen Annas Beine. Als ihr süßlicher Duft seine Nase erreicht, spürt er, wie Glücksgefühle seine Seele durchfahren. Kurz bevor seine Zunge ihr Ziel erreicht, bringt ihn ein Gedanke innerlich zum Grinsen: „Diese Versammlung ist deutlich geiler als jedes Meeting, das ich bisher erleben durfte!"

Wie im Traum

Es ist später Samstagabend. Fast schon Mitternacht.

Jon sitzt ganz allein auf seinem Bett in der Zelle. Dunkelheit umgibt ihn. Nur ein paar Lichtreflexe von den Kerzen draußen im großen Zwischenraum unterbrechen hin und wieder das schwarze Nichts. Es ist still, die anderen Dienerinnen und Diener sind mit den Königinnen unterwegs, verstreut in den unzähligen Räumen des Kellers.

Jon ist erregt und knabbert an den Fingernägeln. Schon viele Stunden wartet er hier. Beim heutigen Ritual wurde er von einer maskierten Königin gelost. Sie nennt sich Regina, was Königin bedeutet. Mit siebenundsechzig Jahren ist sie die älteste aller Königinnen im Club, wie Robby ihm etwas uncharmant verriet. Ob sie eine prominente Schauspielerin ist, wird seit Jahren gerätselt. Robby jedenfalls ist fest davon überzeugt. Regina mag es, in der Nacht zu spielen und hat Jon aufgefordert, in seiner Zelle auf ihr Erscheinen zu warten.

Er hat Zeit und denkt zurück an die vergangenen Erlebnisse. Die Nacht mit Anna war heiß und noch viel heißer war es, dass Diana ihn immer wieder anfeuerte und ihn so zu Höchstleistungen anspornte. So hatte er eine Frau noch nie befriedigt. Noch nicht einmal Louna. Stolz breitet sich in ihm aus, er hätte nicht gedacht, dass er sowas könnte. Anna schrie vor Lust, küsste gierig und tränkte das Bettlaken mit ihren Säften. Morgens um vier Uhr gingen sie erschöpft zurück in ihre Zelle und schliefen tief und fest. Anna küsste noch zärtlich seine Stirn, bevor sie nach oben auf ihr Bett kletterte.

Samstag war dann für alle ausschlafen angesagt. Beim Aufwachen erzählten sich die Dienerinnen und Diener gegenseitig von ihren nächtlichen Erlebnissen. Robby hatte ebenfalls eine großartige Nacht gehabt. Ausgeliefert an Helena hatte er reichlich kosten dürfen vom süßen Schmerz. Sein Körper war übersät von Striemen und blauen Flecken. In den großen Gemeinschaftsduschen konnte es jeder sehen, als sie sich frisch machten für den neuen Tag. Robby grinste Jon immer wieder vor Freude an und bekam jedes Mal ein verschmitztes Lächeln zurück. Tolle Sache, diese Versammlung. Findet jetzt auch Jon.

Samstagmittag um zwölf Uhr gab es einen köstlichen Brunch, bei dem die Dienerinnen und Diener wieder als nackte Aufwärter glänzten. Am Nachmittag ging es heiter und entspannt zu. Im Thronsaal wurden Geschichten erzählt, von Erlebnissen dieses Jahres. Manche Königinnen und Diener hatten echtes Showtalent, was für gute Unterhaltung sorgte. Der Samstagabend ähnelte dem Freitagabend. Ein festliches Dinner und danach das Ritual. Regina wurde für Jon bestimmt und Robby darf heute Nacht bei Diana bleiben.

Und nun sitzt Jon hier, wartet und hofft, dass Regina endlich kommen wird, um ihn abzuholen. Bei aller Erregung und Neugierde spürt er auch Respekt. Eine deutlich Ältere hatte er noch nie.

Allerdings reizt Jon diese Idee schon lange. In seinen Fantasien hat er es häufiger mit älteren Damen zu tun.

Er hält inne. Sind das Schritte, die er hört? Vielleicht nur ein Maskierter, der Wache schiebt. Die Schritte kommen näher und werden lauter, er hört die Hacken von Stöckelschuhen. Endlich. Regina kommt.

Im Eingang der Zelle taucht eine Gestalt auf. Verhüllt mit Stoff, nur die Umrisse sind im schwachen Licht zu erkennen. Die verhüllte Gestalt hebt den Arm und fordert ihn mit dem Zeigefinger auf, ihr zu folgen. Sie dreht sich um und geht los, ein Lichtstrahl fällt auf ihre Maske. Jon erschaudert. Er fand Reginas Maske schon im Hellen gruselig, doch im Dunkeln ist die Wirkung noch viel dramatischer. Eine lang gezogene Fratze mit fast weißer Haut, großen dunklen runden Augen und einem breiten schwarzen verschlossenen Mund. Nicht gerade einladend. Dennoch ist er fest entschlossen, steht auf und folgt ihr.

Der lange Gang mit den vielen roten Türen. Eine mysteriös verhüllte Frau und ein nackter Mann auf dem Weg zum Raum ihrer Begierde.

Endlich biegt sie ab und öffnet eine Tür. Jon ist aufgeregt, er konnte das gefühlt ewige Gehen im Gang vor Spannung kaum noch ertragen. Die Tür schließt sich hinter ihm, der Schlüssel dreht sich um. Gefangen im Bann der Königin. Sie stehen in einem Raum, der an einen mittelalterlichen Folterkeller erinnert.

Jons Herz fängt an, spürbar zu klopfen, ihm wird klar, dass die heutige Nacht härter sein wird als die letzte. Die Show mit der Verhüllung und der gruseligen Maske unterstreicht seine Befürchtungen. Doch die Geilheit ist stärker, wie so oft in den letzten Monaten.

Die Königin stupst ihn an, Jon soll sich in Richtung des stählernen Kreuzes an der Wand bewegen. Er gehorcht und schreitet voran, als er davorsteht, geht alles blitzschnell – sie dreht ihn um und befestigt beide Hände und Füße über Spanngurte am Kreuz.

„Regina ist ein Profi!" Jon schmunzelt innerlich und ist freudig gespannt, was sie mit ihm vorhat. Mit weit gespreizten Armen und Beinen steht er da und wundert sich etwas, dass er mit dem Rücken zum Kreuz befestigt wurde, sodass nur seine Vorderseite erreichbar ist. Doch er geht davon aus, dass eine erfahrene Frau wie Regina weiß, was sie tut.

Die verhüllte Dame geht zu einer Wand, die vollgehängt ist mit Geräten verschiedenster Art: Peitschen, Gerten, Stöcke und vielen anderen Peinbringern. Als sie zurückkommt, hat sie einen Knebel in der Hand. Eine große rote Gummikugel mit zwei Schnallen zum Befestigen. Nicht gerade zimperlich zieht sie den Kopf von Jon nach vorne, drückt die Kugel in seinen Mund, zieht die Schnallen an seinem Hinterkopf fest und verschließt sie.

Selbst wenn Jon reden dürfte, hören würde man jetzt wenig und verstehen könnte man ihn schon gar nicht. Seine Mundwinkel brennen, die Schnallen quetschen sich tief in seine Haut. Die Königin steht ein paar Meter vor dem Kreuz und betrachtet ihr Werk. Zufrieden grinst sie hinter ihrer Maske, auch wenn Jon es nicht sehen kann, erkennt er an ihrer Körperhaltung, dass sie stolz und voller Vorfreude ist. Der Spaß kann beginnen. Schon dieses gefesselte Ausgeliefertsein reicht aus, um Jons Blutgefäße anzuregen. Sein Schwanz ragt steif in den Raum und signalisiert Zustimmung.

Sie hat sich inzwischen eine Peitsche von der Wand geholt und holt aus. Neun Enden aus Leder klatschen auf seine Oberschenkel. Die Schläge sind von Anfang an hart und brennend. Jon stöhnt auf und wundert sich – von Diana ist er ein Aufwärmen gewohnt, dies scheint Regina ihm nicht gönnen zu wollen. Es folgen Minuten des Schlagens, wieder und wieder. Nicht nur auf die Oberschenkel, nein, auch der Bauch und die Genitalien werden immer wieder getroffen. Jons Haut leuchtet rot und er hat ziemlich starke Schmerzen. Noch ist es auszuhalten, aber sein Schwanz ist schon länger nicht mehr hart. Er fragt sich, wie er mit einem Knebel im Mund „Stopp" rufen soll. Würde sie ihn verstehen? Regina kennt ihn ja nicht und sie haben nichts miteinander vereinbart, das Jon aus der Situation retten würde. Dieser Gedanke beunruhigt ihn, obwohl er genau weiß, dass er viel aushält und so schnell die Flinte nicht ins Korn werfen wird.

Die maskierte Königin schlägt noch einige Minuten auf ihn ein und lässt keine Pausen dabei zu. Jon würde schreien, wenn er nur könnte. So beißt er auf den Gummiball und muss ertragen, wie sich seine Laute in die Kehle drücken. Endlich hört sie auf und er kann tief ein- und ausatmen. Das tut gut.

Jon beruhigt sich mit seinem Lieblings-Credo. „Wow, was für eine Härte. Aber auch das muss man mal erlebt haben, um es beurteilen zu können."

Sie geht wieder zur Wand und kommt mit einem Beutel voller kleiner Klammern aus Stahl zurück. Die maskierte Königin greift in den Beutel und beginnt, Jons Körper kunstvoll mit den Klammern zu verzieren. Auch seine Brustwarzen und sein Hodensack bleiben nicht verschont. Ein paar Minuten später ist selbst sein Schwanz voller Klammern. Jon fühlt das süßliche Stechen am gesamten Körper und versteht nun, warum er seine Vorderseite präsentiert. Doch er ahnt nicht, was seine Peinigerin noch mit ihm vorhat…

∞

Louna schreckt auf und sitzt senkrecht im Bett. Ihr Rücken schweißgebadet, ihr Gesicht heiß wie die Hölle. Noch benebelt vom Feuerwerk ihres Unterbewusstseins sucht sie nach Halt und atmet tief ein.

Was für ein Traum. Eine Frau saß auf Jons Brust, beide Hände drückten seinen Hals zu, er zappelte mit den Armen, aber er konnte sich nicht wehren, verzweifelt sah er Louna wieder und wieder an. Sie stand neben dem Bett, in dem sich alles abspielte. Die Frau konnte sie nicht erkennen, aber sie bemerkte, wie Jons Blick mit der Zeit immer ängstlicher und seine Bewegungen immer weniger wurden. Als Louna plötzlich klar war, dass Jon jeden Moment sterben würde, riss der Faden ins Unterbewusstsein ab und sie wachte ruckartig auf.

Louna fühlt sich schwer wie Blei, wie von innen gerädert, ihr Körper zittert und ihre Kehle ist trocken. Sie muss aufstehen und etwas trinken. Sie ist froh, dass sie nicht bei Timo übernachtet hat, sondern nach Hause gefahren ist. So wäre sie nicht gern von ihm gesehen worden. Wobei sich Louna jetzt durchaus über seine starken Arme freuen würde.

Sie steht neben den Kühlschrank und trinkt ein Glas kaltes Mineralwasser. Der Albtraum ist immer noch präsent und flimmert vor ihren Augen. Der sterbende Jon hat ihr einen großen Schreck eingejagt. Sie versucht, sich zu beruhigen. „Nur ein Traum."

Sie trinkt Schluck für Schluck und starrt vor sich hin. Plötzlich steigt es fieberhaft in ihr auf, sie erinnert sich an ein Gespräch mit Jon vor langer Zeit. Er erzählte damals von einem Traum, in dem eine Frau ihn auf dem Bett gewürgt hatte, während Louna daneben gestanden hatte. Den Namen der Frau wollte er ihr damals nicht sagen. Hat sie nun etwa dasselbe geträumt, nur aus ihrer Perspektive?

Louna spürt, wie sich Schwere in ihrem Magen ausbreitet, als wenn sie Steine gegessen hätte. Sie fühlt sich nicht gut und fragt sich, ob es solche Zufälle wirklich geben kann. Sie stellt das Glas zur Seite und beginnt, in ihrer Küche auf und ab zu gehen. Sie macht sich Sorgen und überlegt, ob der Traum ihr etwas sagen soll. Doch sie glaubt nicht an Übersinnliches und bezichtigt sich im Selbstgespräch der Übertreibung.

„Es ist doch albern, sich von einem Albtraum so aus der Fassung bringen zu lassen. Mein Unterbewusstsein hat sich erinnert an das, was Jon mir mal erzählt hat. Das kommt vor. Alles ganz normal, nichts Übernatürliches."

Lounas Kopf hat gesprochen, doch ihr Bauch will nicht recht gehorchen. Sie sieht Jon vor sich, in einem Schloss umgeben von dichtem Wald. So hatte Diana ihr die Szenerie beschrieben.

Lounas Selbstgespräch zwischen Kopf und Bauch geht weiter. „Genau! In dem Traum war Jon allein, doch im Schloss sind Diana und Robby bei ihm. Sie werden schon auf ihn aufpassen. Außerdem, was sollte ich jetzt tun? Anrufen kann ich niemanden, dort sind Handys nicht erlaubt. Soll ich die Polizei in den Wald schicken wegen eines Bauchgefühls? Ich weiß ja nicht mal genau, wo das Schloss ist. Das wäre wirklich eine oberpeinliche Aktion. Ich würde dastehen wie ein kleines ängstliches Mädchen!"

Auch wenn ihr Bauch immer noch nicht zufrieden ist, beschließt Louna, zurück ins Bett zu gehen. Umso schneller sie einschläft, umso schneller ist Sonntag und ihr Geliebter kommt fröhlich grinsend zurück nach Hamburg.

∞

Jon hängt am Kreuz und genießt immer noch den süßlichen Schmerz der Stahlklammern, verteilt über seine ganze Vorderseite. Eine angenehme Ablenkung von den brennenden Stellen auf seinen Oberschenkeln. Die Peitsche hat ihn hart getroffen. So gesehen ist die subtile Plage von Klammern eine willkommene Abwechslung. Jon findet Klammern klein und gemein, aber irgendwie geil. Ihn im keimt Hoffnung, dass Königin Regina vielleicht doch auch Dinge mag, die er sehr schätzt. Doch sein Keim der Hoffnung stirbt sofort, als er in ihrer Hand ein Feuerzeug entdeckt.

„Stahl leitet Hitze!" Dieser Gedanke schießt ihm durch den Kopf und lässt seine Augen panisch weit aufreißen. „Was für ein sadistisches Biest, diese Regina. Hat Diana nicht vorher klargemacht, dass auch ich Grenzen habe?"

Jon zittert und ist sich nicht mehr sicher, ob er wirklich noch hier sein möchte. Ein Ratschen ist zu hören und die Flamme entzündet sich. Die Königin will spielen und lässt das Feuerzeug mit leichtem Abstand an seinem Körper vorbeifliegen. An manchen Stellen wird es kurz warm, doch das Feuer verweilt nicht lang genug, um Schmerzen zu verursachen. Sie genießt den Blick von Jon – voller Angst und Zweifel –, löscht die Flamme und sieht einen erleichterten Diener.

Er atmet tief durch und schließt die Augen zur Entspannung. Doch nur wenige Sekunden später ist er wieder hellwach. Sein Schmerzzentrum schlägt Alarm. Ein Rohrstock knallt mit voller Wucht auf seinen Oberschenkel und reißt ihm stechend die Haut auf. Jon schreit! Nach innen, denn die Töne kommen nicht am großen Gummiball in seinem Mund vorbei. Er beginnt, stark zu schwitzen und fühlt den Puls laut und heftig schlagend in seinem Hals. Es ist nicht vorbei, sondern es geht erst los. Noch bevor er die Situation richtig erfassen kann, prallt schon der nächste Hieb auf seine Haut – und danach noch einer. Und dann noch einer. Und immer weiter. Und immer wieder. Und noch einer. Und der Nächste. Bei jedem Schlag spritzt das Blut in alle Richtungen. Der Rohrstock ist rot getränkt, von seiner Kirschholzfarbe ist kaum noch etwas zu sehen. Auch die Oberschenkel von Jon sind vor lauter Blut kaum noch zu erkennen. Der Lebenssaft fließt die Beine entlang und strömt auf den kalten Kellerboden. Er ist schon lange über den Punkt der Geilheit und Freude hinweg und reißt mit Händen und Füßen an den Gurten, er will weg, nur noch weg. Doch die Fesseln sind zu fest, keine Chance, sich zu lösen. Der nächste Hieb erwischt ihn, er verliert seine Sinne, langsam aber sicher. Das Denken fällt ihm schwer – er steht unter Schock.

Was passiert hier bloß mit ihm? Das kann Diana doch nicht recht sein! Er ruft ihren Namen, wieder und wieder, doch die Laute bleiben weiterhin in seinem Inneren stecken. Der Rohrstock trifft ihn erneut. Und noch einmal. Und schon wieder. Jon kann den Kopf nicht mehr halten und sinkt in einen Dämmerschlaf. So bekommt er die letzten Hiebe kaum noch mit.

Atempause im Folterkeller.

Die Königin macht Rast und setzt sich auf einen kleinen Stuhl in die Ecke des Raumes. Sie betrachtet genüsslich die Szenerie. Ein gefesselter Jon, geflohen ins Reich der Bewusstlosigkeit, mit blutüberströmten Beinen hängt er am Kreuz und ist ihr völlig ausgeliefert. Und die Nacht ist noch jung. Sie fängt gerade erst an. Ein böses Dauergrinsen formt sich hinter ihrer Maske. Ein paar Sekunden noch verweilen, bis es weitergehen soll. Die Königin der Pein erhebt sich von ihrem Stuhl.

Ein beißender Schmerz, der seinen ganzen Körper erfasst, lässt Jon aus seinem Dämmerzustand fahren. Er ist wieder voll da und reißt die Augen auf. Die grausame Dame steht vor ihm und hat das Feuerzeug in der Hand. Er schaut an seinen Körper hinunter und sieht, wie das Feuerzeug eine Klammer an seinem Bauch erhitzt. Ein paar Sekunden vergehen und die beißende Plage erwischt ihn mit voller Macht. Jon beginnt, panisch mit seinem ganzen Körper am Kreuz zu reißen, doch es passiert nichts, sein Körper bleibt, wo er ist. Das Feuerzeug wandert zu einer Klammer an seiner rechten Brustwarze. Die Angst übermannt ihn, er bekommt kaum noch Luft, doch der Schmerz bringt ihn zurück und pumpt seine Lungenflügel auf. Das Glühen der Brustwarze ist der schlimmste Schmerz, den Jon je erfahren hat. Tränen fließen, er keucht und hat jeden klaren Gedanken verloren. Nur noch nacktes Fleisch ist er. Roh und ausgeliefert.

∞

Louna rast mit einhundertachtzig Stundenkilometern über die Autobahn. Sie kann selbst nicht begreifen, was mit ihr passiert ist. Als sie wieder im Bett lag, wurde ihr plötzlich klar, dass sie nicht schlafen durfte, sondern zu Jon musste. So schnell wie möglich. Ihr Bauchgefühl wurde so stark, dass sich ihr Kopf nicht mehr wehren konnte. Er wurde kurzerhand ausgeschaltet, als er sich weiterhin weigerte, auf die Intuition zu hören. Louna erinnerte sich an ihre Großmutter, die häufiger erzählt hatte, wie wichtig Träume in ihren Leben seien und das es richtig sei, auf sie zu hören.

Jon ist in Gefahr. Da ist sich Louna ganz sicher. Rational erklären kann sie es sich zwar immer noch nicht, aber das spielt nun keine Rolle mehr. Sie hat sich für das Bauchgefühl entschieden und handelt jetzt konsequent danach. So sprang sie auf, zog sich stürmisch Pullover und Hose über und rannte los zum Wagen. Louna holt alles aus ihrem kleinen Auto heraus, was möglich ist. Hätte sie ein Blaulicht, würde sie nicht zögern, dieses einzusetzen. Louna fährt am Limit und weiß noch nicht mal genau, wohin.

Die Autobahnabfahrt kennt sie von dem Gespräch mit Diana. Zur Veranschaulichung der Abgeschiedenheit schickte sie Louna per Handy ein Luftbild, auf dem man vor allem erkennen konnte, dass das Schloss inmitten von viel Wald lag. Doch Louna bemerkte am Rand des Bildes eine kleine Forsthütte, welche nicht weit vom Schloss entfernt zu sein scheint. Mithilfe von Google hatte sie den Namen der Hütte herausbekommen und konnte so einen Zielort für das Navigationsgerät bestimmen.

Louna ist eine findige Frau, die immer eine Lösung kennt, eine Eigenschaft, die ihr heute Nacht mal wieder zugutekommt. Sie ist schon weit gefahren, wenn sie sich nicht im Wald verirren würde, müsste sie in einer Stunde am Schloss sein. „Keine Sorge, Jon, ich bin bald da!“ Dieses Mantra funkt wieder und wieder in ihrem Kopf, als würde sie glauben, dass Jon ihre Signale empfangen könnte. Sie drückt den rechten Fuß so weit nach unten, wie es geht, und ist nicht mehr aufzuhalten. Von niemandem. Und schon gar nicht von ihrem Verstand.

∞

Jon hat seine Körperspannung aufgegeben und die Augen geschlossen. Seine Gliedmaßen sind immer noch fest mit dem stählernen Kreuz verbunden. Sein Kopf ist gesenkt, schleimige Sabberfäden zwängen sich in den Mundwinkeln am Ball vorbei und fallen zu Boden. Schmerzen pochen durch seinen Körper und lassen ihn leise vor sich hin röcheln.

Ein erbärmlicher Anblick, der jede Form von Sinnlichkeit verloren hat. Ein fast lächerlicher Anblick, der jegliche Männlichkeit vermissen lässt. Doch für die verhüllte Gestalt ist alles, wie es sein soll. Ganz genau so stellte sie sich das in ihren Träumen wieder und wieder vor, ein Kopfkino, das stets in der Wiederholungsschleife lief. Heute Nacht findet ihre Fantasie endlich Erfüllung.

„Wie im Traum“, denkt sie und lächelt zufrieden, zieht ihre Maske herunter, aber lässt ihren Körper und die Haare weiter verhüllt.

Jon bekommt davon nichts mit, zu sehr ist er fatalistisch in seinem infernalischen Schmerz gefangen.

„Jonilein. Aufwachen. Jonilein“, säuselt die Unmaskierte und schnippt dabei mit dem Finger an seine Nase.

Wie in einer Höhle hallt das Echo der Stimme von Weitem zu ihm.

„Jonilein. Jetzt nicht schlappmachen. Wir fangen doch gerade erst an. Jonilein, Jonilein.“

Wieder pingt der Finger an seine Nase. Jons Sinne werden heller. Es ist eine vertraute Stimme, die da zu ihm spricht. Aber noch findet er nicht die Kraft, seine Augen zu öffnen.

„Jonilein, es wird Zeit, dass Du mich ansiehst!“

Die Stimme ist nun herrischer und weniger säuselnd. Jon schüttelt sich innerlich, nimmt alle Kraft zusammen und bewegt seine Augenlider nach oben. Alles ist verschwommen, sein Gehirn hat die Sinne gedimmt, um von den Schmerzen abzulenken.

„Regina sieht ganz schön jung aus“, stammelt er in sich hinein. Die Antwort seines Verstandes erfolgt sofort. „Das ist nicht Regina, sondern es ist…?“ Sein Denkapparat stottert, obwohl ihm das Gesicht bekannt vorkommt.

„Schön, Jonilein ist endlich wach. Geht doch!“ Sie grinst.

Das Grinsen lässt es Jon wie Schuppen von den Augen fallen. Er erkennt, wer vor ihm steht. Es ist Sonja. Es ist tatsächlich Sonja. Als er eben die Stimme hörte, blitzte ihr Bild kurz in ihm auf, aber er nahm es nicht richtig wahr. Nun hat er

Gewissheit. Jon kann nicht fassen, was er nun weiß. Und genau das spiegeln sein Gesicht und sein Blick wider.

Sonja lacht laut. „Ui, da ist aber jemand wirklich überrascht, mich zu sehen. Ich freue mich, dass meine Überraschung gelungen ist. Und ich hoffe, Du hattest bisher genauso viel Spaß wie ich!“

Jon versucht, mit Schimpfwörtern zu antworten, doch der dicke Gummiball verhindert jede verständliche Artikulation.

Sonja bekommt nur mit, dass er ziemlich aufgebracht ist, was sie wiederum sehr erfreut. Sie lächelt bösartig und streichelt zärtlich seine Wange. „Es ist wirklich bedauerlich, dass es so weit kommen musste. Wir wären ein so tolles Paar gewesen!“

Jon ist verwirrt, schafft es nicht, seine Gedanken zu sortieren. „Sonja? Ist sie das wirklich? Gehört sie auch dem Club der ‚Schwarzen Rosen‘ an? Warum tut sie mir so weh? Was hat sie mit mir vor? Und wo ist Regina? Ob Diana und Robby schon was bemerkt haben?“ Alle Fragen taumeln durcheinander durch seinen Kopf und lassen Jon hyperventilieren.

Sonja bemerkt seine Panik und beruhigt ihn. „Jonilein. Entspann Dich. Alles wird gut. Keine Sorge.“ Sie geht zur Wand und kommt mit einem dünnen Seil wieder. „Komm, ich binde Dir die Eier ab. Darauf stehst Du doch bestimmt.“

Sonja presst seine Hoden zusammen und wickelt das Seil mehrmals fest um seinen Sack. Jon erlebt dies nicht zum ersten Mal, jedoch hat Diana das Seil nicht so fest gebunden.

„Lustig! Sieht fast aus wie eine Billardkugel, nur nicht so groß!“

Sie amüsiert sich und tippt mit ihren Fingern gegen seine prallen Eier. Schon dieses zarte Tippen löst Schmerzen aus – Jon spürt sie bis in seinen Unterbauch. Sonja steht mit kerzengeradem Rücken und fest entschlossenem Blick vor ihm.

„Jetzt lassen wir Deine Eier schön blau anschwellen und währenddessen kannst Du mir zuhören. Ich will ja, dass Du verstehst, was hier gerade mit Dir geschieht.“

Er reagiert darauf nicht und empfängt eine schallende Ohrfeige.

Sonja spielt sich auf. „Du kannst zwar nicht reden, aber ich erwarte ein Nicken als Zustimmung!“

Jon nickt eifrig, um weitere Schmerzen zu umgehen.

„Geht doch. Hab mich schon gewundert. Ein Diener ohne Manieren. Hat Dich Diana schlecht erzogen?“ Sonja lacht laut, doch ihr Gesicht ist traurig dabei. „Jonilein, Jonilein. Ziemlich aufregend, so ein unverhofftes Wiedersehen von zwei Menschen, die sich hätten lieben können, aber nicht konnten, weil der männliche Part ein mutloses Weichei ohne jedes Rückgrat war, oder?“

Jon zeigt keine Reaktion und Sonja schlägt mit der Hand auf seine Eier.

Er reißt den Kopf hoch vor Schmerzen und nickt wieder eifrig. Jon fängt an, zu verstehen, dass Sonja keinen Austausch möchte, sondern Zustimmung.

Sie grinst. „Jetzt sind wir auf dem richtigen Weg."

Er nickt. Sonja streichelt sanft über seine Eier.

„Umso besser Du verstehst, umso weniger Schmerzen musst Du erdulden. Das ist ganz einfach. Ich warte schon so lange auf diesen Tag der Abrechnung. Und nun stehen wir hier. Du wolltest ficken ohne Konsequenzen. Doch alles im Leben hat einen Preis, oder, Jonilein?"

Er nickt.

„Verstehst Du das wirklich?", fragt Sonja bedrohlich und drückt fest auf seine Hoden.

Jon nickt kräftiger und japst etwas Unverständliches gegen den Gummiball.

„Gut. Schlaues Bürschchen. Aber nicht schlau genug. Schließlich hast Du Dich für Louna entschieden, obwohl ich viel schärfer bin!"

Jon bemerkt die Falle und nickt emsig.

Sonja schaut ihn ernst an. „Du nickst?" Sie dreht sich um, geht zur Wand und kommt mit einem Paddel aus Gummi zurück, das kleine spitze Metallstifte an der Innenseite hat. „Ich bin schärfer, aber Du hast mich trotzdem abgelehnt? Das ist nicht glaubwürdig, oder einfach nur dumm. Egal, was es ist, dafür hast Du eine Bestrafung verdient."

Jon schüttelt panisch den Kopf und brüllt gegen den Ball in seinem Mund. Doch es hilft nichts. Sonja zeigt keine Gnade. Die Metallspitzen treffen seinen prallen Hodensack und er kann die Schmerzen nicht fassen, kann sie fast nicht spüren, so brutal pumpt das Adrenalin durch seinen Körper.

Überdosis. Reizüberflutung.

Zu seinem Unglück ist sein Bewusstsein hellwach – jedes Quäntchen Qual muss er ertragen, jedes einzelne Nervenzucken und ein unbeschreibliches Brennen, welches ihm die Luft nimmt. Blut rinnt aus den kleinen Äderchen und färbt seinen Sack zu einer roten Kugel.

„Du hast selbst Schuld, Jonilein! Ficken und danach abhauen bleibt nicht ohne Konsequenzen. Und heute bekommst Du sie zu spüren! Das verstehst Du doch, oder?"

Er nickt kräftig mit geweiteten Augen.

„Wirklich?" Sonja holt aus.

Er nickt noch kräftiger.

„Gut, dann will ich mal nicht so sein. Hab ja versprochen, dass Du weniger leiden musst, wenn Du mich verstehst."

Jon atmet ein paarmal tief ein und aus und hofft, das Schlimmste hinter sich zu haben.

Sie setzt wieder zu einer kleinen Rede an. „Seit so vielen Monaten beobachte ich Dich und Dein Leben. Gar nicht so einfach, wenn es niemand mitbekommen darf. Es kann sehr nützlich sein, einen Hacker sexuell abhängig zu machen. Was man so erfahren kann, wenn alle Passwörter in der virtuellen Welt und auf dem Handy kein Geheimnis sind. Für uns habe ich meinen Job gekündigt, um alle Zeit der Welt zu haben, diesen gemeinsamen Moment vorzubereiten. Hier reinzukommen war auch nicht leicht. Vor allem, wenn man niemanden im Club kennt. Aber auch dabei kann ein Hacker sehr hilfreich sein. Der Server der schwarzen Rosen ist definitiv schlecht gesichert. Toll für mich. Toll für uns beide. Toll für unsere genüssliche Nacht. Und dass mich niemand kennt, war ja Teil des Plans. Nur Du weißt, dass ich, als Sonja, hier gewesen bin. Großartig, oder?"

Jon nickt, auch wenn er nicht versteht, was Sonja ihm damit sagen will.

„Hast Du eigentlich gesehen, dass ich die ganze Zeit Handschuhe trage? Das tue ich nicht ohne Grund."

Er schaut sie mit großen Augen an. Aus den Untiefen seines Verstandes – dort, wo es dunkel und kalt ist und wo er selten hineinblickt –, aus diesen Untiefen wächst ein Gedanke empor. Hinterrücks, böse und angsteinflößend. Jon erinnert sich an sein Gebet. Unheilvolle Schatten schleichen durch die Nacht. Träume sind erwacht. Das Böse zieht seine Bahnen, wer kann es erahnen?

Sonja geht ein paar Schritte zurück, um ihr Traumszenario besser betrachten zu können. Nur mit ein wenig Abstand ist es möglich, das ganze Bild zu sehen. Was Sonja sieht, ist pure ergötzende Genugtuung für sie. Ein geschwächter, blutender und ängstlicher Jon, versunken in Pein und Verzweiflung. Verwirrt und allein in der Dunkelheit. So hat sie sich das vorgestellt. Es wird Zeit für sie, alle Karten auf den Tisch zu legen und die Furcht ins Unermessliche zu steigern. Sie grinst bösartig, voll Zorn und teuflischer Traurigkeit.

Jon erblickt ihr Antlitz und bekommt Gänsehaut, die unheilvollen Schatten kratzen an seinen Nervenenden.

„Jonilein! Pass jetzt gut auf. Schon vor langer Zeit habe ich entschieden, dass entweder ich oder niemand Dich haben darf. Du warst für mich bestimmt, nicht für Louna oder Diana. Und schon gar nicht für Robby. Pfui, bäh. Heute vollziehe ich, was ich lange geplant habe. Hast Du das verstanden?"

Jon will nicht glauben, was er verstanden hat, er ist durcheinander, seine Synapsen spielen verrückt. Sonja hilft nach und schlägt erneut mit dem Paddel auf seine Eier. Jons Kehle schreit, der Atem stockt und er beginnt, verzweifelt zu weinen. Tränen stürzen sich in Bächen die Wangen herunter. Wie ein Kamikazeflieger wissen sie um ihr Schicksal. Vorboten des Unausweichlichen. Er nickt verzweifelt und Sonja lächelt seelenruhig.

„Heulen wird Dir nichts nutzen. Betteln ist so unmännlich und lächerlich. Und für Reue ist es eh zu spät! Noch heute Nacht wirst Du Deinem Schöpfer gegenübertreten und Deinen Frieden haben. Du bist doch Christ, müsste also eine tolle Nachricht für Dich sein. Und vorher haben wir noch ein wenig Spaß. Also ich zumindest!"

Jon verwandelt sich immer mehr zu einer starren, leeren Hülle. Er glaubt Sonjas Worten nicht, aber hat doch große Angst, sie könnte es ernst meinen. Die Schmerzen und das viele Blut tragen ihr Übriges bei. Er ist in der vollkommenen Hilflosigkeit angekommen und kann nichts Anderes tun, als zu beten und zu hoffen.

Sonja greift unter ihre Verhüllung und zieht ein steril verpacktes Skalpell hervor. „Guck mal, was ich hier Schönes habe. Damit werde ich Dir nun Stück für Stück die Haut aufritzen. Und zum großen Finale Dein bestes Stück abtrennen. Du wirst jämmerlich verbluten und ich werde hierbleiben, bis kein Leben mehr in Dir ist. Bis sechs Uhr sollten wir durch sein und ich werde in aller Ruhe verschwinden."

Jon will es immer noch nicht glauben. Er hält Sonja einfach nicht für so verrückt. Sie fühlt sich als Opfer und will ihre Rache, das ist offensichtlich. Aber sie will doch keine Mörderin werden!

Doch Sonja erzählt aufgeräumt weiter von ihren Plänen. „Ich bin gespannt, welche Königin die Polizei für all das verdächtigen wird. Diana hat wohl die besten Chancen. Rate mal, wo man das Skalpell später finden wird. Das dürfte ihrer Karriere nicht gerade zuträglich sein und auch Robby Schaden zufügen. Und für Louna lasse ich mir noch was besonders Schönes einfallen. Hab da schon ein paar gute Ideen. Du brauchst Dir also keine Sorgen machen, Jonilein. Ich kümmere mich um Deine ach so großartige Poly-Familie!"

Wieder lacht sie laut. Bitterkeit durchzieht ihr Gesicht. Sonja beginnt, das Skalpell langsam und genüsslich aus der Verpackung zu ziehen.

Jon starrt sie fassungslos an und traut sich nicht, auch nur eine kleine Bewegung zu machen. Der Atem stockt zum wiederholten Male.

Dann steht sie da. Kalte Augen schauen abwechselnd zum Skalpell und auf seinen Körper. Sonja sucht eine gute Stelle, um zu beginnen. Sie entscheidet sich für den linken Oberarm. Die Klinge ist so scharf, dass es Jon kaum schmerzt, aber dafür fließt das Blut in üppigen Mengen. Sonja scheint es wirklich ernst zu meinen.

Er friert und schwitzt in seiner Schockstarre, die sich mehr und mehr ausbreitet. Jon betet inständig und hofft verzweifelt auf seine Rettung. In einem fleischgewordenen Albtraum ist er das Fleisch, welches zerfetzt wird. Sonja lässt die Klinge durch seinen rechten Oberarm fahren. Blut. Überall Blut.

∞

Louna ist ganz nah und doch so fern. Sie hat die Forsthütte gefunden und rast durch den dunklen Wald. In großer Eile wenden sich ihre Augen nach rechts und links. Welcher Weg ist der richtige? Im Norden von der Hütte müsste das Schloss liegen.

Sackgasse. Dieser Weg endet vor einer Absperrung und dahinter nur schwarzes Nichts.

Louna wendet hektisch und fährt mit Vollgas zurück zur Kreuzung. Dann muss es eben der andere Weg sein. Sie tritt aufs Pedal, ihr hoher Puls lässt sie trotz später Stunde voll da sein.

Lichter scheinen durch die Tannen zu blinzeln. Sind es Reflexionen von ihrem Auto? Sie schaut genau hin und schreit vor Freude. Louna hat es tatsächlich geschafft. Das Schloss liegt vor ihr!

Mit einem Affenzahn fährt sie durch das große Tor und hält erst ganz dicht vor dem Eingang. Maskierte Wachen haben sie bemerkt und laufen auf sie zu. Doch Louna ist schneller, sie bremst, schaltet den Motor ab, lässt den Schlüssel im Schloss und springt aus dem Wagen. Nicht einmal die Tür verschließt sie und läuft Richtung Eingang. So schnell ist noch niemand einen roten Teppich entlanggerannt.

Als sie in der großen Empfangshalle angekommen ist, beginnt sie laut zu rufen: „Jon! Jon! Wo bist Du? Diana! Robby! Seid ihr hier?"

Sie läuft eine große Treppe nach oben und hört dabei nicht auf, nach ihnen zu rufen. Inzwischen sind Maskierte im Foyer angekommen und verfolgen sie. Der Flur poltert und Schreie von Louna ertönen abwechselnd mit den Rufen der Maskierten.

„Stopp! Bleiben Sie stehen! Privatbesitz!"

Diana sitzt auf ihrem Bett und schaut Robby an. Sie kommen gerade von einem Spiel mit einem anderen Diener, der Diana heute zugelost wurde. Vor zehn Minuten haben sie ihn in seiner Zelle abgesetzt und wollen nun noch etwas Zweisamkeit auf Dianas Zimmer haben.

„Hörst Du das auch?", fragt Diana besorgt.

Robby nickt. „Ja, *what the fuck* – was ist da denn los?"

Louna wiederholt ihre Rufe nach Jon, Diana und Robby. Diesmal wird sie erhört. Diana schreckt auf, als sie ihren Namen hört und geht eilig zur Tür. Robby folgt ihr. Sie öffnet die Tür einen Spalt, schaut auf den langen Flur und kann nicht glauben, was sie da sieht. Louna rennt durch den Flur und drei Maskierte hinter ihr her. Wie in einem schlechten Actionfilm.

Diana reagiert schnell und tritt in den Flur. „Alles ist okay, ich kenne die Frau, beruhigt euch!"

Louna ist froh, sie zu erblicken und fällt ihr stürmisch in die Arme.

Robby steht im Türrahmen und beobachtet erstaunt die Szenerie. Diana streichelt ihren Rücken.

„Was ist denn los. Ist was Schlimmes passiert?", fragt sie.

Louna schluchzt: „Wo ist Jon? Ist alles in Ordnung mit ihm? Ich hatte so ein schlechtes Bauchgefühl. Ich musste einfach hierherkommen!"

Robby versucht, die Lage zu entspannen. „Jon ist bei Regina. Sie ist erfahren, mach Dir keine Sorgen."

Diana ergänzt: „Sie spielt gern auf ihrem Zimmer, kommt, wir gehen hin und schauen nach ihnen."

Louna fallen tausend Steine vom Herzen. „Dankeschön. Es tut mir so leid, euch zu stören. Wenn mit Jon alles in Ordnung ist, bin ich sofort wieder weg!"

Diana lächelt und streichelt ihre Wange. „Alles gut, Du musst Dich nicht entschuldigen für Deine innere Stimme!"

Louna senkt den Kopf, ein wenig peinlich ist ihr die Situation, aber sie ist dankbar, dass die beiden verständnisvoll reagieren.

Ruhigen und festen Schrittes schreitet Diana voran, Louna und Robby folgen ihr. Es geht die Treppe nach oben. Ein Stockwerk höher und den Flur entlang. Vor Reginas Zimmertür bleibt Diana stehen und klopft leise. Keine Reaktion. Sie klopft lauter. Immer noch keine Reaktion. Diana legt ihr Ohr an die Tür und lauscht durch das Holz. Sie hört Geräusche, die sie nicht einordnen kann. Irritiert schaut sie Louna und Robby an. Als sie Lounas ängstlichen Blick bemerkt, zögert sie nicht und greift zur Klinke. Die Tür ist seltsamerweise unverschlossen. Vorsichtig vergrößert Diana den Spalt des Einblicks. Vor ihren Augen wird der Raum immer größer und gibt mehr von sich preis.

Ungläubig starrt Diana aufs Bett und braucht ein paar Sekunden, um zu realisieren, was sie dort sieht. Sie stößt die Tür auf und rennt hinein. Noch nie ist Regina so froh gewesen, Diana zu erblicken. Verstörte Blicke, die auf Befreiung hoffen. Das Klebeband auf ihrem Mund hindert sie am Sprechen. Ihr Körper ist mit dicken Seilen am Bett fixiert, eine Wunde an der Schläfe hat das Bettlaken in Blut getränkt.

Diana reißt das Klebeband ab, während Robby herbeistürmt und beginnt, die Knoten der Seile zu lösen. Er schaut dabei auf ihr Gesicht. Tatsächlich. Sie kommt ihm sehr bekannt vor. Regina ist eine prominente Tatort-Kommissarin. Und heute muss sie zum ersten Mal eine reale Straftat miterleben.

Louna steht sprachlos im Türrahmen und kann keinen klaren Gedanken fassen. So bleibt ihr nichts, als wieder zu schreien: „Jon! Wo ist Jon?"

Regina prustet und holt tief Luft. Diana nimmt ihr Gesicht in beide Hände. „Was ist passiert?"

Sie schaut verwirrt, der Schlag auf den Kopf zeigt seine Nachwirkungen.

„Ich weiß, ich… es nicht, ein großer Schmerz am Kopf und dann alles dunkel. Bin gerade aufgewacht, Blut, überall Blut!“

Diana beruhigt sie. „Keine Sorge, sieht schlimmer aus, als es ist, wir holen einen Arzt – war Jon bei Dir?“

„Nein, ich war gerade auf dem Weg in den Keller und da knallte etwas vor meinen Kopf!“, erwidert Regina.

Louna geht dazwischen. „Keller? Ist Jon dort?“

Robby hat inzwischen alle Seile von Regina entfernt und geht Richtung Tür. „Ja, dort unten werden wir ihn sicher finden. Keine Angst, Louna, alles wird gut!“

Sie schaut ihn panisch an. „Wer das hier getan hat, hat auch Jon in seinen Händen und das macht mir sehr viel Angst!“

Robby bemerkt, dass sein Optimismus vielleicht ein wenig zu groß ist. Jetzt steigt auch in ihm Panik auf.

Diana gibt den Marschbefehl. „Worauf warten wir, ab in den Keller!“

Robby rennt los und die Frauen hinterher.

„Holt einen Krankenwagen und die Polizei, Regina wurde verletzt!“, ruft Diana den Maskierten im Vorbeilaufen zu.

Stufen werden übersprungen, die Treppen nach unten in Eile überwunden, so kommen sie nach nur wenigen Momenten im Verlies an. Niemand ist zu sehen. Alle Zellen sind leer. Nur der vorhin von Diana und Robby abgesetzte Diener sitzt auf seinem Bett und schaut sie verdutzt an.

„Hast Du Jon gesehen?“, bellt Robby ihn an.

„Nein, ich habe niemanden gesehen, seitdem ich hier bin“, antwortet er.

Diana schaut entschlossen. „Okay, dann geht es nicht anders. Wir müssen in jeden Raum, Tür für Tür – und das schnell!“

∞

Im Folterkeller wird Jons Fleisch immer wieder und wieder geschunden. Sein Körper ist übersät von Blut.

Sonja hat sich fein säuberlich jeder seiner Regionen zugewendet. Schnitte an den Beinen, am Bauch, an den Händen und gleich mehrere an den Armen. Hier und da scheint Helles durch das Rot. So viel Blut zieht seine Bahnen, dass kaum noch Haut erkennbar ist. Jon hängt in seinen Fesseln und hat jede Lebenskraft verloren. Noch atmet er. Doch sein Atem wird stetig flacher und flacher. Langsam, aber sicher beginnt sich seine Seele vom Körper zu lösen und neben ihm zu schweben. Von außen lassen sich Schmerzen und Furcht leichter ertragen.

Sonja grinst bei jeder Bewegung. Sie kann immer noch nicht fassen, dass ihr Traum Wirklichkeit geworden ist.

Das Grauen spricht in ihr. „Es wird Zeit, Sonja. Vollende, was Du begonnen hast."

Ihr liebster Tanzpartner ist wieder da und flüstert verführerisch diabolische Worte.

Sonja geht ein paar Schritte zurück und schaut auf den fast leblosen Jon. Ihre Augen wandern seinen ganzen Körper entlang. Sie würdigt ihr Werk. Ein Werk des Leidens und der gerechten Strafe.

„Jonilein, nicht einschlafen. Du verpasst sonst den Höhepunkt der Show! Dein Schwanz kommt ab. Jetzt ist es so weit."

Jon reagiert nicht, jegliche Gegenwehr ist verschwunden. Er ist verloren und gibt sich seinem Schicksal hin.

Sonja hebt den Arm und hält das Skalpell ins Licht. Ihre Augen sind dunkel, ihr Blick entstellt. Böse Mächte geben ihr große Unkraft. Sie atmet tief ein und entschlossen wieder aus. Das tödliche Finale steht kurz bevor.

∞

Louna, Diana und Robby rennen von Tür zu Tür. Sie haben sich getrennt, um möglichst schnell voranzukommen. In ihrer Panik vergaßen sie, die Wachen um Hilfe zu bitten. Selbst dafür wollten sie keine Zeit verlieren und rannten voller Entschlossenheit los. Einen Raum nach dem anderen stürmen sie und ernten erstaunte Blicke, als sie Königinnen und ihre Spiele jäh unterbrechen, indem sie ein „Jon! Bist Du hier?" ins Zimmer werfen.

An einer verschlossenen Tür bleibt Robby hängen. Wild klopft er gegen das schwere Holz und ruft nach Jon. Der Raum bleibt still. Robby ruft Diana und Louna zu sich. „Hier stimmt was nicht! Kommt her, schnell!"

Er klopft noch lauter gegen die Tür. Wieder bleibt es still. Robby fasst einen beherzten Entschluss: Noch bevor Diana und Louna bei ihm ankommen, nimmt er Anlauf und rennt mit voller Kraft auf die Tür zu.

∞

Sonja steht perplex inmitten des Raumes. Das Bollern an der Tür hat sie aus dem Konzept gebracht. Sie ist sich so sicher gewesen, dass niemand etwas bemerken würde und jetzt scheint sich ihr ganzer Plan in einem nächtlichen Klopfen aufzulösen. Schweißperlen bilden sich auf ihrer Stirn. Ihr wird urplötzlich klar, dass sie aus diesem Raum nicht mehr ungesehen hinauskommt. Ihr Magen dreht sich und ihr Puls rast. Mit hektischen Blicken schaut sie abwechselnd zur Tür, auf ihre Hand mit dem Skalpell und auf den hängenden Jon. Was soll sie nun tun?

„Lass Dich nicht aufhalten und vollbringe Deine Tat. Dies ist Dein Moment, auf den Du so lange gewartet hast!", keift ihre innere Stimme und treibt sie an.

Sonja umgreift mit festem Druck den Griff des Skalpells und geht auf Jon zu.

∞

Robbys Schulter rammt das Türblatt mit voller Wucht. Er hat sein ganzes Gewicht mit voller Überzeugung in die Waagschale geworfen, nicht einen Moment gezögert. Jon ist in Gefahr, das spürt nun auch er ganz deutlich. Louna hat ansteckende Kräfte. Und genau diese lässt er nun geballt auf die Tür los. Die Zargen bersten und reißen aus dem Rahmen. Robby stürzt mit der Tür auf den Boden und findet sich auf dem Bauch liegend mitten im Kellerraum wieder. Hinter ihm stürmt Louna hinein.

∞

Sonja steht vor Jon und schaut ungläubig auf die beiden Eindringlinge, als sie im Augenwinkel erkennt, dass auch Diana in den Raum hineinläuft. Ab jetzt dreht sich das gesamte Universum in Zeitlupe. Schicksale hängen an dünnen Fäden, die jederzeit drohen, auseinanderzureißen. Sonja packt Jons Schwanz und zieht ihn zu sich. Sie ist fest entschlossen, ihren Plan zu Ende zu bringen. Die Zeitlupe verzerrt jede Wahrnehmung. Wie Kaugummi wird sein Schwanz in ihrem Griff mit jedem kleinen vergehenden Augenblick dünner und länger, bald hat er die perfekte Form erreicht, um mit nur einen Skalpellhieb durchtrennt zu werden.

∞

Louna sieht den blutenden Jon, wie er leblos am Kreuz hängt. Die Angst setzt zu einem gewaltigen Sprung an, doch Louna duckt sich nicht weg, sondern pariert den Angriff und schüttelt das Böse ab. Sie ist nicht hier, um sich zu fürchten, sondern sie ist hier, um Jon zu retten. Die Person vor Jon erkennt sie nicht, wohl aber bemerkt sie das Skalpell in ihrer rechten Hand.

∞

Sonja holt zum finalen Schnitt aus. Ihr Arm hebt sich Zentimeter für Zentimeter, quälend langsam wie in dem Moment auf der Achterbahn, wenn der Zug nach oben fährt und jeder weiß, was gleich kommt, wenn der erste Waggon über die Kuppe rollt. Sonja ist bereit, ihr rechter Arm hat den richtigen Winkel erreicht, jetzt wird sie ihn heruntersausen lassen und Jons Schwanz mit einem gewaltigen Schlag an sich reißen. Sie grinst und ihr Blick ist nicht mehr von dieser Welt. Ihr Arm fällt.

∞

Louna kann nicht mehr denken, nur noch Instinkte regieren in ihr. Sie rennt auf Sonja zu, brüllt, schreit und springt mit einem großen Satz in ihre Seite. Beide fallen zu Boden. Jons Schwanz ist noch da, wo er hingehört. Doch nun ist Louna in Gefahr, Sonja kann sich schneller wieder aufrichten und will auf sie einstechen. Sie schwingt sich auf Louna, sitzt über ihr und holt aus, doch die reagiert blitzartig und packt ihren Unterarm. Doch das reicht nicht: Sonja ist stärker als Louna und so senkt sich das Skalpell immer mehr in Richtung ihres Halses. Die Retterin droht nun selbst umzukommen in den unheilvollen Schatten dieser Nacht. Die dünnen Fäden bersten, zwischen Leben und Sterben ist es nur ein kleiner Schritt. Louna schaut in Sonjas Düsterheit, ihre Augen sind ganz schwarz vor Hass. Egal was jetzt passieren mag, Louna spürt, dass sie alles richtig gemacht hat, als sie ihrem Bauchgefühl traute und losgerast ist. Die Bilder der letzten Stunden rauschen in Hochgeschwindigkeit an ihrem inneren Auge vorbei. Sie spürt Stolz in sich und unbeschreibliche Liebe.

∞

Ein dumpfer Schlag löscht Sonjas Licht. Wie ein Stein fällt sie ohnmächtig auf ihren Rücken. Diana steht breitbeinig inmitten des Raumes. In ihren Händen eine schwere Eisenkette. Die Göttin hat zugeschlagen und den Teufel mit nur einem Treffer zertrümmert.

∞

Fassungslose Stille.

Doch nur für einen kurzen Moment. Louna richtet sich stöhnend auf, auch Robby steht wieder auf seinen Beinen. Mit vereinten Kräften haben sie das Böse bezwungen, aber reicht es, um das Leben ihres geliebten Freundes zu retten?

Jon hängt weiter leblos am Kreuz und hat von den letzten Sekunden nichts mitbekommen, er ist schon länger nicht mehr bei Bewusstsein. Er fühlt sich wie in einem langen schwarzen Tunnel gefangen, der ganz am Ende ein kleines Licht bereithält. Jon kriecht durch die Dunkelheit und folgt dem wärmenden Luftstrom. Er will zurück in die Welt der Anderen. Viel Leben hat sein Körper nicht mehr, aber seine Seele jubiliert und singt wunderbare Melodien, als er spürt, wie er von geliebten Menschen berührt wird und ihre vertrauten Stimmen hört. Er kriecht weiter und nimmt alle Kraft zusammen. Seine innere Stimme ermuntert ihn. „Folge der Melodie!“

Jon findet den Ausgang, öffnet seine Augen und lächelt erschöpft. Herausgetreten aus dunklen Welten. Wie im Traum, und doch ganz real. Bleibende Spuren für die Wirklichkeit. Durch die Liebe gerettet, zurück in den Armen seiner Familie.

Am Ende vieler Tage

Zehn Jahre später.

Weiße Schaukelstühle wippen entspannt im Takt des leichten Abendwindes. Die Sonne ist gerade dabei, unterzugehen, und verschenkt großzügig Bilder voller Wonne.

Von der Veranda des großen Hauses ist der Sonnenuntergang jeden Abend besonders gut zu beobachten. Jon mag diesen Platz sehr und sitzt hier, wann immer er die Gelegenheit dazu hat.

Heute ist aber nicht nur irgendein Tag. Heute wird Jon fünfzig Jahre alt. Seit den Ereignissen im Schlosskeller feiert er jeden Geburtstag viel bewusster als vorher. Viele Tage begegneten ihm seitdem, dabei hatte es in jener Nacht so ausgesehen, als würde es keine Tage mehr für ihn geben.

Doch sein irdisches Leben wurde nicht beendet. Jon sitzt hier. Lächelt still und blickt zufrieden ins Abendrot.

Er ist nicht allein. Das Haus ist voller lieber Menschen und neben ihm sitzt eine Frau aus alten Tagen. Viele Jahre sahen sie sich nicht mehr und sprachen auch nur selten miteinander. Ein runder Geburtstag ist ein guter Grund für ein Wiedersehen. Jon lud ein und sie sagte zu. Obwohl sein neues Zuhause weit draußen auf dem Land liegt und einige Kilometer zu überwinden sind.

∞

Heutzutage bezahlt man für jede Minute, in der man von einem Loubi transportiert wird. Fahrten aufs Land sind selten, da die meisten Menschen in der Stadt oder stadtnah leben. Entsprechend ist eine Fahrt in die äußeren Ringe des computergesteuerten Mobilitätssystems immer eine mittlere Investition.

Doch Emma zögerte nicht und buchte einen Loubi. Auch wenn ihr der Gedanke missfiel, über Stunden von einem autonomen Roboter abhängig zu sein, und das auch noch so weit außerhalb ihrer zivilisierten Welt.

In den Städten erzählt man sich gruselige Geschichten über die äußeren Ringe. Von wild vagabundierenden Jugendgangs, die das große Abenteuer jenseits der datengesteuerten Welt suchen – und, um sich diesen Spaß leisten zu können, dafür gern auch mal wehrlose Städter überfallen, die sich in die äußeren Ringe wagen oder dort etwas zu erledigen haben. Ihre ID stehlen und Unmengen Coins auf schwarze Konten transferieren. Dass die ID unter der Haut des rechten Armes getragen wird, macht einen Überfall besonders gefahrvoll. Es sollen schon Städter an Blutvergiftung gestorben sein, weil die ID mit einem unsauberen Messer herausgeschnitten wurde. So erzählt man es sich in den Städten. Den Wahrheitsgehalt dieser Geschichten hat noch niemand ernsthaft versucht, zu hinterfragen.

Jon beruhigte Emma und bot ihr an, dass sie über Nacht in seinem Haus bleiben könne. Sie nahm das Angebot erleichtert an, obwohl sie wusste, dass sie damit auf eine Menge Komfort verzichten würde. Zum Beispiel auf die automatische Gesundheitsprüfung beim morgendlichen Toilettengang und die dazu passende Nahrungszusammenstellung für das erste Frühstück. Städter essen siebenmal am Tag. Unterstützt werden sie von einem computergesteuerten Gesundheitssystem mit vernetzten Nahrungsgeneratoren, die in fast jedem Gebäude zu finden sind. Auf dem Land ist die Nahrungsaufnahme noch so ähnlich wie früher. Hier wird gegessen, wenn man hungrig ist. Das Essen kommt nicht aus Maschinen, sondern wird vom Feld oder im Wald geerntet. Ab und zu fährt man in die Stadt, um eine gewisse Grundausstattung zu besorgen.

Jon lud auch Steffen ein, der seit vielen Jahren der Ehemann von Emma ist. Doch Steffen wollte die gefahrvolle Reise nicht für einen Mann antreten, den er kaum kennt und dessen Lebensweise er überhaupt nicht teilt.

Emma würde das Leben von Jon auch nicht führen wollen und ist froh, nicht mehr mit ihm verheiratet zu sein. Doch ihre Neugierde war stärker als ihre Skepsis. Emma und Jon hatten in den letzten Jahren zwar nur wenig Kontakt, aber jedes Mal erzählte er von seiner liebevollen Poly-Familie, mit der er glücklich auf dem Land lebt. Wenig Kontakt hieß, dass sie sich ein- bis zweimal jährlich im Kommunikator trafen, um über alte und neue Zeiten zu reden.

Der Kommunikator ist ein virtueller Raum, in dem sich Menschen in Form ihrer Avatare zum Reden treffen können. Eine Art Telefonzelle, nur nicht so versifft und stinkend. Das baumdicke Telefonbuch und die Wählscheibe wurden durch eine Sprachsteuerung und eine Daten-Brille für die Augen ersetzt. Der Kommunikator steht überall zur Verfügung, weil die ID unter der Haut die Verbindung herstellt. Die ID tragen auch Landeier. Sie ist in fast allen Ländern der Welt gesetzlich vorgeschrieben. In einigen wenigen Ländern wehrten sich die Bürger erfolgreich gegen diese Maßnahme. Mit der Konsequenz, dass ihre Länder faktisch von der Weltgemeinschaft ausgeschlossen wurden. Mit fatalen wirtschaftlichen Folgen. Der Preis der Freiheit war der Verzicht auf Fortschritt und Wohlstand.

Die ID als Pflicht war erst vor einigen Jahren eingeführt worden. Zu jener Zeit war die terroristische Bedrohung so groß geworden, dass die Menschen der absoluten Überwachung in großer Mehrheit zugestimmt hatten. Wer sich geweigert hatte, hatte offensichtlich etwas zu verbergen und war in Schutzhaft genommen worden. Schutz für die Gesellschaft der Aufrichtigen.

Der Rhythmus lässt sich auch vom Terrorismus nicht einschüchtern. Ganz im Gegenteil. Der Bedrohung durch den Terrorismus verhilft ihm zu noch mehr Kontrolle und Macht. So gesehen sind die vergangenen zehn Jahre ein gutes Geschäft für den Rhythmus gewesen. Immer mehr schlägt alles Leben im gleichen Takt.

Auf dem Weg hierher hatte Emma viel Zeit zum Nachdenken.

Ein Loubi ist nicht nur vollständig autonom, sondern auch sehr bequem. So saß sie stundenlang hinten, schaute hinaus und ließ ihre Gedanken kreisen.

Sie ist noch heute irritiert von Jons Entwicklung, aber kann inzwischen respektieren, dass er einen anderen Weg als sie gehen will. Dennoch schmerzt es noch immer, wenn sie zurückdenkt an jene Tage im November, in denen ihr Leben endlich den Sinn erhalten hatte, den sie sich als Teenager immer erträumt hatte. Die große Liebe. Den Partner fürs Leben finden. Ihrer Bestimmung gerecht zu werden. Dies alles hatte Jon ihr scheinbar damals erfüllen können.

Viele Jahre war es gut gelaufen, sogar geheiratet hatten sie. Sie hatten sich aufrichtig geliebt, daran hat sie auch heute keinen Zweifel. Aber irgendwann, irgendwo, waren sie irgendwie auseinandergedriftet. Jon hatte etwas Anderes gewollt als sie. Und sie hatte sich auf der einen Seite vielleicht zu sehr gemütlich eingerichtet in ihrem Leben voller Pflichten und Sicherheiten. Aber auf der anderen Seite hatte sie genau so leben wollen und will es immer noch.

Deswegen ist sie auch froh, seit vielen Jahren Steffen an ihrer Seite zu haben. Steffen hält Kurs. Er driftet nicht weg. Und das gefällt Emma sehr. Er hatte sie damals als geschiedene Frau in seiner Wohnung aufgenommen. Das hätte nicht jeder Mann gemacht. Sie hat großes Glück gehabt, davon ist sie fest überzeugt.

Jon hingegen war durchs Leben gewankt und hatte es erfolglos mit anderen Frauen probiert. Mit Louna hatte es so geschienen, als hätte er endlich wieder einen geradlinigen Weg gefunden, doch dann hatte er erneut angefangen, von anderen Frauen zu träumen.

Das war etwas, das Emma nie hat verstehen wollen. Sein Wunsch nach „fremder Haut“ hat sie damals sehr verletzt und noch heute sticht es in ihrem Brustkorb, wenn sie daran zurückdenkt. „Wie kann man nur andere Frauen wollen, wenn man doch glücklich mit einer zusammen ist?“, hat sie sich in den vergangenen Jahren immer mal wieder gefragt.

Umso überraschter war sie gewesen, als Jon erzählt hatte, dass Louna seinen Weg mitgehe und sogar selbst andere Männer treffe. Noch überraschter war sie darüber gewesen und ist es immer noch, dass diese Art, Beziehungen zu führen, über viele Jahre gut gegangen ist und andere Partnerinnen und Partner hinzugekommen sind. Das ist wirklich ein ganz anderer Weg als ihrer, den Jon da eingeschlagen hat.

Emma wurde während der langen Loubi-Fahrt klar, dass Glück für jeden Menschen etwas Anderes bedeutet und dass in diesem Land jeder seinen eigenen Traum leben darf.

Das ist längst nicht in allen Staaten der Erde möglich. In den letzten Jahren sind für die meisten Menschen die Freiheiten immer mehr eingeschränkt worden. Insofern schätzt sie sich glücklich, an einem Ort zu leben, an denen Menschen wie Jon von der Norm abweichen dürfen, ohne dafür bestraft zu werden.

In den letzten vergangenen Jahren hat sie von Jahr zu Jahr immer milder auf ihren Ex-Mann und sein neues Leben geschaut. Sie hat es geschafft, ihm zu verzeihen, und so ist sie auch gern seiner Einladung zum fünfzigsten Geburtstag gefolgt. Und ja, sie wollte sich auch mal live anschauen, wie so eine Poly-Familie in einem Haus zusammenlebt. Sowas hört man nicht alle Tage, und noch unwahrscheinlicher ist es, sich ein solches Zusammenleben einmal live anschauen zu können.

Steffen hatte nicht begeistert reagiert, als Emma von ihrem Entschluss erzählte, allein aufs Land hinauszufahren. Aber letztlich hatte er sie ziehen lassen, weil er bemerkte, dass die Zeit reif gewesen war für ein Wiedersehen von Emma und Jon. Nicht nur virtuell, sondern ganz real. Als Emma heute Morgen in den Loubi eingestiegen war, hatte Steffen ihr hinterhergerufen: „Komm bitte heil zurück und werde ja kein Mitglied der Poly-Familie!“ Auch wenn er das scherzhaft gemeint hatte und beide sich angegrinsten, als er es aussprach – ein wenig Sorge hatte er schon gehabt, dass Emma eine Midlife-Crisis kriegen und auf Abwege geraten könnte.

∞

Emma schaut Jon an. „Wir sitzen hier wie altes Ehepaar. Gemütliche Schaukelstühle mit Blick in den Sonnenuntergang. Aber wir sind kein Ehepaar mehr. Alles ist anders, als wir es geplant haben. Damals, als wir jung waren.“

Jon nickt und schaut nachdenklich. „Planen und Leben ist oft nicht dasselbe. Das Leben gibt einem immer wieder gute Gründe, von Plänen abzuweichen.“

Emma runzelt die Stirn. „Ich habe an meinen Plänen festgehalten und bin glücklich mit Steffen.“

Er lächelt entspannt. „Das ist die Hauptsache. Denn darum geht es. Glücklich zu sein. Seinen eigenen Bedürfnissen nachzugehen und andere Menschen zu beschenken!“

Emma versteht. „Stimmt. Unsere Bedürfnisse waren nicht dieselben, sie haben nicht zusammengepasst.“

„Ganz genau. Und deswegen war es richtig, getrennte Wege zu gehen. So sind wir jetzt glücklich geschieden anstatt unglücklich verheiratet“, resümiert Jon.

Emma lächelt. „So kann man es sehen. Was genau macht Dich glücklich in Deinem jetzigen Leben?“

Jon macht wieder mal seine Denkerpose und legt zwei Finger aufs Kinn. „Es ist die Fülle an Liebe, die ich jeden Tag in diesem Haus spüren darf. Nicht, dass wir uns nicht streiten würden. Das passiert oft genug. Aber jeder versucht, sein Bestes zu geben und den Anderen gutzutun. Dennoch geht jeder seinen Wünschen nach und äußert diese aufrichtig. So versuchen wir, uns gegenseitig dabei zu unterstützen, glücklich zu sein. Das gelingt nicht immer. Aber wir bleiben dran und hören nicht auf.“

Emma schaut etwas ungläubig. „Das klingt ja wie im Paradies.“

Jon nickt eifrig. „Ja, wir haben uns hier wirklich ein kleines Paradies geschaffen. Nichts ist perfekt, aber Glück braucht keine Perfektion. Glück braucht wahrhaftiges Bemühen. Und das zeigen wir uns jeden Tag."

Emma spürt Widerstände in sich, aber ist auch fasziniert von der gelassenen Weisheit ihres Ex-Mannes. „Kannst Du mir das ‚wir' in eurer Poly-Familie nochmal beschreiben? Wer macht was mit wem?"

Er grinst und holt aus. „Ja, für Außenstehende wirkt es bestimmt kompliziert – also: Wir sind Louna, Diana, Robby, Mia, Leon, Timo und ich. Mia und Leon sind die Kinder von Diana und Robby. Sie verbringen viel Zeit in der Stadt, weil sie dort die höhere Schule besuchen. Trotz ihres rebellischen Alters stehen sie zu unserer Familie und verbringen gern Zeit im Haus. Timo und ich sind mit Louna zusammen. Diana ist mit Robby und mir zusammen. Robby und ich haben eine tiefe Freundschaft, die auch immer mal wieder sexuell wird."

Emma atmet tief durch. „Puh, das klingt wirklich kompliziert."

Jon lächelt mild. „Eigentlich nicht. Eigentlich ist unser Leben viel einfacher als das der meisten anderen Menschen. Wir helfen einander, ohne jemanden zu überfordern. Wenn man mehr Schultern hat, kann man die Lasten besser verteilen."

Emma nickt. „Das leuchtet ein. Zumindest theoretisch betrachtet."

Jon lächelt sie an. „Nein, Emma, nicht nur theoretisch, sondern auch ganz praktisch. Es funktioniert einfach. Jedenfalls bei uns."

Sie schweigt ein paar Sekunden, bewegt und verarbeitet seine Worte in Gedanken. „Gut, dann klingt es eben nur kompliziert, dass es anscheinend bei euch keinen Hauptpartner mehr gibt, sondern ein Geflecht aus Partnern. Wenn eure Gefühle damit klarkommen, ist das sehr schön für euch."

„Ganz genau, nach all den Jahren gibt es keinen A- und B-Partner mehr, sondern einfach nur Liebe. Und natürlich war der Weg kein leichter. Dieses ‚Klarkommen', wie Du es nennst, war ein Prozess. Und da gab es auch immer wieder Momente, für jeden von uns, wo sie oder er lieber ausgestiegen wäre", gibt Jon zu.

„Wie habt ihr es geschafft, diese Momente zu überwinden?"

Jon überlegt kurz. „Ich denke, das wird jeder von uns etwas anders beantworten. Zumal Diana und Robby ja auch schon vorher viel mehr Erfahrungen hatten als die Anderen. Für mich ist es so: Ich möchte mich immer weiterentwickeln. Ich möchte morgen Probleme lösen können, für die ich heute noch keine Antwort habe. Und so bin ich auch die gefühlsmäßigen Herausforderungen angegangen, die es selbstverständlich gibt in so einem ‚Geflecht', wie Du es nennst."

Emma schaut skeptisch. „Immer besser werden als Antwort auf Eifersucht und Co., ist das nicht zu rational?" Jon versteht den Einwurf. „Wie gesagt, jeder von uns geht anders damit um. Von Louna würdest Du bestimmt eine andere Antwort bekommen. Aber ich denke, das ist das große Geheimnis unserer Poly-

Familie: Obwohl wir zusammen sind, sind wir alle Individuen und dürfen es auch bleiben."

Emma nickt, denn sie spürt, dass dieser Ort etwas ganz Besonderes ist. „Nun, ich muss zugeben, ich fühle und beobachte viel Wärme und Liebe in diesem Haus. In so einer Gruppe habe ich mich noch nie aufgehalten. Ich freue mich für Dich. Für euch."

Jon lächelt sanft. „Danke, Emma. Schön, diese Worte von Dir zu hören."

„Gern. Man ist ja lernfähig. Aber was sagen eigentlich eure Familien zu dem Ganzen hier?"

„Jeder hat so seine eigene Sicht und nicht jedes Wort wird mit Bedacht ausgesprochen, aber sie akzeptieren uns. Und meine Schwestern waren schon immer toleranter als die meisten Menschen, aber das weißt Du ja. Letztlich nimmt mich meine Familie so an, wie ich bin. Sonst wären meine Eltern und Geschwister heute auch nicht hier. Die Eltern von Louna sind da nicht ganz so entspannt. Der Kontakt ist nicht völlig abgebrochen, aber ziemlich konfliktreich, wenn es um dieses Haus geht. Die Eltern von Diana dagegen freuen sich sehr für uns. Sie sind der Inbegriff von Toleranz und Gelassenheit. Der Apfel fällt nicht weit vom Stamm. Robby hat inzwischen keine Eltern mehr. Aber seine Mutter hat sich über alles gefreut, was ihn glücklich gemacht hat. Timos Eltern haben leider keinen Kontakt mehr zu ihm. Für sie ist sein Lebensmodell nicht akzeptabel."

Emma schaut andächtig. „Ja, jeder geht anders damit um. Normal ist halt anders."

„Normal ist vor allem relativ. Wir haben unseren Weg gefunden."

Sie will nicht zu neugierig wirken, aber kann nicht widerstehen, weiter nachzufragen. „Gibt es noch andere Menschen, die ihr zusätzlich trefft, ich meine welche, die nicht mit im Haus leben?"

Jon grient. „Ja, es wird noch komplizierter. Robby hat seit weit über 10 Jahren einen Freund in der Nähe von Hannover. Sie besuchen sich regelmäßig gegenseitig. Ich treffe selten andere Frauen. Ein paar Abende im Jahr. Wenn mich jemand besonders reizt. Grundsätzlich bin ich hier im Haus gut versorgt."

Er lacht etwas lauter als sonst und Emma muss mitgrinsen.

„Was ist mit Louna und Diana, sind sie mit ihren zwei Männern auch gut ausgelastet?"

„Ja, es ist ähnlich wie bei mir. Ab und zu treffen sie Andere. Auch Events wie die Versammlung der ‚Schwarzen Rosen' werden dafür genutzt."

Emma macht große Augen. „Dass ihr da noch hingeht, erstaunt mich."

„Warum? Es ist doch eine schöne Veranstaltung mit tollen Menschen. Nur weil ich dort ein schlimmes Erlebnis hatte, ist das doch kein Grund, alles zu verdammen. Ich will immer wieder positiv nach vorne schauen."

Emma lächelt anerkennend. Optimismus ist eine der großen Stärken von Jon. Das ist schon immer so gewesen.

„Das heißt, Diana und Du spielen immer noch diese Spiele, von denen Du mal erzählt hast?“

Er macht einen entschlossenen Gesichtsausdruck. „Na, klar. Ich lass mir meinen Spaß doch nicht verderben. Ich genieße, was Diana mit mir macht. Und durch die vielen Jahre ist das Vertrauen immer größer geworden.“

Schweigsame Stille auf der Veranda im Abendlicht. Nur das Zirpen von ein paar Grillen ist noch zu hören. Worte hallen nach, wenn ein Geist offen dafür ist.

Emma ist heute hier, weil sie fremde Ansichten aus der Nähe betrachten möchte. Insofern ist sie zumindest so offen, dass sie zuhört und die Worte in sich wirken lässt. Ihre gemeinsame Vergangenheit mit Jon huscht dabei immer wieder vor ihr geistiges Auge. Fragmente tauchen auf und verschwinden wieder. So viel Zeit ist verstrichen seit ihrem Gespräch im Wald, damals. als sie eigentlich ihr Zehnjähriges würdig feiern wollten und stattdessen das Ende ihrer Partnerschaft einläuteten. Wären sie heute noch ein Paar, wenn Emma damals offener gewesen wäre? Mehr zugehört und Mut bewiesen hätte? Sie weiß es nicht. Doch irgendwie will sie es auch gar nicht wissen. Das Gefühl der Reue macht ihr Angst. Sie möchte nicht bereuen, sondern dankbar sein für das, was sie heute hat.

Plötzlich taucht in ihren Gedanken ein altes Gesicht auf, von dem sie lange nichts mehr gehört hat. Emma schaut Jon an. „Sag mal, was ist eigentlich aus Tilo geworden?“

Er setzt seinen ernsten Blick auf. „Ach, der Tilo. Irgendwie tut er mir leid. Ein Opfer seiner eigenen Geschichte.“

„Warum? Erzähl mal!“

„Der Kontakt war eine Zeitlang abgebrochen. Wenke wollte nicht, dass er weiter mit mir redet. Mein Einfluss auf ihn sei zu schlecht.“

Emma empört sich. „Echt jetzt? Das ist traurig. Und er hat das akzeptiert?“

„Ein klares Jein. Er hat den Kontakt zu mir abgebrochen. Ja. Aber immer mehr gegenüber Wenke rebelliert. Schließlich ist er fremdgegangen und wurde von ihr dabei erwischt. Sie fand es über sein Handy raus, auf dem sie erotische Nachrichten fand.“

„Oh, das war nicht gut. Von beiden nicht. Wie hat Wenke reagiert?“

„Konsequent. Wie sie halt ist. Sie hat sich sofort von ihm getrennt und ihn aus der gemeinsamen Wohnung geworfen.“

„Das war bestimmt hart für Tilo, oder?“

„Ja, sehr hart. Als sie nicht mal vierundzwanzig Stunden getrennt waren, hat er wieder Kontakt zu mir aufgenommen und mir alles erzählt“, berichtet Jon.

„Und wie geht es ihm heute?“

Jon zuckt mit den Schultern. „Tja, schwer zu sagen. Nicht gut irgendwie. Er lebt als Single in der Stadt in einer kleinen Wohnung. Seit vielen Jahren ist er auf der Suche nach einer zweiten Wenke."

„Verständlich, oder?"

„Hm, vielleicht auf den ersten Blick. Aber er tut mir vor allem deswegen leid, weil er damals aus Angst festgehalten hat am Bewährten, und sich so die Chance genommen hat, eine starke Persönlichkeit zu werden, die zu ihren Bedürfnissen steht. Im Grunde musste alles so kommen, wie es dann auch gekommen ist. Das heimliche Fremdgehen war ein Ergebnis seiner Haltung. Und das eigentlich Traurige ist, dass er nichts daraus gelernt hat. Sondern immer noch die gleiche Art von Beziehung sucht. Die Gefahr, dass sich alles wiederholt, ist aus meiner Sicht sehr groß", sagt Jon.

Emma schaut ihn nachdenklich an. „Hm, ich verstehe. Du könntest Recht haben. Nicht jeder ist für die Treue geboren, aber macht es sich vielleicht vor, um der Gesellschaft gerecht zu werden."

Jon lächelt und klopft seiner Ex-Frau auf die Schulter. „Sehr gut erkannt. Kompliment. Ich habe mit meiner Poly-Familie über dieses Thema schon hundertmal gesprochen. Nur wenige Menschen fühlen sich als monogames Paar wirklich lange wohl, bei den meisten geht entweder mindestens einer fremd oder es herrscht Scheinheiligkeit und Verbitterung. Man bewahrt den Anschein vor sich, seinem Partner und der Gesellschaft."

Emma kann diese Beschreibung nachvollziehen, weil sie auch ihren Beobachtungen entspricht. In Momenten wie diesen fühlt Emma eine unendliche Dankbarkeit. Sie kann nicht anders, als es hinauszurufen. „Bei Steffen und mir ist das wirklich anders. Wir sind beide monogam und fühlen uns sehr wohl damit!"

Jon nickt. „Ja, das gibt es selbstverständlich auch. Ich freue mich, wenn Du glücklich bist. Ich wünsche euch weiterhin alles Liebe und vor allem Ehrlichkeit."

Emma lächelt selig. „Das wünsche ich Dir auch, von Herzen!"

Er freut sich sichtlich, das von ihr zu hören. Zum wiederholten Male ruht das Gespräch und die Blicke wandern ins Abendrot.

Emma ist froh, den langen Weg hierher auf sich genommen zu haben. Ihr gefällt die Unterhaltung mit Jon. Und sie findet auch die anderen Mitglieder seiner ungewöhnlichen Familie sympathisch.

Ein Schatten huscht durch Emmas Kopf und bringt sie dazu, das Gesprächsthema zu wechseln. „Nochmal zurück zu dieser schlimmen Nacht im Schloss – hast Du jemals wieder was von Sonja gehört?"

Jons Blick wird wieder ernst. „Ich weiß nur, dass sie zu elf Jahren Knast verurteilt wurde, aber nach acht Jahren wegen guter Führung rausdurfte. Hat wohl die Therapien gut angenommen. Gesehen oder gesprochen haben wir uns nie wieder."

Emma schaut traurig. „Es tut mir immer noch so unglaublich leid, dass Dir sowas passiert ist. Musst Du oft daran denken?“

„Es geht. Manchmal träume ich davon. Aber immer seltener. Und ich habe ja zum Glück viele liebe Menschen um mich herum. Und meinen Glauben an Gott habe ich auch nicht verloren. Ganz im Gegenteil. Ich fühle mich von ihm errettet und geläutert. Heute lebe ich viel bewusster und habe andere Prioritäten.“

Emma legt die Stirn in Falten. „Ich hätte meinen Glauben über unsere Scheidung fast verloren, doch in den letzten Jahren gibt er mir wieder mehr Kraft.“

Jon streichelt ihren Arm. „Ich bin froh, das zu hören. Seinen Glauben zu verlieren ist das wahrhaft Schlimmste, was einem Menschen passieren kann.“

Sie schaut ihm tief in die Augen. Ein paar Sekunden der Stille. Eine Nähe ist zu spüren, die sie das letzte Mal vor sehr langer Zeit gespürt haben. Die Seele reist für einen kurzen Moment in die Vergangenheit und wärmt sich am verblassten Wohlgefühl früherer Epochen.

Doch Emma kann diesen Augenblick nicht genießen, er löst trauriges Unbehagen bei ihr aus. Sie will zurück zum Gespräch. Gefühle gegen Worte tauschen, sodass sie wieder klar wird. Sie lenkt ab. „Andere Prioritäten. Das kann man wohl sagen. Du hast immerhin Deinen geliebten Job an den Nagel gehängt!“

„Ja, aber das habe ich auch ein wenig der Politik und der Gesellschaft zu verdanken. Seitdem es das bedingungslose Basisgeld für alle gibt, es ist leichter, andere Dinge in den Mittelpunkt zu stellen als den schnöden Gelderwerb.“

Emma muss wieder grinsen. „Und wenn jemand Liebes- und Sexualberatung glaubwürdig machen kann, dann ja wohl Diana, Louna und Du!“

Jon stimmt ihr zu und antwortet in einem ironischen Ton: „Ja, wir können durchaus ein bisschen was dazu beitragen und erzählen. Aber im Ernst: Es macht Freude, seine Erfahrungen weiterzugeben und Menschen zu helfen, damit sie sich selbst und andere besser lieben können. Ihr Leben mehr genießen. Ehrlicher zu sich und anderen Menschen werden. Entwicklungen bei anderen Menschen zu beobachten, gibt viel Energie und Lebenskraft zurück!“

„Ja, das glaube ich Dir. Schön, dass es euch gefällt. Und Robby zeichnet immer noch Comics?“

„Ja, er arbeitet immer noch als Comiczeichner. Er wurde von unserer Poly-Familie inspiriert. Seitdem seine Comics von polyamoren Liebesbeziehungen handeln, sind sie deutlich erfolgreicher. Das Interesse an diesem Thema wächst, merken wir auch in der Beratungsarbeit. Und die neuen virtuellen Möglichkeiten haben seiner Karriere auch nicht geschadet. Ganz im Gegenteil. Alles in allem haben wir zusammen genug Einkommen, um dieses traumhafte Haus hegen und pflegen zu können!“

Emma schaut sich um. „Ja, ihr habt es wirklich sehr schön hier. Auch wenn mir der moderne Komfort etwas fehlen würde.“

Jon lacht und erinnert sich daran, als Computer und Avatare für Emma noch unbekanntes Terrain waren. „Ach weißt Du, das gleichen wir mit viel Lust und Liebe wieder aus!“

Emma schmunzelt verlegen. „Wie ich schon sagte, klingt wie im Paradies bei euch.“

Jon wird wieder nachdenklich.

„Auch wir hatten schwere Zeiten. Als Diana vor ein paar Jahren an Krebs erkrankt ist und es trotz aller medizinischen Möglichkeiten kaum Hoffnung gegeben hat. Da hat die Endlichkeit an unsere Tür geklopft. Doch wir haben nicht aufgemacht, sondern uns alle zusammen um Diana versammelt und den Tod nicht hereingelassen. Ohne DNA-Therapie wäre sie heute nicht mehr unter uns, aber ich bin fest davon überzeugt: ohne unsere Poly-Familie auch nicht! Wir haben fest zusammengestanden und jeder hat gegeben, was er hatte. Diana wurde nicht nur durch ihre Zellen, sondern auch durch unsere Liebe geheilt.“

Emma hat in den letzten Sekunden an Jons Lippen geklebt und verdrückt ein paar Tränen, die heimlich am Rande ihres Gesichtes zu Boden kullern. Sie fühlt, dass Jon die Liebe gefunden hat, von der er immer geträumt hat. Das Strahlen in seinen Augen berührt sie tief. Unzählige seiner Gebete hörte sie mit in den gemeinsamen Jahren. Und nun scheint er auf seinem ersehnten Pfad unterwegs zu sein. Für einen kleinen Augenblick kann Emma das Glück von Jon mitempfinden und auf einer Seelenwelle mit ihm klingen. Noch ein paar mehr Tränen fließen.

Jon schaut Emma an und spürt, was sie fühlt. Auch er beginnt, still zu weinen. Ein Kreis schließt sich. Bedeutungsvolle Augenblicke wie diese gibt es nicht häufig im Leben. Glücksmomente können traurig sein. Und Tränen fließen nicht nur im Unglück.

Emma steht auf. „Ich gehe besser wieder rein. Die Anderen wundern sich bestimmt schon, wo wir bleiben.“

Auch Jon erhebt sich. Getrennte Menschen ganz nah beieinander. Nur wenige Zentimeter zwischen ihnen. Sie neigt ihren Kopf und Jon zieht sie an sich. Eine zärtliche Umarmung beendet eine Begegnung, die schon lange überfällig gewesen ist. Schweigend und fest umschlossen stehen sie auf der Veranda, während das Sonnenlicht immer mehr versiegt und rötlich auf den beiden schimmert. Beide weinen noch immer, als Emma die Umarmung auflöst, sich schnell umdreht und ins Haus geht.

Jon schaut ihr nach, bis sie hinter der Tür verschwunden ist. Er will noch einen Moment allein hier verweilen und blickt zum Horizont. Wie auf einer riesigen Leinwand sieht er dort sein Leben in einem Zeitraffer. Trotz aller traurigen Geschehnisse sieht er vor allem eines: sein unfassbar großes Glück. Seine Seele beginnt, gen Himmel sanft zu schweben, so sehr ist sie angefüllt mit Liebe und Dankbarkeit.

∞

Heute ist es so weit. Heute zeige ich mich in meiner ganzen Pracht. Heute werde ich mich offenbaren. Mit den Schwingen der Unendlichkeit gebe ich mich zu erkennen. Licht wird erstrahlen und meine Herkunft preisgeben.

Ich beobachte Jon schon sein ganzes Leben lang, doch so gelöst und leicht habe ich ihn noch nie gespürt. Ein guter Moment für unsere Begegnung. Die Membran zwischen den Welten ist nur hauchdünn und wird nun von mir durchschritten.

„Jon. Ich bin hier."

Er schaut auf und sieht meine Gestalt zwischen den Bäumen im Garten. Nur wenige Meter von der Veranda entfernt.

Ich trete hervor und lasse meine Schwingen erstrahlen. Glühend weißes Licht umgibt mich und die Spannweite meiner Flügel umfasst mehrere Meter. So stehe ich da und weiß genau um meine Wirkung. Der Mensch kann nicht begreifen, was er nicht kennt. Bis er es versucht. Ich zeige mich in heller Kleidung, denn so erwartet der Mensch, mich zu erblicken. Meine Flügel sind jetzt wieder unsichtbar und mein Licht hat sich verändert.

Jon ist erstarrt und blinzelt in meine Richtung. Das bläuliche Schimmern, welches meine Gestalt umgibt, irritiert seine Augen.

„Wer bist Du?", fragt er mit ängstlicher Stimme.

„Habe keine Furcht, Jon. Ich bin es. Chamuel. Wesen ohne Bauchnabel. Geboren im Licht. Erschaffen aus Liebe."

Er versteht nicht, was ich ihm sagen möchte. Das menschliche Gehirn sucht nach bekannten Mustern, in die es etwas Neues einsortieren kann. Doch in diesem Fall gibt es nichts Bekanntes. Es ist sein erster Blick auf mich. Ich gehe ein paar Schritte auf ihn zu und lächle friedlich.

Jon reibt sich die Augen. „Chamuel? Sind wir uns schon mal begegnet?"

Ich antworte: „Ja, schon viele Male. Nur gesehen hast Du mich noch nicht."

Er kann immer noch nicht begreifen, wie ihm gerade geschieht und so hole ich weiter aus.

„Ein langer Weg liegt hinter uns. Du hast mir viel aus Deiner Vergangenheit berichtet, hast mich in Gebeten um Rat gefragt und ich habe Dir geantwortet. Gemeinsam haben wir eine Geschichte erzählt. Eine Erzählung von der Liebe, die Hoffnung macht, dass der Mensch nicht verloren ist."

Jon beginnt, zaghaft zu verstehen, dass ich kein Hologramm oder eine sonstige virtuelle Erscheinung bin, sondern wahrhaftig vor ihm stehe. „Deine Stimme kommt mir bekannt vor. Wie ein Echo, das ich schon mal gehört habe. Besonders in schweren Stunden, wenn ich voller Sorgen und Zweifel gewesen bin. Deine Stimme hat mir Orientierung und Kraft gegeben. Doch warum kann ich Dich sehen?"

Jon erkennt mich. Ein erster guter Schritt.

„Ich habe gespürt, dass jetzt der richtige Augenblick ist. Deine Seele hat verstanden und viel Gold in den letzten Jahren gesammelt. Du bist bereit für unsere Begegnung."

Jons Mund steht offen. Sein Gesicht zeigt sichtbare Verwunderung, wie immer, wenn ihm etwas passiert, womit er nicht gerechnet hat. „Warum ich?", will er wissen, wie jeder Mensch in diesem Augenblick.

„Du bist nicht der Einzige. Aber auch Dich habe ich schon vor langer Zeit erwählt. Ich suche Menschen, die die Liebe leben und Anderen davon erzählen."

Jon weiß nicht, was er sagen soll und hält sich mit seinem Blick still an meinem bläulichen Licht fest, an das sich seine Augen inzwischen gewöhnt haben.

Ich ergänze meine Worte, um ihm verständlich zu machen, warum wir uns hier und heute begegnen. „Liebe ist ansteckend, wenn sie richtig übertragen wird. Die meisten Menschen übertragen nur Ängste an die Anderen. Bei Dir ist das anders."

Er geht die Treppen der Veranda herunter und schreitet vorsichtig auf mich zu. Fragend schaut er mich an. „Muss ich verstehen, was Du da zu mir sagst? Kann ich es überhaupt?"

Ich gehe die letzten Schritte auf ihn zu und lege meine Hand auf seine Schulter. „Ich möchte, dass Du verstehst, dass ich sehr stolz auf Dich bin. Im Himmel gab es keine Hoffnung mehr. Der Rhythmus ist ein mächtiger Gegenspieler. Aber Menschen wie Du lassen mich jubilieren und über Richter triumphieren. Ihr könnt so viel mehr, als jeden Tag zur Arbeit zu fahren, um ein System aufrechtzuerhalten. Ihr könnt so viel mehr, als euch selbst zu betrügen. Ihr könnt so viel mehr, als andere Menschen zu belügen. Ihr könnt wahrhaftig lieben und gebt selbst dann nicht auf, wenn Widerstände auftauchen oder das Böse seine grausame Fratze zeigt."

Jon fühlt sich wie ein kleines Kind, dessen Mutter ihn gerade zum besten Sohn der Welt erkoren hat. Seine Wangen sind rot vor Freude, er platzt fast – so viel Wonne ist ihm. Wenn selbst der Himmel stolz auf ihn ist, dann darf er es auch auf sich sein. Und das ist er auch. Und wie.

Doch weil ich vor ihm stehe, versucht er, die Dinge bescheiden herunterzuspielen. Er kann nicht ahnen, dass ich jeden einzelnen Gedanken, jedes einzelne Gefühl erspüren kann.

Jon räuspert sich und sucht nach Worten. „Ähm, es gibt bestimmt viele Menschen wie mich. Ähm, die, ähm – konsequent ihren Weg gehen, könnte man es nennen."

Ich schaue ihn ernst an. „Ja, Du hast Recht, es gibt viele solcher Menschen. Aber leider muss ich Dir sagen, es sind viel zu wenige. Und es werden immer weniger. Viele Menschen leben wie im Autopilot, ohne jede eigene Richtung und Meinung. Dies ist ein Unheil dieser Welt."

Jon verspürt den Impuls, die Menschen in Schutz zu nehmen, obwohl ihm dämmert, dass ich die Welt rechtens beschreibe. „Ähm, jeder versucht doch nur, seinen Traum zu leben."

Ich weiß um die Kraft dieses Satzes, wie er Menschen anspornt und vieles erleichtert. Doch ich weiß auch, wie leicht der Mensch sich selbst betrügt. So gebe ich Jon einen neuen Blick auf die Menschenträume. „Wahrlich, ich sage Dir, umso mehr eine Gesellschaft von *follow your dreams* spricht, umso weniger strebt sie wahrhaftig danach."

Meine Worte hallen nach. Er versteht sie nicht wirklich, spürt aber gleichzeitig, dass er sie irgendwann verstehen wird.

Jon steht tief ergriffen vor mir, sein ganzes Sein flattert und verzerrt seine Wahrnehmung von mir. Er fragt sich immer wieder selbst, ob dies alles hier in Wirklichkeit passiert oder ob alles nur Einbildung ist. Vielleicht hat er an seinem Geburtstag doch zu viel Wein getrunken. Er schaut sich um, sieht sein Haus und seinen Garten. Das Lachen von Diana und Robby schallt herüber. Und er sieht mich. Eine bläulich leuchtende Gestalt, die wahrhaftig vor ihm steht. Der Abendwind lässt sein Haar aufwallen, eine Locke fällt in sein Gesicht. „So etwas passiert nur in der Wirklichkeit." Er versucht, sich selbst davon zu überzeugen, dass ich real bin.

Jon schaut mich an und sucht nach einer Erklärung. „Passiert das alles, weil ich poly lebe?"

Ich lächle ihn an. Ohne jeden Spott, aber doch so, dass er merkt, dass er den Punkt nicht getroffen hat. „Es geht nicht darum, ob ein Mensch poly oder mono lebt. Auch nicht darum, ob er möglichst viel Sex hat oder alles ausprobiert. Nein, das sind nur Möglichkeiten."

Jon nickt und hört mir aufmerksam zu.

Ich führe weiter aus. „Wenn Menschen viel Sex und wechselnde Partner haben, um ihre eigene Unzufriedenheit und ihre mangelnde Selbstliebe zu kompensieren, dann ist es sogar eher schädlich, allzu offen zu leben."

Er versteht meine Ausführungen und fragt wissbegierig nach. „Wenn es nicht um mono oder poly geht, worum geht es dann?"

Ich stehe in diesem Garten mit Jon, um ihn an der Weisheit des Himmels teilhaben zu lassen. „Es kommt immer auf das innere Motiv an. Das innere Motiv ist die Essenz der Seele. Es geht um die Wahrhaftigkeit des Seins. Mit seinen Bedürfnissen offen und ehrlich umzugehen. Seine Potenziale zu entdecken und voll auszuschöpfen. Menschen zu wählen, die keine Funktion oder einen Nutzen für einen haben, sondern mit denen man gemeinsam die wahre Liebe lebt und immer weiterentwickelt. Gegen alle Untiefen des Lebens. Gegen alle inneren Stimmen, die das eigene Ego in den Vordergrund schieben wollen. Das Ego gibt vor, nur das Beste für den Menschen zu wollen. Doch in Wirklichkeit vernichtet es die Liebe. Wer nur seinen Vorteil sieht, verendet innerlich qualvoll. Aber: Wer es nur anderen Recht machen will, um möglichst beliebt zu sein, wird die Achtung vor sich selbst verlieren."

Jon schaut mich nachdenklich an. „Woher weiß ich, ob gerade mein Ego zu mir spricht oder ob ich einen wahrhaftig liebevollen Gedanken in mir trage? Das ist nicht immer klar erkennbar."

Ich schaue ihn sanft an. „Du hast Recht, Jon. Für den Menschen ist der Unterschied nicht leicht erkennbar. Sein Wesen ist voller Impulse und Einflüsse aller Art. Doch Spiegelbilder sind eine Chance. Dein Spiegelbild soll Dein bester Freund sein und genauso auch Dein härtester Kritiker. Es gibt viel zu entdecken, wenn der Mensch sich reflektiert und sich bei jedem Gedanken und jeder Tat nach seiner inneren Motivation befragt. Doch der Mensch muss hinsehen, um etwas erfahren zu können. Ablenkungen vielfältiger Natur verzerren den Spiegel und verhindern klare Einsichten."

Jon erkennt sich wieder. „Oh ja, es ist wirklich schwer, klare Einsichten zu gewinnen. Ich weiß nicht, ob mir das oft gelungen ist."

Ich stehe im menschlichen Angesicht, hier an diesem Ort, um Jon Mut zu machen. So habe ich sowohl Lob als auch Mahnung für ihn mitgebracht. „Deine Poly-Familie, wie Du sie nennst, hat das in den letzten Jahren sehr gut hinbekommen. Strebt weiter nach dem Optimum, aber erwartet nie, es zu erreichen. Bleibt auf dem steinigen Weg und versteht, dass es sich lohnt, niemals damit aufzuhören. Hütet euch vor Extremen! Stellt nichts und niemanden auf ein Podest. Gebt die Verantwortung für eure Liebe niemals in andere Hände. Genießt und schöpft reichlich aus der Freude, aber vermeidet die Übertreibung. Seid konsequent, aber nie radikal oder wahnhaft."

Jon ist still und lässt meine Worte wirken. Ängste umklammern ihn, denn er kennt die Welt, in der sie leben, nun schon lange fünfzig Jahre. Und er weiß, wie schwer es ist, ein liebevolles Maß in der Mitte zu finden und es gegen den Hass der Welt zu verteidigen.

So schenke ich ihm weitere Einblicke aus dem verborgenen Chor des Lichtes. „Es geht immer nur um das Innere, Jon – nicht um das Äußere. Schaue das Herz eines Menschen an. Liebe ist nur Liebe, wenn sie wirklich Liebe ist. Die Menschen verwechseln ständig Äußeres mit Innerem. Vergiss die Liebe, die Kinofilme oder religiöse Fanatiker predigen, um irdische Erfolge zu erlangen. Vergiss die Liebe, die Menschen leben, um möglichst abgesichert zu sein. Vergiss die Liebe, von der Menschen träumen, um in der Gesellschaft anerkannt zu werden. Vergiss die Liebe, die vorgibt, nur zwischen Mann und Frau möglich zu sein und andere Konstellationen hasserfüllt ausschließt. Vergiss die Liebe, die der Rhythmus vorgibt, damit kein Mensch das System gefährdet. Strebe nach dem Inneren! Strebe nach der Wahrheit!"

Jon zeigt, dass er versteht. „So viele Glaubenssätze begleiten uns jeden Tag. Doch nicht alle sind gut."

„Ja. So ist es, Jon. Nicht der Rhythmus, nicht der berufliche Erfolg, nicht das Geld halten die Gesellschaft zusammen, sondern nur, wenn der Mensch sich selbst und andere liebt, kann der wahre Kitt der Gesellschaft wachsen. So entsteht ein Wir, das sich jedem Ich entgegenstellt, das mit verdorbenen Glaubenssätzen dem Rhythmus huldigen will. Um die wahre Liebe zu finden, muss der Mensch sich von vielen konventionellen Gedanken befreien, die tief ihn ihm verankert worden sind."

Jons Blick zeigt Traurigkeit. „Chamuel, was Du beschreibst, ist schwer zu leben und es gibt so viele verlorene Seelen da draußen."

Diese Denkweise kenne ich gut von den Menschen, ich höre sie jeden Tag. Die Menschen glauben, dass eine dunkle Vergangenheit eine helle Zukunft verhindert. Doch sie irren sich fundamental.

„Jon, jeden Tag kann jeder Mensch neue Entscheidungen treffen. Es ist nie zu spät für die Liebe. Niemand ist verloren. Der Mensch ist nur verloren, wenn er seine Entscheidungen nicht verändert. Letztlich ist der Mensch nichts Anderes als die Summe seiner Entscheidungen."

Jon nickt und versteht meine Botschaft, während er in kurzen Bildern auf sein Leben zurücksieht. Er hat gute und weniger gute Entscheidungen getroffen. Doch wann immer er wahrhaftig war, hat das Leben ihn belohnt. „Danke für Deine Worte, Chamuel. Sie geben mir Hoffnung."

∞

„Sehet! Ich habe auf die Menschen gesetzt und wurde nicht enttäuscht. Das wahre Wesen der Liebe ist nicht tot. Der Mensch findet es nur schwer. Weite Wege sind zu gehen. Der Mensch schafft es, diese Wege zu vollenden, wenn er nach seinem Inneren sucht. Er wird in reiner Liebe geboren, doch vergisst dies allzu schnell. Der Rhythmus will den Menschen in seinen Takt zwängen, auf dass alles ein Mittel zum Zweck werde. Doch der Mensch ist stärker als der Rhythmus, wenn er sich erhebt und für seinen inneren Glanz ins Feld zieht. Richter! Hört mir zu. Lasst eure Beile fallen, löscht das Feuer und habt Vertrauen in die menschliche Seele."

∞

Ich schaue Jon voller Liebe an. „Es gibt Geschichten, die den Menschen Mut machen. Geschichten können ein Anfang sein. Deine Geschichte ist so ein Anfang, der Mut macht. Doch es kommt nicht darauf an, welche Geschichten der Mensch kennt, sondern darauf, was er aus ihnen macht. Wir führen dieses Gespräch, weil ich Dich und alle anderen Menschen ermutigen will, nicht aufzugeben. Du hast viel erlebt, aber Du bist noch lange nicht am Ende. Es liegt noch so viel vor Dir. Du befindest Dich inmitten des großen Vorprogramms. Vergolde Deine Seele, bevor das Hauptprogramm beginnt."

Jon ist ein Mensch und kann nicht vollständig erfassen, was ich ihm sagen will. Doch was er kann, ist, die Wirkung intuitiv zu fühlen. So kommt die Botschaft an und stärkt sein Herz, obwohl sein Verstand weiterhin an der rationalen Umsetzung arbeitet.

Jon steht gekräftigt vor mir und ist doch nicht ohne Zweifel. „Ich habe nicht vor, aufzugeben. Doch allein werde ich es nicht schaffen. Wirst Du an meiner Seite bleiben und meine Gebete hören?"

Ich schaue Jon ein paar Sekunden tief in die Augen. „Auch wenn ich mich jetzt verabschiede: Ich verlasse Dich nicht. Ich werde immer da sein. Jedoch bist Du nicht allein auf dieser Welt. Du hast wunderbare Menschen voller Liebe um Dich herum. Stärkt euch weiterhin gegenseitig, so werden eure Seelen unbesiegbar bleiben."

Jon nickt still und schaut auf meine Gestalt. Ich verblasse langsam, bis für kurze Zeit nur noch das bläuliche Schimmern übrig bleibt. Ein letzter Gruß zur Unterstreichung unserer Unterredung.

Er blickt ins flackernde Licht und versucht, seinen Herzschlag unter Kontrolle zu bekommen. So viel Freude ist in ihm, dass sein ganz Körper voller Stärke ist und er jede einzelne Ader spüren kann. Mein Schimmern verschwindet und Jon steht allein im Garten. Ein paar Sekunden noch starrt er ins Nichts, doch dann er dreht sich um und geht schnellen Schrittes Richtung Haustür. Er kann nicht abwarten, seine Lieblingsmenschen in den Arm zu nehmen und von unserer Begegnung zu berichten.

Kurz vor der Tür bleibt er stehen und blickt noch einmal zurück an die Stelle im Garten, an der ich ihm erschienen bin. Tränen fließen über sein Gesicht. Fünfzig Jahre wandelt er bereits auf dieser Erde, und nun scheint endlich alles seinen Platz zu finden. Er ahnt, dass ich ihm nicht erschienen bin, weil alles rosarot bleiben wird. Doch er fühlt sich kraftvoll und fest entschlossen, auf dem Weg der Liebe zu bleiben.

Jon öffnet die Tür und geht in sein ganz persönliches Paradies…

Printed in Poland
by Amazon Fulfillment
Poland Sp. z o.o., Wrocław

60213581R00214